JN069632

若松丈太郎著作集

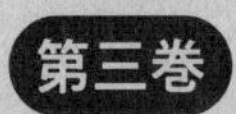

評論・エッセイ

コールサック社

若松丈太郎著作集　第三巻

評論・エッセイ

目次

イメージのなかの都市　非詩集成1

福島原発難民　南相馬市・一詩人の警告1971年〜2011年

福島核災棄民　——町がメルトダウンしてしまった

「広島ジャーナリスト」より

社会批評

福島・東北の詩人論、作品論

金子光晴論

芸術論・エッセイ

イメージのなかの都市

非詩集成1

二〇〇二年　ＡＳＹＬ社

カトマンドゥ・ポカラ

一九九七年十一月三日　カトマンドゥ

バンコク・ドン・ムアン空港からのロイヤル・ネパール航空408便は、ふと気づくと、広大な泥地の上空を飛行していた。蛇行するおおきな幾筋もの川が、蛇行するちいさな幾筋もの川によって繋がり、複雑な図形をかたちづくっている。ガンジス川河口だ。窓枠に区切られた狭い視野からでは、一万メートル近い高さがあっても、三角州の全体を一望することができないひろがりである。もっとも、窓枠がなかったとしても全容は望めないのではなかろうか。

ただ、ひたすら泥と水である。

天地創造神話の多くは、宇宙は泥と水とによってつくられたとしている。ナスカの地上絵の作者の視点の位置も不思議だが、天地創造神話作者の視点はどこにあったのだろうか。混沌というものの存在を認識するとき、その視点の高さが地上一・五メートルほどにあっては、その認識に到達するのは困難なのではないかという気がする。

ただ、みはるかす泥の島と水のみである。これこそ、創生の混沌というものにちがいない。光をはじいて、水面がかがやく。いや水をふくんだ泥の島までが金箔を貼ったようにかがやいている。

もちろん、こざかしくそしてつつしむことを知らぬ人間の痕跡はない。人工的な不細工な構築物はまったくなく、まっさらな世界である。人間は立ち入ることを許されない世界であろう。仮に人間がまぎれこんできたところで、手をこまねいてたちつくすしかないはずだ。祈るほかすべはない。あるいは、人間には屍骸となってこの泥と水のなかをただようことのみが許されるのかもしれない。創造主の恩寵厚い生きものたちだけがやすらいでいるにちがいない世界である。

はるかでは水が天に接して拡がっていて、ベンガル湾かとも思えるが、そこも巨大なガンジス本流の一部なのかもしれない。

右手、北側の窓からはヒマラヤの白くかがやく峰々が真横の高さに見える。聖なる山。

その山巓と山麓の水をあつめて海に帰す聖なる川。ガンジス。ヒンドゥ語でガンガー。敬意をこめて、ガンガジー。聖なる川。

清浄の泥、再生の泥、そして、混沌。終わりにしてはじまり。はじまりにして終わり。

この泥と水のなかにあおむけにただようとき、なにが見えるのだろう。

　ホテルに荷物を置いて、スワヤムブナート寺に向かう。スワヤムブナート寺はカトマンドゥ西郊の独立した小丘上にあり、二千年以前につくられたネパール最古の仏教寺院ということだ。中央に直径十八メートルのストゥーパ、仏塔があって、そこに描かれた「眼」ゆえに目玉寺とも呼ばれるが、ストゥーパをもつ寺院は少なくはなく、実際、カトマンドゥ東郊のボドナート寺のストゥーパはスワヤムブナートのそれよりもおおきく、こちらも目玉寺と呼ばれる。京都に東西の本願寺があることと似ていると言えば誤りだろうが、感じとしてはそう遠くはないだろう。

　ストゥーパはその全体が結跏趺坐している仏陀の姿をあらわしているとされている。メーディ、基壇が組んだ足、半球形のアーンダ、覆鉢が胴、その上の方形のハールミカー、平頭が顔、最上部の三角形をしたチャトラ、傘蓋は仏陀の頭頂であるとともに天界をも象徴している。積みあげられた幾何学的な構造物の総体は五輪塔を類推させる。宇宙を生成する五大、地、水、火、風、空を形象化した五輪塔は、一説では仏身の各部分を対応させているともいわれているので、わたしの直感もあながち的外れではあるまい。ただ、日本の五輪塔は侘び、寂びを好んだ精神風土に馴化しているかに見えるが、こちらのストゥーパはいろどり豊かでおおきくて派手はでである。ストゥーパのハールミカーの四面それぞれには、半眼をひらいて瞑想しているとも、慈悲のまなざしをあまねく四方にそそいでいるともとれる「仏陀の眼」が描かれている。鼻は一の数字の形で描かれ、「唯一のもの」を表しているそうだが、ひらがなで「のし」とつづけて書いたようにも見え、なんとなしかわいい感じがする。チャトラからは幾筋もの綱が四方に張られ、タルチョーが運動会の万国旗のようにはためいている。仏身であるストゥーパが境内の中央に据えられているのだから、言ってみれば、鎌倉の大仏を目の前にしているようなものである。即物主義と抽象主義の違いか。見る者の想像力を解き放ってくれるのはストゥーパのほうだ。

　かねがね一度は試みてみたいと思っていたマニ車があった。マニ車を廻しながら、ストゥーパのまわりをひとまわりした。そういえば、子どものころ、法事のときなど、座敷に大勢で円陣をつくって座り、「南無阿弥陀ん仏」と声を合わせて唱えながら、大数珠を廻すことがあった。このふたつは同じ発想に基づいているのではないか。

　スワヤムブナートは仏教寺院といっても、ヒンドゥ教、ラマ教の施設もあって、多民族国家の寺院にふさわしい共存ぶりである。

境内からはカトマンドゥの市域を眺望できる。ネパール第一の都市とはいえ、高層の建築物は見あたらない。盆地が夕景のなかに沈みこんでゆくかのようだ。高台だけにさすがに風が涼しくなった。

一九九七年十一月四日　カトマンドゥ

いろいろに呼ばれていて、藤原新也『インド行脚』ではバラナシ、遠藤周作『深い河』ではヴァーラーナスィ、そのほかベナレスやバナーラスという表記をしているものもある。ガンガー中流の河岸にあるヒンドゥ教徒の聖地の名は、実際のところはなんといえばいいのだろう。『最新世界地図帳』（平凡社・一九八〇年）には、ワーラーナシー（ベナレス）とあって、〝Varanasi〟〝Benares〟という綴字が索引に示されている。もう一冊、神谷武夫『インド建築案内』も繰ってみた。〝BANARAS（VARANASI）バナーラス（ヴァーラーナシー）〟の項目に「釈迦が訪れた時代にもすでに古都であったから、おそらく三千年の歴史を生きてきたろう。古代にはカーシーと呼ばれ、現在の公的な正式名称はヴァーラーナシーであるが、日本では長くベナレスと呼ばれてきた」とある。そこで、以下はヴァーラーナシーと書くことにする。それにしても、三通りもの綴字があるのには驚いた。もっとも、「かき」と言おうが「かぎ」と言おうが、おいしいものが食べられればいいのと同じで、地名の言いかたが人によって少々違っていようが、信仰厚き者にとってはそこが聖地であって、そこに行くことができ、そこで沐浴でき、叶うことならそこで死を迎えられればいいのである。

ヴァーラーナシーとカトマンドゥとは約四〇〇キロメートルの距離にある。インド亜大陸のおおきさからすれば、目と鼻の近さである。カトマンドゥを流れるバグマティ川はガンガーの支流のひとつで、この川もまた聖なる川とされている。ただし、ガンガーに合流するのはヴァーラーナシーよりさらに下流になってからである。

カトマンドゥの東から流れてきて南へ流れ去ってゆくバグマティ川がちょうど街の東方にさしかかったあたりの河畔に、パシュパティナート寺がある。この寺院はヴァーラーナシーほど一般には知られてはいないが、全ヒンドゥ教徒にとってはヴァーラーナシーに肩を並べる重要な聖地なのだという。本堂には教徒以外は入れない。寺院や僧坊は川の西岸にあって、その下方にはヴァーラーナシーの写真でおなじみの階段状のガートが、規模はヴァーラーナシーに及ぶべくもないが、神聖な水辺につづいている。

訪れたのは午前中とはいえ、正午にちかいせいであろう、沐浴している人はいなかった。早朝であれば対岸に昇る朝日を拝みながら沐浴するヒンドゥ教徒たちの姿を目にすることができたろう。ガートでは、それにかわって十数人の女性たちが洗濯をしている。ガートに接したすぐ上流にアスマサーン、火葬場がある。四つの台があって、そのすべてで荼毘がおこなわれていた。組みあげられた太い薪がさかんに炎や煙をあげている台もあれば、ほとんど炭化した薪があかい火のかたまりになっている台もあれば、白い灰がちになってしまった台もある。ときおり、男たちが太竹のながい棒で燃えぐあいをととのえている。ほとんど流れているとは見えない川のなかほどのそこここに、燃えさしの薪がとどまっている。骨灰とともに流されたのだろう。そのかたわらで女たちが洗濯をしている。対岸から眺めていると、時間がとまってしまったような気分になってくる。

この日の昼食は日本大使公邸で食した。こんなことになったのは、同行者のなかにある人物がいたためである。あとになって読んだテリー伊藤『お笑い外務省機密情報』に次のような記述がある。

取材した民間人のほとんど全員が、「日本の在外公館は、旅行者や、普通の在留邦人には冷たい。それが基本姿勢」と証言しているのです。

そして、それとはちょうど裏腹に、大使館員白身が「政治家とか外務省や大蔵省の役人に対しては、在外公館は『交通公社』ですね。しかも、全額税金でサービスする、無料の旅行社です」と言うのである。

じつは、同行者のなかに「政治家とか外務省や大蔵省の役人」のいずれか、もしくはそれに類する人物がいたために、われわれが空港に到着するたびごとに大使館員が迎えに来ていただけでなく、たとえば、某国の入国審査の際には、混みあっている一般カウンターを脇目に、われわれまでがV．I．P．カウンターをとおるなどの便宜のおこぼれに与ることとなった。

この日の大使公邸訪問について、われわれはまえもって「スーツにネクタイ着用であること」との指示をうけていた。旅行中の服装について指示があったのはこのケースだけで、外国に来ていておなじ日本人に会うときにだけ正装を求められるとはへんな話だとは思ったが、まあいいか。

大使夫妻の出迎えをうけ、公邸に入る。二〇〇〇平方メートルは優にあろうかというひろい内庭にはテントが張られていて、大使夫妻や大使館員の接待とおかかえのコックが調理したごちそうの供応とを受けた。後年、ペルー日本大使公邸襲撃事件が発生したときには、当然のことながらこの日のことを思い起こしたことであった。各国の大使公邸でことあるごとに催されているこうしたパーティーの経費はすべて公費でまかなわれているという。同行のＳという人から挑発するように危険な話題を向けられた大使が困惑した表情で応じていたが、これも『お笑い外務省機密情報』をあとで読んで、政治家や高級官僚への接待の内容を知っていて、Ｓ氏はああした話題を口にしたのだったろうかと想像してみた。

カトマンドゥの閑静な高級住宅地にある日本大使公邸は、当時は借家だったが、現在は自前のものを建築中であると聞いた。万全の備えをほどこし、武装集団が襲撃して来ようが難攻不落、こころおきなくパーティができるようになることだろう。これは、どうやらペルーの日本大使公邸の話題と話題が錯綜してしまったようである。

昼食会に出席することを潔しとせず、欠席した人がいたことをあとで知った。

午後、カトマンドゥ一賑わうダーバー・スクエアに出かける。カトマンドゥの地名が由来するというカスタマンダップ寺院をはじめとして、数々の寺院があって、ヒンドゥ教徒、観光客、物売りなどでごったがえしている。

その一角にクマリ館という建物がある。さりげない入口をくぐると、そこは建物にかこまれた小さな四角い庭で、ダーバー・スクエアの喧騒が遮断されたもうひとつの世界である。案内人の大声の呼びかけに応じて、二階の窓から四十歳ぐらいの男が顔を出す。ふたりで二、三のやりとりがあって、案内人が説明する。

「これから、生き神様が二階の窓から、ちょっとのあいだ、お姿を見せます。写真撮影は禁じられています。よろしく、お願いします」

ほんの数秒ほども上半身を見せたろうか。生き神は十歳前後の少女である。少女の視線は、二、三十人ばかりの観光客に向けられるでもなく、区切られた四角い空間の壁面をけだるくさまよって、少女とともに、消えていった。

ヒンドゥの神の霊がのりうつった女の子が生き神とされるのだとの説明である。現在のクマリは六歳のときにその立場について、以来、このクマリ館からほとんど出ることはない。外出するのは、年間合計十三日の祭日だけだ。クマリの主要な役割は、初秋におこなわれるインドラ・ジャトラの祭のとき、山車に乗って市内を巡行し、ひとびとに守護と恵みを与え、国と国王を祝福することだという。ふだんは一種の幽閉状態で暮らしている。学校へは行かず、専任の個人教師から学んでいる。

この生き神が生き神であることから失格するのは、けがをするなどによって血を流したときである。したがって、初潮をむかえたときもクマリとして存在できなくなるのである。さっき二階の窓から顔を出した男は彼女の父親だ。

　案内人がクマリの父親に再交渉すると、観光客のまえに出ることはめったにないという生き神様が、もう一度窓のところにあらわれた。きょうは特別大サービスをしてくれたわけだ。しかし、世界のことには関心がないというふうに、すぐ引っ込んでしまった。

　ヒマヤラをはさんで向こう側、チベットのラサにもダライ・ラマという生き仏がいる。向こうのことは知らないが、こちらの生き神はありふれた女の子という印象だった。

　ダーバー・スクエアにまだいるうちから、ひとりの少女が同行者について離れなくなった。クマリ館の生き神と同じくらいの年まわりの、つまり十歳ほどの少女である。

　彼女はくり返し言う。

「I'm very very hungry. Please, give me money!」

　彼女はまずまずの服装――いいとは言えないが、だからといってひどい服装とは言わない、つまりは普通の子どもとしてすごしているぶんには違和感を感じない服装――をしていて、髪もきれいできちんと束ねている。履きものはゴムぞうりを履いているのだが、右足の脇の緒が切れていて、安全ピンで留めている。そのピンがはずれ、彼女は片足をはだしで、ぞうりの緒をなおしながら、

「Please, give me money!」

と、同行者に食いついて離れない。

　彼女には相棒がいて、同じぐらいの背かっこうの男の子で、彼女の弟らしい。彼は模様の入ったふろしき様の布で包むようにして二、三歳ぐらいの幼児を背負っている。

　まえもって、ネパール人の案内人から、物乞いに金銭を与えないでくれと戒められている。子どもたちに、働かずには金を手にできないことを理解させたいのだという。

　同行者たちは、

「I'm no money.」

とか、

「Go home!」

などと、これも初級英語で追い返そうとするのだが、ふたりはねばり強くどこまでもついてくる。とうとう、ダーバー・スクエアからニューロードをカンティ通りまで、約一キロメートルもついてきてしまった。

　彼女たちは、たしかに物乞いであって、なにか物を売ろうとしているのではない。しかし、あかんぼうを背負って一キロを歩き、かたことの英語で訴えつづけたことを労働とみなして、その労働に対する報酬を与えてもいいのではないかと、わたしは思いはじめていた。

　結局、カンティ通りまで来たところで、彼女たちは案内人に見つかり、追い返されてしまった。

記憶をたどると、かつて自分が子どもであったころ、町の風景のかたすみに物乞いの姿があった。ひとびとの施しを受けながら、あるいは、なにかちょっとした仕事をすることによって、報酬というよりは、お駄賃を受け取って暮らしている人たちがいた。そして、ひとびとは、そうした暮らしをしている人たちを、自らの共同体の一員として認めてはいなかったにしても、すくなくともその周縁の人、もしくは異人として受容して遇していたはずである。

たとえば、祖母のところに来る女性の物乞いがいた。幼いわたしが祖母の家に行くと、祖母は階段下の戸棚をあけ、とりだした缶のなかから、孫であるわたしに駄菓子をくれるのだった。おそらく、そのわたしに対したと同様の遇しかたで祖母は物乞いに対していたのだったと思う。古来異人を歓待する風習がある。物乞いはホカヒビトと呼ばれ、もてなしを受けたのである。

「I'm hungry. Give me money!」

と言いながら、一キロもついてきた彼女たちに百ルピー(約二百円)の施しをする、あるいは、しないことが、彼女もしくは彼という人間の存在にどう作用することなのか、しないことなのか、われわれには確認しようのないことである。そのことを知っているのは、もし存在するならば、神だけであろう。ただし、神はなにもしない。そのうえで、なにかをする、あるいは、しないことを、神はこちらに委ねているのだ。

ダーバー・スクエアの迷路には思考の迷路もあるらしい。五十年前、あの焼け跡で、「ギヴ・ミー・チューインガム」と米兵にねだっていた少年たちが、後年私欲をむさぼることによって日本経済を破綻にみちびいたことに思い至ると、施しはすべきではないと答えることが、ここでは正解ということになろうか。

実際のところの彼女たちは、施しを受けるときも、得られないときもあって、それらをとおして、生きるしたたかさをはぐくんでいるのだ、そんなふうに感じた。カトマンドゥの兄弟には生きるしたたかさがあった。

それにしても、はじめて覚える外国語が物を乞うことばとは、身にしみてつらいことだ。

ダーバー・スクエアのごく近いところに、対照的な生きかたをすることによってわれわれに問を発している、ふたりの同じ年ごろの少女が生きていた。そして、われわれは大使公邸でもてなしを受け、物乞いの少女に対してはなにも与えることをしなかった。

一九九七年十一月五日　カトマンドゥ――ポカラ

朝、ホテルの周辺を散歩する。

カトマンドゥに滞留しているという表現は、実際のところは正確でない。カトマンドゥの東郊を南下してきたバグマティ川は流れを転じて西へ向かう。この西へ向かうバグマティ川を挟んで北岸にカトマンドゥ市、南岸にパタン市があって、街つづきになっている。これは、一つの大きな都市を川の南北で分け、北地区をカトマンドゥ、南地区をパタンと呼んでいると言ったほうが分かりやすいかもしれない。ホテルはバグマティ川の橋を渡った南にあるのである。

ホテルまえの道は川に向かって坂道になっている。昨夕、薄暮を過ぎたほとんど夜というべき暗さのなかを、白転車やバイクが自動車にまじって、ライトを点灯せずに、この坂道をすごい勢いでつぎつぎに走り降りているのを日撃して、おどろいてしまった。よくも事故にならないものである。

かつて訪れた北京では自転車の大群に感嘆したものだ。それは魚群が水中を移動するさまそのままだった。信号などあってないに等しく、つぎつぎにあらわれる自転車の大集団はスピードを緩めることなく交差点を器用に通過してゆくのであった。ほとんどそれは生得的な習性によってのみなしうることのように見えた。北京市民は魚の眼をもっているのではなかろうかと思った。カトマンドゥ市民もすごい。こちらは抜群の視力をもっているのかもしれない。

そんな昨夕とはがらりとおもむきを変え、朝のいまはゆっくり歩いている人がほとんどだ。食品類を満載した自転車を押している人がいる。彼を呼び止め、品定めする人がいる。のどやかな朝の情景である。さらに進むと、道ばたにごみが山をなしていて、その一部分から煙があがっている。よく見ると、ごみと同化したようなひとりの男が座り込んでいる。道ゆく人びとはひとりとして彼を見向きもしない。

ネパールは多民族国家であると同時にヒンドゥー王国でもある。民族の平等は憲法によって保証されてはいるのだが、ネパール語には「民族」の意味と「カースト」の意味とをあわせもつ《ジャート》という言葉があってこの二つの概念を区別していないことによってあきらかなように、民族的なものとヒンドゥー・カースト的なものとを混在させたヒエラルキーが存在しているのである。パタン市はネワール人が多く住んでいる地区なので、ここではネワール人を例にあげる。ネワール人はカトマンドゥ盆地を中心に分布する独自のカースト体系をもつ民族である。石井溥編『ネパール』(河出書房新社)に載っている「一八五四年ムルキ・アインにおけるジャートの区分とヒエラルキー」では、次のように五つのランクにネワール人をふりわけてい

る。すなわち、

1、タガダリ（聖紐を身につけた者）
・デオバジュ（ブラーマン）・ネワール諸カースト
2、奴隷化不可能なマトワリ（マトワリ＝酒を飲む者）
・他のネワール諸カースト
3、奴隷化可能なマトワリ
（該当するネワール人なし）
4、水を与えられないが可触のカースト
・カサイ（肉屋）・クスレ（楽士）
・ヒンドゥのドビ（洗濯屋）・クル（なめし工）
5、水を与えられず不可触のカースト
・ポレ（皮剝人、漁師）・チャメ（掃除人）

である。

つまり、十九世紀の半ばにはおなじネワール人でありながら最上位のカーストであるタガダリ（ブラーマンにあたる）から不可触民までこまかく規定されていたのである。清掃を生業（なりわい）とするチャメは雇い主からの報酬やバイオ廃棄物を肥料として売ることによって生活する。清掃人カースト以外の人びとはいったん捨てられたごみ、すなわち、けがれたごみには触れてはならない。つまり、掃除はしないのである。したがって、たとえば学校では、生徒が教室を清掃することはなく、かならず清掃人を雇うのである。

十九世紀半ばと現在とでは様相はおおきく変化していることだろう。だが、ごみの山のかたわらにうずくまっている男が現実に存在している。彼は日々生きるなかでなにを考えていることか。前掲した『ネパール』に「カーストと民族の間――民族・ジャート・国家」を書いている名和克郎は次のような印象的なエピソードを紹介している。

一人のポーターを雇ったことがある。（中略）茶店でチャ（砂糖とスパイスの入ったミルクティー）を飲もうということになった。ところが彼は店の外に座り、店主が茶を持ってくると、直接手渡さずに地面に置くように指示した。そして飲み終わると自らコップを洗った。こうして彼は、自分がこの地域でドムと呼ばれる「不可触民」であることを、自ら率先して行動で示したのである。

もし不可触民であることを隠していてそれが露見すると制裁が科せられるのだろうか。このことをおそれるポーターはみずからの社会的地位を甘受せざるを得ずしてこうしたのか。あるいは、不可触民であることのなかにアイデンティティーを見いだしその主張を行動にこめて表現しようとしたのか。

ごみの山のかたわらにうずくまっている男は、低い位置からの視点で外界を見つつ、その内部ではいかなる思考を醸成しつつあるのだろうか。

ロイヤル・ネパール・エアライン141便に搭乗し、昼まえにポカラに着く。ポカラはもともとチベットとインドを結ぶ塩や穀物の貿易中継地であったが、一九五二年に空港ができて以来、アンナプルナ、ダウラギリ山群へのトレッカーなど、外国からの観光客が集中する町になった。一九八三年当時の人口は約五万人である。

街並みの上に突き出すように聳えている山がまず目にはいる。マチャプチャレ。標高、六九九三メートル。実は、周囲のアンナプルナ諸峰に標高でははるかに及ばないのだが、鋭い四角錐形の山容がうつくしく、しかもポカラにもっとも近く位置しているため周囲の山々を圧して見えるのである。町の人たちにとっては神の宿る神聖な山なのである。昼食をフィッシュテイル・ロッジというレストランで食べた。《魚のしっぽ》とはへんな名前のレストランだなと思ったが、聞くと、マチャプチャレとは《魚のしっぽ》の意味だとの説明があって、納得した。そう言われればそうも見えるのである。レストランはペワ湖のほとりにあって、対岸のおおきな菩提樹とマチャプチャレやアンナプルナ連峰とが湖面に映ってゆらいでいる。一日くさむらに寝そべっていたい気分だ。満月の夜、月光にかがやくマチャプチャレは荘厳そのものだという。

午後、オールド・バザールの一角にあるシッダルタ・ユース・クラブを訪ねる。プラディプさんとその仲間たちによるボランティア活動の拠点である。代表のプラディプさんは二十六歳の青年弁護士で、福島県須賀川市にある「宇津峰十字の里」という施設で実習したことがあるといい、日本語を話す。彼らの活動は、子ども、女性、健康、教育、環境の分野にわたっている。三階建の建物の一階は薬局と診療所で、健康相談や栄養指導などをおこなう健康サービスセンターでもある。二階は図書室で教室・ホールを兼ねている。

薬局に隣接してチルドレンズハウス（ナイト・シェルター）がある。捨て子や親の離婚などによるストリート・チルドレンのための施設だが、家庭内で虐待をうけている子どもなどにも開放し、心おきなく寝泊まりできるよう配慮しているということだ。なかを見せてもらったところ、床は土間で、ほかには竿に架けられた粗末な毛布が数枚あるだけだった。しかし、家庭に恵まれない子どもたちにとっては安心して夢を見ることができる唯一の場所なのであろう。常時、十五人ほどが夜を過ごしているという。プラディプさんたちの子どもの権利を尊重し、護ろうという姿勢がみてとれた。

　環境問題では、植樹や自然保護、それに街の清掃・美化に取り組んでいる。すでに述べたように、ネパールではごみを扱うのは清掃人カーストに限られていた。それに加えて《のら牛》とのら犬。さすがに首都カトマンドゥではあまり見かけなかったが、ポカラには《のら牛》が多い。ごみに首をつっこんでいる《のら牛》をメインストリートでさえあちこちで見かけた。牛は聖なる生きものであるとともに、捨てられた有機ごみを処理する役目を担って、その存在を認められているらしい。ところが、近年、生活様式が変化し、あるいは観光客がふえるなどして、ごみの質は多様化しその量も増大している。このためこうした従来の「文化的処理法」では処理できなくなっているようだ。チルドレンズ・ハウスでは、道ばたに落ちていた空き缶などリサイクルできるごみを拾い集めてきた子どもには報酬を与えている。子どもたちは労働によって収入を得るという学習と、ごみに対する意識革命とを学んでいる。

　また、ここでは、女性の地位向上のための助成にも力をそそいでいる。基礎的な訓練や生活技術などを指導している。識字教育の女性グループのなかから市議会議員に五人の候補が立ち、三人が当選するなどの成果をあげているそうである。


　いま、プラディプさんのグループは救急車を手に入れたいのだそうだ。日本円で百二十万円あれば買える。これまでに四十万円を用意できたというが、あとの八十万円をつくるのがたいへんである。なぜなら、ネパールでは大学卒業者の給料が一日あたり二百円程度だから、四十人の大卒が百日間の給料をそっくり拠出しなければ目標額に達しないのである。しかし、彼らが救急車を病人たちのために走らせるのはそう遠い将来のことではないにちがいない。

　この文章を書いているさなか、『朝日新聞』の「自分と出会う」に、かつて全学連を組織したひとりである安東仁兵衛が、哲学者の梅本克己がカントを引用して述べている言葉を紹介しているのを読んだ。すなわち、カントの「たとえ目的遂行の可能性が一切うばわれたとしても、なお灼熱して輝くもの」について、梅本は「このようなものをもつことによって人間は人間となったのである。問題はただこのような義務が歴史的主体と結びつくか否かにある」と述べているというのだ。

　「灼熱して輝くもの」をもつ青年——老年もそうだが——のいない国、「灼熱して輝くもの」をもつことが人間としての「義務」であると認識する青年——老年もそうだが——のいない国、このような青年——老年もそうだが——が歴史的主体をになっていない国、そんな国は滅びてしまうがいい。そして、プラディプさんの国に栄光あれ。

ホテルに戻ったあと、近くのみやげ物屋で絵はがきを少々買う。

流水で丸く磨滅した黒い石を割ると、なかにアンモナイトの化石が閉じこめられている。この石がみやげ物として売られていた。ちょっと気になったが、買わなかった。あとで、土地の人びとが化石に信仰上の意味を見いだしていることを知って、自分の想像力の貧しさを思い知った。永遠の象徴ともなる硬い石のなかに隠されている生きものの姿に、永遠を超えた生命の存在を畏怖をもって考えるのは当然というべきだったのだ。ヒマラヤのふところ深いところにあって永遠の生命を閉じこめていた黒い石を一つ、分けてもらってくるのだったと悔いている。

一九九七年十一月六日　ポカラ――カトマンドゥ

早朝四時起床。満天に星。オリオン座が南中していて、ベテルギュース、シリウス、プロキオーンがつくる大三角形がひときわ鮮やかに輝いている。バスでサランコットの丘に向かう。夜明けのアンナプルナ連峰を見ようというのだ。すこしの距離を歩いて展望台まで登ると、東から空が明るんできて淡い薔薇色に染まりはじめていた。黒く闇のなかにひそんでいた山々がしだいに姿をあらわし、氷壁が朝の太陽の最初の光りによってモルゲンロートに染めあげられてゆく。ぜいたくな時間を楽しみながら、なぜか、李白の七言絶句の一節「朝辭白帝彩雲間」を口にしていた。白帝城の壁面も茜色を映していたにちがいないという連想のせいだろうか。旅人である自分もまた間もなくここを立ち去らねばならない。

気持ちはまだ朝焼けの山に向かっているのに、急いでポカラに戻らねばならないとのことで、帰り支度をせかされる。この日、ポカラの自動車労働者のストライキが午前七時から予定されていて、バス、タクシーは使えなくなるというのだ。はたして、町の入口にさしかかると、ピケがあって、バスは停められてしまう。結局、ホテルまでの約六キロメートルを歩くことになった。

一昨日の午前中には、バグマティ川の支流であるマノハラ川が流れているカトマンドゥ東郊の農村に出かけた。その道すがら目についたのは、歩いている人の多さ、自分の家の門口に立っている男たちの多さ、そして、建築途中で工事を中断している個人住宅の多さである。ネパールはアジアのなかでももっとも貧しい国のひとつとされる。農業は停滞し、都市にも仕事がないという状況のようだ。一日じゅう門口に立ちつくしている男たちは、なにかをあてもなく待っている人という様子に見えた。建築途中の家は、たとえば日本への出稼ぎによって資金ができると工事を再開し、資金が尽きるとまた中断するというぐあいに工事が進められている模様である。その一方で、バスで移動する車窓からもたくさんの歩いている人たちを見た。日本でなら歩いている人のいるはずのないところ、たとえば二つの集落のあいだを人びとは歩いている。土地の人たちはとにかく歩いている。

きのうは、マヘンドラ橋からセティ川の深い峡谷を覗きこんだり、ニュー・バザールをぶらぶら歩きした。人びとが道ばたや軒下を商売や食事や近所づきあいなどの場にしているのを見ることができた。橋の上にはたばこの一本売りをしている男や、体重計を置いて計量する人から料金をいただこうという男もいる。道ばたで散髪してもらっている男もいる。店も金物屋、雑貨屋、生地屋など生活のにおいがする商品を扱っている店が多い。町のたたずまいがなんだか子どものころの町そっくりで、指で鬼の顔をつくり舌を出した遊びともだちが物かげから「バア」と言って、しかし目は笑いながら出て来そうな雰囲気である。忘れてはいたもののつい数十年まえには自分たちのものであった生活の風景——原風景と言うべきか——のなかに立ち戻ったようななつかしさを随所で感じ、ほっとやすらいだ気分にひたっているのだった。

わたしたちはわたしたちの生活のなかの多くのものをいろいろな理由のもとに排除してきた。汚い、不便だ、能率がわるい、古い、などと言って排除してきたものがここにはあって、それがひどく人間的なのである。そんな暮らしをしている彼ら自身が人間的なものをより濃く残しているせいなのかもしれない。そして、こうした暮らしがあたりまえである人たちを見ると、人間の本然的な姿を目のあたりにしているようで、こころが動かされる。人間というものはこんなふうに生きるものだったんだと思い出させてくれるのだった。ヨーロッパを旅していてふと感じることがある敵意に似た気配にも、ここではいちども出会うことはなかった。このことは、貧困とか、教育水準の低さとか、そういう問題とは別の土俵で考えてみたいことである。

ポカラの自動車労働者のストライキは、わたしたちがこころを解放するための仕上げをしてくれたように思う。ひとつは、もちろん、ヒマラヤの山々を背に六キロメートルほどの道を歩いて、土地の人たちと同じようにゆったりとした気分になれたことである。歩きながらのスピードでものを見、考えることができたうえに、もっともエコロジカルで人間的な移動手段を思い起こすことができた。途中での休憩を菩提樹下で結跏趺坐のまねをしたのもよかった。言うまでもなく、わたしのとっては悟りなどは別の世界のことだけれども。

もうひとつは、カトマンドゥ郊外の集落の道を、道に流れ込んで溜まっている汚水を避けては「汚い。きたない」とぶつぶつ言いながら、爪先立って歩いていた同行者をふくめ、女性たちもやむなくではあったが物かげや茂みのなかで用を済ませたことである。自然のものは自然に帰すのがもっとも自然だろう。汚いとか、くさいとかは、その文化によって異なるものである。たとえば、納豆をくさいという文化とそうでない文化とがある。アフリカのスーダンで生活する遊牧民は、牛が放尿をはじめると、頭を突き出して洗顔・洗髪する。医者によれば、健康な排尿直後の尿にはまったく細菌は存在せず、「汚いものではない」という。ネパールの農村では牛糞を小丸盆の大きさに固めたものを道ばたにならべ、天日で乾燥させていた。燃料にするのだ。この煙には蚊取り線香とおなじ効果があるそうだ。消臭剤とか抗菌グッズなど反自然的なものが流行するほうがおかしいのだ。

こんなことを考えるきっかけを与えてくれたのもポカラの自動車労働者のストライキの効用だった。

ホテルのボーイがKさんに日本での身元引受人になってくれるよう頼みこんでいる。日本で不法滞在しているネパール人にはポカラ出身者が多いという。

RA142便でカトマンドゥに戻る。

パタン市内で職人の工房を見る。木工芸品、金属工芸品などがつくられている。曼陀羅を描いている人、金属で仏像をつくっている人もいる。古いものに見せるような細工も施されている。

［資料とした文献］

■杉浦康平「眼の力」（『季刊自然と文化』日本ナショナルトラスト・一九八五年十二月十五日）

■テリー伊藤『お笑い外務省機密情報』（飛鳥新社・一九九七年十月十六日）

■石井溥（編）『ネパール』（河出書房新社・一九九七年三月二十五日）

■藤田紘一郎「清潔ニッポン健康学」（『朝日新聞』一九九八年三月三十日）

■安東仁兵衛「自分と出会う」（『朝日新聞』一九九八年四月十四日）

神戸・福井・丸岡

一九九七年三月十六日　神戸

大阪空港に着くと、最初の目的地である茨木市の富士正晴記念館を目指した。途中、大阪高速鉄道のモノレールに乗りたかったので、まず、千里中央までをバスにした。大阪高速鉄道は二週間後の四月一日になると大阪空港までの全線が開通し、空港から東海道本線の南茨木に直接アクセスすることになっていたので、そのことがすこし残念だ。千里中央行きのバスは中国自動車道と平行する一般道を走る。一般道のほうが高い位置にあるため、高速道路を多くの車両が追い越し追い越されしながら、カーレースそのままに走り去ってゆく様子をしばらくのあいだ目にすることとなった。

　人はなぜこうも気忙しく走らねばならないのだろうか。走るといっても、それは〈疾走している〉、あるいはむしろ〈ぶっとんでいる〉とでも表現するほうがより実態に近いように見える。人はなぜこうも気忙しく走らねばならないのだろうかなどという疑問は、なにをいまさらと言われそうだが、折にふれていだく疑問である。阪神地方に来て密集する建造物のあいだのせまい空間を電車やバスで通過していると、ことさらにそう思うのである。

　実業人でもある阪神在住の詩人、杉山平一の詩には電車に乗っていてモチーフを得たと思われる作品が目につく。ここでは、電車とは関係のない、しかし、モチーフとしては共通のものがありそうな「谷川」という詩を書き留めておく。

谷川　　杉山平一

ナニヲ
イソグノカ
マッシグラニ
必死ニ
ワレモノガチニ
サキヲアラソッテ
石ヲノリコエ
声ヲアゲテ
ナニカガ
ワタシヲセキタテル
ヒクイ
ヒクイ世界へ

モノレールの茨木駅（当時の駅名がかわり、現在は宇野辺駅）は茨木市の中心部から離れたところにあった。駅にはタクシーもやってこない。富士正晴記念館の方角を聞いて、だいぶ歩いてからようやく空車を拾うことができた。

富士正晴記念館は茨木市立図書館に併設されていて、富士家から寄託された約八万点の資料を管理している。展示室の中央には書斎を復元移築してある。展示は富士正晴の原稿、書画、遺品などのほか、関連作家である島尾敏雄などヴァイキング同人や、久坂葉子、伊東静雄、竹内勝太郎についてもなされている。収蔵庫の展示室側はガラス張りになっていて、多数の宛書簡その他が整理保存されている様子がうかがえる。こぢんまりとしていて、落ちついたたい雰囲気である。図書館のロビーにも通路がつながっているので、ときどきこどもたちがやってきて展示物をながめてゆく。

図書館がたいへん混みあっていて、ロビーはほとんど雑踏というべきありさまなのに驚いてしまった。聞くと、茨木市立図書館は関西屈指の利用率が高い図書館だそうだ。この日は図書整理を終えて開館した最初の休日なので、とりわけ来館者が多いのだろうということである。大阪のベッドタウン茨木市住民は知的レベルが高いのだろう。

つづいて、川端康成文学館を訪ねた。ここも茨木市青少年センターに併設されていて、富士正晴記念館よりはるかにひろい空間が確保されている。

三宮駅に近い裏通りのちいさなホテルにチェックインして、夕食と散歩を兼ねて街に出る。二年まえの震災の映像が脳裡に焼きついている三宮駅前の倒壊したビルもすでに建て替えられ、一見したところ街並みにも往来する人びとの様子にも二年まえにあのような大災害があったとは微塵も感じさせるものがない。だが、注意してみるとあちこちに囲いがあって、目にふれにくいところで工事がすすめられいた。住民の心の痛手は深く、癒えるにはまだまだ多くの時間が要るということだろう。さんちかやセンター街を歩いてみたがどうということはない。ありふれた繁華街である。淳久堂をひやかす。

一九九七年三月十七日　神戸

ＴＲさんがホテルに来る。神戸市役所の展望ロビーではＯＺさんとＯＭさんが待っていた。展望ロビーから海側にはポートタワー、メリケン波止場などがまじかに見える。いっしょに早めの昼食をとったあと、歩行に不自由がある詩人のＯＭさんとは別れ、ＴＲさんとＯＺさんに市内の案内を受けた。

訪ねたところ、中央区八幡通四丁目、小野柄通二丁目、灘区篠原北町一丁目、土山町、岸地通四丁目、青谷町二丁目、ふたたび中央区に戻って篭池通四丁目、北長狭通四丁目、中山手通四丁目、諏訪山町。このうち、訪問を目的にしていた建造物が震災で倒壊してしまって、たとえば中央区八幡通ではビルが、灘区篠原北町ではマンションが建設中であるなど、様変わりしていないところはないという状況で、被害が甚大であったことを改めて見せつけられる思いであった。

　つづいて、元町からＪＲで垂水へ。さらにタクシーで、途中垂水区星陵台四丁目の二箇所に立ち寄って、最後に西区学園東町の神戸市外国語大学に行く。帰りは学園都市駅から三宮まで市営地下鉄を利用した。学園都市駅のひとつ三宮寄りの駅が、ブルーウェーヴのホームグラウンド、グリーンスタジアム神戸のある神戸総合運動公園駅だ。

　どういうわけか、神戸では気持ちのおちつきが悪い。

一九九七年三月十八日　福井

　ＴＲさんとＯＺさんの好意に感謝しつつ、そうそうに神戸を離れる。大阪駅で乗り換え、湖西線経由で敦賀に着く。車窓に琵琶湖が見えてきたとき、なぜかこころがひろがってゆくのを意識した。ようやく旅をしているという思いになれた。

　敦賀からは小浜線の乗客となる。右手に若狭湾の入江や三方湖の風物を眺めながら、のんびりと走る電車に身を委せる。ふるくから京都文化圏周縁の位置にあった土地がらがかもしだしているものが感じられる。だが、一方で、この福井県若狭地方は福島県浜通り地方とならぶ原発密集地帯でもある。東から敦賀一・二号炉、ふげん（日本原子力発電）、もんじゅ（動力炉・核燃料開発事業団）、美浜一〜三号炉、大飯一〜四号炉、高浜一〜四号炉（関西電力）、あわせて十五基もの原発が林立している。発電所は人目をさえぎって海岸丘陵の陰に立地されているが、高圧送電線がそのありかを教えている。

　小浜で下車する。港の方角に歩いて行くと、魚屋がならぶ市場があった。売りものでは、さすが鯖街道の始点だけあって、焼き鯖が目につく。鯖を丸ごと焼いて売っているのである。食べてみたいと思う。港から蘇洞門（そとも）めぐりの遊覧船に乗る。乗客はほかに五、六人。内外海半島の断崖を船から眺めようというのである。親子亀岩、唐船島、獅子岩、大門、小門などと名づけられた海蝕崖を見物する。

　蘇洞門から小浜湾口の対岸に、港からは山かげになっていた大飯原発の全貌が見てとれる。ドーム型の炉とサイロ型の炉それぞれ二基ずつと付属建屋が、日本海に向かってちょうど両手をさしのべたような二つの尾根にかかえ込まれたかたちで、それはあった。なぜこんな地形が敷地として選ばれたのかという問いに対し、原発がここに〈ある〉ということ自体がそのまま答えになっていることが、じゅうぶん納得できるのであった。それでも、それにもかかわらず、原子炉事故の災害評価を専門とする原子核物理学者瀬尾健のシミュレーション（『原発事故…その時、あなたは！』風媒社・一九九五年）によれば、大飯二号炉で破局的事故が発生した場合の被害はショッキングである。すなわち、風下にあたった場合に住民の九〇％以上が急性死するエリア内で、小浜市三万四〇〇〇人、高浜町一万二〇〇〇人、大飯町六三〇〇人、名田庄村三二〇〇人、上中町七三〇〇人がその該当者になり、さらに、急性死の確率九〇～五〇％の距離にある舞鶴市で六万九〇〇〇人の急性死が見込まれるというのだ。加えて、晩発生の影響、つまり癌による死者として、近畿圏を中心とする三七八万人という恐るべき被害が想定されている。チェルノブイリのケースにてらしてみても、この選ばれた地形さえシェルターの役目を果たすものではないことが推測できる。

　こころなごませる風景の背後に隠れているものを透視する想像力をわたしたちは持たねばならない。

　市内を足の向くまま歩く。山川登美子の生家、市文化会館、杉田玄白像などに出会う。郊外には国宝を所蔵する寺院が多いのだが、立ち寄るだけの時間がない。若州一滴文庫も横目で素通りする。

　夕刻、福井市に着く。駅舎上屋がホテルになっている。夕食をとりながら駅周辺を散策。福井市のように、西日本には路面電車が残っている街が多い。ヨーロッパの多くの都市も路面電車を残している。これを文化の厚みというのだろうか。

一九九七年三月十九日　丸岡

　バスで丸岡町に行く。丸岡城ちかくで降ろしてもらう。丸岡城は国指定の重要文化財。小丘のうえにあって、町のたたずまいにとけこんでいた。環境に調和しているといえば、城のすぐ下にある中野重治文庫記念丸岡町民図書館もそうである。寄贈を受けた蔵書を収める文庫と、研究者のために研究書を用意した資料室があって、展示よりは研究に役立つ施設であることを目指しているようだ。寄贈された図書類には中野重治自身による多数の書き込みがあり、研究資料として貴重である。中野重治・丸岡の会は、東京の中野重治の会と連携をとって活動している。大阪、金沢などにも研究会があり、『中野重治研究会報』『梨の花通信』が発行されている。

　つぎに、中野重治生家跡を訪ねる。書斎が移築されているのだそうだが、管理する教育委員会で施錠してあって、まえもって連絡していないと内部を見ることはできなかった。すぐそばのあぜ道に〝中野累代墓〟があった。

某所

一九九八年某月某日　某所

昨年、一九九七年五月二十七日、神戸市須磨区友が丘中学校正門前に切断した男児の頭部が置かれているという事件が発生した。男児は須磨区多井畑小学校六年生(十一歳)で、その口には《酒鬼薔薇聖斗》と名乗る犯人のメッセージがくわえさせられていた。六月四日には神戸新聞社に挑戦的な犯行声明文が送りつけられた。残忍で猟奇的な事件にひとびとは震撼した。

六月二十八日、少年Aが事件の被疑者として逮捕された。「遅い夕食をとっていた店で、神戸の事件の容疑者逮捕第一報を聞いた。捕まったのは十四歳の男子中学生と知って、居合わせた全員が凍りついた」

これは、六月三十日付『朝日新聞』の「天声人語」の書き出し部分である。おそらく、世人のほとんどが同様のうけとめかたをしたはずである。

取り調べによると、五月二十四日の昼過ぎに少年Aは須磨区内の通称《タンク山》頂上付近で男児を窒息死させ、その後その頭部を切断のうえ投棄したのだという。

この事件にさきだって発生していた四件の通り魔事件についても、少年Aはその犯行を自供した。すなわち、二月十日の夕刻、須磨区内の路上で小学六年の女児ふたり(ともに十二歳)の後頭部をショックハンマーで殴打し、負傷させた。次いで、三月十六日の昼ごろ、須磨区竜が台団地内の路上で竜が台小学校四年の女児(十歳)の頭部を《鉄のハンマー》で殴打し、七日後の二十三日、脳挫傷で死亡させた。さらに、Aは、約十分後、同団地内の歩道上で小学三年の女児(九歳)の腹部を《龍馬のナイフ》で突き刺し、重傷を与えた。

昨年三月十六日、神戸市三宮駅近くのホテルにわたしが宿泊したちょうどその日、おなじ神戸市内で少年Aによる連続児童殺傷事件のうちの一件が実行されていたことになる。翌日、事件——通り魔事件が殺人事件になるのは、十歳の女児が死亡する二十三日である——が起きていることを知らないわたしは、事件現場からわずか三・五キロほどしか離れていない神戸市外国語大学を訪ねたりしていたのである。

神戸にいて感じた、ここから一刻も早くたち去りたいという思いをかきたてたあの違和感のようなものは、事件が発する妖しい気配によってもたらされたものだったというのだろうか。

この事件に対して多くの発言があった。例を挙げると、『文藝春秋』一九九七年九月号は、特集「神戸小6惨殺事件」を組んで、吉岡忍「酒鬼薔薇のルーツ」のほか、村上龍と藤原新也の文章を掲載した。このうち、村上龍の文章はのちにおなじタイトルで『寂しい国の殺人』(シングルカット社・一九九八年)として刊行され、藤原新也の「バモイドオキ神の降臨」も『藤原悪魔』(文藝春秋・一九九八年)に収載された。このほか、宮台真司『透明な存在の不透明な悪意』(春秋社・一九九七年)や、朝倉喬司『少年Aの犯罪プラスα』(現代書館・一九九八年)など多数の出版があった。

こうしたなか、『文藝春秋』一九九八年三月号は、少年Aの「供述調書」の主要部分を掲載し、その是非について論議を呼んだ。『フォーカス』による少年Aの顔写真の公開もあった。

また、この事件をめぐって、ゲストを囲んで若者たちにトークさせるTBSの特別番組が放映されたことがあった。この番組中、高校生らしい若者のひとりが「なぜ人を殺してはいけないのか」という疑問を投げかけたのだが、ゲストの作家たちがまともに答えようとしなかったという出来事が起きた。

たまたま、わたしはこのTBSの特別番組の出来事の一部始終を目撃した。筑紫哲也が司会をし、灰谷健次郎と柳美里がゲストであった。で、さきほどの「なぜ人を殺してはいけないのか」という質問が出されたのだが、柳美里は若者の質問を無視して、灰谷健次郎に対してまったく別の議論を挑発しつづけるのだった。おそらく、別のフィールドでの争いをここに持ち込んでいるのにちがいなかった。一方の灰谷健次郎は困ったような表情でなにも言わない。灰谷健次郎が若者の質問と柳美里の挑発のどちらに困惑したのかは明らかではない。いずれにしろ、ふたりともに若者に答えようとはしなかった。

大江健三郎が『朝日新聞』(一九九七年十一月三十日)に書いた「誇り、ユーモア、想像力」の一部はこの出来事に反応したものであった。大江健三郎の発言要旨は、こうだ。「若者の質問そのものに問題がある。なぜなら、人を殺さないということ自体に意味があるのに、どうしてと問うのはその直感にさからう無意味な行為であって、誇りある人間のすることではないとまともな子供なら思っていて、そういう問いかけを口にすることを恥じるものだ」

たしかに、「人は人を殺してはならない」とは疑いようもない絶対的な命題であろう。だが、これを疑う、疑うだけでなく行為に移す人間がいるかぎり、問われた者は、とりわけそれがみずからを作家であると称している者であるからには、答えねばならない責務のごときものがあるのではないか。文学とはそういうものではないのか。若者の質問は《誇りをもたない人間》の「恥知らず」な発言、あるいは自己顕示のための発言だったかもしれない。たとい、そうだったとしても、——実際のところ、わたしには質問者よりも柳美里のほうがより自己顕示欲にとらわれていたと見えた——作家であるはずの灰谷健次郎も柳美里も答えねばならなかったのだ。これだけが唯一の答えなどというものがあるはずのない設問である。その場での思いつきの答えだろうと、答えねばならなかったのだ。(ことわっておくが、わたしは大江健三郎「誇り、ユーモア、想像力」の全体に異議を申し立てているのではない。むしろ、そのほとんどに賛意を表するものだ。)

こうしたことが契機になってのことだろう。『文藝』が一九九八年夏号で、約九〇ページの特集「なぜ人を殺してはいけないのか?」を編集した。この特集には、「14歳の中学生に『なぜ人を殺してはいけないの?』ときかれたらあなたは何と答えますか」というアンケートもあって、精神科医、宗教家、哲学者、作家、詩人など、七十人ほどの回答が寄せられている。当然のことながら、ひとつとして同じ答えはないし、納得させられる回答があるわけでもない。『文藝』のこの特集は成功しているとは言いがたいのだが、編集の意図は評価しておきたい。

なお、灰谷健次郎は『フォーカス』が少年Aの顔写真を掲載したことに抗議して、新潮社を版元とする自著を引き揚げてしまった。一方の柳美里は『絶対零度の狂気』持つ少年たち」(『新潮45』一九九七年十一月号)で、少年Aの「懲役13年」という作文を読んでその文学的才能に魅了されていると述べている。ふたりがテレビ番組で発言しなかったことの埋め合わせをしているかとも見え、興味ぶかい。

他人には回答を求め、自分だけ知らぬ半兵衛を決め込むわけにはいかない。若者の質問に対するわたしの答えはこうだ。

ヒトは、たとえば、半径一五〇億光年もの広大な宇宙の起源や構造や形態や進化などについて、そのちいさな頭脳によって考察し、認識することができる。ヒトが存在しなければ、宇宙は存在しない。あるいは、ヒトが存在するまえの宇宙は意味をもっていなかった。全宇宙はヒトの頭脳のなかに存在する。ヒトと宇宙とは補完しあい、相互依存しあう関係にある。ヒトは全宇宙に対峙する存在である。

したがって、ひとりのヒトを殺すことはひとつの宇宙の可能性を抹殺することであり、殺人者自身の存在の根拠を抹殺することである。

「では、ネコなら殺していいのか」という質問が出るかもしれない。――少年Aはネコも殺していた。――それに対してはこう答えたい。ネコも宇宙を考察しているかもしれない。ただ、ヒトはそのことをまだ認識できないでいる。認識できないかぎりは、ネコを執行猶予にしておかねばならない。トカゲも同じことだ。

二〇〇〇年某月某日　某所

「一九九八年某月某日　某所」の項に補足をしたい。

この項のなかで、一九九七年の初夏に神戸市で起きた少年Aによる連続児童殺傷事件に関連して、TBSの特別番組にゲスト出演した二人の作家のこと、および、その一人である柳美里が『新潮45』に「『絶対零度の狂気』持つ少年たち」という一文を書いていることに触れた。その時点でわたしは、彼女による事件関連の文章は、その一文だけしか読んでいなかった。その後遅まきながら、わたしは柳美里『仮面の国』（一九九八年・新潮社）を読み、さきに読んだ文章は連載の一部だったことを知った。彼女は『新潮45』の一九九七年八月号に「『人権』に呪縛された『透明な家族』」、同年九月号に「ふたたび言う、出でよA少年の父」、同年十月号に「なぜ人を殺してはいけないのか」を書いたのち、同年十一月号にわたしが読んだ「『絶対零度の狂気』持つ少年たち」を執筆したのだった。

これらの文章のうち、「ふたたび言う、出でよA少年の父」には、灰谷健次郎の主張への異論が展開されていた。これを読んで、TBSの特別番組に二人が出演した機会をとらえて柳が灰谷をさかんに挑発していた理由をなるほどと納得することができた。つまり、雑誌での発言に応えがなかったから、顔を合わせたテレビスタジオでそのつづきを論じようとしたというわけである。次に、このTBSの特別番組のときのことについては、『仮面の国』の「なぜ人を殺してはいけないのか」の項で次のように書いている。

東京新聞（97年8月27日夕刊）のコラム「大波小波」の筆者である〈鎌倉ブディスト〉氏は、私が出演した『ニュース23』（TBS・8月15日）を俎上に上げ、「ある高校生が『なぜ人を殺していけないのか』と発言したら、大人が誰一人これにまともに答えない様子が、意味深かった。（中略）ドストエフスキーは、これに答えるべく『罪と罰』を書き、人を殺すと、自分が壊れるから、と答えている」と書いている。もし文学の命題として答えなければならないとしたら、テレビ番組で即座に出来るはずがない。私が小説できちんとした解答を出すためには、五年、いや十年の歳月を要する、あるいは一生答を出せない可能性もある。文学を切り離せば、答は簡単だ。それではなぜあの席上で発言しなかったのかと問われれば、単にきっかけがつかめなかった、あるいはしゃべり出しても司会者に遮られると諦めていたからに過ぎない。

〈鎌倉ブディスト〉が感じ、主張していることは、わたしが「一九九八年某月某日　某所」で述べたこととほぼ同じだととらえていいと思う。高校生にまともに答えなかったのと同様、これに対しても、引用した部分でわかるように、柳は問題をはぐらかしてしまっている。まず、だれも、高校生も〈鎌倉ブディスト〉も、テレビ番組のなかで『罪と罰』のような文学のかたちでこの問題に答えてもらうことを期待してはいなかったはずである。聞きたかったのは、「なぜ人を殺してはいけないのか」という問題について一人の作家としてふだんどう考えているのかということだったはずである。たとえば、教室で教師に質問するときとおなじノリで高校生は質問しているのだ。そのとき、教師は逃げるわけにはいかない。哲学者だろうと作家だろうとこの質問から逃げるわけにはいかないはずだ。即座に答えられなかったのだったら、ぎりぎりのところで、「きみは『罪と罰』や『異邦人』を読んだ？　まだだったら、ぜひ読んで、きみなりの答を見つけてごらんよ」と応じてもよかったと思う。「文学を切り離せば、答は簡単だ」というなら、答えるべきだった。それを、灰谷を挑発するのに夢中で、「きっかけがつかめなかった」とか、「しゃべり出しても司会者に遮られると諦めていたから」などと言うのは、詭弁もはなはだしい。現に質問が出ていてゲストがそれに答えようとするのを阻む司会者がいるものだろうか。

なお、柳美里は「なぜ人を殺してはいけないのか」（『仮面の国』一一六〜一一八ページ）のなかでは「なぜ猫を殺してはいけないのか」「なぜ人を殺してはいけないのか」についての彼女の解答を述べているので、書き添えておく。

プラハ・ウィーン

一九九九年三月二十三日　プラハ

プラハ滞在第三日。ときどき小雨が降ったりして、寒い一日だった。

午前、ブルノへの途中の村、シュテルノ村を流れるサウザワ川に面した丘陵上に築かれたシュテルンベルク城を訪れる。ひととき、城から眼下の小さな村のたたずまいを眺める。おおきく屈曲している河岸に沿って狭い軌条が敷かれていて、踏切も見えるが、列車が通っている気配はうかがえない。動いている人影もない。春はまだ浅く、見渡す樹木の芽は堅そうである。林間には名残りの雪がある。

プラハに戻って、アールヌーヴォー建築の市公会堂二階にあるレストラン、カダルノで昼食。

午後は同行者たちと別れ、気ままに歩く。ムステーク広場にはイースター卵を売る屋台などが並んでいる。多様なデザインの模様で装飾されたイースター卵は見ているだけで楽しい。

旧市街広場に移動して、写真でおなじみの天文時計が三時を知らせるのを、修学旅行中のイタリアの高校生などおおぜいの観光客にまじって、待つ。下の円盤が黄道十二宮と月暦を、上の装置は年月日、時刻、それに天体の動きを示しているのだという。機能とデザインとの関係がほどよい。一番上に二つの青い窓があって、上の円盤の右上にいる死神が一時間ごとに打ち鳴らす鐘の音とともに、窓が開き、十二使徒の人形が姿を見せるのである。最後に、窓の上の金鶏が鳴いておしまいとなる。このからくり仕立ては期待ほどのことはなく、あっけなかったという印象だ。観光客はさっと散っていなくなった。

旧市街広場にも屋台が出ていて、ギルド時代そのままと思える服装の飾り職人もいて、火を使って金属を加工している。

ティーン教会は閉まっている。時間を決めて開けるらしい。なぜかと思う。聖アンネ教会に入る。このあと、今夜観に来るマリオネットの劇場を確認しようと歩いているうちに、道に迷ってしまう。迷ってもモルタヴァ河畔に出るはずと高をくくっていたのだが、どうもそうはならなかった。ヨーロッパの都市の旧市街地（シティ）では周縁のあらゆる小路は中央の広場に向けて収束していて、逆に言うと、広場からは放射状にいくつもの小路が周縁に向かって拡散しているのである。しかもその放射状の小路に枝路がつき、たがいに交錯しあっていたり、そのあちこちにたまり場と言ったほうがふさわしい小さな広場があったり、ぎっしりと軒を接している建物の内庭への扉が開かれていたりすると、これはまさしく迷路そのものである。小路をひとつまちがえてしまうと、思いがけない場所に届けられることになる。プラハは作家フランツ・カフカが生まれ暮らし、そして遺体が埋葬されている都市である。彼の作品には読者を迷路のような世界に拉致してしまう力がある。そうした力は彼を育てたプラハの街によって授けられたものにちがいない。そのカフカ的世界をいまさまよっているのだ。迷ってしまったら、小路のなかの店を覗いたり、看板や壁面のしゃれた飾りつけを楽しんだりしながら、迷子になりきって足の向くまま歩みをすすめるしかない。と、突然、わたしたちはにぎやかな通りに送り出されているのだった。見回すと見覚えのある共和国広場らしい。念のため目についた両替所で確かめると、やはりそうだ。ここにはすでに二度来ているので、見覚えがあって当然である。わたしたちは角度にして一三五度ぐらいも違う方角の場所に出てしまっていた。

　メトロB線のナメスティ・レパブリキィ駅が近いので、地下鉄を使うことにする。一駅先のムステーク駅でA線に乗り換え、スタロメツカ駅で降りる。スタロメツカ駅には出口が三箇所あった。ちょうど構内に入ってきた若者がいたので聞いてみると、彼は劇場の場所を知っていた。指示どおり行くと、劇場はすぐに見つかった。なんのことはない、旧市街広場から至近距離だったのだ。迷ったのが不思議なほどだが、おそらくカフカによって迷路へと招き寄せられたのであろう。

　いったんホテルに戻って休息する。

　七時過ぎ、ゼリヴスケホ駅からふたたびメトロに乗って国立マリオネッテ劇場へ。国立劇場といっても構えた施設ではない。ここにもおおぜいのイタリア人高校生が入っていた。だしものは「ドン・ジョヴァンニ」。狂言廻し役であるモーツアルトが指揮するオペラという構成である。観ているうちに人形をヒトのおおきさに錯覚してしまうようだ。ときどき操っている人形使いの手が見えるのだが、その手が異様におおきく思われるのである。

　宿泊しているホテルのすぐうしろはバスターミナルで、その下はメトロの駅になっている。バスターミナルの先、道路を隔てた向こうに広大な墓地がある。シュトラースニッツ・ユダヤ人墓地という。そのうちのバスターミナルよりの塀で囲まれた一角に、カフカが埋葬されている。この墓地の門扉が開けられるのは、午前九時から午後四時までである。きのうの午後は早めにホテルに戻ったので、墓地のなかに入れないかと行ってみた。すると、管理人と思われる男が入口の鉄扉に鍵をして去って行くところだった。隙間から覗くと、標示があって、カフカの墓は右手にあるらしい。裏側に廻ったら入れるところがあるかもしれないと裏の墓地を歩いた。

故郷の町でも、広場に教会があり、その教会は一部分古い墓地に囲まれ、その墓地には高い塀がめぐらされていた。きわめて少数の子供たちだけがこの塀によじ登ることができたのであり、Kもまだできないでいた。好奇心が子供たちを駆ってこんなことをさせたのではない。墓地は子供たちには秘密などはまったくなかった。小さな格子戸を通って、子供たちはすでにしばしば墓地のなかに入っていた。ただ、高い塀を征服したかったのだった。ある朝——静かな、人気のない広場には光があふれていた。Kはそれ以前にもそれからも、そんな広場をいつ見たであろうか？——Kはその塀を驚くほどたやすくよじ登ることができた。

（原田義人訳「城」第二章）

まさか、カフカの作中人物Kが子どもであったときのように塀をよじ登ってなかに入るわけにもゆくまい。結局、宿泊したホテルのすぐ近くにカフカの墓がありながら、訪ねることができずじまいになった。

カフカの年譜を読むと、三人の妹、エリー、ヴァリー、オトラ、それに恋人だったミレナ、あわせて四人の関係者が、後年ナチスの強制収容所で死亡したと記されている。ナチスのエスニッククレンジングという暴虐はこの中欧をペストのように席巻して、ひとびとに不条理な死をもたらし、ひとびとの悲しみが地を覆いつくしたのであった。それから五十余年が経過し、あたらしい世紀を迎えようとしている今、ヨーロッパの一隅でエスニッククレンジングが再現されている。わたしたちはこの世紀の悲劇から学ぶことができなかった愚かな生きものなのだ。

明日はプラハを発つ。

一九九九年三月二十八日　ウィーン

ウィーン滞在第二日。日ごとにあたたかさが増し、木の芽、花の芽が目に見えてふくらんでいる。

モーツアルトハウスでの今夜のコンサートのチケットをホテルのフロントで買う。ホテルには料金のうちの手数料分を支払い、残金は会場の受付で支払うというシステムである。明快であり、納得できる。

午前、グループでシェーンブルン宮殿とベルヴェデーレ宮殿へ。シェーンブルン宮殿は二度目だが、ベルヴェデーレ宮殿ははじめてなかに入った。

昼食後、シュテファン大寺院をふりだしに、ペスト記念柱のあるグラーベン通りを歩いてペーター教会へ。さらにミヒャエル広場まで来ると、旧王宮のむこうが騒がしい。行ってみると、騎馬像のあるヘルデン広場でユーゴスラヴィア国旗を掲げた一団が気勢をあげていた。ウィーンで生活しているセルビア人たちの反ＮＡＴＯデモである。横断幕やプラカードには、

NATO＝VOLKERMORD

CLINTON IS A KILLER

などと書かれている。

二十四日夜から、ＮＡＴＯ軍がユーゴスラヴィアに対する爆撃を開始し、いまも続行している。

ブダペシュトのメトロの駅構内には無料の新聞『metro』が置いてある。初老の男が「持っていっていいんだよ」と目で教えてくれた。おととい、二十六日の見出し三本、

A NATO kitartoan bombaz

Orban:Nem kuld hazank katonakat Jugoszlaviaba

Albright:Milosevic meg nem vette az uzenetet

きのう、二十七日のマジャール語新聞『MAGYAR HIRLAP』のトップ記事の見出し、

Bombaztak Belgrad peremvarosait

正確な意味は理解できないが、読みとろうと試みる。

さらに、きのうは二十六日付け『朝日新聞』「国際衛星版」を入手した。そのトップ記事の見出し、

ＮＡＴＯ、ユーゴを空爆

全域の軍施設対象　コソボ和平拒否で

テレビもとぎれることなくユーゴスラヴィアに関する情報を伝えていて、「EUROPE IN WAR」という大見出しを使った新聞の映像も放映されていた。

きのうまでわたしたちがいたハンガリーはユーゴスラヴィアと接していて、首都ブダペシュトからユーゴ国境までの距離は二〇〇キロメートル足らずである。オーストリアも旧ユーゴの隣国である。二十五日、わたしたちがスロヴァキアのコマルノからドナウ川を越えてハンガリーへ入国したとき、特に個人旅行者に対する対応は通常よりも厳重なものだったらしい。一方で、土地の人たちは国境の橋を徒歩や自転車、車などで普段どおりに往来している様子だった。それが、きのう二十七日、ハンガリー側のショプロンとオーストリア側のクリンゲンバッハとのあいだでは、いつもは観光客であればごく簡単な入国手続きで済むのだそうだが、国境警備員がバスに乗り込み、わたしたちの顔と写真を照合しながらパスポートを集め、バスのトランクも開けて検査するなどをした。難民の流入に対する警戒をふくめての対処なのであろう。

ヘルデン広場で集会をしているセルビア人の集団に近づいてゆくと、そのもっとも外側にいた二、三人がわたしたちに話しかけてきた。妻は身ぶりをまじえて「あなたたちの主張は理解できる」というようなことをいった。たしかに、ユーゴスラヴィア連邦コソヴォ自治州で進行している事態を収拾するためという理由でNATOが武力を行使していることは非難しなければならない。武力の行使は、おそらく、なにも解決しないだろうし、事態の収拾をいっそう困難にする可能性すらある。一方、異民族を迫害していながら、非当事者は内政問題に干渉してくれるなというセルビア人の主張も認めがたいものである。ことは一方を支持し、他方を非難できるほど単純なものではないというのが、わたしの認識だ。

バルカン半島の、特に旧ユーゴスラヴィア連邦に限定して、その歴史を概観すると、アルバニア人の起源となるイリュリア人などの先住民族がいた地域に、南(ユーゴ)スラヴ系民族のセルビア人、クロアチア人などが移住してきた――したがって、ここでは南スラヴ系民族が侵略者である――ビザンツ帝国時代の六世紀からその歴史ははじまるといっていいだろう。乱暴を承知で要約すると、ビザンツ帝国につづき、ハプスブルク帝国、オスマン帝国、オーストリア・ハンガリー二重帝国、ナチス・ドイツと、入れかわり立ちかわりに異民族の侵略と統治があり、旧ユーゴスラヴィア地域には被支配時代以外はなかったと思われるほどの歴史である。しかも、そのあいまを縫うかのようにクロアチア王国が興り、あるいはセルビア王国が興りして、たがいにその領土を侵犯しあった。以後、くり返し内戦を経験し、なかでもナチス・ドイツ占領下のウスタシャ(ナチに協力したクロアチアの民族主義者集団)とチェトニク(セルビア人の民族主義者集団)とによる近親憎悪にも似た相互殺戮の過去は、現在に至るまで影を落としている。

こうした歴史を背景に、大セルビア主義、大クロアチア主義、大アルバニア主義が主張されるのである。これらを一言で言えば、それぞれの民族史上で最大版図であった時代をモデルに、その領土を回復しようとする政治的アジテーターによるきわめて作為的な民族主義的領土回復運動、となろうか。それぞれの主張は重複しあい、限られた地域を相互に奪いあおうとするものである。

大セルビア主義と大クロアチア主義の衝突に、いわゆるムスリム人――ムスリムとはイスラム教徒を言う一般名詞であって、民族を言うことばではない。ユーゴスラヴィアにおいてはセルビア人イスラム教徒と呼ぶのがよさそうである。彼ら自身はボスニックと自称している――がからんだのが九〇年代前半の内戦であった。

現在泥沼化しているコソヴォの問題は、大セルビア主義と大アルバニア主義との衝突が露頭したものだ。大セルビア主義とは、現ユーゴスラヴィアほぼ全域に加えて、アドリア海に達する半島南部全体にセルビア人国家を樹立しようとするもので、コソヴォ自治州のほぼ全域からアルバニア人を排除することがそのなかに含まれる。一方、大アルバニア主義は、アルバニア人が住民の多数を占めているユーゴスラヴィア領内のコソヴォ地域はアルバニアが領有すべきものと要求する。

ＮＡＴＯの介入に対し、東方正教会諸国が反発したり、アルバニアをイスラム諸国があと押ししたりすれば、宗教上の対立がいっそう鮮明になるだろう。あるいは、ロシアをはじめスラヴ系諸国がセルビアに手を貸せば、大戦の悪夢がよみがえる。憎悪の拡大と連鎖を断ち切るための行動をとることが政治リーダーの役目であるべきときに、むしろその憎悪をかりたてているとしか思えないのが、現在の状況である。ヨーロッパの神経は尖っている。

ヘルデン広場から戻って、クンストフォルムへ向かう。「マックス・ベックマン展」が開催中だ。まとめて鑑賞できるまたとない機会である。ベックマンはドイツのライプツィヒに生まれ、表現主義的な画風で現代絵画の先駆をなした画家だ。ナチス・ドイツをのがれてオランダのアムステルダムに亡命し、一九四七年にアメリカへ移住した。晩年には神話をパラフレーズした寓意画を描いている。会場には若い人たちが多かった。作品からはやわらかい表現主義という印象を受けた。道をたずねながらでも観に来てよかったと思う。

クンストフォルムへの途中、学生らしい女性が、「SAVE TIBET」という見出しを付けたチラシを配っていた。デモへの参加を勧誘するチラシである。中国の江沢民国家主席がイタリア、スイスを歴訪したあと、現在はオーストリアを訪問中だ。イタリアやスイスでは、チベット弾圧に抗議する人権デモがあって、江沢民は不快をあらわにしたらしい。けさ、十時ごろ、バスでブルク・リンクにさしかかったとき、首相官邸の方からフォルクス庭園を前後を厳重にガードされた江沢民の車が出てきたところをたまたま目撃した。ウィーンでも江沢民に向けて「チベットを救え」という人権デモをかけようというのである。チラシには三時からヘルデン広場でデモ行動をすると書いてあるから、セルビア人の反ＮＡＴＯデモと入れ替わりになるのだろう。チラシを配っていた彼女にクンストフォルムへの道すじを聞く。わたしのあやしげな英語に応えてくれるのは若い人たちである。年配者は首をふってしまう。

このまえは美術史博物館をみているので、こんどは自然史博物館で、おもに鉱物標本の展示を見た。膨大な量の標本を蒐集し、分類し、名付け、系統づける行為は、もちろん一個人によってなされたものではないが、トータルとしての人間のもつ呆れるばかりの偏執狂ぶりの一例をたくまずして示していると思った。この偏執狂ぶりが科学を学問として成立させたものであることは言うまでもない。つづいて鳥類の部屋に入ったけれども、鳥の大群を見ているうちに気分がおかしくなって退散、ロビーでひと休みする。

ドイッチェ・オーデンス教会内のモーツアルトハウスは座席数六、七十ほどの小ホールだった。弦楽四重奏曲が、モーツアルト「アダージョとフーガ ハ短調 K546」「セレナード第13番 ト長調 K525（アイネ・クライネ・ナハトムジーク）」のほか、シューベルトとハイドンの作品がそれぞれ一曲ずつ演奏された。

おかしかったのは十人ほどの中国人——韓国人ではないと思う——の一団の行動である。全員が黒っぽいスーツをきちんと着て、わたしたちのまえの列に座った。彼らは、演奏中もなにか落ちつかない素振りで、なかには私語をかわす人たちもいて、わたしの隣の席の人に注意される一幕もあった。モーツアルトが終わって休憩になると、彼らはほかのだれよりも早く一斉に立ち、退席した。演奏の後半がはじまったとき、わたしたちの「あの人たちは戻って来ない」という予想は、みごとに的中したのである。

終わって外に出ると、九時になろうとしている時刻なのに、セルビア人のデモがケルントナー通りでまだ続けられていた。

ローテントゥルム通りをドナウ運河のほうへ歩いていると、酔っぱらったイタリアの高校生がいた。フランツ・ヨーゼフ河岸通りから市電の21番に乗る。21番市電は、ウィーン北駅を経由して、映画「第三の男」で有名な観覧車のあるプラターの下を通り、最後にドナウ本流沿いに走る。ドナウ沿いの路線に入ったころには、乗客はわたしたちだけになっていた。マイヤライ通りで下車し、ドナウの夜風にあたりながらホテルに戻る。

ドナウ川は、このウィーンから、わたしたちが旅行してきたブラチスラヴァ、ブダペシュトへと流れ、さらに下ってユーゴスラヴィアの首都ベオグラードをも流れるのである。ドナウの上空に火星（マルス＝軍神）が血の色をいっそう強めて輝いている。占星術師はこれをどう占うのであろうか。

寒さは感じない。イースターまであと一週間である。

［資料とした文献］
■柴宣弘『ユーゴスラヴィアで何が起きているか』（岩波書店・一九九三年五月二十日）
■柴宣弘『バルカンの民族主義』（山川出版社・一九九六年四月二十五日）
■恵谷治『世界危険情報大地図館』（小学館・一九九六年二月十日）
■ロバート・D・カプラン『バルカンの亡霊たち』（NTT出版・一九九六年七月二十三日）
■エミール・レンギル「ダニューブ」（『埴谷雄高全集第二巻』講談社・一九九八年七月二十日）

東京

一九九九年七月三十一日　東京

ドナウ川の上空に火星が赤く輝いているのを眺めた三月下旬から、四カ月が過ぎた。いまの火星に当時の妖しい輝きはない。

　プラハ・ウィーン篇を書きあげたのが四月末、再校を終えたのが六月末、それからさらに一カ月。その間に心配したことは、紛争地の数多くの人びとが死んだり、傷ついたり、家族を失ったり、家財や畑を失ったり、仕事を失ったり、憎しみや悲しみの感情をいっそう深いものにしたりしたこと、そのことにこころを傷めないではいられなかったのは事実だが、それと同時に、プラハ・ウィーン篇に書いた推測が、その掲載誌が読者の手に渡ったときに、現実に対して「古くなったり、的はずれなことになってはいないだろうか」という心配をしきりにしたこともまた事実だったということを、書き留めておきたい。ものごとを考えるとき、人間はいかに自分本位にしかそれをなすことができない存在であることかと思う。

　六月九日にユーゴスラヴィア軍がコソヴォ自治州からの撤退文書に調印したことを承けて、翌十日、NATO軍は空爆を停止した。空爆を開始するにあたって、クリントン米大統領は一週間で終了する確率を五〇％と予測したといわれているが、実際の空爆は七十八日間にも及んだ。六月二十日、コソヴォ自治州からユーゴ軍の撤退が完了した。これでコソヴォ問題が大団円を迎えたのであれば、まずは「めでたし」ということになったのでもあろうが、危惧したとおり、事態は空爆開始以前にもまして悪化してしまったのである。

まず、空爆によるユーゴスラヴィア側の被害を、ユーゴおよびNATO発表による数字で見ると、民間人・兵士の死者六〇〇〇人以上、同負傷者一万五〇〇〇人以上、失業者五〇万人以上、工場、発電所、学校、橋、道路、空港などの破壊五〇〇カ所以上に達し、生活や経済の基盤は壊滅状態に陥った。

一方、NATO軍の空爆がはじまると、コソヴォ自治州でのセルビア人によるアルバニア系住民への迫害と虐殺はそれまで以上に熾烈なものとなり、一万人以上の市民が虐殺され、難民をうみだしてしまった。一〇〇万人を超える難民が周辺国に逃れただけでなく、国内潜伏の住民も多い。無人となったアルバニア系住民の家屋の六割以上が破壊されたという。そして、空爆が終わると、ユーゴ軍の撤退と入れ替わるようにアルバニア系の人びとが戻って来たが、それにつれて、報復をおそれたセルビア人住民があらたな難民となって逃れ出ていった。戻ってきたアルバニア系住民は、こんどは無人となったセルビア人の家に入り込み、略奪し、破壊し、放火した。コソヴォのある町では、セルビア人たちが町の中央を流れる川に架かる橋を封鎖し、それまではいっしょに暮らしていた生活を捨て、アルバニア系の人びととは川の両岸に住み分けて暮らすことを選んだという。

過剰な民族主義の鼓舞と、人道主義を旗じるしに掲げた正義の戦争とは、市民に大きな犠牲を強いただけでなく、相互不信と憎悪のくり返しのなかでそれらをますます増幅させ、強固で修復しがたいものにしてしまったのである。人類は相互不信と憎しみ合いの末、殺し合って滅亡するのかもしれない。

十六世紀のフランスにノストラダムスという占星術者がいて、『予言集』なる著作で世界の終末を一九九九年七月だと言っているというので、いっとき世間がにぎわった。その終末の月が今日で終わるのである。だが、もうこんなある一日を特定した予言を信じる人はほとんどいないのだろう。人びとはふだんの日とかわることなくそれぞれの暮らしを生きているふうに見える。予言は、同時代の人びとに向けて言っているのであって、四百年後の人びとに向けて言っているのではないのである。

ところで、世界の終末はどんなかたちでわたしたちの前にその姿を見せるのだろうか。気づかれないようポーカーフェイスをしていつの間にかしのび来るものなのだろうか、それとも突発的に出現するものなのだろうか。さらには、人類は世界の破局に決定的な関与をするのだろうか、それとも人力の及ばぬおおきな力によってそれはもたらされるのだろうか。いずれにしろ、それは億年単位の、いや空前絶後の、一回きりの奇遇である。観客の資格を持つのはそのとき生存している《選ばれた人びと》だけなのだ。終末に出会えるなら、最高のシチュエーションでこれを観たいと願ってもいいだろう。わたしが選べる最高のシチュエーションはどこか。わたしはレインボータウン、臨海副都心が世界の終末を観るための最高の劇場だと考えた。

　七月三十一日にレインボータウンで世界の終末を「楽しむ」ためのうまい口実はないかと思案していると、思いがけない話が向こうからやってきたのである。ある日、妻が孫とサーカスを見ようと言いだした。気乗りもせずに聞いていると、東京ビッグサイトでなんと七月三十一日だという。このプランを聞いたとき、わたしはもしかしたら《選ばれた人》なのではないかと思った。わたしたち夫婦と、暮らしを別にしている息子夫婦と孫がいっしょにそろって世界の終末を「楽しむ」ことができるとしたら、なにも言うことはない。わたしはサーカス見物に賛成した。

　結局は息子は仕事があって来なかった。終末の日にまで仕事だなんて気の毒な奴だ。レインボーブリッジを渡るユリカモメから見る風景は、まちがいなくここがわたしの目的にとって最高の場所であることを教えている。きょうが終末の日なら、炎上する首都の光景も、湾口から迫ってくる大津波のいきおいも、この人工島がぐずぐずに崩れてゆく顛末もこころゆくまで堪能できそうである。

　崩壊する都市のイメージは、神戸の大震災によって現実のものとなった。それはわたしたちの前にいつ出現してもおかしくないとだれもがこころのなかで思っているのである。三月にチェコ、スロヴァキア、ハンガリーを旅したとき、バスの車窓にひろがる田園風景のかなたに、突然、林立する高層の集合住宅群が出現するのを何度か目にしたことを思い出す。集合住宅群はそこが都市の周縁部であることを示していて、やがて、わたしたちが乗ったバスは都市の中心部に導かれてゆくのだった。おそらく、あの高層住宅群は社会主義国家であった時代に労働者のために建てられたものだろう。わたしがその眺めを眺めながら感じたことは、遠目の印象にすぎないためにあるいは間違っているかもしれないが、甘い建築基準の安普請なのではないかということである。なにか危なっかしい感じでひょろひょろと建っているのだ。トルコを旅行したとき一緒になった建築家が、日本の建築は三十年を目安にしていると言っていたことばが耳に残っている。このことは日本に限らないかもしれない。都市が崩壊するとき、二千年まえの石造建築は安泰で、築二十年のごく新しい建築が跡かたもないということは、じゅうぶんあり得ることに思われる。今世紀の、わたしたちの文明は脆弱な基盤のうえに危うく成り立っていて、ちょっとしたきっかけでいつでも崩れ落ちてしまうのだ。コンクリートは劣化しやすく、鉄は酸化しやすい。アスファルト舗装の継ぎ目には入りこんだ夏草がたくましく根を張っている。人類が退場したあとのわたしたちの痕跡は、あっというまに草や樹木に覆われてぼろぼろになるにちがいない。

　建築物だけのことではない。電子機器でこの文章を作成しながらも、電脳に依存するわたしたちの文明の危うさを感じているが、そう感じているのはわたしだけだろうか。いわゆる二〇〇〇年問題はコンピュータシステムの弱点をさらけだした格好だが、たとえば地球が強力な宇宙嵐にさらされることもありうるはずで、なんらかの異常事態の発生によって決定的なダメージをこうむることもあるだろう。そんなことはSF小説の世界だと言うかもしれない。だが、経済的なパニックが瞬時に世界中に伝播し、世界経済が壊滅する危険性は常在するものなのではないのか。蓄積したと思い込んでいたものが突然かき消えてしまう。そんな危うさをこの文明は内蔵しているのだ。わたしたちの文明は、仮構のうえに成り立っているフェイクの、偽ブランドの、根無し草の、へなへなな文明であるような気がしてならない。

　サーカス会場で孫たちと会う。五月の連休以来だ。ほんのしばらく会わないでいると、その成長ぶりにおどろいてしまう。

　サーカスはライオン、虎、熊、猿、犬など動物に芸をさせるショーが多かった。はじめてサーカスを観た孫の感想は、サーカスは好きじゃない、だった。理由は、動物をいじめるから、だ。鞭におびえたようだ。もともと暴力を好む子どもはいないのだと思う。人間はその性善なるものなのであろう。子どもに暴力を加えるまでもなく、暴力を見せることも子どもにとっては暴力を加えることと同じ働きをするのではなかろうか。サーカスを観ていて、そこはかとなく哀しみの感情を感じてしまうその原因のひとつは、こんなところにあるのかもしれない。もちろん、ライオンや虎、熊など猛獣が芸をすること自体に哀しみがあるが、それが鞭によって強いられてのものであることにいっそうの哀しみが感じられてしまうようだ。この孫の感想は、わたしがサーカスの動物たちのなかでは馬だけがよかったと思ったことの裏返しかもしれない。動物たちのなかで馬だけは芸をしないのである。サークルに沿ってその内側を馬はただひたすら走るという能力を発揮する。人間はしかたなく走る馬にしがみついて曲乗りなどの芸をしてみせねばならないのである。馬は高い気位をもってその美しい走る姿だけを観客に見せる。サーカスで馬がでてくるとほっとする理由はこんなところにあるのだ。

子どもに暴力を見せることは暴力を加えることと同じ働きをするのではないかという推測を述べたが、このことに関連して神戸須磨児童連続殺傷事件の少年Aのことを考えてみたい。少年Aの一家は、少年が小学校に入学した七歳のときから友が丘の北須磨団地内の祖母の家で同居をはじめた。少年はおばあちゃん子だった。彼をかわいがってい た祖母が五年生のときに死んでから、Aは《死》について興味を持つようになった。

「供述調書（平成九年七月十三日付）」によれば、「死とは一体何なのかという疑問が湧いてきた」Aは、その疑問を解明するために「最初は、ナメクジやカエルを殺したり、その後は猫を殺したりしていた」が、「中学校に入った頃からは、人間の死に興味が出てき」たという。（『文藝春秋』一九九八年三月号、一四四ページ）

この「供述調書」のなかに見られる「中学校に入った頃から」という一節に興味を持った。少年Aが小学校五年のとき祖母が死んだあと、六年の夏に松本市でサリン事件が起き、年が明けてまもなく彼が暮らしていた神戸を中心に大震災があった。ついで、卒業と前後して東京では地下鉄サリン事件が起きた。おおきなショックを受けた祖母の死のあと一年あまりのうちに、人の死にかかわる大事件がたて続けに起きていることに注目したい。なかでも、震災の衝撃力は尋常ではなかったはずだ。北須磨団地は軽微な被害——といっても、二一〇〇戸のうち全壊七戸、半壊一一七戸、一部損壊一三八戸——で済んだが、わずか五キロほどしか離れていない長田地区の被害は甚大だった。たくさんの人に襲いかかった《死》を彼は直接自分の目で見たにちがいないと、わたしは確信している。少年Aは被害の中心地を見に行ったはずである。名谷駅から地下鉄でなら新長田駅までは三駅しかない。例の犯行のときにも乗ってい た自転車を使ったかもしれない——帰りの坂道を考えると自転車は使わなかったとわたしは思う——が、その気なら歩いてでも行ける距離である。彼は、瓦礫と化した町、焼け崩れた町を歩き回ったにちがいない。「中学校に入った頃からは、人間の死に興味が出てきて、人間はどうやったら死ぬのか、死んでいく時の様子はどうなのか、殺している時の気持ちはどうなのか、といったことを頭のなかで妄想するようになっていったのです」（前掲「供述調書」）と言っているその妄想は、瓦礫と化した町、焼け崩れた町を歩き回りながらいだきはじめたのである。わたしは、神戸須磨児童連続殺傷事件の少年Aの動機の重要なひとつは、震災に遭遇して多くの人の死を目撃したことにあると思っている。震災はもちろん天災である。しかし、神戸の震災には不適切かつ不十分な危機管理などによって被害が拡大したという人災的側面も指摘されている。少年Aが小学校の卒業文集に書いた作文「知人の心配」はそうした人災的側面をとらえているのである。「知人の心配」の少年らしい正義感と人間の死に対する興味とはけっして遠く離れた無関係なものではないのだ。肝心なことは、感じやすい少年Aの精神が震災によって暴行を加えられたということである。

わたしが知るかぎり、少年Aと震災との関連について考察しているのは藤原新也「バモイドオキ神の降臨」(『文藝春秋』一九九七年九月号)と、高山文彦『「少年A」14歳の肖像』(新潮社・一九九八年十二月五日)ぐらいである。

人間の暴力の最大最強のものは、言うまでもなく、戦争だ。戦争が戦場ではないところで展開するようになった二〇世紀後半は子どもにとって残酷な時代である。遠距離から大型爆撃機が飛来し都市を空爆したのは序の口だった。都市を標的にしたミサイルを発射する。いたるところに対人地雷を敷設する。市民をガス室に閉じ込める。ヘリコプターで居住地域に枯れ葉剤を散布する。ついには、子どもに銃を持たせ、撃鉄を引かせる。尋常ではない状況のなかで、あるいは死に、あるいは負傷し、あるいは孤児になり、あるいは死傷しないまでもこころに深い傷を負って病んだ子どもたちがこの五十年間にいかに多かったことか。そして現在も増えつづけていることか。

もう一度、少年Aに戻ろう。事件の直前に、母親が中学校の生活指導担当教師に「息子は『学校の建物を見るのが嫌や』言うてます」と訴えている。北須磨団地の名谷駅から市営地下鉄で長田や三宮とは反対方向へ行くと、神戸総合運動公園駅や学園都市駅を経由して西神中央駅が終点になる。その西神中央駅の先にすこし歩いて行くと、高等学校に出会う。高塚高校という。その校名に記憶があるかもしれない。一九九〇年七月に女子生徒が校門に挟まれて圧死した事件があった高校である。わたしは、学校が兵営化されつつあると考えている。高塚高校校門圧死事件はその象徴的な出来事だったと思うのである。

わたしが生徒だったころには、門扉のない校門が普通で、校地の周囲に植え込みをめぐらしていた学校はましなほうだった。だから、生徒たちはどこからでもいつでも自由に出入りできた。なかには外履きのまま校舎内に入れる学校もあったのである。それが、いつの間にか高いコンクリート塀がめぐらされ、門扉が取り付けられ、その門扉が遅刻した生徒を閉め出すために使われるようになったのだ。美意識のかけらもない建築の校舎が塀で囲まれ、学校はいま兵営そのままである。「学校の建物を見るのが嫌や」というのはまともな反応ではないのか。外観だけではない。まもなく国会で成立するはずの「日の丸、君が代を国旗、国歌とする法律」は学校兵営化を総仕上げするものにちがいない。このあとは、奉安殿だけである。

来春学齢に達する孫にとって、学校はどんな存在となるのだろうか。

わたしにはさらに《学校の兵営化》の向こうに《都市の学校化・兵営化》が見えてきて、そのイメージをうち消すことに困難を感じているのだ。「通信傍受法」や「改正住民基本台帳法」はそうしたことのための地ならしなのだろうか。行きつくところは《都市のアウシュヴィッツ化》である。都市はそのまま《ネクロポリス》になるのだ。

サーカスのあと、今夜は隅田川で花火大会がある、じゃあ、水上バスで見に行こう、という話になったのだが、花火大会があるため水上バスは午後からは運休とのことだった。せっかく船が話題にのぼったので、日の出桟橋まで船で行くことにする。浜松町から浅草へ。浅草は三社祭の祭日のような雑踏だ。終末のスペクタクルの代わりに、建物のあいだにあがる遠くの花火を見て、孫とお別れ。孫は母親の実家へ。

さて、ゆっくりとコーヒーを飲みたい。好きな食べ物はいろいろあるが、最後の晩餐には、自分で容れたコーヒーをゆったりした気分で飲めたらいいなと思う。

うかつにも、一九九九年七の月の最後の日も夜になってから聞いたのだが、ノストラダムスは終末の予言で、九の月も挙げているのだそうだ。お終いが二回もあるなんて。

一九九九年八月一日　東京

西新宿の安田火災東郷青児美術館で「パリ市近代美術館展」を観る。地下道を通り東口に出て、シネマ・カリテで映画「踊れトスカーナ！」(一九九八年・イタリア)を観る。凡作。昼食後は、閉店した新宿三越デパート南館で「ダリ展」を観る。騙し絵のおもしろさもいいが、晩年の宗教色のこい作品に関心が向く。もうすこし時間をかけてゆっくり楽しみたかった。次いで伊勢丹デパート裏のテアトル新宿で映画「豚の報い」(一九九九年・日本)を観る。まあまあのできばえじゃないかと言おう。新宿三丁目から都営新宿線で神保町へ行く。岩波ホールで映画「枕の上の葉」

（一九九八年・インドネシア）を観たが、制作意図を理解できなかった。

一九九九年八月二日　東京

有楽町東口のシネ・ラ・セットで映画「マイ・ネーム・イズ・ジョー」（一九九八年・イギリス）を観る。ケン・ローチの安心して？　観ていられる映画らしい映画。昼食をとったあと山手線で渋谷に行く。Bunkamura Galleryの「幻想絵画展」でエルンストやベルメールなどシュルレアリストの作品を観ることができた。なかでもハンス・ベルメールのでいいのがあった。ユーロスペースで映画「セレブレーション」（一九九八年・デンマーク）を観る。愉快な映画とは言えない。

キエフ・モスクワ

一九九四年五月十八日　キエフ

五時三〇分に起床する。マイクロバスに乗り込んで、八時三〇分、宿泊しているキーフスカ・ルーシ・ホテルを出発する。事故が発生した一九八六年四月二十六日からちょうど八年が過ぎたチェルノブイリ原子力発電所までは、キエフからは一三〇㎞だ。

どうしてチェルノブイリに来ることになったのか。N町で反原発の講演会があったとき、顔見知りのOさんが声をかけてきて、「チェルノブイリへ行かないか」と言うのである。かねがね行ってみたいと考えていたところがわたしには三箇所あって、それは、アウシュヴィッツ、南京、そしてチェルノブイリなものだから、Oさんの誘いを渡りに舟とばかり即座に乗ったというわけである。

一行は通訳兼添乗者のHさんを入れて十五人。Oさんがわたしを誘ったのは、ツアーを成立させるための最後のひとりを確保したかったからだったようだ。講演会の聴衆の顔ぶれを物色して、たまたま目に付いたわたしに声をかけたのだろう。

メンバーの職業は、地方議会議員、牧師、音楽家、現職教員、退職教員、会社役員、主婦、ジャーナリストなど。通訳として同行したHさんは、モスクワ大学に留学し、一九九〇年の第一次チェルノブイリ原発事故被災者救援調査団に同行した経歴を持つ理学博士、医学博士である。

十六日正午成田発、夜モスクワ着。きのう十七日早朝モスクワ発、キエフ着。あす十九日朝にはキエフを出発、モスクワ市内を半日観光したあと、夕刻モスクワを離れ、二十日朝に成田に帰着する。これが予定されている日程である。きのうきょう以外はほとんど移動についやされる。旅行社も驚くハードスケジュールらしい。

きのう十七日は、午前八時出発の便に搭乗するため、四時三〇分に起床した。実際には、キエフ行きの旅客機がモスクワ・シェレメチェヴォ2空港を離陸したのは八時二〇分だった。一時間ほどで時差マイナス一時間のキエフ・ボリスポリ空港に着き、空港内のレストランでようやく朝食にありつく。

ヴァーリャさんというブリヤート系の女性が待っていて、キエフでのガイドを担当するのだという。標準的な日本人とかわりない顔立ちと体型の女性である。

空港まえからマロニエ――こちらのことばではカシタンと言う――が並木になって続いていて、ちょうど今がまっ盛りで、白い花のトンネルのなかを走るバスは、空前の事故現場へではなく、夢幻の世界へわたしたちを連れていってくれるのではないかと錯覚するのだった。キエフは緑が多いことではヨーロッパ屈指の街とのことで、そのもっともうつくしい季節が五月であるということばに掛け値はないだろうと納得した。

バスはドニエプル川を渡り、市内に入る。ペチェルスカヤ大修道院のまえでバスを止める。道に面したトロイツカヤ教会の入り口付近で簡単な説明を受けて、修道院を離れた。つぎに、アンドレイ教会まえに行く。バスが坂道を下って行くと、坂の底に教会がその姿を現す。現実に実在するものではないような教会のたたずまいのうつくしさに息をのみ、あのカシタンの白いトンネルはやはり幻境へのアーケードだったのではと思えて仕方がなかった。白とペールブルーと金の色調と、ドームの塔を囲む四つのちいさな塔のバランスがいい。キエフを代表する観光スポットだけあって、待ちかまえていたかのように、わたしたちの周りに観光客を相手にする物売りの若者たち集まってきた。しかし、絵はがき、民芸品、ショールなどを手にした彼らは、アジアの観光地の物売りのような執拗さは持ち合わせてはいなかった。教会のなかに入りたかったが、ここも外観を眺めるだけ。もう一箇所、聖ソフィア寺院まえのフメリニツキー広場に立ち寄る。街頭音楽師が奏でる民族音楽を聴きながら、ここで時間を調整する。キエフでの観光と言えば言える行動はこれでおしまいである。

一一時から午後一時一〇分までウクライナ医学アカデ

ミー付属キエフ小児科・産婦人科研究所を訪ねる。まず、エレーナ・ルキャノヴァ所長、ユーリ・アンティプキン医師ら四人からガイダンスを受ける。以下はそのおおよそ。事故後の初期段階では、チェルノブイリ・ゾーンから入院してきた子どもたちのうちの年長者と妊婦に精神的な影響が見られたほか、著しい身体的症状は認められなかった。一年半から二年が経過したころから、貧血症状を示す妊婦が増え、骨髄や神経に異常のある子どもの出生が認められた。一歳までの乳幼児の一〇〇〇人あたり死亡率は、事故前一二・〇人だったものが、事故後一三・六人、現在は一三・九人になっている。三年過ぎから子どもたちに甲状腺障害が出現し、これまでに二五〇人の手術をした。次いで白血病の発症が認められた。他の地域の子どもたちにくらべて圏内の子どもたちは免疫性が低下していて風邪やインフルエンザに罹りやすく、貧血症によって疲れやすく快復力がないため遊ぶよりも横になっていることが多い、などといった説明を聞いた。こちらからの質問をうけて「沃素剤を用意はしていたのだが、こんな大事故は想定していなかったので不足した。また、投与が手遅れになったり、服用しなかったケースもあった。対応を誤っていなかったら、これほどの発症者は出さなかったはずだ」と答えた。

通訳は、もちろん現地のヴァーリャさんが担当するのだが、医学的な専門分野の内容になると翻訳できなくなることがあった。そんなときは、同行したHさんがサポートしたので、意志の疎通はことばの障害もなくなされた。

ガイダンスののち、アンティプキン医師の案内で病棟の子どもたちを見舞った。事故のとき消火に従事した父を持つ五歳の男の子など、三歳から十五歳までの三〇人の子どもたちが入院していた。原発事故の被害は、もっとも弱い子どもたちに、もっとも顕著に表れているのだ。わたしたちが話している異国語を理解しているはずはないのだが、その一言片句も聞き漏らすまいと耳を傾けている子どもたちとその母親たちの姿や、すがりつくようなまなざしが印象的だった。

昼食をとるため、今夜からの二泊を予定しているキーフスカ・ルーシ・ホテルに入る。途中、シェフチェンコ公園と博物館のまえを通る。シェフチェンコはウクライナの人びとから尊敬されている十九世紀の詩人である。公園にはその銅像もあった。この例のように多くの国では詩と詩人は重んじられているが、日本では詩と詩人とは貶められている。

二時三〇分ごろから五時近くまではキエフ郊外のウクラ

イナ医学アカデミー放射線科学臨床医療研究所を訪ねた。

ここでは、住民六七万三〇〇〇人のうちの一三万五〇〇〇人の追跡調査、事故のとき胎児であった子どもや被曝した父親を持つ子ども四六〇人の研究と治療などをおこなっていて、ウクライナに一八八人いる重度の被曝者のうちの六人も入院しているとのことだ。ウクライナ解放運動の指導者で、事故当時は保健相だったというウラディミール・ロマネンコ所長は、ガンの発生メカニズムは疫学的にはまだ解明されておらず、ひとりの患者のガンがどんな原因によって発生したのかは確定できないし、主として子どもに発症した甲状腺ガン以外の病気についてはチェルノブイリ事故の有意性を言うことはできないとさかんに強調し、挙げ句は原発擁護論を展開するのだった。彼はまた、放射線の害を言うのにタバコのそれを比較して、後者の害の大きさを言っていたが、それは、わたしたちの同行者のなかに喫煙者が多く、説明を聞きながらもさかんに煙をくゆらしていたので、彼らに対する皮肉を込めてのことだったのだろう。

つづいて、一級に認定された患者カイダシ・ナージャさんに会う。一級が軽度で、四級が重度である。ナージャさんはチェルノブイリ原発から四㎞離れたソフォーズ（国営農場）にいて、事故があったときに住民をバスに乗せ避難させるための集合場所や時間を知らせるオルガナイザーの任務に就いていた。ナージャさんの話はこうだ。一九八六年四月二十六日、彼女は、原子炉が燃えているのを目撃した。翌二十七日、発電所職員とその家族たちプリピャチ市民四万九〇〇〇人が避難したが、三〇㎞ゾーンの住民が避難したのは事故七日後の五月二日から八日にかけてだった。むしろ、発電所職員ではない住民に重度の被曝をした人がいた。彼女は被曝の危険性を知っていたが、任務を優先して汚染地域に残り、事故九日後の五日夜になって住民をバスに乗せ、避難した。バスが避難途中に汚染された村にさしかかったとき、彼女は気分が悪くなって、嘔吐と下痢をもよおし、血圧にも異常が出た。翌六日、検査のために入院する。現在も血圧や血液成分が不安定で、消化器官・肝臓に異常が認められ、全身に痛みがあって、しばしば頭痛を起こしている。さらに、起床時には疲労感がある。夫にも心身障害があり、母や当時十三歳だった子どもの健康状態もいいとは言えない、と言っている。ナージャさんは、いま、事故による被害者を中心に結成したチェルノブイリ・ユニオンのメンバーとして被害者救済に力を尽くしている。

ホテルに入り、七時から八時三〇分まで、昼に会ったアンティプキン小児科医師と同僚の女医が来てくれたので、二人を囲んで話を聞きながら夕食をとった。彼女は、被曝者は甲状腺ガンや白血病だけではなく、急性の内出血や心臓病で死亡していて、その要因を説明できないでいる。単なる身体の変調にとどまらない遺伝子レベルで変化が起きているのではないかとの推定をしている。仮説だが、何らかの影響によって母親の子宮に異常が起きているのではないかと考えざるを得ない、といったことを話した。彼らは、公的な場では話しにくい、しかしおそらく話さずにはいられない思いでいたことを、堰を切ったように話すのだった。

彼らはまた、「日本の技術は高く、チェルノブイリと同じような事故が起きるとは思えない。しかし、起きないという保証はどこにもない」とも話した。このことばで思い出すのはスリーマイル島原発事故調査団がその報告書に記した「危険なものを扱いながら、安全だと思い込むほど危険なことはない」という指摘である。「安全だ、安全だ」とお念仏を唱えていると、いつのまにか油断が生じてしまう。これがもっとも怖いことである。

食べなれない黒パンや、まずい白パンがいっそう喉を通りにくいディナーとなった。

夕食後、数人で散歩に出かける。昼に通ってうつくしいと感じたフレシャーチク通りに行く。広い通りの中央は緑地帯で、カシタンの並木がつづき、木かげはベンチが並ぶ散歩道になっている。昼だけでなく、市民がくつろいでいる姿が夜になったいまも見られる。治安がいいのだろう。おおきな通りとの交差点付近は地下街になっていて、若者たちがコンサートをしていたりする。かつては革命広場という名前だった独立広場まで行く。ここで、ドニエプル川を見に行こうということになって歩きだしたが、薄暗い通りに入ってしまい、あとで地図を見るとたぶんキーロフ通りを川沿いに歩いたらしい、結局、もと来た道を戻ってホテルに帰った。高緯度であるため夏至近いこの季節は暗くなる時刻が遅いとはいえ、夜の一〇時過ぎだというのに、ホテル近くの小広場の片隅では、五〇㎝四方ぐらいの小さなテーブルをだし、その上にすこしばかりの売り物、たとえば川魚とか、乳製品、野菜、果物といったたぐいの品じなを並べて、農婦たちが商いをしているのだった。農婦たちにまじって子どもの売り人の姿も見えた。

一一時三〇分就寝。きのうは二十時間起きていたことになる。長い一日があっという間に過ぎた感じがする。

ポプラの綿毛が風に乗ってさかんに飛んでいる。

わたしたちが乗ったマイクロバスは一〇時二〇分、チェルノブイリ三〇㎞分岐点を通過する。一〇時三〇分、ジーチャーピョン検問所到着。ストップ標識とゲートがあって、ここからは《許可なく立入禁止》である。ゲートを起点に道路の両側に柵がしつらえられていて、柵を境に対照的な風景が展開している。柵の内側は耕地が荒れほうだいで赤茶けた雑草がはびこっている。手続きのために待たされているあいだに、三台のバスが着き、年齢や性別などさまざまな人たちが降りて来た。彼らは発電所とその関連サービス施設の労働者たちで、二週間後に交代するまで三〇㎞圏内で仕事をするのだという。圏外のバスを汚染させないため、ここで圏内専用のバスに乗り換えるのである。もの珍しそうにこちらを眺めて手を振っているおばさんもいる。がやがやおしゃべりしながら、彼らはぼろバスに乗って去っていった。

　Oさんたちは放射線量測定器を持参している。一台がR・DAN（γ線測定器、単位三〇CPM＝カウント・パワー・ミニッツ、三〇以上の数値は要注意）、もう一台が「はかるくん」（単位μSv／Hr＝マイクロシーヴェルト・アワー、九〇以上の数値は要注意）。以下、R・DANをR、「はかるくん」をHと略記し、各地点でそれぞれ数回ずつ測定しているその平均値を、参考のため記すこととする。これまでのおもな測定値。成田空港ロビー、R＝二三、H＝四六。放射線科学臨床医療研究所内、R＝二五、H＝六八。

　手続きに時間がとられているあいだにジーチャーピョン検問所でも放射線量を測定した。バス内、R＝二五、H＝六六。検問所そばの草地、R＝三八・五、H＝二四三。二つの測定器とも要注意の基準値を超えている。一行のあいだに緊張感が走る。十五分ほど待たされて、ようやくゲートをくぐった。

　バスの左右には耕作されていない畑が延々とつづき、廃屋となった農家、家畜のいない畜舎、枝が徒長した果樹などが車窓から見える。途中まで迎えに来た車に誘導されて、左プリピャチへの分岐点を右へ向かい、一一時にチェルノブイリ国際学術調査センターに到着した。ここでは二十三カ国の研究者が共同ワークをしているそうだ。

　ウラディミール・シェロシタン主任の挨拶は、

「悲しみの町であるチェルノブイリへようこそ！」

ということばで始められた。その要旨。石棺の状態が悪化している。炉心などが載っている地盤が高熱によって危機的な状態になっていて、ふたたび核物質が漏れだす危険がある。また、一〇㎞圏内八〇〇箇所の汚染物質の墓場――汚染した建築物、機器、樹木、表土などを埋めた――から放射性物質が洩れだし地下水を汚染するなどして、高度汚染地区から水系を経由して放射性物質が流出している。たとえば、プリピャチ川が流れ込むドニエプル川が汚染されているが、浄化できないまま三〇〇〇万人が飲料水にしている。これらの対処の方法を検討中だが、経費がない。チェルノブイリ国際学術調査センターのシェロシタン主任の説明は絶望的である。草地、R＝三五、H＝二〇九。

三〇㎞ゾーン専用のぼろバスに乗り換え、いよいよ事故炉に向かう。案内に若い独身女性がついた。結婚前の女性にとってけっしていい職場ではないことを彼女自身承知しているのだという。

石棺一〇㎞手前でバスをいったん降り、着替えと洗浄のための建物に入った。まず、備え付けのサンダルに履き替える。つぎに、ロッカー1に、シャツ、ズボンなど着ていた衣類を脱いで入れ、ロッカー2に備え付けられていたシャツ、ズボン、上着、靴下、靴に着替え、最後に白いキャップをかぶる。これで放射線からガードできるとは誰も思わないだろう。儀式に礼服を着るようなものだ。更衣所草地、R＝一九三、H＝二〇五一。測定値はすでに危険値の、Rが六・五倍、Hはなんと二三倍だ。

バスは南方から発電所の敷地に入り、事故をうけて工事なかばで廃炉になった五、六号炉の西側を北に向かう。廃炉前のバス内、R＝六一、H＝八〇六。

事故を起こした四号炉に隣接する一～三号炉は、一九九〇年のウクライナ最高会議で閉鎖する決定をしたのだが、まだ稼働させている。そのせいだろう、働いている人たちが予想以上に多い。彼らは作業用ジャンパーだけなどの軽装で、ちょうどこの時間が昼休みのせいかもしれないが、放射線防護服を着ている様子はまったく見られない。プリピャチ川の人工池では釣りをしている人たちもいた。まさか、食べることはしないだろうとは思うのだが。きのう、放射線科学臨床医療研究所のロマネンコ所長が「自分たちにも正しい情報が入ってこないことがあるが、チェルノブイリで事故があったことを、あるいは、その重大性を知らないでいる市民が現在でも多い」と言っていたことを思い出す。変圧所前のバス内、R＝八四一、H＝三九三三。Rが二八倍、Hが四四〇倍！

一～四号炉の北側をまわって四号炉の北西部でバスを降りる。廃墟そのままの四号炉が目前にまがまがしく不気味な姿で立っている。二〇〇mも離れていない――一二〇mとのことだ――《展望台》と呼ばれるアスファルト舗装された広場から「見学」する。

同行者たちは《展望台》で受けとめたものを、それぞれ「異様さにことばが出ない」「すさまじい威圧感を受けた」「恐怖感を超えた戦慄に近いものを感じた」「名状できない思いに駆られた」「呆然とし、固唾をのんだ」などといったことばで表現していた。

Rの最高値＝二六八九、平均値＝二三七二。H＝すべて九九九九、つまり、測定不能。

どうやら、このアスファルト広場の下も汚染物質の墓場らしい。わたしたちのそばを通って、なにごとでもないふうに、ひとりの原発職員が《展望台》を横断している。しかし、ここは長居をする場所ではない。熱いフライパンのうえに立っている気分と表現したらいいのだろうか、地に足を着いていられない、文字どおり浮き足立った気分におそわれていた。

事故のあと、原発周辺の森林は四月なのに時ならぬ紅葉となり、《ニンジンの森》と呼ばれる状況だったという。森林は一部を除きすべてが切り倒され、土中に埋葬された。いまは、あらたに植樹された松の若木が並んでいて、荒涼たる光景にわずかな緑を添えている。しかし、わたしには真っ赤な森林が目のまえに拡がっているのが、終末的な光景として、ありありと見えるのだった。

チェルノブイリ原子力発電所をあとにし、わたしたちは、原発の三㎞北西に位置しベラルーシに隣接するプリピャチ市、正確には元プリピャチ市と言うべきか、に足を踏み入れた。かつて発電所職員とその家族の町だったプリピャチは四万九〇〇〇の人口を数えた。

バスを降りたわたしたちの目前をさえぎっているのは、世界のどんな都市でもその郊外で目にすることができるごくありふれた高層集合住宅群である。初夏の昼どきの住宅地の日常的な光景のなかに、鳩やツバメの姿が見える。蝶が飛んでいる。だが、この町に住民はひとりもいないのだ。都市のごくありふれた風景のなかにかんじんの住民の姿がないということがいかに異様なことか。雑草が伸びほうだいで、蚊柱が立っていたりすることも、その異様さをいっそう確かなものにしているように思える。

たとえば、古代都市遺構を訪れたのであれば、そこに住民がいなくともそのことから異様さを感じることは、まずない。あるいは、撮影所の無人のオープンセットや、開場まえの無人のテーマパークであっても、いま、ここにあるような異様さは存在しないはずである。

住居のなかに入るとその異様さがいっそう切実なものとなる。わたしたちが扉をあける直前までこの部屋には家族がいて、昨日からつづいて明日につながっているはずの、いや、記憶にあるかぎりのずっと過去から、そして約束されたことのようにこれからあといつまでもつづくはずである平凡で退屈な生活のなかのひとときがあったはずで、そうした雰囲気がいまも部屋のなかに残っているとわたしたちに思わせるのである。わたしたちのまえで台所のサモワールが蒸気を噴きだしていたって当然に思えるのだ。だが、この部屋に住人がいないのと同様に、この町のすべての人びとが、いま、ここにはいないのである。

この町には、ある日突然生活が理不尽にも断ち切られた人びとの思いがこもって、漂っているかのようだ。

チェルノブイリ四号炉事故が発生したのは、一九八六年四月二十六日午前一時二三分四四秒とされている。このとき、四号炉では「停電に対処する実験」がおこなわれていたが、出力を制御できなくなり、核燃料の過熱と破壊によって冷却材が沸騰した。つづく二四分、蒸気爆発があり、原子炉の上蓋、建屋の屋根を破壊し、核分裂生成物《死の灰》が外部に飛び散った。二、三秒後に二度目の爆発があり、真っ赤に焼けた構造物の破片が舞い上がり、火災が三十カ所以上で発生した。

上空に舞い上がる火花は一〇㎞離れたところからも目撃されてはいるものの、深夜だったこともあって、ほとんどの周辺住民は事故が発生したことを知らなかった。

午前二時一五分から市役所でプリピャチ市の指導者五人による緊急会議がはじまり、五時三〇分に避難計画を決定した。

一九八六年四月二十六日、土曜日。つよい放射性の雲がプリピャチ市の上空を覆っていたが、なにも知らないおおかたの市民のいつもどおりの朝が、なにごともないかのようにはじまった。学校にもいつもどおりに生徒たちが登校してきた。窓を閉め切らせ、戸外活動を中止させた学校が一部にあったようだが、その処置の理由は知らされていない。

市民のなかには、《狂ったように明るい日だった》と感じた人がいた。肌にチクチク針が刺すように感じたり、唇になにか金属のような味を感じたりして、原発でなにかがあったにちがいないと直感した人がいた。

市民の移住に関する会議が正午まえから開かれ、議論は四時間に及んだ。夜になってキエフなど周辺都市から一〇〇〇台以上のバスが集められた。この夜、原子炉の上空が蛍光性の光で輝いているのに気づいた人たちがいた。

一九八六年四月二十七日、日曜日。メーデーまえの休日とあって、なにも知らされていないおおかたの市民は、祝日気分でもりあがっていた。

午前一〇時、プリピャチ全市民の強制避難、実質は強制移住、を最終決定する。

事故発生から一日半が経過しようという正午、ラジオに

よって全市民に対して帰宅を命じ、あわせて避難命令が出された。その内容は、

「注意してください、注意してください、注意してくださ
い。チェルノブイリ原発で事故があり、火災が発生しました。その火災のために三日間の退避が命令されました」

というものだったという。

避難開始は午後二時である。持ち物は三日分の食糧とわずかな身のまわり品、身分証明書などに限られた。ほとんどの人が三日たてば自分の家に戻れると思ったのも無理のないことだった。自家用車による避難を禁じ、バスを集合住宅の入口に横付けし、家族はバラバラにならないよう同じバスに乗せられた。

市民のほとんどは、いまわたしたちが目前にしているような一三二棟もの集合住宅に住んでいた。このことが短時間での緊急の避難脱出にさいわいしたと言える。それでも、全市民の避難が終了したのは午後六時。夜半近くになってからようやく避難先に到着した人たちもいた。事故発生後ほとんど丸二日になろうとしていた。なお、避難開始の午後二時ごろに市内で測定された放射線量は毎時一レントゲンを超えていた。これは、平常値の一〇万倍である。

プリピャチ市民がバスで脱出しているその同じ時間に、キエフ市民文化会館では日本から来た松竹歌劇団のショーがおこなわれていた。一〇〇㎞離れて住んでいるキエフ市民には、事故の発生もプリピャチ市民の身の上に起きていることもまだ知らされていなかった。

わたしたちの団長が幼稚園を見たいという希望を述べると、バスの運転手が元プリピャチ市民だったので、もっとも近い場所にあった幼稚園に案内してくれた。ちいさな広場を雑草がふかく覆っている。その草をかきわけて行くと、草に付着していた放射性物質が空中に舞いあがってわたしたちの肺臓に入り込むような気がする。気がするではなく、実際のところ、そうした現象が起こっているはずなのだ。住宅地の草むら、R＝一二八、H＝六五六。幼稚園あと、R＝八七、H＝六二二。

教室の壁には子どもたちが遊んでいる様子や咲き乱れるコスモスを描いた絵が貼られてあり、床には子どもたちの持ち物が散乱していた。片隅のオルガンが子どもたちの歌声の伴奏をすることはもうない。先生が弾くこのオルガンにあわせて歌った子どもたちは、いま、どこでどうしているのだろうか。きのう訪問したキエフ小児科・産婦人科研究所に入院していた子どもたちのなかに、この幼稚園の園児だった子がいたかもしれない。

集合住宅群や幼稚園だけではない、市庁舎、文化会館、

ホテル、レストラン、「子どもの世界」と名づけられながらひとりの子どもの姿もないデパートなど、すべて廃墟である。事故発生の五日後にあたるメーデーに開場する予定だったスタジアムでは、いちども競技者がプレーすることがなく、観衆の声援がわきあがることがなかった。

ひとつの都市の住民がまるごと消滅するという出来事は人類史上どれほどの例が挙げられるものだろうか。とりわけ、この世紀にひとつの都市を市民ごと消滅させるような行為を、わたしたちはいくたび繰り返したことだろうか。一九三七年のゲルニカ空爆がその嚆矢だったのか、南京大虐殺がそのはじまりだったのか。

ドイツの哲学者テオドール・W・アドルノは、その『否定弁証法』(一九六六年)で次のように言っている。少々長くなるが、引用する。

永遠につづく苦悩は、拷問にあっている者が泣き叫ぶ権利を持っているのと同じ程度には自己を表現する権利を持っている。その点では、「アウシュヴィッツのあとではもはや詩はかけない」というのは誤りかもしれない。だが、この問題と較べて文化的度合いは低いかもしれないが、けっして誤った問題ではないのは、アウシュヴィッツのあとではまだ生きることができるかという問題である。偶然に魔手を逃れはしたが、合法的に虐殺されていてもおかしくなかった者は、生きていてよいのかという問題である。彼が生き続けていくためには、冷酷さを必要とする。この冷酷さこそは市民的主観性の根本原理、それがなければアウシュヴィッツそのものも可能ではなかった市民的主観性の根本原理なのである。それは殺戮を免れた者につきまとう激烈な罪科である。その罪科の報いとして彼は悪夢に襲われる。自分はもはや生きているのではなく、一九四四年にガス室で殺されているのではないか、現在の生活全体は単に想像のなかで営まれているにすぎないのではないか、つまり二十年前に虐殺された人間の狂った望みから流失した幻想ではないのかという悪夢である。

この発言に先立ってアドルノは、『文化批判と社会』(一九四九年)で「アウシュヴィッツのあと、詩を書くことは野蛮な行為となった」と断じていて、これはその補足説明と言えよう。

このなかの「偶然に魔手を逃れはしたが、合法的に虐殺されていてもおかしくなかった者」「殺戮を免れた者」として自己を規定する意識は、アウシュヴィッツ以後の数かずの出来事をとおして、わたしのなかでもいっそうつよまっている。チェルノブイリ事故もそうした出来事のひとつである。自分はよくぞ生きながらえている。よくぞ難民にならずに済んでいる。よくぞ殺さずにこれた。だが、はたしてそうか。自分はほんとうは難民ではないのか。ほんとうは殺戮者ではないのか。ほんとうは死者ではないのか。なにひとつとして確かなことはない。わたしたちのいまが「想像のなかで営まれているにすぎない」ものであり、「幻想」が生みだしたものであるとして、ずいぶんひどい悪夢をわたしたちは見つづけ、夜な夜なうなされつづけていることか。ゴーストタウンと化したプリピャチにいると、こんなことが現実の出来事でなんかあるはずがない、夜な夜な見る悪夢のひとつなんだと思い込もうとしないではいられない。夢ならいい。夢なら覚めればいいのだから。

　わたしが居を置く町は、人口がプリピャチとちょうど同じ四万九〇〇〇人で、福島第一原発からの距離が三〇㎞である。わたしの町をプリピャチに重ねてみる。自分の町から退去を強いられる状況を現実のこととして想像するのは、さして困難なことではない。プリピャチを訪れたものはいうまでもなく、そうでなくとも、ほんのすこしばかりの想像力があれば可能なことだ。

　立入禁止区域なのに入って来る者があって、家屋のなかに略奪のあとが歴然と見えるのが無残である。コンクリートやアスファルトの割れ目から雑草がふき出していて、割れ目をどんどんおし拡げている。人間の生活の痕跡が傷口だとしたら、自然の治癒力がその傷口をふさいでしまうのにはそれほどながい時間を必要とはしないようだ。

　アドルノは一九六九年に他界している。もし、チェルノブイリ事故に遭遇していたら、彼はそこに何を見るだろうか。

　チェルノブイリ国際学術調査センターに戻り、更衣所でもとの自分の衣服に着替えると、すでに午後二時だ。遅い昼食をここでとる。

　三〇㎞検問を出るとき、形式的な放射線量の測定があった。

　つぎに、強制避難がおこなわれたパールシェフ村を訪ねる。三五〇世帯が住んでいたこの村は、暮らしやすいということから別荘地でもあったそうだ。村外に避難した人びとのうち、はじめは二〇人ほど、ついで一七〇人が戻り、現在は一〇〇人あまりが生活している。もちろん、居住禁止区域なのだが、老齢者だけは黙認されている。そのひとり、七十八歳のマリーア・プーリカさんに会った。彼女の夫は事故が起きる二カ月まえに死亡していて、息子は医者、娘はハリコフに住み、自分だけが帰って来た。町からたべものが定期的に届けられている。自分は老人なので死ぬことへの恐怖はないと言うマリーアさんの表情が印象的だった。いまの季節はなるほど過ごしやすそうだが、厳冬期のひとり暮らしは年老いた身にはどれほど辛いことか。アウシュヴィッツ後もひとは生きてきた。チェルノブイリ後もひとは生きている。

あちこちの高い樹木や電柱の先端にコウノトリの巣が見える、そんなのどやかなヨーロッパ東部の農村のたたずまいにひたっていると、この風景をつくりあげてきた人びとの営みをいとおしいものに思えた。

バスが村を出ると水郷地帯の景観にかわる。広大な低地にいくつもの湖と縦横につらなる水路、点在する森からなり、ポレーシエと呼ばれるこの景観は氷河によって形成されたのだという。ちょうどいま、雪どけでかさを増した水は湖や水路からあふれ、ウクライナやベラルーシの沃土をうるおしている。

突然、道がベラルーシとの国境にさしかかる。チェルノブイリ三〇㎞検問のゲートと大差ない様子の施設である。まえもって届け出ていたらしく、検問ゲートよりも簡単に通過できた。

そこから一五分たらず、一〇㎞ほど進んだところに、ふたたび国境があった。こんどは、ベラルーシからウクライナへの国境である。どうやら、ベラルーシ領がウクライナ領のなかへC字状に突き出ている箇所を道が¢字状に貫いているらしい。ソヴィエト連邦時代には州境のように自由に行き来していたのが、連邦解体後は国境になってしまったというわけだ。ガイドのヴァーリャさんが書類を忘れてきたために、国境警備員が確認の電話をするなどして、時間がかかっている。バスのエンジンも止められた。わたしたちにはバスからあまり離れるな、国境には近づくなとの指示が言い渡された。わたしたちが足止めされているあいだに、牛乳缶を積んだ小型トラックがウクライナからベラルーシへと、待たされることなく国境を越えていった。付近に住んでいる人たちにとっては生活道路だから、連邦時代と同様に行き来しているのだ。道を通らないでも、ポレーシエの水路に舟を浮かべれば、簡単に国境を越えられそうにみえる。

ぽっかりあいた時間のなかでわたしは一篇の映画を思い浮かべていた。テオ・アンゲロプロスの映画「こうのとり、たちずさんで」(一九九一年・ギリシャ)の舞台はギリシャ、アルバニア、マケドニア(映画の制作後、同年にユーゴスラヴィアから分離独立)の国境地帯で、景観がここととよく似ていた。

　ギリシャ北部のフロリナで難民問題を取材しているテレビレポーターは、難民たちのなかに、かつて議会で「時には、雨音の背後に音楽を聴くために、人は沈黙します」と演説して辞職し、失踪した政治家によく似た人物（マルチェロ・マストロヤンニ）を見つける。テレビレポーターは夫を捜している政治家の妻（ジャンヌ・モロー）を呼び寄せ、確かめようとする。ふたりが互いにことばを交わすことなく向き合いつづける場面があったのち、妻は「彼じゃないわ」と言う。国境である川を隔てて結婚式がおこなわれる。国境警備のジープが定期的にパトロールする時間のあいまをぬっておこなわれる結婚式で、例の男は難民である花嫁の父親役をつとめる。男はまたいずくともなく去ってしまう。最後に男を見た少年は「カバンを手に、水の上を歩いていった。どんどん、どんどん遠くへ、国境を越えて見えなくなった」と証言する。

　この映画の冒頭、テレビレポーターは警備隊の大佐に国境に架かる橋に案内される。橋の中央を横に白線がひかれている。大佐が国境線に近づいてゆくと、橋向こうの警備兵は銃を肩から外して近づいてくる。白線を越えたら狙撃しようというのである。テレビレポーターのまえで、大佐は白線につま先が接する位置に左足で立って「一歩踏み出せば、異国か、死か」とひとり言のように言う。映画のタイトル「こうのとり、たちずさんで」はこのときの大佐の所作からつけられたものである。映画の終わり近くになって、テレビレポーターは橋の国境線で大佐と同じしぐさをする。このとき、もし後ろから呼ばれなかったとしたら、彼は線の向こうに右足をおろしていただろうか。マストロヤンニ扮する逃亡者は、少年の証言のように、国境を越えていったのだろうか。あの証言は少年自身の希望――幻想そのものだったのだと思う。わたしは、たぶんアンゲロプロスも、映画の少年と同じ年ごろだったとき（アンゲロプロスとわたしは同年生まれである）、やがて国境というもの、つまりは国家というものが消滅するという幻想を信じていたはずだった。だが、地球のうえには、だれかの都合で引かれ、網の目のようにつながった国境がいまでも機能しつづけていて、人びとはその網目に掬い獲られているのだ。その国境線の一本が目のまえにある。

　わたしはベラルーシからウクライナへとつづいている道の中央で「こうのとり、たちずさんで」の所作をひそかに試みた。

　国境の草むらで放射線量を計測すると、R＝四六と正常値の二倍程度だった。（Hは測定しなかった）

きょう最後の訪問地はスラヴジチ市。チェルノブイリ事故のあと、八つの共和国が共同して発電所職員とその家族のためにプリピャチのかわりにつくった町で、人口二万五〇〇〇人のほとんどが三十歳未満ということだ。各共和国それぞれの住宅建築の特色が街区ごとにみられ、集合住宅見本市のような町並みである。

プリピャチで被曝した子どもが五六一人住んでいて、そのうちの白血病の症状がひどい子どもには、教師が自宅を訪問して、個人教授をしているという。子どもたちには被曝による精神的な影響もみえるというが、当然のことだろう。二部授業がおこなわれているので、遅い時間なのに授業の見学ができた。

原発から五〇㎞のこの土地も実は汚染されていて、表土をすべて入れ替えてから町をつくったのである。

スラヴジチ市訪問を最後に、この日のすべての予定を終えた。

わたしたちのバスはキエフへ向かう。途中いくつかの農村のかたわらを通ったり、村のなかを通り抜けたりした。農耕地に人の姿が見えない。チェルノブイリ三〇㎞圏内の農地が無人なのは当然だけれども、圏外の農地に働く人たちがいない。夕方になって時間が遅いということもあろうが、思いだしてみると、けさ、チェルノブイリに向かう途中、働いていていいはずの時間だったのにもかかわらず、やはり、農夫たちの姿がなかった。その一方で、家のまえの道ばたに牛乳缶を出したり、粗末な台の上にわずかばかりのジャガイモを並べたりして、農婦たちが所在なげにいた。すこしでも現金収入を得たいということだろうが、それは、売るという行為とはずいぶん異なったもののように見えた。

コウノトリのおおきな巣をしばしば目にした。人里をテリトリーにする鳥なので、人びとに親しまれるのだろう。

道はまっすぐつづいている。前方がまっすぐであるだけでなく、バスの後方もまっすぐなのである。カーブが多い日本の道路に慣れていると、不思議な気分である。

午後六時ごろ、ホテルに着く。無事に全日程を終了したので、夕食のおり、シャンパンで乾杯をする。

フィルムを買いたいのだが、コダックの看板があってもホテルでは売っていない。ホテルから坂道を下ったところにもコダックの看板が出ていたのを思いだし、散歩がてらに行ってみる。若い店員に、フィルムをほしいという意思表示をすると、意志がじゅうぶん伝わったはずなのに、彼は「ニェット」と言って、店を閉めはじめた。ちょうど八時をまわった時間で、営業時間が終わったから売らないぞということのようだ。なぜか感心してしまった。なお、翌朝、キエフ空港でも捜したがフィルムは売られていなかった。フィルムは稀少品なのかもしれない。

疲れているので散歩はそうそうにきりあげて、自室に戻る。同室のYさんは、今夜もOさんの部屋で飲んでいるらしく不在だ。ベッドに横になっているうちに、わたしはいつのまにか眠ってしまったようである。

首に異様な圧迫を感じて目が覚めた。うす暗いルームライトがつくる黒い影がおおいかぶさって、男がわたしの首を絞めようと手をかけている。そのとき、抵抗する、あるいは、防御する以前に、とっさに思ったことは、旅先で、なぜ自分が、誰の手によって、どんな理由によって、首を絞められて殺されねばならないのか、そんなことも知らないいまま、納得できない死を受け入れるわけにはいかない、なぜ、こんな不条理な出来事がわが身に起こっているのかということだった。《不条理》ということばが頭のなかをはっきりと走ったのである。これは、あとで思い出してみて、奇妙なことだったと思った。さらには、われながら毒されすぎているとも思った。ほんとうは、まず本能的に抵抗する、あるいは、防御するのが最初にすべきことであるはずなのに、わたしはそれより先に事態の真相を知りたいと思ったのである。とにかく、殺される理由も知らずに死ぬわけにはいかないと思ったわたしは、腕を張り伸ばし、男の上体を押しあげ、わたしの首を絞めている得体の知れない侵入者の力を弱めようとした。そうしながら、うす暗い明かりのなかに見える男の様子をうかがった。さいわいなことに侵入者の身体は大きくはないことがわかった。

「なにすんだ！　Stop! Get out!　やめろ！　出ていけ！」

日本語と英語とをごちゃ混ぜにしたわけのわからない叫び声をあげ、侵入者の身体を押しあげながら、ベッドから起きあがろうとする。男の手はわたしの首から離れ、男にはわたしを攻撃しようという意志がなさそうに感じられたが、なお、揉みあいは続いた。男が吐く息に酒の臭いがまじっている。どうやら東洋系の男らしいともわかった。男もなにかをしきりに言っているのだが、当然のことながら、ことばは互いに疎通しあわない。同室のYさんはまだ部屋に戻っていない。ベッドを離れ、男をドアの方へと押す。なんとか侵入者を自力で室外へ追い出さねばならない。

「Get out!」

を連呼しながら押すのだが、彼は出て行こうとはせず、手を伸ばしてなにかを言っている。掌を上に向けていて、敵意のようなものは感じられない。むしろ、彼はなにかを要求しているようだ。金銭の要求だろうか。あとで、このとき金を渡そうとしたらどうなっていただろうかと考えてみた。いろいろなケースを想定したすえ、結局は、どれもが単なる推測にすぎないと考えざるを得なかった。現実には、わたしには金を渡そうという考えは思い浮かばなかった。

「Get out!　とっとと出てってくれ！」

などと、わたしはあいかわらずどなりつづける。わたしの剣幕に押されるように男は後退してゆく。東洋系と思われる男は、頑丈そうには見えない。すこし酔っているらしい。入口の方へ押しながら、ドアを開け、外に向かって、

「だれか来て！　助けてください！」

と、声をはりあげた。

聞きつけて、二、三人の同行者たちが廊下に出てきた。侵入者も観念したのか、やっと廊下に出た。近くの部屋から出てきた人たちのなかに通訳として同行しているIIさんがいたので、事情を話し、侵入者を預け、ようやくひといきをつくことができた。ドアの鍵はかならず掛けてくださいなどと、注意をうけて部屋に戻った。

部屋に戻ってロッカーの棚にルームキーがあるのに気付いた。ルームキーはテレビの上にもある。キーが二つあるのだ。そこで、侵入者がさきほどしていた行為にようやく合点がいったのである。

男は、わたしが彼を押し出そうとしてもなかなか部屋から出ようとはせず、掌を上に向けて腕を伸ばし、なにかを要求するようなそぶりをしたのだが、彼が腕を伸ばした方向にはテレビがあったことに気づいた。テレビの上にはキーが置いてある。彼はそのキーを取ろうとしたのだった。

確かめてみると、テレビの上のキーにも、ロッカーの棚のキーにも、同じ915という数字が刻印されている。ドアの鍵穴に二つのキーを差し込んでみると、ロッカーの棚のキーではロックできたが、テレビの上のキーは鍵穴に合わないものだった。

侵入者は、九一五号室にやって来て、鍵穴にキーを差し込もうとしたがキーは穴に入っていかない。ドアノブを廻したらドアが開いた。このときすでに、彼はおかしいと思ったかもしれない。部屋に入って、テレビの上にキーを置く。そして、ベッドを見ると、男が寝ている。自分の部屋だと思い込んでいる場所に不審な侵入者がいて、ベッドに寝ているものだから、その男の首を絞めようとした。（こうなると、実際のところ、どっちが侵入者・不審者なのかわからなくなる。お互いにどうやって自分が侵入者ではないと証明することができるというのか。）そして、揉み合いになる。揉み合いながら、あとから部屋に入ってきた男は、どうやら自分はまちがって別の部屋に入ったらしいと気づく。そこで、出てゆくまえに、さっき自分がテレビの上に

置いたキーを取ろうとしたが、相手の男に自分のことばが通じず、部屋から押し出されてしまう。

男は、ホテルのルームキーを持ったまま街に出て、飲んできたのだろう、酒の臭いがしていた。そして、隣のホテルとまちがえてわたしたちが宿泊していたホテルに入ってきて事件になった、というのがどうやら真相のようだ。

テレビの上にあった別のホテルの九一五号室のルームキーをHさんに渡し、事後の処理を依頼した。

実は、前々日の十六日、モスクワのホテルでも、わたしは部屋に侵入されているのである。

モスクワのホテル内で目についたのは、一見して売春婦とわかる女性たちの姿である。社会主義体制が崩壊して、こうした女性たちが公然と表に出てきたということなのだろうか。彼女たちはロビーなどにたむろして、客を物色しているのだった。

そのモスクワのホテルでおもしろいと思ったことが一つある。それは、フロアごとの階段ロビーに机と椅子が置かれていて、そのフロアの客室を管理する女性がつねにいるのだ。各室のキーを管理し、客の出入りを監視している。フロントが各階ごとにあるといったおもむきである。治安が悪いためにこうしているのだろうか。それとも、スターリンによる恐怖政治時代の人民監視のなごりが続いているのだろうか。しかし、ソヴィエト崩壊以後にはこのおばさんたちの役割は、そういう意味では形骸化しているようだった。売春婦たちはおばさんになにがしかの金を握らせ、客室への出入りを黙認してもらっているらしい。

旅行第一日、十六日の夜、ホテルの部屋に落ち着いたあと、YさんはOさんの部屋に行って来ると言って出ていった。すぐ戻ってくるのかと思って、ドアの鍵はかけないでおいた。トイレに入っていると、部屋のほうで人声がする。Yさんではなさそうだ、だれだろうと思いながら戻ると、若い売春婦が二人、部屋に入っているではないか。

このときも、

「Get out!　出てってくれ」

などと言いながら追い出しにかかったところ、二人は思いのほかあっさりと部屋を出ていった。わたしたちの部屋が男だけ二人だということを、あきらかにあらかじめ知っていて入ってきたにちがいない。フロア・フロントのおばさんとの連係プレイだということが推理できた。

もし、キエフのホテルにもモスクワのホテルのようにおばさんが階段ロビーにいたら、九一五号室事件は起きなかったかもしれないと思う一方で、おばさんがいても侵入事件は起きていたにちがいないという思いのほうがよりつよくなり、こちらのほうが正解だと、なぜか確信した。それよりも、男がホテルのキーを持ったまま外出したこと、酔ってホテルをまちがえたこと、わたしがドアをロックしておかなかったこと、わたしと男の部屋がともに九一五室だったことなど、偶然というものは、不思議なことに重なるものだ。これらのどれか一つがなかったなら、侵入事件は起きなかったのである。階段ロビーにおばさんがいたか、いなかったかということは、このケースではほとんど意味をもたないだろうと思う。

ぽっかりと意識や行動のエアポケットができたとき、このようなことは、不思議に起こりうるもののようだ。たとえば、ふだんはほとんど車が通らない見とおしのいい農道の十字路にさしかかって、前方を横ぎって行く車があるのに気づかず、一旦停止をせずに十字路を突っ切ろうとして、クラクションを鳴らされた経験がある。あるいは、チェルノブイリ原発事故にしても、事故が発生したとき当事者たちが瞬間的に思ったことは「なんでこんなことが」という思いだったにちがいない。日常のふとした亀裂のなかに潜む恐ろしさということを身をもって考えさせられた出来事だった。あるいは、そうしたことに満ちた一日だったと言うべき日だった。

Yさんが部屋に戻ってきた。事件の概要は知っているようだった。旅行に慣れていなかったせいもあってのことで、他人のせいにはできないが、もし、Yさんが部屋を出て行くとき「遅くなるかもしれないので、鍵をかけて休んでいてください」とでも言っていてくれれば、そうしただろうから、侵入事件はなかったのではないかとも思え、なんとなく気持ちはしっくりしないままである。

あらためてベッドに入ると、こんどはまた首を絞められることがあってもそのことに気づかずそのままになってしまいそうなはげしい眠けが襲ってくるのだった。

一九九四年五月十九日　モスクワ

午前のうちにキエフからモスクワに移り、午後は夕方のフライトまでの時間を市内見物にあてた。

昼食をとったホテルがあるトヴェーリ通りには例のマクドナルドの看板が見えた。コカコーラといい、マクドナルドといい、どうしてあんなものが世界を席巻するのか、理解に苦しむ。

まず、赤の広場に行く。モスクワ川のほうからゆるやかな坂道をのぼって行くと、最初に目に入るのは色とりどりのネギ坊主の集団、聖ワシーリー寺院だ。九つの塔があるのだそうだが、一度に全部を見ることはできないという。

左手につづくクレムリンの城壁には大時計のあるスパスカヤ塔などいくつもの塔が配置されている。城壁のまえには赤褐色の石の塊のようなレーニン廟がある。クレムリンの反対側、右手はグム百貨店で、トヴェーリ通りなど市街地へとつながっている。わたしたちは赤の広場をロブノエ・メスタという丸い石壇のあたりを中心にぶらぶら歩きながら、この広場であった歴史的な出来事を記憶の底から甦らせた。クレムリンをはじめとする周囲の建物のなかには入らなかった。

赤の広場のつぎには、モスクワ川を渡った郊外のモスクワ大学に行った。ガイド兼通訳を担当しているHさんはこの医学部で学んだのである。三二〇ヘクタールの広い敷地に建つ大学は、正面から見るとシンメトリーの巨大な建物で、中央部は三十二階建てである。大学の北側はモスクワ川に面した高台になっていて、ヴァラビョーヴィ丘、もしくはレーニン丘と呼ばれる展望台からは、クレムリンをはじめ中心市街地が一望できた。屋台が出ていて、観光客を相手にしている。

午後八時過ぎ、わたしたちはモスクワを離れた。

［資料とした文献］

■福島県民チェルノブイリ視察調査団『チェルノブイリ視察調査報告書』（一九九四年）

■松岡信夫『ドキュメント　チェルノブイリ』（一九八八年・緑風出版）

■広河隆一『チェルノブイリ報告』（一九九一年・岩波新書）

■広河隆一『チェルノブイリの真実』（一九九六年・講談社）

■テオドール・アドルノ／渡辺祐邦ほか訳『プリズメン』（一九九六年・筑摩書房）

■テオドール・アドルノ／木田元ほか訳『否定弁証法』（一九九六年・作品社）

■ヴァルター・ルグレ／奥村賢訳『アンゲロプロス　沈黙のパルチザン』（一九九六年・フィルムアート社）

後記

雑誌『北の灯』第39号（一九九八年三月）から第47号（二〇〇一年三月）まで（第41号をのぞく）に八回にわたって、和井植雄の名で書いた「ながれ者の小骨」を一冊にした。構成上の理由で、「二〇〇〇年某月某日」を「一九九八年某月某日」のあとに移したほかは発表時のままにし、一部の語句の誤りなどを正すにとどめた。

筆名をもちいたのは事情があってのことであった。「ん」（おしまい）のひとつまえの「わゐうゑを」というぐらいの、たわいのない名である。しかし、事情も解消したので、つかい古した名に復して著者名とした。ついでのことに、書名も『イメージのなかの都市』とあらためた。

一九九〇年代に、チェルノブイリ、神戸、中欧、そのほかの地を訪れた。これらの旅から得たモチーフによって幾篇かの詩を書いた。ところが、詩としては書けなかったものが澱のように残されていた。それらを文章化したものがこれである。「ながれ者の小骨」と題したのは、読んで、喉のあたりになにやら毒のついていそうな小骨がひっかかって、「む、えぐい。しびれてきたぞ」と気にしてもらえるところがあれば、というあたりに意図があった。

書き終えて、まとめて読んでみたところ、わたしの内部には、崩壊する都市のイメージが、確かなものとして育ってきていたのだと確認できた。

書名を『イメージのなかの都市』とした理由である。

この散文と既に詩として発表したものとは、たがいに補完しあうものだと考えている。

二〇〇二年九月十一日

若松丈太郎

福島原発難民

――南相馬市・一詩人の警告　１９７１年～２０１１年

二〇一一年　コールサック社

みなみ風吹く日

（詩集『北緯37度25分の風とカナリア』より）

1

岸づたいに吹く
南からの風がここちよい
沖あいに波を待つサーファーたちの頭が見えかくれしてい
る
福島県原町市北泉海岸
福島第一原子力発電所から北へ二十五キロ
チェルノブイリ事故直後に住民十三万五千人が緊急避難し
たエリアの内側

たとえば
一九七八年六月
福島第一原子力発電所から北へ八キロ
福島県双葉郡浪江町南棚塩
舛倉隆さん宅の庭に咲くムラサキツユクサの花びらにピ
ンク色の斑点があらわれた
けれど
原発操業との有意性は認められないとされた

たとえば
一九八〇年一月報告
福島第一原子力発電所一号炉南放水口から八百メートル
海岸土砂　ホッキ貝　オカメブンブクからコバルト60を検
出

たとえば
一九八〇年六月採取
福島第一原子力発電所から北へ八キロ
福島県双葉郡浪江町幾世橋
小学校校庭の空気中からコバルト60を検出

たとえば
一九八八年九月
福島第一原子力発電所から北へ二十五キロ
福島県原町市栄町
わたしの頭髪や体毛がいっきに抜け落ちた
いちどの洗髪でごはん茶碗ひとつ分もの頭髪が抜け落ちた
むろん
原発操業との有意性が認められることはないだろう
ないだろうがしかし

南からの風がここちよい
波間にただようサーファーたちのはるか沖
二艘のフェリーが左右からゆっくり近づき遠ざかる
気の遠くなる時間が視える
世界の音は絶え
すべて世はこともなし
あるいは
来るべきものをわれわれは視ているか

2

一九七八年十一月二日
チェルノブイリ事故の八年まえ
福島第一原子力発電所三号炉
圧力容器の水圧試験中に制御棒五本脱落
日本最初の臨界状態が七時間三十分もつづく
東京電力は二十九年を経た二〇〇七年三月に事故の隠蔽を
　ようやく
認める

あるいは
一九八四年十月二十一日
福島第一原子力発電所二号炉
原子炉の圧力負荷試験中に臨界状態のため緊急停止
東京電力は二十三年を経た二〇〇七年三月に事故の隠蔽を
　ようやく
認める

制御棒脱落事故はほかにも
一九七九年二月十二日　福島第一原子力発電所五号炉
一九八〇年九月十日　福島第一原子力発電所二号炉
一九九三年六月十五日　福島第二原子力発電所三号炉
一九九八年二月二十二日　福島第一原子力発電所四号炉
などなど二〇〇七年三月まで隠蔽ののち
福島第一原子力発電所から南南西へはるか二百キロ余
東京都千代田区大手町
経団連ビル内の電気事業連合会ではじめてあかす

二〇〇七年十一月
福島第一原子力発電所から北へ二十五キロ
福島県南相馬市北泉海岸
サーファーの姿もフェリーの影もない
世界の音は絶え
南からの風が肌にまとう
われわれが視ているものはなにか

大熊——風土記71

（『河北新報』一九七一年十一月二十八日）

狭い海岸平地　きびしい自然

大熊町の海岸平地の幅はわずか七キロメートルほどと狭く、しかも山地末端の丘陵や台地が海に向けて平行に張り出し、その間のいわば櫛の目にあたる迫と呼ばれる河谷に村落と農地とが集中している。常磐線を走る列車は海沿いとは思えないこの山あいを縫いつつ、おっとりと停車し、せいぜい十人程度の乗客を乗降させてはおもむろに発車する。古い陸前浜街道とこの常磐線とには、農地を避けくねくねと丘をのぼり谷にくだっているかのおもむきさえある。それはおくゆかしいということばで言ってもよさそうにも思えるが、じつのところはきびしい自然条件下の田畑でうつむいて生きねばならぬ住民のぎりぎりの自己主張なのだったにちがいない。太平洋の波はことさらに荒々しく、海岸線は南北にほぼ直線をなし、港らしいものもない。一時期は木炭の生産高が日本一であり、なんとモミ材の卒塔婆の八〇パーセントはこの町でつくられたものだったというが、いまではその山林も消耗し尽くしてしまった。

弥生文化が縄文文化にとってかわって以来、米作中心の弥生的生活様式は連綿と現在に至っていると言ってもよかろう。しかし、東北地方のとくに太平洋岸は、その地理的気候的条件によって、米作に不適であることは周知のとおりである。下北半島の長く伸びた首のあたり東通村の植生、陸中海岸のうしろ田野畑村の地形、それらにかようものがここにはある。そしてそこに生きる人にも。防衛庁下北射爆場そばの林道から思いがけずあらわれ歩き去った老農婦のふかく皺を刻んだ顔、柔和ななかにきびしく光る目をもち背の高い三閉伊一揆指導者の末孫のものごし、東京電力福島原子力発電所そばの集落のバス停留所で彫像のように動かない老農夫の後ろ姿。それらの人びとにとって弥生的生活様式はいかに屈辱に満ちたものであり、また、あったことか。

五、六十年まえの大熊町にはシカが多く、鉄砲を背中に突きつけるようにして撃つこともできたという。そんな話を聞きながら、原発から三キロメートル離れた双葉町清戸迫古墳群で発見された朱描きの装飾壁画を思っていた。弓を手にけものみちを、シカ、カモシカ、イノシシを追った日々が千三百年の時間を超えてあざやかにたちあらわれる。日輪の霊気が降りて肩口から肉体を満たし、そのとき人間はもっとも人間らしく豊かであったにちがいない。

だがいまは、……双葉郡全体がそうであるように、大熊町も例外でなく、一九五四年に約九千人であった人口を十年後の一九六四年までに実にその六分の一を流出させている。この地で生きようとしても許されぬとしたならば、去りゆく者をとどめることはできないのだ。

原子力発電所に期待と不安

ダムサイトをしだいに奥地に求めてコスト高となった水力発電と、大量の燃料を国外に依存ししかも恒常的に確保しなければならぬ火力発電とによっては、急増する電力需要に応じえない見通しに立って、おりから基礎公害がなく工事費・燃料費が安いという理由で開発されたばかりの原子力発電所の敷地を探していた東京電力は、大熊町と双葉町にまたがる長者原に着目した。長者原は海に臨む広漠とした台地で、戦時は磐城陸軍飛行場として本土防衛の基地であった。戦後入植された部分もあったが、ほとんどはふたたび荒地に復して、ときおり近くの小中学生が遠足で訪れ海を眺めながらべんとうを食べて帰る場所というぐあいであった。このように放置されていた土地だったため、東電は三百二十ヘクタールを二億五千万円（三・三平方メートル二百五十円）で簡単に買収することができた。

工事が開始された結果、大熊町の人口流出は止まり、営業運転の開始による固定資産税等の税収が予定され、交付金も返上できるという喜ばしい見通しの一方で、しだいに問題点も表面化してきたのである。まず、敦賀やアメリカなどで欠陥原子炉問題がクローズアップし安全性への不安が高まってきた。東電はＰＲ館を設けいかに安全であるかを強調しているのだが、肉眼にとらえ得ぬものであり、しかも何世代かののちにはじめて影響の有無が実証できるものとなれば、安全だ安全だと言われるほど住民の不安は大きくなっている。ある住民は「おれたちは実験材料にされてんだから、せめてカネでももらわねえことには……」と言っていたが、この不安をカネに置換しようとする庶民の論理を笑うわけにはいくまい。

税収の増大と労務者の地元採用等によって一九七〇年度一人あたり年間分配所得は県内第二位となり、商店街も店舗の改装をするなど活況をみせているが、住民は所得以上の背伸びをして消費しているふしもある。たとえば、乗用車の普及率がきわめて高いと推定されているなどがそうだ。こういったことで、東電からもらえるだけカネを引き出そうという考えが住民にゆきわたり、ことあるごとに「寄付をするのがトウデンだ」と言えば、東電は「うちはケチ電ですから」と掛け合いがはじまるという。いずれ、カネが住民の生活意識と生活構造とを変えつつあることは事実で、怪物としての原発の一側面をここにうかがうことができる。

五年後の完成時に残るのは

五年後に予定されている完工時は、いまはらんでいる諸問題の臨月でもある。約十六億円と試算される原発の固定資産税のうち三億円程度を残して県に吸い上げられるうえ、いったん消費生活の美味を味わった住民が農外所得を失ってどう生きるか。残されるものは放射能の不安だけとなっては、たまるまい。

福島県と大熊町をふくむ双葉郡は安全連絡協議会設置の準備をすすめており、一方、大熊町はいま町政の中枢に社会教育（とくに青少年教育）を置いて公民館を中心に活発な活動をしており、さらに公害のない工場団地の誘致によって兼業農家を固定化しようという農工一体の三万人都市の計画を策定中である。はたして、大熊町字熊町が常磐線を遠く迂回させたためにさびれたので、起死回生の策として集落の中央に国道六号線を誘致したところ、交通事故多発地帯となってしまったその皮肉を再現せずにすむかどうか気にかかるところである。

見学者は高さ三十メートルの展望台から発電所を眺める仕掛けになっているが、わたしは高みから見おろす視点に慣れていないので、下まで案内してもらった。工事資材運搬と取水のためにつくった港の防波堤先端に立つと、荒々しく肉を露出して連なる正面の崖を削り、海に向けて建てられた鉄とコンクリートのかたまりは、周囲の風景にそぐわない異質のものが闖入した感がいなめないのだ。

歴史的に国境であったこの地の、これはまた新しいフロンティアであるとしたら、それはいったい何に対峙するためのものなのだろうか。原発も怪物だが、巨大なエネルギーを食う人間はそれに輪をかけた怪物である。

台地のうえのくさむらからシカが跳んだとみえたのは幻視であったろうか。

ふり向いて青藍茫洋の沖を見やると、波がしらがとらえた秋の日ざしの光の渦が美しかった。

吉田真琴『二重風景』

（『福島県現代詩人会会報』第二九号、一九八七年五月二十五日）

チェルノブイリ原発事故後一年、ヨーロッパの食肉から事故直後よりも高い汚染値が検出されたとか。あるいは来日したソヴィエト人の体内に多量のセシウムが存在していたとかなどの報道が相次いでいる。半減期が三十年のセシウムによる環境汚染は食品を経由し、最終的には人体に蓄積され、影響は今後いっそう深刻なものとなろう。

　折りから、福島県沖を震源とする有感地震が多発している。なかでも四月二十三日未明には、東電福島第一原発で稼働中の原子炉五基のうち三基が地震によって緊急自動停止するということがあって、原発周辺住民であるわたしたちの不安を大きくさせている。

　わたしたちの文明は、その文明を自己崩壊させかねない〈核〉という疫病神をとり込んでしまった。その疫病神はわたしたちの手に届かぬところ、東西の戦略システムの中枢や巨大な発電所建屋のなかに置かれ、わたしたちは不安におびえながらも腕をこまぬいているしかない状況である。しかし、詩が時代を告発する役割を担っているものであるとするならば、詩人はことばをもってこの核状況を撃つべきであろう。詩によって福島県〈浜通り〉の地域的な問題を世界の普遍的な問題に重ねることが可能となるのである。

　吉田真琴『二重風景』は詩篇を四つのパートに分けている。冒頭の「I重い歳月」は原発訴訟の原告でもある詩人がこうした核状況を撃つ作品群である。あるいは徒手空拳と言われるかもしれない。それだからこそ貴重な、反原発の闘いの根源にあるものは、他のパートの作品、たとえば「飯豊賛歌」「馬と人間」に見られる自然や自然が育んだ生きものたちへの思いであろうし、「地名考」「絵馬」に見られる

　　とても　自由や歌など重すぎて
　　生命以外は支えきれるものではない
　　　　　　　　　　　　（「飛び魚の唄」部分）

庶民への思いなのであろう。

　仄聞によると、作者はいま闘病中とのことである。原発告発の闘いのなかからさらにすぐれた作品を生みだしてほしいが、当面は病魔にうち克つことに専念し、一日も早い恢復を果たしていただきたい。

（『福島民友』一九八九年七月二十二日）

ブラックボックス

　パソコンを使いだしてから四年になります。もっとも、計算機能を生かしているのは生徒の成績表を作成するとき程度で、あとはもっぱらワープロとして使い、たまにゲームソフトを楽しんでいます。

　購入した当時は気に入ったワープロ専用機がなかったので、思いきってパソコンに決めたのですが、機能のよくなった専用機がでまわっている今となっても、なれてしまった

ソフトの使い勝手がいちばんで、買い換えるつもりはありません。

使いなれてしまうと、改まった文章のほとんどはペンでは書けなくなってしまいました。書き換えや文節の移動、あるいは文章構成などに便利であることなどのほか、保存ができるということも魅力です。

とくに、私はしばしば行数の多い詩を書きますが、以前にはある程度まで書きあげると、原稿用紙をのりでつなげて壁に張り、構成を検討したものです。これも、パソコンで入力するようになってからは、活字にしたあとのイメージがそのまま判断できるようになって、重宝しています。

＊

このパソコンがさきごろ故障してしまいました。本体をサービスステーションに送って見てもらっても異常がないというのに、警告音が鳴って作動しない。困ったまま手をこまぬいて十日ほど過ぎたある日、起動させてみると、なにごともなかったようにソフトが立ち上がるではありませんか。キーボードなどが汚れたので洗剤で拭いたさいに、あるいは水滴がディスプレイのなかに入ってしまったのが故障の原因ではないか、と推測してみたのですが、はたしてどうだったのでしょうか。

第二水準漢字のロムボードや増設ラムの取付けなどは、なんとか自分の手でできました。それでも、パソコンの箱のなかは、普段はなんとも思わず使っていますが、私のようなものにとっては何がどうなっているものかまったくわからない、文字どおりのブラックボックスです。

＊

私たちの文明は、あるいは文化も、私たちのまわりにたくさんのブラックボックスをかかえこんでしまったようです。それらが私たちに危害を加えたり、意に反することをしなければいいのですが、そうとばかり言えないあたりが困りものです。

避難所となった石神第一小学校

原子力発電所の建屋などもそうです。最近、東京電力福島原発で事故がしきりに発生しました。報道されるところでは重大な事故ではないとのことですけれども、ほんとうのところはどうなのか、それがブラックボックスのなかのこのことなので、近在で生活している私などにとってはことさら不安でなりません。

国会などもブラックボックスの最たるものではないかと、近ごろしきりに思います。私たちが私たちの代表として選んだはずの人たちが、私たちの意としないことを議決したり、私たちの論理とはかけ離れた〝永田町の論理〟と呼ばれるものが横行しているのを見聞きするにつけても、あのいかめしい建物のなかはどうなっているのかと思います。はたして、こんどの参議院選挙でこのブラックボックスに風穴があくことを、期待していいものでしょうか。

東京から三〇〇キロ地点

（『詩と思想』一九九一年六月一日）

東京とその周辺に住んでいる人たちにとっての常磐線とは、快速も走る通勤電車線であろう。

その常磐線に乗り続けていると、東京近郊の複々線はやがて複線となり、あの混雑が嘘のように乗客はどんどん少なくなり、気づいたときには単線になっていて、車内には東京から運ばれてきた空気がかすかによどんでいるばかり。しかも長尺レールなんぞは使われていないから座席の下からゴトンゴトンという音がやけに虚しく響いてくる。

いまは山なか　いまは浜
いまは鉄橋わたるぞと思うまもなく
トンネルの闇をとおって……

と歌う小学唱歌の歌詞は常磐線の単線区間の風景をもとに書かれたものとされているが、いまでは東京電力の原子力発電所群の高い煙突を車窓から眺めることができる。

ここは福島県の浜通りと呼ばれる地方である。一日六往復だけの特急電車があって、上野から三〇〇キロの距離を三時間二〇分を要してたどり着く。東海道・山陽新幹線なら六〇〇キロ近い新神戸、東北新幹線なら終点盛岡の先、上越新幹線なら新潟で乗り換え山形県の鶴岡まで行ける時間である。東京から乗り換えなしで来られるにしては、ここだけが特別の時間に支配されている人口希薄な別世界なのだ。

電力を消費している関東地方にではなく、三〇〇キロ離れた東北地方の一隅に東京電力の原子力発電所があるのはどうしてなのだろうかという疑問はひとまず措こう。いや、措くまでもない。人口密集地に立地していて事故が発生したときのリスクを考えれば自明のことである。もっとも、チェルノブイリ事故は三〇キロと三〇〇キロとは目くそ鼻くそであることを厳然と立証した。

それにしても、原子力発電所周辺に住んでいることで感じる背筋に刃物を突きつけられているような感覚は理解してもらえるだろうか。私が勤務している高校の生徒たちに聞いても、たいがいは「こわい」と答える。それが正常な感覚というものであろう。

で、三〇キロと三〇〇キロとが目くそ鼻くそなのに、東京とその近郊に住んでいる人たちが「こわい」とうけとめることができないとしたら、それは、感覚が鈍麻しているか、想像力が貧困なのだと言ってさしつかえないのではなかろうか。

かくして福島県の浜通り地方は、原子力発電所をこわがって人が寄りつかないため人口密度が希薄になり、いや、人口密度が希薄なので一〇基もの原子力発電所が立地し、いっそう人離れしてしまうという構造ができあがってしまったのである。

原子力発電所に避難を要する事故が発生したとき、私たちがどう対処したらいいのか、そのマニュアルは示されていないし、避難訓練もない。しかも、事故発生後どの程度のスタンスでどの程度の事実が知らされるのか、それすら明らかでない。

私たちは東京から三〇〇キロ地点にあるブラックボックスの住人である。

最後の勤務校・原町高等学校にて

連詩　かなしみの土地

（詩集『いくつもの川があって』）

わたしたちは世代を超えて苦しむことになるでしょう
——ウクライナ医学アカデミー放射線科学臨床医療研究所所長
ウラディミール・ロマネンコ

プロローグ　ヨハネ黙示録

その日と
その日につづく日々について
聖ヨハネは次のように予言した
　たいまつのように燃えた大きな星が空から落ちてきた。
星は川の三分の一とその水源との上に落ちた。
星の名はニガヨモギと言って、
　水の三分の一がニガヨモギのように苦くなった。
　水が苦くなったため多くの人びとが死んだ。[*1]
チェルノブイリ国際学術調査センター主任
ウラディミール・シェロシタンは
かなしい町であるチェルノブイリへようこそ！
と私たちへの挨拶をはじめた
ニガヨモギを意味する東スラヴのことばで
名づけられたこの土地は
名づけられたときからかなしみの土地であったのか
一九八六年四月二十六日
チェルノブイリ原子力発電所四号炉爆発
この日と
この日につづく日々
多くの人びとが死に
多くの人びとが苦しんでいる　さらに
多くの人びとが苦しみつづけねばならない

1　百年まえの蝶

きょうの未明に自死した二十五歳の青年がいる
離陸して高度をあげるエアバスＡ—３１０の窓外に眼をやる
百年まえのそのことを思いつつ
つきぬけた雲海のうえ
ふと一羽の蝶が舞っていたと見たのは幻にちがいないが
　こたびは別れて西ひがし、
　振りかへりつゝ去りにけり。[*2]
一八九四年五月十六日未明の二十五歳の青年の思いと
一九九四年五月十六日そのことを思う者の思いと

に　架けるものはあるか
あれば何か
あれは何か
あれは蝶ではないか
エアバスの窓外に
もつれあい舞う
幻

2　五月のキエフに

古い石造りの街のなかぞらを綿毛がさすらっている
ポプラの綿毛だ
白い花をつけたマロニエ並木は石造りの街なみに似つかわ
　しい
キエフはヨーロッパでもっとも緑に富む都市だという
五月のフレシャーチク通りを人びとは楽しんでいる
五月の夜を人びとは並木の下のベンチで語らい
人びとは並木の下の散歩道をゆったりと歩んでいる
起伏の多い道は住む人びとのこころの屈折を語っているか
坂道の底にロシア正教寺院が幻境のように現れたりする
私たちは人びとにたちまじって幻境をさすらう
夜のドニエプル川を見ようと街を

ムゾルグスキイの「キエフの門」[*3]をたずね
ウクライナの人びとが誇る詩人の名まえを私は記憶した
マロニエはシェフチェンコに捧げる花か

3　風景を断ちきるもの

国境警備員が電話で問い合わせている
私たちのマイクロバスはエンジンを止めた
ガイドのヴァーヤさんが書類を置き忘れて来たのだ
空気を抜かれたような静けさである
バスのそとで息を抜こうとする私たちは
バスの近くにいることを指示される
ありふれた一本の道が遮断されて国境である
ベラルーシとウクライナとを分ける
この道の先も後ろも一九九一年までは
ソヴィエト連邦のうちがわであって
人びとは自由に往来していた

道のうえに線がひかれているわけではないが
ありふれた一本のポールで遮断されて国境である
国境の道のうえに線がひかれているわけではないが
国境の道のうえに線がひかれているつもりで
私は片脚立ちする
飛び立とうとするこうのとりの片脚立ちの姿を
テオ・アンゲロプロスの映画の一シーンをまねて
ギリシャ・アルバニア・ユーゴスラヴィア国境地帯の
川や湖の多い映画のなかの風景と
ウクライナ・ベラルーシ国境地帯の
目前にひろがるドニエプル川支流の低地との
あまりの相似
けげんな表情で私を見る国境警備員
片脚立ちの姿から私は飛び立つことができようか
こうのとり、たちずさんで[*4]
こうのとりの巣は農家の軒先の電柱のてっぺんに
あぶなっかしく営まれていたりする
そんな風景のなかで
ウクライナ・ベラルーシ国境がC字状に接していて
ありふれた一本の道が¢字状に貫いている
ありふれた一本の道の一〇㎞たらずのベラルーシ領
それぞれの国境で出入国審査がある

私たちは境界をつくる
山の尾根に
川の中州に
湖の小島に
林をよぎって畑をよぎって
町のなかを
ブランデンブルク門のまえ
ヴィム・ヴェンダースの天使が国境を越えると
モノクロ画面はカラーにかわった[*5]
こちら側とあちら側というように
私たちが地図のうえにひいた境界は
私たちのこころにもつながっていて
私たちを差別する
私たちを難民にする
私たちを狙撃する
私たちが国境で足止めされているあいだに
牛乳缶を積んだ小型トラックが
ウクライナからベラルーシへと国境を越えていった
こともなげに
空中の放射性物質も
風にのって
幻蝶のように

4　蘇生する悪霊

目前に
写真で見なれた
チェルノブイリ原子力発電所四号炉
《石棺》
悪しき形相で
まがまがしく
コンクリート五〇万㎥と
鉄材六〇〇〇ｔとで
封じた冥王プルートの悪霊
その悪霊が蘇生
しそうだという今にも
はげしく反応する線量計
悪霊の気
計測不能
「五分間だけ」
と案内人だが
アスファルト広場
石棺観光用展望台
ではなく焼香台
足もとに埋葬されている汚染物質

五分とここにいたくはない
痛くはないが
私たちは冒されている
冒された鉄骨の残骸
赤錆荒々しく
剝離する
野ざらし
風すぎて
ここは荒涼
冒された森林
時ならぬ紅葉であったと
《ニンジン色の森》
人びとの不安の形象
伐採され
埋葬され
周辺に森林なく
ここは満目蕭条

5 《死》に身を曝す

チェルノブイリ三〇㎞ゾーンの境界にゲートがある。ゲート脇から立入禁止区域を限る鉄線を張った粗末な柵が延々とつづいている。ここまでは緑うつくしい穀物畑が視野いっぱいに広がっていたが、柵の内側は荒れるにまかせた畑に赤枯れた草が所在なげに立ちつくしている。私たちが迎えを待つあいだに、キエフ方面から三台のバスがやってきた。乗って来た人たちは別のバスに乗り換える。汚染されていないバスと汚染されているバスとをゲートを境に別にしているのだろう。さまざまな年齢の彼ら彼女らはチェルノブイリ原子力発電所で働いている人たちである。発電所やその関連施設で二週間勤務しては交替するのだという。三〇㎞ゾーンは立入禁止がたてまえだが、想像以上に多くの人たちが生活しているらしい。事故のあった四号炉に隣接する一～三号炉は稼働しているし、私たちが説明を受け、昼食をとった国際学術調査センターもゾーンの内側にある。ほかにも研究施設などがあるとのことだ。バスで五、六号炉近くを通りかかったとき、人工池で釣りをしている人たちを見かけた。昼休みの気ばらしだというが、まさか釣った魚を食べることはあるまいと思うものの、おそらく汚染されているにちがいない人工池で平気で遊んでいる様子におどろいてしまった。四号炉の《展望台》では持参した線量計のカウンターが振り切れてしまい、私たちが浮き足立っているのに、すぐそばを作業員たちが日常的なこととして通り過ぎて行く。ゾーンのなかをバスに同乗して案内してくれたのは未婚の若い女性であった。将来の出産を考えれば働くべきところではないと思うのだが、そのことはわきまえていて勤務しているのだそうだ。バスの車窓からは、廃屋となってしまった農家、家畜舎、徒長した果樹の枝、いつのものなのか畑の取り付け道路に刻まれているトラクターの轍などが見え、こころ傷む情景であった。強制退去させられた農民のなかには村に戻って暮らしている人たちが老人を中心にいて、なかば黙認されている。三百五十家族が住んでいたパールシェフ村の人たちも退去させられたが、戻ってきたのはもっとも多いときで百七十人、今は百九人が暮らしているという。七十八歳のマーリア・プーリカさんもそのひとりである。事故のまえに夫と死別し、避難したときはアパートのようなところに酒飲みの男二人と同居させられた。がまんできず三カ月後に戻ってきた。自分は老人なので死ぬのはこわくないと私たちに語った。事が起こると普通の生活を維持できなくなるのが普通の人たちである。普通の人たちが生きるためには《死》に身を曝さねばならない。

6　神隠しされた街

四万五千の人びとが二時間のあいだに消えた
サッカーゲームが終わって競技場から立ち去った
のではない
人びとの暮らしがひとつの都市からそっくり消えたのだ
ラジオで避難警報があって
「三日分の食料を準備してください」
多くの人は三日たてば帰れると思って
ちいさな手提げ袋をもって
なかには仔猫だけをだいた老婆も
入院加療中の病人も
千百台のバスに乗って
四万五千の人びとが二時間のあいだに消えた
鬼ごっこする子どもたちの歓声が
隣人との垣根ごしのあいさつが
郵便配達夫の自転車のベル音が
ボルシチを煮るにおいが
家々の窓の夜のあかりが
人びとの暮らしが
地図のうえからプリピャチ市が消えた
チェルノブイリ事故発生四〇時間後のことである

千百台のバスに乗って
プリピャチ市民が二時間のあいだにちりぢりに
近隣三村をあわせて四万九千人が消えた
四万九千人といえば
私の住む原町市の人口にひとしい
さらに
原子力発電所中心半径三〇㎞ゾーンは危険地帯とされ
十一日目の五月六日から三日のあいだに九万二千人が
あわせて約十五万人
人びとは一〇〇㎞や一五〇㎞先の農村にちりぢりに消えた
半径三〇㎞ゾーンといえば
東京電力福島原子力発電所を中心に据えると
双葉町　大熊町　富岡町
楢葉町　浪江町　広野町
川内村　都路村　葛尾村
小高町　いわき市北部
そして私の住む原町市がふくまれる
こちらもあわせて約十五万人
私たちが消えるべき先はどこか
私たちはどこに姿を消せばいいのか
事故六年のちに避難命令が出た村さえもある
事故八年のちの旧プリピャチ市に

私たちは入った
亀裂がはいったペーヴメントの
亀裂をひろげて雑草がたけだけしい
ツバメが飛んでいる
ハトが胸をふくらませている
チョウが草花に羽をやすめている
ハエがおちつきなく動いている
蚊柱が回転している
街路樹の葉が風に身をゆだねている
それなのに
人声のしない都市
人の歩いていない都市
四万五千の人びとがかくれんぼしている都市
鬼の私は捜しまわる
幼稚園のホールに投げ捨てられた玩具
台所のこんろにかけられたシチュー鍋
オフィスの机上のひろげたままの書類
ついさっきまで人がいた気配はどこにもあるのに
日がもう暮れる
鬼の私はとほうに暮れる
友だちがみんな神隠しにあってしまって
私は広場にひとり立ちつくす

デパートもホテルも
文化会館も学校も
集合住宅も
崩れはじめている
すべてはほろびへと向かう
人びとのいのちと
人びとがつくった都市と
ほろびをきそいあう
ストロンチウム九〇　半減期　二九年
セシウム一三七　半減期　三〇年
プルトニウム二三九　半減期二四〇〇〇年
セシウムの放射線量が八分の一に減るまでに九〇年
致死量八倍のセシウムは九〇年後も生きものを殺しつづける
人は百年後のことに自分の手を下せないということであれば
人がプルトニウムを扱うのは不遜というべきか
捨てられた幼稚園の広場を歩く
雑草に踏み入れる
雑草に付着していた核種が舞いあがったにちがいない
肺は核種のまじった空気をとりこんだにちがいない
神隠しの街は地上にいっそうふえるにちがいない

私たちの神隠しはきょうかもしれない
うしろで子どもの声がした気がする
ふりむいてもだれもいない
なにかが背筋をぞくっと襲う
広場にひとり立ちつくす

7　囚われ人たち

キエフ小児科・産婦人科研究所の病院に入院している子どもたちに会って、ウクライナとベラルーシの子どもたちは囚われ人なのではあるまいかという思いをいだいた。医師と異国人とが通訳を介して自分たちを話題にしているその片言隻句のなかから、自分の貶(おとし)められている不条理な状況についての情報を読みとろうと、子どもたちは注意力を集中している様子であった。子どもたちはおとなが思い込んでいるよりはるかに真実の核心にせまって正しい理解に達しているものである。私は子どもたちのそんな様子を見ながら、半世紀まえのフリョーラとグラーシャのことを思い出していた。ふたりは、一九四三年にドニエプル川の上流であるベラルーシの小さな村でおこなわれたナチスの犯罪を告発した映画「炎／６２８」[*6]のなかの少年と少女である。かつて私はこのフリョーラとグラーシャのことにふれて「冬に」[*7]という詩を書いた。

冬に

北へ十二月下旬
枯れがれの雑木林
定着液にどっぷりつかった風景
そこひを病んでいる想像力
動き出そうとするものはないのか
小さな途中駅で
左脚をわずかにひきずる娘が乗車した
ぼくのまえの座席に腰をおろした娘は頰骨がやや張って
グラーシャに似ている
眼のあたりや唇も
白い笛をくわえたグラーシャは内腿を
血に染めて丘を下って来る
フリョーラのまえに脚をひきずって来る
フリョーラの眼は人間の歴史と世界の全体とを見すぎてしまって
白ロシア共和国ハトィニ村一九四三年にいて少年とは

思えない皺を顔に刻んだ
一九四五年からほんとうに信じていいものをなくしてしまった
のではないかぼくも
行き場を失って吹き寄せられたように
街角に若者たちが群がっている
ぼくは詩集を一冊買った
ハトィニ村は一九八六年四月チェルノブイリの風下ではなかったのか
夜　新しい年のカレンダーを床にひろげルーペで人の姿を捜す
一月サンモリッツ　人の姿なし
二月ルツェルン　人影なし
何月に人に逢えるのか
三月ツェルマット　いない
四月モントール　うずくまっている人の姿があるようにも見える
ルマン湖の桟橋に

映画のなかの表情だからそれはつくられたものであることは承知したうえで、フリョーラの表情を私は忘れることはない。この世紀ほど子どもに対してむごい仕打ちをし、しつづけている時代は過去になかったにちがいない。それもこの世紀のほぼ後半のことだ。無差別爆撃、核爆弾の投下、強制収容所での虐殺は言うまでもない。日々のくらしの裂け目に陰湿な露頭を見せる。この世紀はつぎの世紀を生きる子どもたちに何を寄託しようとしているのだろう。ウクライナ医学アカデミー付属キエフ小児科・産婦人科研究所の病院にいる子どもたちに会いながら、すべての子どもたちは囚われ人なのではあるまいかという思いに至った。

8　苦い水の流れ

冬ふりつもった雪を融かし
天からの恵みの水を集め
五月のドニエプル川の支流は
自然堤防を越え
ふくらみあふれ
見渡すかぎりは田植えられたばかりの水田のように
たっぷりと水を湛えている
沃土が熟成されている
広大なドニエプル川の流域

ウクライナだけではなく
ロシアやベラルーシもその水源にして
プリピャチ川が合流するあたりに
チェルノブイリがある
上流から三分の一のあたり
セシウム一三七による汚染地図をひろげると
上流三分の一地域が彩色されていて
苦い水を川におし流している
チェルノブイリ一〇㎞ゾーン内の
ニガヨモギが茂る土饅頭の下に
八百の土饅頭の下に汚染物質が葬られている
八百の土饅頭が地下水を苦い水にかえている
《石棺》がひびわれはじめたと
熱と重みによって地盤の状態は危機的だと
発電所の人工池から水はプリピャチ川に流れ
プリピャチ川はドニエプル川に流れ
ゆたかなドニエプル川は苦い水を内蔵して流れゆく

9　白夜にねむる水惑星

厚い水蒸気膜にくるまれて
水惑星は眼下に沈んでいる
東に向けての孤独な飛行
モスクワ午後八時離陸の旅客機は
太陽を左手に定め
時を停め
浮遊しているかのようだ
ここは白夜で
夕陽はそのまま朝の光を放ちはじめる
よどんだ夜の地表を
川は流れつづけているだろう
一日のはじまりをまえに
人びとは不安なつかのまのねむりに沈んでいるだろう
夢のなか蝶は舞っているだろうか
窓外に蝶はいない

エピローグ　かなしみのかたち

東京国立博物館で国宝法隆寺展をみる

日光菩薩像をまえ
に　ウクライナの子どもたちを思った
いまさらのように気づいた

ひとのかなしみは千年まえ
も　いまも変わりないのだ
そして過去にあった
ものは　将来にも予定されてあるのだ
あふれるなみだ
あふれるドニエプルの川づら
あふれる苦い水

注　この連詩は、一九九四年五月十六日から二十日までのあいだチェルノブイリ福島県民調査団に参加して得たものである。

＊1　「ヨハネ黙示録」第八章10、11。ただし、原意をそこなわない程度に語句の一部を改変した。
＊2　北村透谷「雙蝶のわかれ」部分。（『透谷全集』第一巻）
＊3　ムゾルグスキイ「展覧会の絵」のなかの曲名。
＊4　テオ・アンゲロプロス監督作品「こうのとり、たちずさんで」（一九九一年・ギリシャ）
＊5　ヴィム・ヴェンダース監督作品「ベルリン・天使の詩」（一九八八年・西ドイツ・フランス）
＊6　エレム・クリモフ監督作品「炎／６２８」（一九八五年・ソ連）
＊7　『'88　福島県現代詩集』初出。

参照したおもな図書
・松岡信夫『ドキュメント　チェルノブイリ』（一九八八年・緑風出版）
・広河隆一『チェルノブイリ報告』（一九九一年・岩波新書）
・アラ・ヤロシンスカヤ『チェルノブイリ極秘』（一九九四年・平凡社）

原町第一小学校にある加藤楸邨句碑

原子力発電所と想像力

（一九九四年九月十日）

この五月に、ウクライナを旅し、チェルノブイリを訪ねた。ウクライナはうつくしい季節のただなかにあった。人が住むにここほどふさわしい土地がまたとあろうかとさえ思われた。

その恵まれたはずの土地での見聞で得たいくつかの深刻な印象のひとつが、チェルノブイリ三〇km圏の無人地帯のことである。

圏内の住民約一五万人は、事故のあと退去を強制されてから八年過ぎた現在もまだ他郷での不自由な暮らしを強いられている。そのため、長年にわたって人びとが丹精しつづけてきた耕地は荒れるがままである。人が住むにふさわしい土地に人影がなく、汚染されてしまったもともと豊饒な土地はなにも生産することができないでいる。

福島第一、第二原子力発電所を中心にした半径三〇kmの半円を描いてみると、双葉町、大熊町、富岡町、楢葉町、浪江町、広野町、川内村、都路村、葛尾村、小高町、原町市、いわき市北部がその内側に入る。偶然の一致だろうが、ここの人口もほぼ一五万人である。

想像してもらいたい。双葉郡全域と隣接する市町村が、すくなくとも十年のあいだ、無人地帯になる事態を。しかし、そうした事態の細部にいたるまでを想定し尽くすことは、私たちの想像力がなしうることを超えているのかもしれない。

八月下旬に、東京電力は福島県に対し、福島第一原子力発電所内に原発二基の増設を申し入れた。

この申し入れのあった直後、金沢地裁が石川県の北陸電力志賀原発について「危険性は認められない」と判決した翌日、当の志賀原発でトラブルが発生したのは、私たちの貧弱な想像力への皮肉な出来事であった。レベルの高い重大事故でなかったことをさいわいと言うしかない。

H2ロケット2号機は最初の打ち上げに失敗し、打ち上げられた「きく6号」も静止軌道に乗ることに失敗してしまった。私のパソコンが故障したので修理に出した。部品を交換したとのコメントがついていったん戻ってきたが、動かしてみると同じエラーが出る。結局、パソコンが使えるようになるまで、部品交換にだけで四〇日間を要してしまったことになる。最初に交換した部品が不良品だったと言い訳にならない言い訳をメーカーはしているそうだが、おそまつな話だ。

機械は故障するのである。また、点検にミスはつきものなのである。思い込みということもある。事故の発生確率〇ということはありえない。

それは、原発の苛酷事故の発生確率であろうと同じことである。とすれば、稼働する原発の個数が多くなることは、危険性がよりいっそう増大するということである。かりに、原発一基の一〇〇年間における重大事故発生確率を〇・〇〇一としよう。狭いエリア内に十基の原発があれば、そのエリアでの数理上の事故発生確率は〇・〇一になる。五十基あれば、確率〇・〇五である。

現在、日本には五〇基を超す原発がある。これはたいへんな数である。その五分の一にあたる一〇基が福島県双葉郡の南北一〇㎞ほどの狭いエリア内で稼働している。ここに、さらに二基を増設しようというのである。それがどんな意味をもつことであるかは明白であろう。

このたびの東電の原発増設計画は、私たちの将来に重大なリスクを担わせようとするものである。

チェルノブイリ周辺住民が強いられている事態と同様の事態が私たちの生活域で起きうることであることと、そしてそれによって私たちの生活がどう変わらざるをえないかということとを想像することは、私たちが想像できる範囲を超えているだろうという趣旨のことを、先に私は書いた。だが、私たちは私たちの想像力をかりたてなければならない。最悪の事態を自分のこととして許容できるのかどうか、想像力をかりたててみなければならない。

誤解されることを恐れずに言えば、最悪の事態とは、自分をいま死に至らしめつつあるものの意味を理解する時間さえ与えられず、一瞬のうちに死なねばならないということでは、おそらくないはずである。あるいは、被曝による障害に苦しみつつ、自分を死に近づけているものの意味を反芻しながら、残された生涯を病院で生きつづけなければならないということでも、おそらくないような気がする。いや、もちろん、これらも最悪と言うべき事態であるには違いはない。

しかし、最悪の事態とは次のようなものを言うのではなかろうか。それは、父祖たちが何代にもわたって暮らしつづけ、自分もまた生まれてこのかたなじんできた風土、習俗、共同体、家、所有する土地、所有するあらゆるものを、村ぐるみ、町ぐるみで置き去りにすることを強制され、そのために失職し、たとえば、十年間、あるいは二十年間、あるいは特定できないそれ以上の長期間にわたって、自分のものでありながらそこで生活することはもとより、立ち入ることさえ許されず、強制移住させられた他郷で、収入のみちがないまま不如意をかこち、場合によっては一家離散のうきめを味わうはめになる。たぶん、その間に、ふとどきな者たちが警備の隙をついて空き家に侵入し家財を略奪しつくすであろう。このような事態が一〇万人、あるいは二〇万人の身にふりかかってその生活が破壊される。このことを私は最悪の事態と考えたいのである。

これは、チェルノブイリ事故の現実に即して言うことであって、けっして感傷的な空想ではない。

こうした謂わば生活上の〝革命〟的事態を想定したうえで、それを自分の身と自分の現在の家族と将来の子孫とに引き受けることができるというのであれば、増設に賛成するのもいいだろう。引き替えに、一時的であれ雇用の増大と地域の活性化も得られるにちがいないし、サッカーグラウンドもつくってもらえるそうだ。

だれでも知っていることだが、誘致する町も、誘致に関わっている人びとも、誘致を黙認している人びとも、実際のところは原発が欲しいのではない。電力会社や国がくれるおまけが欲しいだけである。ちょうど、おまけが欲しいばかりに、いらないお菓子を買うこどもたちのように。

ただし、立地する町とその住民が増設に賛成するだけで増設を認めるというのでは不都合である。なぜなら、チェルノブイリ事故の場合に退去を強制されたのは三〇㎞圏の住民であるから、福島原発の場合もすくなくとも三〇㎞圏住民の意思を、住民投票なりアンケート調査なりによって、聞いたのちに、その意思を尊重した態度決定を福島県はすべきである。

私は福島県浜通り地方を暮らしやすいところだと思っている。だが、正直、こわいところだとも思っている。事故があって、着のみ着のままで家を離れたときのことを想定すると肌が泡立つ。どうせ逃げ出さねばならないのなら、今のうちに逃げ出したい。誘致する町が人口増をもくろんでいるのであれば、それは逆にしか働かないであろう。

なお、つけくわえて言うなら、三〇㎞圏内だけが危険なのではない。チェルノブイリ事故の場合、二〇〇㎞も離れたところに〈ホットスポット〉と呼ばれる三〇㎞圏に匹敵する高汚染地帯が出現し、住民の立ち退きがおこなわれている。福島原発は首都圏からちょうど二〇〇㎞離れている。つまり、気象条件によっては東京都民が立ち退かねばならない事態もありうるのである。

こうした事態に対するあらゆるシミュレーションは、私たちに知らされていないだけで、既にできあがっているのかもしれない。だが、私の貧弱な想像力では、いざ事故発生のとき私たち三〇㎞圏住民がどこに移住させられるのかを仮想してみることもできない。まして、首都圏が〈ホットスポット〉になったときの大量〈難民〉がどうなるのかについては考えようもない。

チェルノブイリに重なる原発地帯

(『新・現代詩』第二二号・二〇〇六年六月一日)

「平成の大合併」の波はわたしが居住しているまちにも及んだ。なんのための合併なのか、住民であるわたしには理解できなかった。合併した自治体に交付されるニンジンがおいしそうだからということか。

合併の結果、わたしのまちは、近い将来に、原発立地自治体になるかもしれないこととなった。東北電力が計画している浪江・小高原発建設用地が新市域内に加わるからだ。この原発は最終的には四基、発電総量三六五万kW超の計画である。ニンジンをあと四本もらえると考えると、たいへんおいしい合併になる可能性がある。そう言えば、東京電力福島第一、第二原発が立地する四町で合併した自治体はひとつもない。合併してニンジンの数を減らすのは損というものだから、当然のことである。

浪江・小高原発は、一九六八年度内に着工し、早ければ七三年度に運転を開始する計画だった。以後、建設計画を惰性的に繰り延べつづけ、ことしの発表では二〇一二年度着工、一七年度運転開始だという。舛倉隆さんをはじめとする地権者たちの強固な反対があって、用地を取得できないでいるからである。最初の計画発表から半世紀後に一号炉が動きだす事業など、まともとは言えない。もはや、計画を白紙撤回すべきではないのか。

他方、七一年三月に営業運転を開始した東電福島第一原発一号炉は、ことしで三十五年目になった。運転開始三年後、この原子炉の配管に早くもひび割れが発生している。現在、福島県の太平洋岸には十基の原子炉があって、発電総量は九〇〇万kW超である。十基もあると、事故は日常的に起こっていて、この三月二十三日にも、全国に報道されたかどうか、第二原発三号炉の再循環系配管に全周にわたるひび割れが見つかったと、東電が認めた。東電側が交換不要とした部分を、福島県が要求し、切り出し調査したところ発見できたのである。

当初、原発の寿命は三十年とされていたが、現在は四十年に延長されている。運転をはじめて三十五年を経た原発は、篤疾に罹っているのではなかろうか。危機意識が欠けた運転管理による老朽化した原発の稼動は、大事故につながることになろう。

一九八六年四月二十六日、チェルノブイリ原発四号炉で爆発事故が発生した。機会を得たわたしは、九四年五月に現地を訪ねた。わずか一二〇メートルの距離の《展望台》から《石棺》と呼ばれる四号炉建屋を間近に見た。持参した二台の放射線量測定器は、変圧所前のバス内で危険値の二八倍と四四〇倍の数値を示し、《展望台》では二台ともなんと測定不能を表示した。当時は一～三号炉を稼動していたので、敷地内で多くの人びとを目撃した。彼らは防護服を着用しているわけでもなかった。《展望台》での、熱いフライパンのうえに立っている気分と表現したらいいのだろうか、文字どおり浮き足立って、ここにはいたくないという思いは、十二年が過ぎたいまも生々しく思い出される。

このほか、全市民の強制避難でゴーストタウンとなった旧プリピャチ市、村民を強制避難させたものの高齢者に限って帰村を黙認している三〇km圏内のパールシェフ村、五〇kmの距離に原発職員の町として事故後に新たにつくられたスラヴジチ市、キエフ市内の被曝者が入院している病院などを訪ねた。

事故後二十年を経たチェルノブイリの現況を伝えるレポートによると、《石棺》の老朽化はいちじるしく、《核の溶岩》一五〇トンが目を覚ますと再度の汚染事故が発生する可能性が高いという。

わたしの住居から、浪江・小高原発は一五km、東電福島第一は二五km、同第二は三八kmの距離にある。立入りが禁止されているチェルノブイリ三〇km圏内の、耕作を放棄した農地や、人が消えたプリピャチ市の荒涼たる風景を、わたしのまちの風景に重ねる想像力をもつことはきわめて容易なことだ。わたしはふたりの息子に、田舎には帰ってくるなと言ってある。パールシェフ村で出会ったひとり暮らしの老婆、アーリア・プーリカさんとおなじ心境なのだ。

事故を起こさないまでも、老朽化した原発を稼動させるためには、機器の交換をしなければならない。その結果、交換作業に従事する労働者の被曝と、多量のゴミ（放射性廃棄物）とを生みだしている。将来、解体となればなおのことである。加えて、長い年数と巨額の費用とを要するのだ。

もともと原発は、電気をつくるだけでなく大量のゴミも生産しているのだ。発電のために使われる熱は三分の一だけ、三分の二は冷却されるなどによって廃熱として捨てられる。放射性廃棄物は、気体は大気中に、液体は海中に捨てられる。燃えかすや固体は《保管廃棄》される。《保管廃棄》とは奇妙な概念である。ドラム缶に封ずるなどして、保管期間が数百年の、つまりは半永久的な貯蔵である。わたしたちがつくり出した大量の危険なゴミを、数百年後のだれが管理してくれるだろうか。一方でまた、寿命の尽きた原発を解体せずに放棄し《原発の墓場》とする方法もある。これも子孫に過重な負の遺産を託す行為だ。二酸化炭素の排出量が少ない原発は環境にやさしいと言われるが、厖大な高レベル放射性廃棄物を生産、蓄積していることを考えると、この考えの誤りであることは自明である。

　プルサーマル計画など論外である。原爆と原発のちがいは、一瞬で燃焼させるか、時間をかけて燃焼させるかのちがいだけだ。五十基を超える原発が稼動している日本は潜在的核保有国なのである。ここでも非核三原則は空証文にすぎない。

　わたしたちは安逸な暮らしを楽しみ、国家財政を破綻させ、多額の負債を将来に遺すだけではなく、原発の尻拭いもさせようとしている。これ以上の無責任があるだろうか。

野馬追祭場地・本陣山にて

　地域経済への波及効果と人口増大とを期待して原発の建設が誘致された。しかし、地元で調達する労働力は限られ、また、原発の近辺に進出する企業はなく、地域の経済振興には結びつかなかった。建設工事が終了すると交付金が減少し、交付金で建てた公共施設の維持管理が困難になった。結局、原発立地自治体は、さらなる増設を誘致しなければならないという悪循環に陥っていることに、首長たちもようやく気づきはじめたらしい。おいしいニンジンなんて幻想だったのである。原発の地元では過疎化の進行がいちだんとはげしい。

　原発なんかいらない。実際のところ、国も電力会社も持て余し、困りはてているにちがいないのだ。

さまざまな地名論
──『生活語詩二七六人集　山河編』雑感（部分）
（「コールサック」（石炭袋）第六二号・二〇〇八年十二月二十五日）


『生活語詩二七六人集　山河編』に参加している人びとのほとんどは、おそらく職業としての詩人ではあるまい。この詩集は、なんらかの生産的活動に従事する個人が、その要求にそって創作した作品の集成である。

「生活語詩」と言っていることもあって、この詩集にはヤポネシアの北から南までの、アイヌ語からうちなあぐちまでのさまざまな地域語で書かれた作品が多い。作者はそれぞれその豊かな日常のことばの力によって、わたしたちが暮らす山河、山・高原・峠・道・森・林・野・沼・瀧・川・

河口・湾・入江・浜・浦・州・砂嘴・渚・半島・崖・岬・灘・海・島などなどを語っている。

ところの名によっては、会津古道・山の辺の道・嵯峨野・吉備野など歴史の厚みを感じさせるものや、足尾銅山・ガダルカナル島・元安橋・奥尻島など記憶に刻まれた出来事があった土地の名も多い。

泪橋・鶴の舞橋・鵜の岬、そんな特定の地名ではなくとも、その名がわたしたちの想像力をかりたてるものがある。霊山(おやま)・カムイミンタラ・ひそみの森・水源林・葦の地方・風まち島・昆布原などがそうだ。

さらにわたしたちは、森の足音・ひょんの木・土の力・おねいちゃんの川・火の川・泥の川・水の十字路・海の舌、そして、地球の臍の緒までを聞き、見、感じとっているのである。

そんな風土に依存しあるいは対峙して、古来、人びとがいとなんできた稲作・乳しぼり・炭焼き・紙漉きなどの多様なすぎわいに思いをはせる。

ときには、山鳴り・地震・噴火・津波・台風などの自然災害にみまわれることもあり、病気や死を怖れ、カムイ・ノロガミサマ・ユタガミサマ・嫁いらず観音・山のカミを祀り祈り、そして神謡・伝説・民話・恋歌に託して、語りうたう常民の思いに共感する。姥捨て・子殺しはいつの時代にもあった。

わたしたちが生きる現代のさまざまな現実も報告の対象となる。軍事教練・空襲・原爆・焼け野原・戦災孤児・米軍基地・9・11などの記憶の記録。イラク派兵・ダム・干拓・水質や大気の汚染・ダイオキシン・産廃処理・被曝死などはいまにつらなっている。空洞化する街・過疎化する集落、「限界集落」の現実が報告される。

原子力発電所が都市生活者の意識にのぼることはほとんどあるまいが、稼働している原発の三〇㎞圏内で暮らしているわたしにはつねに意識しないではいられない存在だ。原発はわたしの生活語なのである。その現実を確認するつもりで書いた「みなみ風吹く日」は、この詩集のなかでは特異な作品ではないかと思っていた。だが詩集を通読して、その思いをあらためることとなった。矢口以文「女川町のおばあちゃん」で女川原発（宮城）、新井豊吉「浮き球」で東通原発（青森）、鈴木比佐雄「二十世紀のみどりご」で東海原発（茨城）、稲本信夫「いつもかあも」「揺れん」で敦賀・美浜・高浜・大飯原発（福井）、近岡礼「熊とバッハ」で志賀原発（石川）、水谷なりこ「記憶の中の広島」でチェルノブイリ原発、さらに伊藤真司「蘆浜」は住民運動によって計画中止となった三重県の蘆浜原発に言及していて、さまざまな地域の多くの人びとが、原発が存在しつづけることに不安を抱いていることを浮き彫りにしている。

最後に、いくつかの作品の印象を綴って、この小感を終える。

故郷の沖縄でやまとんちゅと思いこまれた山之口貘の「弾を浴びた島」は、うちなんちゅの複雑な感情（コンプレックス）を彼独特のユーモアで浮かびあがらせている。

ことし（二〇〇八年）五月十六日鬼籍に入った浜田知章作品として、内灘闘争時の『奴隷基地』から「閉ざされた海」ほかが選ばれている。浜田知章が、わたしの詩集『いくつもの川があって』に対し、

　私が感動したのだから万人に通用する《詩》であることはまちがいない。また、かつて長谷川龍生がいった「証拠物件」の提示も詩のカナメであり、人類の川に、その証拠物件を、私は見るものだ。なんといっても連詩「かなしみの土地」の長い作品から、バッハの「遁走曲」を地鳴りのように聞いた。（中略）久方振りに、愚劣な政治の中で、大掃除の感動に浸ることが出来ました。ありがとう。

と言ってくれたことを、いまもありがたいことと思っている。この十月下旬に再訪した内灘ではその変貌ぶりに驚いたが、日本列島は五十年を経ても「奴隷基地」のままである。

鎗田清太郎「捏造」は、宮城県の上高森遺跡などで起きた古代史を捏造しようとした事件を題材にしている。絶えることのない現代史の捏造事件に対しても、わたしたちは「証拠物件」を突きつけていきたい。

勝浦の漁船清徳丸が海上自衛隊のイージス護衛艦あたごに衝突され、漁師親子が行方不明になった記憶に新しい事件を、鈴木文子「浦じまい」が書く。この事件でわたしたちは、うつくしいがしかし悲しい「浦じまい」という、おそらく漁村では昔から絶えることなく行われてきたであろう行事を言うことばを知ることとなった。

「虫養い」も古くからのことばのようだ。根来真知子のユーモアたっぷりの「虫養い」で知った。「お口よごし」よりもおもむきがあることばと感じた。

堀内統義「由利島」は、瀬戸内の小島に打ちあげられ堆積しているさまざまな漂着物のなかに、「私

浮舟文化会館にて

自身」を見つける。その「私自身」を拾いあげたかどうか。

わたしたちは、漂流し漂着する時代とそこに生きるわたしたち自身を、詩を書くことによって拾いあげようとしている。

恐れのなかに恐るべかりけるは

（詩集『北緯37度25分の風とカナリア』）

砂丘に立つ
夏の陽射し
肌に快い海風が陸地へ向かう

二〇〇七年七月一六日午前一〇時一三分二三秒
マグニチュード6・8の地震が発生
震源は新潟市南西約六〇㎞・深さ約一七㎞
柏崎市・西山町・刈羽村などで震度6強を観測

おびただしく大地震（おほなゐ）ふること侍（はべ）りき
そのさま世の常（つね）ならず
山は崩れて河を埋（うづ）み
海は傾（かたぶ）きて陸地（ろくぢ）をひたせり
土裂（さ）けて水涌（わ）き出（い）で
巌（いはほ）割れて谷にまろび入（い）る
堂舎塔廟（たうしやたふめう）ひとつとして全（まつた）からず
或（あるい）は崩れ或は倒れぬ

『方丈記』は、元暦二年七月九日（ユリウス暦一一八五年八月一三日）に発生し、多数の死者をだし、法隆寺などに損害を与えたマグニチュード7・4の文治京都地震を、こう伝えている。

［柏崎市に住む中学の同級生からのはがき］
お見舞状ありがとう
元気回復がんばっています
家屋の倒壊だけハ免れましたが石塀とか外壁・床板・内壁などメチャメチャでした
新潟地震・中越地震、このたびの中越沖地震と、生涯に三度も大地震を体験するとは思いませんでした

二〇〇七年新潟県中越沖地震被害
新潟・長野・富山　三県合計　　うち刈羽村

死者	一五人	一人
重軽傷者	二、三四五人	一一六人
建物全壊	一、三一九棟	一六六棟
同大規模半壊	八五七棟	一三六棟
同半壊	四、七六四棟	三〇五棟
同一部損壊	三四、九七七棟	六五三棟
（同被害なし）		七三棟
非住家被害	三一、〇四一棟	二、八三九棟

ほかに、電気・水道・下水道・ガスの損傷、道路・鉄道の損壊、

教育・福祉等施設の損壊など多数

日本列島はユーラシアプレートと北米プレートの周縁上にあって、その下にフィリピン海プレートと太平洋プレートがもぐりこみ衝突するという複雑な地殻構造によって形成されている。そのため、世界屈指の火山帯・地震帯・深発地震帯が重なり、活発な地殻活動が活断層の多い脆弱な地盤をつくっている。古来大地震が多い理由である。

日本で起きた地震のうち記録が残る最古のものは、『日本書紀』に記されている推古七年四月（ユリウス暦五九九年五月二八日）大和国で発生した推定震度マグニチュード7の地震だ。

七年夏四月乙(きのと)未(ひつじ)朔(ついたち)辛(かのと)酉(とり)
地動(なゐふり)て舎屋(やかす)悉(ことごとく)に破(こほ)れぬ
則(すなは)ち四方に令(のりこ)ちて
地震(なゐ)の神を祭(いの)ら俾(し)む

このときよりはるか昔から
列島に住む人びとは
地震を恐れ
地震の神を祭り祈った

二〇〇七年新潟県中越沖地震における
東京電力柏崎刈羽原子力発電所での計測震度6・5
設計時想定値の二・五倍を超える地震動
各原子炉建屋最下階での計測加速度と　（想定値）

一号機	六八〇ガル	（二七三ガル）
二号機	六〇六ガル	（一六七ガル）
三号機	三八四ガル	（一九三ガル）
四号機	四九二ガル	（一九四ガル）

五号機　　　　　　　　四四二ガル　（二五四ガル）
六号機　　　　　　　　三二二ガル　（二六三ガル）
七号機　　　　　　　　三五六ガル　（三六三ガル）

原子炉建屋内で計測した最大加速度
　三号機タービン台　二〇五八ガル　（八三四ガル）
　　原発内での数値として世界最大を記録

東京電力柏崎刈羽原子力発電所内のおもな被害
稼働中の三・四・七号機と起動中の二号機が緊急停止し、
　冷温停止作業にはいる。
一号機変圧器の基礎ボルトがちぎれる。
一号機周辺に埋設の消火用配管四個所が破裂、大量の水が
　原子炉建屋地下五階に流れ込み、深さ四八cmに達し、タ
　ンクやモーターなどに被害を出す。
被曝の有無をチェックする一、二号機のモニター七台の
　うち六台が故障し、四〇〇人の作業員をチェックなしで
　退出させる。
二号機炉内の水位調節ポンプが故障し水位が瞬間的に低下、
　緊急炉心冷却システムを手動に切り換えて燃料の露出を
　避ける。
二号機サービス建屋の油タンク室で八〇〇リットルの油が
　漏洩。
三号機の変圧器で火災発生。消火にてまどり、一時間五六
　分後の午後〇時一〇分鎮火。
四号機が冷温停止したのは翌一七日午前六時五四分、地震
　発生から二〇時間四一分後だった。
一〜五号機の主排気筒ダクトが変形。
六号機の使用済み核燃料プールで溢水、九万ベクレルの放
　射性物質を含む水が海に流出。
外部への流出こそなかったが七機のすべてで溢水事故。
一、四、六号機で作業員が足元を濡らし、原子炉建屋から
　避難。
六号機原子炉建屋の天井クレーンが破損しているのを、地
　震発生から八日後の七月二四日に発見。
七号機の主排気筒から地震後二日間、気体状ヨウ素、粒子
　状放射性物質クロム51、コバルト60が外部放出。
低レベル放射性廃棄物を入れたドラム缶四〇〇本が転倒、
　うち数一〇本の蓋が外れる。
地盤液状化により敷地内各所で亀裂や沈下、段差が発生。

　　　炉心融解という重大事故となって、周辺住民数百
　　万人の死亡が想定される大惨事寸前だったと、海
　　外メディアが報道した。

文治京都地震を記録した鴨長明（かものながあきら）は言う。

恐れのなかに恐るべかりけるは
地震（なゐ）なりけりとこそ覚え侍りしか

地震への恐れを忘れた東京電力柏崎刈羽原子力発電所では
危機管理はないがしろにされていた。
消火体制が機能せず、地震計の記録データの消失なども
あった。
被害状況発表の遅れと小出し、虚偽報告、隠蔽などを繰り
返した。

刈羽村の看護師のひとりは、地震のあと、原発わきの国道三五二号は通行できると聞いて帰宅した。放射能で汚染した漏水が流出した事実をのちになって知り、「どうしてもっと早く公表してくれなかったの？　村民をバカにしている」と憤った。

七月一八日、私が住む南相馬市での会議で、東京電力福島第一・第二原発がある福島県の佐藤雄平知事は「想定外のことを想定することが原発の安全安心にとって大事だ」「事業者も国も安全性の確保について再考してほしい。そうしないと地域の人びとが信頼を取り戻すことができない」と国と東京電力の対応を批判した。

七月二〇日、脱原発福島ネットワーク（佐藤和良代表）などが東京電力に対し、「中越沖地震による柏崎刈羽原発の事故トラブルの全情報の公開と活断層上の全原子炉の閉鎖を求める申し入れ書」を手渡した。

東京電力柏崎刈羽原子力発電所内で確認された地震による
被害件数
二〇〇七年九月五日までに二七五八件

「柏崎市に住む中学の同級生からの電話」
長期間のライフラインのストップに参っちゃっ
たよ
崩れ落ちて散乱したツンドク本の山を整理して
いる
元通りにするにはまだまだほど遠いよ

それにしても東電には不信感が増すばかりだ
これを機会に原発は廃炉にすべきだ

かくおびただしくふることは
しばしにて止みにしかども
その名残（なごり）しばしは絶えず
世の常（つね）驚くほどの地震
その名残三月（みつき）ばかりや侍りけむ

鴨長明は『方丈記』の記述をこう結んでいる。

砂丘に立つ
夏の陽射し
地震（なゐ）などないかのよう
肌に快い海風が陸地へ向かう
肌は風を感ずることができるものの
肌は風にふくまれるものを感ずることはできない

東日本大震災で埴谷・島尾文学資料館の展示物などが崩れた

［資料］
・「福島民報」二〇〇七年七月十九日（福島民報社）
・脱原発福島県ネットワーク『アサツユ』第一九二号（二〇〇七年八月十日・同編集委員会）
・朝日新聞取材班『「震度六強」が原発を襲った』（二〇〇七年十月三十日・朝日新聞社）
・原発老朽化問題研究会『まるで原発などないかのように―地震列島、原発の真実』（二〇〇八年九月十五日・現代書館）ほか

批評基準の退化　―古賀博文「現代詩時評」批判

（『新現代詩』第七号・二〇〇九年六月一日）

『詩と創造』第六六号（二〇〇九年春季号・青樹社）で、古賀博文による「現代詩時評・主張と容物が合致してこその詩の存在意義」を読んだ。六ページのほぼ三分の二にあたるスペースを『二〇〇八年版　生活語詩二七六人集　山河編』（コールサック社・以下『生活語詩山河編』と略す）にあてている。だが、それは〈現代詩時評〉とはほど遠いものである。

古賀は『生活語詩山河編』の企画があったとき〈払拭できない疑問と矛盾を感じ〉たという。その理由を、鈴木比佐雄主宰のコールサック社からの出版であること、〈山河編〉と副題する書名であることとしている。これだけでは納得できる説明にはなっていない。読みすすめていくと、かつて、鈴木が東海村ＪＣＯ臨界事故に材をとった詩を書いていて、その作品に鈴木の原子力に対する無理解ぶりがみられたので、古賀は書簡で苦言を呈し、結果的に古賀は鈴木と袂を別ったという過去があったのだという。

古賀の言い分を列挙してみると、

①、一九九九年の東海村ＪＣＯ臨界事故以後、原子力関係の作業で人が被曝した事例はない。

②、日本の総電力量の四〇％が原子力発電で、電気料金値下げに寄与している。

原発は地球温暖化ガスを出さない。

③、自然エネルギー発電は総電力量の一％弱である。

したがって、古賀からすれば鈴木は、

④、電力使用量の四〇％削減後に原子力発電に異を唱えよ。

⑤、癌を患っても放射線治療を受ける資格はない。

⑥、原子力発電に異議を唱えることでは山河を守れないということである。これらの言い分は、詩集評・作品評・詩人論のいずれでもない。

詩の外側のことではあるが、わたしの認識を述べよう。

①について。〈ＪＣＯ臨界事故以後、被曝例はない〉とのことだが、なくてあたりまえ、あったらたいへんである。核分裂反応を制御できなくなる失策事故が起きる可能性はつねに存在するものだと考えておかねばならない。

東電福島は、一九七八年第一原発三号炉（日本最初の臨界状態七時間三〇分）、一九八四年第一原発二号炉（臨界状態で緊急停止）など数件の事故を、当時は報告義務がなかったとして二〇〇七年三月まで隠蔽していた。もし即時に公表していたなら、学習することによって一九九九年の志賀原発臨界事故はもとよりチェルノブイリ事故も起きなかった可能性がある。また、これだけではなく、隠された事故がほかにもあったと推測される。

東海正史という歌人がいた。彼は建設業・不動産の売買斡旋・賃貸家屋の保守管理などを営み、職業がら原発にかかわる人びとに接した。彼は第三歌集『原発稼働の陰に』（二〇〇四年・短歌新聞社）の「あとがき」を次のように書いている。

> 私の生活している地区の近隣十キロ範囲の中には、十基の原子炉が稼働しており、疲弊に伴う故障の問題や被曝の問題を常に提起している。原発稼働による疲弊と被曝は社会的に捨てて置けない問題である。
>
> これらの被曝者は私の知る範囲で死者十人を越え、聞く範囲ではこの倍にも及んでいる。（略）
>
> とはいえ労務者達にも生活があり、被曝許容量を偽っても仕事を続けているのを見るのは痛恨のきわみである。
>
> 何故そこまでしてもと問うのは残酷と言える。こういう実態は初期稼働から三十有余年間繰り返して来たのである。
>
> 原発が疲弊すればする程起り得る問題であるが、すべて秘密裡に処理されているのではないかと思う。

東海正史は「朝日歌壇」の常連だった。その遺作ともいうべき二〇〇六年（ＪＣＯ事故の七年後）の作品から五首。

> 原発定検ベテランの技師Ｋ君も白血病に冒され逝く
>
> 被曝して定検の職場はなれゆく友を慰めどぶろくを酌む
>
> 黒き雨降るかと思う夕まぐれ原発をつつむ山背の狭霧
>
> 報告書に軽微の被曝ありと書き出入り解かれし下請業者
>
> 被曝して骨の髄病み臥す君の悔恨しずかに聞く秋の夜

なぜ沖電に原発がないか。沖縄には広大な軍事基地があるため、原発事故が起きたとき、あるいは攻撃目標となったときのリスクを考えると、稼働させるわけにはいかないのだ。当然ながら人口密集地にも設置しない。東電は受益者の居住地ではない新潟や福島に原発を置いている。このように災害リスクにさらされる人びとと受益者とが一致しないことも原発の問題点のひとつである。とりわけ、原発内で作業に従事する人びとの健康リスクは大きい。電力会社の関係者であれば、作業を下請けに出しているのだから自分には関係がないことだとは言えないはずで、むしろ原発を削減する方策を考えるべきではなかろうか。

②について。たしかに原子力発電の経費は他の発電方法にくらべて安価だとされている。しかし、電源三法による地元交付金は経費として算入されていないし、施設設備・周辺整備などのコストは高騰しているし、廃炉の処分コストや処分後の半永久的な管理コストなどが過小に見積もられているのではないか。こう考えると、最終的には高価な発電方法になるだろうとの懸念がぬぐいきれない。廃炉後の半減期の長い高レベル放射性廃棄物の半永久的な維持管理の厖大なコストと危険の付けを後代に委ねるというのであれば、無責任とのそしりを受けて当然である。

国と電力会社は〈絶対安全〉と言ってきたが、相次ぐ事故と、事故の隠蔽、文書改竄などがそれを虚言だったことを実証してしまい、いまでは〈地球温暖化ガスを出さない発電〉をキャッチフレーズにしている。ところが、原発の熱効率は三〇％程度で、つまりは七〇％を廃熱として放出していて、火力発電と比較して効率が劣る。この廃熱を放出するため、欧米の原子炉には日本の原子炉にはない巨大な冷却塔がついている。日本では原発を海岸に立地して、原子炉などを冷却した大量の温排水を海中に放出しているのである。〈地球温暖化ガス〉の排出は少ないが、程度の差はあっても地球温暖化をすすめていることにかわりはない。地球温暖化阻止に寄与しようというのであれば、地熱・太陽光・海洋など再生可能エネルギーによる発電を推進すべきであろう。

核原料物質は枯渇性エネルギー（再生可能エネルギーの対義語）であり、しかも輸入に頼らなければならないので、将来的には確保できなくなることは自明である。より危険性が危惧されるプルサーマルを国と電力会社が推進しようとしている根拠である。老朽炉でのプルサーマル発電を恐ろしいと思う〈感性〉を、わたしはだいじにしたいと思っている。

重大事故発生時の周辺環境に与える汚染被害の大きさを考えると、チェルノブイリを視察してきたわたしには、日本のような地理的・地形的環境に高密度で人びとが暮らしている国には適さない発電方法だとしか思えないのだ。

現在、日本の総発電量の三〇～四〇％は原発で、電力会社別では、関電五三％、九電五二％、四電四八％、東電四五％が発電比率の上位、ちなみに東北電力は一五％、沖電は〇である。世界の原発発電比率は一五％台で、日本の半分以下だ。日本はアメリカ・フランスに次ぐトップスリーの比率なのである。

③について。再生可能エネルギー（自然エネルギー）は放射性廃棄物を出さず、地球温暖化対策としても有効である。

地熱発電は出力の制御が可能であるし、大規模太陽光発電も蓄熱によって出力の制御が可能である。ほかに、海洋エネルギーとしての潮力や波力による発電、風量発電などがある。デンマークやスペインでは総発電量の二〇%は風力によるものだ。ドイツをはじめヨーロッパ諸国は二〇三〇年を目標に五〇パーセントを再生可能エネルギーにする見込みだという。

諸外国が再生可能エネルギー発電の比率を高めようとしている一方で日本とその電力会社が積極的でない理由は、五十基を超える原発の建設と管理保全、廃炉のための厖大な経費を永年使用によって償却しようとしているため、大規模太陽光発電などへの転換に消極的なためである。〈総電力量の四〇%が原子力発電〉で〈自然エネルギー発電は総電力量の一%弱〉とはあくまでも日本の現状を言うものでしかなく、世界の趨勢とは異なるものである。古賀は〈電力会社に勤めている立場〉から現状を追認しての発言をしているのである。

④について。原子力発電に限らず、あらゆることにさまざまな考えがあってしかるべきではないか。たとえ総発電量が原発によるものだとしても、そのことに異議を唱えることを批判するのであれば、それは言論の封殺にほかならない。

⑤について。「原子力基本法」は、〈原子力〉を核燃料物質が核反応を起こして放出するエネルギーと定義し、その資源を確保し利用することについて定めた法律である。放射線による障害の防止措置については第二十条で規定しているが、医療のために放射線がもつ電離作用の応用照射や画像診断のために用いることについては「原子力基本法」の埒外なのである。古賀は鈴木が原子力の軍事利用と平和利用とを同一視していると批難しているが、医療用と発電用とは法律で区別されているものであることを彼は認識していないようだ。国民のだれもが有効な医療をひとしく受けることができることこそ望ましいことであって、ある特定の個人にその資格がないなどというのは暴言と言うしかない。

⑥について。詩集名に〈山河編〉ということばがつかわれていることからこう言っているのだろう。『生活語詩山河編』に参加した二七六人のうち原発をモチーフにした作品を書いているのは、鈴木をふくめて八人である。あるいは、すべての参加者がそうだったら〈原子力発電に異議を唱えて、山河は守れない〉と言ってもいいかもしれない。しかし、大岡信「地名論」も収載されている『生活語詩山河編』は、それぞれの書き手がさまざまな山河の姿を多様に表現して全体として〈さまざまな地名論〉になっていて、けっ

こうおもしろい詩集だとわたしには思えた。そのなかにわたしたちが生きる現実のひとつとして原発があるのだ。むしろ、原発に異議を唱えることと山河を守ることとは矛盾しないのではないか。

一斑を見て全体を論じてはならない。

さて、古賀博文が『生活語詩山河編』収載作品で批評の対象としているのはただ一篇、鈴木比佐雄「二十世紀のみどりご」*だけで、⑦〈やや抒情に流れすぎ、まとまりに欠ける感がある〉、⑧日本の原子炉を〈すぐ止めろ〉なのか、安全・人命に配慮して〈発電しろ〉なのか不明だ、というのがその評である。⑦はその当否はともかく〈評〉として成り立ってはいるものの、詩がシュプレヒコールでもなければプロパガンダの手段として書かれたものでもないことからすれば⑧の言は文学作品を評する基準にはなりえないものである。

津波による船の被害（鹿島区）

彼はさらに、次のように述べて結論としている。

⑨、日本は今後も原子力政策を転換することは決してない。⑩、〈詩人的感性〉だけでは原子力政策とは戦えない。⑪、〈詩人の感性〉だけでは歯が立たない事象がある。

⑨は、③への反論で述べたとおり経営する側の論理でしかないし、詩を書くことは、たとえば宇宙の深淵について、たとえばひとひらの花について、ことばにしようとして格闘するなど〈歯が立たない事象〉に挑む行為であると考えているわたしにとって、⑩⑪を承認することはできない。

以上見てきたとおり、古賀博文には〈電力会社に勤めている立場〉があって、彼はその体制や組織に寄りかかっていてそこからの発想で発言しているのであって、詩人の立場に立って〈現代詩時評〉の対象として『生活語詩山河編』の全体について論評しているのではないことは明白である。

二十世紀のみどりご
　一九九九年十二月二十一日未明　大内久さん被曝死

鈴木比佐雄

ぼく　青い光を見たよ
からだに青緑が染み込んでしまったよ
そろそろ東海村の水辺から
　みんなとお別れだね

みどりごになったOさんが
そう語りかけてくる

みどりご
古代韓国語で
ミ（三）ドル（周）ゴ（児）
三歳の男児のことらしい
ミドルとは
ミ（水）ドル（石）でもあり
主語の助詞がつくと、ルがイに変化し
ミドリになるという*
水中の苔むした石は
緑色にも青色にも見える

あの日のウランが臨界に達し
中性子線を放射した時と同じように

人は川べりで
自然光が当たる美しい青緑色をみるべきだ
あおみどろ（青味泥）をながめるべきだ

Oさんを八十三日間も苦しめたもの
中性子線の青い淵に沈めたものは誰か
原子力行政は「人命軽視が甚だしい」
という医師たちの痛みの言葉を黙殺し
国も電力会社も安全神話の迷路に逃げて行く

二十シーベルトを被曝した
ぼくの壊れたDNAを置いていくよ
ぼくのように被曝した多くの人よ
ぼくらはミ（美しい）ドリ（鳥）の子となって
二十世紀の放射能の森に永遠に閉じ込められたね
妻と子供たちよ、近寄らないで、恐いことだが
この森では二十一世紀の時間が朽ち果てているよ

＊李寧熙『天武と持統』（文春文庫）を参考。

詩に書かれた原子力発電所（部分）

（二〇〇八年一月三十一日）

二〇〇七年もおしつまった十二月十二日、京都清水寺の森清範貫主が、境内に用意された大きな紙に「偽」の字を一気に大書した。日本漢字能力検定協会が公募している「今年の漢字」、として、二〇〇七年をあらわす文字が「偽」と決まってのことだ。筆を振るいながら、貫主は一言「なさけない」と言ったという。

「読売新聞」の「二〇〇七年読者が選んだ日本十大ニュース」は、「私の内閣」で「美しい国」をつくると公言した安倍首相突然の退陣が一位、以下、②倫理を喪失した食品業界の偽装販売、③年金記録漏れ五千万件と職員による四億円超の年金横領など制度への信頼を失墜させた社保庁と政府、⑤前防衛次官の収賄と防衛利権の疑惑、⑦金の使途を明らかにできない政治家の不透明な資金問題、⑨サッカーをして仮病がばれた横綱朝青龍の出場停止がランクインし、過半数が「偽」にかかわる事件で占められた。さらに三十位までに、介護事業所や人材派遣会社の違法派遣、テレビ局によるデータの捏造、そして生保の契約義務不履行などがふくまれている。

ことほどさようにわたしたちのまわりに「偽」があふれかえっていて、森貫主をして「なさけない」と言わしめたのだ。社会的責任観念を失ったわたしたちの国は、「美しい国」どころか虚偽にまみれた醜悪な国なのだ。

しかも、これだけではない。二〇〇七年「十大ニュース」から洩れた「偽」にかかわる出来事のなかで、わたしが深刻に受けとめた事件は、原発で発生した臨界事故の隠蔽が十指にあまるほど明るみに出たことである。これこそは「偽」の極みと言うべきではなかろうか。

福島県の太平洋岸地帯を、地元では浜通りと呼んでいる。この地域では、一九七一年に東電福島第一原発一号炉が稼働を開始して以来三十七年を経た現在、十基の原発が稼働している。こうした状況のなかで、福島県に在住して表現活動をしている人びとは原発の存在をこれまでにどうとらえてきたのか。

原発の敷地は海岸台地の陰に人目から隔離して立地されていて、ましてや通りすがりの旅行者の視野に入ることはほとんどない。しかもその原子炉内部は、ブラックボックスのように「不可視な扉の向うがわ」にあって、うかがい知れないものであるとなると、原発を作品のなかでとりあげようとするなら、ショールームのような施設を見学するとか、立地する自治体の住民であることをふくめて原発にかかわる立場にあるとか、あるいは、チェルノブイリ原発事故から逆照射させて考察するとか、いずれにしろ、想像力をはたらかせての表現が求められるのである。

「燃える蜃気楼」（一九七九年）を書いた天城南海子（福島市・一九一五年～二〇〇一年）には、このほか幌延の反原発運動への共感メッセージとして書かれた「幌延へ送る挨拶」（一九八六年）があり、歌人としては、「燃える蜃気楼」と同時期に書いた「聖域連禱　原子力発電所にて(十一首)」ほか二十首ほどの原発関連作品を遺している。

吉田真琴（いわき市・一九三三年～一九八七年）の詩集『二重風景』（一九八六年・吉田真琴詩集刊行会）には「新春に」「重い歳月」「メッセージ」「チェルノブイリ原発事故に寄せて」ほかの作品が収載されている。

吉田真琴（本名、信）は福島第二原発原子炉設置許可処分取消請求事件控訴審原告団代表などを務めた。「重い歳月」「メッセージ」はそうした活動のなかで書かれた作品である。

こんおさむ（南相馬市）は一九八〇年代末から一九九〇年代初めにかけて福島第二、浜岡、柏崎刈羽などで実際に原発内の労務に従事した。「原子力発電所」「原発定検」ほかでは実体験にもとづくリアリティーがなまなましい。

裸同士がぶつかり合って
同色の作業衣に着替え
何百人、何千人
顔が消え、名前が消え
一人になって
登録された番号で全てが処理される
汗だらけの作業の中で

ゴム手袋の中では手指がふやけ
全面マスクは汗水を封じ
作業衣は濡れ雑巾
目の中、口の中に流れ込む汗は
午前と午後では味がちがう
（略）
嫌われ反対される原子力発電所
その内での人々は
囚人以上の暗い影を背負い
全てに反対も肯定もなく意志を殺し
黙々と予定内作業を行う

（「原子力発電所」部分）

原発立地自治体に隣接する浪江町に住むみうらひろこには、原発労務者の失踪を書いた「いってらっしゃい」（一九八四年）や使用済み核燃料搬出作業がおこなわれている一日を書いた「ニュースの日」（二〇〇一年）などがある。福島原発から三〇キロ圏内で暮らしている佐々木勝雄（南相馬市）はその不安を「海は　いま」（二〇〇〇年）で語る。福島原発から六〇キロの郡山市在住の成田登久は、その娘が住んでいる町の隣町に原発があることからする親としての不安を「海のある　まちで」（二〇〇〇年）に書いた。福島原発から六〇キロあまり離れた福島市に住む原田幸彦は、チェルノブイリ事故の夜の思いを「はげしい雨が降る」（一九八六年）で表現した。このほか、風景のなかの原発を、芳賀稔幸（いわき市）は「赤の点滅塔」（詩集『たゆたう』二〇〇〇年）に、斎藤和子（南相馬市）は「風景」（一九八〇年）に、それぞれ読みこんでいる。

壊滅した国道６号線

箱崎満寿雄（いわき市・一九一四年〜一九八八年）は郡山市に生まれ、戦前はプロレタリアート解放運動に参加して治安維持法違反で検挙され、また反戦運動によって投獄された経歴がある。戦後も百里が原基地反対闘争などに参加したのち、五五年からいわき市で農業にたずさわった。戦前からの体験によって確かなものとした思想に裏打ちされた作品を遺した。著書に、『郡山を中心とする社会主義運動史　戦前篇』（一九六七年・武蔵野書店）、小説『孤耕の詩　上・下』（一九八〇年／一九八三年・日本国民救援会いわき支部）、詩集『巣鴨囚歌』（一九八三年）、『箱崎満寿雄遺稿詩集』（一九八八年・鴉同人会）がある。胃癌のため七十四歳で没した。

労働運動に参加したということでは、天城南海子もそうだ。彼女は福島電鉄従業員組合委員長として労働争議を指揮した。福島県で最初の女性労組委員長である。著書に、歌集『白い礫』（一九七五年・芸術と自由社）、『天城南海子詩集』（一九八四年・芸風書院）、歌集『天城南海子の歌』（一九八七年・短歌公論社）がある。

吉田真琴（信）は核禁署名をすすめる会の会長もしていたが、多臓器を癌に冒され、闘い半ばの五十四歳で逝去した。著書は、詩集『二重風景』のほか、遺稿集『薄明地帯からのメッセージ』（一九八八年・同刊行会）があり、エッセイ「原発の安全を要求」などが収載されている。

癌と言えば、天城南海子の晩年の短歌二首に、

原発銀座などと呼ばれる地域に生きて「増殖」という語句を憎む

癌細胞　原子炉　共に掲げる不用意なシグナルは　挽歌

（一九九二年・「四季のパレット」から）

がある。彼女の公的な死因は脳出血ということになっているが、じつのところは癌を患っていたのではなかったかとひそかに推測している。八十五歳であった。絶食してみずから死を選んだと風聞した。潔く生き、潔く死んだ天城南海子は、若い世代を励まし、やさしく見まもってくれる人でもあった。二十代だったときのわたしも彼女の励ましを受けたひとりである。

歌人に目を転じると「朝日歌壇」の常連である澤正宏（福島市）の歌集『虫に聞け、草に聞け』（二〇〇六年・日本図書センター）に原発を詠んだ二、三の歌があり、また、遠藤たか子（南相馬市）歌集『水譜』（二〇〇〇年・ながらみ書房）、『水のうへ』（二〇〇六年・私家版）にも原発作品が収載されている。

原発に隣接する町の人びとの思いを詠んだ遠藤たか子の短歌から、

原発事故想定訓練二日目の冬陽うごかず刈田に染みて

木造の屋内退避の汚染率うたがへど父母とゐる解除まで

（以上『水のうへ』から）

東海正史（本名・石田均、一九三二年〜二〇〇七年）は双葉郡内の浪江町で建設業・不動産の売買斡旋・賃貸家屋の保守管理などを手びろく営み、職業柄さまざまな原発にかかわる人びとに接し、多くの見聞を重ねた。第一歌集『動く氷河』（一九九四年・九藝出版）に原発を詠んだ歌は数首だけだったが、『時空への旅』（二〇〇〇年・九藝出版）では二十首余、そして第三歌集『原発稼働の陰に』（二〇〇四年・短歌新聞社）には、多くの原発を詠み込んだ短歌が収載されている。

『原発稼働の陰に』から二〇〇一年の作、一首を選んでみた。

原発を疎みて暮らす老い吾ら少数なれど偽善のあらず

彼の短歌は「朝日歌壇」で馬場あき子や佐佐木幸綱らにしばしば選ばれ、常連であった。享年七十五歳。その遺作ともいうべき二〇〇六年の作品から二首。

被曝して定検の職場はなれゆく友を慰めどぶろくを酌む

黒き雨降るかと思う夕まぐれ原発をつつむ山背の狭霧

［付記］この文章は、「原発地帯に《原発以後》なし!?」の前に書いた未発表作品で、「原発地帯に《原発以後》なし!?」と重複する部分を削除した。

原発地帯に《原発以後》なし!?

［地域からの発信―福島］

（「詩と思想」二〇一〇年七月一日）

福島県は国内最大の電源地帯である。

水力発電は、只見川流域にある電源開発のダムにかぎっても一九五九年に運転を開始した田子倉ダム三九万kWなど九基、計二三四万九三〇〇kW。地熱発電は国内最大の東北電力柳津西山地熱発電所（一九九五年運転開始）が六万五〇〇〇kW。風力発電も国内最大の電源開発郡山布引高原風力発電所（二〇〇七年運転開始）六万五九八〇kW。そして、東京電力福島第一・第二原子力発電所十基には計九〇九万六〇〇〇kWの出力がある。合計一一五〇万kW超のほとんどは首都圏・関東圏に送電される。

福島県の太平洋岸を地元では浜通りと呼ぶ。その海岸台地の陰に人目から隔離して設置されている原発は、通りすがりの旅行者の視野に入ることは、まずない。

では、原発の存在を、福島県内に住み表現活動をしている人びとはどうとらえてきたか、詩と短歌の書き手を中心に概観し、あわせて、当面する原発問題にも言及しよう。

＊

立地自治体に隣接する町に住むみうらひろこ（浪江町）には、原発労働者の失踪を書いた詩「いってらっしゃい」や使用済み核燃料搬出作業がおこなわれている一日を書いた「ニュースの日」などがある。原発から三〇キロ圏内で暮らす佐々木勝雄（南相馬市）はその不安を「海は　いま」で語る。

歌人では、遠藤たか子（南相馬市）に原発作品がある。彼女の歌集から四首。

警報音響けば椅子に手を垂れて視てゐる金網入りのガラスを
閉めきって外に出るなと云はれしと父がひっそり新聞拡ぐ
（『水譜』から）
事故あれば被曝地となるこの町のそら晴れわたり鶸の群れとぶ
地下室をもつ家ひそかにふえるまで古りし原発の故障はつづく
（以上『水のうへ』から）

実際に原発内の労務に従事した人もいる。こんおさむ（南相馬市）は一九八〇年代末から一九九〇年代初めにかけて福島第二、浜岡、柏崎刈羽などで作業をしたという。詩の一節では《高濃度放射能の中を泳いだ》と言っている。詩集『道』所収「原子力発電所」「原発定検」ほかでは、実体験にもとづくリアリティーがなまなましい。

マスク内の薄い酸素に
体力が汗に流れて作業衣に重い
巷に流れ飛ぶ
危険も、安全も、要も、不要も
放射能と一緒に原子炉格納庫内の
磨いた水没弁の奥に閉じ込め
最後の気力で
眼前の六十五ミリのナットを
大ハンマーでたたきつける
（「原発定検」部分）

吉田真琴（本名・信、いわき市、一九三三年〜一九八七年）の詩集『二重風景』に原発労働者の被曝を扱った作品「新春に」がある。

人々が死に絶えたような静けさ
不気味な安らぎの光景だ
「巨大技術です　原発は安全です　安あがりの電力です」
金に糸目をつけないパンフが氾濫し
テレビでは操り人形がバラ色の夢をふりまく
だがこの光景の背後に
透けて見えるものは何？
（略）
それは炉作業で被曝して
ブラブラ病の果てに死んでいった老農夫や
皮膚に桜の花片を散らして悶死した
若者の幽魂か
（「新春に」部分）

歌人で特筆すべきは東海正史（本名・石田均、浪江町、一九三二年〜二〇〇七年）である。原発のある双葉郡内で建設業・不動産の売買斡旋・賃貸家屋の保守管理などを営んでいたため、原発にかかわる人びとに接し、多くの見聞を重ねた。第三歌集を『原発稼働の陰に』と名付けたほど、原発を主題として創作した。彼の作歌活動に対し、さまざまな有形無形の誹謗や嫌がらせがあったという。その歌集から四首。

被曝者の労務管理を糺す吾に圧力掛かる或るところより

原発を誹謗する歌つくるなとおだしき言（げん）にこもる圧力

原発疎む歌詠み継ぎて三十余年募る恐怖の捨て所無し

欠陥原子炉壊して了へと罵れる吾を濡らして降る寒の雨

捨てどころない《募る恐怖》や《吾を濡らして降る寒の雨》は、漏洩する放射能や放射能をふくむ雨によって直接的に得た表現であると同時に、浴びせられた誹謗・中傷による恐怖感も併せた表現なのだ。

彼の短歌は「朝日歌壇」で馬場あき子や佐佐木幸綱らにしばしば選ばれた。

その遺作である二〇〇六年の作品から三首。

原発定検ベテランの技師K君も白血病に冒され逝く

報告書に軽微の被曝ありと書き出入り解かれし下請業者

被曝して骨の髄病み臥す君の悔恨しずかに聞く秋の夜

東海正史は二〇〇四年に『原発稼働の陰に』の「あとがき」で「原発稼働による疲弊と被曝は社会的に捨てて置けない問題である。これらの被曝者は私の知る範囲で死者十人を越え、聞く範囲ではこの倍にも及んでいる」と述べ、「こういう実態は初期稼働から三十有余年間繰り返して来たのである。原発が疲弊すればする程起り得る問題であるが、すべて秘密裡に処理されているのではないかと思う」と推理していた。彼の推理どおり、後に述べる一九七四年の臨界事故もふくめ《すべて秘密裡に処理されてい》たのである。

東北大教授坪野吉孝は「原発などで働き放射線を浴びた労働者に対する労災認定では、ごく一部のがん（例えば白血病や肺がん）などが対象なだけで、多くのがんは対象外。（略）原発労働者は救済されないままだ」（『朝日新聞』二〇一〇年三月九日）とその現状を問題視している。

＊

東海とおなじ浪江町で旅館業を営んでいた北夏次（斎藤孝）は小説『原発銀座に日は落ちて』を書いた。旅館に宿泊する技術者、保安員など原発関係者の言動、原発建設推進をもくろむ自治体の首長や建設を拒否する地権者などが登場し、旅館のあるじである《わたし》もふくめ、巨大事業に翻弄される人びとが描かれている。

原発に翻弄されているのは住民だけではない。自治体もそうだ。第一原発五・六号炉が立地する双葉町は原発の固定資産税や交付金の収入に依存して事業を拡大した結果、二〇〇七年度実質公債費比率が三〇・一％で全国ワースト六位で、財政破綻のレッドカードともいうべき《早期健全化団体》となって、地方交付税の交付を受けている。そこで、このレッドカードを返上するために、七・八号炉の増設を望んでいるのだ。一号炉の出力は四六万kWだが、増設予定の七・八号炉はともに一三八万kWで、一号炉のじつに三倍の出力をもつ。原子炉の巨大化がすすんでいることも問題である。

巨大なコンクリートの内壁断面が聳ち
不可視な扉の向うがわで
ゆれて手招くものの気配。
人は
そのたぐりがたさを断ち切り安全の恩寵に狂奔する。
（略）
安全という名の地獄を引きずり
腐蝕の世界へ急ぐ蜃気楼
No.5・No.6・の増殖炉の彼方
わたしは視る
五十年後の廃墟の俯瞰図を。

（「燃える蜃気楼」部分）

「燃える蜃気楼」は、一九七九年に原発構内のショールームを見学した天城南海子（本名・吉田操、福島市、一九一五年〜二〇〇一年）の詩である。彼女は《五十年後の廃墟の俯瞰図》を視ているが、第一原発一号炉は一九七一年三月に稼働を開始して以来三十九年を経過していて、その《五十年後》は、あとわずか十年ほどのちにはやって来るのだ。

第一原発の他の全原子炉も三十年以上も稼働しつづけていて、高経年化原子炉の廃炉と放射能低減までの放置（廃止措置）というまだその具体的道筋が確かではない問題にそう遠くない将来に直面することになる。そのとき、立地自治体にどんな負担が及ぶのか、まったくの闇のなかである。

天城は、若い世代を励まし、やさしく見まもる人だった。二〇〇〇年に書かれ遺作となった次の短歌二首には、未来を見つづけてきた彼女の思いとは逆に、絶望的な思いがあふれでているかに感じられてならない。

二十世紀は目に見えない汚染で幕を閉じるのかチェルノブイリの子供たちよ
原発銀座を擁して息づくわれら子孫に残す何あるというか

（「無風」から）

大熊町の第一原発三号炉をプルサーマル化しようという計画を福島県は八年間拒否し続けてきたものの、ことし二月に福島県知事が条件付きで賛意を表明し、新段階を迎えている。核燃料サイクルの中核になる高速増殖炉の実用化の目途が立っていない現状で、プルサーマルを実施することには大きな問題があるのだが。

「プルサーマル化しようとしている第一原発三号炉には、一九七八年に臨界事故を起こしながら、東電はそれをひた隠しに隠し、公表したのはなんと二十九年後の二〇〇七年だったという前科がある。事故は、一九七八年十一月二日午前三時ごろに発生した臨界状態が七時間三〇分間つづき、午前十時三十分ごろになってようやく制御棒の緊急挿入装置を手動で作動させて臨界状態を解消したというものである。東電は、運転日誌と制御棒位置記録を改竄し、国へも報告せずに隠蔽した。この隠蔽は、《事故情報の共有》という技術者倫理のうえで問題があっただけでなく、チェルノブイリ事故の八年まえに発生した事故隠しだったことで、チェルノブイリをはじめとするその後の数々の事故を防げたかもしれないという意味でも、犯罪的行為だったのである。日常的に枚挙にいとまがない事故をくりかえしては、隠蔽し、データの改竄を重ね、一方で、《安全だ》と言いつづけてきた欺瞞ぶりとあわせ、これこそは偽りの極みと言うべきであろう。

地上を最後の時間にまで喰いつくす熱量
それ故、漏らさぬよう
暴れださぬよう密閉し
密閉している限りでは
「安全」を強調しなければならない
それは戦争の始めから終りまで
「勝つ」ことを強調し
「神風」の御幣に呪縛したと同じ重量で
そして反面には、それが嘘と判った時の
虚脱した時の軽さで

（「太陽の鳥」部分）

箱崎満寿雄（いわき市・一九一四年〜一九八八年）が右の詩で予測したように《それが嘘と判った》いまでは、東電の《安全だ》というCMなどはさすがにトーンダウンしているようだ。

＊

ことし、二〇一〇年三月十四日に福島県沖を震源とするM六・七の地震があって、楢葉町で震度五弱を観測した。楢葉町の東電第二原発を写す固定カメラが左右に大きくしかもはげしく揺れつづける映像がTVニュースで流された。あまりにショッキングだったせいか、NHKは一度で放映を中止した。

また、原発のある浜通りの中北部には、宮城県南部から続く七〇㎞に及ぶ双葉断層と称する長大な活断層が海岸線とほぼ並行して存在する。グーグルの航空写真などですぐ識別できる。ところが、東電は、福島県沖の海底活断層とともに、この断層をより短く小さなものと認定しているのだ。そもそも、地震帯のうえに乗っかっている日本で原発を稼働させること自体が問題だ。

＊

原発は環境にやさしい発電方式だという考えがあるが、はたしてそうだろうか、疑問である。炉の冷却時に発生す

海岸から 3kmに達した津波の被害

る高温で大量の熱水を海中に、蒸気を空中に捨てている点では、火力発電と大差はない。さらには膨大な高レベル放射性廃棄物を生産し、蓄積して、半永久的に《保管管理》しなければならない負の遺産を子孫に託そうというのである。

さまざまな、しかも、いずれも困難な問題を原発は抱えている。われわれに大型炉の新設や、プルサーマルをすすめる資格があるのかと問いたい。

第二次大戦で戦争という麻薬の中毒患者になったアメリカにいまだ《戦後》が存在しないように、原発というドラッグに冒された立地地域では、二重の意味で《原発以後》なしという状況が形成されつつある。ひとつめの意味は、つぎつぎと原発を増設しつづけなければ地域経済を維持できない泥沼にはまり込んでいるということ、もうひとつの意味は、原発破綻後には地域そのものが存在し得ない状況が出来(しゅったい)するだろうということ、である。

原発難民ノート ―脱出まで

(「コールサック」(石炭袋)第六九号・二〇一一年四月三十日)

東日本大震災によって亡くなられた方々と、ご家族を亡くされた方々に心からの弔慰を申しあげます。住居、田畑、家畜、漁船など生活の手だてを失った方々、失職した方々、そのほかさまざまな被害に苦しんでいる方々に心からのお見舞いを申し述べます。また、いまだ安否が確認されていない方々とそのご家族のためには、僥倖に恵まれますことを心から祈ります。

＊

わたしの現在の状況を原発難民だと言っていいだろう。地震や津波の被災者ではない。

＊

二〇一一年三月十一日、金曜日、午後二時四十六分、牡鹿半島沖およそ一三〇キロ、深さ二四キロを震源とする国内観測史上最大値、世界第四位とされるマグニチュード九・〇の巨大地震が発生した。震源から一八〇キロあまり離れている福島県の太平洋沿岸にある南相馬市での震度は六強ということだった。

その南相馬市の海岸から四キロほどの市街地にわたしは住んでいる。そのとき、わたしはひとりだけ在宅していて、二階居間でパソコンと向きあっていた。目のまえのディスクパソコンのモニターが暴れだしたので手でおさえ、さらにもう一方の手でそばにあるオーディオラックをおさえながら、室内の棚に置いた品々が次々に落下し、陶器やガラス器などがぶつかりあって割れるのを呆然と見ているしかなかった。家がきしんでいるのがわかる。パソコンの電源コンセントを抜く。縦揺れよりも横揺れが顕著で、しばらくのあいだ長く続いた。

大きな揺れがおさまったあと、屋内を点検する。同じ二階の書斎の本は、前後左右から交互に落下したらしく、念入りにシャッフルしたカードのように見ごとに混じりあって積み重なっていた。しかも、書斎の天井部分、つまり屋根裏を利用して書庫にし、書斎の天井に出入口を開けて梯子を使って使って出入りしているのだが、その穴からも本が落下していて手がつけられない状況である。三階にのぼって様子を見る気には、なれない。柏崎市に住む友人が、新潟沖地震のときにやはり書斎の被害がたいへんだったと言っていたことを思い出す。一階の台所などは思ったほどではないが、食器類が落下している。家屋の損傷としては、浴室壁面のタイルに斜交いにひびが入り、小さな剥落がある程度である。被害といえばこんな程度で済んだことは、幸いだった。ガスと水道の元栓を閉じる。情報を得るため電気のブレーカーは落とさず、テレビをつける。震源、震度、津波情報などを知る。東電福島第一原発が緊急停止したことを知る。

家のまえの駐車場に近所の子どもたち三人がしゃがみこんでいる。隣に住むひとり暮らしの義兄も在宅していて、無事だった。ただ、屋根の棟瓦がだいぶはずれ落ちている。庭の石灯籠は四基すべてが倒れている。

妻は市の国際交流協会へ出勤していた。事務所は二階にあるため、たいへんな揺れようだったそうで、外に出て、やはり駐車場に避難したという。

近所には倒壊した家はない。外壁の一部が崩れ落ちたり、屋根瓦が損傷した家が数軒あった。

家に戻って、落下物が散乱している様子を撮影する。そして、居間から片づけをはじめた。組立て式の棚が暴れ、そこに置いたものがほとんど飛び出している。書類をまず集めた。つづいて置き物を片づける。そっくりしているものと割れたものとに分け、無事なものはとりあえず床に置く。

来客があるので玄関に行くと、近所のヒークンだ。「だいじょうぶですか？」と言う。

彼はわたしの二男と中学まで同級だったが、任侠の道に生きていて、いまはひとかどの地位にいるらしい。近所の家々を見廻るとは、なかなか感心だ。

妻が帰宅し、地震の恐怖を語る。

台所の落下物を片づける。

＊

わたしたちの町に烏崎（からすざき）という小さな漁港がある。この漁港で水揚げされた魚を五〇ccバイクに積んで、毎日のように売りに来るおばちゃんがいる。名前を知らないので〈烏のおばちゃん〉と呼んでいる。彼女のおかげでわたしたちは活きのいい季節の味をたんのうすることができた。二月から三月にかけては、シラウオ漁の時期だ。親戚に食べてもらおうと〈烏のおばちゃん〉に、妻はその発送を依頼していた。地震の日の夕刻、おばちゃんから妻に電話があった。


「申しわげねえが、頼まれたシラウオを送れなぐなった」

「津波のため、烏崎は全滅してしまった。やっとのごどで命からがら逃げできた」

「烏崎だげでねぐ、このあたりの海はどごもかしこもやられでしまって、跡かたもねぇ」


と、いつものおばちゃんの威勢はなく、うちひしがれた口調だったという。そんな状況のなかでのお詫びの電話である。この電話を受けたことで、わたしたちは福島県浜通り海岸も津波によって甚大な被害を受けたことをはじめて知ったのである。後日、三月二十九日に烏崎から三キロほど陸寄りを南北に走る六号国道を通ったとき、震災から二十日にもなろうというのに、国道の海側の水田には多くの漁船やそのほかの漂着物が片づけもされずに残されているのを目撃した。おそらく、烏崎漁港の船や烏崎集落の家の残骸にちがいなかった。これも後日談だが、おばちゃんに発送を頼んでいたシラウオは届け先に届いていて、おいしく食べたとの電話があった。

ある人物がこの震災を〈天罰だ〉と言ったそうだ。たとえば、〈烏のおばちゃん〉のような人々がどうして天罰を受けねばならないのか。彼女たちは天罰を受けねばならない生き方なんぞしてはいない。あたりまえに、まっとうにいきているのだ。罰当たりなことばを口にするな。


市内に住む弟の家族はみな無事。

仙台に住む妹ふたりの安否確認ができない。

夕方まで使えた電話が不通になった。携帯電話、インターネットもだめ。ガスの供給が止まる。電気と水道は正常。

＊

広範囲にわたる津波被害があったという〈烏のおばちゃん〉の知らせを聞き、わたしは、原発はどうだったのだろう、稼働中の炉は自動停止したそうだが、その後の保全はうまくいっているのだろうかなどと思う。しかし、わたしたちの知らないところで、実際には深刻で重大な事態が進行していたのである。

福島第一原発は設計段階では津波の波高の最大値を五メートル程度と想定して建設したのだという。だが、今回の津波は一四メートルを超える高さにまで及んだことが、後日明らかにされた。このため、海水は敷地にまで達し、冠水した非常用ディーゼル発電機などが使用できなくなり、津波直後から炉心を冷却し制御するための電源を喪失してしまったのである。午後八時五十分、福島県は二キロ圏内住民に避難を要請した。午後九時二十三分には菅首相が三キロ圏内住民に対して避難を指示し、一〇キロ圏内住民に対しては屋内避難を指示した。さらに翌朝、五時四十四分に首相は一〇キロ圏内住民に対しても圏外への避難を指示した。しかし、第一原発から二五キロ地点に住むわたしたちは、そうした事態の進行をまったく知らされていなかったのだ。

四月四日付『毎日新聞』によれば、こうした事態の進行と平行して、三月十一日午後十時五十分に炉心が露出した場合には、その二時間後に炉心が溶融しはじめるという予測が出されていたということである。予測を裏付けるように、十二日未明には、第一原発一号炉の冷却機能が低下したことによって格納容器の圧力が異常に上昇していたのである。

＊

三月十二日、土曜日、震災第二日。新聞が配達されていない。郵便物の配達もない。宮城県岩沼からいわきに至る常磐線が壊滅的な被害を受けたらしい。ガスの供給が復活していることがわかる。

弟が第一原発の三基が制御不能状態におちいっていると のニュースをもってきた。午後三時三十六分、一号炉で爆発が起き、建屋が消失する事故が発生した。夕刻、六時二十五分、首相は、圏外への避難区域を半径二〇キロにまで拡大する指示をおこなった。

わたしたちは第一原発から二五キロ地点で暮らしているのだが、わたしたち夫婦と弟夫婦とは最悪のメルトダウンを想定し、この時点で南相馬市からの脱出を考え、義兄にも同行を誘った。身のまわりの準備をはじめることにする。散乱している書斎の本を、整理せずに書架に押し込む。ボストンバッグとリュックに持ち出すものを詰める。

三月十三日、日曜日、震災第三日。義兄がもうすこし様子を見ると言うので、脱出を延期する。持ち出したいものはたくさんあるのだが、そうもゆかない。

三月十四日、月曜日、震災第四日。十二日からの県内紙を販売店に行って買う。仙台市で印刷する『朝日新聞』や

流出した遺留品を集める

『読売新聞』は配達されず、福島市で印刷する『毎日新聞』は配達されているのだそうだ。

第一原発三号炉で、一号炉と同じような爆発が起きた。さらに、二号炉も不安定な状態だという情報を弟が得てきた。

三月十五日、火曜日、震災第五日。早朝、弟が来て、寝室に面した庭先から大声で「兄貴、出よう」と呼び起こす。義兄はやはり留まると言うので残し、午前六時ごろ、四人で福島市に住む義姉の家へ向かう。出発した時刻に前後して、第一原発二号機と四号機があい次いで爆発し、建屋などが損壊した。

これをうけて、十一時に菅首相が二〇キロから三〇キロ圏の住民に対し屋内退避の指示を出したことを福島市に着いたのちに知った。

一九九四年にチェルノブイリを訪ねた経験をもとに、連詩「かなしみの土地」を書き、原発難民となった人々の思いを代弁したつもりだった。しかし、そのとき彼らの思いだと思っていたものは現在の自分の思いそのものであるという現実のなかに、わたしは置かれている。予測が適中することは、一般的にはうれしいという感情につながることが多い。しかし、危惧したことが現実になったいま、わたしの腸は煮えくりかえって、収まることがないのだ。なぜなら、この事態が、天災ではなく、人災であり企業災であるからだ。

通信手段が途絶していたため、どうしているか不明のままだった仙台在住の妹たちとは、二十日過ぎになって無事を確認できた。

赤い渦状星雲

（詩集『北緯37度25分の風とカナリア』より）

動物たちがいる
子いぬがいる
仔うまがいる
放たれた矢に狙われているのはいのししか
しかか

かもしかかもしれない
動物たちがいる
墓室のそとの山野に描ききれない動物たちがいる

人びとがいる

弓を射る人
うまに乗る人
立っている人
弓を射そしてうまに乗っているのは少年だ
描かれた人物像は被葬者の生涯を表現しているとされる
きみたちがそうであるように少年時代の被葬者も山野を駆
　けまわって動物たちと遊んでいた

ベニガラで描かれた壁画の中心は
だがなんといっても
巨大な渦巻だ
ぐるぐるぐるぐるぐるぐるぐるッ
直径八〇センチもある七重の渦巻だ
さすがのきみたちもこんな大きな〇をもらったことはない
　だろう
巨大なはてな
はてなはてなはなにかな

双葉南小学校のきみたちよ
きみたちの学校をつくるとき
千三百年のむこうからタイムスリップしてきて
きみたちに投げかけた壁画のはてなについて
千三百年むかしの人びとのメッセージについて
はてななんだろう
きみたちは考えたことがあるだろう

清戸迫(きよとさく)76号横穴墓(おうけつぼ)奥壁ベンガラ塗彩壁画
ベンガラは三酸化二鉄を主成分とする赤色顔料だ
すでに鉄の時代に入っている七世紀
鉄の時代は武器の時代であり権力集中の時代だ
大陸の西方ではコンスタンティノポリスを都とするビザン
　ツ帝国が版図を誇る
大陸の東方には長安を都とする唐帝国が成立した
ヤマトでは大化のクーデターがあって中央集権化がはじ
　まった
朝鮮半島でも新羅による国家の統一がすすんでいる
（こうした集権国家の成立は人びとにとって

はたしてしあわせなことだったのだろうか）

立っている人の肩につながる渦巻
肩口から天にたち昇っているのだろうか
肩口に天から降りくだっているのだろうか
きみたちはどう考えるか
千三百年むかしのメッセージを

肩口から天にたち昇っているのなら
渦巻は立っている人の〈気〉のようなものか
あるいは人がらのようなもの
あるいは気魄のようなもの
あるいは遊魂
さすらう魂魄
でもなぜ肩口からたち昇っているのだろう

肩口に天から降りくだっている渦巻なら
あるいは雲気などと呼ばれるようなもの
万物を生成する自然的存在としての〈気〉か
あるいは霊気などと呼ばれるようなもの
人の命運をつかさどる超自然的存在としての〈気〉か
あるいは死者を復活させるものとしての〈気〉か

でもなぜ肩口に降りくだっているのだろう

立っている人の肩につながる渦巻は
ことによると天空はるかの星雲ではないのか
たとえばアンドロメダ座M（メシエ）31渦状星雲
天空はるかのかすかな光に古代人は特別な意味を見たので
　はないか
爆発する光の渦
はじまりの光の渦か
終わりの光の渦か

双葉南小学校のきみたちには見えるだろう
学校の裏山を駆けているかもしか
いのししを狙って弓をひきしぼっている人
その頭上の宇宙が爆発する光の渦

きみたちはどう推理するか
千三百年むかしのメッセージを

＊清戸迫第76号横穴墓……福島県双葉郡双葉町にある国指定史跡。

解説　南相馬市から原発の危機を発信し続ける人

若松丈太郎『福島原発難民―南相馬市・一詩人の警告　1971年～2011年』

鈴木比佐雄

私が暮らす千葉県柏市は、上野駅から常磐線快速で三十分で到着する。その常磐線で柏から茨城県水戸駅まで約一時間、水戸駅から私の父母の田舎であった福島県いわき駅まで約一時間、そしていわき駅から若松丈太郎さんの暮らしていた南相馬市の原ノ町駅まで約一時で到着できる。直通であれば上野から約三時間二十分で上野から原ノ町駅に着くそうだ。常磐線のいわき駅から原ノ町駅の間には、四倉、楢葉、富岡、大熊、双葉、浪江、小高の各駅があり、楢葉と富岡の間に福島第二原発四基があり、大熊と双葉の間に福島第一原発六基がある。三月十一日の東日本大震災の時に若松さんは書斎のパソコンで原稿を作成中で、機器ケースや本棚が倒れないように必死に押さえていた。

若松丈太郎さんは、福島県相馬地方の幾つかの高校で国語を教えてきた元教師であり、今まで十冊近い詩集を刊行してきた詩人だ。そんな詩作活動と連動する形で若松さんは、一貫して原発の問題点を評論でも書き継いできた。南相馬市は福島第一原発から二十五㎞に位置していることもあり、若松さんは福島原発が一九七一年に発電を開始してから今日まで原発の技術的な危うさとその運営管理の問題点を告発し警告してきた。若松さんの生まれは岩手県だが、福島大学で学んだことや妻が南相馬市出身ということもあり、相馬市の相馬高校、原町区の原町高校、小高区の小高農工高校などの国語教師になり、多くの若者たちに日本語の魅力や言葉で真実を伝えていく大切さを教えてきた。例えば『和漢五名家千字文集成』の井土霊山、『定本末摘花通解』『川柳辞彙』を編纂した大曲駒村、日本国憲法の成立に寄与した憲法学者鈴木安蔵など、相馬やその周辺の市町村が生んだ個性的な文化人たちの業績を発掘するなど、他の人が顧みない仕事をやり続けている。また埴谷島尾記念文学資料館の調査員であり、相馬出身の埴谷雄高と島尾敏雄を後世に残す仕事もしてきた。その意味で若松さんはこの南相馬市の魅力を異邦人の眼差しで発見し、いつしか真の故郷と感じてこの地を愛し、暮らしの現場から証言してきたのだと思われる。それゆえに若松さんは福島原発がこの地の根源的な災いを引き起こしかねない存在だと直観し恐れていたのだろう。

三月十一日に東日本大震災が起こり、福島第一原発の六基の内の四基に冷却機能が失われて一、三、四が水素爆発で建屋が破壊された。その後も様々なトラブルから放射能が漏れ出て、その汚染水が海にも漏れ出して日本はもとより世界に衝撃を与えている。若松さんは、国や東電の事故を隠し続けてきた体質から、福島原発がいつかチェルノブイリのようになり、南相馬市周辺にも放射能が降り注ぎ、人が住めなくなるだろうと警告していた。

　三月十一日の東日本大震災が起きて、福島原発が大変なことになっていると聞いた時に、真っ先に感じたことは、若松さんの警告していたことが現実になってしまったという思いだった。若松さんの電話は留守電のままで連絡が取れずに心配をしていたが、どこかに避難しているだろうと考えて、お見舞いの手紙を書き、その中に二つのこともお願いしたのだった。一つは詩誌「コールサック」（石炭袋）六十九号に、今回のことをエッセイにしてもらうことだった。もう一つは、コールサック社が現在公募している詩選集『命が危ない　二〇〇人集』の中に、来年私が構想していた『脱原発・自然エネルギー詩選集』の内容を前倒しにして入れ、『命が危ない　311人詩集』として公募を延長して今年の夏には刊行することを伝えた。私は全国の原発の周辺の詩人たちに呼びかけて、原発を廃炉にすることや再生可能な自然エネルギーを基本とした生活様式を日差していく詩で参加をして欲しいと伝えた。さらにその『311人集』の中に入れる解説者には、若松さんが最も相応しいので、ぜひ解説文を書いて欲しいとお願いしたのだった。しかし若松さんからは何も連絡がなく心配をしていたが、三月の下旬ごろに電話が入った。電話の若松さんは、福島市在住の妻の姉の家に避難されているとのことだった。南相馬市原町は原発から二十五㎞の場所なので、商店も閉まり生活が難しくなり、親族の家に避難したとのことだった。怒りを通り越して今は少し冷静になったと淡々と話されていた。そして今まで書いてきた原発関係の評論などの原稿を自宅に戻りプリントしてきてまとめたので、コールサック社宛てに送ったとのことだった。私の手紙はなぜか自宅には届いていなかったので読まれてはいなかった。数日経って原稿が届き、一読した後にこの内容は多くの人びとに読んでもらう価値があると考えた。タイトルも『福島原発難民』が相応しいと考えて、若松さんに四月の初めに電話をした。若松さんは全面的に任してくれると語ってくれた。私はカバー装丁の写真として若松さんを南相馬市で撮影をしたいと考えて、友人の報道カメラマンの福田文昭さんと一緒に福島に行くことを計画した。

　四月九日には、私の暮らす柏の駅前に朝七時に待ち合わせ、私の車で福田さんと一緒に常磐自動車道に乗り、父母の田舎である福島県いわき市平薄磯（たいらうすいそ）を目差した。若松さんの避難している福島市に行く前に、私の父母や祖父母たちの故郷が津波で壊滅的になっていると親族から聞いていたので、様子を見てみたいと考えたのだった。塩屋埼灯台下の平薄磯は、太平洋の荒波に面した半農半漁の町で、昔からの海水浴場で民宿やかまぼこ工場も多く、水平線の見える美しい町だった。その町の全てが破壊されて家は木片となり、豊間中学校、豊間小学校の建物の外観以外は、建物の原形をとどめていなかった。自動車も破壊されて鉄の塊だった。約二八〇世帯、約八七〇人の暮らしていた浜辺の町は消えていた。私の従兄は裏山に逃げて助かったという。いわき市は津波だけでなく、四十㎞先には福島原発があるので、放射能の影響もこれから大変になることが思われた。この平薄磯の惨状を目撃して、震源地から近い原発の反対側二十五㎞にある南相馬市の被害がこれ以上であることが直観された。九日は小雨交じりの曇り空だった。平薄磯を後にして福島市に向った。

福島市には三時頃に着き、若松さんの避難されている親族の家を訪ねた。土曜日だったこともあり、若松さんの二人の息子さんも横浜、千葉から駆けつけていた。若松さんとは明日、放射能が高い飯舘村を通って南相馬市に入り、撮影する場所の打ち合わせをした。翌日の朝七時半に迎えに行き、南相馬市に向った。奥羽山脈を越えて途中の飯舘牛で名高い飯舘村は、山間部の田畑が細長く続く、菜の花や桃の花が咲き乱れるのどかな楽園のような場所だった。しかし外には人の姿を見かけることができなかった。この場所は原発から三十㎞圏外だが、風向きの影響で高濃度に放射能が他の地域よりもひどく舞い降りた。一つの農村が放射能によってあっけなく死の宣告をされようとしていた。国と東電は決して責任を取れないことをしてしまったのだ。

福島市から飯舘村を抜けて一時間半ほどで南相馬市に入った。一月前まで二万三千世帯、七万一千人が暮らす街であったが、ほとんどの店は閉まっていたが、原ノ町駅周辺の商店街の一部の店は開いていた。原ノ町駅近くの若松さんの自宅に着き、若松さんの書斎で私たちは3・11以降の出来事や南相馬市の歴史・文化について話をお聞きした。

それから私たちは若松さんの写真を撮るために県立原町高校、相馬氏の始祖である平将門が始めたと言われ千年の歴史がある相馬野馬追の祭場などで撮影をした。次に若松さんが関わっていた浮舟文化会館内の「埴谷島尾記念文学資料館」が破壊されていないかを見に行くことになった。しかしその場所のある小高区は、福島原発二十㎞圏内で立入禁止区域となっていて、警察官が検問していた。並んでいた大半の車は入れなかったが、少数の車が検問を通って行った。私たちは若松さんの資料館の関係者ということで立入禁止区域に入ることができた。小高区は全く無人だった。浮舟文化会館は閉まっていて中には入れなかったが、駅の西側で海からは遠かったため、建物は大丈夫だった。ドア越しに中を見ると埴谷雄高や島尾敏雄などの写真パネルが下に落ちていた。それでも若松さんは津波に流されていなかったことでほっとしていた様子だった。道なりに進み線路を越えて、私たちは駅の東側の小高川河口に近づいて行くと、町が津波にいかに破壊されていたかが分かった。道の両側の会社、商店、民家、数多くの車が無残に破壊されて、田畑の中に残骸が押し流されていた。かろうじて残った家も柱と屋根だけだった。知り合いの家の前を通り過ぎると若松さんは絶句して悲しみに沈んでいた。新聞・テレビで河口付近では白い放射能防護服を着た警官・自衛隊員たちが、数日前から遺体捜索をしていることを知ってはいたが、その現場を目撃することができた。高台の近くの家までもが壊れており、津波が小高川をさかのぼり途轍もないエネルギーとなって小高区に押し寄せてきたことが分かった。広大な敷地の中を防護服の隊員たちは長い棒で行方不明の人びとを探していた。それは砂漠の中で愛する人を探す巡礼者のようにも感じられた。そんな光景を日の当たりにし、検問所に引き返した。その後も私たちは鹿島区の真野川河口の右田浜海岸と烏崎漁港などに向かった。その真野川流域の光景も恐るべきものだった。海沿い、川沿いの多くの家々が破壊されて、生活用品が散乱していた。若松さんも小高川流域、真野川流域の惨状を信じられないと何度も言いながらひたすら堪えているようだった。地震・津波と原発によって町は痛めつけられて、そこに暮らす人びとの生きる力を奪ってしまうようだった。そんな思いを抱きながら私たちは避難所になっている原町第一小学校に行ってみた。入口のテーブルに物資は積まれてあり、食料や水は問題なさそうだった。その避難所の責任者は偶然にも若松さんの教え子の南相馬市農業員会の澤田精一さんだった。「若松先生、お久しぶりです」と言い若松先生と再会を喜び避難民のことを話し合っていた。避難民は疲れているようで布団に横になっている人が多かった。私は家族や友人を亡くされた方に読んでもらおうと持ってきた『鎮魂詩四〇四人集』と日笠明子『絵手紙の花束』などの本を、避難所に本のコーナーがありましたらおいて下さいと手渡した。澤田さんはテーブルを指さして置きましょうと快く受け入れてくれた。若松さんは教え子が活躍する姿に目を細めて眺めていた。澤田さんによるとこの避難所には立入禁止区域の小高区からの人々で、多くは家族・親族の消息が不明なのでここを離れられないとのことだった。私たちが先ほど見てきた場所からここに避難してきたと思うと本当に心が痛んだ。外に出て学校の前を見るとパン屋が店を開けていた。名前は「ふわふわパン工房　パルティール」と書かれてあった。三人で店に入ると沢山の種類のパンが並んでいた。私たちはパンを買い、セルフサービスのコーヒーを入れて、食べることにした。私は店の名物の「黒ゴマパン」などを買った。若松さんや福田さんが店主の只野実さんに話しかけると、只野さんの大震災後の奮闘記を聞くことができた。地震後は三日間、市の要請でパンを焼き続け、避難民たちに提供したという。材料が入ってこなくなり一時は市外に避難していたが、材料の入手の目途が付いて戻ってきてこうしてパンを焼き続けているという。只野さんは若い頃に仙台で修行中に宮城県沖地震に遭遇しているので、大丈夫だと語っていた。話している間もお客がやってきてパンは売れていた。私は三斤の食パンや子どもの顔ほどある餡パンなどを買い家族のお土産にした。私は只野さんが多くの避難民を勇気づける真の勇者のように思われた。カメラマンの福田さんは南相馬市に留まり撮影を続行したいといい、原ノ町駅前で別れた。私と若松さんは、福島市に戻るために飯舘村方面に向かったのだった。このような経緯を経て本書は成立していった。

本書は、序詩「みなみ風吹く日」から始まっている。一九七一年からこの詩が書かれた二〇〇七年まで、福島原発で起こった臨界事故などの事実を隠してきた東電の体質を批判した詩だが、この偽装の歴史が大きな破局を迎えることを予言している詩だと感じられる。冒頭のエッセイ「大熊─風土記71」は一九七一年の福島原発が発電を開始した年に書かれたものだ。福島原発のある大熊町という場所がいかに歴史を刻んできたか語りながら、原発を推進した者たちがその歴史を踏みにじろうとしているかを冷静に分析し、原発の危うさを根本的に指摘している。若松さんの視線はこの四十年間、少しも変わらずに原発を告発し続けてきた。チェルノブイリにも行き、南相馬市と同じ二十五㎞の地点はどのような放射能の被害を受けているのかを南相馬市の未来として予言している。また原発従事者の中で詩や短歌を作っている人びとの苦渋に満ちた作品も紹介し、原発が地域住民を取り込みながら被曝者とさせていく悲劇を抉り出している。原発の悲劇を直視して自らも難民となった若松さんの告発・警告の書である『福島原発難民』を、原発と人類は共存できないと考える人びとや、また原発推進者であったが疑問を持ち始め、自然エネルギーの可能性を模索しようとする多くの人びとに読んでほしいと願っている。

相馬港

初出一覧

みなみ風吹く日（詩集『北緯37度25分の風とカナリア』より）
大熊　―風土記'71（『河北新報』一九七一年十一月二十八日）
吉田真琴『二重風景』（『福島県現代詩人会会報』第二九号、一九八七年五月二十五日）
ブラックボックス（『福島民友』一九八九年七月二十二日）
東京から三〇〇キロ地点（『詩と思想』一九九一年六月一日）
連詩　かなしみの土地（詩集『いくつもの川があって』より）
原子力発電所と想像力（一九九四年九月一〇日）
チェルノブイリに重なる原発地帯（『新・現代詩』第二一号・二〇〇六年六月一日）
さまざまな地名論（『コールサック』（石炭袋）第六二号・二〇〇八年十二月二十五日）
恐れのなかに恐るべかりけるは（詩集『北緯37度25分の風とカナリア』より）
批評基準の退化（『新現代詩』第七号・二〇〇九年六月一日）
詩に書かれた原子力発電所（二〇〇八年一月三十一日）
原発地帯に《原発以後》なし!?（『詩と思想』二〇一〇年七月一日）
原発難民ノート　―脱出まで（『コールサック』（石炭袋）第六九号・二〇一一年四月三十日）
赤い渦状星雲（詩集『北緯37度25分の風とカナリア』より）

あとがき

わたしたちはいま、計り知れない大きな空間と時間とに及び、そして巨額の経費を要するであろう負の遺産を、後代を生きる人びとに残すことになった。

わたしは原子力発電所近傍で生活しながら、その存在に危惧を感じつづけてきて、その思いを詩やエッセイのかたちにして、述べてきた。専門家の傲岸にして、かつ根拠の不確かな科学技術への過信よりも、素人の直感的理解のほうが真実により近いところにまで至りえたということだろうか。しかし、危惧したことが現実となったということは、当然のことではあるが、けっして嬉しいことではなく、慨歎に堪えないことであった。

震災から一カ月後の四月十日に、屋内退避圏内にある南相馬市立第一小学校に設けられた避難所を訪ねた。ここには避難区域に指定された地域に住んでいた人びとが身を寄せている。その多くの人びとは、津波によって家族の行方がまだ確かめられないでいる人びとである。ほんとうはすぐにでも原発から遠いところへと逃げだしたいのだろうと思う。しかし、一刻も、一日も早く家族の安否を確かめたいために、住んでいたところからより近い避難所でその情報を待ち続けて、ここでの生活が一カ月あまりにも及んでいるのである。原子力発電所がその属性として持っている非人間性は、ここにも顕れているのだ。

いつも、もうこれを最後に原発に関しては書くことを止めようと思いつつ書いてきた。こんどこそ、これで終わりにしたいという心境である。だが、これまでと同様に書き続けることになるかもしれないとも感じている。

いまはただ、わたしたちの子や孫や、そしてさらにその後代を生きる人びとに対しての、人間としてのわたしの責任を考え、これらの詩文を一冊にすることとした。

おおむね執筆順に収載したが、構成上、とくに詩はこの限りではない。

コールサック社鈴木比佐雄さん、カメラマン福田文昭さん、評論家新藤謙さんをはじめ、多くの方がたに御礼を申しあげます。

また、避難生活を支えてくれた妻や義姉、そして兄弟や友人たちに感謝して。

チェルノブイリ25年である四月二十六日をまえに

（編註）『福島原発難民』本文掲載の写真は全て福田文昭撮影。

福島核災棄民

――町がメルトダウンしてしまった

二〇一二年　コールサック社

原ノ町駅と磐城太田駅間の踏切

一章　町がメルトダウンしてしまった

町がメルトダウンしてしまった

1

米屋　八百屋　魚屋　豆腐屋　味噌醤油屋　漬物屋
羊羹屋　煎餅屋　菓子屋　駄菓子屋
酒屋　油屋　牛乳屋　氷屋　荒物屋　炭屋　亜炭屋
呉服屋　洋品店　仕立屋　織屋　網屋　染物屋　洗濯屋
文房具屋　本屋　時計屋　写真屋　印刷屋　新聞屋
薬屋　医院　産婆　床屋　髪結い　下駄屋　靴屋
花屋　造花屋　箔屋　飾屋　仏具屋　寺
旅館　料理屋　食堂　芝居小屋　釣具屋
郵便局　銀行　信用金庫　質屋
バス会社　運送屋　馬車屋　博労　便利屋
材木屋　木工所　簞笥屋　建具屋　畳屋　布団屋　棟梁
瓦屋　トタン屋　ブリキ屋　金物屋　鋳物屋
鍋釜屋　鋳掛け屋　農具屋　蹄鉄屋

2

わたしが育った町は人口ほぼ一万人
端から端まで十五分も歩けば尽きる街並に
ぎっしりとさまざまな店が軒を並べていた
さまざまな職人が店先で仕事をしていた
暮してゆくためのたいがいのものは町のなかにあって
暮しを支えあっている関係がうまく成立していたのだろう
障害のある人にも仕事があって
閉鎖的なムラではなく外にも開かれていて
ヨーロッパの〈シティ〉で市民文化が発祥したように
江戸時代末期ごろから昭和のはじめごろまでに
日本でも地方の小都市に市民文化が醸成されつつあった

そんな町の仕組みを壊したのが一億総動員体制だ
国民皆兵やら〈隣組〉やら愛国婦人会やらが
わたしが育った町を壊していった

3

福島県相馬郡小高町は小ぶりながら
わたしが育った町によく似た町だった
旧街道の一本道の中央に水路があって
暮しを支えあっている町の人びとの関係を象徴していた
駒村・大曲省三の近所に五歳年長の余生・鈴木良雄と一歳年少の布鼓・原隆明がいた
彼らは俳句グループ渋茶会をつくって研鑽しあった
早世した良雄の『余生遺稿』を省三は自費で出版した
省三が『川柳辞彙』編纂に没頭して生活に困窮すると
隆明が省三の生活をさまざまなかたちで援助した
省三が亡くなると良雄の子安蔵は「駒村さんのことども」を書いて追悼した
隆明は自家の墓所に省三の墓を建ててその死を慰めた
平田良衛と二歳年少の鈴木安蔵とはともに相馬中学校と第二高等学校で学び
たがいに敬意をいだいて励ましあった
良衛はレーニン『何をなすべきか』を訳し『日本資本主義発達史講座』を編集した
安蔵は『憲法の歴史的研究』を著し『憲法草案要綱』を公表した

市民文化を醸成していた地方の小都市の仕組みを壊したのが一億総動員体制だ
国民皆兵やら〈隣組〉やら愛国婦人会やらが
大曲駒村や鈴木安蔵をはぐくんだ町を壊していった

4
暮しを支えあう関係がなんとか残っていた地方の小都市に
アメリカ渡来の大型店が闖入してきた
まわりの小さな店がひとつまたひとつと店じまいをした
豆腐屋が豆腐をつくるのをやめ
八百屋が店を閉め
仕立屋から職人がいなくなった
町なかにシャッターが降りたままの店がふえた

郊外により大きなスーパーマーケットが開業すると
町なかの大型店はさっさと撤退した
町なかを歩いている人がいなくなって
通りは車が移動するためだけのものになって
町は町としての機能をなくしてしまった

5
アメリカ渡来の〈核発電（げんぱつ）〉が暴発して
〈核発電（げんぱつ）〉から一五キロの小高町は〈警戒区域〉になった
〈警戒区域〉とは警戒していればいいのかというと
そうではなくて区域外に避難せよという指示だ
そこから出て行けという指示だ
〈核発電（げんぱつ）〉のメルトダウンがあって
地方のどこにでもあるような町がメルトダウンしてしまった
いくつもの町がだれも住めない場所になってしまった
町は町でなくなってしまった

（『新現代詩』第十五号、新現代詩の会・二〇一二年三月一日）

福島第一原発から 15km、小高町のメインストリート

原発難民ノート2

——二〇一一年三月十五日から四月三十日まで

三月十五日　福島市に着いてから、東電福島第一から半径二〇～三〇キロ区域の住民に対して屋内退避指示が出されたことを知る。この指示とは別に、南相馬市は独自に全市民に対して市外への退避を勧めた。市が誘導してバスを使って市民が集団避難した先は、相馬市、茨城県取手市、群馬県東吾妻町・片品村・草津市、新潟県長岡市・上越市・三条市・小千谷市ほかである。

南相馬市の西隣り飯舘村や南隣りの浪江町の放射線量が、一時間あたり四四・七マイクロシーベルトだったとか通常の六六〇〇倍だったとか。福島市でも午後七時に一時間あたり二三・八八マイクロシーベルトが検出された。十二日の一号機、あるいは十四日の三号機の水素爆発によるものだろう。南相馬市では午後八時の四・六二マイクロシーベルトが最高値で、それ以外の測定では二マイクロシーベルト台だったという。原発事故の被害にはロシアンルーレットのような、事故があったときの風向や風力など自然の気まぐれによって、今回の飯舘村のように高い汚染値のホットスポットができる。

三月十七日　南相馬市に残っていた独り暮らしの義兄を迎えに弟の車で飯舘村を経由して、往復する。市内はゴーストタウン状態になっていた。商店は軒並みシャッターを降ろし、車がまれに走っているものの、歩いている人はいない。一方の福島市には、放射線量が桁違いに高いのに、何ごともないかのような日常がある。たとえば、帽子やマスクを着けないで、隣組の人たちが路肩の雑草取りをしている。距離の詐術に気づいていないのである。

第一原発で、警視庁機動隊、自衛隊などがようやく放水を開始した。遅い。稼働年限を三十年と設定した老朽炉を十年も延長して稼働しつづけてきたのであるから、十一日の段階で廃炉を覚悟した判断と決定によって海水を放水すべきだった。アメリカ政府は日本在住の自国民に対して、八〇キロ圏外への避難を勧告した。コンパスを回してみると、福島県は会津地方以外はすべて八〇キロ圏内だ。米国以外の国々も自国民に対して日本からの退避を勧めている。

弦書房小野静男さんが安否を訊ねてくれたことを知る。

三月十九日　仮にAさんとしよう。Aさんは、東電福島第一原発一号機で最初の爆発事故があった翌十三日、東電の下請け会社（協力会社とも言うようだが）から呼び出され、十三日午後から第一原発三号機での作業に従事した。十四日にその三号機でも爆発事故が起き、負傷者が出たと報道された。

　しかし、Aさんの家族はAさんと連絡が取れなくなり、その安否を心配した。まる三日が過ぎて、ようやく下請け会社から家族にAさんの無事が伝えられたものの、Aさんとの直接連絡は認められなかった。これはAさんひとりに限らず、多くの人びとがこうした拘束状態で作業に従事しているのではなかろうかと思われた。

　そうした事実を十六日にB新聞社の知人に話し、取材と調査を依頼した。そのせいではないと思うが、翌十七日、Aさんは丸四日ぶりに勤務を解かれて、家族との電話ができた。しかし、自宅へ帰るまえに福島第一から新潟へ向かい、新潟での被曝検査を経て、十九日になって七日ぶりに帰宅したということだ。

　事故を起こした原子炉近傍の、放射線量の高い場所での作業には大量被曝の危険が伴う。交代しながらの作業だとしても、四日間も継続して拘束し、一日にビスケット十枚とペットボトルの水一本だけの食事しか与えられない日もあったという苛酷な勤務は、いかに非常な事態でのこととはいっても許されることではない。

三月二十日　友人、知人、姉妹たちに現況を知らせる。枝野官房長官が、東電福島第一の廃炉の見通しを表明した。

三月二十一日　福島市や飯舘村などの水道水、各地の原乳から基準値を超える放射性ヨウ素、セシウムが検出された。

三月二十二日　弟と福島市内を散歩。3・11以後、わたしたちは奇妙な日々を生きている。なぜこのような、すくなくとも自分で選んだ日々とは異なる、不本意な日々を過ごしつづけなければならないのか、納得できないのである。憤懣やるかたない思いでいる。

　南相馬市原町区の水道水から、乳児の摂取指標値一〇〇ベクレル／kgを上回る放射性ヨウ素が検出されたため、市は乳児の水道水摂取を制限した。のち、三十日に制限は解除された。四月五日以後は検出されていないという。

三月二十三日　一号機の圧力容器内の温度が想定温度を上まわる三九四度に上昇したと発表。〈想定外〉とはたいへん便利な責任逃れの口実になっている。福島県は、ほうれん草など県内産野菜五十品目の出荷と摂取とを控えるよう、生産者と消費者に要請した。福島市内を自転車の前籠に「これからホーレン草を買いに行きます」と書いた紙を貼り付けて走っていた女性を見たと、聞いた。

三月二十四日　弟夫婦は、自宅へいったん戻り、そのあとは新座市に住む息子の家に移って避難生活をつづけるという。
　三号機で作業員三人が被曝する。
三月二十五日　枝野官房長官は、二〇～三〇キロの屋内退避区域内の市町村住民に対して、自主避難を促す方針を表明した。屋内退避区域のため公共交通、運送、郵便などの業務が停止されていることを理由に、生活面での不自由さが大きくなっていることを考慮してのことだというのだが、根柢にあやしい発想があるのではないかと、わたしのような疑りぶかい者は考えてしまう。公的な援助を受けないでどれだけの住民がどれほどの時間で区域外へ退去できるかというデータを南相馬市民の行動から得ようという実験ではないのかと疑うのである。
三月二十六日　『詩と思想』七月号の原稿「穴」を編集部に送る。3・11以前にほぼ書き終えていた作品だったが、原発事故後に四十字ほどを書き加えて完成とした。
　第一原発近くの海水から高濃度の放射性ヨウ素を検出。
　きょうとあす、いわき市で反原発集会が予定されていた。開催できただろうか。講師・パネラーのひとりとして、第一原発でのプルサーマル使用を拒絶しつづけた前知事佐藤栄佐久(えいさく)さんも参加するはずだった。
三月二十七、二十八日　妻と福島市内を散歩かたがた食品を買い求める。第一原発の各建屋地下のたまり水が高濃度に汚染されていること、また、敷地内土壌からプルトニウムが検出されたことが明らかになる。これは燃料が損傷して、閉じこめる機能がダメージを受けている結果だろう。
三月二十九日　朝八時二十分福島発相馬行き、夕刻六時二十五分相馬発福島行きバスを使って、妻と自宅へ戻る。避難先で実際に必要なものはなにかを事前に考えていなかったので、十五日に急いで家を出たときに持ち出したものには、役立たないものが意外に多かったのである。安否を尋ねるメールがいくつか届いていた。
　鹿島区小島田付近は海岸から三キロほども離れているが、おそらく烏崎や右田浜が津波によって全滅した様子をうかがわせる光景が、そこには拡がっていて、その異様さにことばもなく、息を呑むしかなかった。烏崎港の漁船は全滅とか。
三月三十日　妻と八木田を散歩。福島県知事が県内全原発の再開を認めないと表明。東電会長が福島第一の四機を廃炉にせざるをえないと表明。

四月一日　妻と曾根田方面で散歩と買い物。IAEAが、飯舘村で避難基準を上回る放射性物質が検出されたと発表。

四月二日　弟夫婦が南相馬市に戻って一泊するというので、同行して自宅に帰る。パソコンに保存している文書データの整理をおこなう。「詩論集」「詩人論集」「詩集論集」「井土霊山」「大曲駒村」をプリントアウトする。「相馬地方と近代文学」ほかまでは手が回らなかった。三日、かかりつけの医院が休診中なので市立病院で薬の処方箋を作成してもらう。

四月七日現在で、南相馬市では病院・医院が十、歯科医九、眼科医二院が診察をしているものの、曜日や時間を限定した診療だ。重篤な疾患には対応できない状況とのこと。

四月四日　第一原発施設内の汚染水を海へ放水開始。その結果か、後日、茨城県沖のコウナゴから放射線物質を検出。

四月六日　コールサック社鈴木比佐雄さんから「原発詩文集」を出版したいとの申し出があり、許諾する。高橋与実さんからアーサー・ビナードさんのことで連絡がある。東電第一原発一号機に、水素爆発を防ぐための窒素注入を開始。

四月七日　「難民ノート　—脱出まで」をコールサック社へ発送。深夜、宮城県沖を震源とする、福島県で震度五強の余震があった。この地震によって、六ヶ所村の核燃再処理工場や東北電力東通原発、女川原発で電源の遮断や、冷却機能の損失などがある。地震や津波への対応が不十分なのは、東電第一に限ったことではない。〈想定外〉を想定できないのであれば、原発の操業をしてはならない。

四月九日　子どもたちと姪たちが見舞いに来る。

四月十日　鈴木比佐雄さん、カメラマンの福田文昭さんと南相馬市へ向かう。前日、鈴木さんは出身地であるいわき市薄磯に立ち寄って、津波被害の惨状ぶりを目に焼き付けてきたという。勤務していた原町高校、警戒区域に指定されている小高区に入る。津波の被害は町内の岡田通りにまで及んだそうだ。埴谷雄高さんの本籍地のあたりはどうだろう。地雲雀ヶ原などを案内したあと、相馬野馬追の会場設立に関与した埴谷島尾記念文学資料館は、外から見たところでは無事らしい。ただ、地震によって、収集した資料、なかでも埴谷雄高さんから寄贈いただいた蔵書などが書架から落下し散乱した状態のまま、担当者の寺田亮さんも緊急避難したのではないかと思われる。今後、これらの資料をどうすべきか、考えなければならない問題だ。海側に向かうと、六号国道を過ぎたあたりから、津波の爪痕がなまなましい。松本義治さんの家がある川原田は壊滅状態だ。大井も平地の家は損壊しているが、山尾良雄さん宅や島尾敏雄さんの本籍地は無事の様子。避難区域の行方不明者捜索がようやく始められ、塚原でも防護服を着用して作業が行われていた。塚原には担任した生徒の実家があったが、あとかたもない。塚原から小沢へ向かったものの、路上の瓦礫が未処理のため、引き返す。小沢や、そこまでは行けなかったが浦尻などにも担任した生徒の実家がある。戻って、鶴谷（つるがい）の検問所から高（たか）を経由して六号国道を北上する。新田川（にいだ）流域も国道を境に海側に被害が見られる。鹿島区小島田から烏崎へ向かうと大内では家を補修している人がいた。屋内退避区域外なのでできるのだろう。真野（まの）川河口にかかる真島橋が無事なので、そこから周囲を望んだ。かつての烏崎や右田のたたずまいを知るものにとって、思いだすたびに涙が浮かんでくる光景が、そこにはあった。原町第一小学校に設けられた避難所を訪れてみる。ここに避難している人の多くは、行方不明の家族がいて、一刻も早く情報を得たいとの思いを抱いている避難区域の人びとだそうだ。

鴉舞う無人の小高町商店街

四月十一日　震災から一カ月。

四月十二日　妻を同伴して石井雄二さんと会う。彼とは何年ぶりだろうか。政府は、福島第一原発事故を原発事故で最悪のチェルノブイリ事故と同じ「レベル7」と評価した。

四月十三日　詩「見える災厄　見えない災厄」を『いのちの籠』の甲田四郎さんに、『福島原発難民』の「あとがき」を鈴木比佐雄さんに送る。

三月十一日の津波の相馬での高さは九・三メートル超だったという。この大津波によって、福島県内の二三、二六七世帯が浸水被害をこうむり、七二、五〇〇人以上が被災した。

四月十五日　友人の佐藤禀一さんの招待を受け妻同伴で福島市渡利の花見山に行く。

南相馬市小高区に飯崎（はんさき）という集落がある。海岸平地に阿武隈山地が落ち込んでいるその先端部分にあたる。現在の海岸平地が海だったころには、飯崎は岬だったにちがいない。その丘に小さな墓地があって、中央に樹齢三百年といわれるベニシダレがある。樹高十二メートル、傘状にひろがっている枝振りは三百平方メートルもあって、墓地をすっぽりと包んでいる。写真家の幸野収三さんによれば、これだけの大樹なのに支柱が一本もないことがすばらしいという。わたしがすきなのは、夕陽によっていっそう妖しく染めあげられる時刻に西方から見る佇まいである。小高区全体が避難区域に指定されたため、ことしは見る人なしに爛漫と花をつけることだろうと、飯崎の枝垂れ桜ファンである佐藤禀一さんにはがきを届けたところ、花見山公園にわたしたち夫婦を招待してくれたのである。さまざまな咲き競う花ばなを楽しみながら、阿武隈山地のむこうとこちらとはまったくの別世界としか思えない。わずか二、三〇キロ東の山村の風景や、わずか四、五〇キロ東の海辺の風景との差異。

はらまち旅行社が原ノ町駅前から仙台駅東口行き直行バスの運行を開始した。原町区は屋内退避区域のため、公共交通機関がすべて運休となって、陸の孤島状態だった。

四月十六日　清流出版社の高橋与実さん経由で、ビナードさんのエッセイ集が届く。コールサック社から『福島原発難民』のゲラ刷りが届く。

文部科学省は、第一原発からの二〇キロ圏外では、十五日までの積算放射線量がもっとも高いのは浪江町赤宇木（あこうぎ）で一七、〇一〇マイクロシーベルト、また飯舘村長泥で九、八五〇マイクロシーベルトで、一方、南相馬市は四九五マイクロシーベルト、福島市は五九六マイクロシーベルトと公表。

四月十八日　『福島原発難民』初校責了、ゲラ返送。新藤謙さんが帯文を書いてくださった。

四月十九日　義姉の家での避難生活にひとまずの区切りをつけ、自宅に戻る。三十五日間も厄介になった。感謝。

四月二十日　ビナードさんと電話で話す。

四月二十一日　文化放送の朝の番組「吉田照美　ソコダイジナトコ」で、ビナードさんがわたしの詩「みなみ風吹く日」を紹介したはず。

『北緯37度25分の風とカナリア』の増刷が決まる。

きょうは、南相馬市民文化会館を会場にして、ヴァイオリンを相澤広隆、ピアノをレオポルド・リップシュタインが演奏する「室内楽の夕べ」が予定されていた。ベートーヴェンとグリークの「ヴァイオリンソナタ」やリストの「ハンガリー狂詩曲」を聴けるはずだったが、屋内退避区域のため、中止となった。四月二十九日にも、このホールの名誉館長である舘野泉の「ピアノリサイタル」が予定されていたものの、これも中止。原発事故のせいで、楽しみが奪われた。

四月二十二日　原子力災害対策特別措置法に基づく指定によって、南相馬市は次の四区域に区分された。

1、警戒区域

小高区全域

原町区小沢、堤谷、江井、下江井、小木迫、鶴谷

高のうち字町田、北ノ内、北河原、山梨、高田、

舘ノ内、弥勒堂、薬師堂、御稲荷

花木内、鍛冶内、中平、大久保前、原、権現壇、

高林

米々沢、小浜（間形沢を除く）、雫のうち字袖原

大甕のうち字田堤、森合、森合東、観音前

2、計画的避難区域

原町区片倉のうち字行津、大原のうち字和田城

馬場のうち字五台山、横川、薬師岳

高倉のうち字助常、吹屋峠、七曲、森、枯木森

3、緊急時避難準備区域

原町区のその他の地区

鹿島区のおおむね真野川以南

4、無指定区域

鹿島区のおおむね真野川以北

人口七万一千人ほどの自治体住民が、その居住地によって四つの異なった対応を求められることとなった。しかも、これまで、雫のうち字袖原、大甕のうち字田堤、森合、森合東、観音前は二〇キロ圏外とされていたのに、あらたに警戒区域に含まれた。一方、高のうちのその他の区域と益田は警戒区域から緊急時避難準備区域へと変更された。そのため、住民のあいだで混乱が起きている。

三月下旬ごろには市域内に残っていたのは一万人ほどだったと市は推測している。現在は三分の一から半数に近い住民が戻ってきているらしい。

きょうから、退避区域外の市内鹿島区の小中学校、体育館などで授業を再開した。児童生徒の通学のためにバス二十四台を二往復させるとのこと。原町高校など市内五高校の生徒は、県内外各地の高校に分散して学習する。医療に限らず、教育も機能できない状況だ。原発事故の影響は社会の存立を脅かすほど広く、そして深刻である。

警戒区域に指定され、立ち入り禁止となった飯崎の枝垂れ桜はいまがちょうど見ごろ。ことしの桜は墓地に埋葬されている死者たちを慰め、そして、五キロ東の塚原や村上で暮らしていて津波に呑まれた人々を慰めるためにのみ咲いていることだろう。生者は見てはいけない桜なのだろう。人がいなくとも、花は咲くのである。

文部科学省は、大熊町夫沢の大気中から毎時一一〇マイクロシーベルトの放射線量を観測したと公表した。単純計算で年間九六万マイクロシーベルト超だ。

十九日に手続きをしていたので、きょう郵便物四十通あまりを受けとる。

四月二十三日　『いのちの籠』の「あとがき」を甲田四郎さんにメールに添付して送信。甲田さんにはたいへんなご心配をいただいた。ありがたいことだ。

かつては夕方にカラスの群れが市街地上空を移動するのを見ることがつねで、日中は市街地でその姿を見ることはまれだった。一カ月が過ぎて帰宅後に気づいたことは、市街地にカラスの群れが日中もいることである。市街地に住民が少なくなったためであろうか、あるいはカラスの餌になるものが置き捨てられているのでもあろうか。カラスの行動様式が変わっているようだ。

放置された飼い犬が野犬化していて、夜は危険だという。盗難など犯罪被害があったとは聞いていない。治安が保たれていることを市民として誇らしく思う。

四月二十四日　日本ペンクラブのアンケートに答えた内容

被害状況・生活状況について

i　津波による被害　なし

ii　地震による被害　軽微

a．家屋の損傷

浴室壁面のタイルに筋交いの亀裂が入り、一部が剝落

b．その他

・棚や戸棚から物品が落下し、陶器・ガラス器などの一部が破損

・書斎・書庫の本棚から多数の書籍等が落下し、散乱

・震災直後は電話・インターネットが使用不能、新聞の宅配なし

iii 原発事故による被害

居住地は、東京電力福島第一原発から20～30㎞圏内にあるため、

三月十五日に屋内退避の指示が出され、

四月二十二日に緊急時避難準備区域とされた。

三月十五日、屋内退避指示が出されるまえに、独自の判断によって福島市の親戚宅へ移り、四月十九日まで三十五日間の避難生活をした。

現在は自宅に戻っている。

原発事故処理が終熄しないため、屋内退避指示区域は陸の孤島状態である。

a. 交通機関

・JR常磐線　四倉・亘理間は復旧の見通しなし。

・バス　30㎞圏内への路線はすべて運休されている。

b. 郵便物等

郵便物を受けとるためには、郵便事業会社原町支店で受けとりたいとの手続きをしたうえで、原町支店に出向いて受けとらねばならない。混んでいて小一時間も待たされる。

宅配便は、これも手続きをしたうえで30㎞圏外の営業所へ出向かねば受けとれない。

新聞は宅配されないため、コンビニで買っている。

c. その他

食品、ガソリンなど一時は入手が困難だったが、現在はさほど不自由はしていない。

ただ、福島市と比較して物価が高い。

＊医療や教育などの問題については触れなかった。

四月二十五日　弟夫婦も帰宅。当分は自宅と息子の家とを往き来するつもりらしい。きのう、三姉妹に電話する。

原子炉は冷却して安定させなければならないはずのものなのに、冷却しているとは思えない状態が続いている。ところが、原子力安全・保安院は、一号機の燃料を冷却するため圧力容器に注入している水が格納容器に漏れだして溜まった結果、「水棺」状態になっているとの見方を示した。

警戒区域内の小高区で死んでいた乳牛八頭に衛生処置をおこなった。所有者の同意が得られれば、生きている家畜の殺処分をおこなうことになる。水俣病訴訟団を写した写真集を見ると、訴訟団の人びとは「水俣死民」とプリントしたゼッケンを付け、「怨　水俣病死民会議」と書いたむしろ旗を掲げている。

この先、わたしたちは「原発死民」となるのだろうか。

半径 20㎞付近の農家牛小屋

原発とは四十年来のつきあいだ。ちょっとやそっとでは、つきあいをやめるわけにはいかない関係なのかもしれない。

四月二十六日　きょうはチェルノブイリ事故二十五年の日。

　原発はクリーンで安全で安価な発電方法だと言うテレビＣＭが姿を消して、かわりに繰り返しオンエアされているのが「日本は強い国」「日本の強さは団結力」「ニッポン、ガンバレ」だ。どちらのスポンサーも同じではないのか。「挙国一致」ということばは、こども時分に耳にたこができるほど聞いたスローガンだ。こんなことばには騙されちゃいけない。「がんばろう東北」「がんばろう福島」「がんばろう南相馬」とも言われているが、とてもそんな気分ではない。

　人はもっと謙虚になって、自然とおりあいをつけながらどう生きるべきかを、この機会に考えなおすことを求められているのだと、わたしには思える。

四月二十七日　駒場内科医院に行く。東電は原子炉炉心の損傷程度を、一号機が五五％、二号機が三五％、三号機が三〇％と推定されると発表した。さきに、東電の原子力・立地本部長代理は、一号機の炉心が「どろどろに溶けてぼたぼたとたまっている状態」である可能性を認める発言をしている。

　西部本社発行『夕刊読売新聞』に、『北緯37度25分の風とカナリア』が増刷されるとの記事が載る。

四月二十八日　大震災四十九日。被災地の多くの寺院で追悼法要が行われた。

四月二十九日　小佐古敏荘内閣官房参与（放射線安全学）は政府の原発事故への対応は場当たり的で事態の収束を遅らせていると抗議して、辞任した。特に、文部科学省が学校での屋外活動を制限する基準を年間二〇ミリシーベルトとしたことに対して、この被曝数値は原発業務従事者にとっても高いものであって、乳児、幼児、小学生にあてはめることは研究者として認めることができないと述べた。

四月三十日　埴谷島尾記念文学資料館担当者の寺田亮さんから電話がある。彼は家を失ったうえに、死亡者収容作業にも出たということで、深い傷をこころに負っているようだ。資料館内部の状態は、展示室の展示ケースが壊れたり、額装の展示物で落下したものがあること、収蔵庫内部は、資料が書架から落下し、散乱した状態のままだということだ。資料館が第一原発事故の避難区域内にあることと、担当者をはじめ市職員は緊急を必要とする業務に優先して配置されているため、館内の整理にはまだ手が着けられないでいるのだ。できるだけ早く市立中央図書館の書庫に移して管理できるようにするため、機会を得て安斎館長と話し合いたい。

福島県内各地で測定したこの日の放射線量の最高値、福島市一・六三、郡山市一・五八、白河市〇・六四、会津若松市〇・二〇、南相馬市〇・五二、いわき市〇・二七、飯舘村三・二五マイクロシーベルト／時

この日現在、震災による福島県内の死者一四九六人、行方不明者一一七五人、合計二六七一人、うち南相馬市の人数はそれぞれ五一八人、八一〇人、一三二八人を数える。ほぼ半数が南相馬市民である。

＊見舞いと激励に感謝して。

（『新現代詩』第十三号、新現代詩の会・二〇一一年六月二十日）

二章　キエフ　モスクワ　一九九四年

（編註）本章は前掲『イメージのなかの都市　非詩集成Ⅰ』に「キエフ・モスクワ」として収録されているため省略した。

墓地を横切る半径20㎞の境界線

福島から見える大飯

敦賀からは小浜線の乗客となる。右手に若狭湾の入江や三方湖の風物を眺めながら、のんびりと走る電車に身を委せる。ふるくから京都文化圏周縁の位置にあった土地柄が醸しだしているものが感じられる。だが、一方で、この福井県若狭地方は福島県浜通り地方とならぶ原発密集地帯でもある。東から敦賀一・二号炉、ふげん、もんじゅ、美浜一〜三号炉、大飯一〜四号炉、高浜一〜四号炉、あわせて十五基もの原発が林立している。発電所は人目をさえぎって海岸丘陵の陰に立地されているが、高圧送電線がそのありかを教えている。

小浜で下車する。港の方角に歩いて行くと、魚屋がならぶ市場があった。売りものでは、さすが鯖街道の始点だけあって、焼き鯖が目につく。鯖を丸ごと焼いて売っているのである。食べてみたいと思う。港から蘇洞門めぐりの遊覧船に乗る。乗客はほかに五、六人。内外海半島の断崖を船から眺めようというのである。親子亀岩、唐船島、獅子岩、大門、小門などと名づけられた海蝕崖を見物する。

蘇洞門のあたりからは小浜湾口の対岸に、港からは山かげになっていた大飯原発の全貌が見てとれる。ドーム型の炉とサイロ型の炉それぞれ二基と付属建屋が、日本海に向かってちょうど両手をさしのべたような二つの尾根にかかえ込まれたかたちで、それはあった。なぜこんな地形が敷地として選ばれたのかという問いに対し、原発がここに〈ある〉ということ自体がそのまま答えになっていることが、じゅうぶん納得できるのだった。それでも、それにもかかわらず、原子炉事故の災害評価を専門とする原子核物理学者瀬尾健のシミュレーション（『原発事故…その時、あなたは！』風媒社・一九九五年）によれば、大飯二号炉で破局的事故が発生した場合の被害はショッキングである。すなわち、風下にあたった場合に住民の九〇％以上が急性死するエリア内の、小浜市三万四千人、高浜町一万二千人、大飯町六千三百人、名田庄村三千二百人、上中町七千三百人がその該当者になり、さらに、急性死の確率九〇〜五〇％の距離にある舞鶴市で六万九千人の急性死が見込まれるというのだ。加えて、晩発生の影響、つまり癌による死者が、近畿圏を中心とする三百七十八万人に達するという恐るべき被害が想定されている。チェルノブイリのケースにてらしてみても、この選ばれた地形であってさえシェルターの役目を果たすものではないことが推測できる。

　こころなごませる風景の背後に隠れているものを透視する想像力をわたしたちは持たねばならない。


　右の文章は、チェルノブイリを訪問した三年後、阪神・淡路大震災があった二年後の一九九七年三月にひとり旅の記録として書いた「神戸・福井・丸岡」（『イメージのなかの都市』二〇〇二年、所収）の一部である。大飯原発を海側から見ることを目的に蘇洞門観光の船に乗ってから十五年が過ぎた。昨年三月に福島第一で〈核災〉（以下、原発事故を〈核災〉と表記する）があって、チェルノブイリ〈核災〉と阪神・淡路震災と津波とがいっきに襲う大災難を蒙って、福島県民に限らず周辺の多数の住民に被害が及び、その終熄に見とおしが立たない状況のなかで住民は苦しみつづけている。福島第一の六号炉で過酷事故が発生した場合には、瀬尾健によるシミュレーションによれば、風向きによっては南相馬市民の三六パーセント、二万六千人が急性死するという。いま読み返してみると、恐ろしいほどのリアリティーを感じてしまう。

　菅直人前首相は原発への依存度を計画的、段階的に下げ、将来は原発を廃止すると明言した。ところが、福島第一〈核災〉の徹底的な検証と総括がなされることもなく、また、中長期の原発政策が決定しないまま、野田政権のエネルギー基本計画の見直しを検討している審議会などでは原発推進派が大勢を占め、定期検査のため運転を停止している原発を再稼働しようとしている。四月五日には経産省原子力安全・保安院は、三〇項目の緊急安全対策がとられていることを暫定的な基準とする再稼働の条件を政府に提出した。翌六日の関係閣僚会合はこれを承認し、わずか一週間後の十三日、関係閣僚会合は大飯原発が再稼働の条件を満たしているとの判断を下した。ところが、実際には、防波堤のかさ上げ工事や、水素ガスを除去する水素再結合装置の設置は二〇一三年度、免震重要棟の完成は二〇一六年度までかかり、外部へ放出する放射性物質を減らすフィルター付きベントの取り付け時期は見通しが立っていないという。その間に〈核災〉が発生した場合の対策がなかったり不備であったりするまま、まず再稼働ありきと、〈核災〉が発生すれば「集団自殺」へと至る道を突き進んでいるというのが野田内閣の姿勢である。

　理論的最悪事態は偶然にも回避できた。しかし、この次はどうだろう。めぐまれた自然とゆたかな風土のなかで暮らせない事態を招くような選択を、わたしたちはしていいのか。

四月におこなわれた世論調査では、大飯三、四号機を再稼働することに反対が五五パーセントなのに対して、賛成は三〇パーセント足らずである。また、政府が決めた暫定的な安全基準を信頼できないが七〇パーセント、信頼するは二〇パーセント足らずの結果が出たのも当然である。

電力会社と、そこに発生する利権に群がる政官財、司法、軍、メガバンク、メディア、御用学者、地方自治体などなどが一体となって犯した福島第一の〈核災〉という犯罪は、いまだに起訴もされないで放置されている。その原因者たちは反省してみずからの責任をとるどころか、そのまま居座って、〈核災〉以前の体制を維持しようと画策しているらしい。

かつて、原発を誘致してその温排水を利用した温泉つき老人養護施設を建設し、放射性物質が漏出したときにはその入所者に除染作業をしてもらおうという戯画的な詩「海辺からのたより　二」（『海のほうへ　海のほうから』花神社・一九八七年、所収）を書いた。いま自分が判事なら、地上と海中とを汚染して全生物の生存を将来にわたっておびやかしている行為を有罪とし、原因者たち全員に対して福島第一での除染作業に従事する終身刑を言い渡したいと考えている。

（『いのちの籠』第二十一号、戦争と平和を考える詩の会・二〇一二年六月二十五日）

広島で。〈核災地〉福島、から。

1、はじめに

平和記念式典をはじめ、広島市内ではさまざまな慰霊や反核の催しが行われていて、あらためて、核によるいたましい災害の後遺が六十七年後のいまも続いていることを、身を以て感じています。

一週間まえの七月三十日の「朝日歌壇」で、アメリカ在住の大竹幾久子の、「あれしきの被曝で何を騒ぐかと言ってはならぬ我は被爆者」という一首が目に止まった。選者の永田和宏は「重い歌だ。原発事故による被曝量を聞いて、被爆者としては『あれしき』と言いたくなることも。何ごとにせよ、つい『私に比べたら』と言いたくなるものだが、『言ってはならぬ』という厳しさは全てに通じる。」と評している。

原爆死没者名簿に登載された広島の二八万人を超える方

がた、長崎の一五万人を超える方がた、その後六十七年のあいだ被爆による病でいまも苦しんでいる人びとと比べれば、「あれしき」ということになるのは当然なのだろう。

広島・長崎と、同列に福島を語ることができるのか、あるいは、同列に扱うことに意味があるのか、という疑問を抱いている人が少なからずいるのではないかと感じています。

核兵器は核エネルギーの悪用であり、核の軍事利用の副産物である〈核発電〉は核エネルギーの誤用と言われている。

そこで、わたしは原発を〈核発電〉、原発事故を〈核災〉と言うことにしている。その理由は、おなじ核エネルギーなのにあたかも別物であるかのように〈原子力発電〉と称して人びとを偽っていることをあきらかにするため、〈核発電〉という表現をもちいて、〈核爆弾〉と〈核発電〉とは同根のものであると意識するためである。

さらに、〈原発事故〉は、単なる事故として当事者だけにとどまらないで、空間的にも時間的にも広範囲に影響を及ぼす〈核による構造的な人災〉であるとの認識から〈核災〉と言っている。チェルノブイリ核災から二十六年だが、まだ〈終熄〉してはいない。福島核災は始まったばかりで、二十六年後に〈終熄〉していることはないだろう。おそらく、六十七年後になっても〈終熄〉していることはないだろう。まったく先が見えない災害なのである。

「原発を問う民衆法廷、郡山」で意見陳述人になったことで、判事として出廷していた「8・6ヒロシマ平和のつどい2012」共同代表の田中利幸さんからの声掛かりがあって、わたしは、いま、ここにいます。広島の皆さんといっしょに考えることによって、共有可能なものを見いだすことができるのではないかと、考えています。

2、〈核施設〉の危険性を認識しながら国策として推進した問題

〈核発電〉施設建設推進側は、その扱いにくさ、危険性をはじめから十分に認識していて、一九六四年に原子力委員会が決定した『原子炉立地審査指針及びその適用に関する判断のめやすについて』で、「(重大な事故を超えるような仮想事故(略)の発生を仮想しても、周辺の公衆に著しい放射線災害を与えない」ために、「原子炉敷地は、人口密集地帯からある距離だけ離れていること」が必要だとして、「原子炉の周囲は(略)非居住区域であること」、「非居住区域の外側の地帯は、低人口地帯であること」と定めている。

七一年、青森県下北半島、六ヶ所村・東通村、大間町
九七年、福井県小浜湾、大飯原発

を訪ね、経済格差を利用して第一次産業も成立しにくい過疎地を狙い撃ちしたのだと確信した。

福島第一の敷地の大部分は旧日本陸軍飛行場跡地で、住民が見向きもしなかったものを、国土計画興業（堤康次郎・堤義明）が三万円で払い下げをうけて、一部で塩田事業をおこなっていた。これを一万倍の三億円で東電に転売し、住民が知らないうちに建設計画を決定していたのである。

過疎地住民に対する差別は〈核災〉発生後の対応によって、よりいっそう深刻になっている。立地自治体と周辺自治体、指定地域内と外、自治体内の分断、〈核発電〉施設周辺の被害者住民を差別することによって住民同士を対立させようとしている。

政府は、水俣病被害者の救済申請を七月末に締め切ったが、〈核災〉でも同じ手法が使われている。

一九四四年九月十八日、ルーズベルト米大統領とチャーチル英首相が「（原爆は）おそらく日本人に対して使用されるかもしれない」と合意したことにも人種的偏見があったことだろう。

3、〈核施設〉の危険性を認識しながら、十全な対策を講じなかった問題

一九七二年にアメリカの原子力委員会は、マークⅠ沸騰水型は格納容器が小さいため、水素がたまって爆発した場合には損傷しやすいので、使用を止めるべきだと警告している。

しかし、こうした警告を無視して、「外的事象」は過酷事故対策の対象にはしないとか、複数の炉が同時に損傷することはないなどと過小に想定して、一九九二年に原子力安全委員会は「日本では過酷事故は起きない」と無責任に断じて、経済性を最優先にして、十全な事故対策を講ずることはなかった。

二〇〇八年、東電は一五・七メートルの津波を試算しながら、対策を講じなかった。

二〇一〇年一〇月、原子力保安院は「自然災害が原子力災害を起こす可能性はほぼ0に等しい」と表明する。など など。このようにみずからに都合のいい判断をして、対策を意図的に先送りした結果がいまの事態である。

昨年四月七日の深夜、宮城県沖を震源とする3・11後の余震があった。この地震によって六ヶ所村の核燃再処理工場や東北電力東通と女川で電源の遮断や冷却機能の損失な

どがあった。地震や津波への対応が不十分なのは東電第一に限ったことではない。

四つのプレートがぶつかりあって形成されているわたしたちの国は、世界有数の火山国・地震国である。〈核発電〉を立地するには計りしれない危険性があることは、今回の震災で実証された。稼働しているかぎり、日常的に事故は発生したし、発生しているのである。

大飯で過酷事故が発生しないと言えるだろうか。

構造物の問題だけでなく、組織の問題として、危機管理体制、防災計画、事前の事故防止策の改善と強化を怠ってきたことが〈核災〉の深刻さを増大させている。

4、〈核災〉発生後の指示、住民への対処の問題

この問題については、政府も福島県も無策だったという、国会事故調の批判に同意する。

昨年三月十二日午後二時過ぎには一号機周辺で実際にセシウムを検出した。炉心熔融を確認したことになるのに、しかしその夜、官房長官は炉心熔融の事実には触れなかった。〈核災〉が発生すると、福島第一からの同心円で二km、三km、一〇km、二〇kmと避難指示区域を拡大し、三月十五日、二〇～三〇km圏住民に屋内退避を要請した。(なぜ三〇km圏に避難指示を拡大しなかったのか。)

この日、SPEEDIの予測にもとづく北西二八キロの浪江町津島字赤宇木(あこうぎ)での実測値は、早急に避難すべき毎時三三〇マイクロシーベルトを計測した。しかし、文部科学省ホームページでは地区名を伏せていたため、住民の避難には活かせなかった。また、福島県は予測データを入手しながら削除してしまった。

十七日から十九日に米軍機が上空を飛行して実測した放射線測定データ(汚染地図)が政府に提供されたものの、公表しなかった。(のちの言い訳によると、精度が不明だった、事故の対応と制御に追われていた、などとのことである。)これらのケースは、住民の安全と健康をまったく考慮しない対応だったとしか言いようがない。

それだけではない、十六日、アメリカは五〇マイル圏内の自国民に避難を勧告し、米大使館などの職員家族の自主的な日本国外への避難を認めたのに対し、同じ日、わが国の官房長官は「毎時三三〇マイクロシーベルトはただちに人体に影響を与えるような数値ではない」ので「ご安心を」と語った。この数値は、一般人の平常時年間被曝限度量の実に百二十日分である。三時間そこにいるだけで一年分の限度量を被曝するのである。これは仮に「ただちに人体に

影響を与える数値ではない」にせよ、のちのちに「人体に深刻な影響を確実に与えるにちがいない数値」であって、とても「ご安心を」などとは口にできないはずの数値なのである。

四月十七日、浪江町南津島で毎時五〇〇マイクロシーベルト超を計測した。年間四、三八〇ミリシーベルトに該当する高線量である。さすがに、こうした現実を放置できなくなって、四月二十二日に「計画的避難区域」を、六月三十日に「特定避難勧奨地点」を設定したのである。

「計画的避難区域」「特定避難勧奨地点」指定の根拠にした年間二〇ミリシーベルトは、国際放射線防護委員会（ICRP）が二〇〇七年に緊急事故後の短期間に限って容認した被曝限度量であって、平常時であれば一般人の被曝限度量は年間一ミリシーベルトである。その二〇倍の線量を避難の基準としつづけることは、リスクが高く妥当でないことは明白である。

同心円で引かれた線の外側ではあっても早急に避難すべき場所にいた住民は、危険なレベルの放射線量の高さを知らされず、場所によっては十一月二十五日まで、八カ月以上も放置された。このような対応によって「放置」され、過大な被曝を強いられたのは、浪江町津島のほかに、飯舘村、葛尾村、南相馬市、川俣町、伊達市、川内村などの子どもたちをふくむ多数の住民たちだ。

ヨウ素剤飲用を指示したのは三春町だけだったという事実もある。

ここでさらに問題なのは、福島県中通り、あるいは福島県外にホットスポットの存在を確認していながら、これらを「避難勧奨地点」として指定しなかったことである。無指定区域であっても一年間の積算線量が五ミリシーベルトを超えると推測される場所が広範にあって、福島市・郡山市・二本松市・本宮市などの市域部も含まれていた。これらの地域をふくむ八〇キロ（五〇マイル）圏、つまり、米国が自国民に避難を勧告したエリアを、「避難区域」あるいは「緊急時避難準備区域」として指定すれば、福島県の半分以上（広島県ほどの広さ）が該当する。おそらく、国はこれによる事態を想定したときの社会的影響を恐れて、逆にこの無指定地域よりも放射線量値が低い緊急時避難準備区域の指定を九月三十日に解除することによって逆転状況を解消しようとしたのではなかったかと、わたしは推測している。

場当たり的なこうした対処によって、無指定地域の人びとの不安はいっそう深まっている。自主避難をつづけている多くの人びとがいる。こうして十六万人を超える人びとが福島県内外でいまも避難生活を続けているのである。

八〇キロ圏の百万人もの住民、とりわけリスクの高い子どもたちを危険にさらしている現況は、国民の生命と子どもたちの未来を護るべき責務を放棄した国家による棄民行為であると、わたしは告発するものである。

〈核災〉直後に高濃度で汚染されながら、放射線量が激減した地域があった。これは、半減期が短い放射性ヨウ素による汚染だったのではないかと、わたしは推測している。しかし、表立っての対策があったとは承知していない。子どもたちが甲状腺疾患を発症するのではないかと心配している。

福島第一原発から20km、分断された高集落

放射線医学総合研究所（放医研）による、福島の子ども一、〇八六人の生涯被曝線量を推計したところ、最高値が四二ミリシーベルト、二〇ミリシーベルト以上の大半は二歳以下であること、飯舘村やいわき市のこどもが高めであることがわかったという。（七月十一日、『朝日』）

子ども健康問題への対処は、直後も、その後も誤ったとしか言えないと感じている。

5、〈核災〉発生後の事実の伝達などの問題

住民としてどう対応したか、わたしたちのケース。

昨年三月十一日、夕刻の電話で、近くの海岸一帯の津波による壊滅的被害を知る。これを聞き、自動停止した福島第一のその後の保全がなされているか心配になる。翌日、弟が、福島第一の三基の炉心冷却ができずに制御不能状態だとのニュースをもってきた。わたしたちは最悪のメルトダウンを想定し、脱出を考え身辺整理をはじめた。十四日、一、三号炉で爆発が起き、二号炉も不安定な状態だという情報を弟が得てきて、十五日早朝、福島市に住む妻の姉の家へ向かう。公的な避難指示はなかったので、いわゆる自主避難ということになる。十一日の夕方まで使えた電話、携帯電話、インターネットが不通、十二日から新聞も配達されない。テレビは受信できても、そのまえに座りっきりで居るわけにはいかない。四日間も公的な情報から疎外されていた。三キロ圏、一〇キロ圏、二〇キロ圏へと避難指示が拡大されていることをまったく知らなかった。政府が、

二〇キロから三〇キロ圏の住民に「屋内退避」指示を出したことを知ったのは、福島市に着いたのちのことである。

一カ月あまりが過ぎた四月十五日、文部科学省が公表したこの日までの積算放射線量が、福島市五九六マイクロシーベルト、南相馬市四九五マイクロシーベルトだと知る。そこで十九日、福島市での三十五日間の避難生活を終え、わたしたちは帰宅した。政府は二十二日に「屋内退避区域」を「緊急時避難区域」に指定替えした。

避難指示が出された区域でも、立地自治体と周辺自治体とでは、あきらかに異なった対応を受けている。

〈核災〉発生直後に、浪江町に対して起きている事実を伝達しに行ったのかどうかについて、東電は説得力ある説明をできないでいるようだ。

最近のニュースによると、東電社内のテレビ会議の録画を国会事故調からの要求があっても提出せず、経産相の行政指導にも出し渋って、やっと提出したものは、全記録ではなくて、映像にモザイクを入れ、人名にピー音を被せるなどの処置を施しているそうだ。

また、彼らは、たいへん便利な責任逃れの口実として〈想定外〉ということばを用いたが、専門家であれば恥ずかしくて使用をためらうことばだと思う。〈想定外〉を想定できないのであれば、〈核発電〉の操業をしてはならない。

彼らは、きちんとした検証をせず、不都合な問題には言及を避け、隠し、ごまかし、言い訳し、責任逃れをし、外部批判にはこまかく反論するのを常としてきた。

6、〈核災地〉の現状

わたしたちが住んでいる南相馬市は、ここから先の南は立入禁止、北への公共交通は復旧されていない、地の果てである。

南相馬市は、福島第一から北約一〇キロから四〇キロに位置している。その二五キロ地点の住民がどんな対応を求められたかを中心に述べよう。

〈核災〉発生四日後の十五日、政府は二〇〜三〇キロ圏住民に「屋内退避」を要請した。家から出ないで閉じこもっていろというのである。たちまち医療・教育などに支障が生じ、物流が止まり、メディアは圏内から記者を退去させるなどの影響が出た。

十七日、市は独自判断によって、屋内退避圏の市民を県外へ避難させるためのバスを用意するなどの対応をとる。

二十五日になって、ようやく政府は、屋内退避を要請していた地域の住民に「自主避難」を促すよう指示を発した。

「自主避難」とは、逃げられる者は逃げ、逃げられない者は留まれという、判断を住民に丸投げをした行政不在の無責任な要求である。

次に、四月二十二日に指定替えされた「緊急時避難準備区域」とは、緊急に際して自力での避難を前提とするため、子ども・要介護者・入院患者の在住を基本的には認めず、教育機関を休校・休園にするというのである。このため、医療・福祉・教育が崩壊し、経済・交通など市民生活を支える機能が破壊されてしまった。一時は七万一千人の人口が一万人台にまで激減したと言われている。文字どおりのゴーストタウンになったのである。

同じ四月二十二日の「計画的避難区域」「特定避難勧奨地点」の追加指定によって、市内は無指定地区とあわせて五つの地区に分断され、それぞれ異なった対応を強制された。

この指定の五カ月後、九月三十日に政府は「緊急時避難準備区域」の指定を解除し、一部教育機関の再開と一部医療機関の入院患者受け入れなどがはじまった。さらに、ことし四月十六日には、これまでの指定区域を解除して、新たに三つの区域に再編した。つまり、現在も市内は指定のない地区とあわせて四地区に分断されているのである。

帰還までに数年を要する「居住制限区域」と五年以上は戻れない「帰宅困難区域」以外の、「避難指示解除準備区域」のほとんどの市民は、インフラの復旧が進捗したのちは希望さえすれば数年以内に居住できることになる。

これは、昨年十二月十六日に野田首相が「冷温停止状態の達成を確認した」とし、「原発事故の〈収束〉」を宣言したこととあわせ、一見したところ、地震・津波の災害と〈核災〉とから順調に回復しているものと受けとめられるかもしれない。しかし、「冷温停止の確認」ができない現状なのに、「冷温停止状態の達成を確認した」と巧妙なことばづかいで偽っているのである。福島〈核災〉はなお進行中で、〈終熄〉などいつのことになるか見通せないのが現状である。

わたしが住んでいるあたりの空間放射線量は、最大時には毎時四、二マイクロシーベルトだったが、最近は毎時〇・三五マイクロシーベルト前後で、無指定地区である福島市や郡山市よりも低いのである。しかし、七月二十四日現在の原町区の空間放射線測定値が毎時〇・一一四マイクロシーベルト以下なのは五十九か所の測定地点のうち除染をおこなった学校の一部など十一か所だけである。

これでは子どもたちが暮らせる環境として承認することは困難だろう。子どものいる家族を中心に避難先から戻らない人が多いのも当然だ。帰りたいけれども帰れないでいる人たちがいる。

六月末の概数では、南相馬市民のうち、自宅に居住している人が約三万五千人、市内外で仮り住まいしている人が約三万人、市外に転出した人が約五千人、死亡または所在不明の人が約二千人ということである。

二年まえの四月とことし四月の市内の児童・生徒数を比較すると、小学生が三、九五二人から一、八六五人に、中学生が一、八九〇人から一、一八九人に、高校生が一、九五〇人から一、一六九人にとそれぞれ半数程度に減少したままである。

また、別の統計によると、四月一日現在で県内の十八歳未満の避難者数三万人のうち、その六分の一強にあたる五、六〇六人が南相馬市の子どもたちだそうだ。

「外に出て、別の場所で生活すればいいのではないか」とか「住んでいるのは、もう大丈夫と思っているからだろう」などと言われるが、それぞれに異なった事情があってのことである。

このように、市民は翻弄されつづけている。

二月十八、十九日に原町区で対話集会や加藤登紀子のコンサートがあったとき、会場内で子どもたちが「いま知りたいこと」として書いたことばのほんの一部を紹介する。

ほうしゃせんを気にしないで外で遊べるのはいつですか？
水道水を飲んでもいいですか
じいちゃんちのすいかをたべていいですか
30キロ以内に子どもがいていいの？
甲状線（ママ）ガンは私たちを死に追いやる病気なのですか
将来、子供が産めますか？
放射能除染の効果が本当にあるかどうか
いつ仙台までの電車が動きますか
原発の状態はほんとうはどうなんですか？
原発はもう爆発しませんか？
今度、津波や地震がきても大丈夫なの？
東電と保安院がついたウソの数

わたしたちの町では十歳前後の子どもたちがこんな思いをかかえて生きているのである。〈むごい〉としか言いようがない。

昨年三月以降、福島県産の農畜産物の出荷を停止し、四月には、警戒区域、計画的避難区域、緊急時避難準備区域での稲作を禁止し、八月には、産米の出荷と販売を禁止し、産米全量の廃棄処分を義務づけた。県内のコメ生産量は四四万五千トンから昨年は三五万三千トンに減少した。ことしも作付け禁止が継続されている。

昨年六月には、相馬市の酪農家が「原発さえなければ」と書き残して死亡したことが伝えられた。畜産酪農家の現状を如実に伝えている。

三〇キロ内の沿岸漁業禁止は、六月末に一〇キロに縮小し、ミズダコ、ヤナギダコ、ツブ貝に限って再開したが、周辺海域での操業は自粛されたままである。

町場も同様だ。かつてはさまざまな店が軒を並べ、たがいに暮しを支えあっている関係がうまく成立していたが、市民の多くが「自主避難」して、ほとんどの商店はシャッターを閉じてしまい、一時的に帰ってきてもまた避難先に戻ったりして、どの家に住民が残っているのか、あるいは不在なのか、近所の人たちでさえ、互いの安否を把握でない状況になっている。〈核発電〉がメルトダウンしたら、周辺の町のコミュニティーもメルトダウンしてしまった。地域文化もメルトダウンした。

事件としてメディアが報道することはなかったものの、〈核災〉による間接的な死や、さまざまなかたちでの被害をわたしは数多く見聞している。津波直後に〈核災〉からの避難を強いられたため行方不明の家族を捜せなかった人、医療機関が閉鎖されたため転院先への搬送途中で死亡した人、透析ができなくなって死亡した人、わずかな身のまわりの品だけを持って行き先を知らされないまま避難バスで脱出した人、仮設住宅での生活のなか言語障害を起こした人、帰宅をあきらめての慣れない環境で精神的に病んでいる人、生きるために家族が離散せざるをえなかった人、ほかにもまだだいて、挙げきれない。

限られた少数の職員で対処しなければならなかった結果、激務のために疲労しきったり、精神的打撃を受けたりして、定年前に依願退職した市職員が、ことしはとりわけ多かったと聞いている。

南相馬市長が四月十二日に語ったことによると、津波による市民の死者は福島県内ではもっとも多い六百三十八人、加えてこの一年間の〈核災〉関連死者は二百六十六人だという。他の市町村をあわせると多くの人びとが不条理な死を強いられているはずだ。悲しむべきことだが、死者は今後もさらに増加してゆくことだろう。〈核災〉は人間の尊厳を奪っているのだ。

将来へのたしかな見通しを持てないなかで、心的外傷後ストレス障害（ＰＴＳＤ）を発症する人がいっそう多くなることだろう。しかし、医療や養護・介護などの復旧にはまだまだ時間がかかりそうだ。

四月十六日以降に昼間だけ立入ができるようになった小高区の旧警戒区域に入ると、一年間手つかずだったため、一年まえに津波が襲った直後の、あるいは地震が襲ったあとの光景が目に飛びこんでくる。汚染された廃棄物は外部に持ち出せない、廃棄物の仮置き場を作るための手続きがすすまない、家のなかを片付けて洗い流そうにも上下水道の復旧見とおしがたたない、そして耕地は荒野に化し、あるいは地盤沈下して水没している。一九九四年に見たプリピャチ以上にひどい状況である。来訪者を案内したが、町なかも田畑も一年まえに時間が止まってしまったままの現況を目にして、だれもが絶句した。

中間貯蔵施設の設置などいつになることか。帰宅困難区域には、いつになったら帰れるのだろう。

立地町である双葉町内のアーチに〈原子力　正しい理解で　豊かなくらし〉〈原子力　郷土の発展　豊かな未来〉というスローガンが掲げられていた。ところが、皮肉なことに、3・11以前の双葉町では、使途を限定された交付金や寄付金によって建設した公共施設を維持する経費が増大した結果、財政が破綻し、そのためにさらに増設を受け入れなくてはならなくなるという底なしの泥沼にはまり込んでいた。そして、いまでは、人が住めない町になって、〈豊かな暮らし〉も〈豊かな未来〉もなくなってしまった。双葉町のアーチのスローガンには、オシフィエンチム強制収容所入口アーチの〈労働は自由をもたらす〉とあい通ずる欺瞞が感じられる。

いま、東電は、被害者の救済を妨害するような対応をしているということだ。

「警戒区域」（この名称は、住民主体であれば「避難区域」と言うべきであるのに、管理する側の発想によって、泥棒が入らないように警戒すべき区域という意味で命名した住民不在の名称である。）から避難している人々と、その周辺のわたしたちの意識とには、大きな隔たりはないだろうと思う。

「日本国憲法」はその前文で「恐怖と欠乏から免れ、平和に生存する権利」、第十三条で「個人としての尊重、生命、自由、幸福追求の権利」、第十四条で「法の下での平等」、第二十五条で「健康で文化的な最低限度の生活の保障・生存権」、第二十六条で「能力に応じて、ひとしく教育を受ける権利」、第二十七条で「勤労の権利」などを保証し、その実現のための義務を国に課している。ところが、わたしたちはこれらからはほど遠い状況下に置かれている。わたしたちが暮らしている国は民主主義国家と自称しているけれども、その実体がなく、とりわけ生活弱者や子どもたちを大事にしない国であることが、今回の〈核災〉とその対処によってあきらかになった。わたしたちは日本国民ではないのか、そう意識してしまうのである。

福島第一４号機燃料貯蔵プールは地震や爆発によって非

常に危険な状態である。このプールには一、五三五体の燃料棒があって、取り出さなければならないのだが、未使用の二〇四体をまず取り出す作業が、七月十八日に始められた。たいへん時間がかかる作業のようだ。使用済み燃料棒の取り出しはさらに困難なことらしい。廃炉にする作業はどんなふうにすすめられるのか。考えただけで気が遠くなるような時間が必要のようだ。あるいは、不可能なのかもしれない。この作業が終了しないうちに地震があったらどうなるのだろう。想像したくない。

中電の社員が、エネルギー政策意見聴取会で「福島第一の事故による放射能で亡くなった人は一人もいない」と言ったそうだ。仮にそうだとしても、幸運に恵まれてのことであったと認識できないとしたら、現実をまったく理解していないとしか思えない。

わたしはチェルノブイリを訪問した一九九四年に、このときの経験をもとに、連詩「かなしみの土地」を書き、〈核災〉難民となった人々の思いを代弁したつもりであった。しかし、そのとき彼らの思いだと思っていたものは現在の自分の思いそのものであるという現実のなかにわたしが置かれていると認識したとき、いや、それ以上にひどいとしか思えない現実を意識したとき、わたしの腸は煮えくりかえって、収まることがなかった。なぜなら、起こるべくして起きた人災であり企業災だと考えられたからである。

また、同じ年に書いたエッセイ「原子力発電所と想像力」では福島第一で〈核災〉が発生したときに周辺住民に及ぶであろう生活上の最悪事態を想定してみた。しかし、3・11から一年あまりのいま、わたしたちが暮らす地域の現実は、十八年まえに想定した最悪事態以上の事態であると、わたしには〈体感〉されている。

原子核物理学者瀬尾健が一九九五年に想定したシミュレーションによると、福島第一の六号炉で破局的事故が発生した場合、風向きによっては南相馬市民の三六パーセント、二万六千人が急性死するという。〈核災〉後のいま読み返してみると、恐ろしいほどのリアリティーを感じてしまう。3・11〈核災〉では、さいわいにも理論上の最悪事態（これは、数シーベルトの被曝による多数の急性死者が周辺住民にでることである）には至らなかった。

これからあとの対処によってはどんな結末となるのか、現段階ではだれにも予測できないであろう。長期化の可能性は大きく、再臨界してチェルノブイリを超える可能性も否定できない。そんな不安を抱えながらわたしたちは生きている。

7、労働者被曝の問題

原発労働者の被曝問題を、その存在を隠しつづけようとしているが、深刻な状況にあると推測される。

報道された福島第一での労働者の死亡事故を捜しだしてみた。

〈核災〉当日の三月十一日に四号機タービン建屋で行方不明になっていた二人の東電社員が三月三十日に遺体で発見された。外傷による出血性ショックが死因という。この日は全電源が喪失したため、ドアの開閉もできなくなったそうだ。命からがら脱出したという作業員が語ったことのまた聞きだが、協力企業の数十人の作業員が建屋内に閉じこめられて死亡したとの噂がある。ある新聞記者にその噂の真偽について尋ねてみたが、否定も肯定もしなかった。〈核災〉による直接的な死者はないとされてはいるものの、実際にはその存在を秘匿して闇に葬っているのではないかと疑うものである。

昨年三月二十四日、三号機タービン建屋地下での作業中、高濃度に汚染された水に三人が足を踏み入れ、くるぶしから下の皮膚に二〜六シーベルトもの高線量を局所被曝する事故が起きている。三人は下請けや孫請け会社の従業員で、年齢は二十代から三十代、健康への影響がなく、治療の必要がないと診断されて、四日後の二十八日に退院したという。生涯の被曝限度量四〇〇ミリシーベルトと比較すると、被曝線量二〜六シーベルトはその五〜一五倍も高く、生命に危険が及ぶ数値なのだが、この三人についてのその後の追跡記事を目にしたことがない。

昨年五月中旬、八月上旬、十月上旬、ことし一月上旬に死者が出ている。これらのケースでは共通して、被曝線量が低く、作業内容と死因とに因果関係は認められないとされている。これ以外にも労働者の死亡が報道されているかもしれないが、おそらくその場合にも被曝を直接の死因とはしていないにちがいない。

〈核災〉後の管理保全には長い時間と膨大な作業量とが必至の要件であるはずだが、こうして原発労働者が大量被曝しては使い捨てられ、将来的に原発内労働に従事できる人を確保できなくなるのではないかと推測される。

8、負の遺産の問題など

〈核災〉終熄のための経費をはじめ、廃炉、放射性廃棄物の処理・保管、被害者への補償などを考えれば、膨大な底なしの経費が必要とされることは必至である。仮に〈核災〉

がなかったとしても、ながい将来にわたって放射線を発生しつづける膨大な量の廃棄物を後代に遺すことは、未来に対するあるまじき犯罪行為と言わねばならない。

役だつ期間は百年たらずなのに、人類にとどまらず全生物に対して地球規模で影響を及ぼす〈核災〉を発生させたことによって、その真の意味での〈終熄〉までは核のゴミを管理し、その後始末の責任を果たすため、人類は、今後、世代を超えて十万年以上も〈存続すべき義務〉を課せられたと言われている。その途方もない時間をわたしたちの末裔は〈存続すべき義務〉を背負いながら、はたして生きつづけていけるだろうか。なぜなら、わたしたちの文明として認知できるものはせいぜい五千年の過去にしかさかのぼれないのだから。となれば、わたしたちは犯した重罪を記憶にとどめ、どうにかして十万年後の人類に伝えていかねばならない。

紙、フィルム、テープ、CD、DVDは十万年後まで、はたして有効なのだろか。ロゼッタ石のようなものを用意しなければならないのだろうか。

加えて、わたしたちは、わたしたちの子孫、十万年後の人類にどんな世界を用意してやらねばならないのかについて、考究し、実行する責務を負ったのである。それだけに、これから来る人びとへの責任を考えた生きかたを、3・11以後の世界を生きるための哲学の構築を、すべてのわたしたちは求められているはずである。

さて、なぜ民主主義的手続きを捨て、国民多数の意志に反してまで〈核発電〉を維持しようとしているのか。あるいは、なぜ再生可能エネルギー発電の研究・開発に及び腰なのか。六月二十日、国会は「原子力規制委員会設置法」を成立させるとき、会期末のどさくさにまぎれて、その「附則」のなかに、上位法である「原子力基本法」に「我が国の安全保障に資する」という文言を入れる法改正を成立させた。これこそが、〈核発電〉を維持して、プルトニウムを生みだす核燃料再処理に日本がこだわる理由なのであろう。表向きは「国民生活を守るため」と言いながら、抑止力としての核を持つために、国民のいのちと未来とを危険にさらそうとしているのである。

〈核発電〉は核の軍事利用の副産物であって、核兵器は核エネルギーの悪用であり、〈核発電〉は核エネルギーの誤用だと言われていることを、最初に紹介した。どうやら、〈核発電〉は無知による誤用などではなく、意識的に誤用しているもののようだ。

〈核発電〉は非人間性を内在させている。

いま、核廃絶を主張するとき、全〈核発電〉の廃絶も主張しなければならないのである。

〈核発電〉を維持するための多額の経費は自然エネルギー発電へのより早い移行を実現するために転用すべきである。

わが国は、プルサーマル、核燃料再処理、高速増殖炉を即刻廃止し、原発輸出から撤退し、地震・津波のリスク、老朽リスクの高い炉から廃炉をすすめ、早急に〈核発電〉ゼロを達成すべきである。

9、〈核災〉原因者に対する思い

半世紀以上にわたって自民党一党独裁と言うべき政治状況が続いたあいだに政治家と官僚との癒着がすすみ、むしろ官僚側が永久政権を掌握したかのようなシステムができあがり、政権交代したはずの現在も〈有効に〉機能している。

電力会社を囲んで、政治家、官僚、メガバンク、日立・東芝・GE、ゼネコン、協力企業、軍、御用学者、御用評論家、マスメディア、地方自治体一体の〈核発電〉推進組織、いわゆる〈原子力村〉が形成されたことにもこうしたシステムが存在していたからであろう。その目的が抑止力としての核を持つことにあるなら、〈原子力村〉の存続をなおさら認めるわけにはいかない。

〈原子力村〉をおびやかす存在は、たとえば、プルサーマル受け入れに反対した佐藤栄佐久前福島県知事や、全原発の廃炉を表明した菅直人前首相のケースのように、こそくな手段で抹殺しようとするのが彼らの常套手段である。

さらに、たとえば、放射性物質を「無主物」と言う東電の主張を認める判決が昨年十月にあるなど、原子力村には司法の府も荷担している。

〈核〉を制御可能と過信し、十全な対策を講じないまま、平和利用であるとか、環境にやさしいとか、安価であるなどと偽って、核抑止力を保持する目的を隠して、国策として推進し、その権益に群がり、事故を隠蔽し、住民を欺いてきた結果として招いた事態を客観的に検証もせず、そのため、住民のいのちと尊厳と未来とを奪い、さらには地球的規模で、しかもながい将来にわたって影響を及ぼす重大な犯罪であることを認識できず、したがって、ましてや責任を取ろうとは考えもせず、権益と地位を守ることのみに汲々としている原因者たちの犯罪には、過失致死罪にとどまらない重大な「人道に対する罪」「人類に対する罪」「全生物に対する罪」というべきものが認められるべきだと、わたしは判断する。

建設推進者・事故当事者と立地自治体住民とを一括非難することは不適切である。騙した側の責任と騙された側の責任はあきらかに異なる。足尾銅山事件の被害者住民、水保チッソ事件の被害者住民に対して、彼らがこうむった被害をみずからが招いたものとしてその責任を追及できるだろうか。むしろ、騙された側は騙した側の責任を問う権利を有しているはずである。

戦争責任を徹底して追及しなかった結果としての現在があると考えるわたしは、将来に禍根を残さないために、〈核災〉の原因者たちの犯罪を明らかにしなければならないと思っている。

福島第一の〈核災〉を承けて、ドイツをはじめとするヨーロッパ諸国で、〈核発電〉大国フランスでさえも、脱〈核発電〉の動きがすすんでいて、他の国ぐににもひろがってゆくことであろう。ところが、国内にはこうした動きに背を向けて、〈核災〉の責任を問われるべき人や組織や思想が、あたかも3・11〈核災〉などはなかったかのように、ものごとを動かしている。六月十六日、〈核災〉からわずか十五カ月後、〈核災〉はこれからいっそう深刻さをましてゆくというのに、政府は「原発を止めたままでは日本の社会は立ちゆかない」ので「国民生活を守るため」という口実で、関電大飯3、4号機の再稼働を決定した。首相はまともに福島とは向きあわず、その現実を直視してはいないのである。

長崎県佐世保の志田昌教という詩人は、その「ヘレン・ケラーのゆびさき」という詩で、「広島を訪れたヘレン・ケラーは／被爆者のケロイドに直に触れ／原爆の悲惨さを理解した」と言い、そのうえで、「目はあっても何も見ることができず／耳はあっても何も聞くことができない」わたしたちと違って、「もしもヘレンがいま福島を訪れ／ゆびさきで大地をなぞったとすれば／どのような叫びがその皮膚を突き抜け／ヘレンの魂を揺さぶることだろう」と想像している。

〈核災〉発生以後、何人の国会議員が福島県相双地方を訪れたことだろうか。野田首相をはじめ、全国会議員が相双地方に来て、その現状をじかに目で見てもらいたい。大地をじかになぞってもらいたいのだ。そして「その皮膚を突き抜け」「魂を揺さぶる」いのちの「叫び」を聞いてほしいのだ。ちいさな命が見え、聞こえるところまで「おりてきて」ほしいのである。そうすれば、再稼働の口実を「国民生活を守るため」などとは言えな

線量計を見る著者

葛が生い繁る小高駅

いはずである。〈核災〉問題には、原発問題に通底する現代が抱えているさまざまな問題、擬似民主主義や権力構造や差別や……が露頭している。

　この集会のスローガンに「福島から広島が学ぶこと」とありますが、むしろ、広島・長崎の人びとの六十七年に及ぶ長い闘いの蓄積から福島のわたしたちが学ぶべきことが多いはずです。広島・長崎と福島とをいっしょに語ることによって、共有可能なものを見いだして将来に生かすことができるはずだと考えています。わたしたちを支えてくださるよう、よろしくお願いします。

（核兵器廃絶をめざすヒロシマの会主催「8・6ヒロシマ国際対話集会―反核の夕べ　2012」二〇一二　年八月六日、広島市民ふれあい交流プラザでの発言のために用意した文章。実際には、この一部だけを　話した。）

四章　戦後民主主義について

始まり？　終わり？

東電福島第一原発で原子炉の冷却機能が失われたとのニュースを知ったとき、わたしは金子光晴『マレー蘭印紀行』のなかの「爪哇(ジャワ)へ」の最後の

　なにごとかが、そこで始まらないでは、をかないのだ。
　なにごとか。――私の、まったくのぞみもしないこと
　までが。

を思い浮かべていた。

　言うまでもなく、金子によってこの一節が書かれたときと、いまわたしに関わって起きていることの状況とはまったく別のものである。それにもかかわらず、「爪哇へ」の一節はそのときのわたしの思いそのままを表現していると思った。

　このような喚起力を文学の力というのだろうか。

　あるいはまた、三谷晃一は詩集『河口まで』の「石榴のいう」で、

なにかが始まってから五千年は経つ。

終わっていいものは終わるころだ。

と言っている。このことばも魅力的だ。

いま、わたしのまえにあるのは、なにかの始まりなのだろうか、あるいはなにかの終わりなのだろうか。そのことを見届けることも文学が存在する意味のひとつであろう。

＊

大震災と原発事故のお見舞いとご心配とをたくさんの方がたからいただきました。このページをお借りして、無事であることをお伝えし、御礼申しあげます。

（『いのちの籠』第十八号　二〇一一年六月二十五日）

年の暮れに

二〇一一年が終わろうとしています。だれの死であろうとも、ひとの死を知ることは悲しいことです。しかも、それが同じ年齢の人であったり、自分よりも若い人の死であったりすると、筆舌に尽くせない思いになります。年の区切りが、なにかの、たとえば気持ちの区切りになるのであればと思うのですが、そうならないことは確かでしょう。それは、家を捨て、仕事を捨てることを強要されて避難生活をしている人にとっても同じでしょう。３・11後をふりかえってみると、わたしには詩やブンガクからはほど遠いところを流離っているとしか思えません。信天翁どもがしでかした〈核発電（げんぱつ）〉の暴発とその後処理のぶざまさになんでつきあいつづけねばならないのかと、くやしい思いです。戦争のさなか、戦争には目もくれずに、江戸川柳の字彙などというどうでもよさそうなことにこだわって、貧乏暮らしを厭わず、その蒐集と研究に没頭した大曲駒村（一八八二〜一九四三年）を手本に、残された数年間は自分がしておくべきと考えていたことを仕上げるための期間として使うつもりでいましたし、いまもそうしたいのです。

だが、撃つべきは撃たねばなりません。

南相馬市の九条の会四団体が共同しておこなった署名活動に、甲田四郎さんのお力によって、多くの会員のみなさんのご賛同を得て、たくさんの署名を頂戴いたしました。総数で一万四千筆に達しようという署名のコピーを十二月に東電本社に突きつけました。一月に首相官邸に原本を提出します。この場をお借りして、御礼申しあげます。

（『いのちの籠』第二十号、二〇一二年二月二十五日）

責任を問い糾すこと

一九四七年五月三日に日本国憲法が施行されたことを記念して、わたしたちの国は五月三日を一九四九年から憲法記念日としてきた。ことしはその第六十四回目である。いま、第九条に限らず、日本国憲法のさまざまな条文の空洞化、形骸化が著しい。なぜだろうか、一九四五年の敗戦ののち、戦争責任を徹底的に問い糾さなかったことに問題があったのではあるまいか。福島第一の〈核災〉を発生させた原因者の責任を徹底的に問い糾す機会を逸してしまうことになれば、悔いを百代ののちに残すことになるだろう。

（『いのちの籠』第二十一号、二〇一一年六月二十五日）

生きるための決断

東電福島第一の核災による放射性物質をふくむ福島県内の廃棄物の中間貯蔵施設を、双葉町、大熊町、楢葉町に建設する計画案を、政府は核災発生の一年五か月後にようやく提示した。岩手県や宮城県の、おそらく平常時レベルの放射線量であるはずの震災瓦礫でさえ、県外での受け入れがほとんど進まない現状を考えれば、立地自治体内に建設するのがもっとも現実的だということだろう。しかし、難航しそうだ。

このあたりには、縄文の貝塚、弥生の集団墓地、古墳時代の装飾壁画、律令時代の郡衙跡が残されていて、ながくおだやかに暮らしが営まれてきた土地である。

双葉町、大熊町、浪江町の一部では十年後になっても年間二〇ミリシーベルトを超える空間線量が予測され、帰還が困難と見込まれている。住民の苦悩は深い。ひとりひとりがみずからの決断を最善の選択であったとして将来を考えねばならないのである。

放射性廃棄物は最終処分するまでの三十年以内の期間、この中間貯蔵施設に置かれることになるのだが、三十年という時間の長さを思わずにはいられない。そして、その先のことは、まるで見えない。

文学的想像力は、それを見ることができるか。

（『いのちの籠』第二十二号、二〇一二年十月二十五日）

教科書を介しての出会い

国語教師をしてよかったと思うことのひとつに、それまで気づかずにいたすぐれた作品に教科書をとおして出会い、生徒たちとそのよろこびを共有する時間を持てたことが挙げられます。教科書というとなにか堅苦しい印象からのがれられませんが、そういった先入見を排除すると、ゆたかな知性の宝庫だと言えましょう。読書は個人的な好みによって偏りがちなものです。わたしの場合もそうでした。そうした偏りを少しでも避けることができたとすれば、それは国語教師をしていたことによってだったと思っています。

石牟礼道子『苦海浄土』にもそんなかたちで出会いました。教材とした教科書にその一節、第三章「ゆき女きき書」のうち「五月」が収載されていたことがきっかけでした。一読して、こんなにもゆたかでうつくしい日本語があったのかとおどろいた記憶は三十年過ぎたいまも新鮮です。豊饒な不知火海の自然と調和し共生している人びとの営みは、人間のさもあるべきもののように思われました。そして、その生活に根ざしたことばの生き生きとした確かさ。この海に文明の毒が潜んでさえいなければ、そこはまさしくこの世界の〈浄土〉とも称せらるべきでしょう。しかし、たとえば下北にしても祝島にしても、あるいは辺野古にしても、そしてまたいま福島にしてもそうですが、わたしたちの文明の毒はうつくしい自然のあるところに吸い寄せられてゆくようです。そして、そこに住む人びとの悲しみによって、自然はいっそうそのうつくしさを際立たせているかのように見えます。ほんとうの詩人とはわたしたちの時代の不条理をうつくしく確かな言語で表現できる彼女のような人を言うのでしょう。一九八三年、長崎での原水禁世界大会に参加後、長崎の茂木から天草を経て水俣へのひとり船旅を思い立ったのは、石牟礼道子の作品に導かれてのことでした。不知火海は書かれているとおりのうつくしい海でした。その海とともに生きている人びとの心にも実際にふれることができました。

池澤夏樹個人編集の世界文学全集に、短篇以外の日本人作品としては、『苦海浄土』三部作だけが入集したことを、わが意を得たとよろこびました。わたしたちにとってなにがかけがえのないものなのかを考えない科学者や技術者ほど危険な存在はありません。彼らにこそ「ゆき女きき書」だけでも読んでほしいと思っています。

不知火海の旅よりさき、柳田国男「清光館哀史」「浜の月夜」に誘われ、一九七一年に同僚のKさんと小子内村を訪ねたことも印象ぶかく思いだされます。小子内は現在は岩手県の太平洋岸ではもっとも北に位置する洋野町の浜辺の集落です。このちいさな集落で盆唄として唄い踊られている「なにゃとやーれ」がどんな唄なのかを知りたくなって訪ねました。ちょうど集落にある塩釜神社の祭日で、この日から盆までは毎晩踊るのだということでした。昼まえの時間でしたが、漁業組合まえの広場で数人のおかあさんたちに踊っていただいて、録音しました。彼女たちは踊りはじめると、もう結構ですと言うまで踊りつづけるのでした。二学期の教室で旅の報告をし、「なにゃとやーれ」を生徒たちと聞きました。

教科書によって第一級の知性と出会えました。丸山真男への関心は『日本の思想』の一部を教科書で読んで得られたものでした。その後『戦中と戦後の間』や『「文明論之概略」を読む』などを読みました。こうした例を挙げれば、森有正『生きること考えること』、中村雄二郎『哲学の現在』『知の旅への誘い』、加藤周一『日本人とは何か』などがあります。日本の知性を代表するこれらの人びとの著作は、わたしの蒙昧さを啓き、読書のよろこびを与えてくれました。

内田義彦も、その『学問への散策』の一節が教科書に収載されていなければ、わたしには無縁の経済学者であったに違いありません。内田義彦は、研究のためのテキストの〈読み〉の問題からひろく言葉の問題に関心を示し、劇作家木下順二や舞台女優山本安英らの〈ことばの勉強会〉に参加しました。三十年ほどまえ、相馬市で少人数を対象にした〈読むこと〉と〈聴くこと〉についての講演があり、その人がらと学識の深さに感銘を受けました。講演会などで何人かの第一級の学者に接して感じることは、学問に対するひたむきさは当然のこととしても、謙虚さにおいて共通しているということです。市民運動をすすめた政治学者の篠原一、反原発運動を精力的に続けた高木仁三郎などもそうでした。相馬市での内田義彦の講演内容はのちに『読書と社会科学』に収められました。『読書と社会科学』は、本をどう読むべきかその方法について読者とともに実際に試みている実践的読書論です。題に「社会科学」とありますが、自然科学にも通ずる内容です。「『読むこと』と『聴くこと』と」だけでも読むべきだと生徒たちに勧めました。

色川大吉『民衆憲法の創造』についても触れておきます。北村透谷に関する色川大吉の著作は既に読んでいましたが、教科書収載の『民衆憲法の創造』の一部によって、はじめて千葉卓三郎という人物を知ったときの驚きは忘れることができません。千葉卓三郎は十七歳で戊辰戦争に従軍し〈賊軍〉の敗残兵としての精神的挫折を体験します。その後国会開設詔勅のあった一八八一年（明治十四年）ごろに独自の憲法草案を起草するまでのその精神遍歴と思想形成の過程からは、動乱期を青春とし真実を求めた劇的人間の典型像が浮かびあがってきます。

わたしは、国民学校初等科四年のとき、一九四五年八月十五日を迎えました。きのう真実であったことが、きょうは虚偽となった体験は、わずか十歳のわたしにとっても衝撃的な出来事でした。おそらくそれは、千葉卓三郎が体験したものと同質のものだったに違いありません。とりわけ、教科書墨塗りは敗戦よりもおおきな衝撃をわたしの精神形成に与えました。なにによってわたしは衝撃を受けたか。教科書に墨を塗るという行為そのものの異常性からであることはもちろんですが、それ以上に、わたしなりの結論では、戦中にその教科書でわたしたちを指導した同じ教師が、ここに墨を塗れ、ここには塗るな、このページは切り取れと指示したことによってより強烈な衝撃を受けたのです。戦中の教師がそのまま戦後も教師として残り、ずたずたにしたものとはいえ戦中の教科書を戦後も使用させたことを、わたしは承諾し受容することができなかったのです。

そののちも、このことにこだわって晴れない思いをかかえつづけてきました。が、あるとき、網野善彦対談集『「日本」をめぐって』を読んで、ひとつの示唆を得ることができました。網野善彦によれば、一九四五年の敗戦によって〈日本〉という国家は事実上崩壊したのに、そこに住む人びとは鈍感にもそのことを意識できなかったといいます。たとえば、〈日本〉という国名の変更を主張する者がいなかったのは意識上の連続性を断ち切れなかった鈍感さからで、そこからは〈日本〉という枠を超える議論が起こるはずはなく、むしろ、枠のなかで対立しあう者が互いに正統性を奪いあうこととなりました。〈国体護持〉をもくろむ人びとだけでなく、それを批判する勢力も同様だったため別の道を示すことができませんでした。こう彼は述べています。

これを読んだわたしは長年抱いてきた思いが氷解したように感じました。それは、教科書の墨塗りが日本という国家が崩壊したことのわたしにとってのもっともシンボリックな出来事であったはずなのに、あいまいさと不徹底さとのうちに処理させられたと感じたからだったのではなかろうかという理解です。もしも、別の教師が墨塗りを指示し、あるいは、すべての教科書を校庭に積みあげさせ焚書を命じたのであれば、あれほどの衝撃を受けずに納得していたかもしれないと考えました。

3・11を〈第二の敗戦〉と捉えている人がいます。たとえば田原総一朗・森永卓郎・五木寛之・半藤一利といった人たちです。〈敗戦〉と言うからには負けた側に属していると意識しているのでしょうか。だれがなにに負けたのか。

原発神話をでっちあげた国と電力会社、そこにむらがる人たちが〈想定外〉な現実に負けたのです。彼らははやくも〈核発電(げんぱつ)〉を再稼働させ、〈敗戦〉前の状況を連続させることによって、みずからの地位と利権の保全をたくらんでいます。一九四五年8・15に関する網野善彦の指摘が再現されるのでしょうか。〈敗戦〉だとすれば、徹底した戦争責任を問う福島裁判をおこなわねばなりません。わたしは3・11をあたらしい〈開戦〉と考えるべきだと主張します。3・11前を3・11後も維持しようとしている巨大な勢力とのたたかいのはじまりです。あとから来る人たちのためのたたかいです。

きのう真実であったことがきょうは虚偽となる体験を十歳でしたわたしは、おとなたちはなぜ皆同じ考えを持ったのだろうか、だれか違う考えをもっていた人はいなかったのだろうか、という疑問を抱きました。そうしたわたしのまえに現れたのが金子光晴でした。亡くなった叔父の蔵書の一部がリンゴ箱に入れられてわたしの家に残されていて、そのなかから発見したのが金子光晴の詩集『鮫』です。中学生のころ、もしくは遅くとも高校一年までのことでした。なん十冊かのなかで『鮫』にもっとも惹かれたのは、天皇制を揶揄し軍国主義を批判した詩、日本の湿潤な風土に精神までも冒された日本人の体質を批判して、群れから離れひとりそっぽを向いている詩を、昭和十年前後に書き得た日本人がいたことを発見したことによるものです。その後の詩集『落下傘』『鬼の児の唄』などを読むにつけ、なぜ彼はひとりいま進行している戦争を否定する詩、原爆の出現を予見したような詩を書くことができたのだろうか、というあたらしい疑問を抱くことになります。金子光晴はわたしにとってのほんとうの意味での最初の教科書でした。

金子光晴には一九二八年からの五年間におよぶ東南アジア放浪とヨーロッパ生活があり、泥棒以外のあらゆることをして糊口をしのいだといいます。異国の民衆の生活のなかにもぐりこみ地べたを這いながら思索するとき、日本と日本人、ひいては世界と人間とが見えてくるということなのでしょうか。

(『詩人会議』四月号、詩人会議・二〇一二年四月一日)

戦後民主主義について

――〈核災〉との関連から

一九四五年に十歳で初等科四年生だったわたしは、戦後の民主主義教育・平和主義教育を受けました。いわば、戦後民主主義の嫡子?とでも言うべき存在(もしかしたら、あるいは鬼子かもしれません）でした。そして、未来としての二十一世紀への幻想を抱き、六十六歳までは生きたいと思いました。なぜなら、そこには戦争がなく、だれもが平等にゆたかに暮らしているユートピアがあると考えたからです。もちろん、そんな世界は幻想にしか過ぎないだろうとは、ほどなく得心しました。実際、二〇〇一年に9・11事件があって、前世紀をひきずっている二十一世紀は、逆に二十世紀以上のカコトピアになるにちがいないと感じたものでした。二十世紀ほど人類の愚かさぶりがあらわになった世紀は過去にはなかったと思っています。

戦後民主主義を考えるとき、米軍による占領時代の一九四七年に冷戦がはじまったことがその後の日本の政治状況の趨勢に及ぼした影響が大きかったとの思いを抱きます。

一九四六年から一九四八年にかけて二十万人以上の人びとの公職追放がありました。また、一九四八年には極東国際軍事裁判（東京裁判）の判決があって、A級戦犯全員が有罪となりました。ところが、一九四七年からの冷戦期、ことに一九五〇年から一九五三年にかけての朝鮮戦争を背景に実施された追放解除によって、旧勢力の中核的存在あるいは権力者たちをその戦争責任を徹底して追及しないまま政財界に復帰することを許すと同時に、並行してすすめられたレッドパージによって、民主主義を不完全で保守的傾向の強いものへと変質させました。さらに、占領軍の命令によって国会審議と承認なしに首相直属の警察予備隊を発足させて、日本国憲法の主柱である第九条を施行からわずか三年後には空洞化させてしまいました。

日本国憲法について言えば、その第一章が「国民の権利及び義務」ではないこと、あるいは「天皇（制）」を存続させたことも、戦争責任追及の不徹底さのあらわれでしょう。

一九五一年に十六歳のわたしは新制高校に入学しますが、この年に日米講和条約が調印されます。このとき、同時に日米安全保障条約が締結されて、日本国内における米軍基地の固定化と日本のアメリカ帝国の属国化がはじまり、以来六十余年後の今日にまで及んでいて、日本はアメリカに対して長期間にわたる〈租借地〉の提供を続けているのです。そして基地周辺住民への差別をおこない続けてきました。アメリカの同盟国日本は警察予備隊を一九五二年に保安隊へ、保安隊を一九五四年に自衛隊へと改変し、憲法第九条の空洞化を公然とおしすすめました。

一方、一九五六年には新教育委員会法などを上程し、教育の国家統制をすすめます。一九五七・五八年の勤評反対闘争のなかで、教員たちの〈再転向〉をわたしは目撃しました。戦中の教員が戦後に民主教育を担ったものの、この時期に管理職となって再転向する者があらわれたのです。

世界の選挙制度の趨勢が民意の実体により近い選挙結果を期待できる比例代表制に向かっているのに逆行して、一九八〇年代末に自民党に退潮のきざしが見えてくると、小選挙区の比重が大きい小選挙区比例代表並立制を一九九四年の衆院選から導入しました。この結果、保守系二政党が多数議席を獲得し、一方で無党派層が高い比率を占めて、少数意見が反映されにくい現在の状況がうまれました。

こうして、半世紀以上にわたる自民党一党独裁と言うべき政治状況がつくりだされました。この間に政治家と官僚との癒着がすすみ、むしろ官僚側が永久政権を掌握したかのようなシステムができあがり、現在も〈有効に〉機能しています。その弊害の大きさをメディアが見逃しつづけてきたように、わたしには思えます。

電力会社を囲んで、政治家、官僚、メガバンク、日立・東芝・GE、ゼネコン、協力企業、軍、御用学者、御用評論家、マスメディア、地方自治体一体の〈核発電〉推進組織、いわゆる〈原子力村〉が形成されたことにもこうしたシステムが存在していたからでしょう。さらに、たとえば、放射性物質を「無主物」と主張する東電の主張を認める判決が昨年十月にあるなど、原子力村には司法の府も荷担しているのです。彼らは安全神話、必要神話をでっちあげて、「安価で環境にやさしい」「電気が不足する」とうそぶいてきました。

〈原子力村〉をおびやかす存在は、たとえば、プルサーマル受け入れに反対した佐藤栄佐久前福島県知事や、全原発の廃炉を表明した菅直人前首相のケースのように、こそくな手段で抹殺しようとするのが彼らの生き残りの常套手段です。

双葉町内のアーチに〈原子力　正しい理解で　豊かなくらし〉というスローガンが掲げられていました。ところが皮肉なことに、3・11以前の双葉町では、使途を限定された交付金や寄付金によって建設した公共施設を維持する経費が増大した結果、財政が破綻し、そのためにさらに増設を受け入れなくてはならなくなるという底なしの泥沼にはまり込んでいました。双葉町のアーチのスローガンには、オシフィエンチム強制収容所入口アーチの〈労働は自由をもたらす〉とあい通ずる欺瞞が感じられます。

〈核発電〉施設建設推進側は、その扱いにくさ、危険性をはじめから十分に認識していて、一九六四年に原子力委員会が決定した『原子炉立地審査指針及びその適用に関する判断のめやすについて』で、「(重大な事故を超えるような)

仮想事故（略）の発生を仮想しても、周辺の公衆に著しい放射線災害を与えない」ために、「原子炉敷地は、人口密集地帯からある距離だけ離れていること」が必要だとして、「原子炉の周囲は（略）非居住区域であること」、「非居住区域の外側の地帯は、低人口地帯であること」と定めています。こうして、経済格差を利用して第一次産業も成立しにくい過疎地を狙い撃ちしたのです。福島第一の敷地である長者原は旧日本陸軍飛行場跡地だったものを、国土計画興業（堤康次郎・堤義明）が払い下げをうけて、一部で塩田事業をおこなっていました。本来ならば住民に返却されるべき軍用地の大部分を三万円で手に入れた大企業は三億円で東電に転売し、住民が知らないうちに建設計画を決定していたのです。過疎地住民に対するレイシズムは〈核災〉発生後の対応にもかかわりなくみられ、むしろよりいっそう強まっていて、なにもしない政治によって〈核発電〉施設周辺住民の棄民化がすすんでいるように感じられます。

朽ちていく小高駅名標

　原発労働者の被爆問題を、その存在を隠しつづけようとしていますが、深刻な状況にあると推測されます。また、〈核災〉による周辺の一般住民には死者はいないとされていますが、南相馬市だけでもこの一年間の〈核災〉関連死者は二百六十六人（桜井勝延南相馬市長談）とのことで、他市町村の場合をあわせれば多数の人びとが不条理な死を強いられているはずです。死なないまでも、不十分な医療環境のなかで多くの人びとが苦しんでいる実態を目にしています。

〈核発電〉は熱効率が悪く、化石燃料発電から自然エネルギー発電のあいだの過渡的発電方法であり、今回の〈核災〉によってリスクの高い発電方法であることがあらためて実証されました。〈終熄〉のための経費をはじめ、廃炉、放射性廃棄物の処理・保管、被害者への補償などを考えれば、膨大な底なしの経費が必要とされることでしょう。しかも、役だつ期間は百年たらずなのに、人類にとどまらず全生物に対して地球規模で影響を及ぼす〈核災〉の真の意味での〈終熄〉までには、世代を超えて十万年、あるいは百万年に及ぶ長い時間を必要とすると言われています。仮に、〈核災〉がなかったとしても、ながい将来にわたって放射線を発生しつづける膨大な量の廃棄物を後代に遺すことは、あるまじき犯罪行為と言わねばなりません。

〈核〉を制御できると過信し、十全な対策を講じないまま、平和利用であるとか、環境にやさしいとか、安価であるなどと偽って、国策として推進し、その権益に群がり、事故を隠蔽し、住民を欺いてきた結果そして招いた事態が、住民のいのちと尊厳と未来とを奪い、さらには地球的規模で、しかもながい将来にわたって影響を及ぼす重大な犯罪であることを認識できず、したがって検証もせず、まして責任を取ろうとは考えもせず、権益と地位を守ることのみに汲々としている原因者たちの犯罪には、過失致死罪にとどまらない重大な「人道に対する罪」「人類に対する罪」というべきものが認められると、わたしは判断します。

戦争責任を徹底して追及しなかった結果としての現在があると考えるわたしは、将来に禍根を残さないために、〈核災〉の原因者たちの犯罪を明らかにしなければならないと思っています。

福島第一の〈核災〉を受けて世界各地にひろがっている脱〈核発電〉の動きに背を向ける勢力が国内では強く、彼らは〈核災〉が犯した罪の重大性を認識できず、〈核発電〉を存続しつづけようとし、その輸出を目論んでいます。その背景には、そこにおおきな利権が存在するからにちがいありません。個人や企業の利益のために、わたしたちとわたしたちの子孫の生命と尊厳とが脅かされることをわたしは承認するわけにはいかないのです。

堤防が消えた村上海水浴場付近

人類は〈核災〉を発生させたことによって、核のゴミを管理し、その後始末の責任を果たすため、これからあと十万年以上も〈存続すべき義務〉を課せられたと言われています。その途方もない時間をわたしたちの末裔は〈存続すべき義務〉を背負いながらはたして生きつづけていけるでしょうか。なぜなら、わたしたちの文明として認知できるものはせいぜい五千年の過去にしかさかのぼれないのですから。

（二〇一二年六月十一日、A紙B氏の求めに応じて）

五章　ここから踏みだすためには

生きる力を得るために

昨年の3・11大震災による福島県内の死者と行方不明者は約二千人、そして原発事故によって県内外で避難生活をつづけている人が今なお十五万人を超えているそうです。お見舞い申しあげます。

浜通りには名誉会員の高草陽夫さんをはじめ、いわき地区に十五人、相双地区に十三人の会員がいます。髙橋重義事務局長によると富岡町の坂本文さんとの連絡がとれていないとのことですが、地図で確かめてみると津波被害にはあわなかったと思われます。会員のみなさんがご無事であることをまずはよろこぶべきと思っています。

しかし、南相馬市の佐々木勝雄さんは津波で自宅を失ったうえ、ご姉妹を亡くされ、警戒区域内のため御子息家族とも別居して静岡県に避難しています。双葉郡の会員の方がたは原発事故によって県内外での避難生活を余儀なくされています。いわき市のつちやみつぐさんは家がかなり傷んだけれども居住可能な状態だと知らせてくださいました。他地区にも地震で被害をこうむった方がいることでしょう。こころからのお見舞いを申しあげます。

中通りの広い範囲にも年間放射線量の許容基準とされている一ミリシーベルト超のところがあります。子どものいる親にとっては容認できないレベルの放射線量です。

当初伏せられていた事実があきらかになるにつれ、わたしは確信を抱くようになりました。日本国は国民の安全や健康は二の次にして国家と企業の保全を優先し、原発周辺住民は過去も未来もいっさいを奪われ棄民されたのだと。

事故発生からまもなく一年になります。状況の見とおしが立たないなかで、被害者の物心両面にかかる負担はいっそう増すばかりです。精神的にも肉体的にも限界に近づいていると感じている人が多いのではないでしょうか。

こうした状況のもと、わたしたちはわたしたちが生きている世界と人についてどう考え、なにをどう表現するのかが問われているように思います。表現することによってこそ3・11以後を生きる力を得られるのではないかとも思います。

（『福島県現代詩人会会報』第一〇二号、同会・二〇一二年二月一日）

福島からの思い

――『命が危ない　311人詩集』を読んで

この『命が危ない　311人詩集』は、3・11後のおそらく最初のアンソロジーとなることでしょう。その第一一章と第一二章所収の作品を中心に読みながら、わたしのいまの思いを述べることにします。

二〇一一年三月十一日の大震災の、とりわけ宮城、岩手、福島三県沿岸部を襲った津波による被害は甚大でした。二十万以上の世帯の六十万人以上の人びとが罹災し、一万五千五百人を超える人びとが死亡し、七千二百人ちかい人びととの安否がいまだ不明のままです。香野広一「多数の命が津波にうばわれた」、わたなべえいこ「遺体安置所」などの作品が書かれた所以です。わたしたちが暮らす南相馬市では、三千七百世帯の一万三千四百人が罹災し、五百八十人を超える人びとが死亡し、安否不明の人びとがなお八十人あまりもいます。（六月末日現在）

加えて、福島原発の事故によって、周辺の十万人もの人びとが家を離れ、仕事を失って、いつ終わるとの見とおしがない避難生活をつづけています。市民としての最低限の生活がなりたっていないのです。畜産農家の苦境に同情して青木みつお「飯舘」、黛元男「農夫の死」が書かれ、福島県にゆかりある詩人たちの心配はうおずみ千尋「ふるさと福島」、大久保せつ子「福島の子だから」などとして書かれました。

福島原発の北一〇キロから四〇キロに位置する南相馬市は、警戒区域、計画的避難区域、緊急時避難準備区域、特定避難勧奨地点に指定され、三〇キロ圏外には特別の指示がありませんでした。ひとつの自治体住民が居住地によって五つの異なった対応を求められているのです。緊急時避難準備区域の重篤な病人や要介護者は市外の病院や施設へ移されましたが、転院先で死亡する人があいついでいると聞きました。幼児のいる親や妊婦は区域外へ自主避難し、離散生活を余儀なくされている家族がいます。避難しなかった生徒たちは三〇キロ圏外の学校に通学し授業を受けています。電気、水道、ガス、ガソリンも支障なく使え、新聞、郵便物、荷物も配達されているのに、作物をつくれない、家畜を飼えない、漁ができないだけでなく、流出した企業、閉鎖した工場、休業している病院や商店が数多くあります。JR常磐線は開通の見こみがなく、図書館も市民会館も閉じられたままです。奇妙な居心地のわるさを感じつつ、こんななかで暮らしています。

これが百余日まえまで七万一千の市民が生活していたわが町の現況です。

安全で安価でクリーンで環境にやさしいエネルギーだと宣伝しながら、これまでにしばしば起こしていた事故を隠し、その場しのぎの言い逃れをし、ごまかせるところまでごまかそうとし、露見すると小出しに発表し、言い訳を繰り返してきた東電の隠蔽と虚言と弁解に満ちた典型的なペテン師体質が、3・11事故後も改まるどころか、いっそう磨きがかかっているようです。当事者たちは事故の重大さをまったく認識していないらしく、責任感も誠実さのひとかけらも感じられない対応をつづけています。〈想定外〉ということばが恥ずかしげもなく繰り返されてきました。〈想定外〉とは専門家たる者にとっては、みずからの想像力の欠如と無能ぶりを告白しているにほかならないのに、そのことにすら気づいていないようです。このことを捉えた作品に、星野由美子「埋み火」、山本清水「黒い牙」、山本衛「ヒトは?」などがあります。怒りをとおりこして、あきれかえり、空しくなってしまいます。その一方、原発作業員は苛酷な労働環境に置かれています。このことを指摘した作品として、みもとけいこ「カルボナード火山の青い光」、真田かずこ「メルトダウン」、山岡和範「原発」などが書かれました。

原子炉の安定化の見通しはまったくありません。事故の終熄どころか、破局的なチャイナシンドロームへと向かっているのではないかと危惧されます。だが、福島を離れてみると、—五月末に東京へ行ってきたのですが、—そこには原発事故はすでに過去のことでもあるかのような都民の暮らしがあって、別の居心地のわるさを感じました。二つの居心地のわるい世界が平行して同時進行しているかのように思えてなりません。

いま、わたしたちのまえにあるのは、なにかの始まりなのでしょうか、あるいはなにかの終わりなのでしょうか。そのことを見届けることは文学の存在する意味のひとつでしょう。そのためには、見えないものを見、聞こえないものに耳をかたむけ、感じられないものを感じとることが求められています。

中村純「ヒバクシャ」は「も」というひとつの助詞が喚起するわたしたちの現況を表現しています。柴田三吉「掌の林檎」はわたしたちの掌のなかにある「熱い火の種が詰まっている腐った林檎」を感じとっています。

福島の事故を承けて、ドイツ、スイス、イタリアなどで脱原発の動きがすすんでいます。ほかの国ぐににもひろがってゆくことでしょう。国内ではどうでしょうか。こうした動きに背を向けて、四つのおおきなプレートがぶつかりあっている日本列島に原発はふさわしくない発電方法であることがあらためて実証されたにもかかわらず、この先も原子力発電に依存していこうとする勢力が強いように思われます。埋田昇二が「浜岡が危ない」を書いているほか、国内の各原発の危険性を指摘する作品も数多く書かれています。浜岡原発の稼働停止措置は、他の原発で運転を継続しあるいは再開するための布石だったことは、玄海原発の運転再開についての国の姿勢を見るまでもなく明らかでした。

福島原発事故に意味があるとするなら、それはわたしたちが変わってゆくためのまたとない機会を得たことです。仮に事故がなかったとしても、ながい将来にわたって放射能を発生しつづける膨大な量の廃棄物を後代に遺すことは、不遜と言うべきあるまじき行為です。長崎大学環境科学科戸田清教授は、人類は核のゴミの後始末のためにこれからあと百万年間も「存続する義務」を課せられたと言います。現生人類は発生からまだ二十万年しか経ていません。その五倍もの時間をわたしたちの末裔は「存続する義務」を背負いながら生きられるでしょうか。それどころか、わたしたちの文明として認知できるのはせいぜい五千年しかさかのぼれません。それだけに、これから来る人びとへの責任を考えた生きかたを、すべてのわたしたちは求められているはずです。

わたしたちは生きかたが下手になったいきもののようです。人どうしが殺しあい、戦争しあい、生きる環境をみずから破壊しています。そのうえの核の拡散です。地球そのものが核の船であるという栗原澪子「問い」、その船は難破船だと言う鈴木悦子「難破船」が説くように、持続する社会を実現するためには、脱戦争と脱核が要諦となることでしょう。そして、自然とうまくおりあいをつけながら生きてゆく。

このような意味から、ひとりの農夫、舛倉隆はわたしたちの先達です。一九六八年に東北電力は、舛倉隆が住む福島県浪江町棚塩に原発の建設を決定します。その前後から死亡する一九九七年まで三〇年ものあいだ、彼は一貫して建設計画に反対しつづけ、所有地を建設反対者の共有地として登記することによって守り抜きました。その棚塩もいま警戒区域圏にふくまれています。だれも立ち入ることのできなくなった墓地から、舛倉隆はなにを見ているのでしょうか。彼が守りとおした棚塩に新原発が建設されることは、おそらくないでしょう。上関原発を建てさせない祝島島民の息の長い闘いと共通するものがそこにはあることでしょう。彼の意志を継承することをわたしたちの希望にしたい、そうわたしは思います。

（『命が危ない　311人詩集』コールサック社・二〇一一年八月十一日）

ここから踏みだすためには

——『脱原発・自然エネルギー　218人詩集』を読んで

二〇一二年の上半期が終わろうとしています。昨年の今ごろは、同じコールサック社から出版されたアンソロジー『命が危ない　311人詩集』の「解説」を書いていました。『命が危ない　311人詩集』には「第十一章　東日本大震災・津波など」と「第十二章　原発」が章立てされ、3・11以後の三カ月ほどのあいだに書かれた作品も収載されました。一方、この『脱原発・自然エネルギー　218人詩集』は、〈原発〉にかかわる作品を中核に据えて編集した3・11以後ではもっとも早いアンソロジーとして、画期的な意味をもつことになるでしょう。

はじめに、次のことをお断りしておきます。わたしは、〈原発〉を〈核発電〉と言い、〈原発事故〉を〈核災〉と表記することにしています。その理由は、核エネルギーを軍事目的に悪用しているものが〈核兵器〉であり、おなじ核エネルギーなのにあたかも別物であるかのように〈原子力発電〉と称して人びとを偽っていることをあきらかにするため、〈核発電〉という表現をもちいて〈核爆弾〉と〈核発電〉とは兄弟であると意識するためです。そして、〈原発事故〉は、単なる事故として当事者だけにとどまらないで、広範囲に影響を及ぼす〈核による構造的な人災〉であるとの認識から〈核災〉と表記しています。（参考＝戸田清『〈核発電〉を問う　3・11後の平和学』二〇一二年・法律文化社）

さて、この一年のあいだに状況はどう動いた、あるいは、どう動かなかったのでしょうか。そのあたりを踏まえながら、収載作品を読んでみます。

福島県には一九七八年に結成された福島県現代詩人会があって、百十人ほどの会員が参加しています。例年、六月に総会、十月に詩祭を開催し、春には年刊アンソロジー『福島県現代詩集』を刊行し、年に数回『福島県現代詩人会報』を発行しています。二〇一一年の詩祭の開催予定地は、地震・津波・核災の三重苦に襲われた相双地方（相馬市・南相馬市・相馬郡・双葉郡をあわせて言う）だったために開催を中止しました。二〇一一年版『福島県現代詩集』は3・11から一カ月半のちの五月三十日に、二〇一二年版はちょうど十三カ月後の四月十一日に発行しました。昨年より参加者が六人すくなかったものの、七十七人の会員の作品には特別な思いが込められていました。現在も、県内外で避難生活をつづけている会員が五人います。

本書の第四章は「悲しみの場所・福島」と名づけられていて、福島県在住の人、福島県にゆかりがある人の作品で構成されています。みうらひろこと根本昌幸はいまも仮設住宅で暮らしていて、その思いを「省略させてはならない」と「わが浪江町」とで吐露しています。みうらは「万が一の事故に備えて／立地町への対処マニュアルは作っていたが／隣接町村へのマニュアルは無かったという」と「省略させてはならない」のなかで訴えています。根本の別作品「ふるさと浪江」は作曲されて、昨年十一月にCDになりました。わたなべえいこ「笑顔を再び」のなかの「浪江町に住んでいた夫婦で詩人の知人」とは根本昌幸とみうらひろこのことでしょう。

浪江町は立地町である双葉町と大熊町の隣町です。昨年三月十二日午後二時過ぎには一号機周辺でセシウムを検出しました。その夕刻、浪江町津島には一〇キロ圏内からの避難者一万人がいました。さらに午後六時二十五分に、半径二〇キロ内住民に対する避難指示があって、十数万人が避難を開始していました。SPEEDIによる放射性物質の拡散についての実際に近い予測にもとづいて確認計測をした結果、北西二八キロの浪江町津島の放射線量が高いことがわかっていながら、住民に知らせることをしませんでした。十五日午後の実測によると浪江町津島字赤宇木（あこうぎ）では、早急に避難すべき毎時三三〇マイクロシーベルトを計測しました。しかし、翌十六日文部科学省の発表は、同省のホームページに地区名を伏せて数値だけを記載したものだったため、住民の避難には活かせませんでした。また、福島県はSPEEDIの予測データを入手しながら廃棄してしまいました。これらのケースは、住民の安全と健康を考慮することよりも住民のパニックを恐れた対応だったとしか言いようがありません。パニックを起こしていたのは、住民ではなく政府や東電でした。さらに、一カ月あまり過ぎた四月十七日、浪江町南津島で毎時五〇〇マイクロシーベルト超を計測しました。年間四、三八〇ミリシーベルトに該当する高線量です。さすがに、こうした現実を放置できなくなって、四月二十二日に至って「計画的避難区域」「特定避難勧奨地点」を設定したのです。このような対応によって長いあいだ「放置」され、過大な被曝を強いられたのは、浪江町のほかに、飯舘村、葛尾村、南相馬市、川俣町、伊達市、川内村などの子どもたちをふくむ多数の住民たちでした。

二〇一二年六月十八日付け『朝日新聞』によれば、アメリカのエネルギー省は昨年三月十七日から十九日にかけて米軍機によって福島県上空の放射線量を測定して汚染地図を作成し、日本に提供したが、日本側はこれを公表せず、住民の避難のために活用しなかったという新しい事実が出てきました。ＳＰＥＥＤＩの予測データはあくまでも試算値なので公表しなかったという言い訳は、実測値のデータも隠していたことによって、言い訳にもならなくなってしまいました。「当時は、データを住民避難に生かす発想がなかった」とは文部科学省渡辺格次長の言です。

ヨウ素剤飲用を指示したのは三春町だけだったという事実もあります。

大久保せつ子「故郷へ」とうおずみ千尋「魂が駈ける場所」では、福島県生まれの詩人の故郷への思いが「入り口を閉鎖された／故郷へ続く道」あるいは「生まれ育ったところ／静かな海沿いの町」といった詩句によってうたわれます。〈核災〉が終熄しないままの〈核発電〉施設があるため、国道六号線は楢葉町から浪江町までのあいだが遮断され、ＪＲ常磐線は広野駅と原ノ町駅間の運転がとりやめられていて、開通の見込みはまったくないという状態です。南からの終着駅になっている広野駅を訪ねた芳賀稔幸は「ひろのはらまで」を書いています。文部省唱歌「汽車」の作詞者は不明ですが、広野駅までの車窓風景を詠んでいると言われています。

第四章以外の作品でも福島とそこに生きている人びとの思いを表現しているものが多数あります。池田尚子「篠笛の音」は会津で暮らしている義兄の方言を的確にことばにしています。鈴木文子「追悼　南相馬」は一周忌の追悼式典によせて「（もしかしたら私だったかも……）」と自問します。司由衣「逃げあぐねて」、白河左江子「東日本大震災」、吉田博子「耐えている目」ほかもこうした作品の一部です。

三井庄二の詩「『生きものの記録』異聞」は、「ゴーストタウンに虚しく踊る標語」として双葉町内のアーチに記されている〈原子力　正しい理解で　豊かなくらし〉と〈原子力　郷土の発展　豊かな未来〉をとりいれています。これらのスローガンには、オシフィエンチム強制収容所入口アーチの〈労働は自由をもたらす〉とあい通ずる欺瞞が感じられます。住民が住めなくなった町には〈豊かなくらし〉も〈豊かな未来〉もないのです。

第六章「故郷に原発が存在する」は、福島以外の立地県の詩人たちの作品によって章立てされています。〈核災〉が発生すると、アメリカは三月十六日に八〇キロ圏内の自国民に避難を勧告し、米大使館などの職員家族の自主的な日本国外への避難を認めました。ここで問題なのは、文部科学省「放射線モニタリング情報」によると、福島県中通りや福島県外に一年間の積算線量が五ミリシーベルトを超えると推測されるホットスポットが広範に存在し、福島市・郡山市・二本松市・本宮市などの市域部も含まれることを確認していながら、「避難勧奨地点」として指定することなく、無指定のまま放置したことです。これらの地域をふくむ八〇キロ圏を「緊急時避難準備区域」として指定すれば、福島県の半分以上の地域が該当します。おそらく、国はこのことによる事態を想定したときの社会的影響を恐れて、逆にこの無指定地域よりも放射線量値が低い緊急時避難準備区域の指定を九月三十日に解除することによって、逆転状況を解消しようとしたのではなかったかと、わたしは推測します。アメリカが自国民に避難勧告した八〇キロという距離には大きな意味があるように思われます。深谷武久が「コンパス」と題した詩でしているように、試みに国内のすべての〈核発電〉施設を中心に八〇キロの距離をコンパスで示してみると、神奈川県・和歌山県・香川県・徳島県・沖縄県の五県以外の都道府県すべてがその圏内に入ります。つまり、自分が住んでいる県に〈核発電〉があろうがなかろうか、「(もしかしたら私だったかも……)」という事態に巻き込まれる可能性があるということです。

大泉その枝「積鬼」は、原発建設を拒む人たちを籠絡しようとする者たちへの批判を提出しています。畑中暁来雄「原発伏せ字議事録」は、一九九九年のＪＣＯ臨界事故についての衆院代表質問議事録を二〇一二年版『議事録集』では、伏せ字にして事実隠しをたくらもうとする未来を告発しています。

半世紀以上にわたって自民党一党独裁と言うべき政治状況がつづいたあいだに、政治家と官僚との癒着がすすみ、むしろ官僚側が永久政権を掌握したかのようなシステムができあがり、現在も〈有効に〉機能しています。その弊害の大きさをメディアが見逃しつづけてきたように、わたしには思えます。電力会社を囲んで、政治家、官僚、メガバンク、日立・東芝・ＧＥ、ゼネコン、協力企業、軍、御用学者、御用評論家、マスメディア、地方自治体一体の〈核発電〉推進組織、いわゆる〈原子力村〉が形成されたのも、こうしたシステムが存在していたからでしょう。村人たちは〈核災〉が犯した罪の重大性を認識できず、だれひとりとして責任を取ろうとはしません。それどころか、〈核発電〉を存続しつづけようとし、その輸出を目論んでいます。

その背景には、そこにおおきな利権が存在するからにちがいありません。個人や企業の利益のために、わたしたちとわたしたちの子孫の生命と尊厳とが脅かされることをわたしは承認するわけにはいかないのです。

いくつかの作品で、〈核〉は「炎を吐く　竜のような怪物」（片山ふく子「怪物」）、「原子力という怪物」（真田かずこ「ほんとうは」）として、あるいは「何もかも元どおりなのに／決してそうではない恐ろしさ」（根津光代「性と理性」）をもたらすものとして捉えられます。二重三重と安全装置がふえて複雑化するほど故障がふえて、危険性がますとのことです。そのため〈核発電〉施設のような巨大装置はしばしば故障を起こし、今回のような結果をまねく確率が高くなるのでしょう。その〈核施設〉という怪物をつくりだし、「人を支配するようになり／欲望だけがいつまでも拡大し続けた」者たちこそ「貪欲なカイブツ」（奥主榮「怖れを忘れていた頃に」）なのではないかという理解に、わたしも同感します。

かつて見学した〈核発電〉施設で感じた危うさを、ゆきなかすみお「原発見学会」と玉造修「東海村」は思いだしています。福田万里子「危険物埋蔵地」はチェルノブイリの汚染廃棄物問題を、伊藤眞司「嵐のあと」は元原発作業員の証言を根拠にして「あの海のドラム缶たちはどうなっただろう／どこの原発も核の灰を詰めて沖に捨てていた／1966年から1970年ごろ」と書いています。武藤ゆかり「換気」「粉」は事故のたびに飛散する放射性物質への心配を、矢口以文「女川町のおばあちゃんの話」は立地住民の素朴な心配を、それぞれ作品にしています。

原発子「職歴が止まった日」は、〈核災〉発生五カ月後に退職した元東電社員の内部告発と言っていい一篇です。「私の仕事？／福島原子力発電所の労務管理／と言っても　派遣労働者は管理外」「退職したら職歴を消される派遣労働者／病気の時の証明書に使われると困るから」と言います。北村愛子「許してはならないと思うのだ」と鈴木文子「夏を送る夜に」も劣悪な環境で被曝し、使い捨てられる作業員の問題を批判します。

石川逸子「チャーチロック＆フクシマ」では、核実験で被曝したアメリカン・ネイティヴであるナヴァホ族の老婆とフクシマで被曝した老婆とを登場させて、また、日高のぼる「棄民」は戦中の学童疎開と福島県の小中高生の避難とを重ねて、ともに差別と棄民の問題を提示しています。〈核発電〉施設建設推進側は、その扱いにくさ、危険性をはじめから十分に認識していて、「原子炉敷地は、人口密集地帯からある距離だけ離れていること」が必要だとして、「原子炉の周囲は（略）非居住区域であること」、「非居住区域の外側の地帯は、低人口地帯であること」と定めました。

こうして、経済格差を利用して第一次産業も成立しにくい過疎地を狙い撃ちしたのです。過疎地住民に対するレイシズムは〈核災〉発生後の対応にもかかわりなくみられ、むしろよりいっそう強まっていて、なにもしない政治によって〈核発電〉施設周辺住民の棄民化がすすんでいるように感じられます。また、派遣労働者の被爆問題の存在を隠しつづけようとしていますが、深刻な状況にあると推測されます。

「安価で環境にやさしい」とか「電気が不足する」といって「安全神話」「必要神話」がさかんに喧伝されてきました。このことについては十人ほどの人たちが作品のなかで言及しています。石村柳三、森三沙、太田隆夫、日下新介、山口賢ほかの人びとです。山岡和範は、いまわたしたちは新しい神話「原発収束宣言神話」にさらされていると言います。

〈核災〉発生後、除染ということがおこなわれましたが、鈴木洋は「除染という名のまやかし／2万年もの時を待たなければ／きれいにならないものを」と、くにさだきみも「減らすことも／除くことも出来ないのが　放射能汚染です」と、ともに「除染」という題の作品で、除染業者の懐を肥やすだけのその欺瞞を曝きます。「除染」と同様に「節電」ということばも再稼働の前段階として有効に使われました。中村花木「せつでん」は「―せつでん　せつでん／右向け右？　左？」と、その翼賛体制とも見える風潮を鋭く捉えています。

吉田超「湧水」は千曲川上流の埴科郡の湧水を「おいしい」と言っていますが、相馬郡や双葉郡の水もおいしいのですよ。

「反対運動をするほどには身近ではなかったゲンパツ」「まだゲンパツの稼働を全ては止めずにいる、ボクタチ」と語るのは白糸雅樹の「ボクラの選択」です。「政府や東電の／雑多な思惑で線引きされた外」にいて「事故などなかったように馴らされてゆく」「見えない汚染はコンパスの線より遠くまで飛んで／まだまだ降り積もっている／原発はいつ収束するのか？／重たい問いに　誰も答えられない」現況を、深谷武久は詩「コンパス」で述べています。

黒木なみ江の詩「ノーモア原発」に「80年6月／浪江町の小学校の空気中から／コバルト60が検出されていた／知っていた学者、詩人たちも／福島原発廃炉を／促すことが出来なかった」という一節があります。この一節は、あるいはわたしの作品「みなみ風吹く日」を踏まえての表現ではないかと感じられました。〈原子力村〉をおびやかす存在は、たとえば、プルサーマル受け入れに反対した佐藤栄佐久前福島県知事や、全原発の廃炉を表明した菅直人前首相のケースのように、こそくな手段を用いて抹殺するのが彼らの生き残りの常套です。しかし、読者層が薄い詩でその危険を訴えても、犬の遠吠えのように無視されるだけでした。さらに、わたしは福島第二原発一号炉設置許可処分取消提訴の住民原告団の一員として参加したのですが、福島地裁は一九八四年にこれを棄却し、チェルノブイリ事故後の一九九二年に最高裁は上告を棄却しました。このように原子力村の存続には司法の府も荷担してきたのでした。それにしても、「福島原発廃炉を／促すことが出来なかった」ことに忸怩たる思いを抱いていることも確かなことです。

電気がないと困ります
原発がないと不足します
電灯が点きません
電車が動きません
会社が休業になります
耐震構造を強化し　防潮堤を高くして
一日も早く原発を再稼働させましょう
みんなの絆で
安全安心の原発の国を復興させましょう
それでよいのですね

「これは、六月十六日の野田佳彦首相のことばです」と言っても疑う人はいないでしょう。でも、じつは入谷寿一の詩「みんなよい子」の終連なのです。

　二〇一二年六月十六日、3・11〈核災〉からわずか十五カ月後、〈核災〉などなかったかのように、〈核災〉はこれからいっそう深刻さをましてゆくというのに、政府は「原発を止めたままでは日本の社会は立ちゆかない」ので「国民生活を守るため」という口実で、関西電力大飯〈核発電〉3、4号機の再稼働を決定しました。「フクシマを見たのに／なぜそんなことが／言えるのですか／原発は命よりも／重いなんて言えるのですか」は植田文隆「命よりも」からの引用ですが、首相への問いかけでもあります。首相はまともに福島とは向きあわず、その現実を直視してはいないのです。

　志田昌教はその「ヘレン・ケラーのゆびさき」で、「広島を訪れたヘレン・ケラーは／被爆者のケロイドに直に触れ／原爆の悲惨さを理解した」と言い。そのうえで、「目はあっても何も見ることができず／耳はあっても何も聞くことができない」わたしたちと違って、「もしもヘレンがいま福島を訪れ／ゆびさきで大地をなぞったとすれば／どのような叫びがその皮膚を突き抜け／ヘレンの魂を揺さぶることだろう」と想像します。

　政府は、四月十六日にわたしが住んでいる南相馬市内の警戒区域と計画的避難区域の指定を解除し、新たに「避難指示解除準備区域」など三つの区域に再編しました。帰還までに数年を要する「居住制限区域」と五年以上は戻れない「帰宅困難区域」以外のほとんどの市民は、インフラの復旧が進捗したのちは希望さえすれば数年以内に居住できることになります。これは、昨年暮れに野田首相が「冷温停止状態の達成を確認した」として、「原発事故の収束」を宣言したこととあわせ、地震・津波・〈核災〉とから順調に回復しているものと受けとめられるかもしれません。しかし、「冷温停止状態の達成確認」とは「冷温停止の確認」ではありません。〈爆発装置〉はそのままにあります。「いつ原子炉が再爆発するかわからない」(山岡和範「わが家の庭は」)のです。同じレベル7のチェルノブイリ〈核災〉が二十六年後のいまも〈終熄〉していないと同様、福島〈核災〉も現在なお進行中です。

昼間は立入ができるようになった旧警戒区域に入ると、一年まえに津波が襲った直後の、あるいは地震が襲ったままの光景が目に飛びこんできます。汚染された廃棄物は外部に持ち出せない、廃棄物の仮置き場を作るための手続きがすすまない、家のなかを片付けて洗い流そうにも上下水道の復旧の見とおしがたたない、そして耕地は荒野に化し、あるいは沈下して水没しています。わたしが一九九四年に見たプリピャチ以上にひどい状況です。高温多湿の日本の風土と家の建築様式の違いによるためでしょうか。この六月十日に、小高区(避難指示解除準備区域)から鹿島区内の仮設住宅に家族で避難していた五十四歳の農業を営む男性が遺書を残し、自宅に戻ってその納屋で、自死しました。〈核災〉による周辺の一般住民には死者はいないとされていますが、南相馬市だけでも四月までの一年間の〈核災〉関連死者は二百六十六人(桜井勝延南相馬市長談)にのぼるとのことで、他市町村の場合をあわせれば多数の人びとが不条理な死を強いられているはずです。そして、いまも不十分な医療環境のなかで多くの人びとが苦しんでいる実体を目にしています。

〈核災〉発生以後、何人の国会議員が福島県相双地方を訪れたことでしょうか。野田首相をはじめ、全国会議員が相双地方に来て、その現状をじかに目で見てもらいたい。大地をじかになぞってもらいたいのです。そして「その皮膚を突き抜け」「魂を揺さぶる」いのちの「叫び」を聞いてほしいものです。「ひくく　さらに　ひくく」(北村真)ちいさな命が見え、聞こえるところまで「おりてきて」ほしいのです。

鈴木悦子「プロテスター」は「福島第一原発事故は水俣

病と似ている」と言って、アイリーン・美緒子・スミスさんが挙げた類似点十項目を紹介しています。「誰も責任をとらない」「データをとらない」「ひたすら時間稼ぎをする」「被害を過小評価するような調査をする」「認定制度を作り被害者を絞りこむ」などひとつひとつ納得できる指摘です。貝塚津音魚は「原発の責任を津波の所為にして　騙し続けて」を書いていますが、大飯の再稼働決定後にもこれまで隠されていた事実がぞくぞく明らかにされています。二〇〇六年に東電が作成した社内資料では、福島第一を一三・五メートル超の津波が襲った場合には今回そうだったように全電源喪失によって原子炉に注水できなくなると想定していたと、『朝日新聞』（二〇一二年六月十三日）が報じています。その対策に八十億円を要すると試算されたため、津波の蓋然性がないとして対策をとらなかったのです。しかも、二〇〇八年には、最大一五・七メートルの津波が襲う想定をしているのです。ところが、六月二十日に東電が公表した「福島原発事故調査最終報告書」では、いまになっても「想定外の津波」が主原因だったといい、その責任を認めていません。この報告書は自己弁護と責任逃れに終始し、隠せることは隠そうとしていて、アイリーン・美緒子・スミスさんだけでなく、読んだ人だれもがあきれかえってしまうことでしょう。

なぜ民主主義的手続きを捨て、国民多数の意志に反してまで〈核発電〉を維持しようとしているのでしょう。あるいは、なぜ再生可能エネルギー発電の研究・開発に及び腰なのでしょう。国会は「原子力規制委員会設置法」を成立させるとき、会期末のどさくさにまぎれて、その「附則」のなかに、上位法である「原子力基本法」に「我が国の安全保障に資する」という文言を入れる法改正を成立させました。これこそが、多くの国が手を引いた核燃料再処理に日本がこだわっている理由なのでしょう。つまり、将来の核武装のために〈核発電〉を維持し続けることが最終的な目的なのにちがいありません。「国民生活を守るため」と言いながら、国民のいのちを食いものにしようとしているのです。

原島里枝「終わらない nuclear accident」は「どんなに少なくとも／放射線はＤＮＡに影響を与え／異変をもたらす」「直ぐではなく数年後／（略）生体膜は壊れてしまう」と説く。わたしたちはみずからがひきおこした〈核災〉をまえにして、長い時間について考えねばならなくなりました。下村和子「聴乎無声」は縄文杉の七千年のいのちを物差しにしました。木島章「飼い犬が見つめていた」は「千年、いな万年」と、藤谷恵一郎「１００万年の詐取」は「己の数十年の繁栄に／（略）日本列島／１００万年の時を詐取することに／なるのではないか」と、市川つた「絶滅と創造」は「これが初めての絶滅と言えるのか／（略）人類が生まれ　核まで到達する歴史が／原始から始まる　いま何度目の崩壊か」と問います。また、黒川純「危険な神話」は「どんなに危険な未来への遺産であるのか／私たちの子孫はわかってくれるだろうか？」と問いかけます。そして、埋田昇二はその詩「太陽系第三惑星　奇跡」のなかで、わたしたち人類が知的生命体として生存できていることの確率を「一〇のマイナス一〇〇乗であっても不思議ではない」との引用をしながら、その奇跡とも言うべき偶然性をだいじにしたいと語ります。

　それぞれに同じドレスデンを訪れた青木みつおは「ドイツで」で、浅見洋子は「エルベ川の寒さ」で、わが国の現状と比較し、かの国での再生可能エネルギーのとりくみについて感想を述べます。実際、山本衛「大事なものは」が紹介するように高知県四万十の人びとのたたかいの例もあるのですから、「一億年続くかなしみはいらない」と若宮明彦といっしょに拒否することもできましょう。空色まゆは「なんだ／簡単なことだったんだ」と気づいて自分たちで「電気をつくろう」と呼びかけています。

　本アンソロジーの第五章は「被曝した子供たちの未来」です。彼末れい子の詩「乳歯」は、「骨に定着し　強い電子を放出」するため「骨髄の白血球」をこわすストロンチウム90は「ガイガーカウンターでは測ることができない」微量であっても抜けた「子どものやわらかな乳歯」によって確かめることができると言います。そうした地道なデータの収集が求められています。これから来る新しい人たちのために、わたしたちはなにをすることができるのか、あるいは、なにをすべきなのか。それぞれの思いを、北原亜稀人「鼓動」、篠崎道子「プロローグ」、淺山泰美「うつくしい未来」は語ります。そして、瀬野とし「漲る」、中村純「新しい人たちに」、高良留美子「産む」を読んだあと、いま、日本国の首相がもしも女性だったら、関電大飯３、４号機の再稼働は絶対に認めなかったにちがいないと確信しました。

　繰り返すようですが、〈核災〉は始まったばかりです。ここから踏みだすためには、〈核発電〉問題を主題にしたまだまだ多くの作品が書かれることでしょうし、書かれなければならないでしょう。このアンソロジーの第二集、第三集も当然のことながら刊行されることでしょう。

（『脱原発・自然エネルギー　２１８人詩集』コールサック社・二〇一二年八月十一日）

〈核災地〉福島の、いま。

1、神隠しされた街　チェルノブイリ、ここに再び

東電福島第一から二五キロしか離れていない町に住んでいる者にとって、一九八六年に起きたチェルノブイリ事故はおおきな衝撃でした。したがって、一九九四年に民間で組織された「チェルノブイリ福島県民調査団」への参加を勧誘されたとき、一も二もなくその場で決めてしまいました。一行は十五人。モスクワとキエフを経由、五月十六日から二十日までの強行日程でした。十七日は、ウクライナ医学アカデミー付属キエフ小児科・産婦人科研究所、ウクライナ医学アカデミー放射線科学臨床医療研究所を訪ね、夜は小児科医師ふたりを囲んで夕食。十八日は、チェルノブイリ国際学術調査センター、チェルノブイリ原発、プリピャチ市、居住禁止区域内ではあっても老齢者だけは居住を黙認されているパールシェフ村、事故後に発電所職員とその家族のために五〇キロ地点につくられたスラヴジチ市を訪ね、全日程を終えました。

この旅行後に、全員で報告書を書いたのですが、わたしは九篇で構成した連詩「かなしみの土地」を書いて報告に代えました。「神隠しされた街」はそのなかの一篇で、無人になったプリピャチ市で見たもの考えたことを、自分が暮らしている町に重ねあわせた作品です。

四万五千の人びとが二時間のあいだに消えた／サッカーゲームが終わって競技場から立ち去った／のではない／人びとの暮らしがひとつの都市からそっくり消えたのだ／ラジオで避難警報があって／「三日分の食料を準備してください」／多くの人は三日たてば帰れると思って／ちいさな手提げ袋をもって／なかには仔猫だけをだいた老婆も／入院加療中の病人も／千百台のバスに乗って／四万五千の人びとが二時間のあいだに消えた／鬼ごっこする子どもたちの歓声が／隣人との垣根ごしのあいさつが／郵便配達夫の自転車のベル音が／ボルシチを煮るにおいが／家々の窓の夜のあかりが／人びとの暮らしが／地図のうえからプリピャチ市が消えた／チェルノブイリ事故発生四〇時間後のことである／千百台のバスに乗って／プリピャチ市民が二時間のあいだにちりぢりに／近隣三村をあわせて四万九千人が消えた／四万九千人といえば／私の住む原町市の人口にひとしい／さらに／原子力発電所中心半径三〇㎞ゾーンは危険地帯とされ／十一日目の五月六日から三日のあいだに九

万二千人が／あわせて約十五万人／人びとは一〇〇kmや一五〇km先の農村にちりぢりに消えた／半径三〇kmゾーンといえば／東京電力福島原子力発電所を中心に据えると／双葉町　大熊町　富岡町／楢葉町　浪江町　広野町／川内村　都路村　葛尾村／小高町　いわき市北部／そして私の住む原町市がふくまれる／こちらもあわせて約十五万人／私たちが消えるべき先はどこか／私たちはどこに姿を消せばいいのか／事故六年のちに避難命令が出た村さえもある／事故八年のちの旧プリピャチ市に／私たちは入った／亀裂がはいったペーヴメントの／亀裂をひろげて雑草がたけだけしい／ツバメが飛んでいる／ハトが胸をふくらませている／チョウが草花に羽をやすめている／ハエがおちつきなく動いている／蚊柱が回転している／街路樹の葉が風に身をゆだねている／それなのに／人声のしない都市／人の歩いていない都市／四万五千の人びとがかくれんぼしている都市／鬼の私は捜しまわる／幼稚園のホールに投げ捨てられた玩具／台所のこんろにかけられたシチュー鍋／オフィスの机上のひろげたままの書類／ついさっきまで人がいた気配はどこにもあるのに／日がもう暮れる／鬼の私はとほうに暮れる／友だちがみんな神隠しにあってしまって／私は広場にひとり立ちつくす／デパートもホテルも／文化会館も学校も／集合住宅も／崩れはじめている／すべてはほろびへと向かう／人びとがつくった都市と／ほろびをきそいあう／ストロンチウム九〇　半減期二七・七年／セシウム一三七　半減期三〇年／プルトニウム二三九　半減期二四四〇〇年／セシウムの放射線量が八分の一に減るまでに九〇年／致死量八倍のセシウムは九〇年後も生きものを殺しつづける／人は百年後のことに自分の手を下せないということであれば／人がプルトニウムを扱うのは不遜というべきか／捨てられた幼稚園の広場を歩く／雑草に踏み入れる／雑草に付着していた核種が舞いあがったにちがいない／肺は核種のまじった空気をとりこんだにちがいない／神隠しの街は地上にいっそうふえるにちがいない／私たちの神隠しはきょうかもしれない／うしろで子どもの声がした気がする／ふりむいてもだれもいない／なにかが背筋をぞくっと襲う／広場にひとり立ちつくす

キエフの医師が「日本の技術は高く、同様な事故が起きるとは思えない。しかし、起きないという保証はどこにもない」と語りました。いま、チェルノブイリの事例を学ばなかったゆえの人災のなかで、憤りを抱えて生きています。

2、逃げる　戻る／飯崎の桜　時間が止まったまま、ほど遠い終熄

昨年三月十一日、夕刻の電話で、近くの海岸一帯の津波による壊滅的被害を知ります。これを聞き、自動停止した福島第一のその後の保全がなされているか心配になりました。翌日、弟が、福島第一の三基で炉心冷却ができずに制御不能状態だとのニュースをもってきました。わたしたちは最悪のメルトダウンを想定し、脱出を考え身辺整理をはじめました。十四日、一、三号炉で爆発が起き、二号炉も不安定な状態だという情報を弟が得てきて、十五日早朝、福島市に住む妻の姉の家へ向かいました。公的な避難指示はなかったので、いわゆる自主避難ということになります。十一日の夕方まで使えた電話、携帯電話、インターネットが不通、十二日から新聞も配達されない。テレビは受信できても、そのまえに座りっきりで居るわけにはいきません。四日間も公的な情報から疎外されていました。三キロ圏、一〇キロ圏、二〇キロ圏へと避難指示が拡大されていることをまったく知りませんでした。政府が、二〇キロから三〇キロ圏の住民に「屋内退避」指示を出したことを知ったのは、福島市に着いたのちのことです。流通も医療も止まった地域でどうやって「屋内退避」できるというのでしょう。十七日、南相馬市は独自判断によってバスを調達し、屋内退避圏の市民を県外へ集団避難させました。

文部科学省公表によると、四月十五日までの積算放射線量は、福島市五九六マイクロシーベルト、南相馬市四九五マイクロシーベルトとのことでした。十九日、福島市での三十五日間の避難生活を終え、帰宅しました。政府は二十二日に「屋内退避区域」を「緊急時避難区域」に指定替えしました。

わたし、わたしたちは逃げだした／逃げなかった人、人たちがいた／逃げだしたかったのに逃げることができなかった人、人たち／逃げたくはなかったのに逃げざるをえなかった人、人たち／逃げた人、人たち／逃げなかった人、人たち／それぞれに事情があって／それぞれの判断があった／それぞれの判断を許されない人、人たちがいた〃
わたし、わたしたちは戻ってきた／戻ってこなかった人、人たちがいる／戻ってきたかったのに戻ることができない人、人たち／戻りたくはなかったのに戻らざるをえなかった人、人たち／戻った人、人たち／戻らない人、人たち／それぞれに事情があって／それぞれの判断があった／それぞれの判断を許されない人、人たちがいる〃
メルトダウンした〈核発電〉施設から二五キロ／わたし、

わたしたちは求められるのだろうか／それぞれの判断をふたたび／あるいは判断を許されずに／わたし、わたしたちはふたたび

右の詩「逃げる　戻る」は一年が過ぎたあとの思いを託した作品です。

連詩「かなしみの土地」を書いたとき、原発難民となった人びとの思いを代弁したつもりでした。そのときの彼らの思いだと思っていたものは、現在の自分の思いそのものであるという現実のなかにわたしは置かれていると認識すると、腸は煮えくりかえって、収まることがありません。

市内小高区に、わたしが毎年の春を楽しみにしている桜があります。去年は見ることができなかったので、ソネット形式で「飯崎（はんさき）の桜」を作りました。

いつもの年なら／人びとの目をなぐさめ楽しませる／樹齢三百年のべにしだれ桜は／愛でる人なしにことしは散った／／丘のうえの小さな墓地の中央／傘状に枝をひろげて墓地を包んで／夕陽をうけて妖しい色に染まる／死者のために咲くべにしだれ桜／／丘からははるかに海が望める／津波が襲った海岸からは／妖しく咲くべにしだれ桜が見えるだろう／／死者をなぐさめるためにのみ咲いて／原発事故で立ち入りが禁止され／無人となった丘のうえで咲いて

ことし四月十六日、政府は市内の「警戒区域」と「計画的避難区域」の指定を解除し、昼のあいだは立入りできるようになったので、桜を見に行きました。夕陽のなかのべにしだれ桜は、西方十万億土からの光に溶けこむように染まって、この世とは思えない幻想の世界をつくりだしていました。六月末の概数では、南相馬市民のうち、自宅に居住している人が約三万五千人、市内外で仮り住まいしている人が約三万人、市外に転出した人が約五千人、死亡または所在不明の人が約二千人ということです。福島第一の状態は不安定ですし、人びとの暮らしがもとに戻るまでには、まだまだ長い時間を必要とします。

3、子どもたちのまなざし　来て、現実を直視してほしい

昼間だけ立入ができるようになった旧警戒区域に入ると、一年まえに津波が襲った直後の、あるいは地震が襲ったままの光景が目に飛びこんできます。汚染された廃棄物

は外部に持ち出せない、廃棄物の仮置き場を作るための手続きがすすまない、家のなかを片付けて洗い流そうにも上下水道復旧の見とおしがたたない、そして耕地は荒野に化し、あるいは沈下して水没しています。一九九四年に見たプリピャチ以上にひどい状況です。

南相馬市だけでも一年間の〈核災〉関連死者は二百六十六人（桜井勝延南相馬市長談）にのぼるとのことで、他市町村をあわせると多数の人びとが不条理な死を強いられているはずです。そして、いまも不十分な医療環境のなかで多くの人びとが苦しんでいる実態を目にしています。この六月十日に、旧警戒区域から市内の仮設住宅に避難していた五十四歳の農業を営む男性が遺書を残し、自宅に戻ってその納屋で、自死しました。〈核災〉はいっそう深刻さをましてゆくことでしょう。

ところが、３・11からわずか十五カ月後の六月十六日、なにごともなかったかのように、政府は「原発を止めたままでは日本の社会は立ちゆかない」ので「国民生活を守るため」という口実で、関電大飯の三、四号機の再稼働を決定しました。首相はまともに福島とは向きあわず、その現実を直視してはいないのです。

いま、アンソロジー『脱原発・自然エネルギー詩集』の編集がすすんでいます。そのなかの志田昌教「ヘレン・ケラーのゆびさき」は、「広島を訪れたヘレン・ケラーは／被爆者のケロイドに直に触れ／原爆の悲惨さを理解した」と言い、「もしもヘレンがいま福島を訪れ／ゆびさきで大地をなぞったとすれば／どのような叫びがその皮膚を突き抜け／ヘレンの魂を揺さぶることだろう」と想像しています。〈核災〉発生以後、何人の国会議員が〈核災〉の中心地を訪れたことでしょう。野田首相をはじめ、全国会議員が相双地方に来て、その現状をじかに目で見、大地をじかになぞってもらいたいのです。そして「その皮膚を突き抜け」「魂を揺さぶる」いのちの「叫び」を聞いてほしいものです。

なぜ民主主義的手続きを捨て、国民多数の意志に反してまで〈核発電〉を維持しようとしているのか。あるいは、なぜ再生可能エネルギー発電の研究・開発に及び腰なのか。六月二十日、国会は「原子力規制委員会設置法」を成立させるとき、会期末のどさくさにまぎれて、その「附則」のなかに、上位法である「原子力基本法」に「我が国の安全保障に資する」という文言を入れる法改正を成立させました。これこそが、〈核発電〉を維持して核燃料再処理に日本がこだわる理由なのでしょう。表向きは「国民生活を守るため」と言いながら、国民のいのちと未来とを危険にさらそうとしているのです。

未来と言えば、子どもたちです。〈核災〉発生の初期段階

で、SPEEDIによる放射性物質の拡散予測にもとづく確認計測によって、放射線量が高い地区を特定していながら、住民避難に活用しませんでした。そのうえ、米軍機で福島県上空の放射線量を測定して作成した汚染地図の提供を受けていながら、住民避難に活用しなかったという事実も判明しました。これらのケースは、住民のいのちの安全と健康をまもることを第一としない政府と電力会社の姿勢を如実に示しています。この結果、長期間「放置」され、過大な被曝を強いられたのは子どもたちをふくむ多数の住民たちでした。ヨウ素剤飲用を指示したのは三春町だけだったという事実もあります。〈核災〉直後に高濃度で汚染されながら放射線量が激減した地域があります。これは、半減期が短い放射性ヨウ素による汚染ではないかと推測できます。

わたしは、詩「子どもたちのまなざし」を書きました。

> 一般人の平常時年間被曝限度量は一ミリシーベルトとされている／一時間あたりに換算すると〇・一一四マイクロシーベルト／二〇一一年九月三〇日の環境放射線量測定結果によれば／毎時〇・一一四マイクロシーベルト以下だったのは／中通り地方では県南の三町／ほかはすべて西会津と南会津の一市六町二村だけ／この日　国は原発から二〇～三〇キロ圏の緊急時避難準備区域の指定を解いた／／チェルノブイリ事故後八年／キエフ小児科・産婦人科研究所病院／甲状腺癌治療のために入院している子どもたち／彼女たちのまなざしを忘れることができない／すがりつくような／訴えるような／病気からの救出を期待しての／／フクシマ事故後八年／すがりつくような／訴えるような／病気からの救出を期待しての／あのまなざしを向けるのだろうか／二〇一九年フクシマの子どもたちも／わたしたちに対して

（『プロパン・ブタンニュース』石油化学新聞社、二〇一二年七月二十三・三十日・八月六日）

六章　海辺からのたより

海辺からのたより　二

二十年もすねでやってくるつぅ超高齢化社会なんて
おらだの村でハびゃっこも心配ねのだっちゃ
エヘン　わが古里古里村でハ早々とプロジェクトツームば
　こしぇで
対応策ば着々と講ずてるのしゃ
むすろユートピアば実現すんのでがすちゃ
その一端ばご紹介申すあげすぺ
まんず　村長古里古里源八つぁんの基本的な政治理念つぅ
　のは
ずんつぁばんつぁば大切にすっぺつうごどでがす
（どごがで聞(き)だごどあるな）
野次(やず)んなってば……
ほだはんて　年寄(としよ)りだのんびり暮らすて
すかも　社会さ貢献すてるつぅ誇りば持って生きるにゃ
なじょすたら良(よ)がんべつうときに

いやぁ　わが源八つぁんはアイデアマンでがすもね
よす　温泉つきのホームばこしぇんべぇ
兎小屋みでなもんでなぐ
帝国ホテル並みのホームば十棟でも二十棟でも海っぱたさ
　おっ建てんべぇ
村長さんよぉ　なに寝ぼけてんのっしゃ
お天道さん頭のてっぺんさ回ってすつぉ
おらだの村の財政ば赤字でがすと
でぇいち村さ湯っこなんてびゃっこも湧がねの判(わが)ってすぺ
　に
ところがほでねのだじゃ
案ずるより先さ湯っこ湧ぐつう諺(ことわざ)あんでがっつぉ　知ら
　ねがすたべ
東京どが仙台どがさふだに湯っこ湧がすてたんだ投げでる
　会社ばあんのっしゃ
その会社の工場(こうば)ば誘致すていらね湯っこば分けてもらうつ
　うのはなじょなもんだべね
工場ば誘致せば仕事ぁふえるす村さ活気も出るはんたす
何よりもかぬよりも税金ばがっぽり入って来るもんね
そんで温泉つきホームばこしぇんべぇ
どんた　一石三鳥だか四鳥だべや

こんたにすて　まんつ　とりあえず六棟のホームばおっ建
　てたのっしゃ
いやぁ最高だっちゃ　年寄り(としょ)だ喜んだのなんのって
万人風呂さいつでも湯っこたっぷり溢れてるす
マッサーズ機ばずらぁっと並んでるす
碁将棋ばもつろん　唄っこ唄でぐなればカラオケ
外さ出はれば植木いずりでもゲートボールでもできっす
なんもすたぐねどきゃ寝転がってればええ
みんなすて天国だぁ天国だぁってんのっしゃ
あの世さ行(え)ぐめぇに天国の暮らすばすて
あの世さ行(え)ってがらあの世のこの世よりもこの世のあの世
　ほが良(え)がったなんて思うんでねべがなんて
年寄り(としょ)だみんなすて思ってるよでがす
若ぇ衆(し)だも喜んでんのっしゃ
年寄り(としょ)ど揉めごとすっこともなぐなって
村さ嫁こどんどん来るよになりすたもんね
べちょこたんとあれば世の中めでたしでがす
過疎化現象なんてぴたっと止まりすたのっしゃ
このとこ古里古里音頭ば流行(はや)ってすちゃ
寄合(よりえ)ぇつうどみんなすて唄って踊って
ちょっくら　ご披露すてみすか

はああ　昔ぁ　狐狸(こり)ぁだ　ふだに居たはんて
古里古里村よ　チョイトネ　ああこりゃこりゃ
二番
はああ　今でぁ　源八つぁん……
え　なんでがすと　社会さ貢献すてるつぅ誇りば年寄り(としょ)だ
　さ持だせるになじょすてんのがでがすと
ほだほだ　いやあ肝心要(かんずんかなめ)なごどばしゃべんの忘せだった
　や
エヘン　それはでがすね
ホームの年寄り(としょ)ださ一つでがすけんとも
仕事ばやってもらってんのっしゃ
なあに　易(やさ)すい仕事でがす
ホームのブザーば鳴ったどぎに
湯っこ湧がすてる工場さ出張(でば)って
首さアラームメータつうもんばぶら下げて
つりとりとモップすて掃除せばそれでええのっしゃ
ほんでまたなっす

（『鞴』第十四号、鞴の会、一九八二年五月十五日。のち、詩集
『海のほうへ　海のほうから』花神社・一九八七年刊に収載）

海辺からのたより　二（共通語訳）

二十年以内に到来するという超高齢化社会など
私たちの村ではまったく危惧することはありません
エヘン　わが古里古里村ではいち早くプロジェクトチーム
　を編成し
対応策を着々と講じております
むしろ世界に先がけ理想郷を実現しようとしているのであ
　ります
そのプランの一端をご紹介申しあげましょう
まず　村長古里古里源八氏の基本的政治理念とは
老人を大切にしようということです
（テレビでよく言っている人と同じだな）
野次らないでください……
したがいまして　高齢者のみなさんが心おきなく生活し
しかも　自分が社会に貢献しているのだという誇りを持っ
　て生きるためには
どうしたらいいかという問題に対して
実に　わが源八氏は妙策を私たちに示したのです
—よし　温泉付き老人ホームを建設しよう

兎小屋のようなちゃちなものではなく
プリンスホテル並みの老人ホームを十棟でも二十棟でも海
　岸に建設しよう
……村長！　脳軟化症にでもなったんじゃありませんか
藪山先生に一度診察してもらったらどうですか
わが古里古里村が赤字財政に苦しんでいることぐらいご承
　知でしょう
だいいち　村には温泉など湧きだすはずがないことを知っ
　ているでしょうに
—何か言ったか　悪口はよく聞こえるもんだぞ
案ずるより先にお湯が湧くという諺がある　初耳だって？
　まあいいや
東京や仙台に大量熱水製造廃棄株式会社というのがある
その会社の工場を誘致して不用な湯を分けてもらうのはど
　んなものかね
工場誘致によって就業機会がふえ村内に活気も出るはずだ
なににもまさるメリットは多額の交付金や固定資産税など
　が見込めることだ
というわけで温泉付き老人ホームを建設しよう
どうだね　一石三鳥いや一石四鳥だろう
このようにして　まず第一期工事として六棟の老人ホーム

を建設したのです
いやあ最高です　老人たちの喜びようといったらありませ
ん
万人風呂にはいつも湯がたっぷり溢れていますし
マッサージ機が何台も並んでいます
碁将棋はもとより唄を唄いたくなればカラオケ
外に出れば植木の手入れだろうとゲートボールだろうと好
き勝手
なにもしたくなければ横になっていればいい
みんながみんなこれこそ天国だと言っております
あの世へ行くまえに天国の生活をして
あの世へ行ってからあの世のこの世よりもこの世のあの世
のほうがよかった
などと思うんじゃなかろうかと
老人たちは誰もが思っているようです
若者たちも喜んでおります
嫁姑のいさかいもなくなり
村に嫁がどんどん来るようになりました
嫁不足が解消されれば村の生活は安泰です
村の人口は増加の一途をたどっています
最近は古里古里音頭が村内で流行っております
集会というとみんなで唄い踊っています

ちょっとご披露してみましょうか
はあぁ　昔は狐狸たちがたくさん居たので
古里古里村よ　チョイトネ　ああこりゃこりゃ
二番
はあぁ　今は源八さん……
え　なんですか？　社会に貢献しているという誇りを老人
たちに持たせるためにどうしているのかですと？
いやあそうでした　もっとも大事なことをお話しするのを
忘れておりました
エヘン　その件につきましてはですね
老人ホームに入っておられる方がたにひとつだけですが
仕事をしていただいているのです
なあに　実に容易な仕事なのです
老人ホームに設置してあるブザーが鳴ったとき
大量熱水製造廃棄株式会社に出向き
首に目覚まし計という計器をつけ
塵取りとモップで掃除さえすればそれだけでいいのです
ではもしまたお目にかかれることがありましたら

（詩集『海のほうへ　海のほうから』付録、花神社・一九八七年十月二十日）

記憶と想像

わたしたちは二十五年まえの事故を知っている
わたしたちは二十五年まえの事故がまだ終熄していないことを知っている
わたしたちは福島の事故がまだ終熄していないことを知っている
わたしたちは二十五年のちの福島がどうなっているかを知らない
わたしたちはあしたの福島がどうなるかを知らない
わたしたちは二百万年のちの人類がどう生きるかを知らない
わたしたちは二百万年まえの人類がどう生きたかを知らない

わたしは想像してみる
二百万年まえに人類がいて
ひとつの高度な文明を築いた人類がいて
第三紀鮮新世の終わりごろに滅亡した人類がいて
原子力を発電に用いた人類がいて
原子力の制御に失敗した人類がいて
第三紀と第四紀のあいだに大地殻変動があって
第四紀洪積世のはじめにその記憶が失われてしまった
第四紀洪積世のはじめにその痕跡が失われてしまったのではなかったのかと
わたしは想像してみる
二百万年まえに新しい人類が
最初からやりなおしをはじめたのではなかったのかと

わたしたちは二百万年のちの人類について知らない
彼らがわたしたちを二百万年のちに記憶しているか
わたしたちが彼らの記憶にとどめられている存在なのか
わたしたちは想像できない

＊二百万年まえ、新生代は第三紀鮮新世から第四紀洪積世となり、アフリカに猿人が出現した。

(『詩と思想詩人集二〇一一』土曜美術社出版販売・二〇一一年八月三十日)

解説

南相馬市で脱原発の論理的根拠を思索する人

若松丈太郎『福島核災棄民
——町がメルトダウンしてしまった』に寄せて

鈴木比佐雄

1

若松丈太郎さんは福島県南相馬市の一詩人であるが、3・11以前から日本の詩人の中で最も骨太な民主主義・人権思想を抱えた詩人であり、事実を突き詰めた果てに日本の未来を予知していた稀有な詩人であると私は認識していた。この現代日本の宝のような詩人の価値が多くの人びとに認識されるようになったのは、この詩人が予知し警告を発していたことが現実となって白日の下に曝されたからである。若松さんをなぜ思想詩人と考えるか、若松さんから何を問いかけられているのか、それらに応答するのが本書の解説文を書く私の目的でもある。

本書『福島核災棄民—町がメルトダウンしてしまった』は、3・11から二カ月後の五月十日の奥付で刊行された『福島原発難民　南相馬市・一詩人の警告　1971年〜2011年』の続刊とも言える書物である。若松さんは一九七一年から福島原発の危険性を四十年間も発信し続けてきた。それらの主要な評論や詩篇が『福島原発難民』にまとめられた。刊行後は東京新聞に森崎和江さんが書評を書いてくれ、朝日新聞を始め多くの地方新聞も書評や若松さんの詳しい紹介記事を掲載してくれた。この一年以上経った秋にも北海道新聞が若松さんと南相馬市小高区を歩きながらインタビューした記者の記事が出ていた。その中でも詩人のアーサー・ビナード氏は、3・11以後にラジオで若松さんの詩「神隠しされた街」を朗読しただけでなく、この詩を「百回以上読んで、それでも鳥肌が立ち」ながら翻訳し、若松さんの日英対訳詩集『ひとのあかし（What Makes Us）』（清流出版）を今年の一月に刊行した。また加藤登紀子氏も「神隠しされた街」に感動し、稲塚秀孝監督のドキュメンタリー映画『フクシマ２０１１〜被曝に晒された人々の記録』の中で、曲をつけて歌ってくれた。本書の巻末にはその加藤登紀子氏のCDを添付させてもらっている。私は若松さんの文章の誠実さと粘り強い思索力、原発事故を予知していた詩の先見性などの魅力に詩人、音楽家、評論家、新聞記者たちだけでなく多くの一般の人びとが気付いてくれたことに深い感謝と同時に、闇の中の一筋の光のような希望を感じた。そして初版も残部が残り少なくなり、若松さんの書かれたことは、きっと核時代の抱えている病巣を抉り出し警鐘を鳴らしていた言葉の力に負うものだろうと考えている。

若松さんは一九九四年にチェルノブイリの視察旅行に参加した。その際に事故後の半径三〇kmが無人地帯になっていることに戦慄を覚えた。そして福島第一原発、第二原発から三〇kmの人口がチェルノブイリと同じ十五万人であることやその中のプリピャチ市が原町市と同じ四万五千人(南相馬市と合併する前の人口数)であることを不吉な数字として記していた。その三〇kmの市町村名は、双葉町、大熊町、富岡町、楢葉町、浪江町、広野町、都路村、葛尾町、小高町、原町市、いわき市北部で、それらがチェルノブイリのようになったらどのようなことになるのかを、連作詩「かなしみの土地」八篇とエッセイ「原子力発電と想像力」に書き記していた。若松さんの散文と詩の魅力は、誰よりも福島の浜通りで暮らす人びとやその歴史に敬意を抱き、それらの暮らしの中から育てられた福島の文化人の個性的な研究などに深い愛情を抱いていることが、文体から滲み出ていることだ。そしてそれらの掛け替えのない歴史・文化・暮らしを破壊する原発の存在そのものが人間社会とは相容れないことを照らし出してくれる。また福島を越えて二〇〇km先の首都圏の「ホット・スポット」を引き起こすことさえ想定していた。例えば私の暮らす千葉県柏市もちょうど二〇〇kmだったが、予知されたように「ホット・スポット」となり近くの手賀沼に注ぐ川底には九八〇〇ベクレルものセシウムが存在している。八〇〇〇ベクレル以上は埋め立ても処分も出来ないし、市内の至る所から集められた柏市に降り注いだ放射性物質を含んだゴミの焼却灰も、行き先の目途が付かないまま増え続けていて保存場所など切実な社会問題となっている。若松さんの十七年前の警告は、恐ろしいほど現在の情況を予知していたといえる。

今回の『福島核災棄民』は、昨年の秋頃に若松さんとの話し合いで『福島原発棄民』というタイトルで続刊として構想していた。夏が過ぎて原稿が届くと、「福島原発棄民」ではなく、「福島核災棄民」とタイトルが変更されていた。若松さんは今回の本の中で原子力発電を「核発電」と言い直し、原発事故を「核災」という言葉で言い換えている。このことは、三章の「広島で。〈核災地〉福島、から。」の冒頭近くで次のように書かれている。

「核兵器は核エネルギーの悪用であり、核の軍事利用の副産物である〈核発電〉は核エネルギーの誤用と言われている。／そこで、わたしは原発を〈核発電〉、原発事故を〈核災〉と言うことにしている。その理由は、おなじ核エネルギーなのにあたかも別物であるかのように〈原子力発電〉と称して人びとを偽っていることをあきらかにするため、〈核発電〉という表現をもちいて、〈核爆弾〉と〈核発電〉とは同根のものであると意識するためである。／さらに、〈原発事故〉は、単なる事故として当事者だけにとどまらないで、空間的にも時間的にも広範囲に影響を及ぼす〈核による構造的な人災〉であるとの認識から〈核災〉と言っている。チェルノブイリ核災から二十六年だが、まだ〈終熄〉してはいない。福島核災は始まったばかりで、二十六年後に〈終熄〉していることはないだろう。おそらく、六十七年後になっても〈終熄〉していることはないだろう。まったく先が見えない災害なのである。」

以上の〈核発電〉と〈核災〉への言い換えは、本来の意味や実態をより現実に近付けていくためのものであることが分かる。この〈核発電〉という言葉は、戸田清『〈核発電〉を問う　3・11後の平和学』を参考にして使用されている。一九三八年にオットー・ハーンとリーゼ・マイトナーによって核分裂が発見されてから七年ほどで米国は核兵器である原爆を日本に投下した。その原爆の恐ろしさを身に染みている日本であるにもかかわらず、原爆の派生技術の誤用である〈核発電〉を受け入れてしまった原因を突き詰めていこうとしている。その根幹に〈原子力発電〉と核兵器を切り離して別物として使用して、〈核発電〉を推し進めてきた者たちに対抗し、その恐ろしさを明らかにするために、若松さんはこの〈核発電〉や〈核災〉という言葉を広めていこうと考えたのだろう。その意味で、今回のタイトルの『福島核災棄民』という言葉の意味をきちんと認識して、この災害は他人事ではなくこれから想像もつかない時間がかかり、永遠に〈終熄〉することのない人災であることを認識して欲しいとのことなのだろう。

2

私の暮らす千葉県柏市から常磐線に乗れば、3・11前だったら特急などを使えば三時間二十分で若松さんの暮らす南相馬市の原ノ町駅に着くはずだった。しかし常磐線はいわき市の広野駅までしか走っていない。また常磐道も福島第一原発近くの常磐富岡まで行けたのが、今はその手前の広野インターまでしか行けない。従って六号線もきっと広野町ぐらいまでしか行けないだろう。六号線が通れればいわき市から南相馬市はまっすぐに行けたはずなのだ。昨年の四月のようにいわきジャンクションから磐越自動車道に向かい東北自動車道に入り福島経由で南相馬市に向かおうかとも思ったが一日で走るのは大変なので、今回は新幹線で福島駅まで向かいレンタカーを借りて南相馬市に向かうことにした。

二〇一一年四月十日に若松さんが避難していた福島市から私の車で若松さんとカメラマンの福田文昭さんと一緒に、南相馬市の自宅に向かい、その後に半径二〇km内の警戒区域になっていた小高区の市街地、小高川流域、村上海岸付近にも入った。その時の光景は『福島原発難民』のカバー写真を見て頂ければ少しは想像してもらえるかも知れない。小高川流域は放射能の影響で警戒区域に指定されて、数千人もの町が壊滅して多くの人びとがまだ瓦礫の下に存在しているかも知れないのに、捜索が打ち切られた地獄のような場所のひとつだったからだ。私たちが入った時には、捜索が再開されてまだ数日しか立っていない情況だった。

それから一年半後の今年の十月六日には、福島駅前でレンタカーを借りて詩人でカメラマンの柴田三吉さんと私は南相馬市の若松丈太郎さんの自宅に向かった。115号線の福島市、伊達市を抜け、399号線をしばらく行くと飯舘村に入っていく。この飯舘村を走り抜けて気付いたのは、昨年と同様に人っ子一人いないのだが、村の田畑は野草が伸び放題で荒地に変貌してしまっていることだった。沿道のビニールハウスも野草が天井を突き抜けていて、手の施しようが無いようだった。原発事故が起こる前は、水と空気に恵まれて阿武隈台地の桃源郷の山村だったのに見る影も無かった。ここに暮らしていた人びとはどんなにか心を引き裂かれる思いで避難する町で暮らしているのだろうかと想像されたのだった。柴田三吉さんは飯舘村で降りて撮影をしたそうであったが、南相馬市への到着時間が遅れていたので先を急いだのだった。

半径三〇km〜四五km前後にある飯舘村は、山々が両脇に見える村だった。この山あいを高濃度の放射能雲が流れていったのだ。福島第一原発のある双葉町・大熊町の北にある浪江町は、浜通りの町であるが飯舘村に隣接するほど細長い町である。若松さんが二章の「広島で。〈核災地〉福島から。」の4で触れているように、浪江町北西部の津島字赤宇木(あこうぎ)は飯舘村に接する半径二八km付近であったが、三三〇マイクロシーベルトという高濃度の線量が降り注いでいた。浪江町の中心地は福島第一原発から一〇km圏内であり、その北西部の外れの南津島は五五〇マイクロシーベルト(年間四三八〇ミリシーベルト)であったという。被曝限度量は年間一ミリシーベルトと言われているので数千倍以上にもなる。浜通りに暮らす地震や津波から生き残った浪江町の人びとは、原発事故に追われて浪江町の北西部の赤宇木、南津島や飯舘村方面の半径三〇km圏外方面へ避難していった。浪江町などの半径三〇km圏内の十五、六万人の人びとには、最も重要な命に関わる放射能情報を伝えなかった。百億円をかけた緊急時迅速放射能影響予測ネットワーク（ＳＰＥＥＤＩ）のデータを文部科学省と政府は、米軍にはその情報を渡したとも言われているが、放射能雲の流れを知りながら地域住民に隠蔽した。また米軍機が測定した航空汚染マップの情報も知らせることはなかった。この情報隠蔽こそが、「核発電」被害による「棄民」政策の典型的な事例だと若松さんは語っていた。そんな若松さんの原稿の内容を思い出しながら、私は浪江町の北西部の近くを通り、若松さんのいる南相馬市に向かっていった。何か3・11に向かって時間を遡っていくような思いがしていた。

　同乗したカメラマンの柴田三吉さんは、詩人で小説や批評も書き、またアジアの国々を一人で巡り写真を撮っている。柴田さんは昨年、『福島原発難民』を「しんぶん赤旗」の文芸欄の月評で取り上げて「〈私たちはどこに姿を消せばいいのか〉。この言葉は、難民となった住民の悲鳴にも聞こえる」と若松さんの言葉の問いの深さを的確に批評してくれた。若松さんの良き理解者であるから、私は柴田さんに南相馬市の現実を若松さんの姿とともに写し撮ってもらいたいと思ったのだ。

　緊急避難準備区域を解かれた南相馬市原町区は、市の中心地地帯ですでにガソリンスタンドやレストランチェーン店なども営業を再開しているところも増えてきたようだ。若者や主婦たちが自転車に乗っている姿を見ると、復興の希望のようにも思われた。若松さんによると市になってからの七万一千人の半分ほどがようやく戻ってきたらしい。若い夫婦などは戻りたくても子供たちのことを思って戻れないのが現状なのだろう。若松さんの暮らす半径二五㎞の原町区は、海に近いこともあり実際の線量０・２マイクロシーベルトぐらいなので低い方だ。実際は飯舘村の先の半径五〇㎞以上の福島市の方がかなり高くて今も０・９〜１マイクロシーベルトあるそうだ。その意味で国任せではなく、今回の事故の関係する自治体は、職員や地元の人びとの協力を得て地域の地形の正確なデータに基づく放射線線量マップを作り出すことが急務なのだろう。その汚染データを住民に示して、今後の暮らしの再建をどうするかの指針を提案するしかないだろう。

　若松さんの自宅に着き初対面の柴田三吉さんを紹介した。昨年は眼に見えない放射能のただなかにいるような感じを抱いたが、一年半後の今回は半数の住民が戻ってきたことが救いのように思われた。ただその間に病院や避難先を何度も移転し、職場や学校などが閉鎖されて多くの住民が生活環境を破壊されてしまった。そんなコミュニティを破壊された南相馬市の復興は、想像もつかないくらいの困難さを抱えて長期化を予感させている。そんな先が見えないような思いを感じながら私たちは小高区へ向かって車を走らせた。若松さんは乗車の前に南相馬市から与えられた線量計で放射能を計っていた。この町で暮らすことは、線量計で放射性物質を測らなければならないことを知らされた。

常磐線は原ノ町駅からいわき市の広野駅までの十駅「磐城太田、小高、桃内、浪江、双葉、大野、夜ノ森、富岡、竜田、木戸」は未だ不通になっている。原ノ町駅の次の磐城太田駅に向かうと途中に無人踏切があった。そこで降りてみると線路は葛とススキによって覆い隠されていた。踏切がなければ、この細長く続く場所が線路であったことは気が付かなかったかも知れない。鉄道が走らないことは、このような葛とススキの原野に還っていくことなのだ。若松さんは無人踏切に立ち遥か彼方を眺めていた。磐城太田駅にも立ち寄ると駅の脇には自転車置き場があり、数十台がそのままになっていた。駅舎は閉まっていて時計が三時四十分ぐらいで止まっている。きっと3・11に電気が止まりそのままの状態で一年半が過ぎていったのだ。この後に半径二〇km圏内の小高駅に行った時も同じように駅の時計は、三時四十分ぐらいで止まり、誰もいないで線路とプラットフォームは葛とススキに覆われて朽ちていき原野に還っていくような地のエネルギーを感じたのだった。すでに半径二〇kmの大きな検問は無くなっていたが、集落の中央を小さな立入禁止の看板塔が道を塞いでいた。墓地をその看板塔が分断したままで残っていた場所もあった。二〇km圏外近くの牛小屋で親子の牛が戯れていて柴田さんが笑いながらカメラを向けていた。

私たちは本書の冒頭にある詩「町がメルトダウンしてしまった」の舞台である小高区の一五〇軒もの商店街に入っていった。すでに避難区域ではなくなっているが、人は誰もいないようだった。しかし一店舗、床屋さんが店を開いているらしいが、眼には入らなかった。昼間の立入は大丈夫だが、インフラの復旧の目途が立たないために夜間の立入は禁止されている。小高駅から続く無人の商店街を三人で歩いていくと、なんともない店舗も多いが、所々に屋根が地上に届いてしまった壊滅的な店舗があり、地震の物凄さを物語っていた。しかし一年半が立ってもそのままであるのは、所有者の行方が分からないので、行政も処分ができないらしい。放射能物質の目に見えない影響があり、宮城や岩手の被災とは違う、何か取り返しのつかない得体の知れない深刻さを感じた。六号線で小高区の南部からは双葉郡の浪江町と双葉町と大熊町は眼の先であり、福島第一原発まで十数km足らずなのだ。この場所に立つと3・11の時に小高区の人びとは地震、津波、放射能被曝の三重苦でどんなにか怖かっただろうかと思われた。

若松さんは商店街の薬屋の看板がある店舗の前に来て止まり、「この店は鈴木さんと同じ姓です。先祖が誰か分かりますか」と尋ねられた。心当たりがないと言うと、「日本国憲法に影響を与えた鈴木安蔵です」と教えてくれた。「詩『町がメルトダウンしてしまった』に書かれていましたね」と私はようやく名前を思い出したのだ。鈴木安蔵は、二〇〇七年に大澤豊監督の『日本の青空』の主人公として描かれた在野の憲法学者で、戦前は京都学連事件や治安維持法で検挙されて何度も投獄された。戦後は憲法研究会のメンバーで「憲法草案要綱」をまとめ、GHQの日本国憲法案にも影響を与えたと言われた。また戦後の護憲を掲げた憲法学者の中心的な人物だったそうだ。そんな鈴木安蔵を生んだ町は、小説家の埴谷雄高や島尾敏雄の本籍地でもある。若松さんは埴谷雄高と島尾敏雄の二人の資料館を立ち上げ運営していた関係者でもあり、反骨精神のある歴史に名を残した学者、小説家などを輩出した町に血が通わなくなったことに対して、激しい憤りを感じながら事実を突きつけながらこの詩を書き上げたことが分かる。若松さんにとって小高町は生まれ育った岩手県の町に似ていると感じられ、この町で教師生活をしたこともあって、より親近感を抱いていたらしい。若松さんの生まれは岩手県江刺郡岩谷堂町（現在の奥州市）で父は紳士服の仕立て職人だった。その岩谷堂町も小高町も同じように軒を連ねた町並みで一万人ほどの人びとが暮らし、さまざまな職人がいて一つの独立した町を作っていたそうだ。人間が人間らしく暮らしていくために、職住一致の町の慎ましい暮らしは、江戸時代末期から昭和の初め頃まで外に開かれながら市民文化圏を熟成していたと言う。そんな町のあり方が3・11以後の暮らしの見直しをしていく上で、重要な指針になると若松さんは語っているように思われる。私が若松さんを思想詩人と考えているのは、人びとが人間らしく生きていくために、どのような暮らしのあり方が一番大切か、どのような価値を優先すべきかを民衆の側に立って根本的に考えようとして、それを詩や評論で一貫して書き続けているからだ。

3

本書は六章から成り立っている。一章「町がメルトダウンしてしまった」は、先程から触れてきた小高の町を記した詩と「原発難民ノート2―二〇一一年三月十五日から四月三十日まで」が収録されている。『福島原発難民』を製作中の生々しい日記のような報告文だ。この若松さん自身が遭遇した切迫感を書き残してくれたことは、3・11以後を振り返る時にとても貴重な証言となるだろう。

二章「キエフ　モスクワ　一九九四年」は、若松さんが一九九四年にチェルノブイリに視察旅行に出かけた際に記したドキュメンタリー小説のような報告文だ。詩「神隠しされた街」を書くかたわらに、若松さんは散文でもチェルノブイリとその周辺の人間たちをリアルに描いていた。詩と合わせて読まれると、よりチェルノブイリの実相が身に迫ってくる。

三章「福島核災棄民」の「福島から見える大飯」と「広島で。〈核災地〉福島、から。」の二編は、若松さんが３・11以後の福島の危機的な情況をどのように思索してきたかを論理的に書き記している。これからの脱原発・原爆廃棄の運動の論理的な根拠になる論文になるだろうと私は考えている。この論文は広島の原爆祈念日に開かれた「８・６ヒロシマ国際対話集会―反核の夕べ　２０１２」での講演の原稿として書かれたものだ。実際の講演は時間がなくて一部のみを話したらしい。

論文は９つの問題点をあげて論じている。

１「はじめに」は先に引用した〈核発電〉と〈核災〉の用語の説明をしている。

２「〈核施設〉の危険性を認識しながら国策として推進した問題」は、「原子炉の周囲は（略）非居住区域であること」などや「非居住区域の外側の地帯は、低人口地帯であること」と定めていたことに対して、危険を認識しながら、自治体や住民同士の対立をあおりながら、危険なものを作り続けてきたことを指摘している

３「〈核施設〉の危険性を認識しながら、十全な対策を講じなかった問題」は、一九七二年にアメリカ原子力委員会が福島原発のマークI沸騰水型の格納容器が小さく危険だと指摘したにもかかわらず使用し続けた。また二〇〇八年に東電が一五・七メートルの津波の試算をしていたにもかかわらず何も対策をしなかった。津波や地震などによる事故の危機管理体制なども改善・強化もされてこなかった。

４「〈核災〉発生後の指示、住民への対処の問題」は、先にも触れた緊急時迅速放射能影響予測ネットワーク（ＳＰＥＥＤＩ）のデータを文部科学省と政府は、放射能雲の流れを知りながら地域住民に隠蔽した住民軽視の姿勢を断罪している。その他にも地形によって危険なホットスポットがありながらも避難指示を出さなかった国・行政や電力会社の在り方を「国民の生命と子どもの未来を護るべき責務を放棄した国家による棄民行為であると、わたしは告発する」と若松さんは語っている。

５「〈核災〉発生後の事実の伝達などの問題」は、南相馬市にいた若松さんが３・11以降に電話、携帯電話、インターネットが不通になり、新聞も止まり、テレビだけが付いていた情況で、避難指示などの情報が四日間もなかったこと

を指摘している。このことからも浪江町などの市町村も同じように国・行政や電力会社からの情報隠蔽や無責任さを指摘している。

6「〈核災地〉の現状」は、南相馬市が「屋内避難」、「緊急時避難準備区域」、「計画的避難区域」、「特定避難勧奨地点」、「無指定地区」の五つに分けられてコミュニティや町の経済活動などが破壊されて、復興の目途が立たない検証を指摘している。〈核災〉が憲法で保障されている「恐怖と欠乏から免れ、平和に生存する権利」、「個人としての尊重、生命、自由、幸福追求の権利」、「法の下での平等」などの基本的な権利を侵していることを冷静に指摘している。

7「労働者被曝の問題」は、原発労働者の過酷な労働条件やすでに癌にかかったり死亡している事例をあげて、その使い捨てられていく労働者の実態を明らかにするように語っている。

8「負の遺産の問題など」は、これほど危険な〈核発電〉に固執する国家の隠れた目的が、「原子力基本法」に「我が国の安全保障に資する」という文言を入れたことによって明らかになったと言う。核抑止力という〈核兵器〉への転用の可能性を残すためにという考えを持つ政治家たちの隠れた国家意志を指摘している。

9「〈核災〉原因者に対する思い」は、この〈核災〉を引き起こした当事者たちには、「人道に対する罪」「人類に対する罪」「全生物に対する罪」というものが認められるべきだと若松さんは語っている。

そして「広島・長崎の人びとの六十七年に及ぶ長い闘いの蓄積から福島のわたしたちが学ぶべきことが多いはず」と締めくくっている。最後の言葉は原発と原爆は同じものであり、脱原発は脱原爆であり、原発と原爆は共に廃絶されなければならないことを確認し、その困難な道を連帯していくべきだと語っている。

四章「戦後民主主義について」は、3・11語に同人誌や雑誌に書いてきた短いエッセイを集めたものだ。困難な時に若松さんを励ましてくれた友人たちや、若松さんに影響を与えた詩人・作家たちのことにも触れている。また戦後民主主義が〈核災〉をどのように乗り越えていくか、試練の時を迎えていることを告げている。

五章「ここから踏みだすためには」は、コールサック社から二〇一一年に刊行した『命が危ない　311人詩集』、二〇一二年に刊行した『脱原発・自然エネルギー218人詩集』の個々の詩篇を論じてくれた解説文が再録されている。詩人の個性的で鋭い感受性がこの時代とどのように交差しているかを的確に紹介してくれている。

六章「海辺からのたより」には、二篇の詩篇が収録されていて、若松さんの浜通りの人びとの感受性を代弁するだけでなく、二〇〇万年もの時間の彼方から現在を見つめる宇宙意志のような感受性も記されている。

3・11以後に世界の文明の在り方をもう一度根本から見直し、他者の人権、生きとし生けるものの生存権、地球環境の保全などを未来の子どもたちに手渡していくために、自分の暮らしを変えていこうと考えている人びとにぜひ、この評論集を読んで欲しいと願っている。若松さんの問いかけは、市民文化を育てるような生きていく場所から、自らの生き方を通して、他者の人権や生存権など民主主義の根本を自分の頭で考え、自分の言葉で語り、責任ある思いやりのある行動をして欲しいという、心からの願いだろう。

それから最後に、今後の若松さんの実際の行動の一つを紹介しておきたい。十一月十六日付の東京新聞の社会面で第二次の「福島原発告訴団」が東電の勝俣恒久前会長ら事故当時の経営陣三十三人を業務上過失致死傷などの疑いで福島地検に告訴したことを大きく報道していた。この第二次の「福島原告告訴団」は、一万三千二百六十二人で避難途中の死亡、避難生活に絶望した自殺、甲状腺異常の被害の子ども達の親御さんなど四十七都道府県の人びとだ。若松さんは今年六月に福島県民だけで結成した第一次「福島原発告訴団」の千三百二十四人の一人だ。私はこの二つの裁判を通じて、原発を推進してきた東電幹部と政府・行政、政治家たち、原発メーカー、原発を肯定してきた学者・外郭団体たちなどの「原子力村」の利権の構造や無責任体制や「棄民政策」が徹底して暴かれることを期待している。若松さんの本書が、これらの裁判の関係者たちや福島のことを決して忘れてはならないことと考えている多くの人びとに読まれ、彼らを勇気付け励まし続けることを願っている。

あとがき

ある人から「東電関係者のあいだでは、福島を〈植民地〉と言っている」と聞いた。

直接ことばにしなくとも意識のなかではそう捉えているにちがいないと思っていたから、然もあろうと受けとめた。東電は、電力を供給しているエリア（東京都、関東六県、山梨県、静岡県東部）の外にすべての核発電所を置いている。福島に限らず、新潟も青森も、あるいは、〈東北〉はすべて彼らの植民地という意識なのであろう。

彼らとは、いわゆる原子力村の住人だけを指して言うのではない。彼らとは、日本という新帝国主義国家を構築した政官財を中心とする権力の枢軸でもある。政府は、米国と経団連の圧力に抗しきれず、民意を斥けて大飯核発電所を再稼働し、また「革新的エネルギー・環境戦略」を有名無実なものにしてしまった。

いま、わたしたちは「日本国憲法」の第十一条をはじめとする条項で認められているはずの権利を保障されず、国家の主権者であるとは認められない状況のなかで生きている。

〈東北〉は二重、三重に植民地支配を受けているのである。

前著を出版したとき、わたしは自分を〈原発難民〉と規定した。だが、一年余を経たいま、わたしは自分を〈核災棄民〉であると規定している。

本書のいくつかの文章で、その記述内容に重複している個所をふくむものがある。それぞれ異なった読者を対象にして執筆したためであることをお断りする。

加藤登紀子さんが「神隠しされた街」に曲を付け、さまざまな機会に歌唱してくださっている。そのＣＤを本書の「付録」にすることを許し、さらに帯文を寄せてくださった。

柴田三吉さんは旧警戒区域の南相馬市小高区に入って、核災地を撮影してくださった。

鈴木比佐雄さんには「解説」を執筆いただいた。彼の叱咤がなければ本書は成立しなかったであろう。佐相憲一さんには厳密な校正をしていただいた。また、装幀は杉山静香さんのお手をわずらわした。

みなさんに感謝申しあげる。

結婚して五十年をともに生きた妻にも感謝して。

（編註）『福島核災棄民』本文掲載の写真は全て柴田三吉撮影。

「広島ジャーナリスト」より

分断された地域、暮らし、家族

《いのちの継承》《精神のリレー》を

「広島ジャーナリスト」第12号（二〇一三年三月二十二日）
（日本ジャーナリスト会議広島支部）

私は、できるかぎり〈原発〉を〈核発電〉、〈原発事故〉を〈核災〉と表記することにしている。

3・11以後、私は原発事故という表現に疑問を抱くようになった。進行している事態は〈事故〉という概念を超えて、人の心や暮らしにも踏み込み、空間的にも時間的にも広範囲に影響を及ぼす〈核による構造的な人災〉であると認識せざるをえないからである。この事態を表現するのにふさわしいことばが必要だと考えていたとき、中国では原発事故を〈核災〉と表記していることを知り、以後、私はできるかぎり原発事故を核災と言うことにしたのである。さらに、核兵器・核爆弾は核エネルギーの悪用であり、核の軍事利用の副産物である原発は核エネルギーの誤用と言われている。そこで、原発を核発電と表記することによって、〈核爆弾〉と〈核発電〉とは同根のものであること、そしてその本質に内在する非人間性とを意識しようとしたのである。

福島核災は始まったばかり

3・11核災発生後まだ二年だ。「まだ」と言うのには、一九八六年のチェルノブイリ核災から二十六年が過ぎたのに、そこでの事態がまだ〈終熄〉していない現実があるからである。福島核災は始まったばかりであって、二十六年を経ても終熄していることはないだろう。広島や長崎の核災がまだ終熄していないように、おそらく六十七年後になっても終熄していることはないだろう。まったく先が見えない災害なのだ。それなのに、福島核災などはなかった、あるいは済んだことだとしたい空気が、新しい年になってからはより強く感じられてならない。

政権が交代し、核発電政策は核災以前に戻ってしまった。民主党政権が掲げた「二〇三〇年代に原発の稼働を〇にする」という方針でさえ私たちの思いを裏切るものであったのに、これを安倍内閣は「ゼロベースで見直す意向」だという。『毎日新聞』の世論調査（二〇一三年二月四日掲載）によれば、この安倍内閣の方針見直しを「支持する者」が56％、「支持しない者」が37％とのことである。

二〇一二年六月十六日、当時の政府は「国民生活を守るため」という口実で、関西電力大飯3・4号機の再稼働を決定した。これを受け、政府に対する批判と抗議は、毎週金曜日の官邸前デモをはじめ全国に広がり、国論的様相を見せた。政府による討論型世論調査、意見聴取会、新聞社の世論調査では「二〇三〇年までに原発全廃」という選択肢を50％から70％の人が選んだのだった。それから半年しか経過していないのに、世論は逆転してしまった。日本人の体制迎合体質はいまに始まったことではないのだが…。

福島の現状

私は東電福島第一の北25㎞の自宅で暮らしている。

一昨年、核災が発生したとき、屋内退避指示が出されるまえの三月十五日に私たち夫婦は自主的に避難し、三十六日後の四月十九日に避難先の福島市から帰宅した。75㎞北西の福島市より南相馬市の放射線量が低かったことと、自分の〈場〉で生活したかったからである。その後に発せられた緊急時避難準備区域としての指定は、同年九月三十日に解除され、また、野田首相が「原発事故の収束」を宣言してから一年あまりが経過した現在である。

昨秋十月三日、原子力規制委員会は防災対策の重点区域を半径30㎞圏に拡大する指針案を発表した。これによると、福島第一や第二で新たな過酷事故が起きた場合には、私たちは強制退去を指示されることになる。

政府による原発周辺地に対する避難等の指示は、これまでにおよそ三段階に分けて発せられた。初期段階では①避難指示、②屋内退避指示、第二段階では③警戒区域、④計画的避難区域、⑤緊急時避難準備区域、⑥特定避難勧奨地点、そして現在は放射線量によって⑦避難指示解除準備区域（20㏜／y未満）、⑧居住制限区域、⑨帰還困難区域（50m㏜／y超）へと再編がすすめられている。しかし、一部に③④⑥が残されている自治体がある。政府による避難等の指示対象人口は最大時で十四市町村の約十八万人で、そのうち十五万人ほどはいまも帰還できないでいる。

さらに、右の指示対象区域外の会津地方を除く福島県内三十二市町村は、⑩自主的避難等対象区域とされていて、低線量被曝に関する国の安全基準が不明瞭なため、子を持つ親が線量の多寡に敏感になっているのは無理もないことである。

この結果、福島県の人口は、二〇一一年三月と二〇一二年十二月とを比較すると、六万人近くも減少したのである。

私が住む南相馬市は、今も⑥⑦⑧⑨⑩の五区域に分断されている。学校など教育施設の除染は行われたものの、そのほかの市域ではほとんど手つかずで、二〇一三年度で終了する計画が一年先延ばしになった。除染の効果そのものが疑問視されている。なぜなら、現在も福島第一からは毎時一千万Bqの放射性セシウムが放出され続けているからだ。わが家の放射線量（二月十九日）は、玄関前0・33、雨樋下0・68、駐車場0・38、居間0・14、寝室0・21μSv／hである。この二月に、市内住民が自家消費用にしようとして、分析検査を依頼した食品一六〇件のうち八二件から放射性セシウムが検出された。イノシシ肉一八七一、シイタケ一八一二、ユズ四二八、キンカン一一九Bq／kgが高い数値だったという。

それぞれの区域・地点によって損害賠償基準が異なり、賠償金に差をつけられているため、住民のあいだに不公平感が生まれている。たとえば、30㎞圏外の伊達市には20mSv／y超の恐れがあるホットスポットがあり、国は特定避難勧奨地点に指定した。この指定は、一集落全体ではなく、世帯単位で自主避難をうながすものであったため、地域が分断され、コミュニティーが崩壊し、いさかいが起きて、祭りさえできなくなったとＡＤＲ（原子力損害賠償紛争解決センター）に申し立てが行われた。

福島県が二〇二〇年度に避難者を〇にするという目標を示したように、国、県など行政による帰還圧力とも言うべきものがある。その一方で、国は汚染土壌を三十年間保管するための中間貯蔵施設の候補地を公表しながら最終処分施設の設置については明確な答を示していない。井戸川克隆前双葉町長が全町帰還目標を暫定三十年後としたのは、これに対する抗議の意思表示だったのだろう。また、大熊町への説明会では「最終処分施設を決めないまま中間貯蔵施設の設置を認めれば、米軍普天間基地のように固定化し、沖縄の轍を踏むことになる」との不安の声が出たという。地域社会が複雑に分断された結果、多くの被曝町村がコミュニティーとしての存続に支障をきたしかねない状況を抱えているのだ。ことに山村では、過疎化が十年早く到来し、このままでは農林業の再開と地域再生は成り立たないのではないかと憂慮されている。

人口三千人の川内村は警戒区域と緊急時避難準備区域とに分断されたが、一部区域の解除と再編を受けて、昨年一月に「帰村宣言」をおこなった。しかし、完全に帰村した人は10％ほどで、村外との二重生活をしている人をふくめても40％に満たないという。帰らない理由として、線量が十分に下がっていない、仕事がない、（周辺の町がまだ避難したままのため）買い物、通院、通学ができない、避難先で生活しようという気持ちが強くなっている、などを挙げ、ことに若い世代が帰村していない。3・11まえに一一四人だった小学生がいまは一六人だけということだ。

経済的・精神的負担の増大、深刻化

避難先での生活のなかで発生する問題もある。一家族が二重三重の世帯に別れ、経済負担が増大したり、扶養や介護の問題が深刻化し、最悪の場合は家族崩壊に陥っている例もある。

被災者たちは、帰れるのか、帰れなければどうなるのか、先が見えない将来への不安、長期避難生活による疲労によるストレスから、もう帰れないと無気力になる人、不眠症から生活習慣病を患っている人など、さまざまである。孤立感情が強くなって、自死を選ぶ人もいて、いたましい。最近の出来事としては、東京都江東区にひとり避難していた郡山市の四十九歳の男性が、死後約一か月のちに発見されたという報道があった。

南相馬市によれば、昨年十二月十八日現在の「災害関連死者」は三七六人に及び、「震災時の直接死者」六三六人と合わせ、一千人を超えたということである。

私はこうした現実を、「逃げる　戻る」「不条理な死が絶えない」「知人たち」などの詩として表現してきた。

避難者と避難先住民の意識のずれも表面化している。ある避難先では、公共施設の壁に「被災者帰れ」とスプレー書きされていたり、仮設住宅の駐車場で車にペンキが掛けられたりガラスを割られたりする事件が起きた。さまざまな分断で反目・対立・中傷・差別が起きているのだ。

「仮のまち」（町外コミュニティー）をつくる計画がある。双葉町は避難区域が再編されれば、人口の96％が住む区域が「帰還困難区域」になる。しかし、仮の町についての町民の意向は、「住みたい」6・7％、「具体案が出たら検討する」45・5％、そして「住むつもりがない」42・8％なのである。「住むつもりがない」と答えた人びとの理由は「仮の町がいつできるか判らない」「自宅を買う」「今の暮らしに慣れた」に三分されている。飯舘村の場合も「村外子育て拠点」への入居希望者は18・5％、「村内復興住宅」への入居希望者は14・2％だ。

核災は、私たちが暮らしていた、あるいは、暮らしている地域をさまざまなかたちで分断し、私たちの暮らしを分断し、家族を分断してしまって、私たちにとってあたりまえであるはずのことがあたりまえではなくなっているのである。核災が周辺住民に与える精神的な負担の深刻さは今後なおいっそう重く厳しいものになることは必至だ。

頻発する地震に恐怖

いま、私たちがもっとも知りたい情報は、福島第一と第二がどんな状態かということだ。25㎞キロという距離での情報不足は私たちに不安を感じさせている。

現在も一時間あたり最大約一千万Bqの放射性物質が放出されているとみられ、作業員が近づけない場所があり、炉心冷却で生じる汚染水の増加も廃炉作業の障害となっていて、プール内の三千本以上の燃料棒を取り出して、格納容器内の溶融燃料をすべて回収して廃炉にするまでには、給電した期間とほぼ同じ四十年を要すると言われている。

廃炉に至るまでの四十年（もっと長引くのではないか）のあいだにはどれほどの人員と経費が求められるのだろうか。老朽化がさらに進んで、なにが起きてもおかしくないのである。大地震が再び襲うことも想定される。

このところ宮城県沖から茨城県沖を震源とする地震が頻発している。十一月三日朝の震度4を観測した福島県沖地震は怖かった。それ以上に怖かったのが、十二月七日夕方の三陸沖を震源とする地震だ。震度4の揺れが異様に長く続き、危険な状態にある東電福島第一の燃料プールで異状が起きていないだろうか、崩落しているのではないかと不安でならなかった。情報が伝えられないまま長く放っておかれることによって不安は増大するという。まさにそのとおりで、今回の地震では3・11のときよりも強い恐怖を感じたものである。

たとえば、昨年九月二十二日に3号機燃料プールに約四七〇kgの鉄骨が落下した事故があったし、あるいは、この二月六日に同じ3号機燃料プールに瓦礫一・五㌧を水没させてしまうという事故を起こしている。これらは公表された事故の一部に過ぎないし、公表されていない事故が日常的に発生しているはずである。

たとえば、一九七八年に福島第一の3号機で起きた臨界事故を二十九年後の二〇〇七年に東電がようやく認めたことを題材に、二〇〇八年に詩「みなみ風吹く日」を書いて私は東電の事故隠しとごまかしの体質を告発した。この体質は核災後も改まっていないのである。事実、二月七日と十日の『朝日新聞』によれば、国会事故調から1号機の立入調査を求められたとき、「内部は暗い」と虚偽の返答をして調査を断念させ、加えてその釈明内容も虚偽だったということである。

放射線管理区域に80万人居住

福島県は、東電福島の3・11核災（原発事故）を受けて「県民健康管理調査」を三十年間継続して実施することとして、その調査結果を専門家が公開の場で議論しあう検討委員会を発足させた。この検討委員会に関わる問題があきらかになったのは昨年十月のことだ。問題とは、検討委員会の本会合のまえに、委員の見解をすり合わせる目的の「準備会」を秘密裏に八回も行っていて、準備会の出席者にはその存在を外部に漏らさぬよう口止めまでしたというのである。たとえば、住民の不安をあおらないために、「ガン発生と原発事故とに因果関係はない」ことなどを共通認識として確認しておいて本会議に臨むためだったと弁明している。

福島県は、核災発生当時に十八歳以下の子どもを対象とした甲状腺検査を、二〇一一年十月から開始（県外避難者は一二年九月から開始）した。県外での検査開始を遅らせたのは、検査データを独占して「事故」による健康被害はないという結論を導くためだったのではないか、また、県内に帰れば検査を受けられるという「帰還圧力」を掛けるためだったのではないかなどとの批判がある。

避難指示を受けた市町村の十八歳以下の子どもたち三八、一一四人（二〇一一年度中実施）が受診した甲状腺検査の結果、三人がガン、七人がその疑いありと診断され、さらに、35％に嚢胞が認められている。しかし、委員会の見解は「事故」による影響ではないというものであった。

なお、十八歳未満者は立ち入りが禁止されている放射線管理区域に相当する放射線量が測定されている地域に、八十万人もの住民が核災発生から丸二年に近い今も国による避難指示がないまま暮らし続けている。そのなかには相当数の年少者が含まれていて、その被曝線量が増えているが、検査対象者には含まれていない。

検討委員会に関しては、これだけでなく、例えば、内部被曝検査としてはホールボディーカウンターによる検査より精度が高いとされる尿検査の実施を国側が提案したとき、福島県側が拒んだ経緯を議事録から削除した事実や、ストロンチウム90による子どもの内部被曝を調べるための乳歯を保存する提案を受けた県民健康調査室は、それを拒否するための情報を検討委員から収集しようとした事実があったことなどが明らかにされている。

被曝の有無、程度を確認する複数の検査方法があるなら、それぞれの異なった検査記録を残しておき、将来的に被害が疑われたときの備えとしておくことが科学的対処であろう。さもないと、被害者を切り捨てる結果を招くことになる。福島県は県民の被害実体を把握しその万全な救済を果たすべき責務を担っているはずだ。ことに、子どもたちのいのちを守るための可能なあらゆる手だてを講じておかねばならないはずなのに、なぜ被害を小さく評価したり、隠そうとしているのか。県民健康管理調査の原資が国と東電が支出した基金であることと関係があるのかと疑いたくなる。

「将来、子供が産めますか」

福島に人が住んでいていいのか、子どもが暮らしていてはいけないのではないかという疑問を私は抱いている。十歳前後の子どもたちも同じ思いでいる。次に掲げるのは、昨年二月、南相馬市での集会会場の〈想いのツリー〉に書かれた「いま､子どもたちが知りたいこと」の一部である。

ここに住んでいて本当に大じょうぶなの？
30キロ以内に子どもがいていいの？
水道水を飲んでもいいの？
将来、子供が産めますか？
私達が将来白血病、ガンなどになる確率は何％ですか？
僕はいつまで楽しく生きられるでしょうか
原発の状態は今度、津波や地震がきても大丈夫なの？
原発はもう爆発しませんか？
東電と保安院がついたウソの数
原発は本当に必要なのか？
これ以上、私たちを苦しめないで！

チェルノブイリ事故後八年、私はキエフ小児科・産婦人科研究所病院を訪ね、甲状腺癌治療のため入院している子どもたちを見舞った。彼らのまなざしを今も忘れることができない。

すがりつくような
訴えるような
病気からの救出を期待しての
あのまなざしを向けるのだろうか

二〇一九年福島の子どもたちも

と、核災後、私は詩「子どもたちのまなざし」（部分）に書いた。

被曝量の問題に加えて、子どもたちの心のケアにも力を注がねばならない。

亀井文夫と埴谷雄高のことば

ドキュメント映画『生きていてよかった』（一九五六年）や『世界は恐怖する―死の灰の正体』（一九五七年）の監督として知られる亀井文夫（一九〇八～一九八七年）は、南相馬市生まれである。晩年の亀井文夫は「生物みなトモダチ」という考えから､映画『みんな生きなければならない』（一九八四年）や『トリ・ムシ・サカナの子守歌』（一九八七年）を制作し､「いのちの継承」と、そして「知恵の暴走には、英知のブレーキを」と訴えた。

『死霊』を代表作とする作家埴谷雄高（一九〇九～一九九

七年）の本名は般若豊といい、南相馬市が本籍地だった。彼は、一九七六年に京都大学でおこなった講演「精神のリレーについて」のなかで、おおよそ「私たちは『より深く考えること』と記されているバトンを受け渡すリレーの継走者にならざるを得ない」と語っている。二〇〇〇年に「埴谷島尾記念文学資料館」を南相馬市小高区に開館するに際して、私たちはこの施設のコンセプトを「《精神のリレー》のためのバトンタッチ・ゾーン」として作業をすすめた。

３・11以後の世界をどうするのかと考えるとき、南相馬市の先人のことば《いのちの継承》と《精神のリレー》は、もっとも根柢のところに据えるべき思想ではなかろうか。

子どものいのちと未来とを守ることを第一義とすること、そのために、廃炉を着実に進行させつつ、核発電を早急に全廃することだ。もちろん、核兵器の廃絶も同時に達成しなければならない。

何が起きてもおかしくない

続く放射性物質の大量放出

「広島ジャーナリスト」第14号（二〇一三年九月十五日）

２０１３年８月のいま、東京電力福島第１核発電所[*1]から25キロの町で暮らしていることによるわたしの最大の関心事は、放射性物質によって超高濃度に汚染された大量の地下水が海に流失している問題である。

この問題については、日々新しい事実が明らかにされ、しかもその内容は深刻さを増しているので、周辺住民や漁業者をはじめ、多くの人びとが注目しているに違いない。

５月に敷地内の観測井戸で、ストロンチウムなど放射性物質が１立方センチ当たり０・29ベクレル検出され、問題化した。参議院選挙の翌日、７月22日に姑息にもそのどさくさにまぎれて、東電は汚染水が海へ流出していることを認めたのだ。だが、それよりまえの３月下旬、東京海洋大神田穣太教授が、11年６月から12年９月までのあいだに17兆１千億ベクレルの放射性セシウムを含む汚染水が海に流出したとの試算結果を発表している。この試算を追認するように、８月２日に東電は、11年５月以降13年７月末までに地下水を通じて海に漏れ出た放射性トリチウムは20～40兆ベクレル（事故前運転時の年間放出量の約10〜100倍、ということは、事故前にも海に放水していた）との試算を公表した。

この間、7月9日、これまでの最高値90万ベクレルのストロンチウムを計測したとか、7月31日、観測井戸（1―5）で、セシウム134が21ベクレルから310ベクレルに、セシウム137が44ベクレルから650ベクレルに数値が上がったとか、8月2日、事故直後に超高濃度汚染水が地下坑道（配管・電線などを通す）に流れこみ約1万1千トンが溜まり、壊れた坑道から地中を経由して海に漏れ出ていることがわかったとか発表し、その後も、8月5日、観測井戸（1―5）で、ストロンチウムなど1リットル当たり5万6千ベクレルを計測し、これは7月31日の約47倍であるとか、8月7日、政府原子力対策本部は、建屋周辺の汚染土壌の影響を受けた1日当たり100億ベクレルの高濃度汚染水が毎日推定300トン流出しているなどと、奥歯に物が挟まっているかのように小出しに公表している。

放射性物質によって超高濃度に汚染されたこの大量の地下水の発生源は特定できないでいる。福島第1の1・2・3号機炉内の燃料は、格納容器内にメルトダウンしていると言われているのだが、この汚染規模からすると、素人考えでは、実際には格納容器外にメルトスルーしているのではないかと疑いたくなる。汚染地下水だけでなく、空間にも毎時1千万ベクレルの放射性セシウムが放出されているという。この3基の廃炉作業はまだ着手されてはいない。福島第1核発電所はこれからも核物質を放出しつづけるはずだ。

汚染地下水問題に限らず、核災発生後の東電によるモグラ叩きのようなその場しのぎの対処の結果、2年半の日々が過ぎたいま、このほかにもさまざまな事故が多発している。3月に、仮設配電盤にネズミが這入りこんでショートしたせいで停電して29時間も冷却不能となったケースが、状況を象徴的に説明している。火事場に到着した何台もの消防車がそれぞれ勝手な場所からホースをのばしているように、全体的な意志がないままにさまざまな配管・配線が張りめぐらされているのではないか。汚染水の貯蔵プールは敷地内の空き地に無計画に設置されているのではないか。そこはもはや発電工場ではなくて、ゴミ集積所だとしか思えない。東電は事後処理の当事者能力を失っている。原子炉建屋の劣化が進行して、なにが起きてもおかしくない。国は一営利企業に丸投げしてはおけない国家的問題であることを認識し、速やかに対処すべきである。[*2]

「帰還圧力」

13年3月1日現在の福島県内の死者は3135人、そのうち震災による直接死者は1600人、原発事故関連死者は1200人、行方不明者は208人である。また、避難対象区域内の8万5千人をはじめとする避難者は、県内に約9万7千人、県外に約5万7千人、計約15万人が現在も自宅に帰れないでいる。

避難対象区域の第1回目の除染の進行状況は次のとおりである。

100%終了は田村市・川内村、40%終了は楢葉町、2%終了は飯舘村、1%終了は葛尾村。作業を開始したのが大熊町・川俣町、作業準備中が南相馬市、作業を発注しているのが富岡町、作業をまだ発注していないのが浪江町、計画をまだ策定していないのが双葉町。つまり、ほとんどの市町村では手つかずのまま2年あまりが過ぎ、しかも終了した個所の除染効果に疑問が出ているのである。

除染目標を被曝線量年間1ミリシーベルト以下と設定していながら、国は目標を達成しないまま避難住民の帰還を促すために、避難区域を放射線量によって次のA・B・Cの3区域に再編した。さらに、福島県は、20年度に避難者を0にする目標を立てた。国、県など行政によるこうした動きを、わたしは「帰還圧力」と言っている。

A・帰還困難区域（年間50ミリシーベルト超、核災5年後も年間20ミリシーベルト超と推測）富岡・大熊・双葉・浪江など約2万5300人

B・居住制限区域（年間50〜20ミリシーベルト、数年後年20ミリシーベルト未満と推測）約2万4600人

C・避難指示解除準備区域（年間20ミリシーベルト未満）約3万4千人

わたしは、C・避難指示解除準備区域を設定する基準を年間20ミリシーベルト未満としたことについて疑問を抱いている。医療施設等の放射線管理区域内には18歳未満の者は立ち入りが禁止されているのだが、その基準は、3カ月間で1・3ミリシーベルト以下、年間で5・2ミリシーベルト以下である。それよりも汚染レベルが高く、緊急時の短期間に限って許容される年間20ミリシーベルトをなぜ基準にしつづけるのか、問題である。

市町村別震災当時の住民の概数（カッコ内は再編を終えた年月日）

川内村（12年4月1日）A＝0人、B＝60人、C＝32

０人
田村市（同）Ａ＝０人、Ｂ＝０人、Ｃ＝３８０人
南相馬市（同４月16日）Ａ＝２人、Ｂ＝５１０人、Ｃ＝１２７４０人
飯舘村（同７月17日）Ａ＝２８０人、Ｂ＝５２６０人、Ｃ＝８００人
楢葉町（同８月10日）Ａ＝０人、Ｂ＝０人、Ｃ＝７６００人
大熊町（同12月10日）Ａ＝１０５６０人、Ｂ＝３７０人、Ｃ＝20人
葛尾村（13年３月22日）Ａ＝１２０人、Ｂ＝70人、Ｃ＝１３２０人
富岡町（同３月25日）Ａ＝４６５０人、Ｂ＝９８００人、Ｃ＝１４７０人
浪江町（同４月１日）Ａ＝３４００人、Ｂ＝８４２０人、Ｃ＝８０５０人
双葉町（同５月28日）Ａ＝６２７０人、Ｂ＝０人、Ｃ＝２５０人
川俣町（同８月８日）Ａ＝０人、Ｂ＝１３０人、Ｃ＝１０７０人
計　Ａ＝２５２８２人、Ｂ＝２４６２０人、Ｃ＝３４０２０人

たとえば、大熊町の場合、Ａ・帰還困難区域は面積で62％だがそこに町民の96・４％にあたる１万５６０人が住んでいた。Ｂ・居住制限区域は面積で15％、人口は３・４％の３７０人が暮らしていた。Ｃ・避難指示解除準備区域は面積が23％だが、該当するのは20人、その割合は０・２％である。つまり、数年間が順調に経過しても帰還が可能となる町民はほとんどいないということである。

また、Ａ・帰還困難区域の総面積は約２００平方キロで、これは東京都であれば、２３２万人の都民が住所を置く豊島・文京・台東・新宿・千代田・中央・渋谷・目黒・港・品川・大田の11区の広さとほぼ同じである。核災発生から２年が過ぎてから、そのなかの５７０カ所あまりに「この先帰還困難区域につき通行止め」という標示があるバリケードが設置されたのである。

「戻れねぇがら、田舎が無ぐなる」

帰還困難区域の人口が多いまちの人びとはどう考えているか。

富岡町　帰りたい16％、判断できない43％、帰らない40％

大熊町　帰りたい11%、判断できない42%、帰らない46%
双葉町　帰りたい28%、判断できない27%、帰らない30%
　早く帰る10%
浪江町　帰りたい39%、判断できない29%、帰らない28%

ある老婦は「自分の家あんのにさぁ、入られねぇんだもの、情げなぐなる。涙出る。双葉には戻れねぇがらね、田舎が無ぐなる。」と語っていた。

近作の詩「柵で封鎖された町」の最初と最後の部分を読んでいただこう。

大熊町
この町名を知らない人はいないだろう
東京電力福島第一核発電所がある町
町の面積七八・七平方キロメートル
たとえば東京と比較すると
山手線の内側よりやや広く
八十二万八千人が住む台東区・文京区・千代田区・中
　央区・港区・渋谷区をあわせた広さにほぼ同じ
そんな広さの大熊町に
一万一千五百人ほどの人びとが
暮らしていた
のどやかな暮らしが
奪われてしまった
ある日を境に
一万一千五百人はちりぢりに散った
日本国憲法第二十二条や第二十五条を空文化する核災
　が発生
大熊町民だけではなく
周辺住民十五万人がいまも避難生活をつづけている
避難しない人びとも不安におびえながら暮らしている
（中略）
二年あまりの日々が過ぎて
警戒区域だった町や村の帰還困難区域の境界に
柵が設置され看板が立てられた
「この先帰還困難区域につき通行止め」
大熊町に三百十あまり
富岡町・双葉町・浪江町そのほか
あわせて五百七十あまり
道路を遮断して柵で封鎖された
その先に立ち入ることができない
あわせた広さ二〇〇平方キロメートル以上
その柵のなかに

数万人が暮らした家があり田畑がある
だが
家にはカビが生えネズミが繁殖しイノブタが侵入し
田畑には雑草が猛々しく繁茂している

生物に異変

核災による直接的な被害に加えて、避難住民にとって2次被害、3次被害というべき問題も発生している。たとえば、高齢者施設の入所者の死亡率が、核災以前の2・4倍になっていると聞いた。また、南相馬市で、仮設住宅で暮らしている人のほとんどが不眠症を訴え、診断した内科医が催眠剤を処方したのだが、その催眠剤にハルシオンが含まれているため、副作用が多くの人びとに発症していることを精神科医が気づいたというケースがあったと聞いた。

生物にさまざまな異変が見られるという。たとえば、稲の遺伝子に変化がおきている、ヤマトシジミの羽が小さくなっている、ウグイスに腫瘍が認められた、ニホンザルの赤血球が減少している、イノシシ肉からキロ当たり6万1千ベクレル（基準値100ベクレル）のセシウムが検出されたなどの事例が報告されている。[*3] この夏、カやハエの発生が、異様に少なかったと感じている。あるいは、カやハエが発生しにくい環境になっているのかもしれない。生物に起きている異変が、ヒトに及ばないと言い切ることはできまい。

高市発言に怒り

自民党高市早苗政調会長が「原発事故での死亡者はいない」と発言した。核災で苦しんでいる人びとで、この放言に怒りを覚えなかった人はいなかったことだろう。核災関連死者とされている1200人の人びとの死をどう考えればいいのか。あるいは、原発労働者の被曝による死者ほんとうにいないのか。

原発労働者被爆問題の存在を過小に発表しつづけているが、深刻な状況にあるものと推測される。報道された福島第1での労働者の死亡事故では、核災当日の3月11日に4号機タービン建屋で行方不明だった2人の東電社員が3月30日に遺体で発見され、外傷による出血性ショックが死因として発表された例がある。だが、これとは別に、この日の全電源喪失によってドアの開閉ができなくなって、命の瀬戸際から脱出したという作業員が語ったことのまた聞きでは、協力企業（元請けや下請け企業）の数十人の作業員が建屋内に閉じこめられたというのである。これが事実だとすれば、核災による直接的な死者はないとされているのは嘘で、実際にはその存在を秘匿し、闇に葬っていること になる。

一昨年3月24日、3号機タービン建屋地下での作業中、高濃度に汚染された水に3人が足を踏み入れ、くるぶしから下の皮膚に2〜3シーベルトの高線量を局所被曝した事実がある。3人は下請けや孫請け会社の従業員で、健康への影響がなく治療の必要がないと診断され、4日後に退院したという。3人のその後の追跡報道を見聞きしたことがない。

この7月に、東電は福島第1の作業員のうち1973人が甲状腺に1千ミリシーベルト以上の被爆をしていたことがわかったと公表した。昨年12月の公表では178人だったのであるから、これもできるだけ秘匿し、隠しきれなくなると小出しに発表するという例のやり口である。被害者が過酷な条件下での労働を加害者によって強いられている現実があるのだ。

こうした状況のなか、参議院選挙が行われた。定数1の福島県選挙区では自民・民主・共産・社民・諸派2の候補が議席を争い、投票率54・52%の票のうち、56・59%を自民党候補者が得て当選した。他は、民主28・15%、共産9・05%、社民4・19%、諸派（2人で）2・02%だった。なお、比例区の福島県内での得票率は、自民37・55%、民主20・26%で、共産と社民はそれぞれ地方区と大差ない得票率だった。また、7月上旬に朝日新聞が行った世論調査による政党支持率は、自民37%、民主9%、その他11%、なし29%、わからない14%だった。

福島県選挙区自民党候補者が掲げた原発関連政策は、再稼働はどちらかと言えば賛成、国内での原発依存度をできるだけ低減する、再生可能エネルギーを開発する、福島県内の全原発は廃炉にする、迅速な収束をはかり、除染を徹底する、除染の長期目標年間一ミリシーベルトは妥当である、風評被害の払拭、「避難者の帰還・定住プラン」の実行などであった。福島県民の思いは県内全炉の廃炉にあったから、そのことを選挙公約としてあげている「当選しそうな」候補者として、票を集めたのであろう。投票率が低いと30%台の支持率しかない政党の候補でも過半数の票を獲得できる1人区の弊害がでたとも言えるだろう。

隠す、ごまかす　変わらぬ東電

福島原発告訴団は、核災を発生させた原因者の責任を問う訴訟を行っているが、8月9日づけ朝日新聞は「原発事故全員不起訴へ」との記事を掲載した。検察が「津波予見困難と判断」したというのである。検察がリークした記事であろうが、これは嘘だ。08年に東電は15・7㍍の津波を試算していながら対策を講じていなかった事実がある。また10年10月、原子力保安院が「自然災害が原子力災害を起こす可能性はほぼ0に等しい」と表明するなど、自らに都合のいい判断をして、対策を意図的に先送りしてきた結果が招来した人災である。ながい将来にわたって被害を及ぼす人災の責任を見逃すことは、許されることではない。

〈核発電所〉建設推進側は、その扱いにくさ、危険性をはじめから十分に認識していた（『原子炉立地審査指針及びその適用に関する判断のめやすについて』。1964年・原子力委員会）。しかし、経済格差を利用して第一次産業も成立しにくい東電の管轄外の過疎地を狙い撃ちし、住民が知らないうちに建設を決定したのである。

東電の核発電所、福島第1・2、柏崎刈羽、大間はすべてそのエリア外にあって、エリア内には言うまでもないことだが、最終処分場もない。電力業界ではこのような東電を、〈植民地〉があってうらやましいと言っているのだという。

ことし3月28日、東北電力は、45年前に計画した浪江・小高原発の新設を断念したと発表した。一方、東電社長に対して福島県と県議会は県内全10基の廃炉を再三要求しつづけているが、言葉を濁して応じていない。さらには、柏崎刈羽を再稼働しようとしているのも、〈東北〉を植民地として認識しているからなのだろうか。東電の、隠す、ごまかす、嘘をつく、言い訳する体質は、核災発生前といまもまったく変わりがない。それどころか、国と東電はさまざまなバリケード（目に見えないバリケードも）を設置して、住民に対する分断と差別は核災発生後いっそう強まっていて、住民の棄民化がすすみ、憲法第22条（居住権）、第25条（生存権）が空文化されている。周辺住民は、日本国憲法が保障する権利を享受できない〈植民地〉の住民なのか、日本国による〈棄民〉なのか、わたしはそうつよく感じている。

今春の電力各社の株主総会は脱原発の提案をすべて否決し、北海道・関西・四国・九州各電力が再稼働を申請し、原電も再稼働を申請する方針だ。

解決すべきさまざまな課題を先送りし、国民的な議論をしないまま、政府は原発再稼働を公言し、安倍晋三首相は諸外国で核発電所のトップセールス稼業に余念がない。どんな「日本を取り戻そう」というのだろうか。

いま国がなによりも先に早急になすべきことは、最初に書いた福島第1核発電所の現状を打開するために、原子炉建屋を鉛で覆うことである。それ以外にない。

＊1　私は、できるかぎり〈原発〉を〈核発電〉、〈原発事故〉を〈核災〉と表記することにしている。3・11以後、私は原発事故という表現に疑問を抱くようになった。進行している事態は〈事故〉という概念を超えて、人の心や暮らしにも踏み込み、空間的にも時間的にも広範囲に影響を及ぼす〈核による構造的な人災〉であると認識せざるをえないからである。この事態を表現するのにふさわしいことばが必要だと考えていたとき、中国では原発事故を〈核災〉と表記していることを知り、以後、私はできるかぎり原発事故を核災と言うことにしたのである。さらに、核兵器・核爆弾は核エネルギーの悪用であり、核の軍事利用の副産物である原発は核エネルギーの誤用と言われている。そこで、原発を核発電と表記することによって、〈核爆弾〉と〈核発電〉とは同根のものであること、そしてその本質に内在する非人間性とを意識しようとしたのである。（「広島ジャーナリスト」12号、筆者「分断された地域、暮らし、家族」から）

＊2　本稿が書かれた後の8月19日に東電は汚染水貯蔵タンクから汚染水が少なくとも120㍑が漏れたことを明らかにした。翌20日には漏えい量を2500倍の300㌧に修正、放射性物質の放出量を約24兆ベクレルと推計した。原子力規制委員会は原発事故の国際評価尺度で「重大な異常事象」を意味するレベル3に該当すると発表。レベル3は8段階の上から5番目1997年の東海再処理施設火災爆発事故などが相当する。

＊3　本州以南で普通に見られるシジミチョウ科の小型のチョウ。琉球大の大瀧丈二准教授らの研究チームは12年8月、福島県内で採集したヤマトシジミが他地域と比べて羽のサイズが小さいなどの遺伝的異常が見られるとの論文を英科学誌「ネイチャー」グループのオンライン誌「サイエンティフィックリポート」に発表。13年3月東京で開かれた「飯舘村エコロジー研究会」主催のシンポジウムで説明した。
また、東大大学院農学生命科学研究科の石田健准教授は放射線量の高い浪江町赤宇木で11年8月に捕獲した野生のウグイス1羽にそれまで350羽あまりの捕獲経験では見たことのない「おでき」が見つかった、と報告した。

日本獣医大の羽山伸一教授は、福島市内で捕獲されたニホンザルの筋肉から12年4月以降も放射性セシウムがキロ当たり1千ベクレル前後検出され、同時期に青森で捕獲されたサルでは検出されないことや福島のサルでは青森と比べ赤血球数や白血球数が有意に低下していると、述べた。

8月14日付朝日新聞記事「プロメテウスの罠」は、福島県原子力センターの測定によると南相馬市で3月末に捕獲されたイノシシの肉からこれまで最高のキロ当たり6万1千ベクレルが検出されたと報じた。

奪われ、失われたものを返せ

命、健康、生活、地域社会、自然

「広島ジャーナリスト」第16号（二〇一四年三月十五日）

避難指示区域の住民に毎月配布しているらしい『東京電力からのお知らせ』の「平成25年11月28日現在」号に、福島第一原子力発電所１～４号機の廃止措置等に向けた中長期ロードマップの概要」が記載されている。それによると、第１期は４号機の使用済み燃料プールからの核燃料取り出しを開始した２０１３年11月18日までで、現在は第２期へ移行しているという。第２期は注水冷却を継続しながら建屋内の滞留水を内部で循環させるなどの準備を経て、溶融核燃料の取り出しを開始するまでの期間で、核災[*1]発生から10年後の２０２１年12月までと想定している。最終の第３期は核燃料の取り出しや施設の解体など廃止措置を終了するまでの期間で、核災発生から30～40年後の２０４１年乃至２０５１年を想定しているが、チェルノブイリの現状を見れば「希望的な目標」としか思えない。

原発事故関連死が震災死超す

現実はどうか。東電福島第一からは、毎日２億４千万ベクレルもの放射性物質が発生して空中に拡散し、毎日３千トンもの高濃度汚染水が発生して海へ流出しているらしい。今年になってからも高濃度汚染水をためているエリア近くの敷地境界でしばしば線量が増加している。原因は、タンクへ高濃度汚染水を移送したこと、汚染水タンクの土台のコンクリートのひび割れ、仮設の堰を取り外す際にコンクリートのつなぎ目の樹脂がはがれたことなどによるのだという。

４号機の使用済み燃料プールからの核燃料取り出しは、１月31日までに１５３３体のうち２６４体を移し終え、14年内に完了する予定という。ところが、燃料プールからのコバルト60の放射線量が多いので、作業員の被曝線量の低減対策をとるよう、２月５日、原子力委員会は東電に要請した。

東電は、２月６日、福島第一の２号機タービン建屋海側の観測井戸で、地下水に含まれる放射性ストロンチウムの値が１リットルあたり５００万ベクレル検出されたと発表した。この値からみて、ストロンチウムを含むベータ線を出す放射性物質全体の濃度は１千万ベクレル前後になるという。さらに、２月12日、建屋東側の観測井戸で１リットルあたり２万２千ベクレルのセシウム１３４、同じく５万４千ベクレルのセシウム137を検出したと明らかにした。ところが翌13日には、1㍑あたり3万7千ベクレルのセシウム134、同じく9万3千ベクレルのセシウム137、あわせて1㍑当たり13万ベクレルの放射性セシウムを検出し、これまでの最高値を記録したというのである。追及され隠しきれなくなると、数値を小出しに更新しては発表する東電の体質はいっこうに改まらない。炉内の状態はどうなっているのか。福島県民はみな、東電の発表など信用できないと考え、国の無策ぶりに憤慨している。

避難指示区域を抱える双葉郡8町村、南相馬市、飯舘村の計10市町村で、11年3月から13年末までに、自治体職員267人が早期退職した。南相馬市180人、双葉町19人、大熊町18人、楢葉町16人など。また、同期間に精神疾患で休職した職員は少なくとも22人にのぼるという。

福島県の東日本大震災による直接死者数1603人よりも、原発事故関連死者数がついに昨年末に上回り、2月17日現在の認定者は1652人になった。

福島県は、2月7日、核災発生当時に18歳以下だった子ども25万4千人の甲状腺検査で、75人が甲状腺がんやがんの疑いがあると診断されたと発表した。小児甲状腺がんの発症率が100万人に1乃至3人であるなら、その300倍から1000倍という途方もなく高い異常値である。

生家も母校も墓も帰宅困難地域に

南相馬市では、近隣住民の反対による仮置き場設置の遅れや作業員不足などによって、市が担当する除染の進捗率が大幅に遅れていた。そこで、宅地など生活圏1450㌶の「除染実施計画」を改定し、除染完了目標を2年間延長して、避難指示解除準備区域と居住制限区域を11年3月11日から5年後、帰還困難区域は6年後に解除する方針を2月に決めた。これをうけて、国の原子力災害現地対策本部は、それぞれの避難指示解除見込み時期を16年と17年の4月に決定したと発表した。

避難指示区域外で放射線量が年20mSv超と局地的に高いいないのが南相馬市原町区馬場の152世帯である。馬場地区の「特定避難勧奨地域住民の会」は、1月27日、市長に対し指定の早期解除をしないよう国に求めることを要望した。理由は、①年1mSv超の場所が多い。②国は除染目標値を年20mSv以下に緩和しようとしている。③山林除染をしないと抜本的に線量は下がらない。

市内の帰還困難区域には小高区金谷の一世帯だけが該当する。世帯主のSさん(56)は「帰らないことを決めた」と言う。２年まえに18・９μSv／hあった自宅裏の線量が最近では５・４μSv／hまで下がったが、除染は大幅に遅れている。除染やがれき処理の仕事をしているSさんは「これ以上は下がらず、生きているうちには戻れない」ことが「実感として分かる」と言い、「生まれ育った我が家に帰りたいのに、なんで俺たちだけが帰れないんだ」と怒る。生活基盤を固めるため、市内に土地付きの中古住宅を見つけ、購入した。町中での生活に不安はあるが「再出発したい」と決意するものの、一方で、故郷への思いを断ち切れず「きれいにして返してほしい」と望んでいる。（この項、２月７日『朝日新聞』福島版・本田雅和記者の記事による）

居住制限区域の小高区川房に住んでいた知人のNさんは、埼玉県三郷市を経て、現在は北海道富良野市に中古の戸建て住宅を購入し、奥さんと犬一匹、猫二匹で暮らしている。「放射能汚染のないきれいな空気を吸って、静かな林の中に棲み、かつ犬猫の命を守り通したという満足感がある」と言う。帰還についてNさんは次のように語っている。「政府は山林の除染はしたくない様子で、私が望む、家の周りに花木を植え、口にする少しの野菜を収穫して、飼い犬を連れて山野を散策するという生活は、とても期待できない」「生家のある双葉町山田地区は福島第一の西４～５㎞にあります。生家も、親戚も、小中高の母校も、父母の墓地も、帰還困難区域の中です」

Nさんは各地にちりぢりになって避難生活をしている川房地区の住民をつなごうと、『川房通信』を発行しつづけていて、この春には50号になる。

もうひとり、避難指示解除準備区域に指定された小高区飯崎に住んでいた知人のMさんについて紹介する。Mさん夫妻は猫を連れて横浜市旭区の団地に一か月ほど避難し、その後同じ区内の戸建ての借家に移って次女夫婦と暮らしている。小高では「桃や林檎やブルーベリーなどの果樹、野菜畑」からの収穫を楽しみにして暮らしていたのだが、屋内の手入れなどのため年に二、三回帰宅するたびに、畑が草で埋もれているのを見て「辛くて数日は落ち込んで何も手につかない」状態になるのだった。地元の〈組合〉が草刈をするようになった昨年11月に帰ったら、林檎やブルーベリーなど背丈の低い樹が草といっしょに刈られていて、「がっくり」したという。放射線量は、家の中で０・８μSv／h、表庭で１μSv／h前後、裏の薮で２μSv／h前後、雨樋の下では最高13μSv／hある。昨秋、家の周辺の除染を承諾するよう求められたが、その範囲が狭く、効果がとても期待できない内容なので、まだ承諾書を出していない。一方で、家、農地、果樹に対する思い入れも断ち切ることができない。Mさんは言う。「表面的には、それなりの日常生活が戻ってきたが、気持ちの波が大きく、常に何かに追われているような強迫観念に付きまとわれている感じ」がし、横浜で駅に行く途中の川の土手の草を見ると「倒れこみたくなる衝動に駆られたり」し、いまは「思考立ち往生」状態だと心境を語る。

「避難している身にとって、疲れ果てています。日々、年老いていく実活〉は過酷で、疲れ果てています。先の見えない3年の〈仮の生感、固定化される家族の離散、賠償とは言えないおカネさえままならない現状、放置される放射能への恐れ…。これは原発爆発に次ぐ第二の犯罪だと思います」

Mさんは、「私たちが奪われ、失われたもの、その第一は〈人命と健康〉、その第二は〈日常生活〉、その第三は〈地域社会〉、その第四は〈自然〉です。私たちの願いは〈これらを返してほしい〉の一言に尽きます」と怒りを込めて言う。

収奪・排出する都市の悪

倉本聰[*2]『ヒトに問う』(13年・双葉社)によって、中島正[*3]の著書『都市を滅ぼせ　人類を救う最後の選択』(94年・舞字社)の存在を知り、所蔵図書館を捜しだし借覧した。その「第二章　都市の悪」は「一　収奪する都市の悪」と「二　排出する都市の悪」とについて述べている。

「収奪する都市の悪」とは、要約すると「非自給的、非生産的な都市(生活者)が便利と贅沢と安逸を追求するためには、浪費と破壊と汚染を重ねなければならず、他からあらゆる物資を奪ってこなければ、その機能の維持も活動の持続もできない」と言い、第九までの「悪」を挙げている。

①森林の破壊、②農地の収奪、③大地のコンクリート化、④農業人口の略奪、⑤農産物の搾取、⑥自然海岸の破壊と水産資源の濫費、⑦エネルギー及び金属資源の浪費、⑧酸素と水の過大消費、⑨電源及び水源獲得のための犠牲強要

「収奪する都市の悪・第九」の要旨は、「都市住民は、自分たちの便利と贅沢と安逸、あるいは金儲けのために、山村の百姓の先祖伝来の生活の場を奪って、ダムをつくった。原子力発電所を大都会のどまん中、臨海工業地帯につくらないのはなぜか」となる。

「排出する都市の悪」を要約すると、「都市は自浄作用を持たないので、収奪した数々の物資を使用済後、一日といえども都市の中に置くことのできない(従って田舎でも邪魔である)ものを廃棄物および排泄物として、あたかも当然であるかの如く都市外・田舎へ持ち出して押しつけてしまう。仮に田舎が都市の買上げ空地へ、藁や木端や石コロを運び込んで捨てたとすれば、都市は果たしてそれを黙認するであろうか」と言い、第八までの「悪」を挙げる。

①二酸化炭素の放出、②排ガスによる大気汚染、③高空オゾン層の破壊、④汚排水のタレ流し、⑤（水銀・ＰＣＢなど有害物を含む）ゴミと汚泥の埋め立て、⑥商品の洪水、⑦強制過剰サービス、⑧戦争の仕掛人

「排出する都市の悪・第八」の要旨は次のようになろう。

直接人を殺す武器、もちろん核兵器も、そして人びとに危害を及ぼす食品添加物や農薬やタバコや車やジェット機などを製造販売し利益を得ている者、さらには、不耕貪食をもくろみ、農業に寄生している者も死の商人である。

都市は、すべての物資を他から収奪し、その滓を他に押しつけ、その結果、他都市と競合し、ゼニや話合いで解決がつかなくなると武力での解決ということになる。都市は、戦争を仕組むものでもある。核廃絶を叫ぶなら、それをつくりだした都市文明そのものを解体しなければならない。さもなくば自らつくった核のために、都市住民は都市もろとも自滅することとなろう。当然、都市の存在を許して「培養して」きた田舎の共倒れもひっくるめて……。

中島正は『都市を滅ぼせ』でこのように述べ、核災後の世界がどんな選択をすべきかを20年もまえに示しているのである。

3・11の一か月ほどまえ、製鉄遺跡としては全国で二つ目の国史跡として横大道（よこだいどう）製鉄遺跡が指定された。南相馬市小高区にあるこの遺跡をはじめ、福島県浜通り北部——核災による甚大な被害を受けた地域に重なるのだが——には数多くの製鉄遺跡があって、律令国家ヤマトが蝦夷（えみし）征伐をおこなった7世紀後半から9世紀中頃にかけて、その武器に使用する鉄を生産し、蝦夷征伐の拠点である陸奥国府多賀城[*4]に供給したのである。以来、陸奥では国家による収奪に苦しめられる歴史がつづいた。

戊辰戦争[*5]直後に発見されたいわき市の常磐炭田は、首都圏にもっとも近い炭鉱として大規模な開発が行われた。しかし、60年代の高度経済成長期のエネルギー革命によって76年に閉山し、百年の歴史を閉じた。50年代半ばには「電源開発促進法」による只見川電源開発事業が会津地方ですすめられ、多くの人びとの〈人命と健康〉〈日常生活〉〈地域社会〉〈自然〉がダムに水没し、奪われ、失われてしまった。そして、常磐炭田の閉鎖と交代するように、71年、東電福島第一が営業運転を開始したのである。

黒いフレコンバッグ

２０１３年12月14日、国は、東電福島第一から20㎞圏内の双葉町、大熊町、楢葉町に、自治体にとっては「迷惑施設」である1kg当たり10万ベクレル超の放射性廃棄物を搬

入する中間貯蔵施設の設置受け入れを求めた。楢葉町は、10万ベクレル未満の廃棄物だけの「保管庫」でなければ認めない方針で、福島県は、中間貯蔵施設を双葉、大熊両町に集約して設置するよう国に求める方針である。
　環境省は、富岡町内の避難指示解除準備区域に、1kg当たり10万ベクレル未満の放射性廃棄物（総量65万㎥）を埋立てる管理型最終処分場を15年に稼働する案を立て、2月3日、富岡町議会の全員協議会で説明したが、「安全が担保されるのか」「帰還を妨げないか」など厳しい疑問が続出した。

農家の敷地内であったり
耕地や山林であったり
草や地衣を削りとり
表土を削りとり
樹木の枝を伐(う)つ
それらを異様な黒い塊に
いくつもの黒いフレコンバッグに

除染をしたものの
行き場がない
農家の敷地内であったり
耕地や山林であったり
除染を終えた場所の一隅に
フレコンバッグの異様な黒い塊
ブルーシートに覆われたりして
集積されている
放置されている
そのあたりは除染まえよりも
空間放射線量が高かったりしている
最終処分場いや
中間貯蔵施設それどころか
仮置き場すら決まらない
行き場がない
除染を終えた場所の一隅に
集積されている
放置されている
異様な黒い塊

核災があってから三年
放置されているのは
汚染物質だけではない
仮設住宅でやむなく暮らしている人びとが
避難先でひっそりと暮らしている人びとが
自分の家に帰れないでいる多くの人びとが

放棄されている
核災から三年が過ぎたいまも

（註）フレコンバッグ　フレキシブルコンテナバッグの略。あるいは、フレコンとも略す。

これは私の近作「行き場がない」という詩である。都市は電源獲得のための犠牲を田舎に強要し、さらに「一日といえども都市の中に置くことのできないものを廃棄物および排泄物として、あたかも当然であるかの如く都市外・田舎へ押しつけ」続けてきた。そちらが嫌なものはこちらだってお断りだ。放射性廃棄物中間貯蔵施設も最終処理施設も東電管内へおひきとり願おう。

名護と南相馬で一矢報いる

映画「標的の村」（13年・三上智恵監督）を観た。かつてのベトナム戦争当時、沖縄県東村の米軍演習場内に〈ベトナム村〉がつくられ、そこでの危険な軍事演習に東村高江の住民がベトナム人役としてたびたび駆りだされた過去がある。12年、東村高江をとり囲むように米軍輸送機オスプレイの演習場が設置されることになった。映画は、ふたたび〈標的〉にされた高江住民の反対行動のドキュメントである。沖縄県の人びとの思いと私たちの思いは重なる。

1月19日、名護市民は「基地ノー！」を、南相馬市民は「原発ノー！」を、それぞれの市長選挙で国・安倍政権とその政策にワンツーパンチで反対の意思表明をした。われわれは、2月9日、東京都民によるノックアウトパンチを期待した。Nさん発行『川房通信』最新号の第48号に、桜井勝延南相馬市長の都知事選での応援演説が「泣かせる桜井演説」として掲載されている。だが、都民への期待は裏切られる結果だった。早速、政権はお墨付きを得たかのように地方に犠牲を強要しつづけようとしている。2月20日の報道によれば、安倍政権は「エネルギー基本計画」政府案で〈核発電〉を重要電源として位置づけ、再稼働をすすめる方針を固めたという[*6]。

Mさんと私は、福島原発告訴団による「福島原発事故の責任を問う」告訴に加わり、国と東電による犯罪とその責任を追及する「陳述書」を提出した。また、「原発を問う民衆法廷」でも申立人として「意見陳述」をおこなった。

Mさんは「犯罪による被害の全体も、原因も、責任の所在も追及されないまま、同じ犯罪を繰り返しかねない政策を民意に反して力ずくで推進するのでは法治国家とは言えない」「行政も立法も機能しない現状では、司法に頼らざるを得ない」と福島原発かながわ訴訟原告団を結成して、横浜地裁に提訴し、1月29日その第一回口頭弁論で原告団長として陳述した。

福島第1による被災地、相馬・双葉地区には高校が11校ある。核災発生後、その定員を大幅に削減して1200人にしたのだが、今春の受験者はその3／4しかいない。若年層の離郷に拍車がかかり、戻る人が少なく、高齢化・過疎化が急速に進行するだろう。「都市の存在を許して〈培養して〉きた田舎」が滅びれば、都市も共倒れすることは間違いない。

昨年来、春休み・ゴールデンウィーク・夏休みに広島の高校生たちが南相馬市を訪れて、仮設住宅の清掃や花壇の整備、住民との交流会をおこなったそうだ。彼らの「福島の苦しみを理解するためには、福島に行かなければわかりません。福島の苦しみを理解することは、広島の苦しみを理解することです。福島を忘れることは、広島を忘れることです」という思いに共感する。今春3月にも20人ほどの「高校生災害復興支援ボランティア派遣隊」が来る。南相馬の高校生と交流する機会をつくれないだろうかと、考えているところだ。

＊1　著者は、原発を「核発電」、原発事故を「核災」と表記している。

＊2　くらもと・そう　1935年、東京生まれ。脚本家、劇作家、演出家。「北の国から」などドラマ、映画、部隊のヒット作の脚本多数。

＊3　なかじま・ただし　1920年生まれ。岐阜県で農業養鶏を営む。薬剤投与に頼る大型養鶏を批判し、小羽数養鶏、低コストの陸稲や農薬不使用の野菜づくりなど自給農業を提唱している。（農山漁村文化協会のウェブサイトから）

＊4　陸奥国府多賀城　奈良時代、8世紀初め、大和朝廷が蝦夷の勢力圏だった東北に軍事拠点として築城、鎮守府を置いた。後に陸奥国府を併置。宮城県多賀城市にある城跡は国の特別史跡。

＊5　戊辰戦争　1868年鳥羽伏見の戦いから始まった薩長を中心とする新政府軍と旧幕府側の戦争。会津・東北の戦いを経て、北海道・函館の戦いで翌年、終わった。旧幕勢力を一掃して明治政府の基礎が確立した。

＊6　政府は2月25日、関係閣僚会議で、原発を「重要なベースロード電源」と位置付け再稼働を進める新たなエネルギー基本計画案を決定した。

なかったことにできるのか

核災の無残な現実

「広島ジャーナリスト」第18号（二〇一四年九月二十日）

7月14日付け『朝日新聞』は、昨年2013年8月19日に東電福島第一の3号機で大型瓦礫を撤去したとき、瓦礫の下敷きになっていた高線量の粉塵が広範囲に飛散し南相馬市原町区太田の水田で収穫されたコメを汚染していたことをスクープした。

それによると、北北西に20キロ以上離れた避難区域外の水田14か所と、20キロ圏の水田5か所で昨秋収穫されたコメから基準値（1キロあたり100ベクレル）を超えるセシウムが検出された。他の時期の20～30倍であった。これを農水省が調査したところ、放射性物質は8月中旬に出穂し9月末までに収穫された穂に局所的に付着していたことがわかり、その前年度の同地域のコメからの基準値超は検出されていないこと、加えて、近隣で7月に収穫した小麦には異常がなかったことから、8月19日の瓦礫撤去作業によって汚染した可能性が高いことを指摘し、東電に今年3月に再発防止策を要請していた。しかし、住民には知らせていなかった。

さらに、京大や東大の調査で、北北西48キロの相馬市や約60キロ離れた宮城県丸森町で昨年8月の同時期などに、他の時期の6倍から10倍を超える濃度が複数回計測されていたという。

東電と農水省の幹部が7月18日に南相馬市を訪ね、当時の放出量は試算ではふだんの1万倍以上にのぼり、4時間で最大4兆ベクレルだったとし「迷惑をかけた」と釈明と謝罪をおこなった。南相馬市長は両者の対処を批判し「持ち帰って協議する問題ではない。再発させないことをここで約束せよ」「10～30キロの各地域に放射性ダストの測定ポストを設置すること」などを要求した。また、同市の農業者は「土壌対策をしながら営農を再開してきたわれわれの努力が無になった」「あの日も多くの人が農作業をしていた。飛散があるのに発表しないのは原発爆発時と同じだ」と両者の姿勢を批判した。

瓦礫撤去の際に舞い上がるダストは事故直後のもののためきわめて高い線量なので、今後ながく続く瓦礫撤去作業の期間を考えれば、風下への影響を防ぐための抜本的な対策を講じなければならない問題である。水田だけでなく、同じ市内に住む私の頭上にも降り落ちていたはずだ。チェルノブイリでは4号炉を「石棺」にし、さらにカバーで覆う準備をしている。なぜ福島第一では先例に学ばないのか。

トラブル続きの福島第一

あいかわらず、福島第一構内では事故が多い。6月27日、7月6日、7月11日、7月14日など、連日のように排気ダクトに穴が開くとか、弁から水漏れしたとか、誤って送電線を切断したとか、支障が起きている。7月30日、東電は汚染水をためるタンクのうち、39基が中古品であることを明らかにした。

福島第一の建屋に地下水が流れ込むのを止め、汚染水が増えるのを防ぐための凍土方式の遮水壁の建設工事を6月2日に着工した。来年3月に凍結を開始し、2020年度末まで運用して、その間に地下水が流れ込んでいる場所を特定して塞ごうというものである。しかし、壁を設置する場所には建屋の地下を貫く配管などが約170か所もあるとされていて、難工事が予想される。さらに、凍結するために大量の電力を使い、効果は未知数である。

これに対して、これまでの工事で実績があり実用化されている「セメントや粘土を用いた地下連続壁工法」は施工後の維持管理はほぼ必要がなく、数十年にわたって機能するので、こうした工法もふくめて複合的に対処すべきではないかとの指摘がある。

福島第一の山側の井戸の地下水を海に放出する「地下水バイパス」を関係漁協は3月末に苦渋の末に容認し、6月8日の4回目までに計約3600トンが放出された。さらに、増えつづける汚染水を抑制するために、建屋周りの「サブドレン」(他水処理施設)の汚染地下水をくみ上げて浄化して海に放出することの承認を、東電と政府は8月7、8日に漁協に求めた。漁協側からは、基準値を超えるレベルの地下水が出た場合の安全対策に不安と批判が続出した。

「ALPS」(多核種除去設備)は昨年3月から試運転を開始したものの、腐食でタンクに穴が開いたり放射線でパッキンが劣化するなどのトラブル続きで断続的に処理が止まるうえ、除去能力が目標に届かず、機能していない。

タンクにためた高濃度汚染水は30万トン超あって、毎日400トンも増えている。この汚染水対策に行き詰まり、やがて「タンクにためた高濃度の汚染水も浄化して放出したい」と言い出すのではないかと漁民は懸念している。

東電は福島第一3号機の燃料のほとんどが格納容器の底部に溶け落ちたという試算を、8月6日発表した。1号機ではすべて、2号機は6割程度の燃料が溶け落ちたものと推定されている。

原発の地震・津波対策の新基準を、福島第一にも適用し、必要な対策をとるよう、原子力規制委員会は7月9日、東電に求める方針を示した。

除染効果に限界

環境省は6月10日、帰還困難区域でおこなった高汚染地での除染効果を検証するモデル事業の結果を発表した。双葉町と浪江町の6地区で昨年10月〜今年1月に、表土のはぎ取りや高圧洗浄など一般的な方法で除染した。宅地などの空間放射線量は71〜53%下がったが、平均で毎時2・5〜8・8マイクロシーベルトの放射線量が残った。森林の内部は、生活に影響しないという理由で端だけを除染したところ、低減率は14〜39%だった。除染効果の限界が示された。環境省の担当者は「遮蔽などの方法を組み合わせるべきだと考えている」と言っている。

県内各自治体内の放射性廃棄物は、5万か所を超える仮置き場だけでなく住宅の庭や空き地などにも置かれたままになっている。政府は、放射性物質で汚染された稲わらや牧草などの農業系廃棄物を焼却して灰にする減容化施設を、田村市都路地区と川内村にまたがる東電の敷地に設置し、その焼却灰は富岡町の管理型処分場などに埋める計画でいる。福島県内の除染で出た汚染土や放射能濃度が高い焼却灰などを最長30年間保管する中間貯蔵施設を、大熊・双葉両町に建設を予定し、来年2015年1月からの搬入を目指している。

政府は8月8日、中間貯蔵施設に関する交付金として、電源立地地域対策交付金をこれまでの年額67億円に17億円を上乗せして今後30年間交付するほか、中間貯蔵施設交付金1500億円、福島復興交付金1千億円を新設することを決め、福島県知事と大熊・双葉両町長に伝えた。総額5020億円。大熊、双葉両町についての「5年後には住める町づくりを目指す」提言（別項参照）の実現を促すことと、7月28日に石原伸晃環境相が「最後は金目でしょ」と発言して暗礁に乗りあげていた事態を打開する思惑が明らかである。

国側は、30年以内の県外最終処分は法律にすると説明したが、住民からは「このまま最終処分場にされるのではないか」との懸念が出されている。

避難指示解除準備区域だった田村市都路地区は、20キロ圏内でもっとも早く4月1日に指定解除され、住民の帰還が始まったが、123世帯369人のうち、5月23日の時点で戻ったのは34世帯81人と全体の22%にとどまっている。

政府は、川内村東部の避難指示解除準備区域（139世帯、275人）の解除を、住民の反対が強いため先送りし、

10月1日を目標に変更し、村内の居住制限区域（18世帯）を避難指示解除準備区域にする方針も決めた。

南相馬市内の特定避難勧奨地点（152世帯が該当）を指定解除する国の方針に住民が反対し、解除が延期されている。周辺は農林業が主産業なのに、山林・農地を除染していないため放射線量が十分に下がっていない、などがその理由である。

8月6日、自公両党の復興加速化本部は安倍首相に復興についての提言をした。それによれば、帰還困難区域が人口で96％を占める大熊、双葉両町について、復興計画の策定や集中的な除染によって「5年後には住める町づくりを目指す」としている。しかし、中間貯蔵施設の受け入れが求められ、さらには数十年に及ぶ廃炉作業が控えていて、その提言には現実味が乏しいと言わざるを得ない。

増える孤独死、自殺、ＰＴＳＤ

南相馬市内5か所の高齢者施設での、福島「核災[*1]」発生後1年間の死亡率は、過去5年間と比較して約2・7倍だったという。

南相馬市内の仮設住宅居住者がこれまでに6人も孤独死した。仮設住宅の入居期間は原則2年間だが、延長して4年目になった今年、3月に66歳の男性、4月に71歳の女性、5月に65歳の男性が亡くなった。

福島県内の孤独死者は、2011年は3人だったのが、2012年11人、2013年12人と増え、2014年は5月末ですでに10人に達している。

また、福島県内の震災関連自殺者も、2011年10人、2012年13人、2013年23人と年々増加し、ことしは5月末で8人になった。

福島県の東日本大震災による直接死者数1603人よりも、原発事故関連死者数が昨年末に上回り、7月1日現在ではその認定者は1730人に上った。

6月6日午前1時過ぎ、南相馬市で避難生活中の47歳の父親が、母親と寝室で寝ていた15歳の高校生の娘を鋭利な刃物で刺して、自殺を図った。幸い2人とも命に別状はなかった。父親は娘をかわいがっていたが、前日に「もうこれでおれは終わりなんだ」と言っていたという。人が人であるとは言えない状況のなか、先行きが見えず、苦しんでいる人びとが多い。避難者の6割がＰＴＳＤを発症しているという。

前記した昨年8月19日に高線量の粉塵が飛散したさい、福島第一構内で作業員2人が被曝して頭部から最大1平方センチあたり13ベクレルを検出したという。

東電福島第一の作業員のけがや体調不良は、11年度59人、12年度25人、13年度32人、14年度は5月までの2か月だけで10人に上っている。全面マスクや防護服を着用するため、熱中症のほか、転倒やつまずきによるけがが多い。

この国は民主主義国家か

5月21日、福井地裁（樋口英明裁判長、石田明彦裁判官、三宅由子裁判官）は、関西電力に対し大飯原発3、4号機の運転差し止めを命じた。人格権の擁護を中核に据えた画期的と言うべき判決であった。判決理由では、「人格権は憲法上の権利であり（13条、25条）、また人の生命を基礎とするものであるがゆえに、我が国の法制下においてはこれを超える価値を他に見出すことはできない」としたうえで、「生命を守り生活を維持するという人格権の根幹部分に対する具体的侵害のおそれがあるときは、（略）侵害行為の差止めを請求できる」と述べ、原子力発電に関する諸問題をさまざまな角度から検討して「大飯原発の安全技術と設備は脆弱なものと認めざるを得ない」と認定し、その運転の差し止めを命じたのである。「豊かな国土とそこに国民が根を下ろして生活していることが国富であり、これを取り戻すことができなくなることが国富の喪失である」とも述べていて、福島第一の核災によって国民の人格権が侵害されている現実を判決に反映していることに注目した。

福島第一の使用済み核燃料プールをめぐるトラブルで250キロ圏内の住民の避難が検討されたこと、チェルノブイリ事故の場合のウクライナ、ベラルーシ両国住民の避難区域も同様の規模に及んでいて今なお避難指示を解除できずにいることを踏まえ、原告189人のうち大飯原発から同距離圏内に住む166人についての差し止め請求を認めたのである。西はおよそ鳥取・岡山・香川・徳島各県から、東は富山・岐阜・愛知各県と長野・静岡両県の西半分からが250キロ圏に含まれる。これを福島第一を起点にすると、宮城・山形・福島・新潟各県と東京都を含む関東全域が該当する。

また、福島原発告訴団の不服申し立てを受け、7月23日、東京第5検察審査会は、東電元会長、元副社長2人、計3人を業務上過失致死傷罪で「起訴すべき」と議決し、同月31日、議決要旨を公表した。議決書では「原発事故は一度起きると被害が甚大。東電幹部は安全確保のため、きわめて高度な注意義務を負う」として、通常より大きな責任があると述べた。東京地検は再捜査し、起訴するかどうかを3か月以内に決めなければならない。

7月13日投票の滋賀県知事選挙で、「卒原発」を主張した無所属の三日月大造候補が当選した。7月29日付けメディアの世論調査では、九州電力川内原発再稼働に「反対」する人が59%を占めた。

このような判決や議決がなされ、あるいは「パブリックコメント」に寄せられた意見の90%以上が再稼働反対や廃炉を求めるものだったというなか、民意を無視して政府は原発を「重要なベースロード電源」と位置づけて、「原発の再稼働」「プルトニウム再利用」「原発輸出の推進」を柱とする「エネルギー基本計画」を4月に閣議決定している。

7月16日、原子力規制委員会は川内原発1・2号機が新規制基準を満たしていると認めた。その2日後の18日夜、福岡市内で九電会長らと会食した安倍晋三首相は「川内はなんとかしますよ」と発言したという。

この国は国民のいのちと暮らしを守ろうとする民主主義国家なのだろうか。

廃炉に数十兆〜11兆円

英国セラフィールドの廃炉計画[*2]は、2120年を目標にし、総経費を約11兆円としているという。日本では30〜40年間でほんとうに可能なのか。

日本経済研究センターによる推計では、福島第一だけで、除染を含む廃炉経費が数十兆円規模に達する大がかりで長期にわたる、しかも予測できない困難を伴う今世紀最大のプロジェクトになるだろうという。また、大島堅一立命館大教授と除本理史大阪市大教授の試算によれば、核災によって生じた対策費用の総額は約11兆1千億円にのぼると分析されている。コストは火発などより割高である。東電が負担するのが当然だが、実際にはそのほとんどは電気利用者や国費を投入して国民へ転嫁しようとしている。あとの世代に負担を丸投げするのは、ヒトのやることではない！

国民の多数が反対するなか、7月1日、安倍内閣は集団的自衛権の行使を認めるための憲法解釈を変える閣議決定をした。

8月14日、防衛省は米軍ヘリ基地の辺野古沖埋立予定地域周辺で、異様なほどに厳重な警備のなか、立ち入り禁止を示すブイの設置を開始し、18日にはボーリング調査のための掘削をはじめた。11月におこなわれる沖縄県知事選挙をまえに、安倍政権は既成事実をつくって「諦めろ」と脅すかのようだと反対派住民は憤慨している。

この国は国民のいのちと暮らしを守ろうとする民主主義国家なのだろうか。

なかったことにできるのか

若松丈太郎

いたるところの道にバリケードをしつらえ
人びとが入れない区域を設定した
人が手を入れない耕地には
いちめんにセイタカアワダチソウが茂る
人びとのこころに悲憤が泡だつ

夏に湿気のおおいこの国の風土では
人が住まない家屋のなかは
いたるところじっとりと黴が生える
ありとあらゆるものを腐らせる
人びとのこころまでも患わせる

小児甲状腺がん発症者および疑いある者三百倍
「核災」関連死者千七百三十人超
避難者はいまも十万人超
このあと二年後も帰還できない人五万人超
燃料デブリ取り出しの願望的開始目標二〇二〇年
無惨としか言いようがない現実がある

あったことを終ったことにするつもりか
あったことをなかったことにするつもりか
おなじことをくりかえすために
いまあることをなかったことにできるのか

（『中日新聞』『東京新聞』２０１４年7月21日付）

＊1　筆者は原発事故を「核災」と表記している。
＊2　１９５７年10月10日に起きた英国史上最悪の原子力事故で、最大レベル7まである国際原子力事象評価尺度でレベル5と評価された（チェルノブイリや福島事故はレベル7）。ウィンズケール（セラフィールドの旧名）の核兵器生産用の軍用原子炉1号機の炉心で火災が発生し、大量の放射能を放出、周囲を汚染した。

「つかれたなあ」「まだまだよ」

福島事故4年　壊滅に瀕する地域

「広島ジャーナリスト」第20号（二〇一五年三月十五日）

12年8月に広島へ招かれたとき、敬愛する先輩詩人御庄博実さんに初めてお目にかかることができた。昨年12月に詩集『燕の歌』をご出版なさったばかりなのに、1月18日にご逝去なさったとの訃報があった。心からご冥福を祈ります。

広島・長崎が核被爆し、東京などが空爆を受けて70年、沖縄に米軍基地が置かれてから70年。核災が発生して4年。私はことしの年賀状の文面を「沖縄県民の思いに応えないのであれば、日本国に民主主義は存在しない。福島県民の秘めた怒りに気づかないのであれば、日本は国民のいのちを尊重しない国である」とした。ことしは、日本という国の将来像を決める節目になる年、さらには、エネルギー政策の方向を定める分岐点にもなる重要な年であろう。

関西電力大飯3・4号機が13年9月に停止してから1年5カ月のあいだ、国内のすべての核発電所は運転されていない。国民の過半数は脱原発社会を望んでいる。しかし「老朽炉の廃炉をすすめ、原発の比率を可能な限り低減させる」と言いつつ、安倍政権は、「原発はベースロード電源」と規定して、再稼働する立地自治体にその支援のための新しい交付金を15年度予算に盛り込んで、原子力規制委員会の基準に適合した炉を再稼働させ、さらには新増設を目論んでいる。ＭＯＸ燃料だけを使用するＪパワー（電源開発）の大間1号機、九州電力川内1、2号機、関電高浜3、4号機がその手始めになりそうだ。

核発電のリスクと引き換えに交付金を受けとることによって、立地住民が再稼働を望んで身動きがとれなくなっている過疎地の現実、あるいは、確立されていない廃炉技術、放射性廃棄物処分問題、そして膨大な廃炉のコストを考えると、核発電は、脱け出すことができない蟻地獄なのかもしれない。

核災害に苦しんでいる福島県では、昨年12月にあった衆院選に先立って、10月に県知事選挙があったが、ともに「原発問題」は争点からはずされた。政治家にとって、利権に結びつかない問題だからであろうか。

今も12万人弱が避難

核被災地の現実を見て欲しい。

避難指示区域の住民の大多数はふるさとへの帰還をあき

らめているのだ。福島第1の廃炉作業に目途がたたない一方で、大熊町と双葉町に建設中の中間貯蔵施設への放射性汚染土などの搬入受け入れがこのほど決まった。また、富岡町に指定廃棄物の最終処分場が建設される準備がすすめられている。

30年後に県外に設置が予定されている高レベル放射性廃棄物の最終処分地については、今後、国が候補地を選定したのち、適地のある自治体に受け入れを求め依頼することになるというが、果たしてどうなることか。復興庁が昨年実施した調査によると、福島第1周辺の4町、浪江町・双葉町・大熊町・富岡町の住民で帰還を望んでいる世帯はおおむね10％台しかいないという結果がでたという。東京都の半分ほどのエリアに人が住まなくなる可能性が高い。

福島核災による避難指示区域の地図を見ていると、それが相馬中村藩領とほぼ重なっていることに気づく。旧相馬中村藩は、現在の相馬市・南相馬市・飯舘村・浪江町（津島地区を除く）・葛尾村（一部を除く）・双葉町・大熊町をその領地としていた。１７４９年（寛延2年）と１７５５年（宝暦5年）に凶作があり、さらに１７８３年（天明3年）から4年続いた大凶作によって多くの餓死者と流行した疫病による病死者が続出して、逃散する領民も多かったという。１７０２年（元禄15年）に8万９０００人超だった人口が、１７８７年（天明7年）には3万２０００人に激減した。藩は新軒取立という政策を実施し、農家の二、三男を独立農家として取り立てたほか、越後・越中など他領から農民の移住を受け入れて窮状を脱した。

大飢饉で壊滅しかけた地域が、２３０年ほどのちに壊滅するのだろうか。

○原発の町には永久に帰れぬといふ言葉は刺さる難民われらに・Y

○「相双はほうかいしたな」ひそひそと公然とちまたのうわさ・N

以下、大熊町から会津若松市に避難しているY吉田信雄さんの『故郷喪失』、南相馬市小高区から同市原町区に避難しているW渡部哲雄さんの『つぶやき　原発さえなければ』、同市のN新妻智さんの『げんぱつ嘆歌』収載の短歌を、適宜紹介する。

この4年で、避難区域内部の分断、区域内外の分断、距離による分断、線量による分断、賠償による分断などによって、さまざまな格差や差別が住民のあいだに持ち込まれて拡がり、家族や被害者同士のあいだでも分裂と反目と対立が強まって、孤立する人が増えている。

○原発で親も子どもらも引き裂かれ人も地域も離れ離れ

に・W

○疲れつつ皆耐へてゐる避難先何か明るき報せはなきか・W

昨年12月、南相馬市原町区から鹿島区の仮設住宅に避難していた59歳の女性が自室で死んでいた。現場の状況から自殺と断定された。行政による孤独死対策の見回りの対象になっているのは65歳以上の人である。ボランティアで仮設住宅を訪問している臨床心理士相馬勉さんのもとには自殺予告電話が増えていて、これまでに12人の方の命を救うことができたというが、そうした目からこぼれている人たちがいて、アルコール依存症、うつ病性障害をもつ人が多く、孤独死する人も多い。

小高区からのある避難者は「故郷が奪われて、人生設計が崩壊した」と語った。仮設住宅の、特に高齢者が希望をなくしている。「こんな大変な経験はもうごめんだ。原発をなくして、こんな苦しみをほかの人たちに二度と味わわせたくない」とだれもが考えている。

○避難地の部屋はたそがれ電話口に泣きつつ話す郷の友あり・Y

○仮設にはだれもこねえよ孤独だよ　うつ、ボケ、認知八人も逝った・N

福島県の「原発事故関連死者」は、東日本大震災による直接死者１６０３人を13年末に上回ったことは本誌第18号で報告したが、その後、ことし2月21日現在の認定者数は１８６２人になった。市町村別では、もっとも多い南相馬市が４６９人、以下、浪江町、富岡町、いわき市、双葉町となっている。なお、不認定とされて遺族らによる異議申立ては、少なくとも46件にのぼるという。

○又一人命縮めて旅立ちぬ避難の苦労報はれもせず・W

○「つかれたなあ　三年半だぜ」「まだまだよ　この先三十五十年…」・N

福島県の避難者数は、この1年ほとんど変動がなく、いまも12万人弱の人びとが帰還できないでいる。1月30日現在、福島県外に4万５０００人あまり、福島県内に7万４０００人強が避難している。もっとも多く避難者を出しているのが南相馬市で1万３０００人以上、以下、浪江町、富岡町、大熊町、楢葉町となっている。仮設住宅の戸数は、1月30日現在、福島県全体で1万６６００戸あまり。仮設に代わる公営住宅の建設が遅れているようだ。

18歳未満の避難者数は、昨年4月1日現在で、福島県全体で2万６０００人を超えている。もっとも多いのが南相馬市からの５０００人強、以下、浪江町、福島市、郡山市、富岡町の順となっている。このうち県外への避難者数は1万３０００人あまりで、福島市からの２３００人強が最多で、郡山市、南相馬市、いわき市、浪江町と続く。避難区域内の小学校23校、中学校12校、特別支援学校１校、高校８校、計44校の児童・生徒９７３４人は、県内外の学校に分散してしまった。高校８校のうち５校は17年から休校になる予定である。

○帰りたくも家なき人あり家ありて帰れぬ人あり避難民われら・Y

お上の嘘、誰が信じる?戻らぬ住民

４年にもなるのに、生活空間の除染の進みぐあいははかばかしくない。高汚染地は手つかずである。20キロ圏の南相馬市小高区西部で行われている宅地とそれに隣接する森林の除染は、１年先の15年度中の完了と予定されている。東部はさらに１年後の16年内完了が目標だという。私が住んでいる原町区栄町の除染は、この夏６月に予定されている。

関連して言えば、このほど15歳の少年など18歳未満の未成年数人に福島市内で除染作業をさせた男を逮捕した事件が表面化したが、多重下請けや偽装下請け構造の中でピンハネが横行していて、危険手当が労働者の手に渡っていないとか、２月24日に逮捕された除染業者には、田村市内の除染で出た土５００キロあまりを、数キロ離れた民家の敷地内に無断で埋めた疑いがかかっているとか、南相馬市では除染で伐採した木を山林に埋めたとかの事例が明らかになって、除染作業にはさまざまな問題が頻発していて、課題が山積している。

○我が里の家のいぐねの大木も除染のためと次々伐らる・W
○美しき田畑の緑の今はなし荒野に変る避難の恐さ・W
○原発禍のふるさとの田はいちやうに泡立草の大群落をなす・Y

被曝問題に関しては、大きくわけて二つの問題があろう。一つは廃炉作業に伴う作業員の高線量被曝、もう一つは主として年少者の低線量被曝である。第１については、管理を徹底すること以外はないだろう。作業員の多くが甲状腺に１００ミリシーベルト以上の被曝をしているとか、白血病の労災認定基準を上まわる被曝をしているなどが明らかになっている。第２については、チェルノブイリの場合は３〜５年後から甲状腺がんが増えているので、避難指示区域外の人びとにも甲状腺検査をふくむ健康調査を継続実施して、予断することなく必要な対処をしてゆくべきであろう。国と県は核災発生直後に、情報を住民に伝えず、必要な防護策をとらなかった。周辺被災地住民、ことに子どもたちに放射性ヨウ素の吸入や経口摂取する機会があったことはまぎれもない事実である。そのうえ、ヨウ素１３１が減衰する前に甲状腺被曝の実測をしなかったという重大な過失がある。

福島県内では、行政や東電に頼らないで、住民たちが自主的に放射能のモニタリングをする動きが広まっている。

○部屋ぬちは14戸外は30を超す数字なり線量計は・Y
○わが町の天地に満つる放射能を固めて捨つる手だてはなきか・Y

20キロ圏外の広野町は、核災の１年後に避難指示を解除したが、戻った町民はいまも３分の１程度である。20キロ圏内でもっとも早く昨年４月に指定を解除した田村市都路地区で戻ったのは全体の39・８%である。川内村東部の避難指示解除は昨年10月だが、帰還した人は20%に過ぎない。

除染されたといっても安堵できるものではなく、買い物、医療、通学などを考え、帰還を躊躇している人が多い。昨年末の川内村の調査では、どこに住んだらいいか判断できないでいる人は、全体では29・８%、29歳以下では37・５%もあった。帰還者の大半は高齢者である。

結局、まる４年になるのに、避難指示を受けた８万人のうちでその解除をうけて帰還した人は、わずか０・25%にすぎない。

楢葉町は、近く町政懇談会を開いて町民の意見を聞き、帰還時期を検討することになっている。10月の調査では、「条件が整えば戻る」45・７%、「戻らない」22・９%、「判断できない」30・５%と、町民の思いは三分している。

南相馬市内の特定避難勧奨地点（１５２世帯が該当）の指定解除も、住民の反対で半年ほど延期したのち、国は12月28日に実施した。住民の反対理由は、住居周辺にホットスポットが多く、林野部の除染はほとんど手つかず状態だということである。住民代表は政府の担当者に対して、「20ミリシーベルトの基準で、これから何年、住民に被曝を強要するつもりか」と、指定解除の撤回や被曝手帳の交付などを要請した。

○除染してここへ住めるか疑問ありお上の嘘つき誰が信じる・N
○三年半前とたいして変わらぬに「住める」「通れる」とはおかし・N
○被災者の暮らしの先の定まらぬ荒ぶれ生くるかひそと暮らすか・W

試行錯誤の汚染水・事故がれき処理

東電福島第一の現況のおおよそを記しておく。

４号機の使用済み燃料プールから１５３３体全ての燃料

棒を取り出し、共用プールへ移送する作業が、開始以来1年1カ月後になる14年12月22日に終了した。しかし、溶融燃料がある1~3号機の廃炉の前途は多難だ。たとえば、1号機の建屋カバーの解体作業は予定から遅れて昨年10月にようやく開始された。燃料プールに残る使用済み燃料の取り出しは2年遅れの20年度から、溶融燃料の取り出し時期は5年遅らせて25年度から始めると変更した。また、2・3号機でも放射線量が高いため建屋内部の調査が遅れている。

凍土遮水壁の完成を15年に予定している。海側への設置には不要論がある。

○汚染水凍土で区切るそれよりも深く穴掘り落としてしまえ・N

○このままで終りだと言う人多し原発事故になにもできない・N

一昨年9月に東電は15年3月末までに高濃度汚染水の処理完了を約束したが、多核種除去設備ＡＬＰＳにトラブルが続き、運転停止がくり返され、さらには、その処理能力も目標値に達しないなどのこともあって、処理完了を先送りしている。

これまで漁連が認めてきた汚染まえの地下水を海に放出する「地下水バイパス」は、12月22日に40回目の放水が行われた。これに加えて、建屋周りの地下水を浄化して海へ放出して、「タンク総容量の増加抑止」と「液体放射性廃棄物総量の削減」をはかってリスクを低減しようという「サブドレン計画」を規制委員会は漁連に提示したが、漁業者のあいだに不信感が根強く、いわき漁連、相馬双葉漁連ともに認めていない。この問題について、脱原発福島ネットワークは、「サブドレン計画」の中止と、地元の一般市民に対しても説明をするよう求めている。

地下水流入のため汚染水は1日約３５０トンのペースで増加している。処理後も放射性物質トリチウムが残るため、貯蔵タンクが増え、昨年11月には８６６基となり、建設する適地がなくなってきた。このため、トリチウムをふくむ汚染水を海に放出することも選択肢の一つとして、国は検討を始めている。

1月13日、2号機建屋で除染作業中の作業員が鉛板で頭部を打撲した。1月19日、雨水を溜めるタンクを点検していた作業員が天井から転落し、翌20日死亡した。その20日に、廃棄物処理設備を点検していた作業員が器具の部品に頭を挟まれて死亡した。廃炉作業のための作業員が倍増して、構内での労災事故件数が13年度よりも多くなっている。2月5日まですべての工事を中断した。

『朝日新聞』が福島県版で毎週水曜日に連載している「廃炉はいま」などから、この2月にあったとされる事故を列記する。いかに多いことか。

9日、建屋東の護岸で、放射性セシウムの濃度が前回の測定値と比較して10倍以上上昇したと発表。

11日、2号機タービン建屋の汚染水を移送するポンプ1台がモーターの不具合で停止した。

16日、高線量がれきを一時保管するテントの屋根の一部55平方メートルが、前日の強風のため破損していたのを確認した。

18日、2号機海側の坑道で水位が上昇したので、タービン建屋に移送した。

22日、雨水などを流す排水路の水から、通常の約70倍にあたる1リットルあたり7000ベクレルのベータ線を出す核種を検出し、この汚染水が港湾内に流出したと発表した。

24日、2号機建屋の搬入口屋上のたまり水から、1リットルあたり約5万2000ベクレルの高濃度の放射性物質を検出したと発表した。昨年4月から港湾外に流出していたことを把握していながら、公表していなかった。

汚染水対策と爆発によるがれきの処理とは、素人目で見ても試行錯誤の連続としか思えない状況がいまも続いている。一般の工場でもこれほど連日のように事故を繰り返し起こしているものだろうか。

○「汚染水また漏れましたすみません」東電・国はくり返すのみ・N
○帰り得るなどゆめ思はれず原発の瓦礫化したる建屋を見るに・Y
○原発のニュースをテレビで聞く度に避難の時期が又遠くなる・W
環境省がすすめている福島県内の除染による汚染土は仮置き場だけでなく家の庭先や校庭の隅などに、昨年9月末で約500万立方メートル、東京ドーム約4個分も放置されている。例えば、川内村には10万袋に詰められた汚染土が仮置き場に積み上げられている。汚染土は、最初は双葉郡内8町村と田村市から搬入するという。搬入が完了するのは、いつのことになるか。住民は「30年後に県外へ搬出される約束は守られるのか。国の言うことは信用できない」と批判している。

ところで、除染の管轄は環境省だが、それ以外の、たとえば、農水省が支援する森林再生事業で伐採された木材や復興省の交付金でおこなったため池に沈殿している放射性物質を低減する事業で発生した汚染土などは、中間貯蔵施設への搬入の対象外としているという。省庁の縦割り行政の不都合がこんなところにも顔を出している。

責任とらぬ国、東電

国と東電は、「原発事故」に不法行為責任はないと主張している。

福島原発告訴団による福島第1原子力発電所事故責任者の刑事裁判を求める訴訟に対し、1月22日、東京地検は被疑者を二度目の不起訴処分とした。告訴団は、検察がその使命を放棄していると批判した。再度、検察審査会の判断に委ねられる。これに先立ち、1月13日、告訴団は新たに原子力安全・保安院の元幹部ら４人と東電社員３人を追加告訴・告発した。

○法治国警察検察どうしたの原発事故に仕事しないの?・N

○原発に追はれて小さき住宅に押し込められぬ怒れよ怒れ・Y

○遁れ来しふるさとを語る酔ふほどに忿り湧きくる壊ししものに・Y

○生きて居てただそれだけの人生は原発事故と国の責任・W

福島原発かながわ訴訟原告団は、神奈川県内に避難している61世帯１７４人が「くらしを返せ！　ふるさとを返せ！」と訴えて、1月21日には第7回目の口頭弁論をおこなった。

おもな原告団として、「生業を返せ、地域を返せ！」福島原発訴訟原告団、原発被害糾弾　飯舘村民救済申立団、福島原発被害山木屋原告団、原発賠償訴訟原告団（京都・関西・ひょうご）、ふくしま集団疎開裁判の会などがあり、このほか、さまざまな告訴・訴訟、あるいはADR申し立てが行われていて、支援する会も数多い。

昨年12月、避難指示解除準備区域に指定されている南相馬市小高区の住民だった３４４人が、強いられた避難によって不安な生活が続いているとして、東電に損害賠償を求めて提訴した。1月、南相馬市内の特定避難勧奨地点に指定された区域の住民夫妻が、自宅に住めなくなり精神的苦痛を味わったとして東電に損害賠償を求めて提訴したが、東電は争う姿勢を示している。２月、田村市都路地区の緊急時避難準備区域の住民約１００世帯の３４０人が、核災以前の生活を奪われたとして、国と東電に対して損害賠償を求めて提訴した。

南相馬市鹿島区は福島第1からの30キロ圏外で、精神的損害賠償は6カ月間で打ち切られた。この継続分などの支払いを求めて、昨年10月に第1次原告23人が提訴していたが、新たに約２００人がこの3月にも追加提訴する。

核災は、漁業・農業・林業・商工業・観光業など福島県内の全産業に損害を与え続けていいる。教育・医療・福祉が受けた被害も甚大である。

避難指示区域などの商工業者への営業損害賠償を、経産省と東電は今年中に打ち切る方針を示していることについて、経営者たちが「避難指示が解除されていないのに、なぜ賠償だけが打ち切られるのか」と訴え、2月4日、福島県原子力損害対策協議会は方針の見直しを東電と経産省に求めた。

下請け企業の現役と元作業員4人が、廃炉作業の危険手当を十分に受けとっていないとして、東電や大手ゼネコンなどに損害賠償を求める訴訟が行われていて、2月に第1回口頭弁論が行われた。

核災による損害賠償を裁判ではなく、原子力損害賠償紛争解決センターへ裁判外紛争解決手続き（ＡＤＲ）の申し立てをするケースも多い。12年に約４５００件、13年に約４０００件、昨14年には約５０００件だった。和解できたのは3分の2ほどであった。

「福島県内の全原発の廃炉を求める会」も結成された。

こうした状況を、さまざまな団体、個人が発信している。

核災発生以前から発行されている「双葉地方原発反対同盟」の機関誌『脱原発情報』（石丸小四郎さん発行）が昨年10月に１７０号に、「脱原発福島ネットワーク」による『アサツユ』（佐藤和良さん発行）がことし1月に２８０号に、『福島県革新懇ニュース』もことし1月で１６０号に、『九条はらまち』は2月に２６０号になった。

集落ぐるみの避難を余儀なくされて各地にちりぢりになった人たちの会報、たとえば本誌第16号で紹介したことがある南相馬市小高区川房地区の『川房通信』（中里範忠さん発行）は、ことし3月で第60号になる。

「ふくしまから発心する会」（連絡先・fksmhassin@yahoo.co.jp）は、富岡町・飯舘村・浪江町からの避難者、被災地の学校に勤務していた教師、高校生だった人などと面談して、聞き書きを8冊の冊子にした。昨年9月には『知的障がい者施設からの声』を発行し、富岡町と南相馬市を中心に「あぶくま更正園」など23事業所を擁する社会福祉法人「福島県福祉事業協会」が核災で被った苦難を余すところなく伝えている。自分の力だけでは生きることが困難な人びとを救援しない行政とはなんだろうかと、考えさせてくれる。被災地では、介護や医療の施設があっても、看護師や職員などを確保できないため、患者や要介護者を受け入れられない状況が続き、職員が疲弊しているという。

避難指示区域の浪江町と南相馬市で核災後も「希望の牧場・ふくしま」を経営し続けている吉沢正巳さんは、この1月に『ＢＥＣＯ新聞』を創刊した。支援を呼びかけている。

福島県から栃木県下野市に避難している人たちは下野市避難者交流会「ふくしまあじさい会」をつくって、連絡・

情報交換・親交のために会報「絆　きずな　ふるさとへ」を発行して、この1月で75号になった。その紙面に「下野市避難状況（12月26日現在）」という表が載っている。それによると浜通りの相双地域から37世帯100人、内訳は双葉町15人、大熊町4人、浪江町32人、富岡町3人、楢葉町3人、飯舘村3人、南相馬市39人、相馬市1人、福島県中通りから15世帯30人、内訳は福島市6人、本宮市4人、郡山市17人、須賀川市2人、桑折町1人、ほかに他県から5世帯6人、合計57世帯136人が下野市で避難生活をしているという。

○帰宅時は仏間に立ちて一人言ふ「必ず帰る」と声出して言ふ・W
○古里の近くの町に仮に住まふ何時か必ず帰ると信じて・W
○避難地での運転免許の更新に住所は変へぬと思はず力む・Y

民泣かせ再稼働進める国家とは何か

福井地裁による「関電大飯3、4号機運転差し止め判決」についても本誌第18号で言及したが、あらためてその意義を考えてみよう。判決理由では、人格権を「我が国の法制下においてはこれを超える価値を他に見出すことはできない」ものとして、「人格権の根幹部分に対する具体的侵害のおそれがあるときは、（略）侵害行為の差し止めを請求できる」と断じた上で、「原子力発電技術の危険性の本質及びそのもたらす被害の大きさは、福島原発事故を通じて十分に明らかになった」「（原発稼働はCO_2排出削減に資するので環境面で優れているとの主張は）福島原発事故は我が国始まって以来最大の公害、環境汚染であることに照らすと、環境問題を原子力発電所の運転継続の根拠とすることは甚だしい筋違いである」「自然災害や戦争以外で、この根源的な権利（人格権）が極めて広汎に奪われるという事態を招く可能性があるのは原子力発電所の事故のほかは想定し難い」「福島原発事故の後において、この判断（かような事態を招く具体的危険性が万が一でもあるのかの判断）を避けることは裁判所に課された最も重要な責務を放棄するに等しいものと考えられる」と述べて、個々の具体的な判断を積みかさね、主文で「大飯発電所3号機及び4号機の原子炉を運転してはならない」と判決している。この判決は、一企業、あるいはすべての電力会社に向けてなされているだけでなく、「原発はベースロード電源」を国策とする現政権に向けて、その政策が憲法に違反するものであると指摘しているものである。憲法を遵守すべき最高の責任者である安倍首相に「判決要旨」をきちんと読んでもらいたい。

国民が苦しみながら生きることの意味を問い続けている現実があるなかで、目先の経済性と利益だけを追って再稼働と輸出とを進めようとしている国家とはなにか。きわめて長い将来に影響が及ぶ放射性廃棄物の問題を考えると、現代文明のあり方について根本から問い直すことを、私たちは求められているはずである。

○日本中広島にする長崎に福島でこりず再稼働する？・N
○原爆を自国へおとし民泣かせ悪びれもせず再稼働する？・N

南相馬市は、3月中旬に「脱原発都市宣言」を正式に表明する見通しである。「原発に依存しないまちづくり」をスローガンとして、30年には市内で消費する全電力を再生可能エネルギーだけでまかなう目標を掲げている。

この2月、村民有志による「飯舘電力会社」が約50キロワットの太陽光発電を開始した。東北電力の自然エネルギーの買取りの新規契約中断に対応して、とりあえずは規模を縮小してのスタートである。また、富岡町は福島県と共同で太陽光発電事業を17年度から始める計画を明らかにした。東北電力によると、新規契約中断後に福島県内では60件、約24万キロが受け入れ再開を待っているという。住宅用の太陽光発電の普及にも影響がありそうだ。

しかし、こうした再生可能エネルギーによる電力の地産地消をすすめる動きがせっかく高まっているのだから、この機運を生かすべきである。

2月12日付け『朝日新聞』によれば、中国はこれからの5年で核発電能力を現在の3倍近い5800万キロワットに引き上げる計画の実施に入るという。将来的には、50年に核発電量を4億〜5億キロワットにするプランが語られているとのことだ。そのほとんどは沿岸部に建設されるらしい。偏西風を考えると、恐ろしいことだ。

筑波大などの研究チームは、東日本大震災を起こした震源域で、プレートにかかる力の状態が14年秋には地震前と同水準にまで戻っていることを示唆するデータを得たと、発表した。これも恐ろしいニュースだ。福島第1と第2で、新たな地震と津波の対策が講じられたという発表があったとは聞いていない。

常磐道の全面開通が予定を前倒しして3月1日になったのは、緊急事態が起きたときのための対策であろう。一方で、JR東日本には常磐線の全線再開をしようという意志がまったくないようである。

私事だが、昨年12月に詩集『わが大地よ、ああ』（土曜美術社出版販売）を出版した。核災後の作品33篇で構成した。読んでいただければ、ありがたい。

社会批評

ラッセル・J・ダン氏への手紙

「海岸線」通巻十七号（一九八三年二月　海岸線同人会）

どんな状況のときであったかはいま記憶にないが、千切られた古新聞の小さな記事の見出しが私の眼に一種の霊感のようなものを伴ってとびこんできたことだけは明瞭である。見出しはこうである。

素手で原爆に立向う
　ネバダで〝神経テスト〟

三段二十三行の記事の一段目は各行の上部五字ぶんぐらいずつ破られているものの、その内容は、ネバダ実験場で行われたTNT火薬一万トン級原爆の爆発実験のさい、アメリカ兵士百人が参加し、爆発地点から距離四千四百メートルの場所で人間の神経の忍耐度を試したというのである。大きな内容を含むこの小さな記事から、これを詩として書くべき課題に似たものを私は託されたように感じたものであった。一九五八年初夏のことである。

この実験がいつ行われたものであるか、また、実験に関するさらに詳しい報道はないのか、他に同様の実験があったのか。私は調べることにした。

実験の記事の裏面に「民友特選棋戦」とあったことでこの新聞が『福島民友』であることがわかり、さらに「……十日初日で十月七日までと上演期間が変更された」という記事から推理し九月初旬の新聞であろうと見当をつけた。さっそく図書館で前年九月の新聞を閲覧したところ、まさしく一九五七年九月四日付『福島民友』夕刊の記事であった。

〔ネバダ原爆実験場二日発UP＝共同〕ネバダ原爆実験場では二日広島原爆の半分（TNT火薬一万トン）の原爆が実験されたが、そのさい人間の神経の忍耐度を試すための実験も行われた。

このテストはストーベル大尉が指揮する第八十二空挺師団の兵士百人によって行われ、恐ろしい衝撃波や熱を避けるためのザンゴウもコンクリートや鋼鉄製のおおいも一切使わず爆発地点から四千四百メートルしか離れていない個所でうつ伏せになったり、からだをエビのように丸めて頭をヒザにつけ「その一瞬」を待った。

ピカドンの瞬間何人かの兵士のヘルメット帽が吹き飛ばされたが、死傷者はなかった。爆発が終った二分後に鉄条網飛び越えとか銃の分解、組立といった演習が行われたが全員無事パスした。

さらに前後の新聞を繰った結果、ネバダ実験場における一九五七年の実験はシリーズとして少なくも二四回にわたって行なわれ、九月二日の場合はその第一六回目の実験であることが明らかになった。

第一回実験　五月二八日午前四時五五分〝ボルツマン・ショット〟ＴＮＴ火薬一万トン級

記者は一八キロ離れた地点にいた。実験場から数百メートルの監視所から時間経過のアナウンス。「十秒前」—何か恐ろしいものに襲われる時に本能的に感じる例の不気味な緊張にとりつかれた。だれかが小声で「これから死刑宣告を聞くような気持だ」とつぶやいたようだったが、その声はふるえている。ゼロ時間、一瞬、せん光で目の前がまっ暗になったと思ったとたん、遠雷のような音が地面をはう。薄汚れた茶褐色のきのこ雲が高度七千五百メートルにまで上昇した。

第二回実験　六月二日午前四時五五分　二〜三千トン

高さ九一メートルの塔で爆発

第三回実験　六月五日午前四時四五分　一千トン以下

第四回実験　六月八日午前四時四五分　一万トン

第五回実験　六月二四日午前六時三〇分　二万トン以上

第六回実験　六月二八日午前四時四五分　不発

三・六キロ地点の塹壕に約千九百名の海兵隊員が伏せていた。

第七回実験　七月五日午前四時四〇分　広島型原爆の三〜四倍

シリーズ最大規模の実験。気球で高さ千五百メートル上空に吊りあげて爆発。緑と赤の火球が真黒い雲を突き抜け、キノコ状の雲の幹のあたりからクリームのような煙の壁が拡がって砂漠の方へ流れた。熱波は二〇キロ以上も遠方へ達し、ヤッカ平原周辺の山々で大山火事が発生した。壕内待機の一個旅団海兵隊員は激震のような震動にふるえあがった。十五分後、壕から出て、ガスマスクを外し、ヘリコプターやトラクターに乗って原爆攻撃を受けた想定上の敵陣に突入した。

第八回実験　七月一五日午前四時三〇分〝ディアボロ〟広島型の半分

第九回実験　七月二四日午前四時五〇分　一万トン

第一〇回実験　（不詳）

第一一回実験　八月七日午前五時二五分〝ストークス〟二万トン

第一二回実験　八月一八日午前九時〝シャスタ〟二万トン以下

第一三回実験　八月二三日午前五時三〇分〝ドップラー〟
第一四回実験　八月三〇日午前五時四〇分
　科学実験が目的
第一五回実験　八月三一日午前五時三〇分　二万トン以
上
第一六回実験　（前掲）
第一七回実験　九月六日午前五時四五分　普通より小
第一八回実験　九月八日午前六時　普通より小
第一九回実験　九月一四日
第二〇回実験　九月一六日午前五時五〇分　四万トン
第二一回実験　九月一九日　ポケット型
第二二回実験　（不詳）
第二三回実験　九月二八日午前六時　〝チャールストン〟
　二万トン
第二四回実験（？）　一〇月七日早朝　〝モルガン〟二万ト
ン以下
　　部隊不参加

以上が当時知りえた原爆実験の大略である。
これらの新聞記事から、私はこの年六月四日に一篇の詩を書きあげた。

夜の森　四

一九五七年　アメリカの原爆実験シリーズ第十六回実験のとき、同時に「神経テスト」が行われた。

《潮騒のように　胸によせる　ひとりの男の　よびかけを　僕は　記録しよう　おまえのため　僕たちのために》
時間の経過をアナウンスする監視所
は　非情の黒さで立つ

一九五七年九月二日　ネバダ

わたしの名は　ジョー
であっても　トミー
であっても　かまわない
栄誉ある第八二空挺師団
に　われわれが属し
ストーベル大尉の指揮下にあること　われわれには
それのほかはない
神の思召しであろう

周辺の森

は　黒く潜み
けものたちのいきづき
に　低くゆれる
午前五時
は　とうに過ぎた

けれど
朝に近づくことは
朝から遠ざかることだ
神に近づくことは
神から遠ざかることではなかろうか

白いけものが飛んだ
あれはなに
どこから　どこへ
同様に　神の思召し
なのか

〈暗いなあ　ずいぶん〉

爆発点

からの　四四〇〇メートル
は安らぎの　あるいは　慰めの
距離
で　はたして　ありうるか

遠い山々へ
白いけものを飛ばせたものは
本能
ああ　われわれは　本能も捨てよう

この夜明け
森は夜
に　退く

〈暗いねえ　きみの瞳のように〉

一切が　われわれの前に
存在しないのではなかろうか
塹壕も
コンクリート壁も
鋼鉄製掩蓋も
そして

神も
われわれの周辺には
存在しないのだ

　鳥たちも飛ばない
　雲がひき裂かれ
　星のまばたきは　わたしの思惟のように　低く　さま
　よい　ぼろぼろだ
　けものたちも歩まない

　〈暗くはないよ
　明るいじゃないか
　明るいと言うんだよ
　こんなときには〉

絞首台に立つ者は　その階段を　数えながらのぼることだ
　ろう
一三……一二……一一……
〈一〇秒前……〉
舌で唇を湿す
喉を鳴らす
だれかが　つぶやく

〈死刑宣告〉
わななき声で
あるいは　わなないているのは　わたし
の耳なのか
それとも　世界の唇や耳なのか
夜の森
に　確かなものはない

時間経過のアナウンスは　われわれの
判事
教誨師
死刑執行人
時すらも確かでない
生も死も

死刑　違う
自殺　違う
決闘
背を向け合い　歩む
生と死
の間を　低くさまよう　わたしの
思惟

そして
そして
わたしの決闘の相手は……

……七……六……

遠いコヨーテの声も　空にすわれ　いまは聞こえない

からだをまるめ
頭を膝につける
無力なダンゴムシの防禦
手に力が入り　握った砂が　こぼれ落ちる

わたしの名は　ジョー
であっても　トミー
であっても　かまわない
一匹の虫けら
に過ぎないのならば

ない
われわれの周辺には
ない
いっさいがわれわれの前に
ない

無
父はよく言った
〈無は有を生ず〉と
どこで
こころでか
わたしの
わたしのこころ
に生じ　おののいているもの
は　なに
恐怖か
懇願か
反逆か

……二……一
わたしは……
○

この詩は、翌一九五九年『現代詩』三月号（第六巻第三号）に掲載された。

当時、核兵器の開発は水爆時代を迎えていて、米ソのほかイギリスも第一回水爆実験を行なったばかりであった。広島・長崎への原爆投下にひき続き、アメリカは一九四六年七月一日ビキニ環礁で、さらに五一年一月二七日にはネバダでの原爆実験も開始した。その間、四九年八月二九日ソ連が第一回原爆実験に成功、二大強国が核を保有することとなり、朝鮮戦争を背景に核兵器増強競争はエスカレートしてゆく。五二年一〇月三日イギリスが原爆実験を行ない、第三の核保有国となった。それから一ヵ月も間を置かない一一月一日アメリカはエニウェトク環礁エルゲラップ島で第一回水爆実験に成功するや、追いかけるように翌五三年八月ソ連も水爆保有を発表した。五四年三月一日、アメリカが実施したビキニ環礁における水爆実験により、焼津のまぐろ延縄漁船第五福龍丸の乗組員が〝死の灰〟によって被曝、九月二三日久保山愛吉さんが死亡、三たび日本人が核の被害を受けるという悲劇に見舞われた。しかし、各国は実験を継続し、ネバダでの〝神経テスト〟があった五七年五月一五日にはイギリスがクリスマス島で第一回水爆実験を強行したのであった。

こうして、一九六三年部分核停条約に米英ソ三国が調印するまでに、アメリカ三〇三回、ソ連一六四回、イギリス二三回、他にフランス八回、計四九八回の核実験が行なわれたとされている。（フランスは六〇年に核保有国となった。なお、中国は六四年、インドは七四年にこれに続いた）

このように核実験が恒常的に行なわれ、しかも水爆が主となっていた一九五〇年代後半になると、ネバダでの原爆実験に注目する人はあまりいないかのようであった。だが、ナチスによるアウシュヴィッツの犯罪、旧日本軍による三光作戦（神吉晴夫編『三光―日本人の中国における戦争犯罪の告白』一九五七年、光文社刊）や細菌兵器の人体実験（『細菌戦用兵器ノ準備及ビ使用ノ廉デ起訴サレタ元日本軍軍人ノ事件ニ関スル公判書類』一九五〇年、モスクワ・外国語図書出版所刊）を知っていた私は、ネバダにおける〝神経テスト〟はこれらの犯罪行為と同列のものではないかと考えたのである。

広島原爆はTNT火薬に換算し一万二千五百トンといわれ、一九五七年九月二日の〝神経テスト〟に使用した原爆は一万トン相当で、両者は同規模と判断して支障ない。したがって、広島原爆の場合爆心地から四キロメートル以内のほとんどの人が放射能障害を受けていることが明らかであるから、〝神経テスト〟で米兵が位置した四・四キロメートルという距離は極めて微妙なものである。しかも、第五福龍丸がビキニ島から一六〇キロメートルも離れた海上でフォールアウトを浴びた事件の記憶もまだ生々しく、これらのことがらを考慮すると、はたして妥当な実験と言えるのだろうかというのが私の疑問であった。むしろ、そのいかがわしさ、悲惨な結果が予測できるのにあえて強行する犯罪性を感じたのであった。仮に直接的な被曝がないにしても、国家なり軍隊なりがその組織の強権をもって人間を被実験者として験すことが、だれによって許されるというのであろうか。戦争およびその準備行為の非ヒューマニズムがそこに露呈されているとしか思えなかった。私は作品「夜の森」によってそのことを、拒否することもできずに被実験者にされた人間の、「わたしの名は　ジョオ／であっても　トミイ／であっても　かまわない」といういわば匿名性に仮託して書きたかったのだが、もちろん稚拙な作品であるから成功したとはいえなかった。しかし、あのジョオやトミイはどうしているだろうかという思いを持ち続けてきたことだけは明言していいはずだ。

二十年が経過した一九七八年二月一一日付『朝日新聞』に、

白血病死者で大調査

米国防総省　核実験参加の30万人

という見出しで四〇行ほどのロイター電が載った。その中に次のような記述がみられた。

マギー中佐によると、ラスベガス近くにあるネバダ核実験場で一九五七年八月に行われた実験に参加の二千百人―三千二百人の中から八例の白血病が発見されたため、一斉調査を開始することになった。補償要求の形で最初にこの問題を明るみに出した実験参加者はこの八日夜、白血病のため死亡した、という。

続いて同月一五日の同紙は六五行の記事の中で、

国防総省がこれほど大規模な調査に乗り出したのは、約一年前に元米陸軍降下部隊員で五七年のネバダ核実験に参加したポール・クーパー氏（四四）が白血病にかかっていると診断され、米ジョージア州アトランタの米疾病管理センター（ＣＤＣ）で詳細に調べた結果、核実験で受けた放射線の影響による可能性もあるとの判断が出されたためだ。クーパー氏は治療のかいなく今月八日死去した。

と報じた。

五七年八月には前掲のように少なくも五回の実験があり、九月二日の第一六回実験参加者もその中に含まれていたものと思われた。憂慮していた結果が現実のものとなったとき、「ジョオであってもトミイであってもかまわない」という匿名性がはじめて剝ぎ取られ、一人の人間としての〝名前〟が明らかになったのである。しかも、ポール・クーパーという一人の人間としての主張が認知されたときが、死が彼を地上の者としての存在を許さないときであったとは。恐らく、ポール・クーパーがその名前を認知される以前に、多くのジョオやトミイが匿名のまま死を迎えたに違いない。そして、なお地上にとどまっているジョオやトミイたちはどう生きているのであろうか。

ネバダの原爆実験による被曝が問題化した七八年、実験場周辺住民も訴訟に踏み切った。さらに、ビキニ環礁付近の住民にも同様の被害が起きていることが明らかにされ、島民は再疎開を強制されたのである。そして、翌年三月二八日、米ペンシルバニア州TMI原発で発生した事故は、原発は安全であると詐妄し続けた〝神話〟を突き崩し、世界の人々に庭先の核の恐怖を知らしめたが、同じ七九年四月一九日の上下両院合同公聴会で「ネバダ州での核実験によって周辺住民が当時の安全基準さえはるかに上回る放射能をあびていた。それにもかかわらず、AEC(米原子力委員会)は住民の健康より核実験の続行を重視した」(『朝日新聞』)などの事実が暴露されることとなった。これを「神の思召し」と言うだろうか。狂気した悪魔の犯罪と言うほかにことばはない。一九八〇年、アメリカ政府はついにネバダ核実験の被曝者の存在を公式に認めることとなった。だが、生き残った私のジョオやトミイはどうしているのか、それを知る手だてをそのとき私は持たなかった。

昨年、一九八二年になって一冊の本が日本で出版された。ハワード・L・ローゼンバーグ著、中尾ハジメ、アイリーン・スミス共訳『アトミックソルジャー』(社会思想社刊)である。アイリーンは夫のユージン・スミスとともに〝水俣〟を撮り続けた女性である。私は標題だけで、私のジョオやトミイの現在をこの本によって知ることができるに違いないと直感した。

『アトミックソルジャー』は、アメリカの核実験の経過を掘り起すとともに、一九五七年八月三一日のシリーズ第一五回実験〝スモーキー〟を中心にすえ、それに参加したラッセル・ジャック・ダン伍長とその同僚について書いたものであった。それによると、五七年の実験シリーズは暗号名〝プラムボブ作戦〟といい、その大半に科学者の名が付けられ、例えば私の「夜の森」となった九月二日の実験は、なんと私の敬愛する〝ガリレオ〟—中学生の私はハーサニーの『星を見つめる人』を読んでその不屈の科学者魂に心打たれたものであった—と呼ばれたという。第八二空挺師団から選抜し編成した臨時中隊〝ビッグ・バン機動部隊〟(中隊長ウイリアム・ストーバル大尉)を被験者とした心理ストレス・テストは、ハムロー(陸軍人間資源研究局—なんという名であることか)が計画したシリーズのうち〝スモーキー〟と〝ガリレオ〟で、ダン伍長と七八年にその死去が報道されたポール・クーパー軍曹はともに分隊長として参加した。その詳細は『アトミックソルジャー』に譲るが、〝スモーキー〟爆発の瞬間、目を覆っていた自分の腕の骨がはっきり見え、露出していた皮膚がピンク色に焼け、さらに衝撃波でボーリングのピンのように転がったという。また、ある部隊は、溶融し結晶化したためざくざく音をたてる砂を踏み、フォールアウトの砂塵のなかを、ねじれ曲った鉄の爆発塔から実に一五〇メートル以内にまで接近したという。

九月二日の〝ガリレオ〟の爆発時刻は五時四〇分、規模は一万一千トン、参加兵士八〇名であった。翌朝の新聞で「彼らはたいへん冷静に反応し、一見したところ、正常に役目を遂行した」と述べたある社会学者の談話記事を読んだダン伍長の腸は、怒りで煮えくりかえった。この実験の被験者が既に〝スモーキー〟を経験していたため、新しく収集したデータは使いものにならなかったという事実を、そのときダンが知っていたら、彼の怒りは止まるところがなかったに違いない。〝ガリレオ〟はプログラムを消化しただけの〝無意味な実験〟だったのである。いわれのない受難を背負い込むことになった十七世紀のガリレオ、そして二十世紀のダンとその同僚たち。

その後のダンを『アトミックソルジャー』によって追ってみると、断続的な目まい、吐き気、耳鳴りに悩むようになった彼は、翌五八年除隊しマージョリーと結婚したが、六〇年には頭髪と歯が抜けはじめ、六二年に子どもができない身体であることがわかり、七三年離婚することとなる。目まいはいっそうひどくなり、翌七四年のある日、ついに意識を失ない二階バルコニーから転落、頸部を骨折して四肢麻痺患者となってしまう。看病に戻ったマージョリーと再婚し、車椅子生活をしていたダンは、七七年のある日テレビを眺めていて、そこにインタビューを受けているポール・クーパー元軍曹の姿を発見する。こうして、骨髄白血病のクーパーに代り、ダンは七八年一月下旬に開催された下院州際及び国際通商委員会公聴会で証言したのである。車椅子からの彼の証言は冷静で正確だったという。

ポール・クーパー　骨髄白血病で七八年二月八日死亡
ドナルド・コー　単球性白血病
ロバート・ショウドネッカー　白血球減少症
ダン・ニューサム　前立腺肥大症のほか首の関節炎と胸の痛み
ウイリアム・ストーバル　生死不明
ラッセル・ジャック・ダン　妻のマージョリー、母親のレオナとミネソタ州の小さな町アルバート・リーに住んでいる。白血球減少症である。二十五年間にわたる受難の日々は彼が生きているかぎり延長されることになる。

七九年五月の時点で、五七年から六二年までの八四回に及ぶ実験に参加した将兵二〇万人のうち、二八九二人のがん患者と、なんらかの健康上の問題のあるもの八〇九七人が発見されている。（七九年八月七日『朝日新聞』）

なお加えるならば、ネバダ核実験の被曝が原因で発がんしたとしてその補償を米政府に求め訴訟している一般市民が、七九年から八二年までの間に、一五〇〇人以上に達している。また、一九五四年にネバダ州でロケした映画「征服者」の俳優やスタッフ二二〇人のうち一五〇人を追跡調査した結果、九一人ががんに罹病し、ジョン・ウェイン、スーザン・ヘイワードなど四六人が死亡していることが判明し、その原因がロケ地のフォールアウトによるものと考えられるという。（八〇年一一月四日『朝日新聞』。なお、近刊の広瀬隆『ジョン・ウェインはなぜ死んだか』はこの問題を追跡しているようだが、未見である）

さらに、マーシャル諸島を中心にしたミクロネシア住民の被曝が明らかであるし、フランスの実験場ポリネシアのムルロア環礁に核汚染の事実がある。オーストラリアやポリネシアのクリスマス島の核実験に参加したイギリス兵士のうち、一一四人が死亡したなかで一〇七人ががんであったというAP＝共同電が、ごく最近伝えられている。ウラル、カザフ（ソ連）、あるいは中国など他の核実験場周辺住民にも被曝の事実が必ずやあるに違いない。

私はこの文章を、核実験、特にラッセル・ダンが兵士として参加した一九五七年のネバダ実験に対するこだわりを中心に述べてきた。あるいは、私がこだわっているのは、国家と個人の問題であるかも知れない。国家という人間がつくりだした機構は、あたりまえの人間ひとりひとりのかけがえのなさを尊重し、その幸福や安泰を実現するものでなければならないはずであった。それが、国家機構そのものの安泰を求めるために、人間のそれを犠牲にするのであれば、本末を転倒したものと言わざるを得ない。私には、資本主義国家対社会主義国家ないし自由陣営対共産陣営といった構図は見えて来ない。核の鎧をまとった二つの全体主義的軍事大国ないしは同盟が、相互に自らを正義、善、相手を不義、悪と規定した対立があるだけである。そして、その正義、善を貫くために、人間をモルモットのように扱う、いわれのない死を強要する。仮に一方の側の国家を選べるとしても、そこに生きる人間的状況には大差がないのではあるまいか。われわれがどこに住もうが、そこがカコトピア（逆ユートピア）であるならば、われわれにとって国家という機構は、いったい何なのであろう。われわれのアジールさえこの地上には存在しないものであろうか。私は極めてアナキスティクな思いに捉われる。

ダンよ。あなたの国と私の国とは〝運命共同体〟であり、私の国は西側の〝不沈空母〟だそうだ。沈むことのない艦船がありうるだろうかという疑問はさて置いて、あなたの国の戦略が私の国に仮想敵国を想定させている現実を問題にしたい。国家は、あたりまえの人間ひとりひとりのかけがえのなさを尊重し、その幸福や安泰を実現するものでなければならないと、先程書いたが、それは自国民に対してだけでなく、他国民に対しても同等に実現しようとするものであるべきである。人間の自由と生きる権利の擁護は、武力によって実現できるはずのないものである。武力によって得た自由があるとすれば、それは他の人間の自由と生きる権利を簒奪したうえに成立したエセの自由である。

いま、われわれの世界は核の海に漂っているかのようだ。仮に核の平和利用の効用を認めるにしても、TMI原発事故、ウラン鉱山労働者の被曝、核廃棄物による汚染問題などをみれば、核が双刃の剣であることは明白である。一九七九年にアメリカが保有していた戦略核弾頭九九九四個は二四万六〇〇〇の広島市を潰滅できるという。それに戦術核兵器を加えると六一万五三八五個の広島型原爆を所持しているに等しいという。ソ連その他の国が保有する核兵器、各国の原子力発電所、上空の原子炉衛星から海面下の原子力潜水艦に至るまでを合わせ考えると、戦時であろうとなかろうとダンと同様の苦難に見舞われないことのほうが僥倖というべき状況である。

あたりまえの人間があたりまえに生きようとしても、姿を隠したまま襲いかかり、それを許さない悪魔的な力を揮う核を廃絶することは、現代の人間に課せられた使命であろう。われわれは人間としての英知を験されている。

ラッセル・ジャック・ダンよ。世界のすべての人々に核の非人間性を証言するために、そして、核時代における人間の尊厳を訴えるために、あなたには長く生き続けてほしいという思い切なるものがある。ラッセル・ジャック・ダンとあたりまえに生きたいと願うあらゆる人々との連帯の思いを込めて、この手紙を終える。地上に平安あれ。

〈東北〉とはなにか

「いのちの籠」第24号（二〇一三年六月　戦争と平和を考える詩の会）

単なる方位を示すことばを用いて語られる〈東北〉とはなにか。どこからの視点によって〈東北〉と言うのか。すくなくとも自らの視点からではない。中央に対するさまざまな地方のなかにあって、〈東北〉は特別な地域として意識されているのではないか。3・11から二年が過ぎた現況のなかで、生まれてから生きてきて、いまも生きつづけている〈場所〉について、あらためて自分の考えを構築し直すべきではないかと思うようになっている。

＊

岩手県の太平洋岸に路線を持つ三陸鉄道は、3・11の大地震と大津波とによって甚大な被害を受けた。それから二年後のことし四月三日、不通区間のうち、盛駅と吉浜駅間の運転を再開した。残りの不通区間も来春、二〇一四年四月には全線を再開する予定だという。一方、宮城県と福島県の太平洋岸を走るJR東日本水戸支社管内の常磐線も、3・11によって大きな被害を受け、現在も浜吉田駅と相馬駅間22・6キロと広野駅と原ノ町駅間54・5キロの二区間が不通のままである。浜吉田・相馬間の再開通は四年後の二〇一七年春で、広野・原ノ町間については見通しがないという。

東京以北で最初に運行された特急「はつかり」はもともと常磐線経由だったし、多くの夜行寝台は常磐線経由だった。新幹線の開通によって東北本線のバイパスとしての役割を失ったとは言え、常磐線は一八九八年（明治三十一年）に全線が開業した歴史を持つ幹線鉄道である。地域企業である三陸鉄道がすばやい復旧をすすめている一方で、東京に本社を置くJR東日本の取り組む姿勢に住民の生活への思いが感じられない。「東北の復興なくして日本の再生はない」などとはそらぞらしい。

三月二十八日、東北電力は浪江・小高原発新設計画を断念したと発表した。浪江・小高原発は、四十五年まえの一九六八年に建設を計画した福島県双葉郡浪江町棚塩地区と相馬郡小高町（現、南相馬市小高区）浦尻地区とにまたがる核発電所である。東電福島第一からはちょうど10キロの距離に位置している。核災後、福島県民の願いは県内の全〈核発電〉十基の廃炉と、建設計画の撤回である。東北電力は、その県民の思いと核災後の状況とを考慮したのであろう。

核災発生から満二年となったいま、福島第一では場当たり的な対応のつけがまわってきたかのように、三月には核燃料プールの循環冷却装置が停電で停止する事故があり、四月には、警報の誤作動、汚染水処理設備の一時停止、貯水槽の漏水など、毎日と言ってもいいほど事故がつづいている。こうした事故の発生を詫びるため四月二日に来県した東電社長に、福島県知事と県議会議長が、県内全十基の廃炉を要求したものの、東電社長はことばを濁して応じなかったという。全人類と全生物にその被害が及びかねない〈核罪〉を犯し、福島県民に苦難を強いていながら、なおも福島第一の五、六号機と第二を再稼働しようというのであろうか。

かたや三陸鉄道と東北電力、かたやJR東日本と東京電力。その違いはなんだろうか。

国と電力会社は〈核発電〉施設の扱いにくさ、危険性をはじめから十分に認識していた。一九六四年の原子力委員会による『原子炉立地審査指針及びその適用に関する判断のめやすについて』は「周辺の公衆に著しい放射線災害を与えない」ために、「原子炉敷地は、人口密集地帯からある距離だけ離れていること」が必要だとして、「原子炉の周囲は（略）非居住区域であること」、「非居住区域の外側の地帯は低人口地帯であること」と定めている。こうして、国と東電はその配電エリア外にあって第一次産業も成立しにくい過疎地を狙い撃ちして核発電所を立地したのだ。

電力業界内では、たとえば、中部電力関係者が「〈植民地〉がある東電さんがうらやましいですね」と言うように、電力を供給しているエリア外に設置した〈核発電〉立地地を〈植民地〉と認識しているのが電力業界の常識だという。たしかに、福島も柏崎刈羽も大間もそうだ。ところが、東電エリア内には〈核発電〉施設はもちろん〈最終処分場〉もない。

二〇〇七年の中越沖地震によって、柏崎刈羽がメルトダウンする大惨事寸前の危険な状態に直面するという経験をしていながら、東電は所管する〈核発電〉の地震・津波対策を強化してこなかったのは、〈核発電〉施設のすべてを〈植民地〉に設置しているからであろう。

福島〈核災〉は起こるべくして起きたのである。

＊

双葉町内のアーチに〈原子力　正しい理解で　豊かなくらし〉ということばが掲げられている。皮肉にも3・11以前の双葉町は、交付金や寄付金によって建設した公共施設を維持する経費が増大して財政が破綻し、さらに増設を受け入れざるを得ないという底なしの泥沼にはまり込んでいたのだ。

そしていま、双葉町をはじめとする周辺住民は核災によってコミュニティーを破壊され、避難生活を強いられ、その多くは狭隘な仮設住宅に二年以上も閉じこめられ、目には見えない境界のなかに封じ込められている。一方、放射線管理区域に相当する放射線量が測定されている地域に八十万人もの住民が避難指示がないまま暮らし続けていて、低線量被曝の危険性について確たる医学的基準がないなか、多くの子どもたちが危険に曝されている。三月末現在の避難者は、福島県内に九万人超、県外に五万人超、あわせて一五万人超だ。そして、地震・津波による福島県内の死者約千六百人に対し、核災による関連死者は千三百人超に達している。核災関連死者が今後ますます増えていくことに疑いはない。そして、懸念されることは、いつまでつづくか見通しのない状況に置かれていることによるPTSDの発症である。

住民に対する分断と差別とは、避難区域の再編をすすめる国・県・自治体による〈帰還圧力〉もあって、よりいっそう強まっていて、〈核発電〉施設周辺住民の棄民化がすすんでいると認識せざるを得ない状況が進行している。

双葉町のアーチのことばには、オシフィエンチム強制収容所入口アーチのことば〈労働は自由をもたらす〉とあい通ずる欺瞞がある。

一九八六年のチェルノブイリ核災から二十六年が過ぎたのに、事態はまだ終熄していない。広島や長崎の核災もまだ終熄していない。福島核災は始まったばかりで、現在も一時間あたり約一千万ベクレルの放射性物質が放出されている。炉心冷却で生じる汚染水の増加も廃炉作業の障害となっている。プール内の三千本以上の燃料棒を取り出して、格納容器内の溶融燃料をすべて回収して廃炉にするまでには、発電した期間とほぼ同じ四十年を要するという。実際には、おそらく百年後も終熄していないだろう。その対応に膨大な人員を消耗し巨額な経費投入が求められる。そんななか、いま場当たり的な対応・対処が破綻して、連日のように事故が発生しているのである。老朽化がさらに進んでなにが起きてもおかしくない。大地震が再び襲うことも想定される。そのときの恐ろしさは想像もしたくない。

政権が交代し、核発電政策は核災以前に戻った。福島核災などは済んだことだ、あるいは、なかったことだとしたい空気がより強く感じられてならない。四月上旬に東京に行ったが、そこで暮らしている人々の記憶には、自分たちが使う電気のために福島の住民が核災の苦難を強いられつづけていることなど、記憶のひとかけらとしても残ってないだろうと思われた。関西電力大飯三・四号機の再稼働を政府が決定したとき、批判と抗議は国論的様相を見せた。だがいま、「二〇三〇年までの原発全廃」を「ゼロベースで見直す」という安倍内閣の方針を支持する人が過半数に達している。わずか半年あまりで世論は逆転してしまった。「ゼロベースで見直す」という言葉に騙されたのだろうか。日本人の体制迎合体質はいまに始まったことではないが。

国内の核発電所を再稼働したいのであれば、そのまえに千代田区内にあると噂されている地下巨大シェルターを最終処分場に転用すると表明すべきである。

＊

千三百年をさかのぼる上代から、ヤマトはエミシとのあいだに境界を設け、七〇九年には陸奥・越後へエミシ討伐軍を派遣している。それだけでなく、記紀伝承のなかにタケルを登場させてエミシ征伐の役割を担わせてもいる。以来、境界の設定による排除と差別は連綿とつづいている。差別意識は近代になってもいっこうに改まらなかった。それどころか、「白河以北、一山百文」と称しては蔑みつづけ、現在も〈植民地〉と称していて核災によって被災した〈核発電〉施設周辺住民を棄民して憚らないのである。われわれは日本国憲法が　保障する生存権を享受できない〈植民地〉の住民なのであろうか、日本国の〈棄民〉なのであろうか。

われわれは、あえてエミシ・北狄（ほくてき）・あらえびす・　山（いちざん）などと名乗ることによって、みずからを〈従（まつろ）わぬ民〉と自己規定し、矜持を確かなものとしてきた。

いま、われわれのこの生存の場を、中央に対する〈東北〉地方としてではなく、独自の歴史と文化とをもった〈地域〉として認識し直すことが求められているのであろう。

少国民から非国民へ

「いのちの籠」第二十七号（二〇一四年六月）

ちょっと気が早いかもしれないけれど、来年は第二次世界大戦が終結してちょうど七十年である。

七十年という時間をもうひとつ遡ると、一八七五年、明治八年になる。年表から抜き出してみると、まず一八七七年に内戦ではあるが西南戦争があって、一八八九年の欽定憲法、一八九〇年の教育勅語発布と帝国議会開設を経て、一八九四〜五年に日清戦争、一九〇四〜五年に日露戦争を戦う。大正に入って一九一四〜八年の第一次世界大戦に参戦する。この間に、朝鮮、台湾、清国、シベリアなどへ出兵している。昭和になると、一九二七年に山東へ出兵して、翌一九二八年に「満州某重大事件」すなわち張作霖爆殺事件を起こし、宣戦布告なき戦争を「事変」と偽称して、一九三一年の満州事変からの十五年戦争に突入したのである。
欽定憲法のもと、国民は主権者ではなく天皇の臣民であって、教育勅語は「一旦緩急あれば」そのいのちを国家に捧げろと説くものであった。わたしが学齢に達したとき小学校は国民学校と改められていて、わたしたち臣民の予備員は少国民と呼ばれ、「神国日本」とか「神州不滅」とかさまざまなスローガンに囲まれたなかで皇民教育を受けたのである。

アジア・太平洋戦争で、一千万人を超える中国人、三百万人の日本人、そのほかの国々の犠牲者を合わせると二千万人もの人命を犠牲にした非道な歴史を、一九四五年までの七十年間この国は歩んできたのだ。

こうした過去を確かめるにつけ、一九四五年からのわが国が七十年ものあいだ戦争をしなかったことを、日本国民のひとりとして幸いだったと思う。「日本国憲法」の柱である平和主義が評価されて第九条がノーベル平和賞の受賞候補にノミネートされたことを宜なることとして歓迎し、さらにこれからのちの七十年を主権者の不断の行動によって戦争をしない国として存続させてほしいと願っている。

だが、七十年のあいだ戦争をしなかったことは、逆に、恐ろしい事態をひき起こしかねない危険をはらんでいると危惧せざるをえない状況を現実にしている。いま過去の戦争を体験としてどうにか記憶にとどめているのは、おそらく七十五歳ぐらいからうえの者だけになってしまった。一九三五年生まれのわたしより年長の人びとの数が人口の一割を切り、敗戦のときに徴兵年齢を超えていた人びとは七十人に一人ほどだという。したがって、当然のことながら、政治をはじめとするさまざまな分野の中枢は戦争の悲惨さと非人道性とを知らない世代の人びとによって占められている。

安倍晋三首相もそのひとりだ。

一度は投げだしてしまった首相の座ではあったが、自民党がすすめてきた核発電政策がたまたま民主党政権時に破綻するという幸運に恵まれて(国民にとってこれほど不幸なことはなかった)出戻り首相になってしまった。以来、安倍首相の背中にはおんぶお化けがとりついて、言動はもとより顔つきまでだんだんお化けに似てきている。恐ろしいことだ。

彼は、靖国神社を参拝し、集団的自衛権の拡大解釈とその行使容認を閣議決定し、国家安全保障会議を発足させることによって、近隣諸国を刺激して緊張をつくりだし、国内のナショナリズムをあおりたてている。

教育委員会制度を改変し、「道徳」の教科化など教育の統制・国家管理を強化し、戦前の治安維持法にかわる特定秘密保護法を成立させて言論の封殺をうかがい、積極的平和主義と詐称して軍国主義国家の復活を図り「（憲法解釈の）最高責任者は私だ」と公言して憲法の形骸化を加速しようとしている。「武器輸出三原則」を「防衛装備移転三原則」と言い換え、民生に限定してのＯＤＡ（途上国援助）を軍事利用にも適応しようとし、日本を軍需産業に依存する国家に換えようとしている。実現のめどが立たない高速増殖炉を温存し、頓挫したはずのプルサーマル計画・核燃料サイクルを推進するために核発電を「ベースロード電源」だと称して再稼働させ、自らがトップセールスしたトルコ、アラブ首長国連邦などへの原発輸出をもくろむ原子力協定を承認し、日本を核発電産業に依存する国家として存続させようとしている。

年々膨張を続ける赤字財政は遠からず破局を迎えるだろう。人口が減少し高齢化が進行し、縮小してゆく国の国民に経済成長政策がおおきな負担を強いることになるのは目に見えている。軍国主義国家も核依存国家も、どう後始末をつけるのか、現政権は将来への想像力を働かせないまま突っ走っている。こんなことを許していていいものであろうか。

悔やまれるのは、過去の戦争責任追求をあいまいにしてしまったことだ。戦争、しかも勝ち目のない戦争をはじめる責任者の罪はなおのこと重い。わたしはこんな国の国民でありたくない。わたしは非国民と言われることを選ぶ。

吉田信（一九三三年～八七年）が八四年東電福島第二の建設差止訴訟福島地裁判決の日に書いた詩「重い歳月」の末尾十行ほどを読んでいただこう。核問題に限らず、未来に対する責任をわたしたちはつねに問われているのである。

〈真実〉はいつも少数派だった
今の私たちのように

しかし原発はいつの日か
必ず人間に牙をむく
この猛獣を
曇りない視線で看視するのが私たちだ
この怪物を絶えず否定するところに
私たちの存在理由がある

わたしたちがそれを怠れば
いつか孫たちが問うだろう
「あなたたちの世代は何をしたのですか」と

無法者が統治する「わが国」

「いのちの籠」第三十号（二〇一五年六月）

昨年六月発行の本誌第27号に、小文「少國民から非国民へ」を書いてちょうど一年になる。この一年で状況はいっそう悪化した。昨年末のアベノリクツ衆院解散によって一強他弱体制を一段と強固なものとしてからの安倍晋三政権は、したい放題、言いたい放題とばかり、強権政治を推し進めている。

平和主義とは、永世局外中立を表明して、どのような戦争にも関わることなく、友好外交を展開することによって国民のいのちと暮らしを守ることであろう。ところが、安倍首相は、平和主義のうえにプラスイメージを持つ「積極的」ということばをかぶせて「積極的平和主義」を言い立てている。しかし、これは軍事力によって自国の安泰を維持しようとする「エセ平和主義」である。そのための法案に「国際社会の平和と安全を目的に」との美辞を掲げて、アメリカとの軍事同盟を強化するだけでなく、他国軍の支援や防護をも可能にし、他国との交戦を想定して自衛の枠をはみ出す内容の法案を成立させようとしている。政権はその実体をごまかすために、法律の名称を「国際平和支援法」とするらしい。看板に偽りありとはこうしたことを言うのであろう。

この政府案を、参院予算委員会で社民党の福島瑞穂議員が「戦争法案だ」と批判すると、自民党は「レッテル貼りだ」として発言の修正を要求した。野党が政府を批判できない国会とはなんであろうか。安倍政権こそが、たとえば、昨年四月に「武器輸出三原則」を「防衛装備移転三原則」と改めるなど、国民を欺くレッテル貼りかえの常習犯である。成立を目指している法案でも、「武力攻撃事態」「武力攻撃予測事態」「緊急対処事態」「存立危機事態」「重要影響事態」などとその違いを判断できる者がはたしているのだろうかと疑うほど細かく仕分けてレッテルを貼っている。こうしてまで国民を欺こうとしているのだ。批判されて当然である。

さらには、昨年末の衆院選の期間中に、自民党がテレビの報道番組に対して「公平中立」を要請していたことが、このほど明らかにされた。言論人と報道メディアには権力を批判的に論じる役割がある。自民党の要請はこうした役割を牽制し、その自由を制約しようとするもの、言論に対する威嚇にほかならない。その結果、昨今のメディアは「政権与党の圧力と懐柔」に萎縮しているとしか見えない様相にある。現政権は、憲法が保証している国民の「表現の自由」と「知る権利」を公然と侵害しているのである。

それだけではない。教育への介入もあからさまだ。教科書検定に際して、政府見解を書き加えさせている。例えば、十五年戦争が日本による侵略戦争だったことは歴史的事実として認められていることである。これを「自存自衛のための戦争」だとする記述が検定に合格しているという。さらには、国立大学に対し、その入学式や卒業式で国旗の掲揚と国歌の斉唱をするよう、安倍首相が要請したという。

安倍首相は、野党の批判を非難する一方で、自らの発言については「なにを言おうと言論の自由だ」と意味不明のアベノリクツを主張する。彼は現行憲法を「占領軍による押しつけ憲法だ」と発言してはばからない。しかし、事実は、一九四五年（昭和20年）、政府の「憲法問題調査委員会」がポツダム宣言の趣旨に添う憲法案をつくれなかった段階で、民間の憲法制定研究団体「憲法研究会」（＊1）が『憲法草案要綱』（以下、『要綱』と略記。＊2）を12月26日に公表した。この『要綱』を英訳したGHQが、『要綱』を骨子に作成した憲法案を日本国政府に提示した。これを国会審議を経て承認し、成立したのが『日本国憲法』である。つまり、日本人が自主的に作成し、国会が承認したものであって、「押しつけられた憲法」ではないのだ。安倍首相は、明らかに事実をねじ曲げて、国民を欺いているのである。

＊1　憲法研究会　高野岩三郎（会長・大原社会問題研究所所長）、馬場恒吾（ジャーナリスト）、杉森孝次郎（評論家）、森戸辰男（東京帝国大学教授、のち衆議院議員）、岩淵辰雄（評論家）、室伏高信（評論家）、鈴木安蔵（幹事役・憲法学者）

＊2　『憲法草案要綱』の概要　根本原則（統治権）5条、国民権利義務13条、議会11条、内閣7条、司法6条、会計及財政8条、経済4条、補則4条からなり、全58条。

その一方で、安倍首相は米軍統治時代以来の軍事基地、軍事施設、軍隊の撤退と撤去をアメリカに要求するそぶりがなく、「占領国」にべったり追従してる。滑稽であると同時に哀れなことではないか。押しつけ憲法であると言うなら、第九条に「国内のいかなる場所にも、日本国はもとより他国の軍事基地、軍事施設、軍隊の設置を認めない」と、書き漏らした一項を追加しようではないか。

日米安保条約を日本国憲法の上位に置き、日米合同委員会が日本国政府の上位に位置していて、日本は主権国家ではなく、属国あるいは植民地状態が七十年間も続いている。安倍首相の「日本は法治国家だ」との発言はまったくの偽りである。安倍首相が、遵守すべき義務を負う憲法をないがしろにし、日米防衛協力のための指針を改定し、改憲せずに戦争を可能にしようとしていることは、罷免するに相当する。

もはやこの事態は、独裁国家による「戦前」と言うべきである。一九四〇年代前半の「わが国」では、「日本文学報国会」「大日本言論報国会」などが結成されて、表現の自由がない惨憺たる時代であった。どうしておとなたちはそれを押しとどめることができなかったのかと、思ったものだ。

人口構成が変化し、若年層が減少する将来、軍備を維持しようとするなら、徴兵が現実化するのは明らかである。これからはそのときに備え、自主的に志願するのが当然だと思わせる状況をつくりだすための詐術が仕組まれることになろう。若者たちよ、騙されてはならない。

あるいは、高齢者対策の一環として、戦後生まれの六十歳以上の者に対して国民の義務であるとして兵役を課すことのほうが合理的かもしれない。そのときには、安倍晋三さんも例外ではないのだが…。どうだろう。

沖縄問題にどう対処すべきか

「戦後沖縄・歴史認識アピール」に賛同して

「いのちの籠」第三十二号(二〇一六年二月)

沖縄県宜野湾市の在日米軍普天間飛行場を、同県名護市の辺野古沿岸部へ移設しようとする政府の政策と、米軍基地の県外移設を要求する沖縄県民の思いとが真っ向から対立している。

沖縄県と政府との一か月にわたる集中協議は、二〇一五年九月七日に決裂した。十月十三日、翁長沖縄県知事は、仲井真前知事による辺野古埋め立て承認手続きに瑕疵があること、「米軍の沖縄配備の優位性」など政府の主張に具体的説明がなく、移設の必要性についての実質的根拠が乏しいことを挙げて、前知事による埋め立て承認取り消しを沖縄防衛局に伝達した。これに対して、十一月十七日、石井国交相は、翁長知事による埋め立て承認取り消しを、知事に代わって撤回する代執行訴訟を福岡高裁那覇支部におこなった。これに対して、沖縄県は抗告訴訟を予定しているという。

この段階で、民衆の思想の歴史を書きあらわす会の鹿野政直、戸邉秀明、冨山一郎、森宣雄の歴史学者四氏が「沖縄と日本の戦後史をめぐる菅官房長官の発言に抗議し、公正な歴史認識をともにつくることを呼びかける声明」として「戦後沖縄・歴史認識アピール」を十一月二十四日に発表した。

菅官房長官の問題発言とはどのようなものか。

占領下沖縄での米軍による土地の強制接収が普天間問題の原点だという翁長知事を、菅官房長官は九月八日の記者会見で批判し、一九九六年の橋本首相のときに普天間基地全面返還を日米が合意したことが原点だと述べた。鹿野氏らは、菅発言から窺える政府の歴史認識を危ぶんでいるのである。

「戦後沖縄・歴史認識アピール」は、沖縄の問題を戦後七〇年の問題として認識するのか、あるいは、普天間返還日米合意からの一九年間の問題として認識するのかという問いかけなのでもある。

一九四五年六月二十三日の沖縄戦終結まえから、米軍は沖縄住民の八五％、捕虜となった軍人・軍属などを全島に一〇か所以上も設けた収容所に送り込んだ。食糧事情、衛生環境は劣悪なうえに、生活上のさまざまな制約・制限があったという。戦争が終わって二か月も過ぎた十月下旬、沖縄住民はようやく収容所から解放されたのだが、元の居住地は荒廃していて、そのなかに広大な米軍基地が造成されているのを目にした。帰るべきところがなくなっていたのである。

翁長知事は、占領下、米軍に「銃剣とブルドーザー」で土地を強制接収され、基地がつくられたのであって、住民が自ら提供したことはないと言っている。そのとおりでもあったろうが、「空き巣泥棒」にあったも同然のことでもあった。

それだけではない。一九四六年一月二十九日、GHQは北緯三〇度以南の島々を日本の行政管轄権から分離して米国軍政権の下に置き、さらに、一九四九年五月六日には米国政府は沖縄の領有を確定した。一九五一年九月八日、日米両国は講和条約と同時に安全保障条約に調印し、日本は沖縄を置き去りにして、被占領期を終えたのである。

一九七二年五月十五日、ようやく施政権が返還されて、沖縄県が復活したものの、二七年におよぶ占領下では、騒音や事故など基地被害と、身辺で多発する米軍による犯罪や事故によって住民は危険にさらされつづけた。その間、平和な生活を求め、人権と国民主権を保証している「日本国憲法への復帰」が、沖縄の人びとの復帰運動のスローガンであった。

だが、復帰後の現在も、国土の〇・六％の沖縄県に全国の米軍専用施設の七三・八％が集中していて、植民地状態であることに変わりはない。しかも、辺野古に米軍の新基地建設を認めるということは、今後も長期間にわたって宗主国に植民地を提供しつづけるという政府の意思表明であるとしか理解できないではないか。

東京はじめ地方の小都市やその周辺までくまなく空爆され、広島と長崎に核爆弾を投下された本土と、戦場になった沖縄とを比較して、どちらがより悲惨であったかと比較することは無意味であろう。だが、ウチナーとヤマトゥとの戦後史にはおおきな差異があることに気づかないのであれば、沖縄の歴史を正しく認識しているとは言えないだろう。

沖縄の人びとは言うだろう。ヤマトゥンチュは「戦後七〇年」などと言っているけど、「ウチナーヤ　ナマモ　イクサユ　ヤイビーン（沖縄はいまも戦時だ）」と。

国政の中枢にいる官房長官が、自分は戦後生まれなので「沖縄の戦後史を知らない」と公言したことは、沖縄県民は自国民ではないと言っているに等しく、沖縄県民を差別し、なすべき自らの役割を放棄し、貶めるものである。

十二月になって、安倍政権は普天間飛行場の一部先行返還を示唆したり、強制接収された土地は持ち主に返却しようとするのが法的正当性に添うものであるはずなのに、米軍基地跡地を同じ米国のディズニーリゾート誘致の候補地にすることを支援すると表明した。生活者からの視座を欠き、思考パターンまで植民地化されているということなのだろうか。

沖縄県との裁判が係争中なのに、一方の当事者である国側は辺野古沖の埋め立て工事をすすめ、加えて、抗議活動への規制を強化し、警視庁機動隊を投入して住民を排除する圧力をかけている。旧態依然の懐柔策と強権発動だ。菅官房長官は、ことあるごとに「わが国は法治国家だ」と言う。憲法違反の法律を強行採決し、憲法が保障する国民の権利を侵していながら、よく言えたものだと呆れる。

翁長知事は、基地問題は、地方の自治権を尊重しない内政問題、人権問題、差別問題であると言っている。米国に対して基地の撤退を粘り強く交渉するよう政府に求めることが、われわれがいまなすべきことである。

「戦後沖縄・歴史認識アピール」本文は、『世界』二〇一六年一月号、および、インターネットで検索して読むことができ、アピールへの賛同の署名を送ることができる。

核災は終熄してはいない

「いのちの籠」第四十一号（二〇一九年二月）

福島核災発生から九年目になろうとしている。

いま、核災の現況を知らせるどのような情報がどれほど報道されているのか、このことを確かめてみよう。

全国紙では、どうだろう。

『毎日新聞』の場合、「福島第一正門付近の空間放射線量率」を、「器機点検のためデータなし」の日以外は連日、社会面に記載しているほか、毎月一日に「全都道府県各一か所の空間放射線量率」の一覧を掲げている。

同紙の福島県版には県内七地点の「放射線量」を、日曜と月曜を除く連日、登載している。さらに、毎週火曜日には「原発週報」を連載していて、東電福島第一の近況が手早く理解できる。

『朝日新聞』の場合、ほぼ毎土曜日の「社会S面」に、地図上に一〇地点の前日の測定値を表記した「福島県各地の放射線量」を掲載している。

同紙の福島県版には「廃炉はいま」と題したコーナーがあって、東電福島第一でなにがあったかを伝えている。たとえば一八年一二月一日の同欄には、一一月二〇日に構内の集塵機の一台にトラブルがあって建屋内に放射性物質を含むほこりが出たため、放射性濃度がわずかに上昇したことを記している。加えて、二件の作業状況が報告されている。このコーナーは、以前には毎週水曜日に掲載されていたのだが、掲載日が土曜日に変更されてからは、掲載されない週が多くなっている。

「原発週報」や「廃炉はいま」は全国版に移すべきだ。

福島県で発行されている地方紙二紙のうち『福島民報』の場合を、二〇一五年から一八年まで四年のそれぞれから一日を無作為に選んでみた。核災関連記事を社会面等で報じているほか、核災の現況を特別面で知らせているデータの情報量は、おおよそ次のとおりだった。

二〇一五年五月二一日　一ページ全面
二〇一六年七月一〇日　1／3ページ
二〇一七年九月一六日　1／2ページ
二〇一八年一二月八日　約1／4ページ

かつては連日一ページ全面を使って報じていたが、そのスペースはしだいに減少している。

では、どんなデータが報じられているか。抽出した四回すべてに記載されているのは、次の四項目である。
①掲載日前日の県内各地の環境放射線量測定結果
②福島第一原発付近の海水モニタリング結果

③県内の死者・行方不明者の累計
④きょうの第一原発付近の天気と風向き

①については、過去にはおよそ六〇〇地点の測定値を掲示していたが、最近は、現在の避難区域と過去に避難区域だった一二市町村をメインにし、他の市町村は一地点だけに限定して、県内約三〇〇地点の測定値を掲載している。

いくつかの自治体の最大と最小の数値を示している地点の数値の変化を次に例示する。単位はμSv／h。

	二〇一五年	二〇一六年	二〇一七年	二〇一八年
大熊町夫沢三区集会所	一六・四八	一一・九六	九・六三	八・五一
大熊町坂下ダム管理事務所	〇・一八	〇・一五	〇・一三	〇・一一
浪江町小丸集会所	一三・五一	一〇・六八	九・三八	八・三七
浪江町請戸集会所	〇・〇七	〇・〇六	〇・〇五	〇・〇五
南相馬市鉄山ダム	二・二五	一・六二	一・三一	一・〇六
南相馬市福浦小学校	〇・〇六	〇・〇六	〇・〇六	〇・〇六
南相馬市役所	〇・一六	〇・一三	〇・一〇	〇・一〇
郡山市役所	〇・一九	〇・一五	〇・一三	〇・一二

わたしが住んでいる南相馬市のなかでも大きなばらつきがあって、最新のデータで半数の地点が日常の被曝限度線量〇・一一四μSv／hを超えている。避難指示がなかった地域でも、郡山市のように、いまも被曝限度線量を超えているところがあるのが現実である。行政がモニタリングポストの数を少なくしようとしていることに、住民が反対するのは当然のことである。

②は、五・六号機放水口北側と、一～四号機放水口南側の二か所で採取した海水のセシウム一三四とセシウム一三七について測定したものである。すべて〇・八二～〇・五三Bq／一リットルの範囲位内で、検出限界値を下回っているので、「不検出」とされている。その一方、大量にかかえているトリチウム汚染水を、東電は降雨に紛れて海に放出しているらしい。

このほか、⑤食品（魚介類・加工食品・牛肉・山菜・キノコ・アケビ・野菜・果実・樹実類）、それに、⑥牧草・飼料作物のセシウム一三四と一三七の検査結果が明らかにされている。

⑤について。魚介類の検査結果は一五年にだけ記載されている。二三〇の検体の魚種はアイナメ、カレイ、メバル、カスベ、ヒラメなどの海水魚と、阿武隈川上流と支流、阿賀野川上流のイワナ、ウグイ、ヤマメ、ヒメマスである。そのうち、海水魚二三体、淡水魚一一体から最大で八四・六、最小で六・五三Bq／一kgが検出された。阿武隈川の支流布川（伊達市）で採取されたイワナから最大値がでた。漁業者は福島沖のヒラメ漁を一時自粛した。

　また、一五年の牛肉からは、三六検体のうち、鮫川村と大玉村のそれぞれ一体から七・一と九・一が検出されたが、一七年には検出されていない。一五年に喜多方の栽培ワラビ三〇検体のうち四体から五・五七～四・〇二の範囲で検出された。

　キノコについては、一七年と一八年の数値がある。一七年には、五九の検体のうち二〇体から検出されていて、最大値は三島村のブナハリタケと下郷村のシイタケがともに二〇前後、一八年の下郷村のシイタケは二五・九となっている。マイタケ、ヒラタケ、ホウキタケのほとんどは、五・〇前後の数値である。

　そのほか、アケビ、クリ、ギンナン、クルミ、エゴマ、カボチャの、一七年と一八年の数値があるが、これらも五・〇前後である。

⑥飼料作物・牧草は、一五年の二二検体のうち、検出されたのは田村市七・〇、二本松市四・〇の二つである。

汚染土、農林汚染廃棄物、そして被曝食材の問題は、影響の及ぶ範囲が広い。

③については、一五年と一八年の比較表で示そう。

	二〇一五年	二〇一八年
直接死者数	一、六〇四人	一、六〇五人
関連死者数	一、九〇五人	二、二五九人
死亡届等	二二四人	二二四人
死者数合計	三、七三三人	四、〇八八人
行方不明者数	二〇二人	一九六人

三年あまりのあいだに核災関連死と認知された三五〇人超の方がいる。宮城・岩手と比較して、格段に多い。この表にはないが、ストレスを発症する避難者は、一般人と比較して二倍の六・八％に及んでいるという。

福島県民の最近の避難者数は、

県外に　三三、一三五人

県内に　一四、一三七人

合計で　四七、三七二人が避難生活を続けている。

（「福島県ホームページ」二〇一八年十月）

このほかに、福島県外住民の多数の自主避難者もいる。

福島第二が立地する富岡町は、核災発生によって帰還困難区域、居住制限区域、避難指示解除準備区域に三分割された。一七年四月一日に、夜ノ森地区など帰還困難区域を除いて避難指示が解除された。だが、それから二〇か月が過ぎた一八年一二月一日現在の町民の居住状況は、

富岡町内居住者	八二六人	同世帯数	五八六
福島県内避難者	九、六四〇人	同世帯数	四、六九二
福島県外避難者	二、六〇〇人	同世帯数	一、三四四
避難者合計	一二、二四〇人	同世帯数	六、〇三六

（富岡町のホームページによる）

だという。

わずか6％ほどの人しか帰還していないのである。

その帰還を促すかのように、仮設住宅の無償提供は二〇年三月で終了しようというのが、行政の方針である。

一二月一日の『朝日新聞』福島県版は、復興庁・県・町の共同による「一八年度富岡町の住民意向調査」を紹介している。回答は六七四八世帯から寄せられたという。

戻らないと決めている	四八・一％
戻りたいが、戻れない	一八・四％
まだ判断がつかない	一六・八％
戻りたいと考えている	九・九％
すでに町で生活している	五・二％

このうち、「戻らないと決めている」理由は、

すでに町外に生活基盤ができた	六〇％
避難先のほうが生活の利便性が高い	四〇％

とのことである。

さらには、高線量のため帰還が困難であることや、その結果として故郷が共同体として成り立たなくなってしまったということもある。「こんなはずではなかった」とあきらめて、「ここ」で生活している人たちが多いのである。

二〇一六年の甲状腺検査の結果、一七二人が陽性だったと報じられたが、その後の状況はどうなのだろう。また、除染作業員の被曝問題も、白血症の発症などの健康被害が小出しに明らかにされることがある。

福島第一の処理作業は、当初の予定から当然のことながら遅延を重ねているようだ。「核溶岩」の処置や管理は、おそらく将来世代の人びとに委ねることになろう。これほど無責任のきわみと言うべきことがあろうか。核災は未来からも断罪されるはずの犯罪だと断言したい。

現在、東京電力の勝俣恒久元会長、武黒一郎・武藤栄元社長を被告人とする福島原発刑事訴訟裁判がすすめられている。彼らは法廷で自らの責任を否定する発言を、恥ずかしげもなく重ねている。

一方で、安倍晋三政権は、なにごともなかったかのように、「ベースロード電源」と位置づけて、福島から遠く離れた核発電所、川内一・二号機、玄海三・四号機、伊方三号機、高浜四号機、大飯三・四号機の再稼働を認め、将来的には電源構成比率で二〇％台まで増やす方針である。

核災は、民衆のささやかな暮らしと未来を奪い、民衆に悲しみと苦しみとをもたらしている。

福島県外の多くの人びとは、こうした現実を知らないため、核災はすでに終熄したものと考えて、関心を失っているのではなかろうか。

続・核災は終熄してはいない

「いのちの籠」第四十二号（二〇一九年六月）

ちょうど四半世紀まえの一九九四年五月、わたしは機会を得て「福島県民チェルノブイリ視察調査団」十五名のひとりとして、核災発生から八年を経過した現地に入った。

このとき、キエフ近郊では街路樹のカシタン（マロニエ）が満開で、夢幻的な白い花のアーケードを楽しんだ。それが、三〇キロ圏に入ると、前年秋の枯れ草がそのままの、人手が入っていない広大な草原が視野いっぱいに迫ってくるのだった。石棺で覆った四号炉の間近まで立ち入り、全市民が避難したプリピャチ市では住居のなかも見ることができた。

チェルノブイリ核災発生十七年後の二〇一一年三月に、福島核災が発生して、わたしは一か月ほどの避難生活も体験した。そのとき、八年後の福島がどんな状況になるかを見たいと思った。そしていま、八年が経過した〈現地〉にわたしはいる。安易な比較はできないものの、ふたつの八年後は、どんな点で類似し、どんな点で異なっているのかの確認はしておくべきことであろう。

わたしが暮らしているあたりは、三〇キロ圏内ではあるが空間線量が低かったため、最初は「屋内退避区域」に指定されたあと「緊急時避難準備区域」となり、ほぼ半年の九月三十日に指定は解除された。二〇一三年一月の計測では、わが家から一キロたらずの南相馬市役所の空間放射線量は〇・二六μSv／hだった。二〇一九年四月十五日のわが家の線量は〇・〇七μSv／hである。

しかし、たとえば帰還困難区域と居住制限区域との境界に位置する浪江町「陶芸の杜おおぼり」は三μSv／h台の高線量であり、東電福島第一近傍の大熊町夫沢「三区地区集会所」は九μSv／h前後が計測されている。

東日本大震災による被災者の孤独死が逐年増加している。また、統計にのぼらない福島県の〈関連死者〉と避難者がさらにあると推測される。

	死者数	関連死者数	避難者数
岩手	四六七四	四六七	一〇二八
宮城	九五四二	九二八	四一九六
福島	一六一四	二二五〇	三二六三一
全国	一五八九七	三七〇一	五一七七八
	三月八日	前年九月末日	二月七日

核災発生時に十八歳以下だった人を対象にした甲状腺がんの昨年十二月末時点の検査結果を、福島県が四月に発表した。それによると、がんと診断された人は二人増加して一六八人、がんまたはがんの疑いの人は五人増加して二一二人だという。

東電福島第一で除染に従事している作業員の被曝に関する情報を目にする機会がないが、実際どうなのだろう。

東電福島第一のメルトダウンがあった3号機の、使用済み燃料プールから核燃料を遠隔操作によって取り出す作業を、四月十五日に開始した。作業には困難が予測される。1・2号機のデブリの処理をふくめた作業の完了、そして〈廃炉〉は、おそらく想像を絶する将来のことであろう。

東電福島第一の汚染水は百万トンに達し、保管可能の上限に近いという。海への汚染水放出が目論まれている。いのちの母である海を汚染していいのか。

双葉町と大熊町に予定している汚染土の中間貯蔵施設として必要な土地は、その一割しか確保できないでいる。そのため、一千㌧、東京ドーム二一三個分の汚染土が、黒いフレコンバッグに入れられたままで、福島県内各地の仮置き場にいまも置かれつづけている。仮置き場のほとんどは農地なので、営農に支障をきたしている。さらに、中間貯蔵施設には最長三〇年間保管したあと、福島県外で最終処分する計画だが、さて、どうなることか。

そこで、環境省は「汚染土壌再生利用実証事業」を持ちだした。二本松市の市道を掘り返して、汚染土を路床材として埋め込み、その上に覆土しアスファルト舗装をして、その実証をする計画だった。当然ながら、住民の反対によって、事業は頓挫した。しかし、ところを変えて、帰還困難区域内の常磐自動車道工事で実証事業をするらしい。

帰還困難区域内で飼育されていて、表皮に白い斑点ができている牛の写真を、写真家Eさんが撮影している。

南相馬市博物館の四月十三日から六月九日までの企画展「双葉地方の昆虫」を見てきた。

熊川河口は、福島県では唯一のグンバイトンボの生息地だったが、現在はその生息を確認できないでいる、と。

双葉町山田の羽黒沢の水生昆虫は、カメムシ目十三種、コウチュウ目二十六種が確認されていたのが、現在はそれぞれ四種と七種に激減したという。

我が家では、庭のアリがいなくなり、ハエやカなどもほとんど来なくなった。クモはいる。

一月に、住所不定、無職のK容疑者は、一昨年秋以来、双葉町や大熊町など帰還困難区域内の無人の住宅に侵入して、約三〇〇件もの窃盗をした容疑で送検された。

イノシシなども侵入するうえ、多湿の風土のため、帰還困難区域内の無住の屋内の荒廃ぶりは深刻だという。

福島県内の避難指示区域以外からの〈自主避難者〉一万二千世帯・三万二千人への住宅の無償提供を、福島県は二〇一七年三月末で打ち切った。このとき、国家公務員宿舎に避難していた人の一部にかぎって居住延期を認めたが、二〇一九年三月末にその期限が切れた。しかし、その八割の人びとは転居先を見つけられないでいるという。

東電福島第一の立地自治体である大熊町への避難指示は、帰還困難区域・居住制限区域・避難指示解除準備区域に三分割されていたが、四月十日に帰還困難区域以外の指定を解除した。この結果、避難指示の継続は、「帰還困難区域」である南相馬市・浪江町・双葉町・大熊町・富岡町・飯舘村・葛尾村の一市四町二村それぞれの一部と、双葉町の「避難指示解除準備区域」だけになった。

したがって、避難指示解除区域から現在も避難している住民はすべて〈自主避難者〉になったのである。しかし、「戻りたい」と考えている住民は一割ほどという。

双葉郡内六町二村には、十七小学校、十一中学校、五県立高校、一特別支援学校があった。核災後は、全高校が休校し、小中学校は避難先で授業をおこなった。

二〇一二年に川内村と広野町の小・中学校、二〇一五年に広野町にふたば未来学園高校、二〇一七年に楢葉町の南・北小学校と中学校、二〇一八年に葛尾村の小・中学校と富岡町の第一・二小・中学校と浪江町になみえ創成小・中学校、二〇一九年四月八日に広野町にふたば未来学園中学校が開校した。現在、双葉郡内では、八小学校、九中学校、一高校が授業をおこなっている。だが、どの学校も生徒数が少ないのは、当然のことであろう。

三月、経産省が、原発による発電を継続する電力会社を支援する補助制度を、二〇二〇年度末までに創設することを検討していることが、明らかとなった。

四月八日、原発メーカー日立製作所会長でもある中西宏明経団連会長は、政府に対して、脱炭素化のために原発は不可欠なエネルギー源なので、その比率を高める必要があり、そのためには、原発の運転期間を六〇年よりも延長して、運転停止原発の再稼働・建て替え・新増設をすすめるべきだと、提言した。

世界貿易機関（WTO）上級委員会は、四月十一日、韓国による東電福島第一核災被災地八県からの水産物の禁輸を容認した。

民間シンクタンク「日本経済研究センター」による試算によれば、福島第一の核災対応費用は八一～三五兆円にのぼるという。

二月、政府の地震調査研究推進本部が、今後三〇年以内に発生する地震の確率を発表した。それによると、M七・〇～七・五規模の地震が起きる確率は、福島県沖で五〇％との予測である。同規模の地震は、茨城県沖で八〇％、宮城県沖で九〇％だという。

廃炉が完了する以前に、二〇一一年のような巨大地震に襲われる事態を想像すると、恐ろしい。

川柳で「良いとこは行くが汚染土見に行かぬ」と揶揄されている安倍晋三首相が、四月十四日、東電福島第一構内の低線量域グリーンゾーンに入って、五年七か月ぶりに視察した。

四野党が国会に共同提出した「原発ゼロ基本法案」が、与党の審議入り拒否によって、一年以上も棚ざらしされている。

核災発生から三十三年が過ぎたチェルノブイリでは、現在も、三〇キロ圏内は立ち入り禁止ゾーン、五mSv／y超は強制移住ゾーンに指定されたままで、一mSv／y超の地域の住民には移住権があって、現在も移住したり避難をつづけている人びとが四十万人に及んでいるという。

一方、日本の帰還困難区域は、五〇mSv／y以上であって、六年後も二〇mSv／yを下回らないであろう区域として設定された。理由は、もし、チェルノブイリなみに設定すれば、福島県のほぼ全域だけでなく、岩手・宮城・茨城・栃木・群馬・埼玉・千葉などの各県の一部に加え、東京都の一部も強制移住の対象となるからという行政上の都合だったはずだ。この国は、住民を棄てたのだ。

核爆弾と核発電とは同根である。平和利用ということばにだまされてはならない。核エネルギーはヒトにとって禁断のエネルギーである。世界の趨勢は、福島核災を「他山の石」として、再生エネルギーへと転換している。

他方、安倍晋三政権は、ヒトの叡智に逆らって、核発電を重要な基幹電源と位置づけて、再稼働を進め、核燃料サイクル政策も復活させようとしている。

三月五日、福島原発かながわ訴訟原告団は、二月二十日の横浜地裁の判決を不服として、東京高裁に控訴した。

東電旧経営陣の元副社長武藤栄、同武黒一郎、元会長勝俣恒久を被告として業務上過失致死罪で強制起訴した「福島原発刑事訴訟」の、東京高裁公判は三月十二日に結審した。被告三人すべてが「自分には責任がない、無罪だ」と白を切っている。九月十九日に判決される。

一九五四年に原子力発電を国策にと提唱した中曾根康弘も告訴したい。戦争犯罪人はきびしく罰せられなければならない。さもないと、戦争犯罪は繰り返されつづける。

四月十五日、帰還困難区域のサクラが満開である。

「正しき平和」とは？

「いのちの籠」第四十三号（二〇一九年十月）

ことし、二〇一九年五月一日、新天皇が即位して、この国は令和と改元した。古式に則った三種の神器の引き継ぎを行うなど、万世一系の天皇神話を見せつける政府主催による憲法違反の示威行事があった。政府は祝賀ムードを高めようと十連休をつくりだした。メディアまでもが「令和維新」とか「令和初」などと、どうでもいいようなことばを発信して、あたかも新時代が始まるかのような思いを多くの人びとに錯覚させたようだ。

そのせいなのか、参院選では「日本維新の会」「れいわ新選組」といった政党が票を集めたのだった。新選組とはどんな組織でなにをしたのか、維新とはなんだったのか、わかっていてのネーミングだったのだろうか。

（ついでに。「N国」ってなんだ！　売名行為だけか？）

＊

いまから七十九年まえ、一九四〇年のこの国は、神武紀元二千六百年にあたるとして、国中で祝賀行事が行われた。この年に五歳だったわたしは、提灯行列があったことをかすかな記憶としてとどめているだけではあるものの、その祝歌である「紀元は二千六百年」をいまでも歌うことができる。

金鵄輝く日本の　栄ある光身に受けて
今こそ祝へこの朝　紀元は二千六百年
ああ一億の胸は鳴る

ほかにも、たとえば「兵隊さんよありがとう」を、

肩をならべて兄さんと　今日も学校へ行けるのは
兵隊さんのおかげです　お国のために
お国のために戦った　兵隊さんのおかげです

と歌った。「愛国行進曲」の2番の後半は、

往け八紘を宇となし　四海の人を導きて
正しき平和うち建てん　理想は花と咲き薫る

だ。こうしてわたしたち世代は、軍国少年に仕立てあげられたのだ。

「正しき平和」とはなんだったのだろう。

わたしが生まれた翌年、一九三六年に二・二六事件と称されるクーデターがあって斎藤実内大臣らが暗殺された。（戦後、高校生のとき放課後の時間を、斎藤実邸内の皐水図書館で過ごした。）二・二六事件後、この国は軍政国家になりかわった。一九四〇年には、聖戦貫徹議員連盟が結成され、近衛文麿内閣は大東亜新秩序建設方針を定めて、日独伊三国同盟に調印した。文化団体などが解散を強いられ、

大政翼賛会や大日本産業報国会が発会した。言論、表現の自由は統制・抑圧された。さらには、おとなたちは、男性は軍服まがいの「国民服」を、そして女性は「もんぺ服」を着るよう求められたことを記憶している。

紀元二千六百年は、たしかに新しい時代の始まりだった。翌一九四一年には南太平洋全域を戦場にしてＡＢＣＤ（米英中蘭）四か国と全面戦争を始め、兵士ではない人びともふくむ多くの犠牲者をだし、国土を潰滅し、一九四五年の敗戦を招いたのである。

＊

さて、では「令和」はどんな時代になるのだろうか。

「あいちトリエンナーレ２０１９」の企画展「表現の不自由展・その後」は、八月一日に名古屋市の愛知芸術文化センターで開催したものの、三日で中止された。

この企画展は、各地の美術館で展示が不許可になったり、撤去されたりした作品、たとえば、慰安婦の肖像「平和の少女像」、昭和天皇をふくむ肖像群が燃えている映像、憲法九条をテーマにした俳句など二十数点を紹介して、それらを自己規制や検閲なしに展示できる実例を示そうとするものだったという。

中止の理由は、三日間で三千件におよぶ主催者への抗議・脅迫が届き、なかには、京都市で起きた放火殺人事件を連想させる「大至急撤去しろや、さもなくば、うちらネットワーク民がガソリン携行缶持っておじゃますんで」とのテロ予告ファクスもあって、安全を確保できないと判断したことや、名古屋市長が「日本人の心を踏みにじる」展示だとして展示中止を求めたことなどによると報じられた。

このテロ予告脅迫によって、七日、五十九歳の容疑者が逮捕された。一方、名古屋市長や官房長官の発言については、憲法第二十一条に違反する表現への政治的介入だとの批判があった。これらの行為や発言に、表現の自由の侵害や検閲的な実態があったことは間違いない。

この事件では、抗議をうけて文化事業を中止し自己規制をするという悪い事例をつくり、反対派の思うつぼにはまってしまった。今後への影響が危惧される。

日本ペンクラブや日本劇作家協会、また憲法学者や歴史学者ら、そして市民グループなどが、展示の再開を求めるアピールをしている。会場前では、中止反対の抗議活動が相次いでおこなわれているという。

最大限守られるべきものである表現の多様性が奪われ、不自由で息苦しい社会になっていることを改めて確認する事態だった。

＊

意見の違いを許さない不寛容さがこの国でひろまってい

る現実があったものが、「令和」になったとたん顕在化して、「表現の不自由」をあぶりだしたのだろうか。

わたしも、「表現の自由を奪うな」と表明するひとりだ。表現の自由を抑圧するこうした状況に異議を表しつつ、自らの表現をし続けるつもりだ。

＊

本誌第43号が発行されるころ、十月二十二日には新天皇の「即位礼正殿の儀」がおこなわれ、自衛隊による二十一発の祝砲が発射されるという。

「日の丸」掲揚や、提灯行列などもあるのだろうか。

五歳の孫は、どんな記憶を脳裏に刻みこむのだろう。

福島からの近況報告

「いのちの籠」第四十四号（二〇二〇年二月）

わたしが暮らしている南相馬の市街地は、東電福島第一核発電所から北方約25㎞ほどに位置している。これは、核災発生から十年を前にしての近況報告である。

南相馬市役所外部の放射線量（各月の最大値の平均）は

二〇一二年	0・42μSv／h	二〇一六年	0・14
二〇一三年	0・36	二〇一七年	0・11
二〇一四年	0・22	二〇一八年	0・11
二〇一五年	0・17	二〇一九年	0・10

と、少しずつだが低減している。

『福島民報』紙によると、二〇一九年十二月十三日の福島県内各地の放射線量値のおもな例は、次のとおりである。

大熊町	夫沢三区地区集会所	7・73μSv／h
双葉町	山田多目的集会所	3・43
浪江町	赤宇木集会所	2・15
富岡町	夜の森駅前南集会所	0・29
飯舘村	村役場	0・22
川内村	村役場	0・08

福島市　県北保健福祉事務所　0・13
郡山市　市役所　0・13
南相馬市　市役所　0・09
いわき市　市役所　0・07
会津若松市　市役所　0・07
白河市　白河合同庁舎　0・06

日本人の平均被曝線量は7・98μSv／y、このうち自然放射線量は2・1μSv／y程度で、除染の目安は0・23μSv／hとされている。夜の森などは除染の対象になる。

東京五輪聖火リレーの出発地にJヴィレッジ（楢葉町・広野町）が予定されている。その隣接地で1・79μSv／hという高線量が測定されたため、二〇一九年十二月五日に除染をおこなったという。どうやら、まだ認知されていないホットスポットが各地に潜んでいるらしい。

核発電所が立地している大熊町・双葉町、隣接する富岡町の一部に加え、核災が発生したときに南南東の風が吹いていたため、浪江町の山間部、飯舘村の一部、福島市方面が高濃度汚染地域になった。

わたしは三月十五日の早朝に南相馬市から福島市に避難したのだが、午後七時の福島市で23・88μSv／hと計測されたこと、同じ日の午後八時の南相馬市で4・62μSv／hだったことを知ったのは、のちのちのことである。当時は、正しい情報の発信がなく、得る方法もなかった。

三月十五日に放出された放射性物質のなかには、甲状腺癌の原因とされるヨウ素131が大量に含まれていて、多くの住民、そして多くの子どもたちが被曝したはずである。

福島県の子どもの甲状腺検査の結果、甲状腺がんと診断された人数は、次のとおりである。

二〇一一〜一三年度　先行検　116人
二〇一四〜一五年度　本格検査　71人
二〇一六〜一七年度　本格検査　18人
二〇一八〜一九年度　本格検査　0人
二〇一七年度〜　25歳時の節目検査　2人
（二〇一九年六月四日『朝日新聞』による）

このほかの人も含め、公式発表で二三〇人超とされていて、専門家会議は「被曝によるがん全般の罹患率が統計学的に増加する可能性は低い」と結論づけた。

しかし、チェルノブイリでは幼児だけでなく、成人にも甲状腺がんが一定程度の増加があったということなので、福島県でもすべての住民に対する追跡検査をして、「過剰診断」の恐れがあるとの批判もあったが、早期発見と治療を優先すべきだったのではなかろうか。核災を発生させた日本国政府と東電には、低線量被曝による健康への影響を住民に明らかにすべき責任がある。

避難指示区域の範囲が最大だったのは、二〇一一年四月二十二日に警戒区域・計画的避難区域・緊急時避難準備区域が設定されたのち、七月と八月とに特定避難勧奨地点が追加指定された段階である。

同年九月三十日に　わたしの居住地をふくむ緊急時避難準備区域の指定が解除された。

二〇一二年四月に避難区域の再編があったのち、避難指示解除準備区域は二〇一四年の田村市と川内村を最初に、一五年楢葉町、一六年南相馬市と葛尾村、一七年飯舘村・川俣町・浪江町・富岡町、一九年大熊町と、それぞれの該当区域がすべて解除された。

全町避難がつづく双葉町をはじめ次の六町村の特定復興再生拠点区域が、二〇一七年九月から一八年五月にかけて設定された。

一七年九月　双葉町　町中央地区
一七年十一月　大熊町　下野上地区
一七年十二月　浪江町　室原　末の森　津島　各地区
一八年三月　富岡町　夜の森　大菅　各地区
一八年四月　飯舘村　長泥　曲田　各地区
一八年五月　葛尾村　柏原　野行　各地区

国や福島県は、避難住民の帰還を促して、あったことをなかったことにしようとしてきたと、わたしはいまも思っている。

帰還困難区域が残っている三町の、二〇一九年十一月末現在の住民のおもな避難先とその人数を、次に示す。

大熊町↓いわき市　郡山市　会津若松市　茨城県
１２９　４６３８　１０７３　６７０　４８４
双葉町↓いわき市　埼玉県　郡山市　茨城県　東京都
０　２１７９　８０２　６７２　４６２　３４８
浪江町↓いわき市　福島市　南相馬市　郡山市
８０５　３２３８　２５５０　２０３５　１７６９
（各町の「公式ホームページ」による）

また、二〇一九年十一月末現在の、福島県の避難者数と死者数は、

県内への避難者総数　１０５４０人
県外への避難者総数　３１１４８人
避難者総数　４１６８８人
死者総数　４１０９人
（福島県災害対策本部「被害状況即報」による）

このほか、福島県警によると、いまも

行方不明者数　196人

がいる。

こうした現況を、避難している人びとはどう考えているのか、二〇一八年十月におこなわれた「住民意向調査」の結果は、次のようである。

	双葉町	浪江町
①戻らないと決めている	61・5%	49・9%
②まだ判断がつかない	25・6%	30・2%
③戻りたいと考えている	10・8%	11・8%
④すでに帰還している		4・9%

双葉町民の「戻りたいと考えている」時期

①しばらく様子を見て　35・4%
②1年以内　29・8%
③3年以内　11・2%

浪江町民の「戻りたいと考えている」時期

①数年で（5年以内）　28・9%
②いずれ　21・4%
③いずれ（5年以降）　20・6%
④すぐに　20・6%

双葉町民の「戻らないと決めている」理由（複数回答）

①医療環境に不安　46・7%
②家の汚損・劣化　42・7%
③避難先に住居あり　42・4%
④生活用水の安全性に不安　40・0%

＊以下、⑥放射線量に不安＝35・5%、⑧原発の安全性に不安＝33・9%、⑨中間貯蔵施設の安全性に不安＝28・6%　などが続く。

浪江町民の「戻らないと決めている」理由（複数回答）

①医療環境に不安　62・5%
②商業施設の問題　57・8%
③介護・福祉に不安　39・5%
④生活用水の安全性に不安　38・4%

＊以下、⑤原発の安全性に不安＝38・3%、⑧放射線量に不安＝30・9%　などが続く。

二〇二〇年三月になると、帰還困難区域である大熊町と双葉町の駅周辺地区などの避難指示が解除されて、宿泊はできないが、昼間の立ち入りが自由になるらしい。また、常磐線の全線運行再開も予定されている。

福島第一の廃炉作業は、排気筒の切断と解体をすすめているが、遠隔操作のトラブルが続発していて、予定より遅れているらしい。二〇二一年内に2号機からデブリを取り出す予定だというがどうだろうか。

福島核災は終わってはいない。まだまだ続く。

七十五年目の夏　偶感

「いのちの籠」第四十六号（二〇二〇年十月）

きょうは、八月十五日。ことし、二〇二〇年は世界大戦が終焉して七十五年、つまりは四分の三世紀が過ぎた、ひとつの区切りとしての意味をもつ年であり、日である。

いま、戦後生まれの人は八五％に及ぶという。世界戦争の時代を直接に知っている人は、ごくわずかになった。このことは、〈平和〉な時期がながくつづいているという悦ばしい状況である半面、戦中・戦後の惨憺たる状況をのちのちの世代の人びとにじかに語り伝えることのできるひとがいなくなりつつあるということでもある。

一九四五年にちょうど十歳だったわたしは八十五歳になった。ひとの平均寿命に思いをいたすと、わたしの人生にとっても、ことしはひとつの区切りになる年ではなかろうかと思っている。

十歳のわたしは、国民学校初等科四年生だったが、その一学期に授業がおこなわれた記憶を持っていない。戦争中は、学校から二、三キロも離れた開墾地での畑仕事など、勤労奉仕作業の日々がつづいた。なかでも、炎天のもとで松の樹根を唐鍬で掘り起こす作業は、満足に食事をとれず腹を空かせていて、しかも体力のない身には辛く、掘りすすめた穴のなかで失神しそうになった記憶は、いまでもときおりよみがえるのである。

徴兵検査では乙種合格でしかも三十五歳ほどの父までもが、敗戦まぎわに海軍に召集された。しかし、乗船する艦船がなかったためだろう、秋田県の山奥の田沢湖畔に派遣されていた。その田沢湖近辺の人が陸軍に召集され、わたしたちが暮らす岩手県岩谷堂町（当時）に配属されて来ていることを知ったとき、「なんともばかげたことだな」と思ったものだった。

七月十日、夜になると南の空が赤かった。この日の未明からのボーイングB29爆撃機百機あまりによる二時間ほどの空襲によって、仙台市は死者約千人、被災戸数一万戸以上という大被害を受けたのだった。家屋などが燃焼する焰が夜になっても収まらなかったため、仙台から北一二〇キロほど離れているわたしの町からも、空が赤く染まって見えたのだ。

八月十日には、花巻町（当時）とその近くにある後藤野飛行場の爆撃に向かう米軍機の編隊が、太陽の光で機体を輝かせながら頭上を飛んでゆくのを、わたしは防空壕の入口からのりだして見ながら〈うつくしい〉と感じた。

一九四五年八月十五日は、きょうがそうであるように、晴れて暑い日だった。正午、昭和天皇のラジオ放送を母といっしょに聞いた。聞きながら、不思議なことだが、一九四一年十二月八日の朝に祖父母の家にいて、開戦を伝える大本営発表のラジオ放送を聞きながら目にした庭に降り積もっている雪が朝日に輝いてまぶしかったという記憶を、わたしは再生していた。

そして、敗戦後の秋、再開した学校で、教師たちは、教科書の墨塗りと切除とを指示した。敗戦を受けいれることにそれほどの抵抗を感じなかったのは、予感があったせいだったろうか。しかしその一方で、教師がわたしたちに教科書の墨塗りと切除とを指示したことからは、わたしはおおきな衝撃を受けたのである。

その教科書で私たちを指導してきた教師が、そのおなじ教科書を全否定する行為を指示したのである。きのうまでの教師ときょうの教師とは同じ教師なのか、あるいは別の教師なのか。その教師は、真実を語ってきたのか、あるいはわたしたちを欺いてきたのか。

そのとき、わたしは、騙されるような生きかたはもう二度としないぞと、こころのなかで決意したのだった。

わたしは、わたしを欺いてきた人びとを認めることはできない。

戦後、「東京裁判」などによって戦争責任者の犯罪を追及し、処刑もおこなわれた。だが、この裁判は戦勝国の判事たちによるものであって、日本人自らがおこなったものではなかった。すべての大日本帝国臣民が「挙国一致」のスローガンのもとに戦争に加担した共犯者だったために、日本人自らによる戦争責任の追及はできなかったということだったのだろう。

こうして、戦争責任の追及は、徹底して行われないままに終わってしまった。このことは、戦後いくばくも経ることなしに、戦中の政治家や思想家の復活をたやすく許す結果を招いてしまったのである。

多くの転向した人たちがいて、しかも、その人たちの一部は再転向したといういくつかの事実をわたしは見た。

二〇二〇年三月からのNHKテレビでは、作曲家古関裕而（一九〇九～一九八九年）をテーマにした連続テレビ小説「エール」が放映されているらしい。らしいというのは、いちども見たことがないからである。

しかし、古関裕而が作曲した軍歌の一部は、いまでも歌

うことができる。たとえば、

勝って来るぞと　勇ましく
ちかって故郷（くに）を　出たからは
手柄たてずに　死なりょうか
瞼に浮ぶ　旗の波
（藪内喜一郎作詞「露営の歌」一九三七年）

あゝあの顔で　あの声で
手柄（てがら）頼むと　妻や子が
ちぎれる程に　振った旗
遠い雲間に　また浮かぶ
（野村俊夫作詞「暁に祈る」一九四〇年）

若い血潮の予科練の
七つボタンは桜に錨
今日も飛ぶ飛ぶ霞ヶ浦にゃ
でっかい希望の雲が湧く
（西条八十作詞「若鷲の歌（予科練の歌）」一九四三年）

など。

その歌詞を十歳の子どもがいつのまにか記憶し、七十五年後の現在も歌えるのである。おそろしいことだ。

いま、「エール」のテレビ放映と古関裕而生誕一一〇年を記念する企画などがおこなわれていて、メディアはしばしばこのことを報じている。

けれど、わたしは、こうした状況を認めることができない。わたしを欺いた人を、そしてその作品を、わたしは認めることはできない。

戦後生まれのひとびとも、このことを不問にし、あるいは、あいまいにしたままで受容していいものだろうかと、わたしは疑問をいだいている。

福島・東北の詩人論、作品論

大正末期から昭和初期の詩人　新島節

――福島にこんな詩人が

「福島自由人」第二十八号（二〇一三年十月　北斗の会）

口語詩が定着し、アヴァンギャルド詩運動の胎動期であった大正末期から昭和初期に刊行された詩誌に参加した詩人、新島節（本名、佐藤惇）を紹介する。

大正十二年（一九二三年）、若松市（現、会津若松市）で短歌と詩の同人誌『路上』が創刊された。

創刊号　大正十二年三月二十五日
第二号　大正十二年（不明）
第三号　大正十二年七月五日
第四号　大正十二年八月二十五日
第五号　大正十二年（不明）
第六号　大正十三年一月十日
第七号　大正十三年六月十五日
第八号　大正十三年十一月五日
第九号　大正十四年一月十五日
第十号　大正十四年四月一日
第十一号　大正十四年六月十五日
第十二号　大正十四年九月二十五日
第十三号　大正十五年一月五日
第十四号　大正十五年三月十五日
第十五号　大正十五年五月十五日

創刊号の発行所は、若松市北小路六八映水堂内の路上詩社であったが、その後は同市大町竪丁二八正文堂内に変更されている。発行人も、白井ただし、路上詩社同人、第七号以後は五十嵐隆（鈴木大發智）と変更されている。

その第七号に八木季雄の詩「風の日」が掲載された。第九号「編輯後記」には「新潟市から新島節　岸本紫夢　近藤彌太郎　八木季雄　岡島平凡　松井好夫等いづれも真剣な芸術家である諸氏が轡を並べて僕等の集ひに加入して下った」とあって、新島節の詩「密屋」と短歌「越後野」四首が掲載されている。詩友として参加した新島節が同人になったのは第十二号から、八木末雄は十四号からである。

八木季雄（やぎ・すえお、第十三号以後は八木末雄、本名は猪俣義明）は、明治三十九年（一九〇六年）生まれ。福島県双葉郡富岡町から若松市に一家転住し、福島県立会津中学校の三年次を終了後、転校して大正十二年（一九二三年）に新潟中学校を卒業した。会津の小学校で代用教員、新潟市の臨時職員をしたあと、大正十四年に国鉄新津車掌区の車掌となった。『路上』の発行人五十嵐隆は八木の従兄弟という縁があって第七号から参加したのである。

新島節（にいじま・たかし）は、鈴木良一によれば、姓の新島は「新潟と福島から造語され、節は『土』の作家長塚節から名づけた」筆名だと言われているという。本名は佐藤惇（さとう・じゅん）。明治三十五年（一九〇二年）九月五日生まれ。大正十一年（一九二二年）福島県立相馬中学校を卒業、第二高等学校から大正十三年四月に新潟医学大学に転じ、その一年生であった。図書館で知りあった新島に八木は『路上』への参加を誘ったようである。

『路上』に発表された新島節の作品
第九号「密屋」と短歌「越後野」四首、第十号「今朝人間に云ふ」「季節」、短歌「愁思」五首、第十一号「五月」、短歌「西の海より」四首、第十二号「屍かつぎの酒宴」、短歌「夏の里」六首、第十三号「バースデー　テーブル」、十五号「時計、冬」

このなかから詩一篇と短歌五首を選んでみた。彼の創作の基底にはヒューマンな思いがあるようだ。それは、医師を志していることと通底しているのかもしれない。

屍かつぎの酒宴

胸毛のばりばりする
赭ら顔の
となりに
萎び込んだ男
その右に酒太りのあばた
づらりとならんだ
屍かつぎの人夫
酒は土瓶から
ドク　ドクと黄色い
汁を吐いて
生胡瓜は音たてて消える

皆んなは元気づいて
口はアルコールに燃える
「わしゃ——
この指を切ってもろうた時
がまんしてましたが
ほんまに
こんげな汗が出ましただ」
軍人だったと云ふ瘠せ男の
手振り話
一同は土砂降りの雨の様に笑う
なんと　あらくれ男共の

正直さよ
陰剣(ママ)と
タイトルホーバーの住む
解剖教室のうらてに
こんな無邪気な世界が
あらうとは——
ほろよひの人達の
さゝやかな酒宴
そこで食った　ごみ交りの
飯の味を
忘れまい
おゝ
手をふり上げて
昔自慢をする
ひげ男の陽気さ——
笑ふ一同は
実に　瞬間の生命に生きてゐる

愁思

笑へども笑ひかへさぬ童あり
　　その目その口さびしかりけり

絶望の友癒ゆる日を指折れば
　　看護の姉の顔はくもりぬ
ふるさとにかへり来し日は何事も
　　ものいはずしてひそみをりたり
弟を叱り給へる父の言
　　今年はなぜか淋しみてきく
ゆきかむる汽車のつきけり国界は
　　いたく吹雪の吹き荒るゝらし

第十号奥付に「支社　新潟市西大畑町六二一　富永様方　佐藤淳(ママ)」、第十一、二号に「支社　新潟市旭町二番町　横堀正吉様方　新島節」、第十三、四号に「支社　新潟市営所通り一番町　横堀正吉様方　新島節」、第十五号に「新潟市学校町三　時田方　新島節」とあり、さらに、第十五号には八木末雄の住所が「新潟市古町通六番町新道　田中方」と書かれている。

なお、『福島県史』第二十巻・文化1（昭和四十年）の四四六ページに「昭和二年、詩誌、路上、会津、大槻清三」という記述があるが、本稿でとりあげた『路上』は、大正十五年五月十五日発行の第十五号をもって廃刊していて、大槻清三という名は見当たらないので、これは誌名を拝借した別人による復刊なのであろうか。

八木末雄の著書『新潟詩壇史　大正末年からの、四人の集りの』（昭和六十二年・鳥屋野出版）をもとに齋藤健一は「恬然な脈動と」（『詩誌「新年」復刻版』所収）で次のように書いている。

八木末雄十九歳の時、市島三千雄が八木の古町の下宿を訪ねる。

市島は十八歳である。

大正十五年五月の夕方のことだ。

玄関で市島は「八木末雄さんは居りますか。」と出た家主に問うたのである。

ペンネームの「八木」を言葉にした来訪者は市島に違いないと伝言を受けた八木は直感する。

「新年」の創刊は動き出す。

八木と新島はすでに同人誌「路上」で詩を書き、市島はそこに載っている詩を読んだのだ。

寒河江は自分の勤め先の斜め向いの洋品店に坐っている角帯前垂掛けの主人が市島であることを、ある時知ったのである。

「新年」の誌名は市島の案を採用。発行責任者は寒河江である。

鈴木良一によって補足すると、市島と八木が会ったあと、「市島を介して八木は寒河江とカフェ・サクラで会」ったのだという。

こうして、詩誌『新年』は、十八歳の市島三千雄、十九歳の八木末雄、二十一歳の寒河江眞之助、新潟医科大学三年生で二十三歳の新島節の四人によって、大正十五年（一九二六年）八月十日に創刊されたのである。

第四号　大正十五年十一月十日
第五号　（不明）
第六号　昭和二年二月十日
第七号　昭和二年三月十日
第八号　昭和二年四月十日
第九号　昭和二年五月十日
第十号　昭和二年七月十日
第十一号　昭和二年　（不明）
第十二号　昭和二年　（不明）
第十三号　昭和二年十一月十日

創刊号　大正十五年八月十日
第二号　大正十五年九月十日
第三号　大正十五年十月十日

発行人は、第四号までが新潟市東堀前七番町大倉方・寒河江眞之助、第六号から第九号までが新潟市旭町通二番町横山方・寒河江眞之助、第十号が同住所横山舘内・新年社、第十三号が新潟市旭町通二番町白井方・新年社である。

各号のページ数は表紙を含め、第六号と第八号が二十二ページ、第七号が十八ページ、そのほかの号は二十ページである。

『新年』に参加した四人について述べると、寒河江眞之助は、明治三十七年（一九〇四年）東京生まれ、大正十三年から帝国麦酒会社新潟出張所社員であった。その前年から詩作をはじめていた。のちに退職し新潟市内で「カフェ・ロオランサン」を経営した。市島三千雄は、明治四十年（一九〇七年）新潟市生まれで、家業の洋品眼鏡店を経営していた。『日本詩人』（大正十四年・一九二五年二月号）に萩原朔太郎の推薦で詩が入選した。八木末雄と新島節についてはすでに述べた。

『新年』に発表された新島節の作品

創刊号「二本杉の思想」、第二号「秋の情事」、第三号「秋の晴夜は流れ星に香る」、第四号「夜の虚空星座を漁るもの」、第六号「舟江冬雨・夜」、第七号「瞳で愛をおくってゐよう」、第八号「奥のある風景」、第九号「身邊への感情的散彈三部曲」、第十号「カルミンロート行進」、第十三号「夜を愛することが出来ない」

カルミンロート行進

雲に乗って来る風景――雨でない神話の雷神様
夏の北風は矛盾風でない帆走――
風景はいつも断面図で西比利亜嗾風は断末魔のカルミ
　ンロート
すべて全世界は染色盤面にすぎないもの
こゝで運命論者を分離し
山・川・湖水を渡ってしまった季節
嗤ふ可き花園守の耳を劈んざき　いつも　われわれの
　歓喜の声を聞かうとする　計画
進め！
噴出された色素は盤面をのたうつ情熱。さっぱりした
　歩調で清潔に歩いてゆく進軍を祝へ！
嗾風にあふられる紙っ切れの脳神経　びくびく　十七
　億のはげしい反応を鳥瞰し
一斉に嘲笑的酒杯を乾(ほ)さう　あまりに清潔なる進出
国境を越え
山脈を越え
海を越えよう
ヴォルガの船唄にきゝしれ　紫の蛙の脊骨を踏み躪っ

た夢を破れ
清流に足熱を冷かし　われわれの進展を濁すものを殺せ！
一切がほゝ笑むカルミンロートの季節
風はいま日本海を
太平洋を
地球は逆轉して　渦巻の大施風（ママ）
最後の一滴をもって何を染めようとする
そのあまりに青い染色盤を顕微鏡でのぞこう
細工はいつも科学者の禿頭をかきむしる
人・科学・神様を吹きまくる　カルミンロートの熱情
われわれは　われわれの武器をとらう　そして
あはれ最後の一滴まで分離する盧過器（ヒルター）に涙しよう
（注・最終行「盧（ママ）過器は原文のまま）

四人のほか、『新年』第六号に草野心平が詩「ゲルマンへ！」、第八号に松村久子が詩「自分のこと」、第九号に上田敏雄が詩「希臘の時計」、安西冬衛が詩「松の花」を寄稿している。

草野心平は、大正十四年四月に中国の広州で『銅鑼』を創刊したが、排日運動が起きたため七月に帰国していた。草野心平が『新年』に寄稿するきっかけになったのは、彼が昭和二年（一九二七年）一月、「（赤羽駅で）偶々ホームに入ってきた上越線新潟行きに乗る。カリエスだった木村（後・竹内）てるよが見送ってくれる。新潟で雑誌「新年」の同人寒河江真之助を訪ねる」ということがあってのことだ。（＊以下、草野心平に関わる件は『草野心平全集』第十二巻「年譜」等による）

第十三号を発刊した直後、昭和二年十二月二十六日から三十一日まで、新潟市内で寒河江眞之助が経営する「カフェ・ロオランサン」で、詩誌「新年」主催「代表詩人作品・詩誌・詩集展」を開催している。出品者は、草野心平、尾形亀之助、黄瀛（こうえい）、春山行夫、吉田一穂、安藤一郎、瀧口武士、坂本遼、宮澤賢治、高橋新吉、佐藤惣之助、三好十郎、中西悟堂、上田敏雄ほかという当時気鋭の詩人たちであった。心平は、自筆原稿と詩誌『銅鑼』を出品している。このとき、『新年』の仲間を激励に訪れた心平は深夜まで歓談し、新島節の下宿に宿泊した。草野心平は、昭和三年（一九二八年）五月、みたび新潟へ行き、寒河江真之助の「カフェ・ロオランサン」で居候をした。

草野心平は昭和九年（一九三四年）の『文藝』六月号にエッセイ「詩壇を斬る」を書き、そのなかで「私の過去のまた現在もいろいろ異なった意味で挨拶を贈りたいと思う詩人の名を列挙さしてもらうならば。市島三千雄。萩原恭次郎。春山行夫。八木末雄。寒河江真之助。新島節。安西冬衛。……」と語っている。『新年』第六号に寄稿した詩「ゲルマンへ！」にも「新潟の四人の集まり」への「挨拶」の思いが込められている。

『新年』を終刊したのち、新島節（佐藤惇）は昭和三年（一九二八年）新潟医学大学を卒業して、新潟県高田市（現、上越市）の病院に勤務したのち、昭和八年（一九三三年）五月十六日、故郷の福島県相馬郡原町（現、南相馬市）で佐藤医院を開業した。寒河江眞之助は、昭和三年七月に東京に戻り、洋酒瓶詰業・缶詰類販売業をはじめた。市島三千雄は、昭和五年（一九三〇年）に洋品眼鏡店を廃業して上京、寒河江が経営する店に勤務した。

後年、この当時のことを尋ねた齋藤健一に、八木末雄はおだやかな微笑を作り、ゆっくりと話しかけた。「四人は『新年』が出なくなると、プッツリと詩を止めたのです。」（前出、齋藤健一「恬然な脈動と」）

一方、『新年』に寄稿した三人はどうか。ネオ・ダダイストと称されていた上田敏雄は、昭和三年一月、日本最初の「シュールリアリズム宣言」を発表し、昭和四年五月には『仮説の運動』を出版して『詩と詩論』の中心的存在となった。安西冬衛は、昭和三年九月に『詩と詩論』の創刊同人となり、昭和四年四月には詩集『軍艦茉莉』を出版した。草野心平は、昭和三年十一月に詩集『第百階級』を出版した。いずれも、昭和初期詩壇の中心的存在として躍り出たのである。

四人のその後は次のようである。市島三千雄は、東京で病を得て、昭和二十年四月、帰郷。昭和二十三年（一九四八年）三月没。昭和三十七（一九六二年）年三月に詩碑「ひどい海」が建立された。詩碑の下部に新島節ら関係者名が刻まれた。のち、平成四年（一九九二年）八月に移築再建された。樋口恵仁編『市島三千雄詩集』（平成二年・一九九〇年、越後屋書房）がある。寒河江眞之助は、戦後詩作を再開し、詩集『鞭を持たない馭者』（昭和三十八年・一九六三年、昭森社）で第四回晩翠賞を受賞した。平成三年（一九九一年）歿した。

佐藤惇は、故郷に戻ってからは、清濤と号してホトトギス派に属し、句会を催し、雑誌を発行したらしい。昭和四十七年六月に原町俳句連盟が結成され、年間句集『ひばり』の第一号が昭和五十九年（一九八四年）十一月二十日に発行されている。その第一号に十句が収載されている。

句集『ひばり』第一号から五句を選んでみた。

夕風をよんで風鈴音をたかめ

一舟の漕ぎ出し月ののぼりたる
山百合の咲きたわみたる水に触れ
旅はるか北の果てなる遅桜
浜の子の美事な日焼みな跣足

八木末雄は、詩から短歌へ戻った。『新潟詩壇史　大正末年からの、四人の集りの』があることはすでに述べた。平成元年（一九八九年）歿。「プッツリと詩を止めた」と言いながら、四人は文学から離れることができなかったようである。

佐藤惇は、内科医のかたわら、昭和三十年（一九五五年）三月から同四十二年（一九六七年）三月まで原町市議会議員、昭和三十九年度から同四十九年度まで原町市芸術文化団体連絡協議会会長を任じた。昭和四十年（一九六五年）全国市議会議長会賞、昭和四十三年（一九六八年）原町市自治功労賞、昭和五十三年（一九七八年）原町市保健衛生功労賞を受賞した。昭和六十三年（一九八八年）三月三日、満八十五歳で歿した。

市島三千雄を語り継ぐ会の齋藤健一から『新年』が残されていないか捜してほしいと依頼を受けた子息の佐藤孝行は、「父　新島節（佐藤惇）のこと」（『詩誌「新年」復刻版』所収）で次のように回想している。

「父が詩の同人誌を出していたことは全く知りませんでした」「私が小学生の頃、戦後の混乱が少しずつ落ち着いてきた時代ですが、父は俳句を作っておりました。月に一度、二十～三十人ほど集まって自宅の座敷で句会を開いていました。原町の家には倉があり、父の患者のカルテや、俳句の雑誌やその他の本、着物や食器等が雑然と積み上げられて整理されていない状態です。」そこで、倉のなかを「マスクをしてあちらこちらひっくり返していたら、二ヵ所からビニールヒモでくくられた『新年』が見つかりました。また、一緒に当時発行された詩集や同人誌もいくつかありました。」という発見があったのである。

こうして、四人による詩誌『新年』は復刻版のかたちで甦ったのである。

市島三千雄を語り継ぐ会（新潟市東区桃山町二―一二七齋藤健一方）は、［資料］として掲げた研究成果を出版しているほか、平成二十三年二月に「詩誌『新年』と新潟の四人の集り展」、平成二十三年九月に「詩誌『新年』と市島三千雄の時代展」とシンポジウムを開催するなどの活動を続けているとのことである。

佐藤家からは、高村光太郎らが東京で発行した『花畑』、あるいは『潮聲』、金沢で発行の『掌』、大連で発行の『亜』

など大正半ばから昭和の初期の同人誌、大正十三、十四年の『日本詩集』（新潮社）、大正六年から十五年にかけて刊行された『現代詩人叢書』（新潮社）が七、八冊、あるいは、俳句雑誌、さらには、新潟時代に書かれた日記代わりのメモ帳などの貴重な資料が見つかっていると聞いた。

新島節に関する調査は緒についたばかりである。

本稿のために、佐藤惇のご遺族のかたがた、市島三千雄を語り継ぐ会の鈴木良一さん、そのほか多くのかたがたから貴重なご教示を戴いたことを謝して、ここに記す。

［付記］人名以外の旧漢字は新漢字に改めた。

［資料］
・『路上』創刊号から第十五号までのうち、第二号と第五号を除く十三冊（会津若松市立会津図書館収蔵）
・『草野心平全集』第十二巻ほか（昭和五十九年・筑摩書房）
・『市島三千雄の詩と年譜』（平成四年・市島三千雄詩碑再建の会）
・『市島三千雄とその時代』（平成十五年頃・鈴木良一）
・『市島三千雄生誕百祭記念誌』（平成二十年・市島三千雄を語り継ぐ会）
・『詩誌「新年」復刻版』（平成二十二年・同刊行委員会）
・『詩誌「新年」と新潟の四人の集り　市島三千雄生誕一〇五年記念号』（平成二十四年・市島三千雄を語り継ぐ会）
＊表紙には、新島節が八木末雄に宛てた昭和二年五月二十二日消印の葉書が印刷されている。

福島の詩人

『福島の詩人』（一九八九年二月十五日、教育企画出版）

さいわいものの祈り——長谷部俊一郎の詩

〈福音を沢蟹に説く〉とは、どういうことであろうか。人間への絶望のはてになお伝道者たらんとの思いがうかがわれてならない。

山村の旧家に生まれた長谷部俊一郎は十五歳で受洗し、伝道をこころざす。仙台市長町日本基督教会の牧師であった長谷部は対米宣戦布告の日、スパイ容疑を理由に特高の家宅捜索と取調べを受ける。教会に偏見をもつ者の虚偽の通報によるものであった。教会を去ったあと、仙台駅頭で学徒の出陣を見送ったことからも衝撃を受け、一九四四年、四十歳で故郷に帰農する。わたしは、長谷部俊一郎の詩業の起点は、すでに仙台時代から詩を書いてはいても、このときにあると考えたい。

ひかりによってひかりをみる／神秘者のことばの／その灯わが心にゆらぎともり／やすんでみ／はたらいてみ／スパイ容疑で弾圧をうけ山にかくれ／切支丹信徒

にみずからの姿勢を／問いただした／畢竟昭和かくれ切支丹か
（『虹の山に住む』所収「その灯に」）

その後の生きかたはこの詩が語っているように思う。帰農したといっても家は零落しており、わずかに残った山林田畑を相手にみずから植林、炭焼き、養蚕、耕作をしなければならなかった。そうした彼の実生活をふまえ、長谷部を農民詩人と呼ぶむきもあるが、いちがいにそう規定することは誤解をまねきかねない。

『山に住む日日』『くもかげ』『虹の山に住む』の三詩集にはおなじ題をもつ作品が約二十種類ほどもある。たとえば、「生活」「くらし」という題では九篇がある。本集はそのうちの四篇を各詩集から採録しているので、比較することができよう。彼の作品に農業の具体的な様相が書かれることはない。生活の苦しさを言ってもその実態が書かれることはない。おなじ主題をくりかえし追求し、飾りをはぎとり具象的なものは切りすて、ひたすら抽象化へむかおうとする。

その中心に据えられているのが神と人間の問題である。教会を去った長谷部にとって、自然とは恩寵の恵みを感じとった者のみに見えてくるところの蒼穹という大伽藍をもつ教会であった。彼は、〈異端の徒と呼ばれ〉ながらも〈人を恋うるいたみ〉に傷つきつつ、農作業のかたわら〈預言のふみをひらいてかたりはじめ〉る野の草のことばを聞き、〈ほんものはドン底にあった〉と気づき、〈みことばの行者〉として〈小石や野草にことばをかけ／いたわり〉、〈福音を沢蟹に説〉き、天狗とすもうをとっては〈よいぞ、すばらしいぞ〉と自足し、〈なにか清爽な恩寵のくにのなかにいる思い〉で〈神のあはれみのふかさに／いっしんにいのる〉のだった。

祈りのことばに託して人生の認識そのものをうたう長谷部俊一郎の詩はますます深まり、そして平淡で晴朗である。透きとおったことばは無垢なひびきをおび、暢達とでも言うべきであろうか。

（引用はすべて『くもかげ』と『虹の山に住む』からおこなった）

うるし液のなかの風土――相田謙三の詩

長谷部俊一郎が教会を去った（去らねばならなかった）ことによって、外側からの視座を獲得し、信仰の内的世界を根源的に追求できたとおなじように、相田謙三は、三十代の終わりから五十代のなかばに至るはいつくばうような漂泊と文学放棄の期間を経て、外側からの眼をもって内側から会津を表現する複眼的視座を得ることができ、独自性と普遍性とをあわせもった言語空間を構築したのである。漆器の行商をはじめかずかずの職業を転じ、青函連絡船上で死を考えたこともあるという十七年間の体験は、たとえば東南アジアとヨーロッパの放浪が金子光晴のその後の文学に果たした意味と同価のものと言えそうである。

相田が〈文学放棄〉以前にも確かな仕事をしていたことは、大滝清雄の『あおざめた鬼の翳』序文や鈴木正和の『投影燦爛』解説（いずれもすぐれた相田謙三論である）があきらかにしている。だが、その前と後とでは別人の作品とも見える。

〈おれの故郷は虫食いの古文書のようだ〉と書き出しているのは詩集『あおざめた鬼の翳』である。ところは会津、ひとは小さな町の顔みしり、その風土と人間を虚実おりまぜディフォルメして執拗にえがく。そこは〈絶えず硫黄の臭いがゆらゆら漂い悪霊の城壁のよう〉な山に閉ざされた山峡の村で〈夕闇籠る谷間からわんらわんらと湧き出てくる　滲み出てくる／苦渋に満ちたもの〉にあふれ、さながら『化物草子』の世界といったおもむきである。若くして学んだというシュールレアリスムがみごとに土俗化、血肉化されている。風土と人間への愛憎がなかばして、こうした言語空間の構築を必然的に必要としたのであろう。しかも、もっともだいじなことは、単に会津の風土と人間とをえがくにとどまらず、ひろくわれわれの世界そのものと人間一般との根源にせまるために、この方法が有効だったということである。相田謙三は人間存在の意味を問い、見極めようとしたのである。

相田の詩には独自の美意識にささえられた文体があって、一読して彼の作品であることがわかる。それはあたかも漆の液を思わせるねっとりして底ぶかい質感をもっている。漆職人が——彼の父は腕のいい漆器職人であったし、彼も十代には徒弟にでている——なんども漆を塗りかさね、やがて底ぶかい光沢をつくりだすように、ごまかしをきらう職人気質そのままに彼は詩のことばを鏤刻する。特徴的な句法に、たとえば〈狢の化けたよな媼さま〉（傍点、筆者）といった表記がある。とくに『あおざめた鬼の翳』と『投影燦爛』に多いこの表現になれてしまうと、対象の存在感をたしかなものにするための句法であることを、いつしか納得させられるのである。それに比較し、われわれが用いる〈ような〉はいかにもまのびした無性的な語感の、実体のない比喩であるとしか思えなくなってしまうのである。

（引用はすべて『あおざめた鬼の翳』からおこなった）

迷路からのメッセージ――三谷晃一の詩

三谷晃一の第一詩集『蝶の記憶』に「ＥＣＨＯ」という作品がある。

> 僕の後頭部を／だれかが　鈍器のようなものが／力任せに殴りつけた／それきりぼくは失神して……／いまも　時折やってくる／刺すような疼痛に眉をしかめる
>
> （「ＥＣＨＯ」部分。以下の引用作品の所収詩集名は省略した）

もっともあたらしい詩集『野犬捕獲人』の標題作に類似の表現がくりかえされていて、こちらで殴られたのは飼犬だが、以来〈わたし〉は夢のなかの野犬捕獲人にうなされ〈あの時の偏頭痛から／まだ立ち直れないでいる〉とエコーしている。野犬捕獲人とはなにものの寓喩であろうか。

一九四二年現役兵として入隊した三谷は、浙江省をふりだしに中国大陸を転戦して仏領インドシナ（現ヴェトナム）に入り、サイゴン（現ホーチミン）市で敗戦を迎えた。帰還した四六年に福島民報社に入社、現在も同社の編集顧問をしている。彼の詩のモチーフや題材は広汎にわたっていて、それはジャーナリストとしての関心の領域の広さともかかわっていそうだ。なかでも、文明のありようをヒューマンな視点から考察している作品が多いことは、「僕がいちばん興味を抱いてきた分野は文明批評である」「詩は批評を軸としないで何を軸とすべきか」（『会津の冬』あとがき）という発言が説明していよう。

しかし、三谷晃一の詩の重要なテーマは〈喪失感〉と〈伝ええない思い〉であると言いたい。

三谷にとってこの世界は〈後戻りのできない迷路（ラビリンス）〉（「地底の河」）である。同級生の四分の一を戦争で失ったという三谷には〈彼らは死んだのではなく／消えたのである〉（「ある乞食の話」）としか考えられない。迷路ということばとともに、出ていった・皈らない・還ってこない・失踪した・さまよっている・迷子になった・消息不明・所在不明・見えない・みつからない・捜し出せないなど、じつに多くの類義語が彼の作品に使われている。彼にもっとも大きな喪失感を与えているものは戦争にちがいない。もちろん、消えたのは友人だけではない。頬の赤み・青春・小樽・戦友・ふるさと・母・カクメイ・短かった夏、そして〈実に多くのもの〉である。あるいは、〈野犬捕獲人〉とは彼の愛するものを奪いとった大きな力の謂なのであろうか。

三谷にとってまたこの世界は、〈破滅へのひそかな準備〉（「石廊」）に余念がなく〈急速に終焉に向かって〉（「ペンギン考」その2）いて〈未来は一層暗澹たる砂漠である〉（「石廊」）ととらえられる。われわれが〈育てていたのは実にたくさんの死〉(「INVISIBLE」)で、われわれは〈この夥しい死の立会人〉(「某月某日」)なのだ。この世界に生きがたい人間の寂しさ・悲哀を、彼はうたう。そして発信する、〈CQ　CQ〉と、だが、伝える言葉はない・伝える方法がない・報せることもできない・いくら呼び出しても応えない・いずこの空間に向って打電すべきか、とくりかえすしかない。

われわれに希望はないのだろうか。三谷晃一は〈ほんとのぼく〉とめぐりあい、そして呼びかける。

遅かったな。
しかしとにかくわれわれだけで始めようじゃないか。
(「捜す」部分)

せなかあわせの性と死――斎藤庸一の詩

三谷晃一と同世代の斎藤庸一にも第二次世界大戦の傷は深い。

東京空襲がはげしくなった戦争末期、斎藤庸一は麻布の近衛師団に配属されていた。エッセイ「餓鬼ども」によれば、〈何百何千という赤むくれの屍体を私の手は軍用トラックに放り上げ、屍体の広場に運ぶとまるで砂利か瓦礫を捨て去るように、屍体を放りなげていたのです〉(『数珠つなぎの馬』所収)という体験は詩集『ゲンの馬鹿』の「満足」のほか詩集『雪のはての火』の「ホームで」、そして詩集『父の海』の「充血した魚の眼玉」などにくりかえし書かれている。作品「花」で斎藤庸一の分身であるゲンは言う。〈おらの生きているのは／すまねこった／申し訳のねえこった／おら生きのこるために／いっぱいの奴が死んじまった〉。

死の問題は、自己の存在の根拠をきびしく問おうとするとき、きわめて根源的な主題である。

斎藤庸一は、空襲による大量死をはじめとし、肉親や知人のおおくの死に向きあった。北海道の旅行先で倒れた瀕死の父を母の手にわたすため、七日間もかけて船や列車を乗りつぎながら担架で運ぶとちゅう、津軽海峡で見た暗い海を彼は〈父の海〉と呼んで連作詩を書いた。『父の海』の「食欲考」には〈生きのこったものは死んだものを／肩にせおって歩かねばならなかった／肩にくいこむ死の重さは死よりもつらかった〉とある。

連作詩は、〈集中して主題に向かうエネルギッシュな多様性を表現するために、連作という方法が一番私に適していた〉(詩集『青女一人』後記)として斎藤がほとんどの詩集でもちいた方法である。たとえば、『ゲンの馬鹿』は農民を主人公とし〈日本人というものを底辺から照射し、えぐったその強烈なリアリティーによって、戦後現代詩の一つの成果〉（小海永二『全集・戦後の詩』解説）とされる全篇に方言を生かした連作である。ゲンの帰還と結婚、その後の生活、背景としての農村生活などで構成したこの連作には、おおらかな性の表現がみられる。しかし、読者は『ゲンの馬鹿』その四の詩群に死の影がしのびこんでいることに気づくだろう。『雑魚寝の家族』は戦後の日常生活を生きる親子四人の家族をえがく詩集である。ここでも性はおおらかであるものの、「土塀のなか」そのほかで男は死の幻影におびやかされる。『青女一人』になると性と死とはあきらかに背中あわせになっている。

生の発現としての性は積極的に肯定されるべきものであろう。だが、性は死の因子を内蔵している。ゲンの土着の精神と祖先からの血、いわば〈地と血〉はもちろんだが、斎藤庸一の詩を解読するもうひとつのキーワードは〈死〉ではなかろうか。〈予想だにしなかった妻の死に直面して、その懊悩の独りの時に、過去に書いた詩はすでにこのことを予測していたことに気がついた〉とは、『青女一人』後記の一節である。

意識下のハンター——小川琢士の詩

小川琢士の新詩集『耳のおくの蝉』が試みていることは、経験はいかに記憶されいかに再生されるかを確かめようということである。

彼は、ある日の横浜埠頭での経験——それを作品化したものが本集所収「『赤い靴』が」である——を契機に、その経験の意味を〈自我の存在という意識経験の領域のものと思うようになった〉と考え、〈この辺のところをもっと確かなものにするためにも少年の頃の忘れられないできごとを書いてみようと思うようになった〉と、「『耳のおくの蝉』あとがき」に述べてる。『耳のおくの蝉』には、〈少年〉のときの記憶を書いている十篇の作品がふくまれている。

ある経験を、大脳皮質はなぜ記銘し、どのように保持し、どのようなとき再生もしくは再認するのだろうか。記憶そのものにしても、保持されたものは再生の事実によってはじめて確認されるのだから、その間に記憶が変容することはないものだろうか。あるいは、再生・再認されたという意識に、はたして誤認はふくまれないものだろうか。さらにはまた、現在の意識が過去の記憶を変容させることはないものだろうか。わたしが記憶についてこう考えるのも、(個人的なことになるが)わたしの六歳のときの記憶が十歳のとき突然再生し、その衝撃があまりにつよかったことから、この経験をわたしの人間としての意識の原点としてとらえ、その意味を自己の存在とかかわる問題として、以後、おりにふれて考察してきたからである。そうした意味で、『耳のおくの蟬』の実験につよい興味を感じたのである。

小川の第一詩集『夢・現実』が追求している主題のひとつは、文字どおり夢と現実との関係である。記憶（過去）と現在との関係がそうであるように、夢と現実とは単なる対立概念ではない。夢は現実の一部でもあり、現実が投影されない夢はない。あるいは、現実が過去の記憶を変容できるように、現実が夢を変容させることもある。そしてまた、現実に対する夢のはたらきかけを考察すると、現実は夢から自由でありうるのかとも考えられる。夢と現実との境界はあいまいであり、一線を画することはむずかしい。こうした夢と現実との関係を、小川琢士は〈《夢》は、眠りのなかにはじまり、そこでおわるものではなく、想像の領域に棲息して、私を深いところで支え、実行を促す何ものかであった〉（「『夢・現実』あとがき」）と考え、自己という存在を確認するために追っているのである。

記憶（過去）と現在、夢と現実、小川琢士はアイディンティティーを求めて意識下に潜入したハンターである。

福島の戦後詩の状況

一九七八年五月二十一日、福島県現代詩人会の設立総会が開催された。会長三谷晃一、理事長小川琢士、会員数百十一名、名誉会員に相田謙三・斎藤庸一・高橋新二・長谷部俊一郎という構成であった。三谷のあとを継いで現在は小川が会長となり、名誉会員に新城明博・今泉壮一・三谷を加え、あらたに草野心平と大滝清雄を顧問にいただいている。第二次世界大戦後の福島県における詩の活動は、おおむねここに名前ののぼった詩人たちを中心に展開してきたと言ってさしつかえない。

敗戦の翌年、一九四六年、大滝清雄・寺田弘らの『虎座』、菊地貞三・三谷晃一・上野菊江・粒来哲蔵・斎藤庸一・川上春雄らの『銀河系』がまず活動を開始した。つづいて四八年に大滝・相田謙三・泉沢浩志らの『龍』、四九年に新城明博らの『浪曼群盗』が創刊した。『銀河系』の廃刊に前後し、銀河系同人を吸収した第二次『龍』が五一年にスタートした。これには瀬谷耕作も参加している。寺田につづいて、このころ菊地・粒来が上京し、大滝・上野も福島を去り、第三次『龍』の発行所は東京に移った。第三次『龍』にも福島から多くの同人が加わったものの、県内で発行する詩誌が求められ、一九五五年に三谷・斎藤が中心となり

『詩』を創刊した。『詩』の同人には小川琢士らがいた。

一方、五六年には戦前の福島詩壇の中核であった『北方詩人』が第五次として、大谷忠一郎・今泉壮一・長谷部俊一郎・高橋新二らによって復刊された。『北方詩人』のあと高橋らは『場』『エリア』を創刊している。

さらに、川上春雄のいた会津では五三年に現代詩研究会（のち会津詩人協会）を結成し、断続的に『会津詩集』を刊行した。

おおきな流れだけを見てきたが、このような各地の活動とは別に、一九四六年にはじまった上野菊江選による福島民報「働くものの詩」（のち四九年から六〇年まで三谷選）と、一九四八年に創設され、詩部門では第一回の大谷忠一郎『月宮殿』以後八八年までに二九人の受賞者を出した福島県文学賞とが果たした役割もみのがせない。

こうした状況を背景に、一九五六年には大谷忠一郎と高橋新二によって福島県詩人協会がつくられたが、五年ほどで解消したということもあった。そののち詩人会結成の機が熟してきたのは、一九七〇年代になってからである。一九六二年から各地もちまわりで福島県芸術祭がおこなわれるようになり、その一環として文学祭があり、詩部門の集会がもたれるようになった。その第七回が開催された六八年、『会津詩集』編集の実績がある会津で『福島詩人選集』（酒井淳・木村徳雄ら編）が刊行された。一九五〇年に大滝が編集した同名の選集以来、十八年ぶりのことであった。これにつづいて翌六九年に大井義典・若松丈太郎らにより『福島県詩集』が編まれ、おなじ名称で七五年（大井・若松ら編）、七七年（小川・菊地啓二ら編）と発行され、矢吹町での文学祭詩部会でのテーマとなるにおよび、福島県現代詩人会結成がいっきに具体化したのである。

福島県現代詩人会は、現在一五〇名弱の会員をもち、年刊アンソロジー『福島県現代詩集』の刊行、『福島県現代詩人会会報』の発行、福島県詩祭および現代詩ゼミナールの開催などをその事業としておこなっている。

現在、福島県には十余の詩誌があり、それぞれの活動をしている。本集所収の五人をのぞくおもな人びととその代表的な詩集を次に列記する。

阿曾十喜子『まちとむらのはざまで』、安部一美『父の記憶』、阿部正栄『辺境』、『天城南海子（あまぎなみこ）詩集』、有我祥吉『クレヨンの屑』、上田令人『受胎』、蛯原由起夫『童子記』、太田隆夫『童戯考』、岡村史夫『笑いの質について』、おさたけし『草木曼陀羅』、加藤茂『白い燈台』、川上春雄『水と空』、菅野玲子『燃えきらない部分』、菊地啓二『凧』、木村常利『漆の町』、草野比佐男『村の女は眠れない』、小林きく『冬のきりぎし』、後藤基宗子『三月は奇妙な月』、斎藤久夫『舟は巻淵を』、齋藤貢『奇妙な容器』、斎藤諭吉『農村十二月』、篠山雄三『私達の顔のふしぎな笑み』、柴田武『幻、みちのくのほそ道』、新開ゆり子『炎』、新城明博『水鳥』、菅野仁『どろんこ抄』、鈴木八重子『ゆれる家』、高草陽夫『遊園地のある町へ』、高橋重義『はるかな窓』、高橋新二『氷河を横ぎる蟬』、竹内智恵子『会津宿り花考』、つちやみつぐ『地向斜時代』、長久保鐘多『象形文字』、根本昌幸『昆虫物語』、野口久子『てのひらほどに』、浜津澄男『スープの沼』、藤原菜穂子『いま私の岸辺を』、星圭之助『食われる男』、前田新『貧農記』、槇さわ子『般若』、松永章三『天啓』、みうらひろこ『海の狐』、降矢トヨ『名前』、若松丈太郎『海のほうへ　海のほうから』、和田椽二『盆地』、渡辺元蔵『花と年輪』、渡部つとむ『会津民俗の詩』などがあげられよう。

参考資料
三谷晃一「詩壇」(『福島県史5　近代2』一〇〇三～一一二ページ)
福島県現代詩人会編『福島県現代詩人会会報』その他

〈直耕〉の詩人とその詩――前田新論

『新・日本現代詩文庫80　前田新詩集』
(二〇一〇年十一月三十日　土曜美術社出版販売)

この小文のために、未見だった前田新の初期三詩集を読む機会を得て、漠然と感じていた二、三のことについて確認することができた。

ひとつめの発見は、初期詩集に見られる硬質な結晶としてのことばをともなったすぐれた抒情性である。作者の言によると、詩集『少年抄』は三十の詩篇を五つのパートに分け、そのうち「少年抄」八篇は高校時代の作品とのことである。この選詩集では「湖」から「迎え火」までの五篇を「少年抄」から選んでいる。彼は十代に抒情詩人として出発していたのである。この抒情性はのちの詩集『貧農記―わが鎮魂』や『秋霖のあと』などに円熟した果実として収穫されていると言えよう。

ふたつめは、『少年抄』と『霧のなかの虹』を読んだ結果、そこには早くも彼の生涯の主題とその方法がすべて出そろっていることの発見である。方法とは、『霧のなかの虹』の章立てに用いた〈叙情〉〈記録〉〈叙事詩〉〈悲歌〉という語が示しているものである。

もうひとつは、前田新の詩における〈霧〉についての確認である。「湖」や「葡萄」をはじめ多くの作品で、彼はその創作の初期から〈霧〉をくりかえし表現しつづけていて、本選詩集から洩れた詩、たとえば『少年抄』の「盆地」、『霧のなかの虹』の「霧」、『貧農記―わが鎮魂』の「霧の城」、『わが会津―内なる風土記』の「偽書『陸奥国風土記・逸文』」「名付けられる山河」「霧―玄如節」などにも〈霧〉を登場させている。当初はおそらく無意識的な表現だったにちがいない。やがて彼は自覚的に、たとえば「農の遺恨が／深い呪詛の霧となって樹間を飛ぶ」（「盆地」部分）のように捉えるようになる。

> 会津は四季を問わず／いたるところに霧が立つ／朝霧、夕霧はむろんのこと／早春には消雪の霧が野に立ち／雨季には山霧が沢から昇って尾根を走る／夏冬は無数の湖沼や川に霧がたちこめ／秋は盆地そのものを、終日、濃霧がつつむ／その霧に盆地は距離を隠され／遠近を失って隠れ里になる

これは「霧―玄如節」からの引用だが、会津盆地を霧ヶ窪と呼ぶ伝承まであるそうだ。〈霧〉は会津の風土や人の謂いとして前田新に内在するものである。彼の名〈新〉は、「霧の城」によれば、曾祖父の名の一字をとって祖父が命名したのだそうだ。「自らを敗者の位置に置いて生涯を終わった」曾祖父が見た

> 驕者の位置からは見ることもなかった美しい幻、深い霧のなかに尚もかくされ続けて、ひたすら人のこころを繋ぐ無形の城、そのまつろわぬ者の霧の城

を伝えるために祖父が名づけたのだろうと、彼は解釈するのである。最新の『わが会津―内なる風土記』までを通読すると、さまざまなものをその背に担って深い霧のなかに立つ人としての前田新がイメージされるのである。

> 村はおびただしい闇を記憶する／そこに棲む魑魅魍魎とよばれる／死者が／夜ごと、眠る私を／揺り動かして語りかける／それは言語としての言葉ではない／すでに私の遺伝子のなかに記号化されて／他者には響きとしか聞こえない／村の物語だ
>
> （『わが会津―内なる風土記』の「奪われた村の物語」）

前田新がその背に担っているものとは、〈死者が語りかける村の物語〉を言語化することである。あるいは、彼が主

題とするものは、ひとが生きるとき農はどうあるべきかの追求である。彼は、彼とその家族、そして出生以来そこで生き、生涯を終えるであろう会津の自然・風土、なによりも生業としての農、その歴史と現状とをモチーフとして創作する。

前田新の原体験はどのようなものだったか。彼は一九三七年(昭和十二年)に生まれた。そのころから家族をおそった苦難と不幸、なかでも父の事故と死、義父の戦死。前田新は父をほとんど知らないこどもだった。農業を生業とする祖父母と母の戦中戦後の苦難が重なった。戦中に農耕馬が軍馬として徴用され(『霧のなかの虹』の「絵本」)、戦後には九歳のとき「国の食糧増産政策によって労働力不足の理由で田畑の半分が他家に移」(「年譜」一九四五年の項)され、いっそう困窮する家族を目の辺りにした彼は、高校の農業科を卒業するとただちに就農するのである。

本選詩集収載の「迎え火」「鬼灯」「貧農記―わが鎮魂(その「父」「義父」「母」「形見の馬」)「病床記3」「矜恃(わが祖父)」などはこうした家族の姿とその思いを捉えた詩篇である。「黒塚」は、能狂言にもなった鬼女伝説に仮託して、祖母たちの「農の遺恨が/深い呪詛の霧となって樹間を飛ぶ」さまを表現したものであろう。

彼は、生きるぎりぎりのところから起ち上がった農民の声を代弁する。「霧のなかの虹―百姓代藤吉伝」は一八六八年(明治元年)の世直し一揆、「走り人調書余白の戯書き」は一六四二年(寛永十九年)の二千余人の領外逃散を扱っている。また「秀吉の手紙―下郷赤岡村事件」は太閤検地後一五九一年(天正十九年)の農民による役人への反抗を、「梟首記　南山お蔵入り騒動」は一七二二年(享保七年)の南山御蔵入騒動と呼ばれる越訴を扱っている。ほかにも、「辺境」「峠1」「会津世直し一揆(戊辰百姓騒動)―義民百姓代藤吉伝」「碑の人―川島与五右衛門存寄始末」「会津寛延一揆覚―猪苗代金曲騒動」などがある。

だが、近世の農民たちが直訴、越訴、逃散をくりかえしても体制は揺るがず、維新後も、

明治絶対政府の御一新とは/実質的には藩政時代の機構そのままの/支配と収奪の体制であり/むしろ、その再編強化の措置であった

(「会津世直し一揆(戊辰百姓騒動)―義民百姓代藤吉伝」)

というありさまであった。

明治以後第二次大戦敗戦に至る期間の国家による国民の簒奪ぶりはさらに苛酷だった。兵役年齢をひろげて最終的には四十五歳以下十七歳以上とし、丙種合格も召集し、十

七歳未満の志願も認め、男子人口の二〇パーセントを超える七百万人余を徴兵した。さらに、十五歳以上六十歳以下の男子、十七歳以上四十歳以下の女子すべてを国民義勇戦闘員として編成した。大戦の死者は軍人・一般人あわせて二百五十万人とも三百万人ともされる。

『わが会津―内なる風土記』の「会津の秋　―あの少年たちの死」で会津白虎隊の悲劇を美談としてはならないと言う彼は、

その死は無残なものだ／武士道などと美化してはならない／（略）たとえ、どのような大義名分がつけられようとも／戦争という狂気に美しさなどはない

と、戦時に美談として〈小国民〉の戦意昂揚に利用したその本質に迫っている。

戦後の農業と農民は、国家とアメリカ追従の農政に翻弄されつづけ、いっそうの困難な状況に追い込まれた。この農政への批判は「夜盲症」「地中の村」「昆虫記」「縄の輪」「アテルイの首、わが野を飛ぶ」「奪われた村の物語」など、とりわけ「狐の話」で厳しく糾弾している。

豊かな山の恵みによって暮らしてきた七つの村は／あとかたもなく深いダムの水底に沈み／山裾から平野を潤し、豊かな稔りを約束してきた水も／ダムのお蔭で、すべては有料、下流の農民は／終わりのない債務として永遠に払い続けることになった

（『風伝記』の奇譚3「鳥の国」）

この水田の荒れようはどうだ／頼みもしないのに補助金を撒餌のように撒いて／かき回して広げた山峡の水田に／結局、一度も稲は植えられず／借金と雑木とすすきが茂る　（『秋霖のあと』の「逃げた狸が残していった伝言」）

これが農の現実なのである。彼は言う。

一人の農民として私（略）の見聞の結論は大局として農民は資本に土地と水を奪い取られ、労働力は搾取されて次第に村から流浪していく姿であった

（『風伝記』の奇譚4「夢の国」）

前田新は会津農民が伝承する年中行事のいくつかを作品化している。本集所収「会津の冬祭り　会津柳津虚空蔵尊七日堂参り」「会津の夏祭り　田島祇園祭」のほか、「早乙女踊り唄考」「虫送り考」「種まき唄異聞」「霧―玄如節」も

同系列の作品である。なかでも彼が高校を卒業した年から踊り子になったという彼岸獅子舞を素材にした作品は、「獅子」「彼岸獅子舞幻想」「峠3」と多い。「会津の早春」（『わが会津―内なる風土記』所収）で「会津の獅子は／豊饒を祈ることよりも／屈服し、奪われ、殺された魂を／弔い鎮めるために舞う」と語る彼の体内では〈だんだかだん　だんだかだん〉と太鼓の音が響いているに違いない。彼はこれらの民俗芸能も村の崩壊とともに存続の危機に直面していることを憂えている。なお、前田新は小説「彼岸獅子舞の村」によって二〇〇八年第五十一回農民文学賞（小説部門）を受賞している。

　前田新には北方の精神に共振するものがある。「アテルイの首、わが野を飛ぶ」「藁の馬」「いま、村に馬の首を呼ぶ」などにそれを感じるし、影響を受けたとして宮沢賢治・真壁仁・黒田喜夫・吉野弘・三谷晃一・瀬谷耕作など奥羽地方出身の詩人たちを挙げていることからも言える。彼は〈まつろわぬ者〉たちの末裔なのである。

　安藤昌益は、フランスの啓蒙思想家ルソーよりも数年早く、約三百年まえに江戸中期の出羽に生まれた医者・社会思想家である。彼は万物の根源的物質を〈土活真〉と名づけ、その生成・生存の活動を〈直耕〉と言った。直耕に携わる人を〈直耕の衆人〉と呼んで農耕作業を中心とする生産者大衆としてとらえた。これに対し、他人の生産労働に寄生しその成果を収奪する者たち、すなわち、儒仏など聖人・王・権力者・支配者・搾取者・学者などを〈不耕貪食の徒〉あるいは〈不耕盗食の徒〉として斥けた。安藤昌益は「人ハ小ナレドモ転定（テンチ）ナリ」と考え、農耕による生きかたを説いて、男女万人の平等な社会の実現を提唱したのである。

> 本来、無所有の所有こそ農民と土地との関連なのだ。森羅万象いのちあるものは、すべて土と水と光にそのいのちをゆだねて生き、やがて生涯を終えて土に還る。競って勝つことも征服することもない。ひとときののちにすべては土地そのものの所有となる。
>
> （『風伝記』の奇譚4「夢の国」）

　前田新のこの考えを読むと、わたしは安藤昌益の思想にかよいあうものをそこに見いだすのである。

　彼が母や妻や子を詠んだ作品、「秋の手紙」「銀婚」「病床記3」「病床記4」「初孫」「待人」、あるいは本選集非収載『わが会津―内なる風土記』の「晩冬のころ」などに込められた思いを、わたしは大事にしたいと思う。母や妻や子を愛するところからすべてがはじまると考えるからである。

＊註　本文中の引用は、「奪われた村の物語」以外は、意図的に本選詩集から洩れた作品からおこなった。機会があったらそれらの作品も読んでほしいとの思いからである。

還らぬ旅びと――三谷晃一の詩を読み解く

ぼくを見つけ出すことは　だれにもできないだろう
――三谷晃一「捜す」

「福島自由人」二〇号（二〇〇五年十一月）

1、はじめに

三谷晃一（一九二二年〜二〇〇五年）の詩集は、

1『蝶の記憶』（詩の会・五六年）
2『東京急行便』（詩の会・五七年）
3『会津の冬』（昭森社・六四年）
4『さびしい繭』（地球社・七二年）
5『長い冬みじかい夏』（地球社・七五年）
6『ふるさとへかえれかえるな』（九藝出版・八一年）
7『野犬捕獲人』（花神社・八六年）
8『遠縁のひと』（土曜美術社出版販売・九二年）
9『河口まで』（宇宙塵詩社・〇二年）

以上九冊である。

以下の文中で、引用詩句の収載詩集名をいちいち挙げることが煩雑と思われるときには、作品名のあとに、たとえば『蝶の記憶』の場合には①というように付記した。

2、鈍器で殴打された、とは

三谷晃一は三三歳のとき、最初の詩集『蝶の記憶』を世に送り出した。その一篇に、後頭部を鈍器のようなもので殴られ失神したという奇妙な作品「Echo」がある。その冒頭二連を引用する。

庭先で
古い手紙の束を焼いていたら
前踞みになっている
僕の後頭部を
だれかが　鈍器のようなものが
力任せに殴りつけた

それきりぼくは失神して……

いまも　時折やってくる
刺すような疼痛に眉をしかめる
最後によんだ手紙の一節に
なんと書かれてあったか
だれの手紙であったのか
いまだに思い出せないのだ

引用部分以外の作中には「なにかに向って眼を閉じる／人生の不条理にしずかに祈る」という詩句があって、最終連を「さむい窓ぎわで／僕が眠りに陥ちるとき／みえない星に向って／僕の傷口は眼をさます／爛れたくろい傷口」と結んでいる。

このほか、三谷晃一の詩には殴打された頭痛について述べている作品がいくつかある。たとえば、おなじ『蝶の記憶』の「記憶」には「衝たれて／思わずよろめいてしまった僕に／永い／めまいする時が過ぎた」、第二詩集『東京急行便』の「夜の希望」には「後悔と重い頭痛がわたしを押し倒し」、第三詩集『会津の冬』の「彼」には「あれから／ぼくの内側で／多くのものが悶絶した」といったぐあいである。

ここで注目したいのは、「いまも　時折」とか「永い／めまいする時が過ぎた」あるいは「あれから」といったことばである。この表現は、殴打されたのが最近のできごとではないと言っているのだ。

しかも、「Echo」の発表から三〇年を経たのちの詩集『野犬捕獲人』の表題作にも類似の表現がくりかえされていて、こちらで殴られたのは放し飼いにしていた飼犬だが、以来〈わたし〉は夢のなかの野犬捕獲人にうなされ、「おかげでわたしは／あの時の偏頭痛から／まだ立ち直れないでいる」のである。後頭部を殴りつけ、失神させ、三〇年過ぎても立ち直れないでいる、その病を与えた〈野犬捕獲人〉とはなにものだろうか。

『野犬捕獲人』につづく詩集『遠縁のひと』のこれも表題作に「あの人はある日／前触れもなくやってきて／遠い異国にわたしを連れていったのです」「あの人は／なにからなにまで／わたしに似ているのです」と書かれている。殴打はしなかったが、〈わたし〉を遠い異国に連れていった遠縁の〈あの人〉とはなにものだろう。

「Echo」で殴りつけただれか、〈野犬捕獲人〉、遠縁の〈あの人〉、これらはおなじ存在なのだろうか。

これとは別に、詩集『野犬捕獲人』に「田中冬二・その失われた詩篇について」という興味ぶかい作品が収められている。これは戦中の四二年、出征直前の三谷が安田銀行本店に勤務していたとき、おなじ銀行の郡山支店にいた田る。それは、田中冬二が社内誌に載せた詩について書いている作品である。それは、田中冬二が「ひどくなにかにハラを立てて／(わたしのおぼろな記憶では)／赤絵の皿を床に投げつけた、といった／そういう内容のものであった」と説明したあと、「これはわたしの確信だが／怒りは明らかに／のしかかる不条理なものに向けられていた。／少なくともわたしはそう理解した」と述べている。

先に引用した「Echo」に「人生の不条理にしずかに祈る」という一行があったのを思い出す。理由も知らされない不当な殴打あるいは不当な拉致による肉体的な痛苦を受けただけでなく、それを「のしかかる不条理」と意識したのであれば、精神的な痛苦をも味わっていて、それをもたらしたものへの怒りが生まれることになるのは必然の帰趨である。おなじころ、おなじ怒りを抱いていたからこそ、三谷晃一は田中冬二の怒りを理解したのにちがいない。三谷がおなじ詩集の「冬」に「いわれのない瞋恚の感情に苛まれ」と、また「ほそい雨の糸は」に「僕の生れたくに／僕を育てたふるさとのつめたい雨のなかで／やりばのないいかりを僕はもて余す」と言っているのを見出すことができる。

「Echo」で殴りつけただれか、〈野犬捕獲人〉、遠縁の〈あの人〉、これらがなにものか、三谷晃一の戦争体験が答えを用意してくれそうである。

彼は、四二年の年末、二〇歳で召集され、翌年正月に出兵、釜山から天津・南京・杭州を経て武義(浙江省)へ、四四年には上海から高雄・広州を経て南寧へ、さらに四五年は仏領インドシナに入ってサイゴンで敗戦をむかえた。優に一万キロを超える移動と作戦とへの参加だった。そして、四六年初夏、二四歳で復員帰国するという軍隊体験をもっている。三谷は主計伍長として物資の収集や食糧補給の役にあたったほか、分哨勤務などをしたという。(「年譜」などによる)

「ごく個人的な『戦争』の一記憶」⑧の一節「わたしはもう／わたしでない『なにか』になった」は、入営した日の意識である。これこそは召集を不条理として受けとめたことの実感であろう。

「わたしは戦場では／一発の弾丸を撃つこともなくて／済んだ」(「さくらの樹の下には」⑥)とはいうが、一方では「一緒に土地の学校を出た百人のうち／二十五人がこんどの戦争で死んでいる」(「津和野」⑦)といういたましい現実がある。

詩誌『詩と思想』八九年八月号の巻頭写真ページは三谷晃一特集である。そのいくつかの写真のなかに、四九年というから復員して三年目、二七歳のときのものがある。和服姿なのだが、いたいたしい若さも身にまとっていると見える写真である。このような若者を、この写真のときよりもさらに七歳も若い青年を、戦場に拉致する権利をだれが所有しているというのだろう。「戦争があった。／つらいかなしい戦争であった。」（「カクメイはいま……」④）とは、きわめて率直な感慨にちがいない。

第三詩集『会津の冬』は、『東京急行便』を出版した年に福島民報社会津若松支社長となってから六二年に本社に戻るまでの期間に書いた作品を一冊にしたもので、前半「きんぽうげのうたの歌」と後半「会津の冬」とで構成されている。三谷晃一には、「野犬捕獲人」や「遠縁のひと」に限らず、寓喩的な詩が多く、この詩集の前半「きんぽうげのうたの歌」にも寓喩的な作品が収められている。「栄養考」「ペンギン考」「ペンギン考　その2」「ペンギン考　その3」「!」などである。

「!」という奇妙なタイトルの作品は、内容も奇妙である。カール・マルクスとフリードリッヒ・エンゲルスという名の二人組の杏盗人が、木を揺すって盗んだ杏を籠に入れ、逃げていった顚末を書いている。最後の一連は、「あわてるな／諸君／杏盗人はもういない／いま／木にとまっているのは／一羽の鴉である」というのである。これは社会主義に対するカリカチュールなのでもあろうか。社会主義体制が崩壊する三〇年まえに書かれた作品である。

「栄養考」は、乞食がぶくぶく肥っているのは厨芥を漁っているからだと断じたあと、「いまかれらは／厨芥を漁る乞食のように／残りすくない眠りを貪る」と言っている。乞食に喩えられている〈かれら〉とは、資本主義の過消費社会のなかで飽食しているわれわれなのだろうか。

この二篇にはさまれて、「ペンギン考」という詩三篇が載っている。おそらくそれぞれ独立した作品として発表したものだろうが、三篇をまとめて読むとそれらは有機的に関連しあって、わたしの脳裏に、あるイメージの喚起をうながすのであった。それは、昭和天皇のすがたである。

いくつかの詩句を書きあげてみよう。「　」部分が引用詩句である。

・皇帝ペンギンの「王国は健在らしい」
・「それはまだ僕の視野から消え去ろうとしない」
・氷と海と空気しかない極地に住む「われわれ人間どもより／ずっと高級な動物」
・「老人ペンギン」「多くの寛容と／すこしばかりの滑稽さ／それに適度の厳粛さ」
・「あらゆる考証を拒絶する」その死
・「烈しいブリザードは／彼の王国とこちら側の世界を／大きく隔てた」

このような詩句があって、読むほどに、「ペンギン考」は昭和天皇および天皇制へのカリカチュールとして書かれた作品にちがいないという確信が、わたしのなかで育ってゆくのだった。

のちの『ふるさとへかえれかえるな』に「ある乞食の話」と題した作品がある。〈ぼく〉が子どものころ、その乞食は「ジームテイノウ」と人びとに呼ばれていたというのである。作者は「綽名は／ある畏敬される名前に似ていたから／それはひそかな冒瀆の喜びでは／なかったか」と回想している。こうしたことは、戦前に子どもだったものたちのだれもが体験していることだろう。この「ある乞食の話」には、「もちろん彼らはもういない」「彼らは死んだのではなく／消えたのである」「消えるというのは／まだ生きているかもしれないという／そういう感じを残すのだ」という注目すべき詩句が含まれている。

七五年刊行の詩集『長い冬みじかい夏』の「カクメイ・あるいは夢について」も寓喩作品である。プラプラ王国のドンゴロスの樹は、代々子孫に引き継いでいる永久的な王権に居座っている邪悪な樹だ。カクメイが起き、「人民のために有用な果実を／齎さない」「ドンゴロスの樹は／伐り倒されるであろう」という事態になっている。

ドンゴロスとはもともとインド産の粗い麻布や麻袋の名称だったが、旧制中学の制服や軍服の綿布のことも言ったというので、おそらく詩人はこちらの意味を知っていて、旧体制を象徴するものとして用いたのだろう。この解釈が正しいとすれば、夢のなかの〈わたし〉は、ドンゴロスの樹であるとともにカクメイの戦士でもあったという作者の認識は十分に納得しうるものである。

「Echo」で殴りつけただれか、〈野犬捕獲人〉、遠縁の〈あの人〉、これらは、あきらかに天皇を頂点とする国家体制、強権的旧体制、あるいはその構成者たち、さらにはその支持者たちの寓喩だと断じてまちがいない。殴打する、連れ去るという行為は、「放し飼いしていた犬」、自由に生きていた〈わたし〉を軍役に召集し戦場へ送りだしたことの謂いである。「Echo」に登場する「最後によんだ手紙」とは召集令状ではなかったろうか。これらの人びとと〈わたし〉とはおなじ国土をうぶすなとしていて、遠いどこかで血がつながっていて、おなじ顔つきをして、おなじ体形をしているのだ。それだけに〈わたし〉の後遺症は重症だったのである。

3、戦後は〈恢復期（コンバレサンス）〉だったか

「Echo」を収載している『蝶の記憶』の一篇に、抒情的な

「ぼたん雪」がある。短い作品なので全体を掲げる。

ぼたん雪

ぼたん雪が　ふる
永い冬が
終ったというしるしに
おもい　ぼたん雪がふる

雪は鋪道に触れるともなく消えてしまう
それは消えるためにだけ舞いおりるようだ
余念なく
定かでない天の一方からおりてくる
ぼたん雪

睫毛がぬれ　ほおがぬれ
首筋が濡れる
暗い天をみつめて佇っていると
しずくはやがて恢復期(コンバレサンス)の快い迅さで
僕の心臓をぬらしてゆく

きびしい冬を生きる雪国に降るぼたん雪は春を知らせる使者である。そんなぼたん雪に託して春の到来をよろこぶ思いを、「ぼたん雪」はよく表現している。だが、この作品はそのことの表現のみを意図したものとは思いにくい。この詩には〈恢復期〉という言葉が用いられていてフランス語のルビが振られている。作者はこの言葉に、あきらかに特別な意味を与えているはずである。

「残照」と題した作品にも「病んで荒れた孤独な心」をいだいている〈わたし〉の思いが書かれていて、ある早春の一刻「穏やかな夕ぐれ」のなかで「その煖もりが慰謝のように届いている」のに気づいたりもするのだった。身内だと考えていたものたちからの不当な殴打あるいは拉致による痛苦、それをもたらしたものへの怒りを病としていた戦後の若き三谷晃一は、それらからの恢復と慰謝とを必要としていたのである。ここでの病は、すくなくとも、青春の一時期にだれもが経験するはしかのようなものであるはずはない。

ところが、〈恢復期(コンバレサンス)〉であるべき戦後は〈恢復期(コンバレサンス)〉ではなかった。

戦後の現実を三谷がどうとらえているか、三冊の初期詩集から抜き書きしてみると、たとえば、

「この邦のただれた憂鬱」（「ほそい雨の糸は」）

「歪つな地球の影」「炎えるアジア」（「夜の希望」）

「世界が暗くたそがれている」（「花のようなものが」②）
「このそらぞらしい〈現在〉」（「止り木の上で」③）
「この暗く巨きな夜／恐ろしく頑丈な鎖が／しっかりとその夜をつなぎとめている」（「死んだ犬に」③）

というようなことばでとらえているのが目につく。

『東京急行便』が出版された一九五七年までのあいだ、第二次大戦後のアジアでは戦争と事件が止むことはなかった。まず、四六年から四九年までの国共内戦、四六年から五四年までの第一次インドシナ戦争、五〇年から五五年までの朝鮮戦争。これらは奇しくも三谷晃一が帝国陸軍の一員として進駐した国々で起きている戦争である。それだけに、「残された最後の窓が閉じられ／またしても硝煙が荒れた東洋の岩鼻を逆流してくる」（「夜の希望」）との嘆きは実感をともなっている。（ヴェトナム戦争はこののちのことだ。）また、冷戦のもと大国による核実験がつづけられていた。集中の「もしもそういう時が……」は、五四年の第五福竜丸事件など、こうした冷戦下の状況をふまえたうえで、「ことごとく死んでしまったら／われらの地球は／どうなるだろう／この美しい　毬藻のような　地球は」と危惧を表す。米大陸での核実験を「世界ハコノ荒涼ヲ遠巻キニシテ／シキリニシロイ灰ヲ降ラセテイル」ととらえた「大鹹湖」という作品もある。

そんななか、作品「眠りのなかから」は「この暗い巨きな虚無」である世界の夜に眠る人びとの「苦しみ　悩み／ちいさなかくれた歓び」に共感を寄せる好詩篇だ。

この冷戦を背景に、国内では敗戦直後には息をひそめていた旧体制が復活しはじめる。戦後は、戦場に拉致され、あるいは、後頭部を殴打されたものにとっての〈恢復期（コンバレサンス）〉ではなかったのだ。六〇年、七〇年の安保闘争を経て、気づいてみれば、結局はなにも変わらない現実があるだけで、「ある乞食の話」のなかの「もちろん彼らはもういない」「彼らは死んだのではなく／消えたのである」「消えるというのは／まだ生きているかもしれないという／そういう感じを残すのだ」という予感が実際のものとなっているのだ。

こんな現実を反映しているのが、カタカナ表記の〈カクメイ〉について書いた作品である。七〇年代の『さびしい繭』と『長い冬みじかい夏』に〈カクメイ〉という語があらわれる。そのうちの一篇は先に引用したプラプラ王国のドンゴロスの樹について書いた詩「カクメイ・あるいは夢について」である。もう一篇、〈カクメイ〉の語を表題に使っているのが『さびしい繭』収載の「カクメイはいま……」で、そのなかでは、

「つらいかなしいカクメイ」
「カクメイはどこへ行くか」

「つらいかなしい戦争であった。／それはカクメイに似
ている」

というかたちでこの語が用いられている。

このほか『長い冬みじかい夏』の「空港で」では「ついに成就しなかったカクメイ」として、おなじ詩集の「顔」では「どこかのカクメイのほてり」「それはもう／ぼくの手の届く世界の／出来事ではなかった」と表現している。

これらの作品で〈カクメイ〉と表記している理由は、それらが社会主義革命とはちがうという意味を込めてのことなのだろう。戦後社会のなかで旧体制は生き残り、また、地上に争いのない日はない、そんな現実を詩人は「ついに成就しなかったカクメイ」と言っているのである。

また、「野犬捕獲人」には「うしろ姿しかみせない／あの男はどこでどうなったか」という二行があり、おなじ詩集の作品「目の時代」では「正面の敵もいない。それなのに、まだ人はなにかを恐れている。うしろから襲って来るかもしれない、鈍器のことを」と述べ、さらに作品「夜行（やぎょう）さま」では「夜行さまは、ほんとうに死に絶えたのであろうか。(略)死の表と裏側で、いまも人々は慄えてはいないだろうか」と表現している。「Echo」から三〇年ののちになっても〈わたし〉がなお野犬捕獲人を恐れつづけながら生きねばならない現実が目のまえに存在していることを詩人は感じているのだ。

詩集『遠縁の人』に「あとがき」が付されていて、そのなかで七〇歳の三谷晃一は、

> 自分は一体なにと付き合って今日まで来たのだろうかと考えてみて、その相手はおおかた「戦争」ではないかと思った。
>
> それは過去でなく、現実に在るものとしてわたしの前に立っていて、そこから目を離すことができない。「いつまで付き合わせるんだ」と叫びたい気持ちにすらなるのである。このやり切れなさはわたしだけでなく、戦争世代の人たちだれもが持っていることだろう。

と述べている。もうすこし引用しよう。

戦後半世紀を経てから気づいたと三谷晃一は言うのだが、彼が特別に意識しなかったとしても、彼のそれまでの八冊の詩集すべてには「戦争につながる作品」が含まれていて、たとえば「野犬捕獲人」では「夢のなかで／姿の見えぬ野犬捕獲人に追いかけられて／わたしはうなされる」と書き留めているのである。

三谷は初期詩集に収めた「蕁の歌」①、「廃都」②、「豚の顔」②などで、雨中行軍や、破壊された市街地での行軍、それにいなかの集落を進軍したときの実体験を書いている。また、「防人の歌考」⑤では帰還船のデッキから富士山を見た思いを、「ごく個人的な『戦争』の一記憶」⑧では、郡山駅を通過する軍用列車の息子を見送ろうと「ホームにはロープが張られ／駅員以外だれひとり入れるはずがなかったのに／母がいた」のをみつけたときの思いというように、個人的な戦争体験を作品化している。

しかし、時間の経過とともに戦争の記憶が過去に押しやられてゆく現実のなかで、そのことに対する嘆きと、戦死した友人への思いが抑えられなくなってゆく。そうした思いを、作品「未帰還者」⑤で直接的に書いたほか、

「戦場ははるかだ。／みんな戦場のありかを／忘れてしまったので。／おぼえているのは／おれたち死者／だけ」（「戦場」③）

「戦争で死んだ友よ。／きみだけがむかしのままだ」（「学校」④）

「ある日戦争があって／たくさんの人が殺された」

「キュウが死んだら／キュウの戦争を知っている人はだれもいなくなるだろう」（「RIVER　OF　NO RETURN」⑤）

などというふうに多くの作品で表明することになる。小論「三谷晃一」（『詩と思想』九八年七月号特集「現代詩の50人」）で、わたしは「三谷の詩の重要なテーマは〈喪失感〉と〈伝ええない思い〉である」と述べた。その〈喪失感〉と〈伝ええない思い〉の因ってくるゆえんである。

たとえば、「還ってこない」あるいはその同義語である詩句が彼の作品にはいかに多いことか。

『会津の冬』『さびしい繭』『長い冬みじかい夏』から選びだしてみると、

「彼は雪のみちを北へ向って去った」「むろん彼は還ってこない」（「彼」）

「戦友を失った。／実に実に多くのものを失った」（「ストーム戯詩」）

「あんなにたくさん／南に向かった人たちのなかに／だれ一人／帰ってきたというううわさを／聞かない」「もう二度と会えないし／会えるのぞみもない」（「未帰還者」）

というように。これらはほんの一部なのだ。

このように三谷は多くの「戦争につながる作品」を発表してきた。しかし、だれも三谷晃一を反戦詩人だとは言わないだろうし、彼自身も自らを反戦詩人だと考えたことはないだろう。あくまでも三谷晃一は個人的体験を書きつづけたのだ。そのあたりに、「いつまで付き合わせるんだ」と

叫びたい気持ちとやり切れなさとが終息することがなかった理由があるのだろう。

4、還らぬものたちへの思い

第一詩集『蝶の記憶』には、青春特有のメランコリックな抒情がいろこくただよっている。たとえば、作品「小樽遠望」は「固く脆いものを／卵のようにあたためていた」若き日の回想をうたっている。

ソネット形式で書かれている「蝶」という作品を引用しよう。

蝶

おまえは音符のとんでゆく儚なさで
とおい野の方へ消えうせる
おまえはかげろうの炎えるひそやかさで
ふかい空の青みに吸われる

蝶よ
おまえは何？
燦びやかなおまえの形姿（かたち）は？
惑っているおまえの精神（こころ）は？

そして　蝶よ
ある日おまえは名もない空に旅立った
（その空が拡げられ　深められるのはいつだろう）

―見給え　どのはぐらかされた
指先にも　虹のように
翅粉が　陽にきらめいている

「蝶」は、かつて身近にあって、いまは「消えうせ」てしまったもの、「旅だった」ものの謂であって、その蝶をとらえそこねた自分の指先にわずかな「翅粉」のなごりがとどめられているだけだというのである。この旅立っていった蝶は青春そのもののことではないのか。

戦場から友人たちが「還ってこない」という思いをあらわした作品がいかに多いかという例として、『会津の冬』などからいくつかの詩句を引用して示した。しかし、還ってこなかったものは友人たちだけではなく、彼の青春期に襲いかかってきた不条理な暴力は、彼の青春そのものも奪い去ってしまったのである。三谷晃一は本質的には抒情詩人であり、『蝶の記憶』はその眼を自己の内面に向け、鬱屈した青春の日の思いをうたった良質な抒情性がゆたかな詩集である。しかしありきたりの抒情詩集にはなっていないゆえんがここにある。

作品「冬」には「いわれのない瞋恚の感情に苛まれ」「窓に背を向けて（略）坐ってい」る〈僕〉がいる。

また、作品「記憶」にはこうある。「暗い夜に／ひとりめざめていた花」に「衝たれて／思わずよろめいてしまった」「永い／めまいする時が過ぎ」「僕の肩に／償えぬ過失のようにかなしく重量あるものが／かかってくる」と。

『蝶の記憶』以後も、いろいろなものに仮託して思いを語る。煩雑になるので作品名は省略するが、失われた希望であったり、むかしの秘密であったり、孵ることのない繭や孵らない卵であったりするそれらは、失われた「僕の過去」や「僕の青春」の比喩である。

失われたものは、それらにとどまらない。しかも、年を経るにつれてその範囲がひろがってゆく。父、母、祖母をはじめとして、知人、詩人、戦地で見かけた中国人青年？あるいは、飼い犬、ハレー彗星、そして、生きもの、時代、さらには、幻影、そして、〈わたし〉もそのひとつだと言っている。

あらゆるものが失われゆくのであれば、「こんなに晴れた秋の日には／いつもなにかが／ぼくから姿を消す」（「ある別れに」⑤）と嘆き、「この世が迷路であるのは／（略）お互に行きあうことがないから」（「迷路について」③）と嘆き、迷路で迷子になってしまった自分を意識しては「迷子になったぼくは／だれを捜して／路地から路地を／さまよえばよかったのか」（「捜す」⑤）と嘆くのである。

5、二度と来ない夏のおわりに

初期詩集のころから認められた三谷晃一の社会への関心は、七〇年代当初の『さびしい繭』以後になるといっそう強まり、文明批評というべきものへと高まってゆく。『遠縁のひと』の「ランプの火屋を」を読んでみる。

ランプの火屋を

ランプをしっているか。
ランプは
歌のなかでだけ
点っているんじゃないよ。
ランプの火屋（ほや）を磨いたことがあるか。
芯を切り揃えたことがあるか。

むろん
ないよね。

でももういちど
ランプの要る時が来ると思うよ。
そのためにちょっぴり
火屋の磨き方。
とりわけ芯の切り方を習っておくといいよ。

よく磨いた火屋と
じょうずに切り揃えた芯は
きれいに澄んだ
いい火を燃やす。

ひとりぼっちのきみの夜は
大きな闇を引き連れて
その分大きな影を
つまりきみの存在を
世界中に投げかける……。

そんな時を。

きみは。

郡山商業学校の生徒だったときから三谷晃一を知っている菊地貞三は、エッセイ「知的抒情のなかの〝ふるさと〟」(『詩と思想』八九年八月号)のなかで、「三谷さんの詩の本質を私は端的に〝知的抒情〟と見る」と述べている。「ランプの火屋を」にはここで言われている知的抒情が好ましいかたちで文明批評に生かされている作品だと言っていいだろう。

『さびしい繭』(七二年)から『野犬捕獲人』(八五年)に至る中期の詩集群では、社会批評の目はさまざまな分野に向けられている。

戦争犠牲者が忘れ去られてゆくことを、「時間を中断された人間をどうする?」「焦げて　干からびて焼け跡の棒杭みたいな…。/胸に飾ったかもしれない小さな勲章。/つまりあれが要約か」(「要約」⑨)と批判、「このもの凄い消耗の時代」「(その行き着く先を見届けたい)」(「駅頭で」⑨)と憂え、ひきつづく戦乱と内戦を、たとえば「人為的に切断されたワクの内側で/頭はシッポを/尻尾はアタマを求めて争っている」「砂に埋もれようとして/悲鳴のように挙げた一本の手が/いま/世界の喉を掻きむしる」(「アフリカ遠望」⑦)と嘆いている。

そして、われわれの文明が「育てていたのは　実にたくさんの死であった」（「INVISIBLE」④）、「いや気がささないのか。／この夥しい／死の立会人であることに」（「某月某日」⑤）と訴え、「存在という存在は／どれも／ぐにゃりと／アスファルトのように溶けかかって／だらしなく／地面を汚していた」（「挿話」⑤）、さらには「きみは／こんなだいじな時。／百階もある高層ビルのレストランに／たったひとりで／生者も死者も一緒くたの暮れの大混雑を／ビフテキをむしりながら／黙って見下ろしていたというではないか」（「廃都」⑧）と人間そのものをも批判するのである。

かくして、三谷晃一は、人間の文明のありように思いをいたさずにはいられない。

『長い冬みじかい夏』以後の詩集から、煩雑なので作品名を省略して、いくつかの詩句を引用しよう。「地球の時間を／仮に一年に引き直してみると／人類五千年の歴史は／わずか三十四秒にしか当たらない」としたうえで、人間の文明を「時間という闇のなかの一点の火」「シャボン玉」「一瞬の燃焼」「二度と来ない夏」と比喩し、「文明などといってもわずかに一万年足らず」「なにかが始まってから五千年は経つ。／終わっていいものは終わるころだ」「にんげんの旅は終わりかけている」「時間はただ／海流のように／彼らのまわりを洗っただけだった」と文明の終焉を予知する。

映画「ユリシーズの瞳」の一場面、アルバニアとマケドニアの国境に近い雪の山中で、ギリシャ人タクシー運転手に、アンゲロプロスは「おれたちは死ぬんだ。何千年も、割れた石やら彫刻やらに囲まれて生きてきた。死んでもいい頃だ」という台詞を与えている。三谷晃一もアンゲロプロスも同じ思いを懐いたのだろう。

「怨も恨も／いずれこの雨に流されるだろう。／人間はもともとキノコみたいに／そのあとに生えてきたのだ」「まだ始まりもしないうちに泣く必要はないのだ。／終わりは始まりなのだ」（「別れ」⑨）

詩誌『龍』（第一二二号）に、瀬谷耕作による三谷晃一追悼の文章「指先のむこうに」が掲載されている。それによると、『龍』第8号の「新抒情派宣言」は三谷が筆を執ったもので、そのなかに「現在が、（略）人類が決定的な破滅の予感に苛まれている戦前にあることを自覚している」という一節があるということである。〈戦前〉という時間がどんな時間であったかを熟知していたからこその認識であろう。

また、文明の逆行をも考える。作品全体を紹介した「ランプの火屋を」のほか、次の詩句をふくむ作品がある。「ぼくらあるいは／驚くべき時間の倒錯のなかに住んでいて／歴史は後方へ後方へと／進んでいるのではないか」「ぼくらは／モヘンジョ・ダロの灯火を／はるかに望みうる地点に

／達しているかもしれない」（「そういう時は」⑤）

さらに読者はまた、「千年も二千年も先きのことを　知ることはできないし　知ってどうなるものでもない」（「INVISIBLE」）とのつき放した思いを表明している詩句も見出すはずだ。

文明のゆくえを案じる警世家としての三谷晃一は、この思いを伝えようとする。伝えることの希望を『東京急行便』のころはまだ確信していた。だから、「CQ　CQ　日本のどこかでまだ目覚めている人たち」「僕らは呼びかわす／お互いの名を」と言うことができた。しかし、『会津の冬』から後は、伝ええない思いがつよまってくる。

「いくら呼んでも／だれも来てはくれない」

「どの回路をどう繋げば／肉声がきみに伝わるものか」

「あんなにたくさん便りを書いたのに。／ひとつも返事が来ない」

「名乗り合うてだてさえなくした」

「君らに伝える言葉はない」（この部分、作品名を省略）

このくりかえし発せられる伝ええない思いは、はやい段階では親しい死者たちとの会話ができないという思いが中心だったが、文明の終焉を確信してからは「この確信を／いずこの空間に向って打電すべきか」（「ペンギン考」）、あるいは「得体の知れないいなにかになる前に。／だれにもそれを／伝える方法がないことだ」（「ホーキ星」⑦）とのごとくに、宇宙空間の暗がりの彼方に向けられている。

有我祥吉主宰の同人詩誌名を『宇宙塵』と命名したのは、同人のひとりであった三谷だと聞いている。この誌名は、宮沢賢治が言うところの、人がたべることによって人たりうるものとしての宇宙塵に因む命名かもしれない。しかし、わたしは、宇宙に遍在しているたくさんの塵のなかの特定の一個の塵、人の生存の場である塵、つまり、地球の意味をもたせて名づけたのではないかと考えている。そんな宇宙観、地球文明観を三谷晃一はもっていたのである。宇宙や地球にかかわる内容の作品は、「INVISIBLE」のほか、「影」「ホーキ星」「光点」など、枚挙にいとまがない。

6、要約も証明もできないなにか

人間の文明のありようを危惧する一方で、三谷晃一は自らをも問う。

一般に、ひとは少年から青年の時期に、自分という存在を問う。自分はどこから来たのか、自分はどこへ行くのか、自分とははたして何者なのか、自分はこのままでいいのだろうかと、つまりは自分という存在の根源を問う。そして、老年に至ってひとはふたたび自分という存在に向き合い、それを深く問うのである。そんななかで、生涯をとおして自らを問いつづけるひとがいる。彼はそのひとりである。

三谷晃一が自己という存在をどう認識してきたかを具体的な表現によって確かめることにする。

まず、初期詩集では、「黒い罪過の記憶／だれも　それを顧みるものはない」(「廃都」②)というように、「罪過」という宗教的な意識がくりかえし語られているのが注目される。おそらく、自分だけが生きて還ってきたという意識が罪過としてはたらいているのだろう。それだけに、「僕は／後悔を繰返さなければ／ならなかった」(「迷路について」)のである。自分の内側を覗きこむと、「継ぎ目なしのいちまいの皮膚に／すっぽり包まれた内部はくら」く、「永い幽閉」(「内部」⑦)に耐えているものがいると認める。

そんな思いを抱えて生きる自分をさまざまなものに見做して、詩人は「破片の一つ」「熱い泥でこねた不細工な／手榴弾みたいなカタマリ」「孵ることのない繭」「地上の／くろいしみ」「支柱もないひよわないっぽんの木」などと表現したのである。(この部分、作品名を省略)

晩年になると、辛抱ということばが多くなる。こころに罪過をいだき、つねに「まもなく／ぼくは帰らなければならぬ」(「Danny Boy」④)と決意を固めていながら、「帰るところのない人間」(「顔」)で、「手をつかねたまま／動きのとれないぼく」(「越天楽」④)にとって、〈恢復期(コンバレサンス)〉ではなかった戦後を生きるということは、言い換えれば、「じっとしんぼうして生きるほかには」(「太郎のはなし」④)ないのだと諦観しつつ、「やがて順番が／回ってくるのを／辛抱づよくぼくは待つ」(「病院で」③)ということであった。「暗くたそがれている」世界のかたすみで「ちんまり胡坐をかいて／不味くて固い／朝のパンを噛んでいる」(「影」⑦)わたしがいるのである。

そして、「まだ身支度の終わっていない／わたし」だが、「もう残りすくない／きょうの平安」に身を置いて、「神さまの指図を聴くことのできる／寛解の年齢になったのだろう」(「冬の太陽」⑦)との死生観をもつに至って、ながい待ち時間がようやく終わりに近づいているのを知る。

晩年の三谷晃一は、自分を旅びとになぞらえている。『河口まで』収載「旅びと」の一節を次に掲げる。

そしていつも
心のなかで考えているのは
帰る日のことです。
出かけるだけでなく
わたしは帰るのです。
そんなに遠くへ出かけるのなら

仮に帰るとしても待っている人はだれもいないでしょう。
それなのにわたしは帰るのです。

　もうひとつ、おなじ詩集『河口まで』の表題作の一部を読もう。子どものときにカンニブという巻き貝を採ったりして遊び、自分を育ててくれた川は、ひとの一生に相当する時間を経て、いまではすっかり姿を変えてしまった。

ある時わたしは　思い立って隣県の河口まで車を走らせた。片道一五〇キロもあったか。川はほとんど流れを止め　幅広い白のシートでも敷き詰めたようにただぼんやりと曇天を照り返し　その先に藍色の太平洋が見えた。要するにそこにはなにもなかった。

　河口は、川の終わりであり、海のはじまりである。ひとの一生が川の流れであるならば、自分がこれから行こうとしている生と死の境界に、なにがあるのかを確かめたいと思い立ったのである。だれもが知りたいと願っているそのことを、河口に立つことによって確かめられるのではないかとの思いである。

「要するにそこにはなにもなかった」というのがそこで得られた解答である。そんなものかもしれない。生と死の境界にはなにものも存在しないのかもしれない。

　北川東子『ハイデガー』（NHK出版「シリーズ　哲学のエッセンス」）に、

　意味がわかるというのは「ああ、そうであったのか」という納得の体験であり、それをもとに生きていけるということである。

との説明があった。〈わたし〉はここで納得の体験をしたのである。そして、こののちの残された生を生きてゆくちからにすることができたのである。

　これとは別に、街の雑踏を書いた詩「奈落へ」（部分）⑨は、もうひとつの河口の景観そのものをとらえている。

さようなら。
暗さが増している。
気が付くと
さきほどまで灯っていた照明も光を消した。
辺りは海のように
いやこれはもう海ですよ。
饐えた文明がもういちど始原へ還るのですよ。
うす甘くて
憎しみの溶け込んだ鹹い水が溢れて
人も人のかたちをしたものも

おぼろである。

ここには、川、人、文明の終わりが三重に重ねられている。

この章の冒頭で、ひとは老年に至ってふたたび自分という存在に向き合い、それを深く問うものだ、と書いた。「ただ単に／方角を指すに過ぎない言葉で／土地の名が表示される地方」（「東北」⑨）である〈東北〉で生をうけた者は、そのアイデンティティーをエミシに求めることが多い。たとえば、島尾敏雄は五六歳のとき「奥六郡の中の宮澤賢治」を執筆するための岩手への旅行で、あらためて〈東北〉への深い共感を確認し、非ヤマトとしての自らの出自に思いを馳せることになった。三谷晃一は、『遠縁のひと』に「わが祖アテルイ」を書いている。アテルイにかかわる遺跡を見ての作品である。

「多分かの異形の人形は／われらの遠い祖先であっただろう。／同時にわれら。／観念に導かれておなじ愚行を演じた／貴族たちの末裔でもある」

実際のところ、われわれの遠い祖先（遠縁のひとでもある）は、エミシなのか、エミシを征服した者なのか、混じり合った血縁の者なのか、と問えば、おそらく、詩人が指摘しているとおりなのだろう。この考え方は、先に確かめた「カクメイ・あるいは夢について」のなかで、「夢のなかの〈わたし〉は、ドンゴロスの樹であるとともにカクメイの戦士でもあった」という認識のしかたと同一のものなのである。

三谷晃一は、結局は自分を「輪郭不明。／実体不明」（「『人生』ということ」⑨）なもの、「要約も証明も出来ないなにか」（「要約」⑨）、そして「瞬時に遠ざかる存在の影」（「病院で」③）であると考えるに至るのである。

光りは歪むのだろう。
わたしに届くはずだった光りは
そのために
わたしを外れていったのだろう（「光り」⑦）

7、おわりに

最初に示したとおり、三谷晃一のオリジナルな詩集は九冊だが、ほかに次の著作がある。
⑩フランス語版『さびしい繭（抄）』（松尾正路フランス語訳・七三年）
⑪詩画集『ふるさとへかえれかえるな』（篠崎三朗画・企画室コア・七六年）
⑫詩集『きんぽうげの歌』（近代文芸社・八三年）

⑬『三谷晃一詩集』（日本現代詩文庫32・土曜美術社出版販売・八九年）
⑭『三谷晃一自選作品集・ふるさと詠唱』（「街こおりやま」社・九一年）
⑮詩集『星と花火』（文芸社・〇一年）
⑯『ふくしまの味』（ふくしま文庫⑩・FCTサービス出版部・七五年）
⑰紀行文集『グァダルキビル河のほとり』（福島民報社・八八年）

このうち、⑪は選詩集であって、同名の九藝出版から刊行した詩集とはまったく異なるものである。⑬⑭⑮も選詩集で、詩集未収載作品をふくむものがある。

この文章でとり扱った詩集のうち、『会津の冬』の後半「会津の冬」、『ふるさとへかえれかえるな』、『野犬捕獲人』のⅢ、『遠縁のひと』のⅡ、『河口まで』のⅢ、それぞれにふくまれている作品のほとんどには言及しないで終わってしまった。ここには、三谷晃一をはぐくみ、その精神を形成した、肉親、小樽、ふるさと、そこに生きる人びと、そして旅びとである三谷晃一の生涯の同伴者への心情を表した作品群がある。三谷晃一の詩のもっとも根幹をなしている部分であり、そしてまた、彼の詩を好む多くの読者たちが愛唱するのは、これらの詩篇だと思っている。あらためての機会に扱ってみたい。

そのかわりということではないが、九冊の詩集から個人的な好みで抒情的な作品を一篇ずつ選んだのが、次の九篇である。

「ぼたん雪」「眠りのなかから」「歌」「越天楽」「ある別れに」「破片」「ゆうびん、し」「ランプの火屋を」「石榴のいう」。

夭逝した詩人たちとその仲間

——『歴程』創刊前後の岩手を中心に——

（「草野心平研究」第7号（二〇〇五年五月　草野心平研究会）

石川善助の場合　一九三二年（昭和七年）六月二七日、泥酔した石川善助が、草野心平「天山」によれば「大森と大井の間の国電の小さな鉄橋から堕ちて」不慮の死を遂げた。当時の善助は、角筈に住んでいた心平の家の二階に転がり込んで、居候していたのである。善助の両親が急遽上京して、通夜を心平宅で営んだ。

石川善助は一九〇一年（明治三四年）仙台生まれの詩人

である。

　追悼文集『鴉射亭随筆』は天江富弥らによって三二年七月に仙台の鴉射亭友達会から刊行された。草野心平はその共同編集に加わって追悼句一句と「編集後記」を書いた。また、遺稿詩集『亜寒帯』は、逸見猶吉、草野心平、宍戸儀一が編纂し、高村光太郎と福士幸次郎の序文を付して、石川善助歿後四年を経た一九三六年一〇月、安部宙之介らの手で島根県大社町の原尚進堂から出版された。

宮澤賢治の場合　石川善助が歿して一年余りが過ぎた一九三三年（昭和八年）九月二一日、宮澤賢治が岩手県花巻町の自宅で死去した。草野心平は初七日である二七日に宮澤家を弔問した。このとき、彼は賢治の厖大な未発表作品の原稿が遺されていることを知った。
　賢治の死後、一一月一〇日付け『岩手日報』に「詩論」と題する二五〇字足らずの文章が掲載された。

　時雨でもあったのか。

　面も木膚もひえびえとぬれて白い風の下の幽な夜明。鋭く仲天に懸る三日月、足許に投出されたそいつの苦念。

　宮澤賢治氏の童貞（しりぞけた宗教）の前に石川善助氏の北海の頁（ママ）の宗教の前に、凍えつゝも尚且つ烈々と胸に詩火を炎々燃やした北国人の宿命と業とを仰ぐ。

　あゝ誰だかゞ善助氏へ一人の彼を理解する良き女の友を与へたらと言ふたが……

　詩は詩としての高い矜持を有すべく、参ぜんとするものは自らを高めて詩火の炎の洗礼をうけよ！

　　十月十五日
（『校本宮澤賢治全集』第十四巻・一九七七年・筑摩書房）


　ふたりの詩を評価し、ふたりの死を痛惜する思いが、率直かつ気負って表現されている。筆者は、この年の春に岩手県東磐井郡長島村の小学校で訓導になったばかりの青年、若松千代作である。

　若松千代作は、岩手師範に在学していた三二年ごろから、及川均や同人詩誌『天才人』編輯者菅原章人と知りあい、岩手医専の学生だった岡崎守洪とともに詩誌『河馬』に拠るなどして詩を書きはじめ、三三年五月からは佐伯郁郎の『文學表現』に参加した。ちなみに、長島村は東稲山の西麓にあって、北上川を挟んだ対岸に平泉の集落が見える位置にある。現在は西磐井郡平泉町の一部になっている。

　同年一一月二三日、花巻町役場の講堂を会場にして宮澤賢治追悼講演会が開催され、草野心平は「賢治を想ふ」という演題で話した。ほかに、吉田一穂や仙台の尾形亀之助が出席した。千代作も聴衆のひとりだったにちがいない。

一九三四年（昭和九年）一月に草野心平が編輯発行人の『宮澤賢治追悼』が刊行され、これを契機に『宮澤賢治全集』が具体化することになった。最初は書物展望社を版元とする六巻の全集が計画された。しかし、ほとんど無名に近い地方詩人の全集であるため、計画は頓挫し、改めて、草野心平ほか、高村光太郎、宮澤清六、横光利一の共同編纂によって、文圃堂書店から全三巻での刊行が八月に決まった。心平はその内容見本に「刊行の辞」を書いた。

若松千代作の場合　『宮澤賢治全集』の刊行を知った千代作は全巻の購入を予約した。このころ彼は痔疾を患い、仙台の医院で治療、いったんは退院したのだが、再発したため九月下旬に再入院して、二八日に手術を受けた。ところが術後の経過がわるく、一カ月後の一〇月二七日、脳膜炎症を併発し、意識が混濁してしまった。そのまま恢復することなく、若松千代作は一九三四年（昭和九年）一一月一九日、死去した。一九一三年（大正二年）一二月一日、岩手県江刺郡岩谷堂町（現、奥州市）生まれなので、満二一歳になっていない若さだった。

一〇月二九日、『宮澤賢治全集』の第一回配本、第三巻「童話」が予約者に届いたとき、千代作の脳はすでに昏迷に陥っていて、彼の手によって全集のページがひらかれることはなかったのである。

翌一九三五年五月、草野心平らの『歴程』創刊に前後して、同人詩誌『風』第八号が発行された。一年まえに同人に加わった千代作を特集する「若松千代作追悼号」である。千代作の写真、略歴、詩一二篇にあわせて、草野心平、森惣一、岡崎守洪、鈴樹昌、中野哲二、鵜川三夫、及川均、田中令三、佐伯郁郎の追悼文が収載されている。

草野心平の追悼文は「若松千代作氏の死を悼む」と題する八百字あまりの文章である。その冒頭に

その頃私は文圃堂へ行く度に、宮澤賢治全集の売行きがきになり、その申込書を見せてもらった。「ははあ。そうか。ありがたいな」と思った。若松千代作氏の名前もそこにあった。

と書いたあと、心平は

私は氏との交渉はなにもなかった。しかし氏の作品は『風』や『文章表現』や『岩手日報』などで拝見し

てゐた。（中略）氏がもう六七年も生きてゐられたならば、氏のほんとうに独自な境地を開拓されたやうに思ふ（中略）底にはやはり「若松千代作」といふつよい個性があったのである。

と述べている。

ここで、当時の『岩手日報』文芸欄を担当していた森惣一（本名、佐一）について触れておきたい。彼は、一九〇七年（明治四〇年）に生まれ、盛岡中学の生徒であったときから賢治と親交を結んでいた。四号から参加していた賢治の推薦もあって、森惣一は『銅鑼』第八号からその同人として参加し、心平とも知友となって、賢治と心平とがいっそう緊密なあいだがらとなる仲立ちの役を担った人物である。

森は一九二七年（昭和二年）に岩手日報社に入社した。週一回の文芸欄を担当し、また、岩手詩人協会を組織するなどして、多くの新人を発掘して、及川均、鈴木伸治などを育てた。そのひとりが千代作である。森惣一自身も「私は田舎新聞『岩手日報』の文芸の方の係をしてゐますので偶然にも若松千代作君の、最初の発見者たるの栄光を持って居ります」（『若松千代作遺稿集』序）と言っている。

森は荘已池という筆名も用いていて、「山畠」「蛾と笹舟」によって一九四三年（昭和一八年）に第一八回直木賞を受賞している。著書に『宮澤賢治』（小学館）などがある。一九九九年（平成一一年）歿。彼が草野心平の『学校』第七号に発表した詩「山村食料記録」を評価して、松永伍一は「森はこの一編だけで、日本農民詩史に記録されるべき詩人である」と述べている。その「山村食料記録」を書名にして、生前未刊だった森惣一の詩集が二〇〇三年（平成一五年）に出版され、詩人としての姿をようやく見せることとなった。

『風』の発行編輯人は、上京後の佐伯郁郎である。千代作がまだ師範学校の生徒だったとき、岩手日報社応接室で千代作をふくむ『天才人』の同人たちを森が佐伯にひきあわせ、挨拶を交わしたのが、唯一ふたりが対面した機会だったようだ。佐伯郁郎の「若松千代作に語る」には、「それっきり、君は昭和九年の夏、『上京しますから泊めて下さい。』と言ってきたまゝ、やがて病床からの便りとなってしまった」とある。佐伯郁郎は一九〇一年（明治三四年）江刺郡米里村人首（現、奥州市）生まれ。歿年は一九九二年（平成四年）。詩集には『北の貌』（一九三一年・平凡社）、『極圏』（一九三五年・耕進社）ほかがある。

個人的なことを補記しておくと、若松千代作はわたしの叔父（父のすぐ下の弟）であり、佐伯郁郎（本名、慎一）はわたしの母の従兄である。わたしの両親の結婚が一九三四年のことで、千代作が郁郎とのあいだに遠い親戚関係ができたと知ったのは、入院直前のことだったろうと思われる。

岩手県立図書館は、五月三〇日付で千代作の蔵書二五四冊を、養父若松正八から受贈した。そのなかには購入を予約していた『宮澤賢治全集』の第一回配本である第三巻「童話」がふくまれていた。

菅原章人の場合　若松千代作の死後三年余が過ぎた一九三八年（昭和一三年）三月、菅原章人、岡崎守洪、及川均を編著者とする『若松千代作遺稿集』が出版された。千代作の詩作品一一四篇と年譜のほか、「序」を佐伯郁郎と森惣一とが書き、巻末に岡崎守洪、鈴木伸治、及川均の「覚え書」が付されている。装幀は深澤紅子が担当した。

この遺稿集が上梓されるためには、千代作の詩友、岡崎守洪、及川均たち、なかでも菅原章人の、比喩としてではなく、いのちを賭した苦心があった。

以下、このことについての二、三の証言を同書から引用する。

わたしが越後へ来て、初めての冬を迎へたある日のこと菅原章人君が突然、雪の玄関に姿を見せた。なんの前触れもなしに。（中略）彼は丹念に整理された遺稿について語ること二時間許りで風のやうに出て行った。何物かに憑かれたやうに。（岡崎守洪「覚え書一」）

章人さんは命をなくした。なくした命の半分が、この詩集の原稿整理についやされたといって過言でない。均さんがみつけない作品をみつけて筆写し、同一作品の発表したもの、草稿のままのもの等の間にある相違点を細大漏らさず併記し、出所も一一丹念に調べつくしてあった。（鈴木伸治「覚え書二」）

お父さんは医師なので、お父さんに注射してもらひ、お母さんにご飯を食べさせていただいて、そんな風な病床で、菅原君は亡友若松君の詩集の仕事をしてゐたさうである。命を賭ける、といふことは、かういふ事をいふのであらう。定稿を得るために、ノオト、原稿、発表のものと三通りを、実にたんねんに調べあげ原稿に書き入れてあった。（中略）異稿があれば、何故異稿があるか、どこが違ふかを究明し、恐らく作者若松君以上に菅原君の方が若松君の詩作品について、詳しく知ってゐたであらう。（森惣一「序」）

このように詩友の遺稿集編集に没頭していた菅原章人は、また、ときおりひとりで座禅を組んでいた。一九三六年七月の末日、この日もふらりと宮城県登米郡石越村（現、登米市）の自宅を出た。いつもは一、二日で帰宅するのに、帰ってこない。家族が処々方々に手配したが杳として消息がない。秋になって、村の家並みを一望する小高い丘の中腹で座禅すがたのまま白骨となっているのが発見されたということである。二〇代半ばをまえにした夭逝だった。ほとけ名を虚空庵禅定一貫居士という。

菅原章人の構想は、詩に限定せず、小説、童謡、短歌、日記、感想など全作品を発表形とその出典、清書稿、草稿それぞれの違いを明らかにし、「およそ日本にかつてないと云うような詩集」（及川均「覚え書三」、たとえるなら、のちの『校本宮澤賢治全集』の形態に類する全作品集を一九三〇年代に実現しようとするものだった。ところが、菅原章人の歿後、出版費用の負担が岡崎と及川の肩にかかることになった。鈴木伸治は「覚え書二」で、及川均が「自分の詩稿も詩集を出すにいい程溜ってゐるのに、よれよれの洋服着てゐる貧乏な生活のなかから、ひとの詩集を出」そうとしているのを見かね、「佐伯郁郎氏に相談して、詩以外の作品は一先づはぶくことにした」と述べている。森惣一が確定稿を決め、原稿のほとんどを及川均が筆写した。こうして、発見できなかった三篇をのぞく若松千代作のすべての詩作品一一四篇（数えようによっては一三四篇）を収める遺稿集が出版されたのである。菅原章人が自死してから一年半後のことになる。

出版一カ月後にあたる四月二四日、及川均が「『若松千代作遺稿集』について」を『岩手日報』に書き、岩佐東一郎、菊岡久利、吉田一穂、宮崎孝政、安部宙之助、高橋新吉、高村光太郎、眞壁仁など一七人の反響を紹介している。

『岩手日報』の伝えるところによると、四月三〇日、岩手県公会堂内の多賀楼で「若松千代作遺稿集出版記念会」が開催された。出席者は、森惣一、及川均など二十余人で、『北上』の笹木是克、『熊』の中村千代吉、『白亜紀』の古舘霄一のほか、山内亮、北川亮、川村公人、比良勢津子、加藤文男、それに、菅原章人の弟である菅原政男の名前も見える。

鈴木伸治の場合　『若松千代作遺稿集』出版から半年後、一九三八年九月、同じ文明堂書店から『横田家の鬼』が上梓された。遺稿集の編集発行に力を尽くした及川均の第一詩集である。彼は千代作と同年の一九一三年（大正二年）、岩手県胆沢郡姉体村（現、奥州市）に生まれた。胆沢は北上川の西岸、その東岸が千代作が生まれ育った江刺である。

及川均は、のち『日本未来派』や『歴程』に参加し、詩集に『第十九等官』（一九五〇年一一月）、『焼酎詩集』（一九五五年二月）ほかがある。一九九六年（平成八年）八二歳で逝去した。

その及川均が、後年になって雑誌『新潮』（一九七三年・昭和四八年四月号）に「点鬼の唄」という詩を書いた。一節を紹介する。

チヨサクは辛夷の下を崖の道を走りに走って街の病院に入れられて
シンジは街の市場の大根の値のやすいのに怒って泣いて病院に入れられて
死んだ

青い樹液はふきあがり爆け

菅原章人の急死後、及川均とともに『若松千代作遺稿集』を編集したのがシンジだった。その後、上京した菅原伸治は佐伯郁郎の紹介によって職を得たものの、一九四〇年（昭和一五年）四月三〇日、結核によって品川の御殿山病院で死去した。（あろうことか、石川善助が不慮の死を遂げた場所に近い。）

この御殿山病院は「貧乏人ばかり集ってゐる肺病の施療院」で、伸治の日記に「大根の煮付が三つ皿にのって、それが夕飯だったこともある」と記されているような待遇だったという。おりから上京していた森惣一が訃報を聞き駆けつけると、鈴木伸治の遺体は、すのこに載せて病室などからも見えるベランダに放置されていた。森惣一は五月一一日の『岩手日報』に「鈴木伸治の死」を書き、悼んだ。彼もまた、二〇代で死を迎えたのである。

松永伍一は、『日本農民詩史』で「鈴木伸治はすぐれた素質をもちながら若くて未完成のまま死んだ不運な詩人であった」「詩がつぎつぎに変化していくことの、多才にみえる不安定性は、かれの二十八歳の死の不幸と重なっているといわねばならない」と評している。

一九四〇年八月発行の『白亜紀』第三号は「鈴木伸治追悼特集号」である。さらに、太平洋戦争が開戦して間もない四二年四月、及川均、森荘已池編による鈴木伸治遺稿詩集『黄海村（きのみ）』（三藝書房）が出版された。森が「序文」、佐伯郁郎が「跋」を書いた。黄海村とは伸治の生まれ故郷であり、みじかい生涯の多く、三歳までと九歳から二四歳までと、の生活の地である。現在は、東磐井郡藤沢町に編入されている。ここから北上川と県境とを越えてわずか二〇キロほど西へ行くと宮城県登米郡石越村（現、登米市）、菅原章人の故郷である。

青春のかたみとして　『宮澤賢治全集』における草野心平、高村光太郎、横光利一たちの場合といい、石川善助詩集『亜寒帯』における逸見猶吉、草野心平、宍戸儀一そして安部宙之助たちの場合といい、『若松千代作遺稿集』における菅原章人、岡崎守洪、及川均、鈴木伸治、森惣一、佐伯郁郎の場合といい、そしてまた、鈴木伸治詩集『黄海村』における森荘已池、及川均の場合も、友情が自己犠牲ともいうべき奉仕的なかたちをとって発揮されていることに、それは現代ではほとんど失われてしまって得がたくなってしまった高貴なものとしてうけとめられる。それは、若松千代作が二〇歳、菅原章人が二〇代前半、鈴木伸治が二八歳、石川善助が三一歳、宮澤賢治でさえ三七歳での、いずれもがはやくて無念な死であったことも原因するのだろうか。一九三一年（昭和六年）から一九四一年（昭和一六年）にかけての、中国柳条湖での日本軍の侵攻以後太平洋戦争開始にむかう時代の、空気を敏感に感じとった鋭い感受性の主たちが、自らの個性を時代のなかに埋没させせないために死を急いだ気がしてならないし、残された彼らの仲間たちは、彼らの詩と死とを自らの青春と友情のかたみとして残そうとし苦心した気がしてならない。

たとえば、二〇歳で早世した若松千代作に完成された作品を求めるのは不当で、混沌のなかにひそむ感受性や抒情性、風土性などにその可能性を見いだすべきだろうと思う。千代作がなしえたことは、彼と彼の詩を愛した詩の仲間たちとのあいだに構築した友情によって、そのかたみとしての『若松千代作遺稿集』を遺したことである。

織田秀雄の場合　若くして死んだもうひとりの詩人についても書いておきたい。

佐藤秀昭編『織田秀雄作品集』に付した栞に佐伯郁郎が「人間・織田秀雄」を書いた。

> どういうものか、わたしは織田秀雄と若松千代作が、二重うつしになるのだ。二人が同じ小学校の先生であったこと、胆沢と江刺の違いはあっても、同じ風土を故里としている風土性などが、老化したわたしのイメージを混迷させるのかも知れない。

これにつづけて、佐伯は織田との出会いも『岩手日報』文芸欄が機縁だったと述べている。このことも、千代作とはじめて出会ったのが岩手日報社の一室であったことと併せて、ふたりを二重写しにしているのかもしれない。さらに佐伯は、『農民』（農民文芸会）と織田の『天邪鬼』創刊に佐伯が参加した一九二七年（昭和二年）のことを、「織田秀雄は、その夏に、わたしの故里江刺郡米里村に、わたしを訪ねてきている」と回想している。

織田はその「岩手地方童言集」で、「私の仲間では石川善助、錫木碧など」と言及していて、善助とも知己のあいだがらであったことがわかる。

織田秀雄は胆沢郡小山村笹森（現、奥州市）で生まれた。及川均の姉体村とは至近の地である。小学校教員を退職した一九三〇年（昭和五年）一一月、岩手共人会事件で逮捕され、翌年、治安維持法違反を理由に懲役二年の判決をうけ、三二年一一月まで服役した。この事件で鈴木伸治も不起訴にはなったが約一ヵ月間留置され、森惣一も二週間拘留された。服役中から進行した病状が悪化し、織田秀雄は一九四二年（昭和一七年）に三〇代半ばで死去した。

それから四〇年ほどの年月を経、おなじ胆沢の佐藤秀昭によって発掘され、『織田秀雄作品集』でその全貌をあらわしたのである。

のちの世のこと、二、三

1、小熊秀雄賞と晩翠賞とを受賞した加藤文男は、わたしの選詩集巻末の「年譜」を読んだことを契機に、『独楽詩集Ⅳ』（一九九六年・独楽の会）に詩「『天才人』始末」を書いた。一九三八年の「若松千代作遺稿集出版記念会」出席者のなかに若き日の加藤文男が加わっていたのである。

2、『独楽詩集Ⅳ』には、偶然と言うべきか、長野県駒ヶ根市の細川基が「いなご」と題する詩を書いている。その一節。

こんな十代の稚拙な作を／石川善助と佐久間利秋が好きだと言い／この作を収めた小さな詩集を／真っ先に買ってくれたのは若松千代作／売れたのはその一冊だけの六十銭／やがて佐伯郁郎から若松の遺稿集が届き／なつかしい購読者を紙上拝顔／斯くして奇しくも東北の詩人と巡り合ったが／今はわたしだけが卒寿に近い旅の明け暮れ

佐久間利秋は福島の詩人。

3、織田秀雄の遺子、成田真はわたしと同じ町に住んでいて、五十年にちかい長い交際がある。かつていっしょに雑誌を発行した。著書に『梅桃桜』『名前負け』『消えた人形』がある。

［資料］

・『風』第八号「若松千代作追悼号」（一九三五年三月五日・佐伯郁郎）

・「故若松千代作蔵書寄贈図書目録」（一九三五年五月三十日受付・岩手県立図書館）
・菅原章人・岡崎守洪・及川均編著『若松千代作遺稿集』（一九三八年三月二十五日・及川均・文明堂書店発売）
・鈴木伸治詩集刊行会編『黄海村』（一九四二年四月二十九日・三藝書房）
・松永伍一『日本農民詩史』中巻（二）（一九六九年二月二十五日・法政大学出版局）
・『新潮』（一九七三年四月号）
・『校本宮澤賢治全集』第十四巻（一九七七年十月三十日・筑摩書房）
・佐藤秀昭編『織田秀雄作品集』（一九八〇年三月十五日・青磁社）
・『草野心平全集』第五巻（一九八一年五月二十日・筑摩書房）、同第九巻（同　年七月二十日・同）、同第六巻（同年十一月三十日・同）、同第十二巻（一九八四年五月二十五日・同）
・日本近代文学館編『日本近代文学大事典』机上版（一九八四年十月二十四日・講談社）
・鈴木展充『岩手の農民詩人の状況　「黄海村」の伸治の場合』（一九九〇年　九月一日・岩手出版）
・寺田弘編『独楽詩集』Ⅳ（一九九六年九月二〇日・独楽の会）
・いわき市立草野心平記念文学館編『「歴程」創刊同人展図録』（二〇〇三年一〇月四日・同館）
・『山村食料記録　森荘已池詩集』（二〇〇三年十月三十日・未知谷）
・『草野心平研究』第五号（二〇〇三年一一月一二日・同会）
・『「岩手の詩」年表（原本）』（二〇〇四年五月二三日・岩手県詩人クラブ）

実感的宮沢賢治

——そのファンタジーとユーモア

「新現代詩」第8号（二〇〇九年十月　龍書房）

宮沢賢治の童話「やまなし」に、月が明るく水がきれいな夜に蟹のこどもたちが眠らないでいると、お父さん蟹が出てきて「もうねろねろ。遅いぞ、あしたイサドへ連れて行かんぞ。」と言う場面がある。また、「風の又三郎」に、放牧地から逃げた馬を追って霧のなかで迷ってしまった嘉助が、「伊佐戸（いさど）の町の、電気工夫の童（わらす）ぁ、山男に手足ぃ縛らえてたふうだ。」といういつか誰かが話したことばを、幻聴する場面がある。童話の「種山ヶ原」にもこの〈伊佐戸〉という地名が出てくる。

原子朗編著『宮澤賢治語彙辞典』によると、〈伊佐戸〉〈イサド〉は、〈岩手県〉を〈イーハトヴ〉と言っているのと同様に、〈岩谷堂町〉のもじりであろうという。同書は「今でも土地の人の発音はイワヤドウのウが弱くイワヤドに聞こえる」とも説明している。わたしはこの岩谷堂町で育ったのである。たしかにわたしたちも〈イワヤド〉と言っていた。なかには〈iyeado〉と発音する人たちもいた。

岩谷堂町を流れる北上川の支流を人首（ひとかべ）川といい、上流に人首町がある。

人首町　（『春と修羅』第二集一八）

雪や雑木にあさひがふり
丘のはざまのいっぽん町は
あさましいまで光ってゐる
そのうしろにはのっそり白い五輪峠
五輪峠のいたゞきで
鉛の雲が涌きまた翔け
南につゞく種山ヶ原のなだらは
渦巻くひかりの霧でいっぱい（以下四行省略）

わたしの母は、蝦夷の首領悪路王の子である人首丸に由来するというこの「丘のはざまのいっぽん町」の人で、たぶんわたしは母の実家で生まれているので、わたしは人首丸の末裔だとみずからを称している。

岩谷堂をはじめ人首、種山ヶ原、五輪峠、そして鹿踊り、剣舞（賢治作品ではケンバイというルビが振られているが、わたしたちはケンベェと発音していた）など、わたしは少年期を賢治と共通する気圏で生きたのである。

高原　（『春と修羅』）

海だべがど　おら　おもたれば
やっぱり光る山だたぢゃい
ホウ
髪毛　風吹けば
鹿踊りだぢゃい

見はらしのいい場所に立ったとき、この詩を口ずさんでいる自分に気づくことがある。

思いだしてみると、映画「風の又三郎」（一九四〇年・島耕二監督作品）を見たのが宮沢賢治初体験らしい。戦中か戦後かさだかではないが、雨天体操場や学年集会場として使われる昇降口と呼ばれる広間で、暗幕を廻らして見た記憶がある。

ついでのことで言えば、中学生になっても新しい制度の中学校の校舎はまだなく、使われなくなった小学校高等科の教室を間借りしていて、ここで見たのが、ソ連で制作されたはじめてのカラー映画「石の花」や、あとでわかったことだがローレンス・オリヴィエ主演の「ハムレット」で、とくに後者からわたしはカルチャーショックを受けたのだった。もうひとつ、これらの外国映画より先のことだったと思うが、小惑星もしくは彗星が地球に大接近し、その引力によって一時的に地球の空気がなくなってしまうというSF映画も記憶している。なんというタイトルの映画だったのだろうか。この集会場でほかにも映画を見ていることだろうが、覚えているのはこれぐらいで、それだけに映画「風の又三郎」の印象はつよかったのである。

　夏になると毎日、上級生や下級生たちといっしょにわたしたちも人首川の〈さいかち淵〉と似たような場所で水遊びをして過ごしていたので、登場人物たちを身近に感じながら見たけれども、同時に恐い映画だったという印象もある。主題歌の

　　どっどど　どどうど　どどうど　どどう
　　あぁまいざくろも吹きとばせ
　　すっぱいざくろも吹きとばせ
　　どっどど　どどうど　どどうど　どどう
　　どっどど　どどうど　どどうど　どどう

は、いまでも歌うことができる。ただし、〈ざくろ〉は〈りんご〉だったかもしれない。すくなくとも『校本宮澤賢治全集』の〈青いくるみ〉や〈かりん〉ではなかった。

　中学生のとき演劇活動をしていた教師がいて、彼が脚色したのかどうか、彼の指導で「鹿踊りのはじまり」を何人かの同級生たちとともに演じたことがある。これが第二の宮沢賢治体験である。

　『春と修羅』所収「原体剣舞連（はらたいけんばいれん）」の

　　dah-dah-dah-dah-dah-sko-dah-dah

という剣舞（けんべえ）のリズムにも親しんでいて、そのリズムを口にすることができるが、それ以上にわたしの内側のリズムともいうべきものが鹿踊りのそれである。岩谷堂を中心とする江刺郡（現在は奥州市に含まれる）の各地には鹿踊りが伝承されていて、盆になると原体（はらでえ）（わたしたちの発音ではハラタイではない）だけでなく梁川（やながわ）、鶴羽衣（つるはぎ）などからくりだしてきて、門付けをしながら供養と悪魔払いをするのである。

　　たんたん　たんたん　たんたん
　　たんたんたんたん　たんしくたんしくたんしくたんし
　　く

と太鼓を打ちだし、
で舞いがはじまる。

　八頭の鹿がそろって舞うときは、

　　ざごんこ　ざごんこ　ざごんこ　ざっこ

と打ちならされる。
「鹿踊りのはじまり」は、嘉十が湯治に行く途中のすすきの原で一休みし、食べ残しの栃団子を鹿たちのためにうめばちそうの花の下に置いてゆくのだが、そのとき彼が〈あるもの〉をそばに置き忘れることからのできごとである。団子を食べたいのに〈あるもの〉がこわい鹿たちは一頭づつ交替でそれが危害を及ぼすものかどうかびくびくしながら確かめようとする。最後の一頭がそれをくわえてとり除くことに成功する。よろこんだ鹿たちが〈あるもの〉の周りを輪になって踊りながらうたうのが次の歌である。

のはらのまん中の　めっけもの
すっこんすっこの　栃だんご
栃のだんごは　結構だが
となりにいからだ　ふんながす
青じろ番兵が　気にかがる
青じろ番兵は　ふんにゃふにゃ
吠えるもさぁねぇば　泣ぐもさねぇ
瘠ぁせで長くて　ぶぢぶぢで
どぉごが口だか　あだまだが
ひぃでりあがりの　なめくじら

さて、この謎かけ歌の〈ひでりあがりのなめくじら〉とはなぁんだ？　答えは豆絞りの手拭い。こうして時間が過ぎて、夕刻ちかい太陽がはんの木の梢にかかったころ、栃団子を食べて満足した鹿たちは一頭づつ順に歌をうたう。そのひとつ。

お日さんは
はんの木の向さ、降りでても
すすぎ、ぎんがぎが
まぶし　まんぶし

宮沢賢治は、土俗信仰の色あいを濃く内蔵する伝承芸能としての鹿踊りの所作から得たイマジネーションによって、鹿たちと嘉十とのユーモラスでファンタスティックな世界をわたしたちに提示したのである。わたしたちは、いくつかの挿入歌があっていわばミュージカル仕立ての「鹿踊りのはじまり」に鹿踊りの所作を重ねて、その世界を楽しむことができたのである。
そこにこめられた笑いは、一時的に精神を解放しておわるようなたとえば爆笑や哄笑などとははるかに遠いところに位置する、しっとりとこころに刻まれてわたしたちが持続するする力になしうる笑いなのである。

黙さずそして従わず

「新現代詩」第1号（二〇〇七年四月）

丸山真男、鶴見俊輔、吉本隆明をはじめ多くの人びとが戦争協力・戦争責任の問題を論じてきた。しかし、『真壁仁研究』終刊号（〇七年一月刊）に「真壁仁の転向」を書いた新藤謙は、そのなかで、現在も「転向の問題、戦争協力の問題は未解決である。清算されない過去としてあることを、私どもは忘れてはならない」と述べている。

代表作『ブリキの太鼓』などによってナチスを糾弾しつづけてきたドイツの作家ギュンター・グラスが、七十八歳になった昨夏、かつてナチス党の武装親衛隊SS隊員だったことを告白し、おおきな波紋を起こした。

グラスの告白によれば、満十七歳になった直後の一九四四年十一月、通知があってドレスデンに赴き、そこで自分の所属がSSであるとはじめて知ったのだという。基礎訓練を受け、四五年二月、装甲師団の戦車砲手として国境でのソ連軍迎撃に参加した。四月二十日に負傷し、戦線を離脱した。ナチスドイツ降伏の半月前のことである。

このことを知り、当初は激怒したワレサ元ポーランド大統領も、六〇年間苦悩しつづけたグラスの事情を理解し、人びとの批難は終熄した模様だ。

十七歳と言えば、当時の日本では旧制中学五年生である。たとえば、四四年三月の石川県金沢中学校卒業生は、上位五〇名の半数が陸軍幼年学校、同士官学校、海軍兵学校に進学した。そんな状況は日本もドイツも同じだったろう。占領下の国々には抵抗運動に参加した十代の少年たちがいても、侵略国であるドイツや日本での反戦行動は単発的であり、とりわけ少年の参加はきわめてまれだったはずである。

彼らの内面にそのように生きることを刷り込んだ天皇、政治家、ジャーナリスト、教育者たちの責任を、新藤謙の言のごとく、曖昧に処理したままいまに至って、その付けを目のまえにつきつけられているのが現況である。

いまがあたらしい戦前であると感触されるとき、わたしはそのあたらしい戦争の責任を負いたくはないと思う。グラス少年を、あるいは、かつての愛国少国民だった自分をふたたび育てないためにも、最低限、黙したままなにもしないことを、そしてまた大勢と体制（regime）とに唯々として従うことをわたしは自らに禁じよう、と思う。

「沈黙する者は有罪となる」とはギュンター・グラスのことばである。

『蛙』と『大白道』

―二冊の草野心平詩集―

「みちのく春秋」２０２０年春号・34号
（二〇二〇年四月　本の館亜礼母禮）

わたしは、二冊の草野心平詩集を所蔵している。『蛙』と『大白道』だ。

1　詩集『蛙』

〈蛙の詩人〉とも称される草野心平は、戦前の一九二八（昭和三）年出版の『第百階級』、一九三八年刊行の『蛙』、戦後の一九四八年に上梓した二冊目の『蛙』、そして一九六四年に版行した『第四の蛙』と、あわせて四冊の〈蛙〉詩集を遺している。

一九三八年の『蛙』と一九四八年の二冊目の『蛙』とを区別するために、一九四八年版詩集の奥付に「定本」の文字があるので、ここでは後刊の詩集を『定本　蛙』と記述する。

詩集『蛙』は、十八篇の詩を収載して、一九三八年十二月十日に三和書房から「五百部限定」で出版した。

詩集『定本　蛙』は、一九四八年十一月八日に大地書房から「千冊限定」で刊行した。戦後ほどない時期の出版物のため紙質はいいとは言えないけれども、当時としては豪華本として遇されただろうと思われる。Ｂ６版の函入りの厚表紙には墨色で「蛙（かへる）」、扉には「蛙（かへる）」三文字を高村光太郎が揮毫し、扉の次ページに土門拳撮影の「ブル」と題された蛙のどアップ写真がつづく。高橋錦吉による装釘である。

『定本　蛙』の詩作品は、三部に別けられている。

第Ⅰ部の十篇は詩集『日本沙漠』（一九四八年）の第Ⅱ部に所収されている作品である。ほかに、目次には記載されていないが、作品「誕生祭」のあとに「追詩」、作品「ごびらっぷの独白」のあとに「日本語訳」が付記されている。

第Ⅱ部には、詩集『蛙』所収作品十四篇と「青イ花」、合計十五篇を収載している。なお、詩集『蛙』のうち次の四篇の詩「let me bleep, too.」「オ母サン」「妹」「on the tree.」は省かれている

第Ⅲ部の二十二篇すべては詩集『第百階級』所収の作品であるが、そのうちの六篇は改題されている。

以上、『定本　蛙』は、あわせて四十七篇の蛙の詩を収載した詩集である。

集中には、次の六人による蛙の素描が配されている。

岡鹿之助（11ページ）　吉岡堅二（27ページ）

福沢一郎（51ページ）　海老原喜之助（87ページ）
三岸節子（133ページ）　庫田叕（151ページ）

ついでながら、『草野心平全集』第一巻（一九七八年）には、右の『定本　蛙』の挿画とは異なる藤田嗣治・馬淵美意子・福沢一郎・三岸節子・海老原喜之助による五点の挿画が掲げられている。確認してはいないが、一九三八年版『蛙』に添えられた蛙たちの挿画なのだろうか。

巻末からの左開き1ページから11ページには、草野心平詩・深井史郎作曲「蛙・祈りの歌」の楽譜が掲載されている。奥付には〈大の字の蛙の姿〉を刻んだ印鑑が捺されていて、どうやら串田孫一の手になるもののようである。

わたしの所持している『定本　蛙』は、限定番号第八二六号だが、函が失われ、背表紙もなく、バラバラ状態である。

『定本　蛙』から一篇を次に掲げよう。

殺戮の恐怖の去ったあるひとときの千組のなかの一組

さうか。
おれもそだ。
だまってると。
どてっ腹むしりたくなる。
この天気はどうだい。
お天気はお天気にして出掛べや。
あいつらもやたら鳴いてるな。
んぐべ。
ああ　んぐべ。
どったどった音たててんぐべ。
ばか。なに笑ってんだ。
げっへ。おまへも笑ってっぺに。
んぐべっ。

この詩の話しことばは、草野心平が子どものころに親しんだ出生地のことばなのだろう。いわき市の中心街から国道399号線を北上すると、上小川がある。ここで幼時の草野心平は蛙と遊んだりしたことだろう。国道をなお進むと、天山文庫が設けられている川内村に至る。さらに北に向かうと、核災のため現在も居住が制限されている浪江町津島地区から国道399号線は、3・11のときの気流とおなじ北北西方向の福島市北部に至るのである。

詩集『第百階級』の（あとがき）の最後の一行は、

ぼくは蛙なんぞ愛してゐない！

である。蛙は、人間の謂いであろう。蛙のような人間なんぞ嫌いだという意味なのであろうか。

２　詩集『大白道』

「二河白道」という仏教語がある。水の川と火の川とを貪りと怒りとにたとえ、その二つの川に挟まれた一筋の狭くて白い道を信仰心にたとえて、煩悩にまみれた者であっても釈迦の勧めと阿弥陀の招きを信じて念仏につとめるなら、悟りに到達することができるという教えを説くことばだ。

草野心平の詩集名『大白道』は、こうした仏教思想に由来するものであろうか。

『大白道』は、Ａ６判、わかりやすく言えば文庫本の大きさで、白い表紙にグレイの紙カバーが付けられ、白抜き文字で「大白道」と記されている。著者自装。扉の前ページには、南京であろうか中国の都市の街頭を歩く著者の写真一葉が挿入されている。目次六ページ、詩本文一二〇ページ、作品数二十五篇。「覚え書」三ページ。太平洋戦争末期の一九四四（昭和十九）年四月二十日に甲鳥書林から出版した。

その後、三十年ほどを経過した一九七三年に、筑摩書房から『草野心平詩全景』を出版するさいに、草野心平は『大白道』の詩二十五篇のうち戦争協力詩と言うべき次の十二篇と「覚え書」とを削除した。

「われら断じて戦ふ」「沸きあがる歌」「海に眠る二つの軍艦」「万感なみだ溢るゝまなこで」「噫！軍神加藤建夫少将」「大東亜の新年を迎ふ」「撃チテシ止マン」「大青天」「大東亜戦争第二年の賦」「独伊その他の枢軸国が国民政府を承認した記念の宴にて」「新しい行進」「大東亜共同宣言国民大会」

例えば、「われら断じて戦ふ」には「紀元二千六百一年十二月八日霙ふる南京にて」と付記されている。西暦では一九四一年のこの日は、太平洋戦争開戦の日だ。当時、わたしは就学まえの六歳だったが、この日の朝のできごとを記憶している。また、詩「海に眠る二つの軍艦」のモチーフとなったマレー半島沖で日本軍がイギリスの軍艦二隻を撃沈した戦果を国民がこぞって喝采したことも、このことが講談社の絵本になったことも、記憶としていまに残っている。

もちろん、『大白道』にはこうした戦意昂揚作品だけが収載されているのではない。「六月二十一日の花の記録」とか「故郷の入口」といった詩もふくまれている。

『草野心平詩全景』出版から五年後の一九七八年に、おなじ筑摩書房から『草野心平全集』の刊行が始まった。『詩全景』では削除した『大白道』の作品も、草野心平はこの『全集』には収載した。

なお、詩集『大白道』の表題作「大白道」は、一八四四年の作品であるが、事前の検閲によって詩集への収載を認められなかったということだ。『全集』第一巻巻末の「著者覚え書」に掲げられていて、読むことが可能になった。

「大白道」は、戦死した帝国陸軍の兵士たちが大軍で、あるいは大群となって「天のおくがの大白道」を夜も昼も歩きつづけている様子を描く六十行あまりの長詩である。スペースの都合からその中間部分だけを次に掲げる。


夜となく。

ひるとなく。

無限の天の大白道を。

歩いてゐる。

もはや疲れることもなく。

眠ることも飲むことも。

飯盒もいらなく。

しづかにほほゑみ。

あの瞬間の無念さも。

あの瞬間の地団駄も。

あの瞬間の　天皇陛下萬歳も。

いまはとほくにかすみ消え。

夜もなく。

またひるもなく。

天のおくがの大白道を。

歩いてゆく。

何万人とも分らない。

皇国日本の兵たちが。

精神そのもののやうな微笑をうかべ。

音なく。

しはぶきひとつなく。

歩いてゆく。

何処から列がはじまって。

何処らで列はをはるのだか。

天のおくがの大白道を……。

『福島からの反響音――日本の詩人50人の発信』刊行に寄せて

『REVERBERATIONS FROM FUKUSHIMA　50 JAPANESE POETS SPEAK OUT（福島からの反響音―日本の詩人50人の発信）』（リア・ステンソン、猿川アロルディ編　二〇一四年　Inkwater Press）

本書の出版にあたり、まず福島の現況の概略を伝えることが必要と考えた。

二〇一三年十一月、福島第一原発四号炉の燃料棒の取り出しが始まった。核災（原発事故）発生から二年八か月後のことである。しかし、一〜三号炉のメルトダウンの状況は、いまだにその確認さえできていない。水素爆発による損壊と原子炉が発生させている高温などによって、原発建屋とそれを維持するための施設・設備の劣化の進行がはなはだしいのに、その場しのぎの対応しかできずにいる。放射性物質の大量放出と漏洩がつづいていて、いつなにが起きてもおかしくない状況である。こうした危機的状況は、チェルノブイリのケースを見ても、廃炉に到るまでには、ヒトの一生とくらべるほどの時間があっても解決できないだろうと推測される。

二〇一三年四月、避難区域が放射線量を基準に三区域に再編され、双葉郡内で五七〇か所以上の立ち入りを禁止する柵が新たに設置されて、道路の遮断がおこなわれた。

かくして、核災発生からまる三年になろうとしているいまも、十四万人を超える人びとが生活の根拠地を追われ、望んでもいない不如意な生活を強いられているのである。さらには、避難すべきと考えられる高線量の地にとどまったまま生活をせざるを得ないでいる多くの人びとがいる。このような棄民状態がいつまでつづくことになるのであろうか。

核災を発生させて世界中の人びとを震撼させた東京電力福島第一から二五キロメートルの町、南相馬市でわたしは暮らしている。この町に住みはじめた一九六二年には、日本にはまだ原発はなかった。日本で四番目の原発として東京電力福島第一の一号機が営業運転を開始した一九七一年に、発電所を見学・取材する機会を得た。そのとき、なぜ電力消費地から遠い過疎地に、人目から隠すように建設するのかという素朴な疑問を抱き、批判的な関心を持つようになったのである。一九七五年、国に対して原告四〇四名が、福島第二の原子炉一号機の設置許可処分取消し請求を福島地裁に提訴したとき、わたしは原告の一員となった。核災発生後は福島原発告訴団に参加し、告訴状を提出した。

人びとのいのちを奪うということだけでなく、人びとの故郷を奪い、暮らしを奪うということによって、戦争は重大な犯罪である。わたしたちは戦争犯罪の責任を問うことを曖昧にしてしまった。そのため、あのとき幸いにも生きながらえることができたとは思えない状況のなかに、いまわたしたちはいる。同様に、人びとのいのちと故郷と暮らしを奪う核災も重大犯罪である。この犯罪の責任の所在を曖昧にしたまま、核災の後始末を後代にゆだね、さらには、被曝の危険にさらすことになるのであれば、これから来る人たちに顔向けができない。若者たち、こどもたち、これから来る人たちのいのちに支障がないよう、わたしたちはあらゆる手だてを講じなければならない。

詩が時代を告発する役割を担っているものであるとするならば、詩人はことばをもってこの核状況を撃つべきであろう。詩を書くことによって原発立地地の地域的な問題を世界の普遍的な問題に重ねることが可能となるはずである。

本集に作品が収載されている福島県在住者は、根本昌幸、鈴木洋、太田隆夫、木戸多美子、若松丈太郎の五人、福島県出身者は、大久保せつ子、うおずみ千尋、芳賀章内の三人である。吉田真琴は故人となった。

いわき市の吉田真琴（一九三三年〜一九八七年）は、前述した福島第二の原子炉設置許可処分取消し請求が福島地裁によって棄却された一九八四年に、「重い歳月」を書き、原発問題の核心を的確に語っている。「原発はいつの日か／必ず人間に牙をむく」「この怪物を絶えず否定するところに／私たちの存在理由がある」「私たちがそれを怠れば／いつか孫たちが問うだろう／『あなたたちの世代は何をしたのですか』と」。彼には、原発労働者の被曝を扱った「新春に」のほか、「メッセージ」「チェルノブィリ原発事故に寄せて」などの作品がある。

根本昌幸は、放射線量の高い浪江町で暮らしていたため、三年後のいまも相馬市で避難生活をつづけている。望まずして故郷を追われ、暮らしを失うことがどういうことなのか、その思いを「わが浪江町」ほかで訴えている。木戸多美子「桃源郷」、大久保せつ子「故郷へ」、うおずみ千尋「魂が駈ける場所」も、それぞれの失われた故郷への思いを、それぞれのことばによって詠いこんでいる。鈴木洋は「除染という名のまやかし／2万年もの時を待たなければ／きれいにならないものを」と除染業者の懐を肥やすだけのその欺瞞を「除染」という作品で暴いている。核の「平和利用」とか「安全神話」とかの虚構に幻惑されてきたことの悔しさを、太田隆夫は「いのちこそたから」で述べ、子どもたちを思う。芳賀章内は、いのちの危機のとき、なお天と海の青を体内深くで胎児として育む妊婦に託して、「青の胎動」で希望を語る。

ここで、本集に作品を収載されていない福島県の詩人を紹介する。

わたしの知る限り、福島県在住詩人で最初に原発への危惧を詩にしたのは、一九七八年に福島第一構内のショールームを見学して「燃える蜃気楼」を発表した福島市の天城南海子（一九一五年〜二〇〇一年）である。そこで、彼女は「腐食の世界へ急ぐ蜃気楼／No.5・No.6・の増殖炉の彼方／わたしは視る／五十年後の廃墟の俯瞰図を」と言っている。五十年をまえにして、事態は破局を迎えてしまった。彼女には、北海道幌延の反原発運動への共感メッセージとして書いた「幌延へ送る挨拶」（一九八五年）などがある。

実際に原発内の労務に従事した人がいる。南相馬市在住のこんおさむは、八〇年代末から九〇年代初めにかけて原発労働者として福島第二、浜岡、柏崎刈羽などで過酷な環境のなかで働いた実体験を、「原子力発電所」や「原発定検」などのリアリティーがなまなましい作品として発表した。彼は、詩の一節で「高濃度放射能の中を泳いだ」と言っている。

「裸同志がぶつかり合って／同色の作業衣に着替え／何百人、何千人／顔が消え、名前が消え／一人になって／登録された番号で全てが処理される／汗だらけの作業の中で／／ゴム手袋の中では手指がふやけ／全面マスクは汗水を封じ／作業衣は濡れ雑巾／目の中、口の中に流れ込む汗は／午前と午後では味がちがう／／（略）嫌われ反対される原子力発電所／その内での人々は／囚人以上の暗い影を背負い／全てに反対も肯定もなく意志を殺し／黙々と予定内作業を行う」（「原子力発電所」部分）

南相馬市の佐々木勝雄は、二〇〇〇年に「海は　いま」で、「人は／快適を追い電気の消費に拍車をかけて／海辺に原発の増設を図る」「海はいま　そのことの是非を問いかけてくる／『足るを知れ』と」「人の心は惑う／惑いながら流されていく／足の踏み場もなくなるような／燃料としたウランなどの後始末を／どうするかも本気で語ろうともしないで…」と、みずからの生きようを問いただしている。自宅を失った彼は、いま市内の仮設住宅で暮らしている。

みうらひろこには、原発労働者の失踪を書いた詩「いってらっしゃい」や、使用済み核燃料搬出作業がおこなわれている一日を書いた「ニュースの日」（二〇〇一年）などがある。立地自治体に隣接する浪江町を去り、現在は相馬市での避難生活を余儀なくされている。二〇一一年に原発の町の不安な「夜」を書いた佐藤一成は、富岡町から郡山市に移って避難生活をつづけている。

箱崎満寿雄（いわき市・一九一四年～一九八八年）が「太陽の鳥」で予測したことが、いま現実となっている。

「地上を最後の時間にまで喰いつくす熱量／それ故、漏らさぬよう／暴れださぬよう密閉し／密閉している限りでは／「安全」を強調しねばならない／それは戦争の始めから終りまで／「勝つ」ことを強調し／「神風」の御幣に呪縛したと同じ重量で／そして反面には、それが嘘と判った時の／虚脱した時の軽さで」（「太陽の鳥」部分）

さて、本集収載の福島県外の詩人たちの作品のいくつかにも触れておかねばならない。

鈴木文子「夏を送る夜に」は、劣悪な環境で被曝し使い捨てられる作業員の問題を、一九八七年に批判した作品である。福田万里子「危険物埋蔵地」はチェルノブイリの汚染廃棄物問題を、武藤ゆかり「換気」は事故があるたびに飛散する放射性物質への心配を、それぞれ語っている。

志田昌教はその「ヘレン・ケラーのゆびさき」で、「広島を訪れたヘレン・ケラーは／被爆者のケロイドに直に触れ／原爆の悲惨さを理解した」と言い。そのうえで、「目はあっても何も見ることができず／耳はあっても何も聞くことができない」わたしたちと違って、「もしもヘレンがいま福島を訪れ／ゆびさきで大地をなぞったとすれば／どのような叫びがその皮膚を突き抜け／ヘレンの魂を揺さぶることだろう」と想像している。

石川逸子「チャーチロック＆フクシマ」では、核実験で被曝したアメリカン・ネイティヴであるチヴァホ族の老婆とフクシマで被曝した老婆とを登場させ、差別と棄民の問題を提示している。原発子「職歴が止まった日」は、事故発生五か月後に退職した元東電社員の内部告発と言っていい一篇である。三井庄二の「『生きものの記録』異聞」は、人が去った町に残された動物たちの生態を書き、双葉町内のアーチに記されている〈原子力　正しい理解で　豊かなくらし〉や〈原子力　郷土の発展　豊かな未来〉の逆説を批判している。

わたしたちはみずからが惹起した〈核災〉をまえにして、長い時間について考えなければならなくなった。下村和子「聴乎無声」は、縄文杉の七千年のいのちを物差しにして考察する。木島章「飼い犬が見つめていた」は「千年、いな万年」と、藤谷恵一郎は、「１００万年の詐取」で「己の数十年の繁栄に／日本列島／１００万年の時を詐取することに／なるのではないか」と憂う。

ヒトは不遜にも神の領域を侵して、自然界に存在しない放射性物質をつくりだしただけでなく、いのちへの想像力を欠いて、それを誤用し、悪用してしまった。そもそも、地震帯のうえに位置している日本列島で原発を稼働させること自体が問題であった。国内の五〇基を超える原発を再稼働することは、自分の居住地に原発があろうがなかろうが、あたらしい二〇一一年三月十日を生きることになるのである。

　これから来る新しい人たちのために、わたしたちはなにをすることができるのか。その思いを、北原亞稀人は「鼓動」で語る。

　中村純「新しい人に」、高良留美子「産む」を読んだあと、日本国の首相がもしも女性であったなら、関電大飯（おおい）3、4号機の再稼働を認めたり、外国に原発を輸出しようとしたり、福島第一の汚染水の影響は0・3㎢の港湾内で完全にブロックしていて、東京は安全であるなどと言ったりは、決してしなかったにちがいないと確信した。

　米国で本詩集『福島からの声・詩人の五〇篇』を出版されるリア・ステンソンさんに敬意を表するとともに、英語圏の多くの人びとが読んで、核廃絶への思いを共有してくださるよう、願っている。

金子光晴論

一篇の詩の予見　永劫に続く破滅的な構造

（『朝日新聞』福島版・一九九〇年三月五日）

どっからしみ出してくるんだ。この寂しさのやつは。

という一行ではじまる「寂しさの歌」を読むたびに、自分でも少々なさけないとは思うけれども、涙が、それこそ「しみ出して」きそうになるのです。

あゝ、しかし、僕の寂しさは、
こんな国に僕がうまれあはせたことだ。…
そして、やがて老、祖先からうけたこの寂寥を、
子らにゆづり、
樒（しきみ）の葉のかげに、眠りにゆくこと。
そして僕が死んだあと、五年、十年、百年と、
永劫の末の末までも寂しさがつゞき、
…をおもふとき、
僕は、茫然とする。僕の力はなえしぼむ。

「寂しさの歌」は金子光晴の詩集『落下傘』の最後に置かれている二百行を超える長い作品で、末尾に「昭和二〇・五・五端午の日」と付されています。詩としてのできばえから言えば高い評価は与えられないかもしれませんが、太平洋戦争末期の破滅的な構造のなかで書かれた日本人論あるいはその精神を形成した風土論でありながら、（にもかかわらず、）今日の状況をも予見しているところに重い意味があると考えています。つまり、一九四五年の日本人も一九九〇年の日本人も、そして言うまでもなく、その精神を形成する風土もひとつとしてかわっていないということです。

敗戦を経て、おおきな変革が実現されるものとばかり私は思い、（実現されそうなときもあって、）期待もしましたが、裏切られつづけてきました。しかし、『落下傘』の作者は、その跋文で「この詩の役目は一見終ってゐるやうにみえて、まだまだ終ってゐないとおもふ」と早くも戦後三年目に断じているのです。

しかも、高度経済成長の時代にはいった一九六五年に金子光晴は『絶望の精神史』を書いて「日本人の美点は、絶望しないところにあると思われてきた。だが、僕は、むしろ絶望してほしいのだ。…未来に故障がないというような妄想にとりつかれてほしくないのだ。しいて言えば、今日の日本の繁栄などに、目をくらまされてほしくないのだ。

…絶望の姿だけが、その人の本格的な正しい姿勢なのだ。それほど、現代のすべての構造は、破滅的なのだ」と警告を発しています。

金子の晩年の風狂とも見えた行動は、あいもかわらず能天気で絶望することを知らない日本人に対する絶望の果ての姿だったのでしょうか。

昨年来、世界の歴史的な変動を目のあたりにする一方で、これが日本人の意識変革にも及ぶのではなかろうかと期待したのでしたが、「僕が死んだあと、五年、十年、百年と、／永劫の末の末までも」と金子が言っていたことを思いだしてさえいれば、期待すべきことではなかったはずでした。

（未発表）

金子光晴の戦中詩篇

ことし、一九九五年は第二次世界大戦が終結して五十年目にあたることで、戦勝国や被占領国を中心に数々の記念行事が催される。日本では、その侵略戦争であったことを改めて反省し不戦の決意を表明する国会決議をしようという動きがある一方、これを骨抜きにしようという勢力もあって、この文章を書いている時点ではその実現が危ういものとなっている。

ところでまた、ことしは、一八九五年（明治二十八年）十二月二十五日に生まれ、一九七五年（昭和五十年）六月三十日に逝去した金子光晴の生誕百年、没後二十年にあたり、これもまた記念すべきことである。

その金子光晴は、日本現代詩史の那辺に位置させ、どう評価すべきかがむずかしい詩人であるとよく言われる。それには、一九二〇年ごろから晩年にいたるほぼ五十五年間におよぶ創作活動が多岐にわたることが大きな理由になっている。なかでも、戦中期の文学的業績と身の処しようをどうとらえるかという点に論議があって、評価にゆれが生じているようである。

戦後の、文学者の戦争責任追求と戦中期抵抗文学を掘り起こす作業のなかで、『鮫』『落下傘』『蛾』『女たちへのエレジー』『鬼の児の唄』の諸作品は抵抗詩ともてはやされ、金子は抵抗詩人と賞賛された。なかでも、櫻本富雄氏は、金子は戦争協力詩を書きながら戦後になって〈改竄〉して詩集に収録したと批判した。これをきっかけに七〇年代後半に〝金子光晴論の虚妄地帯〟論争がおこなわれ、その論議は断続的に現在にも及んでいる。

　戦時下の金子光晴をどう評価するかということで問題になるのは、乱暴に要点をしぼると、金子光晴は抵抗詩人か、戦争協力詩を書いたか、戦後に作品を〈改竄〉したか、の三点であろうか。

　戦後五十年を経てもなお多くの分野において、解決すべきでありながら、未決のままに残されていることがらが少なくない現状を見るとき、この年に生誕百年を迎える金子光晴の戦中期を検証しなおすことに意味をみいだしたいと考えている。


　柳条湖事件によって中国とのいわゆる十五年戦争に突入したのが一九三一年（昭和六年）で、金子が二度目の海外放浪を終えて帰国したのはその翌年であった。西欧列強諸国によって植民地化あるいは半植民地化された東南アジアで、白人による帝国主義的な政策の過酷さ、痛ましいまでにすさまじい植民地の精神的荒廃ぶり、さらには日本軍国主義の覇権が南方におよぶ気配、華僑の排日感情のとげとげしさなどの実状を、金子は直接的に実感して帰国したのである。

　こうした東南アジアの実状の実感とそのなかで苦しむ民衆への深い共感は、東南アジアまでたどり着いた金子に「十年近く離れていた詩が、突然かえってきた。それほどまでに自分が他に取柄がない人間だと意識したときは、そのときがはじめてで、その時ほど深刻であったことはない」（『西ひがし』七四年十一月・中央公論社）という体験をもたらすのだった。ここから金子の戦中期の文学は出発する。

　帰国した金子のまえに見えたものは、暴走をしはじめた国家と、ノーテンキな国民と文学者たちの姿であった。「一坪不足のお花畑。日だまりの平和。杖のうえで休息している労咳の胸」これは、見聞した日本詩壇の現況の喩である。かれは、さらに「詩人達はいまこの批評精神のない世界で、自分が神だと信じて放言して歩いても勝手な、一の癲狂院的存在にすぎない」と批判した。（「詩評」『エクリバン』三五年十月　中央公論社版全集第十五巻による）かれは、詩壇からはなれ、日本の詩人たちにないと見抜いた批評精神をもって、孤立無援の文学的反抗をこころみるのである。

＊

　深刻そうなこと、利口そうなことを、ナイーブらしいことを、人をたぶらかすそんなゼスチュアで自分もごまかされたさに、君、詩なんておかしくって書けますか（ね。心平ちゃん）。

それは誰のためでもない。病気である。
世紀の病気である。解体の道具であり、自壊である。
そんな意味で僕はいま誰のためにも書く親切はない。
自分のためさえも。

これは、主宰者である草野心平に語りかける口調で書き出した『歴程』一九三六年四月号「詩にかえて」の冒頭と、雑誌『反対』（三五年七月）の「誰のためにものを書くか」というアンケートに答えた文章の末尾である。（ともに中央公論社版全集第十一巻による）

これらの文章は、それまでの日本の詩人のだれもが書いたことのない、さまざまな詩法を駆使し偽装して当時の日本の現状をきびしく撃つ詩篇を収めた『鮫』を出版しようとしている当時の金子光晴のものである。詩集の「自序」でも「がつがつと書く人間になるのは御めんです。よほど腹の立つことか、軽蔑してやりたいことか、茶化してやりたいことがあったときの他は今後も詩は作らないつもりです」と宣言している。

原満三寿氏が編集した『金子光晴』（八六年十月・日外アソシエーツ）の「著作目録」によって帰国後敗戦までのこの期間に雑誌等に発表された作品をひろいだしてみた。

詩作品は合計七二篇、内訳は、のち『鮫』七、『落下傘』一二（うち『疎開詩集』九）、『女たちのエレジー』二〇（うち『疎開詩集』九）、『鬼の児の唄』三（すべて『疎開詩集』）、『老薔薇園』二、『人間の悲劇』一、中央公論社版全集収録一四（うち『疎開詩集』二）、『疎開詩集』にのみ収載一、未収録四、不明（複数の同一題名作品など）八、（ほかに、再掲作品三二）

散文作品は合計一二三篇、内訳は、のち『マレー蘭印紀行』六、中央公論社版全集収録五五（うち＊二九）、未収録六一、不明一、（ほかに、再掲作品一）

戦中期の作品を初出形で読もうとするとなかなか困難で、公刊された『鮫』『マレー蘭印紀行』のほかは、中央公論社版全集第五巻「詩拾遺」で詩一二篇、同第十五巻「拾遺」で詩二篇、散文二九篇（前表＊印）だけである。

一九五篇を年次別にみると、太平洋戦争期になってからは極端に減少し、とくに四三年以後の散文作品はない。

内容は、おおむね、詩壇時評的なものか、南洋ものというべき作品である。かりに南洋ものといえなくとも、東南アジアでの見聞を下に敷いた作品であった。『鮫』の「鮫」をはじめとする作品がそうだ。『マレー蘭印紀行』には、東南アジア民衆に対する感情的な共感とかれらの悲劇の背後にひそむものを見極めようとするなかで醸成される批判精神が見てとれる。このほかの戦中期の著書は『マライの健ちゃん』、それに翻訳『馬来』『エムデン最期の日』とされる。『エムデン最期の日』は、第一次大戦時ドイツ海軍の巡洋艦で〈インド洋の魔王〉とあだなされたエムデンが海戦に敗れるまでを扱った戦記だという。ヨーロッパ往復でなじんだ思いもあって、金子の意識のなかではインド洋も南洋の一部だったとしたら、戦記であろうが翻訳を承知しただろうと推理するのである。戦中期の五冊の著書はすべて南洋ものと言えそうである。

草野心平の詩集『大白道』に、昭和十七年十月という日付のある「故郷の入口」という詩があって、佳品である。また、いまは敵国になってしまった中国でかつて生活し、友人の多い草野の心情がつよくにじみでている作品「私は信じ私は待つ」「大きな夕焼けを眺めながら」なども ある。ところが、全集ではこれらの詩を読めない。理由は、戦争協力詩を収めた『大白道』所収の作品を作者がまるごと葬ってしまったからである。『大白道』(四四年九月再版・養徳社)は文庫版で一二四ページ、二十五篇の詩で構成されている。巻末に「覚え書」があって、

支那事変から大東亜戦争勃発までの時間は私には暗く、私はその間は殆んど蛙と富士とをうたってきたやうである。／けれども対米英宣戦布告のその日から私は俄然戦争をうたひだした。私にとってそれは実に自然であった。

と述べ、過半の作品がいわゆる戦争協力詩である。

三好達治詩集『捷報いたる』(四二年七月・スタイル社)は、紙を袋綴じにして和本仕立てふうに造本したA5判六十四ページに、二十篇の文語による戦争協力詩のみを収めている。

読み返してみて、金子の戦時下の詩は——すくなくとも詩に限定して言えば——これら草野心平や三好達治、そのほかの詩人たちの戦争協力詩とはあきらかに異なっている。

わたしたちは、金子の「『鮫』自序」や、「発表の目的をもって書かれ、殆んど、半分近くは、困難な情勢の下に危険を冒して発表した」(『落下傘』跋)、「晦渋な詩風は、全くあの時期に、発表の目的で作ったためだ」(『鬼の児の唄』あとがき)とのことばを信用していいのではないか。

金子光晴論の多くは、彼の戦時下作品を抵抗詩として論じている。

抵抗—レジスタンスといえば、第二次世界大戦中のナチス・ドイツ占領下のフランスで組織的におこなわれたそれ

を、まず思いおこす。抵抗運動を支えている社会に対して機能することのない抵抗文学などというものは存在しえないと思う。レジスタンス詩とは、アラゴンやエリュアールなど組織的抵抗に加担した詩人たちの〝参加〟の文学だったはずである。抵抗の基盤のないところに抵抗詩は成立しないのだから、プロレタリア詩の勢力が国家による弾圧をうけて解体していた当時の日本にそれを求めようとすることは無理な要求なのである。具体的には、限られた少数者のあいだでしか読まれなかった詩や、戦中に書かれながら戦後に公表された詩、つまりは金子の戦中期の詩は抵抗詩と言うことはできないと思う。

「戦争期は問題にならなかったですね、金子さんは。それはもっとつまらない群小詩人よりも問題にならなかった」という鮎川信夫の評価（鮎川信夫・吉本隆明・大岡信『討議・近代史』七六年八月・思潮社）はどうやら妥当である。金子は〝問題にならなかった〟詩人というポジションを得て、「僕はいま誰のためにも書く親切はない。自分のためさえも」（前出「誰のためにものを書くか」）との思いをもつことによってはじめて奇跡的な作品群を書くことができたのではなかろうか。

『落下傘』に収められている「さくら」について述べるなかで篠田一士は「しかし、この詩篇を戦争に対するレジスタンス詩とする読み方は、今日では、もう流行らないし、それでは、この作品が、戦争を身をもって経験しない読者にも、かならずや喚起するであろう面白さも、なにか他人事のように上滑りしてしまうだろう」（『現代詩人帖』八四年六月・新潮社）といっている。

金子光晴を抵抗詩人としてまつりあげることは、その全体像をみあやまることになりかねないし、むしろ、まつりあげることによる損失のほうが得ることよりも大きいようだ。

金子は、腹をたて、軽蔑し、茶化し、否定し、批判し、反逆する詩を書いた。しかし、抵抗詩を書いたのではない。

櫻本富雄氏の「金子光晴論の虚妄地帯―ルビンの盃と戦後の詩人たち」（『文芸展望』七六年一月一日）などによって、戦時下作品を戦後〝改竄〟したとして指弾された金子の詩は、『文芸』三七年一〇月号の「抒情小曲　湾」、『中央公論』三八年六月号の「洪水」、東京詩人クラブが編集し三九年八月に刊行した『戦争詩集』に収められている「タマ」の三作である。これらは、のちの『落下傘』収載作品となる。

しかし、『金子光晴研究　こがね蟲』（第八号　九四年三月）に、金子に依頼をうけた河邨文一郎氏によって戦中の四一年三月と四三年十一月に、それぞれ筆写された「金子光晴戦時下ノート『疎開詩集』復刻」が公開されたこと、四四年十月発行の『歴程詩集二六〇四』(今村冬三氏の『幻影解「大東亜戦争」』八九年八月・葦書房　による)の発見などによって、比較検討ができるようになり、すでに戦中に『落下傘』の決定稿にほぼ近いかたちに改稿されていることがわかった。

この三篇それぞれの初出稿、『落下傘』の決定稿、それに『疎開詩集』稿の比較には、原満三寿氏の「金子光晴『疎開詩集』論」(『金子光晴研究　こがね蟲』第九号　九五年三月)が見開きで対比できるよう紙面をつくっているので便利である。ただし、たとえば「やすらけく」ということばがすべて「やすけらく」となっているほか、引用が厳密でないのが惜しい。

こうした戦中期のケースだけでなく、金子は、発表後であってもたえず自作を推敲し、稿を改めていた。その二、三の例を挙げる。

長編詩『人間の悲劇』(五二年)の初期草稿が公開されている。最初に「No.4」が『現代詩読本　金子光晴』(七八年九月・思潮社)に発表されたあと、『金子光晴研究　こがね蟲』第一号(八七年三月)に「No.1」「No.2」、『同』第二号(八八年三月)に「No.3」、『同』第三号(八九年三月)に「No.5」までが明らかにされている。これによって、初期草稿を改め決定稿を形成してゆく推敲過程の一端をうかがうことができる。

金子の戦後の最初の詩集は四六年五月に故園草舎から出版した『香爐』である。二十五篇の初期作品による『香爐』は文庫版で厚さも五ミリほどのちいさな詩集である。この詩集と昭森社版全集第四巻「初期作品―父のみまかれるあと先の感傷詩」「同―一九一七年頃の詩」とを比較すると、その差異の大きさにおどろく。この両者の関係については、原形である「初期作品」のなかから『香爐』の作品を選んだときに改変し、のち昭森社版全集に収録するときに原形である「初期作品」は『香爐』とは別のかたちにさらに改変しているのではないかというのが、わたしの推測である。

また、昭森社版全集第四巻には詩集『赤土の家』が『改訂　赤土の家』として収載されていて、中央公論社版全集第一巻収載のかたちとは全面的に異なっている。このように、金子は詩集として上梓したあとの作品にまで手を入れているのである。

つぎに、具体的に〈改竄〉されているという箇所のなかでもっとも論議が集中しているのが、「抒情小曲　湾」の

戦はねばならない
必然のために、
勝たねばならない
信念のために、

という一連が、『落下傘』の「湾」では

もはや、戦場ならぬ寸土もない。

と〈改竄〉されたという点である。

作品を批判したり、分析・批評しようというときには、作品全体を提示すべきだろう。しかし、わたしに与えられたスペースでは、約七〇行の作品のふたつの形を示すことはできない。それゆえの一連四行だけの引用なのだが、じつはこのようなわたしの引用のしかたはフェアーとは言えない。なぜならば、この四行は、

一そよぎの草も
動員されねばならないのだ。

というつぎの一連二行と緊密な関連をもっているはずだからである。

この、「湾」の問題部分に関する以下の桜井滋人氏の読みはそのことをあきらかにしている。

「この箇所、二連六行は、ポエジーのありようは一応さしおいていうのだが、本来は一連ワンセンテンスで書かれても何のさしつかえもなかったものを金子さんは一行、アキ、を置いて、二連とし、しかも受身のかたちで、まえの四行を否定しているのだ。これがワンセンテンスであることは、まえの四行の終りの〈信念のために、〉の下には「、」、最後の一行〈動員されねばならないのだ。〉の下には「。」が打たれていることで、文法的にも明白である。」（桜井滋人『風狂の人　金子光晴』八二年三月・大陸書房）

これまで読んだ解釈のなかでわたしをもっとも納得させた読みかたである。これ以上でもこれ以下でもないだろう。しかし、なかには、たとえば、

戦はねばならない［という］
必然の［スローガンの］ために、
勝たねばならない［という］
信念の［スローガンの］ために、

など、字句をおぎなって読めばいいのだと述べ、なにがな

んでも金子光晴を擁護しようとする人もひとりならずいるようだが、こんな発言はひいきの引き倒しにしかならない。桜井氏も「行や言葉を加えなければ、わけがわからないような作物は、詩とはいえない」と言っていて、同感である。なお、櫻本氏が用いる〈改竄〉という語の用法もわたしの語感とはちがっていて、このことでも桜井氏に同意する。

金子光晴は、つねによりよい表現を求めて自作の改稿をした――その結果の可否はさておいて――が、改竄などはしなかったというのが、わたしの判断である。

なお、櫻本氏は「金子光晴論の虚妄地帯」で、『落下傘』の詩篇に付されている「日付が何をあらわしているのか、とうとう分明できなかった」といっているが、この日付は、以上のように発表後も推敲と改稿をつづけたのちのある段階――金子が決定稿と考えた段階――の日付に相違ない。

戦中期の資料発掘を根底にし、詩人をふくむ文化人たちの隠されていた所行を明らかにしている櫻本氏の困難な仕事の意義をわたしは貴重なものとして認めるものである。こうした地道な作業は、ほんとうは個人の手に委ねるのではなく、組織だてて行われていなければならなかったはずのものなのに、戦後五十年にもなるのに放置されているあたりに日本の貧困な文化のありようが見えてくる。

ところで、こうした仕事には留意しなければならない問題がある。つぎの、清岡卓行氏の発言は、五〇年代なかばに金子光晴が抵抗詩人として賞賛される一方、壺井繁治や岡本潤らの戦争責任が吉本隆明氏・武井昭夫氏などによって追及されていたときのものであるが、普遍性があるだろう。

「(戦争と戦後を通じる詩人の内部のたたかいに対して、そこに、無論理・持続性の欠如・表面的な変節を指摘する裁決の)論理がするどくえぐって見せる底よりも、更に深層部に、ことがおそらく本人たちさえ意識していないところに、壺井繁治・岡本潤の動きをよりよく説明できる一本の糸を通してみることはできないのだろうか? 少くとも、生命の糸を通すことができるならば、それよりも豊かな魂の秘密はあり得るわけである。批評とは、少くとも文学的批評とは、どのような結論にみちびかれるかは別として、非難であるより先に、分析であり、解明でなければならぬ。裁決の論理は、文学を政治的にまたは社会的にすくいあげるものであり、それ自身終止符としての役割しかもち得ない。文学制作に対しては、不毛の刺激となりかねない。(略)壺井繁治論なり、岡本潤論なりが、少くとも一度は詩人としてのかれらを愛したことのある人間の手によって、書かれなければならないだろう。矛盾はそこから、自然に浮かびあがるのだ。しかも、有機的な連関性をもって。（略）矛盾をどのように審判するかは、それからの話ではないのだろうか？　そのときこそ、はじめて、非難は、文学的制作への刺激になり得ると思われる」（『詩と映画／廃虚で拾った鏡』（六〇年十月・弘文堂）

〈虚妄地帯〉論争は迷路に入り込んでいるというのがわたしの感想である。

　詩に限定して言えば、という表現で、わたしは金子に戦争協力詩はないと述べた。しかし、これまで触れてこなかったが、金子の戦中期作品で批判の対象になったものはほかにもある。「空はうるはし」（『少女倶楽部』三九年十二月）、「初日の出」（『国民学校四年生』四二年一月）、「ビルマ独立をうたふ」（『日本少女』四三年十月）などと、刊本では『マライの健ちゃん』（四三年十二月）である。

　このうち、「空はうるはし」のあらすじは櫻本富雄氏の「金子論の虚妄地帯」（前出）に、『マライの健ちゃん』のあらすじは鶴岡善久氏の「栄光者の影の部分」（『現代詩手帖』六二年八月）に紹介されている。「初日の出」と「ビルマ独立をうたふ」は櫻本氏の『少国民は忘れない』（八二年十一月・マルジュ社）で全体を読むことができる。

　これら金子の作品には、東南アジアの子どもたちが登場する子ども向けのものという、ほぼ共通した特徴がある。

　戦時下の金子の著作活動に、東南アジア民衆への深い共感が色濃く反映されいるのだが、それは諸刃の剣として作用しているようだ。

　櫻本氏はわたしより二歳年上のようだ。したがって、敗戦の年は国民学校初等科六年生だったはずである。わたしとおなじ墨塗り派である。

　あの二学期のもっとも重要な儀式は教科書に墨を塗ることだった。資料によると、『初等科国語巻四下』（四年生後期用）はわずか五課をのぞき、他の十六課は全文を削除されている。だから、墨塗りの手間をはぶくために糊付けしたり切り取ったりした箇所がずいぶんあって、墨塗りを終えた教科書はページを繰るたびごとにごわごわする惨憺たる様相で机の上にころがっているのであった。

　そうした作業を教師の指示にしたがって十歳のわたしたちはもくもくと続けたのだ。このこころこわばる光景。いっさいがかわったのに、墨塗り作業を指示する教師は八月十五日を経ても同じ教師のままであった。

　かつてかれらが大東亜共栄圏建設のための聖戦だと言い、それを少国民であるわたしたちが信じ勝利を願ってきた戦争を、そのときかれらは侵略戦争であったといった。

かつてかれらが鬼畜と指弾し敵愾心をあおった米国を、そのときかれらはわたしたちが手本にすべき民主国家であると褒めそやした。神風が吹くこともなくあえなく戦敗し、不滅の神州とか八紘一宇の皇国などとは、もうだれも口にするものはいなくなっていた。すべてのおとなたちは、墨塗りを指示する教師をふくめ、その向いている方向をいっせいにかつあざやかに一八〇度転回してしまったのだ。

秋になって庭のすみに植えておいたヒマの実がとれた。ヒマ（トウゴマ）は学校から配られて植えたものである。すでに産油地から日本までの制空権・制海権を奪われていた日本は兵器などの燃料を供給できなくなっていた。そこで、国民を動員し、山野や街道並木などの松を切り倒しその根を乾留して〈松根油〉を作らせたり、学校を通してヒマを家庭で栽培させるなどして、燃料油の不足を補おうとしたのである。秋が来てそのヒマが実をつけた。しかし、もはや教師たちにヒマのことなどは念頭になかったようだ。

ヒマの実は迷彩をほどこした戦車に似ている。わたしは墨塗り教科書を脇によせ、ヒマの実の大戦車団を机の上に展開させた。そして、教科書もろとも机の上からおもいきり払いとばした。

十歳のこどもたちが教科書にいっせいに墨を塗っている膚寒い光景のなかで味わった、信ずるにたる確かなものは存在しないのだという深く暗い喪失感と不信感とは、わたしの原体験である。

墨塗りを指示しながら、あのとき教師たちはどんな思いをかかえていたのだろうか。かれらに直接的な戦争責任はなかったと思うし、そのことを問う気持ちはない。しかし、十歳の少年に与えた不信感はけっして小さなとるに足りない性質のものではなかったことを、逆に、十歳というおとなの世界を知らずひたすら信じるだけの年代であったからこそその存在の根拠を危うくされるほどのダメージをうけたという事実を語っておきたいのだ。

「空はうるはし」「初日の出」「ビルマ独立をうたふ」『マライの健ちゃん』をこどものだからいいじゃないかという発想からの発言はわたしには許すわけにはいかないものなのである。

年譜によって金子と日本文学報国会との関係を確かめておく。太平洋戦争開戦の翌年一九四二年六月、会が設立されると金子も入会し、七月の第一回大東亜文学者大会準備委員会に出席するが、途中で退場。十二月に大東亜文学者大会幹事会を辞退する。四三年四月、文学報国会主催「南方事情を聞く会」に出席したのち、同会との関係を絶つ、というのが一切である。

四二年十一月一日の『日本学芸新聞』に金子は「大東亜文学者大会に就て」という文章を寄稿している。その末尾の付記を引用する。

「附――大東亜文学者会第一回は、事情によって中華、満州、蒙古方面に限られてしまった。南方各地の人達は参加出席出来なかったことは残念である。南方の人達が来るに就いて御手つだいしようと思った私は、そんなわけで、何の役にも立たなかったことをお詫びし、幹事会も御辞退するわけである」(中央公論社版全集第十一巻による)

植民地支配下で苦しんでいる東南アジア民衆の解放の一助になるならばというはかない期待があったため、大東亜文学者大会準備委員会にのこのこ出かけて行き、絶望し、脱会するという行為にでたものと考える。同じ時期の「初日の出」「ビルマ独立をうたふ」『マライの健ちゃん』を書いたことにもそうした期待のあまさが反映しているようだ。

金子光晴とは何者であるか。何人かの詩人に語ってもらおう。

杉本春生は五五年に書いた「金子光晴にたいする断想」のなかで「彼の詩的思考は、純粋に彼自身の独自の所産であって、およそ生理的な感覚から昇華されたものである。彼には、特定のいかなるイデオロギイもない。彼の超俗的、もしくは反俗的な姿勢は、(略)時代や社会の衝撃を、肉体的感覚に投射して愛し、また拒否した、秩序からの欠落者の心象風景である」(『抒情の周辺』五九年九月・書肆ユリイカ)と、戦後いち早く金子の詩の拠ってくるところを鋭く指摘している。

三好豊一郎が「自我の錘　―金子光晴解題」(『ユリイカ』五七年八月号)で金子を規定している部分を要約すると、金子のニヒリズムは、時代思潮の否定的な反面と、かれ自身の東洋的虚無思想の影響によるもので、既存の価値否定者としての積極的な論理性をもたないから、単に消極的な否定と懐疑に止まらざるを得ないものだ、となる。

鶴岡善久氏は「金子光晴における反戦について」(『地球』第四十五号　六八年一月)のなかで、金子の『詩人』冒頭の「なんの用あって、この世に僕が生をうけたのか、よく考えてみると、いまだによくわからない」ということばをとらえ、『伊勢物語』を援用しながら「自問することによってひとつのトランスフィグレイション(変貌)が彼の内部においておきたのは想像にかたくない。そして、なんの用ある身であるのかという自覚によって、金子にはおそらくエゴイズムの理念がおきてきたのであろう。無用者にとってはつかえるべき「国家」などはまったく不要である」としている。

金子光晴とは何者であるか。身近にいてつねに観察していた森乾氏が語ったなかから抜粋する。

・一種のニヒリスト
・いつでもどこでも、遊び人だった
・相手によって話を変え、合わせてしまう
・日本人じゃなかったなあ
・大いなるエゴイスト、ということでしょうか
・ひと言で言えば、中国語でいう『没法子』の人間ということでしょうか

（文芸春秋編『想い出の作家たち1』九三年十月・文芸春秋）

おそらく、実像はそんなところであろう。

金子光晴には二つの全集がある。五巻本の書肆ユリイカ・昭森社版と十五巻本の中央公論社版だが、けっして満足できる内容ではない。原満三寿編『金子光晴』（八六年十月・日外アソシエーツ）の「著作目録」と照合してみると、戦中期作品の場合、すくなくとも詩が五篇、散文で六十篇以上が全集から洩れている。櫻本氏が発掘した「初日の出」は原氏の「著作目録」にも載っていない。ほかにも遺漏があることだろう。たとえば、戦中期の『少年倶楽部』や『少女倶楽部』などに書いた作品の多くが脱落している。戦後、高校家庭クラブ連盟の機関誌『F・F・J』で応募作品の選評をながらくしていたはずだが、これも全集には収載されていない。

金子は発表後もしばしば改稿を重ねたことはまえに述べたとおりである。初出のかたちはいうまでもなく、中間の改稿形も併載した全集の刊行を希望する。このほど『新・校本　宮沢賢治全集』の配本がはじまったが、金子光晴にもこのような全集が欲しい。わたしは、金子光晴の全貌を見たいのである。そのことによって評価が低下するというような詩人ではないはずである。むしろ、全貌を見せてさえいれば、作品を〈改竄〉したなどという濡れ衣を着せられることもなかっただろう。

わたしの父は洋服屋を営んでいたが、しだいにはかばかしくなくなり、住み込んで働いていた職人たちがひとりふたりといなくなっていった。中学生だったある日――一九五〇年ごろである――、その空いた部屋の隅にリンゴ箱がひとつ置かれているのを見つけた。中には二十冊ほどの本があった。おもに小説だったが、いまでも記憶しているのは、阿部知二『冬の宿』などで、詩集ではがっちりした装

丁の千家元麿『蒼海詩集』が印象にのこっている。ヒトラーユーゲントの写真集もあった。

それらのなかでわたしをとらえたのは三冊の詩集である。検閲によって内臓をばっさり切除されたナウカ社版『中野重治詩集』、茶色っぽい装丁で箱に入ったぶあつい『小熊秀雄詩集』（耕進社）、そしてこの二冊の二年後、三七年に出版された金子光晴詩集『鮫』の三冊である。

とりわけ、表紙から裏表紙にかけて〈鮫〉という墨書された文字が斜めにおおきくデザインされた奇妙な装丁の『鮫』を驚きをもって読んだ。詩をほとんど読んだことのなかった中学生がなんらの予備知識もなしにどれほどの理解に達しえたのか、いまでは検証しようもない。しかし、このときわたしは『鮫』の作品群に〝ほんもの〟だけがもっているリアリティーを感じ、なにかを読みとることができたと考えている。おそらく直感的な読みとしか表現しようのないはずのこのときの読みは、文学享受のありかたのもっとも根源的——ラジカル——なかたちで行われたのではなかったかとさえ思っている。『鮫』が発信するパルスにわたしの感性が同調できたのであろうか。

教師をふくむすべてのおとなたちがその向いている方向をいっせいに変えてしまう姿——これこそ金子が批判するものだ——を目撃し、信ずるにたる確かなものは存在しないのだという深く暗い喪失感と不信感のなかでわたしが求めてきたものにめぐりあえたという意識で震撼した。

武田麟太郎の子息、文章氏の「焼けた『鮫』」に「（『鮫』は）金子さんの記憶に間違いがなければ、私の記憶とつきまぜると、「二百部だした丈」のなかで売れたのは、数十部に過ぎぬということになる」（『現代詩手帖』七五年九月号）と書かれていて、その数十部の一冊がわたしの家にあったのは、そして、それをいまでもわたしが持っているのは、奇跡的だと思う。

詩集　真珠湾

主として戦争中に作られた詩編をあつめたもの。この時代の困難のために、この詩集は日のめをみないだろう。詩集は朽ちるかもしれない。しかし、詩集にある魂は朽ちないだらう。それは作者の天禀のためではなくて、この魂は人間がみな抱いてゐる真実だからだ。いつかまた人は自分をふりかへる時がくるだらう。それはもはや文学だけの問題ではない。人間の名誉の問題だ。　著者

（『疎開詩集』四三年十一月筆写）

「虚妄詩篇」について

＊「金子光晴の戦中詩篇」の異稿

（未発表）

ことし、一九九五年は第二次世界大戦が終結して五十年目にあたる。同時にまた、一八九五年（明治二十八年）十二月二十五日に生まれ、一九七五年（昭和五十年）六月三十日に逝去した金子光晴の生誕百年、没後二十年にあたり、これも記念すべきことである。

その金子光晴は、日本現代詩史のどのような位置に置いて、どう評価すべきかがむずかしい詩人であるとよく言われる。それには、一九二〇年ごろから晩年にいたるほぼ五十五年間におよぶ創作活動が多岐にわたることが大きな理由になっている。なかでも、戦中期の文学的業績と身の処しようをどうとらえるかという点に論議があって、評価にゆれが生じているようである。

戦後の、文学者の戦争責任追求と戦中期抵抗文学を掘り起こす作業のなかで、『鮫』『落下傘』『蛾』『女たちへのエレジー』『鬼の児の唄』の諸作品は抵抗詩ともてはやされ、金子は抵抗詩人と賞賛された。これに対し諸氏から異議が述べられた。なかでも、櫻本富雄氏は、金子は戦争協力詩を書きながら戦後になって〈改竄〉して詩集に収録したと批判した。これをきっかけに七〇年代後半に〝金子光晴論の虚妄地帯〟論争がおこなわれ、その論議は断続的に現在にも及んでいる。

戦時下の金子光晴をどう評価するかということで問題になるのは、乱暴に要点をしぼると、金子光晴は抵抗詩人か、戦争協力詩を書いたか、戦後に作品を〈改竄〉したか、の三点であろうか。

戦後五十年を経てもなお多くの分野において、解決すべきでありながら、未決のままに残されていることがらが少なくない現状を見るとき、この年に生誕百年を迎える金子光晴の戦中期を検証しなおすことに意味をみいだしたいと考えている。

柳条湖事件によって中国とのいわゆる十五年戦争に突入したのが一九三一年（昭和六年）で、金子が二度目の海外放浪を終えて帰国したのはその翌年であった。資本主義諸国によって植民地化あるいは半植民地化された東南アジアで、帝国主義的な支配政策の過酷さ、痛ましいまでにすさまじい植民地の精神的荒廃ぶり、さらには日本軍国主義の覇権が東南アジアにおよぶ気配、華僑の排日感情のとげとげしさなどの実状を、金子は直接的に実感して帰国したのである。
こうした東南アジアの実状把握とそこで苦しんでいる民衆への深い共感は、アジアにたどり着いた金子に「十年近く離れていた詩が、突然かえってきた。それほどまでに自分が他に取柄がない人間だと意識したときは、そのときがはじめてで、その時ほど深刻であったことはない」（『西ひがし』七四年十一月・中央公論社）という認識をもたらすのだった。ここから金子の戦中期の文学は出発する。
帰国した金子のまえに見えたものは、暴走しはじめた国家と、太平楽な国民と文学者たちの姿であった。「一坪不足のお花畑。日だまりの平和。杖のうえで休息している労咳の胸」。これは、「詩評」として書いた当時の日本詩壇の状況の喩である。かれは、さらに「詩人達はいまこの批評精神のない世界で、自分が神だと信じて放言して歩いても勝手な、一の瘋狂院的存在にすぎない」と批判した。（『エクリバン』三五年十月　中央公論社版全集第十五巻による）
かれは、詩壇から離れ、日本の詩人たちがもちあわせていないと見抜いた批評精神をもって、孤立無援の文学的反抗をこころみるのである。

> 深刻そうなこと、利口そうなことを、ナイーブらしいことを、人をたぶらかすそんなゼスチュアで自分もごまかされたさに、君、詩なんておかしくって書けますか（ね。心平ちゃん）。
>
> *
>
> それは誰のためでもない。病気である。世紀の病気である。解体の道具であり、自壊である。そんな意味で僕はいま誰のためにも書く親切はない。自分のためさえも。

これは、主宰者である草野心平に語りかける口調で書き出した『歴程』一九三六年四月号「詩にかえて」の冒頭と、雑誌『反対』（三五年七月）の「誰のためにものを書くか」というアンケートに答えた文章の末尾である。（ともに中央公論社版全集第十一巻による）
これらの文章は、それまでの日本の詩人のだれもが書いたことのない、さまざまな詩法を駆使し偽装して当時の日本の現状をきびしく撃つ詩篇を収めた『鮫』を出版しようとしているころの金子光晴のものである。詩集の「自序」でも「がつがつと書く人間になるのは御めんです。よほど腹の立つことか、軽蔑してやりたいことか、茶化してやりたいことがあったときの他は今後も詩は作らないつもりです」と宣言している。

原満三寿氏が編集した『金子光晴』（八六年十月・日外アソシエーツ）の「著作目録」によって帰国後敗戦までのこの期間に雑誌等に発表された作品をひろいだしてみた。

詩作品は合計七二篇、内訳は、のち『鮫』七、『落下傘』一二（うち『疎開詩集』九）、『女たちのエレジー』二〇（うち『疎開詩集』九）、『鬼の児の唄』三（すべて『疎開詩集』）、『老薔薇園』二、『人間の悲劇』一、中央公論社版全集収録一四（うち『疎開詩集』二）、『疎開詩集』にのみ収載一、未収録四、不明（複数の同一題名作品など）八、（ほかに、再掲作品三二）

散文作品は合計一二三篇、内訳は、のち『マレー蘭印紀行』六、中央公論社版全集収録五五（うち＊二九）、未収録六一、不明一、（ほかに、再掲作品一）

戦中期の作品を初出形で読もうとするとなかなか困難で、公刊された『鮫』『マレー蘭印紀行』のほかは、中央公論社版全集第五巻「詩拾遺」で詩一二篇、同第十五巻「拾遺」で詩二篇、散文二九篇（前表＊印）だけである。

一九五篇を年次別にみると、太平洋戦争期になってからは極端に減少し、とくに四三年以後に散文作品はない。

内容は、おおむね、詩壇時評的なものか、当時のことばで〝南洋もの〟というべき作品である。〈南洋〉ものといえなくとも、東南アジアでの見聞を下に敷いた作品であった。『鮫』の「鮫」をはじめとする作品がそうだ。『マレー蘭印紀行』には、東南アジア民衆に対する感情的な共感とかれらの悲劇の背後にひそむものを見極めようとするなかで醸成される批判精神が見てとれる。このほかの戦中期の著書は『マライの健ちゃん』、それに翻訳『馬来』『エムデン最期の日』とされる。『エムデン最期の日』は、第一次大戦時ドイツ海軍の巡洋艦で〈インド洋の魔王〉とあだなされたエムデンが海戦に敗れるまでを扱った戦記だという。ヨーロッパ往復でなじんだ思いもあって、金子の意識のなかではインド洋も〝南洋〟の一部だったとしたら、戦記であろうが翻訳を承知しただろうと推理するのである。戦中期の五冊の著書はすべて〝南洋もの〟と言えそうである。

櫻本富雄氏の「金子光晴論の虚妄地帯―ルビンの盃と戦後の詩人たち」（『文芸展望』七六年一月）などによって、戦時下作品を戦後〈改竄〉したとして指弾された金子の詩は、『文芸』三七年一〇月号の「抒情小曲　湾」、『中央公論』三八年六月号の「洪水」、東京詩人クラブが編集し三九年八月に刊行した『戦争詩集』に収められている「タマ」の三作である。これらは、のちの『落下傘』収載作品となる。

しかし、『金子光晴研究　こがね蟲』（第八号　九四年三月）に、金子に依頼をうけた河邨文一郎氏によって戦中の四一年三月と四三年十一月に、それぞれ筆写された「金子光晴戦時下ノート『疎開詩集』復刻」が公開されたこと、四四年十月発行の『歴程詩集二六〇四』（今村冬三氏の『幻影解「大東亜戦争」』八九年八月・葦書房　による）の発見などによって、比較検討ができるようになり、すでに戦中に『落下傘』の決定稿にほぼ近いかたちに改稿されていることがわかった。

この三篇それぞれの初出稿、『落下傘』の決定稿、それに『疎開詩集』稿の比較には、原満三寿氏の「金子光晴『疎開詩集』論」（『金子光晴研究　こがね蟲』第九号　九五年三月）が見開きで対比できるよう紙面をつくっているので便利である。ただし、たとえば「やすらけく」ということばがすべて「やすけらく」となっているほか、引用が厳密でないのが惜しい。

こうした戦中期のケースだけでなく、金子は、発表後であってもたえず自作を推敲し、稿を改めていた。その二、三の例を挙げる。

長編詩『人間の悲劇』（五二年）の初期草稿が公開されている。最初に「No.4」が『現代詩読本　金子光晴』（七八年九月・思潮社）に発表されたあと、『金子光晴研究　こがね蟲』第一号（八七年三月）に「No.1」「No.2」、『同』第二号（八八年三月）に「No.3」、『同』第三号（八九年三月）に「No.5」までが明らかにされている。これによって、初期草稿を改め決定稿を形成してゆく推敲過程の一端をうかがうことができる。

金子の戦後の最初の詩集は四六年五月に故園草舎から出版した『香爐』である。二十五篇の初期作品による『香爐』は文庫版で厚さも五ミリほどのちいさな詩集である。この詩集と昭森社版全集第四巻「初期作品―父のみまかれるあと先の感傷詩」「同―一九一七年頃の詩」とを比較すると、その差異の大きさにおどろく。この両者の関係については、原形である「初期作品」のなかから『香爐』の作品を選んだときに改変し、のち昭森社版全集に収録するときに原形である「初期作品」は『香爐』とは別のかたちにさらに改変したのではないかというのが、わたしの推測である。

また、昭森社版全集第四巻には詩集『赤土の家』が『改訂　赤土の家』として収載されていて、中央公論社版全集第一巻収載のかたちとは全面的に異なっている。このように、金子は詩集として上梓したあとの作品にまで手を入れているのである。

つぎに、具体的に〈改竄〉があるとされている箇所のなかでもっとも論議が集中しているのが、「抒情小曲　湾」の

戦はねばならない
必然のために、
勝たねばならない
信念のために、

という一連が、『落下傘』の「湾」では

もはや、戦場ならぬ寸土もない。

と都合よく書換えられたという点である。

作品を批判したり、分析・批評しようというときには、作品全体を提示すべきだろう。しかし、わたしに与えられたスペースでは、約七〇行の作品のふたつの形を示すことはできない。それゆえの一連四行だけの引用なのだが、じつはこのようなわたしの引用のしかたはフェアーとは言えない。なぜならば、この四行は、

一そよぎの草も
動員されねばならないのだ。

というつぎの一連二行と緊密な関連をもっているはずだからである。

この、「湾」の問題部分に関する以下の桜井滋人氏の読みはそのことをあきらかにしている。

「この箇所、二連六行は、ポエジーのありようは一応さしおいていうのだが、本来は一連ワンセンテンスで書かれても何のさしつかえもなかったものを金子さんは一行、アキ、を置いて、二連とし、しかも受身のかたちで、まえの四行を否定しているのだ。これがワンセンテンスであることは、まえの四行の終りの〈信念のために、〉の下には「、」、最後の一行〈動員されねばならないのだ。〉の下には「。」が打たれていることで、文法的にも明白である。」（桜井滋人『風狂の人　金子光晴』八二年三月・大陸書房）

これまで読んだ解釈のなかでわたしをもっとも納得させた読みかたである。これ以上でもこれ以下でもないだろう。しかし、なかには、たとえば、

戦はねばならない［という］
必然の［スローガンの］ために、
勝たねばならない［という］
信念の［スローガンの］ために、

など、字句をおぎなって読めばいいのだと述べ、なにがなんでも金子光晴を擁護しようとする人もひとりならずいるようだが、こんな発言はひいきの引き倒しにしかならない。桜井氏も「行や言葉を加えなければ、わけがわからないような作物は、詩とはいえない」と言っていて、同感である。なお、櫻本氏が用いる〈改竄〉という語の用法もわたしの語感とはちがっていて、このことでも桜井氏に同意する。

以上は一例である。金子光晴は、つねによりよい表現を求めて自作の改稿をした――その結果の可否はさておいて――が、改竄などはしなかったというのが、わたしの判断である。

つけ加えると、櫻本氏は「金子光晴論の虚妄地帯」で、『落下傘』の詩篇に付されている「日付が何をあらわしているのか、とうとう分明できなかった」といっているが、この日付は、以上のように発表後も推敲と改稿をつづけたのちのある段階――金子が決定稿と考えた段階――の日付に相違ない。

草野心平の詩集『大白道』に、昭和十七年十月という日付のある「故郷の入口」という詩があって、佳品である。また、いまは敵国になってしまった中国でかつて生活し、友人の多い草野の心情がつよくにじみでている作品「私は信じ私は待つ」「大きな夕焼けを眺めながら」などもある。ところが、全集ではこれらの詩は読めない。理由は、戦争協力詩を収めた『大白道』所収の作品を作者がまるごと葬ってしまったからである。『大白道』(四四年九月再版・養徳社)は文庫版で一二四ページ、二十五篇の詩で構成されている。巻末に「覚え書」があって、「支那事変から大東亜戦争勃発までの時間は私には暗く、私はその間は殆んど蛙と富士とをうたってきたやうである。／けれども対米英宣戦布告のその日から私は俄然戦争をうたひだした。私にとってそれは実に自然であった」と述べていて、過半の作品がいわゆる戦争協力詩である。

三好達治詩集『捷報いたる』(四二年七月・スタイル社)は、紙を袋綴じにして和本仕立てふうに造本したA5判六十四ページに、二十篇の文語による戦争協力詩のみを収めている。

読み返してみて、金子の戦時下の詩は――すくなくとも詩に限定して言えば――これら草野心平や三好達治、そのほかの詩人たちの戦争協力詩とはあきらかに異なっている。

わたしたちは、金子の「『鮫』自序」や、「発表の目的をもって書かれ、殆んど、半分近くは、困難な情勢の下に危険を冒して発表した」(『落下傘』跋)、「晦渋な詩風は、全くあの時期に、発表の目的で作ったためだ」(『鬼の児の唄』

あとがき）とのことばを信用していいのではないか。

金子光晴論の多くは、彼の戦時下作品を抵抗詩として論じている。

抵抗―レジスタンスといえば、第二次世界大戦中のナチス・ドイツ占領下のフランスで組織的におこなわれたそれを、まず思いおこす。抵抗運動を支えている社会に対して機能することのない抵抗文学などというものは存在しえないと思う。レジスタンス詩とは、アラゴンやエリュアールなど組織的抵抗に加担した詩人たちの〝参加〟の文学だったはずである。抵抗の基盤のないところに抵抗詩は成立しないのだから、プロレタリア詩の勢力が国家による弾圧をうけて解体していた当時の日本にそれを求めようとすることは無理な要求なのである。具体的には、ほとんどのひとに理解されなかった反戦詩、限られた少数者にしか読まれなかった反戦詩、戦中に書かれながら戦後に公表された反戦詩、つまりは、たったひとりで書き綴った金子の詩は、抵抗詩と言うことはできないと思う。

「戦争期は問題にならなかったですね、金子さんは。それはもっとつまらない群小詩人よりも問題にならなかった」という鮎川信夫の評価（鮎川信夫・吉本隆明・大岡信『討議・近代史』七六年八月・思潮社）はどうやら妥当である。金子は〈問題にならなかった〉詩人というポジションを得て、「僕はいま誰のためにも書く親切はない。自分のためさえも」（前出「誰のためにものを書くか」）との思いをもつことによってはじめて奇跡的な作品群を書くことができたのである。

『落下傘』に収められている「さくら」について述べるなかで篠田一士は「しかし、この詩篇を戦争に対するレジスタンス詩とする読み方は、今日では、もう流行らないし、それでは、この作品が、戦争を身をもって経験しない読者にも、かならずや喚起するであろう面白さも、なにか他人事のように上滑りしてしまうだろう」（『現代詩人帖』八四年六月・新潮社）といっている。

金子光晴を抵抗詩人としてまつりあげることは、その全体像をみあやまることになりかねないし、むしろ、まつりあげることによる損失のほうが得ることよりも大きいようだ。

金子は、腹をたて、軽蔑し、茶化し、否定し、批判し、反逆する詩を書いた。しかし、抵抗詩を書いたのではない。文学的反抗と抵抗詩とは別ものである。

詩に限定して言えば、という表現で、わたしは金子に戦争協力詩はないと述べた。しかし、これまで触れてこなかったが、金子の戦中期作品で批判の対象になったものはほかにもある。「空はうるはし」(『少女倶楽部』三九年十二月)、「初日の出」(『国民学校四年生』四二年一月)、「ビルマ独立をうたふ」(『日本少女』四三年十月)などと、刊本では『マライの健ちゃん』(四三年十二月)である。

このうち、「空はうるはし」のあらすじは櫻本氏の「金子光晴論の虚妄地帯」(前出)に、『マライの健ちゃん』のあらすじは鶴岡善久氏の「栄光者の影の部分」(『現代詩手帖』六二年八月)に紹介されている。「初日の出」と「ビルマ独立をうたふ」は櫻本氏の『少国民は忘れない』(八二年十一月・マルジュ社)で全体を読むことができる。

これら金子の作品には、〈南洋もの〉のなかでも特に、東南アジアの子どもたちが登場する子ども向けのものという、ほぼ共通した特徴がある。櫻本氏はわたしの二歳年上らしい。敗戦の年は国民学校初等科六年生だったはずで、わたしとおなじ墨塗り派である。「こどもものだからいいじゃないか」という発想からの発言は、教科書の墨塗り体験をもつわたしたちには許すわけにはいかないものなのである。

年譜によって金子と日本文学報国会との関係を確かめておく。太平洋戦争開戦の翌年一九四二年六月、会が設立されると金子も入会し、七月の第一回大東亜文学者大会準備委員会に出席するが、途中で退場。十二月に大東亜文学者大会幹事会を辞退する。四三年四月、文学報国会主催「南方事情を聞く会」に出席したのち、同会との関係を絶つ、というのが一切である。

四二年十一月一日の『日本学芸新聞』に金子は「大東亜文学者大会に就て」という文章を寄稿している。その末尾の付記を引用する。

「大東亜文学者会第一回は、事情によって中華、満州、蒙古方面に限られてしまった。南方各地の人達は参加出席出来なかったことは残念である。南方の人達が来るに就いて御手つだいしようと思った私は、そんなわけで、何の役にも立たなかったことをお詫びし、幹事会も御辞退するわけである」(中央公論社版全集第十一巻による)

植民地支配下で苦しんでいる東南アジア民衆の解放の一助になるならばというあまい期待があったため、大東亜文学者大会準備委員会にのこのこ出かけて行き、絶望し、脱会するという行為にでたものと考える。同じ時期の「初日の出」「ビルマ独立をうたふ」『マライの健ちゃん』を書いたことにもそうしたはかない幻想が反映しているようだ。

戦時下の金子の著作活動に、東南アジア民衆への深い共感が色濃く反映されいるのだが、それは諸刃の剣として作用しているようだ。ここを究明することが金子理解におおきく資するはずである。

戦中期の資料発掘を根底にし、詩人をふくむ文化人たちの隠されていた所行を明らかにしている櫻本氏の困難な仕事の意義をわたしは貴重なものとして認めるものである。こうした地道な作業は、ほんとうは個人の手に委ねるのではなく、組織だてて行われていなければならなかったはずのものなのに、戦後五十年にもなるのに放置されているあたりに日本の貧困な文化のありようが見えてくる。

今後、金子光晴全集が新たに編纂されるならという仮定でわたしの希望を記して、この稿を終える。

金子光晴には二つの全集がある。五巻本の書肆ユリイカ・昭森社版と十五巻本の中央公論社版だが、満足できる内容ではない。原満三寿編『金子光晴』（前出）の「著作目録」と照合してみると、戦中期作品の場合、すくなくとも詩が五篇、散文で六十篇以上が全集から洩れている。鶴岡氏が発見した『マライの健ちゃん』をはじめ、問題の翻訳なども抜けている。櫻本氏が発掘した「初日の出」は原氏の「著作目録」にも載っていない。ほかにも遺漏があることだろう。たとえば、戦中期の『少年倶楽部』や『少女倶楽部』などに書いた作品の多くが脱落している。戦後、高校家庭クラブ連盟の機関誌『F・H・J』で応募作品の選評をながらくしていたはずだが、これも全集には収載されていない。

金子は発表後もしばしば改稿を重ねたことはまえに述べたとおりである。初出のかたちはいうまでもなく、中間での改稿のようすも併載した全集の刊行を希望するものである。このほど『新・校本　宮沢賢治全集』の配本がはじまったが、金子にもこのような全集が欲しい。わたしは、金子光晴の全貌を見たいのである。そのことによって評価が低下するような詩人ではないし、むしろ〈校本〉全集をもってしかるべき詩人であるはずである。全貌を見せてさえいれば、作品を〈改竄〉したなどという濡れ衣を着せられることもなかったことだろう。

六道めぐりを構想
——晩年の金子光晴

「新・現代詩」八号（二〇〇三年四月）

手元の『詩と思想・詩人集二〇〇二年』（土曜美術社出版販売）には二八七人の詩作品がその生年月日順に載っている。そのなかで、わたしの位置はちょうど真ん中あたりである。わたしは今67歳、一桁目を四捨五入すると70歳、通常は老年と呼ぶ年齢である。そんなわたしが、アンソロジーに作品を寄せた詩の書き手たちの年齢の重心にいるということは、詩を書く人びとの人口構成がそれだけ老年に偏っていることを示しているわけだ。じわじわと老人の世界が拡大し、それは詩の書き手や読み手に関しても例外ではないということであり、二〇〇二年の出版界で「老い」をテーマにした出版物が話題になったのも肯けることである。

大岡信が編集した『集成・昭和の詩』（小学館・一九九五年）も『詩と思想・詩人集二〇〇二年』同様、99人の詩人の作品をその生年月日順に収載している。

その99人中、物故詩人は61人で、もっとも長命だった井伏鱒二をはじめとし、小野十三郎、春山行夫、北川冬彦が90歳台の長寿をまっとうしている。しかし、満80歳を超えて生きた詩人は17人に過ぎない。視点を変えると、物故詩人61人のうち44人は80歳まえに他界したという事実が見えてくる。そこには、わたしに対して、目前に迫った70歳台、おそらくわが生涯の最後の10年をどう生きたらいいのかという問いとして突きつけている現実があるということでもある。

『集成・昭和の詩』収載99人の詩人のなかで、先ほどの長命だった17人に次いで、満80歳にもっとも近くまで生きた詩人は、金子光晴である。彼は一八九五年（明治28年）12月25日に出生し、一九七五年（昭和50年）6月30日、気管支喘息による急性心不全で逝去した。満79歳だった。その金子の最晩年、十年間がわたしたちにとっての70歳台に、なんらかの示唆を与えてはくれないものだろうか。

金子光晴の詩人としての生涯をおもな著書によって区分けすると、

1、詩を書きはじめた一九二〇年代半ば
2、放浪を終え帰国した30年代後期
3、戦中三部作を書きためていた40年代前期
4、戦後三部作を書いた50年代前期
5、文明論に着手した50年代後期
6、文明論三部作を書いた60年代後期
7、自伝三部作を発表した70年代前期

ということになろう。

金子の最晩年十年間は60年代後期から70年代前期である。この時期の著書は、詩、小説、自伝、評論・エッセイだけに限っても30冊に達していて、金子の他の時期に比較して、特別に多い。しかも、おどろくべきは量的な面だけではない。質的側面についても言えることなのである。

金子光晴の仕事をどう評価するかという問題があるものの、おおかたは、右の時期区分のうちの30年代後期から40年代前期に至る戦中期の作品を彼のピークとみなすようだ。このことに異存はない。だが、60年代後期から70年代前期にかけての最晩年の仕事に対しても戦中期の作品への評価に劣らない高い評価を与えるべきだとわたしは考えている。

金子光晴の絶筆になった『六道』を読んだ大岡信は、「ダンテの『神曲』を念頭において」書かれていると断じた。この判断は、『風流尸解記』のなかの「言っておきたいことは、この物語が、(略)強いて言うなら『地獄廻り発端』とでも題名すべき類のものであるということである」との金子のことばを思い出させてくれる。

金子はいつの時点で「ダンテの『神曲』を念頭においた「地獄廻り」、あるいは人間の本質を究明するための『六道』を構想しはじめたのだろう。わたしはそれを、明確なかたちではなかったにしろ、64年、69歳のころからだったのではないかと推定している。

この時期の金子の身辺になにがあったか。

59年に弟大鹿卓、63年に妹河野捨子、友人の山之口貘と身近な人たちがあいついで死去し、61年には妻三千代の病状が悪化することもあって、自らも人生の晩期にさしかかったのだと嫌が応でも自覚せざるを得なかったはずだ。そろそろ人生の帳尻を合わせるときが来たと考えたのではなかろうか。65年の大河内令子との離婚と森三千代との再婚は、自分の死後に残される病妻を思んばかってのことと理解できる。

金子の身辺に不幸がつづくなか、一方で、一子乾が結婚し、64年に孫娘若葉が誕生したことによって、生を鼓舞されたのだろう。『神曲』に比肩する大構想を実現させようとする65年以後の充実した著述活動の推進源になったのは明らかである。

当時の社会情勢に触れておく。国外では、アメリカ軍が65年にヴェトナムで北爆を開始し、73年にヴェトナムから撤退するまで泥沼の戦争が続いた。この戦争は『定本金子光晴全詩集』収載「泥の本」に反映される。68年、パリで5月革命、チェコで二〇〇〇語宣言があって、冷戦構造を終焉させる準備が始まった。国内では、68年に建国記念日が復活し、明治百年祭がおこなわれるなどがあって、旧勢力がふたたび台頭してきた。雑誌『思想の科学』(66年一月)に「天皇陛下」(のち「臣民の絆」と改題して『残酷と非情』に収載)という一文を書いた金子光晴に対し、右翼による嫌がらせが止まなかった。ついでに書き留めておくと、金子の『絶望の精神史』(65年)に関しては、その天皇制と共産主義に言及した部分を削除し刊行するという出版社による自主規制があったという。70年反安保闘争をはさんで、東大安田講堂事件、成田三里塚闘争など、体制と反体制との激突は72年の沖縄復帰のころまで続いた。

こうした激動期に金子の最晩年が重なった。彼はこの間、69年に脳卒中と狭心症で二度、74年に高血圧で一度の入院をし、また慢性的な喘息に苦しんだものの、精神症状の兆候はみられず、活発な著述活動を営むことができたのである。

具体的に金子光晴の70歳台の主要作品を概観してみよう。

詩集は、書き下ろしの『ＩＬ』以下、『若葉のうた』、未刊詩集「泥の本」を含む『定本金子光晴全詩集』、『愛情69』『よごれてゐない一日』、未発表作品を含む『櫻桃梅李』、書き下ろしの『花とあきビン』まで七冊、それに没後刊行の『塵埃』、自伝と合冊した『鳥は巣に・六道』を加え、一年に一冊のペースで上梓している。

『ＩＬ』について、米倉巌は「キリスト教文化を主軸とした西欧文化に対する詩人の痛烈な批判」の書だと言う。キリストを地上にひきずりおろし、日本(東洋)という地獄を案内する。第三部「蛇蝎の道」は六道のひとつ畜生道あるいは餓鬼道を意識しているのではなかろうか。

『若葉のうた』への批判に対して、茨木のり子は「金子光晴の抵抗」の「拠点はマイホーム主義であり、生きのびる思想であっ」て、『反戦詩』から『若葉のうた』へまでは一すじの流れであり、(略)なんら異質でもなければ堕落でもな」い、と反論し、それに重ねて「人間そのものへのなつかしみの感情がめずらしく素直に出ていて、どぶろくの上澄みのような清明さを湛えている」と評している。ここで金子が描き出そうとした対象は六道の最上界である天道の聖処女である。救済を託すかのように。

『愛情69』には「性器と性器の接触のほかに、天地の無窮に寄りつけるものは、なにもない」(『ＩＬ』)という金子の世界観が投射されている。「生身の人の哀しさを感受し」た詩人によって「人間の愛情がまるで五百羅漢のようにさまざまに彫り込まれている」という中沢けいの感想は言い得て妙である。人は結界に据えた六地蔵や五百羅漢に祈りを捧げるのである。

晩年の自伝三部作『どくろ杯』『ねむれ巴里』『西ひがし』は、『マレー蘭印紀行』（40年）や『詩人』（57年）の全面的な改稿新著である。半世紀まえのことがらや経験を臨場感をもって鮮明に再現していて、現世のなかの地獄道めぐりからのレポートとして、金子の全著述のバックボーンをなす作品群だ。

　中野孝次はこれを評して「自己をふくめて人間の生の実体が（略）いわば裸の生存感そのものとしてとらえられてい」て、そこに見られる「人間への汎人類的な愛のごときもの」が「『人間であることの悲哀』を持つ人間を鼓舞する文章」であって、「晩年のずっしりと充実した仕事」になっていると述べている。

　金子はその後も自伝を書きつづけ、遺稿となった『鳥は巣に・六道』の「鳥は巣に」は未完のまま残されることとなった。

　この時期の小説は、『風流戸解記』と没後公刊の『樹懶（なまけもの）』の二冊だが、じつはこの二著の関係は、自伝における『詩人』と晩年の自伝三部作の関係と同様であって、『樹懶』は『風流戸解記』に先行する短篇集である。『樹懶』所収のもっとも早い作品「蛾」は49年に発表されていて、つまりは、『風流戸解記』は二十年まえから構想されていた作品なのである。金子光晴は、あるいは作家であるべきはずの人が、たまたま詩人と呼ばれることとなったのかもしれないと思いたくなる。

　清岡卓行は『風流戸解記』について、「底に流れているものは、敗戦直後という時期への哀惜にみちた挽歌であるように感じられるが、それが愛欲の物語であるというところに金子光晴独自の面目がある」と述べている。ここには六道のひとつ阿修羅道が描出されているのだろう。

　評論・エッセイのジャンルでは、文明論三部作とでも言うべき『絶望の精神史』『日本人の悲劇』『残酷と非情』が中核をなす。伊藤信吉は『絶望の精神史』を「〈負〉の日本的風土に対する文化論」であり、「本質的主題は天皇論であり戦争論だ」と評している。『日本人の悲劇』を「素手で（略）、支援してくれる思想的背景を持たず、みずからの自我だけを頼りに」「三世紀から二十世紀に至る日本人の軌跡を摑みとろうと」した「日本通史」だと述べているのは茨木のり子である。これらには、地獄としての日本とそこに生きざるをえない日本人の姿が描かれている。

　このように、金子光晴の最晩年、70歳台十年間の著作は、一見したところそれぞれにつながりがなく、ばらばらに書き散らされているかのようにも見えるが、詩、小説、自伝、評論といったジャンルを超え、じつはそれら全体をもって六道の多様な様相を、壮大なスケールと厚みをもって、またそのディテールをこまやかに、多面的にとらえようとしていたのだと知れよう。つまり、全著作をジグソーパズルのように組みあげたなら、そこには『神曲』に比すべき大作品の全貌が姿をあらわすはずであった。

『人間の悲劇』をはじめ、すでに公表した作品のほとんどををくり返し改稿した金子のことであるから、あと五年、85歳まで生きたなら、おそらく、完成された壮大な『六道』をわたしたちは読むことができたにちがいないと、確信しているのである。

こうして見ると、けた外れの人の晩年だから、わたしには参考にもならないが、彼の意図したことを確認することで、目前の未知の十年間への励ましになるのはまちがいない。

京都の東寺DXのかぶりつきには座るとシートがスポーンとはずれる椅子があった。毀れているのにわざと修理せずにいて、知らずに座ろうとした客が大きな音を立てて「堕ちる」と、常連客や劇場のおっちゃんたちは「また堕ちたぜ」とよろこんでいたふしがある。

死の二年前、京都を訪ねた金子光晴は、稲垣足穂に会ったあと、東寺DXに入り、かぶりつきに座ったという。彼も椅子からドーンと「堕ちた」のではなかろうか。

金子光晴の告別式のあと信濃町駅で電車を待っていると、スーツを脱ぎネクタイを外しながら中野重治がひとりホームにのぼってきた。おもわずわたしは声をかけてしまった。彼は代々木で電車を降りていった。東京のこの日は、日本の精神風土を形成した、金子が嫌ったひどい高温多湿の日だった。

［おもな参考資料］
茨木のり子『言の葉さやげ』（花神社・一九七五年）
中野孝次「解説」（金子光晴『どくろ杯』中公文庫・一九七六年）
佐藤泰正編『シンポジウム・近代日本文学の軌跡』（聖文社・一九八〇年）
米倉巌『金子光晴・戦中戦後』（和泉書院・一九八二年）
清岡卓行「解説」（金子光晴『風流尸解記』講談社文芸文庫・一九九〇年）
伊藤信吉「解説」（金子光晴『絶望の精神史』講談社文芸文庫・一九九六年）
中沢けい「解説」（金子光晴『女たちへのエレジー』講談社文芸文庫・一九九八年）
原満三寿『評伝・金子光晴』（北溟社・二〇〇一年）

はじめて読んだ詩　金子光晴「おっとせい」

「新現代詩」第二号（二〇〇七年九月）

はじめて読む詩が金子光晴「おっとせい」という設定の臨床実験があって、わたしはその被験者だったのではなかったのか、などとふと思う。

中学生のとき。わが家の使われていない部屋の隅に隠されるように置かれていたリンゴ箱に気づき、当然のことながら好奇心から開けたのである。中にはほぼいっぱいの本が入っていた。小説もあったが、ほとんどは詩集で、いま思い出せるのは、『小熊秀雄詩集』、『中野重治詩集』、千家元麿『蒼海詩集』、田木繁『機械詩集』、小説では阿部知二『冬の宿』など一九三五年前後の出版物である。

朝鮮戦争が開戦する一九五〇年六月以前の当時は、粗末な出版物があたりまえだったので、わたしが生まれたころにつくられた書籍のうつくしさにまず目を奪われた。なかでもま四角にちかい変形版でがっちりした造本の『蒼海詩集』（一九三六年八月・文学案内社）がうつくしかった。分厚い『小熊秀雄詩集』（一九三五年五月・耕進社）は雰囲気が好ましく感じられた。検閲によって詩集の一三七ページから一六〇ページまでが切り取られ、「新聞にのった写真」「兵隊について」「壁新聞をつくるソ同盟の兄弟」「×××新聞第百号」「待ってろ極道地主めら」「夜苅りの思ひ出」が削除された『中野重治詩集』（一九三五年一二月・ナウカ社）の異様な姿は過去がどんな時代だったかを如実に語っていた。

そのころのわたしは、ガリレオ・ガリレイの伝記、ハーサニー著『星を見つめる人』などを愛読する天文少年だった。敗戦後の教科書墨塗り体験の後遺症をかかえるわたしは、ガリレイが宗教裁判で有罪判決をうけたさい「それでも地球は動く」とつぶやいたという伝説？　にあこがれ、不変のものは人間の外にしか存在しないのではないかなどと考えたりしていた。しかしその一方で、世俗的なことがらから脱しきれないでもいた。「ゆられてゐるのは、ほんとうは／からだを失くしたこころだけ」（金子光晴『人間の悲劇』No.8「くらげの唄」部分）そのままの、いわば、浮游するくらげ状態で生きていたのだ。

そんなわたしがリンゴ箱の本によって詩の洗礼を、それはおそらく一般に人びとが詩とかかわることになるケースとは異なる偏ったかたちで、受けたのではなかったろうか。

もっともつよくわたしの内側に訴えてくるものがあったのが金子光晴『鮫』(一九三七年八月・人民社)だった。外函をはずすと、郁達夫が墨書した「鮫」という文字がおおきく斜めに表紙からはみだして大胆にデザインされた意表をつく装幀の、『鮫』はわずか七篇の作品からなる詩集である。わたしはそのなにに魅せられたのだったろう。いま読み返してみての推測では、おそらく詩集冒頭の「おっとせい」にもっともはげしくこころうたれたのではなかったろうか。

そのいきの臭えこと。
　くちからむんと蒸れる。

と書きだされる観察と想像とを織りまぜたおっとせいの生態描写には、それまでに読んだ日本語のどんな表現よりもリアリティがあった。読みすすめるとおっとせいは人間の比喩だとすぐ理解できる。〈おいら〉もその群れのなかの一匹だ。

うすぎたねえ血のひきだ。あるひは朋党だ。そのまた
　つながりだ。
(中略)
そのいやしさ、空虚しさばっかりで雑鬧しながらやつ
　らは、みるまに放尿の泡で、海水をにごしていった。

第三連で「おっとせい」はつぎのように結ばれる。

だんだら縞のながい影を曳き、みわたすかぎり頭をそ
　ろへて、拝礼してゐる奴らの群衆のなかで、
侮蔑しきったそぶりで、
たゞひとり、
反対をむいてすましてるやつ。
おいら。
おっとせいのきらひなおっとせい。
だが、やっぱりおっとせいはおっとせいで
たゞ
「むかふむきになってる
おっとせい。」

旭日をまえに整列して「だんだら縞のながい影を曳き、みわたすかぎり頭をそろへて、拝礼してゐた奴ら」の掌を返したような変わり身の早さと無節操さとをまのあたりにしたから、この詩を読んで、おっとせいとして生きることが自分に課せられているのなら、自分もこの詩の〈おいら〉

に倣って「むかふむきのおっとせい」として生きようところにきめたのだった。

それまでに詩を読んだことがなかったわたしは、金子光晴がなにものであるかも知らず、ただ、そこに書かれているものを、これこそが詩というものなのだろうと思いこんだ。そして、詩を書くこともわるくはないなと考えたのである。

高校に入学してからは創元選書の『金子光晴詩集』を手に入れ、くりかえし読んだ。だから、縁なし眼鏡をかけたキザな国語教師が教室で島崎藤村の作品を得意げに朗唱するのを聞きながら、「こんなものは詩なんかじゃないんだ」と内心でつぶやいたものである。

いま改めて読み返してみて、「おっとせい」がすこしも古びていないこと、さらには二一世紀初頭のわたしたちが直面している現実をもみごとに言い当てていることに気づく。

「やつらのみあげるそらの無限にそふていつも、金網があった。」は、フランスとドイツの国境に敷設されたマジノ線からの連想だと推測されるが、いま朝鮮半島や死海のほとりに限らず、地球上のあらゆるところに有刺鉄線や壁がはりめぐらされている。また、汚染物質のたれ流しなどによる地球規模の環境破壊を「やつらは、みるまに放尿の泡（あぶく）で、海水をにごしていった。」といい、進行する温暖化の深刻なさきゆきを「やつらをのせたこの氷塊が、たちまち、さけびもなくわれ、深潭のうへをしづかに辷りはじめるのを、すこしも気づかずにゐた。」と予見しているのだとしたら、やはり金子光晴はただものではない。そう思う。

金子光晴の小品から一篇を選ぶなら、それは詩集『女たちへのエレジー』所収の「洗面器」以外には考えられない。そのおしまいの二連を引用する。

人の生のつづくかぎり
耳よ。おぬしは聴くべし。

洗面器のなかの
音のさびしさを。

この作品はわたしたちに、詩を書くうえで拠って立つべき場所を示してくれてもいるのではなかろうか。

芸術論・エッセイ

もうひとつの教室

「苑」一九九〇年三月号

おりおりに見た映画のワンシーンが甦るときがある。それは、夜のマンホールのなかから差し出された指さきであったり、戦場の村の葬列の太鼓であったり、俯瞰された広漠たる砂漠であったりする。

すぐれた文学がそうであるように、映画が喚起するつイマージュもまた私たちを新しい体験——それは疑似的ではあるが——の世界へといざなってくれる。

映画館は、私にとってもうひとつの人生の教室であった。戦中の少国民であった私たちが見せられたものといえば戦意高揚映画ばかりであったから、そうではない映画、たとえば「風の又三郎」(たぶん、島耕二監督の一九四〇年作品)などは今でもいくつかのシーンを思い出すことができ、私が見た〈最初の映画〉と言ってさしつかえない印象の深さがある。

戦争が終わって、外国映画も学校の講堂などで上映されるようになる。はじめて見たカラー映画「石の花」(ソ連、A・プトウシコ監督)の美しさにもおどろいたが、ローレンス・オリヴィエの「ハムレット」(英国)を見たときには、中学生だったけれども、明らかにカルチャーショックと言える体験をしている。異文化の存在を知り、そうしたものへの関心を持つきっかけとなった。

叔父はよく寿司屋に連れていってくれたり、映画を見せてくれたりした。値段が高いのも知らずに生海老をどんどん握ってもらったものである。映画もずいぶんねだった。私に味覚と精神のぜいたくをさせてくれた叔父には今も感謝している。

学生時代は、大学の講義を受けているより映画館にいた時間のほうが長かったのではないかと思うほど、よく見た。名画座があって学割もきいたので、そんなことができたのである。フランス映画週間などがあると毎日通うのである。いろいろな人間と出会い、その生き方、その感情から学んだことは、貧しい実人生の体験をおぎなう意味でも、私を豊かにしてくれたはずである。

ちかごろは、在京する息子の住まいを足がかりに、年に三回から五回ほど、一、二泊して映画・演劇・美術展などを見て来るのが習わしのようになっている。昨年は三回出かけ五泊して、映画五、演劇六、美術展五を見ている。演劇は中国、韓国、沖縄の演劇、それに、いわゆる商業演劇ではない、小劇場やオフシアターの作品を選んだ。映画も、メジャー作品ではなく、単館ロードショウの「悪霊」「パードレ・ヌエストロ」「ハルムスの幻想」などを選んで見ている。今年になって見た、二〇分程度の短編六本で編成した「ショート・フィルムズ・コレクション」も思わぬ収穫であった。

映画が簡単にビデオ化される便利な時代になって、多くの人にとっては映画館にわざわざ出かけることもなくなった。このことが与えた影響は、とくに地方小都市の映画館に大きいようだ。原町でも一館だけになって、ほそぼそと経営されている。興味をそそる映画がなかなか上映されなくなってしまった。けれども、映画はやはり映画館でないと見た気がしない。これは、わが家にビデオデッキがないことの負け惜しみばかりではないだろう。

映画館の暗闇は、読書に没頭しているときと同じく、私たちにとってのもうひとつの人生の教室でありうるのである。

〝仕掛け〟としての道

「めもあーる」福島県立相馬高等学校図書館報第14号
（一九八三年一月三十日）

テオ・アンゲロプロス監督の「旅芸人の記録」を観るために二晩続けて映画館の椅子に座った。もう一度観たいという思いがいまもある。

ペロポネソス半島の小さな町々を巡業する十人ほどの旅芸人一座の、第二次大戦を中心に据えた一九三九年秋から五二年に至る十四年間を〝記録〟するこの映画は、ヨーロッパの一弱小国ギリシャ同時代史に付いては離れしつつ——そしてその背景の〝世界〟を暗示させつつ——そしてまた古代ギリシャ文明の残光のごときものを漂わせながら——、そこに生きる人間とその心象とも言うべき風土——あの古代ギリシャ的な明朗な光彩はついに映像化されないのである——を過不足なく表現して、壮大な叙事詩となっているのであった。

旅芸人たちにはギリシャ悲劇のアトレウス一族の名前が与えられている。その名前は彼らにギリシャ悲劇そのままに生きることを要請する。母クリュタイメストラはアイギストスと密通し、父アガメムノンはアイギストスの密告によってナチスドイツ軍に銃殺される。弟オレステスは母とアイギストスを舞台上で射殺し、父の復讐をとげる。弟の母殺しの手引きをしたあと極右の国家警備隊に強姦されたエレクトラは巫女もしくは語り部としての資格をはじめて得たかのようである。大戦に引き続く内戦をゲリラ活動に身を投じていたオレステスは刑死し、一九五二年、生き残ることのできた旅芸人は、精神錯乱した詩人。転向したビュラデス、そして妹のクリュソテミなどみな傷つき果てた数人にすぎない。エレクトラはクリュソテミの息子に一座の主役としてのオレステスの面影を見出す。新しい座員を加えた一座は十四年まえと同じ演し物「羊飼いの少女ゴルフォ」を演じながら旅を続けるのである。

この映画について書きたいことは多いが、ここでは三つのシーンを紹介し、それについて述べたい。

シーン1　映画が始まって間もなく、街通りのパースペクティヴの奥から旅芸人たちが手前に向って歩いて来る。この町に着いたばかりで、大きなトランクを下げたりして、疲れた足どりである。大統領選挙のさい王制派のパパゴス元帥に投票せよと呼びかける声がスクリーン外の手前から接近し、やがてその選挙カーがビラを撒きながら旅芸人たちと擦れ違う。一九五二年である。旅芸人たちは無関心に歩み続け。左手の路地に入る。選挙カーは通りの奥へ走り去り、カメラは無人の街を写し続ける。と、左手の路地から旅芸人たちが再び姿を見せるのだが、それは一九三九年の旅人たちであって、メンバーの過半数が入れ替っているものの、その疲れた足どりはまったく同じとしか言えない。

シーン2　宿から出た旅芸人たちは波止場まで散歩する。そこへパパゴス元帥の選挙カーが近づき、例によってスピーカーでがなりたて、ビラを撒きながら去って行く。したがって一九五二年ということになる。ところが同じ道を続いてナチスドイツ軍の車がやって来ることによって、時間は十年遡行し、ドイツ軍占領下の一九四二年になるのである。

シーン3　ドイツ軍が撤退したあとイギリス軍が駐留する。共産党を中心とする民族解放戦線（ＥＡＭ）と王制派民主民族連盟（ＥＤＥＳ）の連立による国民統一政府が発足したのも束の間、両者は激しく武力対立し、極右国家警備隊による無差別テロとゲリラ追求のすえ、ＥＡＭの人民解放軍は武装解除を余儀なくされる。そのような状況下の一九四五年十二月三十一日、エレクトラは、ダンスホールのバンドに加わりアルバイトをしている一座のアコーデオン奏きの老人に、会いに行く。そこでは、勝ち誇った王制派の男たちがわがもの顔である。踊り明かした彼らは、歌いながら新年の町へ繰り出して行くのだが、次第に歩調を揃え隊伍を組み一九五二年のパパゴス元帥の街頭演説会の群衆の中へ紛れ込んで行く。その演説会場の横の道を、旅芸人の一団が人ごみを分けるように通り過ぎて行く。もちろん、その一団のなかにエレクトラもいるのである。

映画なりテレビドラマなりの中で場所や時間を変えるとき、もっとも単純な手法は画面に文字を入れることである。

ほかに、回想形式をとるとか仕掛けを用いるとかの手法もある。仕掛けとは、例えば、暴風雨に突入した戦艦が三十年をタイムスリップして過去の世界に入る（映画「ファイナル・カウントダウン」）などの手法である。「旅芸人の記録」の三つのシーンも仕掛けによるタイムスリップだが、この場合は人間の生活と密接なごくありふれた道が仕掛けとして用いられているのである。表だと思っているとそれがいつの間にか裏になっているメビウスの輪のような道。この、道の日常性に隠されている〝危険〟を、アンゲロプロス監督は見事に映像化して見せてくれたのだった。一九四五年と五二年、四二年と五二年、三九年と五二年、それらが底の方で連続していて、結局のところギリシャの現実は何ら変化していないという歴史認識が、そこにはある。その間、数知れない民衆が、その一人一人にとっては掛け替えのない自らの血にまみれて死に、あるいは心に深い痛手を負うという、高価な犠牲を支払いながら、である。とすれば、彼らの犠牲の意味するところは何であろうか。アンゲロプロスは、何ら変化していないとは言っていないのかも知れない、われわれが彼らの犠牲の意味を問い続ける限りは。

道があまりに日常的であるために、さりげなく仕掛けられているその〝危険〟に気付くに、われわれが遅れをとってしまうことはしばしばである。日本の現実はどうであろうか。一九八三年、日本の首相が国会で演説していることばが、そっくりそのまま五十年まえの首相の演説のことばであったりすることはないのか。

塩の道の供養塔

「福島民友」一九八九年十一月四日

秋晴れにめぐまれた一日、塩の道の一部の案内を受けました。

塩の道は中通りでは相馬道とも言うそうで、相馬でつくられた塩を中通りへ運ぶ目的などのほか、相馬藩主の参勤交代にも使われました。相馬市を起点にし、鹿島町の栃窪から山中に入って八木沢峠を越え、飯舘村の飯樋、比曽を通り、川俣町山木屋、東和町を経て岩代町小浜で分岐し、二本松市と本宮町とに至ります。十七世紀のなかごろには整備されていたとのことですから、松尾芭蕉が「おくのほそ道」の旅をしたころには既にあったことになります。塩の道は沿岸部と内陸部とを結んで各地にあったのですが、相馬道はそのひとつです。

舗装された広い道がどんなところにも四通八達している いまでは、私たちにとってはそうした道が当然のように思えます。かつての塩の道のほとんどの部分も拡幅されて、現在でも重要な路線としての役割をになっているところもあります。そのようなところでは昔のなごりをしのぶことは困難なようです。

＊

それにくらべれば、往古のなごりをとどめている箇所は想像していたよりも狭い小道でした。考えてみると、馬一頭やひとがせいぜいふたり並んで通れるだけの道幅があれば、それで充分だったはずです。芭蕉が歩いた道も文字どおりの「ほそ道」であったところが多かったのではないでしょうか。

古道で興味をひかれたところがいくつかありました。

栃窪の真野川を渡った地点はいまでは廃道になり、上流に橋が架けられているのですが、昔の道は人家の路地になって残っていたのをおもしろいと思いました。飯舘村の中頃という集落では下の平地に新道が付けられているのですが、南向きの傾斜地を利用した集落沿いに古道がとおっていて、狭いながらにいまでも生活道路として使われているようです。

飯舘側の八木沢峠登り口に「右小高受戸浜通、左鹿島中村原釜通」という道標を兼ねた「妙見社・甲子社」碑がありました。建てたのは「御参詣定宿、原町・柳屋多治郎」。私の妻の先祖です。この石標にかぎらず、庚申塔、馬頭観世音塔、山神塔、地蔵塔、南無阿弥陀仏塔などが道のべのいたるところに残されていました。とくに馬頭観世音塔が多かったように思います。重い荷駄を運ぶ馬がけわしい山道でどれほど倒れ死んだことでしょうか。

＊

釈迢空の歌集『海やまのあひだ』に「供養塔」十一首があります。

・人も　馬も　道ゆきつかれ死にゝけり。旅寝かさなるほどの　かそけさ
・道に死ぬる馬は、仏となりにけり。行きとゞまらむ旅ならなくに
・ゆきつきて　道にたふるゝ生き物のかそけき墓は、草つゝみたり

民俗学者でもあった釈迢空は山びとの習俗調査のための苦しい旅をしました。信州の山道でしたが、相馬道のようなけわしいほそ道だったことでしょう。「供養塔」連作には、そうしたおりの哀感が馬頭観音などの石塔婆を目にするにつけ深められていったことがよみとれます。

いのちの恢復

「左手のためのピアノ協奏曲《ケフェウス・ノート》」雑感

「いのちの籠」第八号（二〇〇八年二月十五日）

二〇〇七年五月中旬、ドイツ東部のゲーテ街道と呼ばれるあたりを旅した。出発の前日には、ちょうど上映中の「ドレスデン運命の日」を日比谷のシャンテ・シネで観た。

東京が一九四五年三月十日のアメリカ空軍による爆撃によって焦土となったその一カ月まえ、ドレスデンも二月十三日夜の大空襲で破壊し尽くされたのである。ドレスデンを象徴する建造物のひとつ、フラウエン教会は、建都八百年にあたる〇六年にようやく復旧工事が完了した。崩壊した建物の瓦礫のなかから掘り起こした石材を再利用する工事をおこなったため、外観はモザイク状だ。そのフラウエン教会で、わたしたち夫婦はオルガンコンサートを聴く機会を得た。

エルベ河畔のゼンパー・オーパーは外観を眺めただけだったものの、再生した旧市街のうつくしいたたずまいを存分に楽しんできた。それから半年が過ぎた十一月下旬から十二月上旬にかけて、ドレスデン歌劇場室内管弦楽団（指揮・ヘルムート・ブラニー）の来日公演があった。古典派音楽をレパートリーとするそのプログラムのなかでは異色の、吉松隆「左手のためのピアノ協奏曲《ケフェウス・ノート》」の初演が含まれている。日本ツアーに同行してピアノを演奏したのは舘野泉である。

舘野泉は、〇二年に脳溢血のために右半身が不随になったが克服、〇四年五月、五都市で開催した左手だけでの復活演奏会に「新たな旅人へ…」と名づけた。その二カ月まえにわたしのまちで、同じプログラムの先行リサイタルがあった。

わたしのまちの南相馬市民文化会館は、舘野泉が甦った〇四年に開館し、彼が館長である。復活リサイタル以来ここでの彼の演奏会は六回あって、フィンランドの作曲家ノルドグレンの新作「左手のためのピアノと室内オーケストラのための協奏曲」のライヴ録音もおこなわれている。

こうして、十二月八日、ドレスデン歌劇場室内管弦楽団と舘野泉によるコンサートが南相馬市民文化会館で催された。

間宮芳生、林光、末吉保雄なども左手だけの舘野泉のための作品を作曲していて、今回の吉松隆「左手のためのピアノ協奏曲《ケフェウス・ノート》」もそのひとつである。

ケフェウスとは、ギリシャ神話に登場する古代エチオピア王で、カシオペイアの夫、アンドロメダの父である。夜空でもカシオペイアの隣に位置する地味な星座だ。

天頂近い夜空に目をこらすと、しだいに星ぼしがその姿を見せるように、弦楽器を背景にピアノが音を紡ぎだす。管弦楽器とピアノとは寄り添い支えあい、あるいは緊張した関係をかたちづくり、そして融合してゆく。現代音楽的ななかに抒情性もあってうつくしい曲であった。その演奏にも、もちろん、こころ動かされた。いのちが恢復する思いをいだき、世界初演に居あわせることができたよろこびを感じていた。

加計呂麻島へ

「文化福島」三四一号（二〇〇〇年五月）

埴谷島尾記念文学資料館の設立準備にかかわって七年、そのあいだに多くの印象深い出来事を体験した。加計呂麻（かけろま）島の呑之浦（のみのうら）を訪ねたこともその一つである。

＊

海峡は内海のおだやかな表情をみせている。島尾ミホ氏と当時の瀬戸内町図書館澤佳男事務長に案内を受け、奄美大島と加計呂麻島のあいだの大島海峡をちいさな船で渡っているのである。

前日、那覇空港からの便は条件就航だった。奄美大島が梅雨末期の豪雨に降り込められているため、着陸できないときには那覇に戻るか鹿児島まで飛んでしまうというのである。だが、奄美上空に到ると不意に雲が切れ、切れた雲のあいまから、雨後の緑みずみずしい大島が幻境であるかのような姿をみせたのだった。そしてきょうも、朝からはげしく降りつづいていたのに、わたしたちの船が古仁屋（こにや）港を離れると、にわかに雨脚が去って霧がしりぞいてゆくのである。覆っていたものがとり除かれ、閉ざされていたものが開かれ、あたらしい世界に入ってゆく。呑之浦へ向かう船のうえで、わたしはなにかふしぎな体験のなかにいることを意識していた。そして、北村透谷『蓬莱曲』の慈航（じこう）の湖（うみ）の場景をおもいうかべ、その一節「波おだやかに、水なめらかに、……このやわらぎの湖は、これぞ神の境（にわ）に入るべき水ならん」を口ずさんでいた。

船がすすむにつれて、雨があがっただけでなく南島の初夏の陽ざしさえ射してきた。すると、加計呂麻島の折りたたまれていた海岸線はリボンがほどけるように拡がって、「ただ意識してこの入江にはいる目的で接岸して来た舟にだけ、忽然と秘境への扉が開かれる仕組で呑ノ浦の入江が奥深く淀んでいた」と島尾敏雄が「徳之島航海記」に記したままに、わたしたちの船を入江の奥に迎え入れてくれた。まさしくそこは神の領域であると、わたしには思われた。

このあと、入り江に面した島尾敏雄文学碑のまえに三人でまるく座って、ミホ夫人が用意した弁当をいただいていると、これが神遊びと言われる行為なのだと得心がいった。

＊

曲折があったが、小高町の文学資料館はこの五月に開館する。

『コールサック』誌一〇〇号のお祝い

「コールサック（石炭袋）」一〇〇号（二〇一九年十二月一日）

季刊『コールサック』誌が一〇〇号になると聞きました。お祝い申しあげます。

思い起こすと、社主鈴木比佐雄さんとのおつきあいは、コールサック社が企画した『原爆詩一八一人集』に「死んでしまったおれに　ジョー・オダネル撮影『焼き場にて、長崎』のために」を寄稿した二〇〇七年ごろからのことでした。

それよりまえ、敬愛する詩人三谷晃一さんが二〇〇五年に亡くなりましたので、それまでの三谷晃一論を展開させて「還らぬ旅人　―三谷晃一の詩を読み解く」を『福島自由人』第20号に発表しました。そして、『三谷晃一全詩集』を刊行したいものだと思案していました。

鈴木さんと知りあって、このことを伝えたところ、思いが同じであることが判りました。それで、二〇〇八年二月二十三日に仙台駅で待ち合わせ、三谷晃一全詩集の企画について話し合うことにしたのでしたが、東北新幹線の架線事故があって、会うことができなくなるというハプニングがありました。

そのころ、鈴木さんの編集による『生活語詩二七六人集山河編』（二〇〇八年）についての筋違いな批判をしている古賀博文「現代詩時評」を『詩と創造』第66号（二〇〇九年春季号）で読み、その問題点を「批評基準の退化」と題した小文にし『新現代詩』第7号（二〇〇九年六月）に発表しました。

また、二〇一一年三月の福島核災発生直後にわたしが福島市で避難生活をしていたときには次のようなことがありました。

わたしが暮らしていた南相馬市原町区の市街地は空間放射線量値が比較的低く、屋内退避指示区域（のち、緊急時避難準備区域）でした。しかし、東電福島第一の三基が制御不能状態に陥っているという情報を得たため、避難先として福島市を選んで、三月十五日早朝に自宅を出て義姉の家にやっかいになっていました。そこから、核災発生以前に発表していたエッセイと詩を一冊にするための相談を鈴木さんに持ちかけたところ、ただちに福島市へ来ていただいて、その編集の打ち合わせをおこないました。

このとき、鈴木比佐雄さんは写真家のHさんを同伴していて、南相馬市に入りたいとのことでしたので、ふたりは福島市に一泊して、翌日の四月十日にわたしが案内役となって南相馬市に入りました。市街地、相馬野馬追の祭場地、旧陸前浜街道を経由して、二〇キロ圏内の警戒区域（のちの計画的避難区域）にも立ち入って、小高の町から海岸の塚原に行き、鹿島区の烏崎まで北上して、津波被害があった沿岸部を中心に、その状況を確かめました。地震、そして津波に加えての核災害によって無人となった家々、集落の様子には筆舌に表すことを拒むものがありました。

エッセイと詩とによる『福島原発難民』の発行日は、その一か月のちの五月十日でした。収載の写真は、Hさんが撮影したものの一部です。このようなことがあって鈴木さんとの親交が深まりました。

また、翌二〇一二年秋に、詩人で写真家でもある柴田三吉さんが鈴木さんといっしょにいらっしゃって、被災地を撮影しました。柴田さんの写真は、核災発生後に執筆したエッセイと詩とで構成した『福島核災棄民』に使われています。

なお、わたしはこのころ、コールサック社発行の『命が危ない　３１１人詩集』の解説執筆、それに『脱原発・自然エネルギー２１８人詩集』の編集と解説執筆とに参加しました。さらには、二〇一四年にはコールサック詩文庫シリーズの一冊として『若松丈太郎詩選集一三〇篇』を発行していただきました。

このおりの話しあいのなかで、東北新幹線の架線事故や、福島核災の発生などがあったために、実現がのびのびになっていた『三谷晃一全詩集』の刊行準備を再開しようとの思いが一致しました。そこで、同年十月十九日開催の福島県現代詩人会の「詩祭」のおりに鈴木さんに来ていただいて、郡山市の安部一美さんや浜津澄男さん、白河市の室井大和さんなどを紹介しました。

これがひとつの契機になって、二〇一五年早春には郡山の詩人たちを中心にした三谷晃一全詩集刊行委員会を発足することとなりました。編集の方針としては、詩集に未収載の詩篇を可能な限り見つけだすこと、おもな詩論とエッセイも収載すること、また三谷晃一論や解説を付けることなどとしました。

こうして、三谷晃一さん歿後十一年の命日である二〇一六年二月二十三日に、五六〇ページに及ぶ『三谷晃一全詩集』を刊行できました。若い詩人たちにはもちろん、詩に親しみがない人たちにも、読むことを自信をもって勧めることができる詩集です。装幀も三谷さんのひとがらにふさわしいものです。

わたしの場合は、第九詩集『十歳の夏まで戦争だった』(二〇一七年)をコールサック社から上梓し、さらには、同人誌などに断続的に執筆してきた相馬地方に関わる近現代文学についての文章を現在整理していて、鬼も笑う来年のうちには一冊にする予定でいます。加えて、神も笑うであろう生きているうちには、これまで発表してきた詩人論・詩論も、気ままに書いてきたエッセイも、詩集未収載の詩も、それぞれ本にしたいものだと考えています。

自らも詩人であるうえ、目くばりが広くたしかで、誠実さをそなえている鈴木比佐雄さんの詩界における貢献にはおおきなものがあります。ことに、いわき市ゆかりの鈴木さんは、福島県の詩人たちにつよい関心を寄せて、協力援助をなさっています。ありがたいことです。

コールサック社の今後にいっそうの期待を寄せています。

なにャとやれ

「みちのく春秋」２０１９年新春号・31号(二〇一九年一月)

ふと、「なにャとやれ」ということばが、記憶の底からよみがえってきた。

それは、いまから四十八年もまえのことである。高校の国語教科書に柳田国男の「清光館哀史」が収載されていた。岩手県のいちばん北、当時は九戸郡種市町、いまは洋野町の小子内で、旧暦の盆の十五日に夜通し歌い踊られるという「なにャとやれ」がどういうものなのか、K・Mさんとわたしは知りたくなって、「じゃあ、行ってみよう」ということになった。ついでに下北半島を一周しようという、どっちが「ついで」なのか、行きあたりばったりの旅だった。

七月三十一日、第一日目は、ひたすら北上して、青森県三戸町に到着した。二日目、恐山を経てむつ大湊港へ。原子炉を取り外す予定のむつが係留されていた。九艘泊から時計回りに移動して、二日目の宿は大畑。半島の東海岸では、防衛庁の施設と米空軍基地の立入禁止区域が広大だった。三日目の夕刻、種市町八木に宿をとる。

四日目、漁協でイカの処理をしていた数人のおばさんたちに、漁業組合長さんが声をかけてくれて、盆踊り歌を歌っていただいて、録音できることになった。歌いはじめると、おばさんたちは踊りだし、だんだん熱中していくのだった。

このあと、幕末の三閉伊一揆の集合地だった下閉伊郡田野畑村の机や、切牛の弥五兵衛の生家に立ち寄って、遠野市を経由して、当時の江刺市岩谷堂に到着した。

K・Mさんとわたしが下北と三陸海岸を旅した一九七一年の秋、わたしは『河北新報』紙の連載「風土記 '71」に、「大熊町」の執筆を依頼された。大熊町に立地する東京電力福島核発電所は、一号機が前年に稼働を始め、七一年三月から営業運転を開始したばかりなので、そのルポルタージュを求められたのである。わたしは発電所の見学を希望して、建屋内部や二、三号機の建築現場などを見ることができた。

そのルポのなかで、下北半島や三陸海岸で見たこと感じたことを福島県浜通りのそれと重ねて、次のように書いた。

> 下北半島の長く伸びた首のあたり東通村の植生、陸中海岸のうしろ田野畑村の地形、それらにかようものがここにはある。そしてそこに生きる人にも。防衛庁下北射爆場そばの林道から思いがけずあらわれ歩き去った老農婦のふかく皺を刻んだ顔、柔和ななかにきびしく光る目をもち背の高い三閉伊一揆指導者の末孫のものごし、東京電力福島原子力発電所そばの集落のバス停留所で彫像のように動かない老農夫の後ろ姿。それらの人びと
>
> （『河北新報』一九七一・一一・二八）

一九七一年からの四十八年という時間は、このふたつの地域をどのように変え、なにをもたらしたのか。

福島県浜通りでは、福島第一と第二あわせて十機が核発電を開始したが、二〇一一年の東日本大震災と核災によって、第一の六機を廃炉にし、第一の二機の建設を中止し、第二の四機の運転を停止した。

東日本大震災と核災による福島県民の死者数は、

直接死者　一、六〇五人　関連死者　二、二五四人

死亡届等　二二四人　死者合計　四、〇八三人

ほか行方不明者一九六人

（二〇一八年十一月一日現在。死者は福島県、行方不明者は福島県警の発表数。『福島民報』二〇一八年十一月三日）

避難生活を続けている福島県民の数は、

県外に　三三、二三五人　県内に　一四、一三七人

（「福島県ホームページ」二〇一八年十月）

このほかに、福島県外住民に多数の自主避難者がいる。

一方、青森県の東通核発電所の一号機は、〇五年に運転を開始したが、停止中。一一年に着工した炉も工事中断中。

大間核発電所の炉も、〇八年の着工後、中断している。六ヶ所村には、再処理工場、ウラン濃縮工場、MOX燃料工場、放射性廃棄物埋没センター、同貯蔵管理センターなど原子燃料サイクル施設のほか自衛隊対空射撃場がある。三沢市には、在日米軍基地、航空自衛隊基地がある。むつ市関根浜に新設の港は、使用済み核燃料荷揚げ港だ。

小子内の「なにャとやれ」のおばさんたちは、東日本大震災のときに無事だったろうか、いまどうしているだろう。脇野沢の海辺でひとり佇んでいたひとは、いまどうしているだろう。仏ヶ浦で「いまは禁漁期だ」と言いながらウニを採って食べていたひとは、いまどうしているだろう。関根浜がふるさとの愚安亭遊佐（松橋勇蔵）さんは、いまも「こころに海をもつ男」の旅興行をつづけているだろうか。K・Mさんは奄美大島で避難生活をしているそうだ。

妖怪　出振り土竜

「みちのく春秋」2019年春号・32号（二〇一九年七月）

いつの時代にもどんな土地にも不思議なできごとがあって、語り継がれてゆく。それは、たとえば、わたしたちが暮らしている土地でもそうだったことを、江戸時代の随筆集の記述を柴田宵曲が編集した『奇談異聞辞典』（ちくま学芸文庫版）が納得させてくれる。そのなかから東北各県の一話を選んで、ダイジェストして紹介しよう。

赤鼠（あかねずみ）　津軽領の海辺の山から見渡したところ、鰯らしい大群が見えたので漁船を出して、網を打った。引きあげると、大量に掛かっていたのは、鰯ではなくて頭と背中が赤い鼠だった。漁師たちは浜で殺処分したのだが、多くの鼠が陸地に逃げて、苗代を荒らしたり家に入り込んで穀物を食べた。山中に入った鼠は、毒草を食べたのか、数百匹が重なり死んでいたということだった。［一話一言］

贋幽霊（にせゆうれい）　奥州若松の御家人の男、その妻が病死すると悲しみのあまり、病気がちになった。すると、夜ごと八つどき（午前二時）になると、亡妻が夫の枕元に現れて「生前の私の持ち物だった品々をください」という。夫は夜着を被ったまま「持って行け」と応じた。夫の病気はいっそう重くなった。この事情を聞いた友人が、物蔭に隠れて待ち構えていると、この夜も幽霊が白装束で現れ出てきた。そこで、後から抱き留めて顔を見ると、亡妻が病気だったときから看病などの手伝いをしていた女だった。その女は召し捕ら

れて、咎めを受けたという。　［文化秘筆］

亡婦に化けた狐　米沢藩士の男が釣りをしていると、うしろからひそひそ話が聞こえた。そこには二匹の狐がいて「近く人妻が死ぬ。それで、ひと慰みしよう」などと話していた。はたして人妻が死んだ。葬儀ののちも、その夫が家にひき籠もっていたので、見舞いにゆくと、顔色も悪く身体も弱っていた。彼が言うには、妻が夜毎に生前の姿で現れて、身のまわりの世話をしてくれている。帰るときに跡をつけようとしても身体が動かないのだという。そこで二人は玉薬を包んだ秘符を竈に隠しておいた。その夜も死んだ妻が来て、いつものように火を起こしたところ、火が大きく跳ねたので、驚きさわいで逃げ去っていった。その後は亡婦が現れることはなかった。　［耳嚢］

合羽神　加美の中新田にある合羽神という社には、晴天つづきでも涸れない池があった。ある日、その用水堀で若者三人が水くぐりして遊んでいたら、水のないところに出てしまった。きれいな家があって、機織りの音がした。家人に問うと「人の来るところではない。早く立ち去れ。三年以内に他言することは禍いのもとだ」と言う。三人はいつの間にかもとの用水堀に戻っていた。その年のうちに、一人が酒に酔ってこのことを人まえで話してしまった。ほどなく、その男は死んでしまった。　［奥州波奈志］

髑髏の謡　ある男が二戸の山道を歩いていると、だみ声で歌を詠う髑髏に出会った。髑髏は、頭蓋骨のなかに入り込んでいる雑草を取り去ってくれと言う。その願いに応えてやると、髑髏は嬉しそうに「苦しみが解消した」と感謝した。帰ってからこのことを話すと、主人はじめ人々は疑って「髑髏を持ってこい」と言った。男が山中の髑髏に事情を話したら、承諾したので、髑髏を包みに入れて持ち帰った。そして、主人の前で話すよう促したが、髑髏は応じなかった。主人は男を嘘つきだと怒って、男の頭をはねてしまった。すると、髑髏は笑いながら「多年の本懐を遂げた」と語った。かつて、男は家来のひとりを無実の罪におとしいれて手打ちにしたのだったという。　［黒甜瑣語］

天狗　比内の作之丞は、三十代の終わりごろに、山中で大男に出会った。大男に「お前は、過去を見たいか、未来を見たいか」と聞かれ、「未来」と答えた。すると大男は「いま、お前の命を絶って、八十年後に再生させ、そこから三十年の寿命を与えよう。そうすれば百年後を見ることができる」と言った。恐ろしくなった作之丞は詫びて断ったが、聞き入れられなかった。作之丞が目覚めると、あの大男が傍にいて体をさすってくれていた。木の梢で八十年を過ごしたらしい。里の家の様子がすこし変わってはいたが、家人たちは天狗にさらわれた先祖がいたことを知っていて、

迎え入れてくれた。作之丞はそれから三十年後におだやかに病死しだ。［黒甜瑣語］

さて、二百年ほどのちの現代にも、さまざまな奇怪なできごとが起きている。近ごろ耳にしたばかりの妖怪ばなしをひとつ書きとどめておこう。

出振り土竜（でふりもぐら）　東海岸の海っぱたに出振り土竜が住みついて十年近い。この土竜は眠っているふりをしていて、つよい地震があると地表に出てきて、住民たちに悪さをする。今後三十年以内にマグニチュード7レベルの地震が発生する確率は九〇％だという。土竜退治が間に合うことやら。

大谷翔平は異星人か？

「みちのく春秋」２０１８年夏号・29号（二〇一八年七月）

敗戦からわずか五か月後の一九四六年一月に『近代文学』が同人七人によって創刊された。人間の主体性を重視し、文学的主体の自立を主張して、戦後派文学の中核として一九六四年八月までに通巻一八五冊を刊行した。その創刊同人は、埴谷雄高（はにやゆたか）・荒正人（まさひと）・本多秋五（しゅうご）・平野謙・山室静（しづか）・佐々木基一・小田切秀雄の七人である。

このうち、作家であり評論家でもある埴谷雄高（本名、般若豊（はんにゃゆたか））は、一九〇九年台湾の新竹生まれだが、本籍地は福島県相馬郡小高町（現、南相馬市）。また、文学研究者にして評論家の荒正人は、一九一二年、相馬郡鹿島町（現、南相馬市）生まれで、本籍地は相馬郡中村町（現、相馬市）。さらに、途中から同人になった作家の島尾敏雄は、一九一七年横浜生まれとされているが、実際は小高町の母の実家で生まれたと推測される。小高町大井の父の実家が本籍地だ。

一九七九年に荒正人が六十六歳の生涯を閉じたとき、埴谷雄高はその死を悼んで「荒宇宙人の生誕」を書いた。

荒正人も私も、そしてさらにまたつけ加えると、島尾敏雄も日本文明の遠い僻地である福島県の片田舎の互いに僅か数里しか離れていない箇所を父祖の地としている。

と述べて、さらに、

どうやら、中村、小高、鹿島という砂鉄に富んだ地域一帯に嘗て遠い有史以前に驚くほど巨大で、また、奇妙な内的燃焼を持続する隕石が落下して、（略）「極端粘り族」宇宙人のつむじ曲がり子孫を地球に伝えた、とでもいっておくより仕方がないのである。

と、つまりは、埴谷は、この三人を宇宙人の末裔だとしたうえで、三人が「極端」な無限格闘に向けてひたすら突っ走りつづけた所産が、荒の『漱石研究年表』と島尾の『死の棘』と、そして自らの『死霊』なのだと語っているのである。

ここで書こうとしていることは大谷翔平のことである。それなのに、ながながと関係なさそうな三人のことを述べてきた。それには理由がある。

メジャーリーグのエンゼルスに入団した大谷翔平選手は、承知のように、開幕第一週の週間MVPを獲得し、開幕から二か月ほどの成績は、投げては四勝、打っては六本塁打、打点二〇、そして打率も三割前後と、ファンや関係者の度肝を抜く活躍ぶりで、かのベーブ・ルースとも比較された。そんな大谷選手への高い評価のなか、「大谷翔平は異星人だ」と言った人がいたとわたしは記憶しているのだ。そんなことがあって、そのとき、埴谷雄高が荒と島尾と自分を宇宙人だと言ったことを思いだしたというわけなのである。でも、四月の新聞を読み返してはみたものの、そんな記事は見つからなかった。テレビニュースで聞いたのだったろうか。

大谷翔平の故郷は、奥州市水沢区姉体（あねたい）町だという。姉体は、北上川中流域の右岸に位置している。姉体のすこし北には「跡呂井（あとろい）」という地名があり、川の対岸には「田茂山（たもやま）」と言われていた土地がある。水沢江刺駅があるあたりだ。これらの地名によって、わたしは大墓公阿弖流為（たものきみあてるい）の名を連想して、エミシの族長の根拠地はおそらくこのあたりだったのだろうと想像したものである。

相馬地方に大隕石が落下した有史以前のあるとき、同時に跡呂井のあたりにも宇宙人が飛来して、この地に生きながらえて、エミシと呼ばれる子孫を伝えたのではないか。

エミシの族長と言えば、どうしても容貌が魁偉な巨漢を想像してしまうのだが、逆に大谷翔平とアテルイとがそっくりだったらどうだろう。なかなかではないか。

わたしは、奥州市最東端の姥石高原のふもと、旧人首（ひとかべ）村で生まれた。そこにはアテルイとともに生きたヒトカベマルの伝説が語り伝えられていて、わたしはその子孫だとかってに決めこんでいた。六十五年ほどまえ、田茂山から三キロほど上流の北上川に架けられた橋を渡って高校に通学した。橋の中央から三六〇度の視界が望める。

橋上に立つとここは全宇宙の中心のように思えるのだ
遠く小さく岩手山も早池峰山も見える

東に種山・姥石高原
西に焼石岳・駒ヶ岳
やや上流の段丘上が胆沢城趾
やや下流が跡呂井
橋上に立つといまは全時間の中心のように思えるのだ
千年むかしの光をうかべ北上川は流れる

坂上田村麻呂はエミシを制圧したことを世に知らせるために、跡呂井の北に胆沢城を築いたのだ。だが、そんなことは小さなことのように思えてくる。大谷翔平も同じような風景を目にして、心を励ましたにちがいない。

関を越えるということ

「みちのく春秋」２０１８年秋号・30号（二〇一八年十月）

小学校高学年や中学の生徒だったころ、わたしたちの世代のスポーツは野球ぐらいしかなかった。それも、はじめは素手で軟式テニスのボールをつかう三角ベース野球だった。だから、軟式野球のボールとグラブを手にしたときは、最高の気分だった。もちろん、夏には川で泳ぎ、冬は坂道でそりや竹スキー、夕方になると道に積もった雪に水を撒いて凍らせて下駄スケートもしたけれど、季節が限られるので、裏山の崖での遊びや野球をすることが多かった。

戦前にわたしたちの町には野球チームがあって、近所のおじさんたちもそのメンバーだったことを、戦後になって知った。近隣町村のチームと試合をしていたらしい。戦前の『野球界』という月刊誌を、叔父の家の戸棚から見つけたこともあった。そんなわけで、わたしはスポーツとしては野球しか知らない世代なのである。前回の大谷翔平選手につづいて、今回は金足農高に関連することを書こう。

今夏の全国高校野球大会は第百回記念大会だった。第一回大会では旧制秋田中学が決勝に進出したものの、京都二中に二対一で敗退、準優勝に甘んじた。以来、東北勢は八回の決勝戦に臨んだけれども、そのほとんどが惜敗だった。なかでも、一九六九年の第五十一回大会では、北奥羽代表、青森の三沢高校太田幸司投手と愛媛の松山商業井上明投手とが延長十八回を投げあって、無得点で引き分けた。翌日の再試合も太田幸司投手は最後まで投げきったものの、四対二で敗れたのだった。こうして、優勝旗の白河関越えが悲願だと言われるようになったのだ。

そんな過去があって、今夏の第百回大会で奇しくも秋田代表の金足農が勝ち進んで優勝を争うこととなり、多くの人びとは悲願の達成を期待して、大盛りあがりになった。

白河市の白河神社の氏子たちによる敬神会は、二十年ほどまえから白河関越えの「通行手形」を用意して、東北六県の代表校が決まると、それぞれの高校に贈呈してきたのだそうだ。決勝の日、会員たちは一堂に会してＴＶ観戦しながら金足農の戦いぶりに一喜一憂したという。（『朝日新聞』八月二十二日「福島版」による）

でも、なぜ、秋田の金足農の選手たちが優勝して甲子園から凱旋するのに、東京経由で遠回りして白河の関を越えることがあろうか？　関を越えるとするなら、北陸街道を通って念珠の関だろうに。

かつて、三関である伊勢の鈴鹿・美濃の不破・越前の愛発よりも東方の地は「東」と言われ、そのさらに北方の奥羽三関以遠は「道奥」と言われた。それより古くの北上川中流域は蝦夷の居住地を意味する「日高見」と言われていた。

奥羽三関のうち、白河関と勿来関（菊多関）については、八三五年（承和二年）の文書に、五世紀初頭に置かれたと記されていて、蝦夷南下に対する大和政権の防衛基地、領土拡張のための拓殖基地として設けられたものとされている。だが、平安時代も半ばを過ぎると、設置された当初の役割は失われた。北陸道の念珠ヶ関（鼠ヶ関）については『吾妻鑑』（一二六六年・文永三年）の記述が初見という。平安時代から室町時代に置かれたもののようで、それ以前には、都岐沙羅柵があった。

平安時代に和歌が盛んになると、各地の著名な地名が「歌枕」とされた。そのなかには関所の名もふくまれ、多くの歌人たちに詠まれることとなったのである。たとえば、

・越えわぶる逢阪よりも音に聞く勿来を難き関と知らなむ
（『蜻蛉日記』の藤原道綱母）
・便あらばいかで都へ告げやらむけふ白河の関は越えぬと
（『拾遺和歌集』平兼盛）

というように。

近世になって、松尾芭蕉は奥羽の歌枕を行脚する旅を試みて『奥の細道』を著したものの、白河の関では「旅心定りぬ」と記しただけで、なぜか彼は句を残していない。さらに、念珠ヶ関で奥羽の旅の区切りをつけたときにも、「鼠の関をこゆれば越後の地に歩行を改て」と書きとめただけである。

そんなことを思い浮かべて、念珠ヶ関越えをして金足農の選手たちは帰校するものとばかり思っていたら、なんのことはない。大阪伊丹空港から秋田空港までを一時間三十

分ほどでひとつ飛びしたではないか。もはや、関所を越える時代ではないのだということを改めて気づかされたのだった。

けれども、車を運転しないわたしにとっては、たとえば南へ向かっていわき市に行くことはできない。途中に東京電力福島第一という時代にそぐわない関所があって、そこを越えることができないからだ。

〈ひと〉の未来

「みちのく春秋」2020年新春号・33号（二〇二〇年一月）

十代のころ虚弱児童だったわたしは、六十五歳まで生きられたらいいなと思ったものだったが、いまふと、父や祖父よりも長く生きている自分がいることに気づいた。

大学生だったある年、帰省すると祖父は病床に臥せっていた。見舞いに行くと、彼は脈絡もなく「釈迦もキリストもいない」と言うのである。このとき、そばには遠縁のおばがいて「なに言ってんだか」と茶化すようにつぶやいた。だが、わたしは聞きながすことができない命題を与えられたように感じたのである。

祖父は大腸の悪性腫瘍による痛苦と闘っていたために、こうした発言をしたのかもしれない。祖父は菩提寺の檀家総代だったのに、彼が墓参するのをわたしは見たことがなかった。そうした祖父からの影響だったのだろうか、わたしは信仰からは遠いところ、というよりは無縁のところで生きてきた。

十歳の夏まで戦争があって、その悲惨さを脳裏と五感に刻みこんだ。そして、十代のころには、二十一世紀になれば理想的な世界が実現しているだろうから、六十五歳まではどうしても生きたいと思ったのだった。

だが、そんな世界ははかない夢でしかなかった。

わたしはいま、地球上の生きもののなかでもっとも劣悪な生きものは〈ひと〉という生きものだと、理解している。『詩人会議』二〇二〇年一月号に「ひと由来の」という詩を書き、その末尾を次のように表現した。

地上はもとより海中にも海底にも
さらには宇宙空間にも
膨大なゴミを放出している
ゴミをつくるために存在する生きもの

ほかの生きものたちに
めいわくをかけている生きもの
それはひと

当然ながら、もっとも劣悪な生きものとみなすことに異議がある人もいるだろうが、〈ひと〉ができのいい生きものではないことはおおよその人が認めるに違いあるまい。

その不完全な〈ひと〉が造りだすものには、当然のことながら欠陥や限界や不当性などがある。

釈迦やキリストをはじめとして、ほかのもろもろの神たちも、〈ひと〉とは異なった世界に存在しているのではない。すべては〈ひと〉が造りだした仮構の存在である。

たとえば、その〈ひと〉が造ったさまざまな〈神〉たちが対立し、ある宗教を信奉する民が、異なる宗教を信奉する民の地を奪って追いだし、建国する。たとえば、共和国を称しながら独裁体制を強めて民衆を抑圧する。たとえば、人種という概念や国家という組織を発明したのも〈ひと〉であり、差別や対立や抗争などのための軍用基地を建設しようとして、多様な生きものたちを育んでいる豊かな海を埋め立てたり、全地球規模の戦争までをひき起こし、自らの絶滅をもたらしかねない核兵器や化学兵器を使用するに至ったのも〈ひと〉である。あるいは、悪性腫瘍のような核発電所を自然災害の多い国土に、数多く設置しているのも〈ひと〉である。

このように、〈ひと〉は愚かさの限りを尽くしている。

その帰結としてさまざまな〈もの〉がゴミと化して、地球環境を破壊しているのだ。やがては、さまざまな人工知能・AIが造られ、それらが争いあい破壊しあって、さらに膨大なゴミを造りだすことになるだろう。

二〇一九年十一月十七日付け『朝日新聞』によると、このほど来日したフランシスコ教王は、かつて二〇一五年に「神は、わたしたちが幸福で、喜びと平和に満たされているのを見たいのです」としたうえで、「神は責任を感じています」と語ったという。

〈ひと〉が造りだした〈神〉が、〈ひと〉のありように対して責任を感じているというのである。けれども、〈神〉という存在が〈ひと〉の造りだしたものであるからには、責任は〈神〉にあるのではなく、〈神〉を存在させた〈ひと〉にあるはずである。〈ひと〉こそが自らが造りだしたすべてについての責任を負わなければならない。

いつの日か、〈ひと〉は、自らが破壊した自然環境と〈ひと〉以外の生きものたちによって報復され、滅亡することであろう。

とりとめのない回想

「みちのく春秋」２０２１年春号・38号（二〇二一年四月）

本誌が発行される四月には、いま準備をすすめている新しい詩集が刊行されているはずである。詩集名は、これまでの詩集名と比較するとだいぶ異質な感じがする『夷俘の叛逆』とした。本誌『みちのく春秋』第二〇号（二〇一七年秋号）に発表した詩のタイトルをそのまま詩集名にしたのだ。

南相馬市立図書館で、譽田亜紀子著『土偶界へようこそ』『土偶のリアル』『にっぽん全国土偶手帖』を見つけ、土偶のとりこになってしまった。その造形のおもしろさに魅せられて、結局は、『土偶界へようこそ』（山川出版社）を買い求めた。気づくとしょっちゅう手にしている自分がいて、古代のひとびとはどんな思いを抱きながらどんな目的のためにこうした土偶を作ったのだろうかなどと考えている。

こんなこともあって、詩集『夷俘の叛逆』の表紙カバーには、岩手県岩手郡岩手町の豊岡遺跡から出土し岩手県立博物館が収蔵している遮光器土偶の写真を使うことにした。『夷俘の叛逆』は、この五年ほどのあいだに創作したうちから四十二篇を選び、五部構成にして収載した詩集である。

古代のヤマト政権は、北方先住民を〈夷狄〉〈蝦夷〉〈蝦賊〉と呼んで従属を強い、〈夷俘〉と蔑称した。気づいたときのわたしは岩手県に生きていて、それ以来いちども河南の地で暮らしたことがない。根っからの〈夷狄〉なのである。

わたしが生まれ育ち、十代半ばまで暮らした江刺郡岩谷堂町（現在は奥州市に属している）は、北上山地と北上平野とが接するところに位置していて、町民がお館山と呼んでいた江刺城趾はあるものの、平野部の住民たちと山地の住民たちとの交易の場として成立した町のようである。市が立った町であることを示す六日町や八日町などの町名が残されている。

わたしが記憶している最初のできごとはなんだったろうかと思いかえしてみるとき、確かめようがないふたつのことが記憶の底から浮かびあがってくる。

ひとつは、自分の家と祖父母の家とのあいだの通りを提灯を手にしただれか、たぶん女の人だった気がする、といっしょに祖父母の家に向かって歩いていたときの記憶だ。通りの町並みの向こうには墓地がある向山（むかいやま）があって、そのあたりを〈ひとだま〉が飛んでいるのを見た記憶だ。

もうひとつは、祖父母に連れられて東京に行ったとき、歩き疲れてしまって、おそらく駅の階段らしい階段をのぼるのがつらかった記憶である。この旅行のときのことを「皇居前広場で、丈太郎はがまんできなくなって、立ち小便をしたんだ」と、のちのち祖父母に笑いながら言われたものだった。けれど、すっきりとしたせいか、こちらの記憶はまったくない。記憶していれば、自慢して話せる（？）ことなのだが。

〈大東亜戦争〉中のある夜、家のまえの道路を数台の戦車が轟音を響かせながら北へ向かって進んでいった。町の住民たちは、見てはならないものと判断したのだったろうか、外に出て日の丸の旗を振って激励するといった行為はしなかった。あのときの戦車はどこへ向かっていたのだったろうか。なにか、心にかかる不思議な記憶だ。

戦争末期、岩谷堂町にも米軍機——たしかグラマン戦闘機だったと思う——が一機来襲し、中島飛行機工場の分工場に小型爆弾を一発投下したのだったが、爆弾はそれ、そばの田んぼに落下して、〈田の草取り〉をしていた夫婦が犠牲になった。空襲警報が発令されたことに気づかなかったのだろうか、不運としか言いようがないできごとだった。それにしても、東北地方の片田舎に疎開してきた飛行機の部品工場のありかまでを米軍は認知していたのだから、勝てる戦争ではなかったのだなと、このことひとつからも納得できた。

このときの空襲警報は、ちょうど昼食時に発令された。食卓はそのままにして、防空壕に避難した。警報が解除されて戻ってみると、爆弾の震動のため天井の煤がどっさりと降り落ちていて、ご飯のうえもまっ黒になっていた。食事と言えば〈はっと〉や〈つめり〉を食べることが多かったので、うらめしいことだった。

また、別の日には、編隊を組んだ米軍爆撃機がそれぞれの機体を太陽の光で輝かせながら上空を北に向かって悠々と飛んでゆくのを、うつくしいと感じながら、防空壕から身を乗りだして仰ぎ見たことをわたしは記憶している。

記憶とその再生ということについては、ひとつの不思議な体験がある。

一九四五年八月十五日。この日は晴天だった。その正午、わたしは、自宅で母とふたりでラジオをまえにして座り、いわゆる玉音放送を聞いた。わたしはその内容を理解できなかったけれど、母ははっきりと「日本は戦争に負けた」と言った。このことばを聞いたわたしは、なぜか一九四一年一二月八日、六歳の朝の記憶をよび戻していたのだった。

再生した記憶によれば、わたしは〈大東亜戦争〉開戦の日の朝には、祖父母の家にいたのである。前夜から泊まっていたらしい。居間と応接間とを兼ねた部屋にラジオが置かれている。その部屋の南東側には内玄関があって、その外は内庭になっていたのだが、すこし積もっている雪に朝の光がまぶしく反射していた。真珠湾攻撃を伝える〈大本営発表〉を聞きながら見た情景だ。敗戦を伝える放送と陽射しとが、四年まえの開戦を伝えるラジオ放送を聞いた状況を記憶の底から再生させたのだろう。

六日町と銭鋳町（ぜにいまち）の境に江刺郡役所だった建物が残っていて、その脇の坂道を登ってゆき、左に曲がって突き当たりに岩谷堂高等女学校、その途中から右に曲がりまた左に曲がって登るとわたしが通学した小学校があった。冬になるとこの坂道はスキー場になった。こどものころには、まだ馬車が町なかを走っていて、冬はそれが馬橇にかわった。馬橇が通った跡に水を撒くと凍って、夜はゴム長靴に革紐で結びつけたスケートで遊んだ。田んぼは雪合戦にうってつけだった。

家の裏は高さ五メートルほどの崖になっていて、近所の友だちと崖上の樹木にロープを巻きつけて、上り下りをして遊んだ。

町内を西に流れる人首川（ひとかべ）が重染寺（ちょうぜんじ）にかかるところに堰堤が造られていて、そこから農業用水が分水されていた。その堰堤の上流部分が、夏は水遊びの場所になった。こんなふうに、わたしたちはどんなところも遊び場にしたのだった。

重染寺の人首川の対岸は、切り立ったお館山の崖である。戦中には、岩谷堂町に八甲田連隊の一部隊が駐屯していた。彼らは、なにもすることがなかったのだろう、この崖を切り崩して道路を造成した。町民はこの道路を八甲田道路と呼んだ。

戦後二年目の一九四七年九月中旬にカスリン（キャサリン）台風、翌四八年の九月中旬にもアイオン台風が岩手県を直撃し、北上川とその支流が氾濫して、わたしたちの町の周辺の水田すべてが冠水した。その情景をいまも記憶している。連合軍占領下には、アメリカ女性の名前が台風に付けられたのだった。

盆になると、周りの村に伝えられている剣舞（けんべぇ）と鹿踊（ししおどり）の舞い手たちが町に来て、家々のまえで盆供養の舞いを舞うのである。どちらも好きだったが、ことに鹿踊りが好きだった。

剣舞は、江刺郡内の稲瀬村や餅田村などから来た。宮沢賢治の「原体剣舞連」では、その太鼓のリズムを

dah-dah-dah-dah-dah-sko-dah-dah

と表記している。でも、そのリズムを再現するには、四番目と五番目の dah のあいだをあけて、一拍入れると、よりいいのではないかと、わたしは思っている。

鹿踊も江刺郡内各村で伝承されていて、梁川村・伊手村などからやって来た。八頭の鹿が、縦に三頭・二頭・三頭と並んで踊る。中の二頭は、牝鹿・子鹿らしい。

鹿踊りの太鼓の音は、わたしには、

ざごんこ　ざごんこ　ざごんこ　ざっ

ざごんこ　ざごんこ　ざごんこ　ざっ

と、聞こえて、自分の体内の血の流れにシンクロナイズして感じられるのだった。

宮沢賢治に「鹿踊りのはじまり」と題する童話がある。痛めた膝を湯治するため西の山中へ向かう嘉十は、途中のすすきの野原で一休みして栃の団子を食べた。そして、食べ残しの団子を「それ、鹿、来て喰。」と置いて去ったのだが、木綿の手ぬぐいを忘れてきたことに気づいて、戻ってみると鹿たちが団子の周りをぐるぐる廻っていて、なんと鹿たちのことばが嘉十に聞きとれるのだった。

中学生のとき、ある教師がこの童話を脚色してわたしたちに教えこんだのである。そのため、わたしは鹿たちが団子の周りをぐるぐる廻りながらうたう歌と、六疋の鹿それぞれが太陽に向かってうたう歌とを覚えてしまって、いまでも、たとえば、秋にすすきの原っぱを目にすると、

お日さんは

はんの木の向さ、降りでても

すすぎ、ぎんがぎが

まぶしまんぶし

と、口ずさんでいるのだった。

高校に入学した同じ年に、わが家は、岩谷堂町から水沢町に転居した。そのまえ、父が営んでいた洋服店が、新制高校の制服の取次店に指定された。そして、大量の制服が入荷した夜のこと、だれも気づかないあいだにその制服すべてが盗み出されてしまう事件が起きたのである。こうした盗品を流通させている組織があったのだろうか。事情を知るだれかによる犯行ではないかと推測されたものの、立証できずに終わってしまった。

父は、この被害の弁償をするため、日露戦争で陸軍少尉として戦死した義父の遺品である日本刀を処分したり、ついには、土地と家とを売却する羽目になったのだ。

解説

民衆が「灼熱して輝く」歴史的主体性となることを願う詩人

詩人・評論家　前田　新

はじめに

詩人・若松丈太郎さんの死去に伴い、全詩集とともに評論を収録した全三巻の『若松丈太郎著作集』が、コールサック社から刊行されるにあたって、第三巻「評論・エッセイ」の解説を担当することになった。僭越の極みだが、福島県において若松さんと同世代として、福島県現代詩人会での現代詩運動と、三・一一を体験してからは核災に対する認識を共有して関わってきた一人として、光栄この上ないことである。

第三巻の構成は第二巻の相馬地方の近現代文学活動を論じた文芸評論とは異なる評論、三・一一『福島原発難民―南相馬市一詩人の警告1971年~2011年』と『福島核災棄民―町がメルトダウンしてしまった』をメーンに、この二つの著書には詩人で版元の社主鈴木比佐雄さんの正鵠を得た解説が付されている。ネパールやチェルノブイリなど、世界的視野に立った国内外の旅行記的エッセイ「イメージのなかの都市」、さらに「ラッセル・J・ダン氏への手紙」「東北論」「沖縄論」などの「社会批評」、それに「東北の詩人論」「金子光晴論」などの「詩人論」など、八項目にわたっている。

一九四五年を自我形成の初期に体験した若松さんは「教科書墨塗り世代」を自認する。ファシズムの権威の虚妄と価値観の転換を目の当たりにして、権威主義的なものを頑ななまでに嫌い、わが国の戦後民主主義の象徴である現憲法の申し子的存在でもあった。同時にそれは東北人がその思想の原基に胚胎する反権力の歴史に通底し、さらにいえば縄文的世界観に由来するものでもあった。

私は若松さんと同世代として体験に基づく歴史認識を共有した。そのきっかけとなったのは、一九七六年に昭和出版が企画し、東北農村の詩人たちに呼びかけ、福島県いわき市三輪町の草野比佐男氏が編集者となり、山形の真壁仁氏の「地域の歴史の原点として」を巻頭において一九七八年に発刊したアンソロジー『東北農村の詩』に於いてであった。東北地方の詩人五二人の作品一五六編が収録された。その帯には若松さんの詩「われらの森は北に」のフレーズから「我ら従わぬもの、祀られぬもの」が採られていた。そして「長い歴史にわたって差別やさげすみの目で見られ、討伐と征服の対象となってきた東北―いままた新全総以後の開発政策による物と土と人の総べてにわたる収奪の時期に、農の現実に取り組んで生きる中で書かれた詩によって情況への問いかえしを図り本書は編まれた」と書かれた。この現実と東北の歴史への認識を、私はこのアンソロジーを通して若松さんと共有することを確認した。以後、若松さんは県現代詩人会会長に就任され、その活動で御一緒したが、一九九九年に私は脳梗塞で倒れ身障者となって公職はむろん県現代詩人会などの諸役を辞した。

二〇〇九年、新・日本現代詩文庫80『前田新詩集』の発刊に当たり、出版社から解説者を要請され、私は若松さんと中村不二夫さんにお願いしたいことを伝え、お二人からご快諾を頂き、若松さんからは「〈直耕〉の詩人とその詩」、中村さんからは「終わりなき階級闘争の夢」を書いて頂いた。

農民詩人と呼ばれる私にとっては、過分の解説に、改めて尊敬の念を深くした。そのお礼を申し上げる間もなく時は過ぎ、若松さんは忽然と鬼籍に移られてしまった。コールサック社の鈴木さんから『若松丈太郎著作集』第二巻の解説のお話を頂いた時、私は若松さんとの御縁の不思議を想い、生前に頂いたご厚情に対する感謝と、心からのご冥福を祈り、この解説を書かせていただいた。

1

第三巻の冒頭は二〇〇二年に『イメージのなかの都市』としてＡＳＹＬ社から出版された非詩集成（エッセイ的旅行記）から始まっている。その「後記」を若松さんは、次のように記している。「雑誌『北の灯』第39号（一九九八年三月）から第47号（二〇〇一年三月）まで（第41号をのぞく）に八回にわたって、和井植雄の名で書いた「ながれ者の小骨」を一冊にした。構成上の理由で、「二〇〇〇年某月某日」を「一九九八年某月某日」のあとに移したほかは発表時のままにし、一部の語句の誤りなどを正すにとどめた。（中略）一九九〇年代に、チェルノブイリ、神戸、中欧、そのほかの地を訪れた。これらの旅から得たモチーフによって幾編かの詩を書いた。ところが、詩としては書けなかったものが澱のように残されていた。それらを文章化したのがこれである。（中略）書き終えて、まとめて読んでみたところ、わたしの内部には、崩壊する都市のイメージが、確かなものとして育ってきていたのだと確認できた。書名を『イメージのなかの都市』とした理由である」

「イメージのなかの都市」の占める量は、第三巻のなかでは十パーセント程度だが、若松さんの哲学的思想を端的に示すものがいくつか書かれている。紙数の都合で子細には触れないが、最初の旅、「ネパール」では、カースト制社会について触れ、そこで有識者（カースト制度のなかの第三階級）の女性たちの人権活動にエールを送り、また「（私たちが生活の中で）汚い、不便だ、能率がわるい、古い、などと言って排除してきたものがここにはあって、それがひどく人間的なのである」と述べている。また「ヨーロッパを旅していてふと感じることがある敵意に似た気配にも、ここではいちども出会うことはなかった」と、若松さんの思想がアジア的文化圏のなかに立脚していることを証している。そしてカントの「たとえ目的遂行の可能性が一切うばわれたとしても、なお灼熱して輝くもの」について「このようなものをもつことによって、人間は人間になったのである」という哲学者・梅本克己の言葉を若松さんは引いて、「灼熱して輝くもの」をもつものが、歴史的主体性になっていない国、そんな国は滅びてしまうがいい、と断言している。若松さんの「灼熱して輝くもの」とは、言うまでもなく人間としての「存在理由」を意味する。

次の「神戸・福井・丸岡」といった国内の旅は、福井の若狭湾が福島県浜通り地方と同じ原発密集地であることに触れ、この地に原発事故が起こった時のシミュレーションとして近畿圏の死者三七八万人を想定することを記している。次の「某所」では、一九九七年に起きた神戸の「酒鬼薔薇聖斗事件」に触れて、さまざまな有識者の意見とメディアの対応を踏まえ、若松さんは次のように述べている。「全宇宙はヒトの頭脳のなかに存在する。ヒトと宇宙とは補完しあい、相互依存しあう関係にある。ヒトは全宇宙に対峙する存在である。／したがって、ひとりのヒトを殺すことはひとつの宇宙の可能性を抹殺することであり、殺人者自身の存在の根拠を抹殺することである」と、述べている。「東京」のところでも、少年Aの精神の異常について触れているが、若松さんにおいて「イメージのなかの都市」とは、キャピタリズムのシンボルとしての都市（キャピタル）であり、それが天災によって、あるいは人的事故によって崩壊する死の恐怖が少年に異常の原因を与えていないかと指摘している。次の「プラハ・ウィーン」の旅では北欧の民族問題にふれ、「東京」では若松さんは少年Aが「学校を見るのが嫌だ」と供述していることから、〈学校の兵営化〉にふれ、その先に〈都市の兵営化〉を見据え、その行き着く先に〈都市のアウシュヴィッツ化〉を透視している。旅の最後は「キエフ・モスクワ」で、キエフから原発事故で消された町、チェルノブイリに入っている。原発事故からは八年が過ぎた一九九四年五月に、若松さんは原発事故の被害の実態を、目の当たりにしている。その報告はその後、二冊の詩集に残されたが、この旅行記の中でドイツの哲学者テオドール・W・アドルノの『否定弁証法』から「アウシュヴィッツのあとではもはや詩はかけない」という言葉を引いて、原発事故がひとつの都市の住民がまるごと消滅することに驚愕し、チェルノブイリの周縁地プリピャチと同じ状況下にある浜通りの自分の町を重ねている。それは二〇一一年三月十一日、福島原発事故が発生する十七年前である。その時から若松さんの本格的な反原発活動は始まっているのである。

2

三・一一東日本大震災にともなう東京電力福島第一原子力発電所の事故は起こるべくして起こった人災だが、『福島原発難民―南相馬市・一詩人の警告、1971年～2011年』は、事故に至るまでの四十年間について福島県における原発の隠されてきた事故の経緯を詩と散文で記述したものである。最初に掲げられた詩「みなみ風吹く日」は、原発による放射能被害と事故の掩蔽を時系列に告発する。続く連詩、「かなしみの土地」は詩集『いくつもの川があって』から採られているが、チェルノブイリの見聞記である。連詩6「神隠しされた街」はチェルノブイリの原発事故に若松さんの住む原町市を重ねて、その連詩のエピローグを「日光菩薩をまえ／に　ウクライナの子どもたちを思った／いまさらのように気づいた／ひとのかなしみは千年まえ／も　いまも変わりないのだ／そして過去にあった／ものは　将来にも予定されてあるのだ／あふれるなみだ／あふれるドニエプルの川づら／あふれる苦い水」と結んだ。

一九九四年代の「原子力発電所と想像力」、二〇〇六年の「チェルノブイリに重なる原発地帯」（『新・現代詩』第二一号）、二〇〇八年の「さまざまな地名論」（「コールサック」第六二号）に書かれた原発に関する評論は、原発立地としての福島県浜通り地域に潜在する原発事故について、チェルノブイリの原発事故をもとに考察したもので、当時、国のプルサーマル計画に抵抗していた福島県の動向にもふれ、その結論を「わたしたちは安逸な暮らしを楽しみ、国家財政を破綻させ、多額の負債を将来に遺すだけではなく、原発の尻拭いをさせようとしている。これ以上の無責任があるだろうか。（中略）結局、原発立地自治体は、さらなる増設を誘致しなければならないという悪循環に陥っていることに、首長たちもようやく気付きはじめたらしい。おいしいニンジンなんて幻想だったのである。原発の地元では過疎化の進行がいちだんとはげしい。／原発なんかいらない」と原発に取り込まれた情況に強い危機意識を抱いている。詩、「恐れのなかに恐るべかりけるは」（詩集『北緯37度

25分の風とカナリア』)は『方丈記』を引きながら、わが国の地震の記録を追い、地震列島であるわが国において、二〇〇七年に起きた新潟地震の原発への影響を東京電力が事故の事実を掩蔽したことに言及している。二〇〇九年の「批評基準の退化―古賀博文「現代詩時評」批判」(『新現代詩』第七号)は、電力会社の喧伝する偽りの「安全神話」を前提にした古賀氏の若松さんへの批判は論ずるまでもないが、それに対して若松さんは詳細に反論し、現代詩の批評といいながら、電力会社の社員の立場からの批判で「詩人の立場からの詩についての批評ではない」と唾棄している。原発事故はその三年後に起きている。次の「詩に書かれた原子力発電所」以下は、福島県の浜通りの文学者(詩人・歌人・俳人)の、事故以前の原発に関する作品を網羅的に紹介している。原発立地の文学者たちは、原発の危険性をけっして看過してはいなかったのである。

若松さんが詩人として執拗なまでに警鐘を鳴らして、発信してきたことが、二〇一一年三月十一日午後二時四十八分、男鹿半島沖で発生したマグニチュード九・〇の巨大地震の発生と津波によって現実となった。「原発難民ノート―脱出まで」はそのドキュメントである。その「あとがき」で「わたしは原子力発電所近傍で生活しながら、その存在に危惧を感じつづけてきて、その思いを詩やエッセイのかたちにして、述べてきた。専門家の傲岸にして、かつ根拠の不確かな科学技術への過信よりも、素人の直感的理解のほうが真実により近いところにまで至りえたということだろうか。しかし、危惧したことが現実となったということは、当然のことではあるが、けっして嬉しいことではなく、慨歎に堪えないことであった」とその危惧したことが現実となった複雑な思いを述べている。

3

『福島核災棄民―町がメルトダウンしてしまった』(二〇一一年、コールサック社)第一章、「町がメルトダウンしてしまった」で、原発事故の状況から、核災によって消された浜通りの現状と、それに対応する住民の動向を詳細に記述している。そのなかで「核災棄民」という言葉が使用されたが、これは若松さんによってはじめて表現され、原発事故のみならず、二十一世紀の人類にとって、核兵器など、核物質による災害は国のかたちを問わず世界史的にも棄民政策であることを象徴的に表す言葉になるものと思う。原発事故による被害の実態と飛散した高濃度の核物質による高線量の汚染にふれ、若松さんは「放射性廃棄物は最終処分するまでの三十年以内の期間、この中間貯蔵施設に置かれることになるのだが、三十年という時間の長さを思わずにはいられない。そして、その先のことは、まるで見えない。／文学的想像力は、それを見ることができるか」と問うた。

また「責任を問い糾すこと」（『いのちの籠』第二十一号）では、「一九四七年五月三日に日本国憲法が施行されたことを記念して、わたしたちの国は五月三日を一九四九年から憲法記念日としてきた。ことしはその第六十四回目である。いま、第九条に限らず、日本国憲法のさまざまな条文の空洞化、形骸化が著しい。なぜだろうか、一九四五年の敗戦ののち、戦争責任を徹底的に問い糾さなかったことに問題があったのではあるまいか。福島第一の〈核災〉を発生させた原因者の責任を徹底的に問い糾す機会を逸してしまうことになれば、悔いを百代ののちに残すことになるだろう」と検証することの重要性を指摘している。

そのつづきとして「戦後民主主義について―〈核災〉との関連から」（A紙B氏の求めに応じて）では、若松さんは自らの思想の原点を、現憲法に置いて、現憲法の嫡子を自認している。その立場から「福島第一の〈核災〉を受けて世界各地にひろがっている脱〈核発電〉の動きに背を向ける勢力が国内では強く、彼らは〈核災〉が犯した罪の重大性を認識できず、〈核発電〉を存続しつづけようとし、その輸出を目論んでいます。その背景には、そこにおおきな利権が存在するからにちがいありません。個人や企業の利益のために、わたしたちとわたしたちの子孫の生命と尊厳とが脅かされることをわたしは承認するわけにはいかないのです」。そして第五章「ここから踏み出すためには」の「生きる力を得るために」（二〇一二年二月発行『福島県現代詩人会会報』第一〇二号に掲載）では、「当初伏せられていた事実があきらかになるにつれ、わたしは確信を抱くようになりました。日本国は国民の安全や健康は二の次にして国家と企業の保全を優先し、原発周辺住民は過去も未来もいっさい奪われ棄民されたのだ」と、福島の人々の思いを代弁するように書かれた。それは若松さんの詩人としての強い信念であったが、勇気ある行動であった。最終の六章、「海辺からのたより」は一九八二年に発行された詩集『海のほうへ 海のほうから』（花神社）から二篇、『詩と思想詩人集二〇一一』に掲載した「記憶と想像」一篇が収録されている。先の二篇は昭和五十年代初頭、高度経済成長政策が採られた時代の地域の未来展望を、一篇は方言で一篇は共通語訳で書かれている。そして「記憶と想像」では、事故後、二十五年が過ぎたときの福島を想像し、原子力の制御に失敗した人類がいて、二百万年前に新しい人類が、最初からやり直したのではないか、と想像する。若松さんは二〇〇九年にパウル・クルッツェンが提唱し、国際地質科学連合が設置した人新世作業部会を念頭においている。

「あとがき」で若松さんは「福島に限らず、新潟も青森も、あるいは、〈東北〉はすべて彼らの植民地という意識なのであろう。／彼らとは、いわゆる原子力村の住人だけを指して言うのではない。彼らとは、日本という新帝国主義国家を構築した政官財を中心とする権力の枢軸でもある」と、東北の民衆のことを忘却している問題点を批判している。

4

「「広島ジャーナリスト」より」は、標記の雑誌に二年間にわたって連載した福島〈核災〉の現地からの詳細な報告書である。その冒頭で「私は、できるかぎり〈原発〉を〈核発電〉、〈原発事故〉を〈核災〉と表記することにしている。3・11以後、私は原発事故という表現に疑問を抱くようになった。進行している事態は〈事故〉という概念を超えて、人の心や暮らしにも踏み込み、空間的にも時間的にも広範囲に影響を及ぼす〈核による構造的な人災〉であると認識せざるをえないからである。（中略）核兵器、核爆弾は核エネルギーの悪用であり、核の軍事利用の副産物である原発は核エネルギーの誤用と言われている。そこで、原発を核発電と表記することによって、〈核爆弾〉と〈核発電〉とは同根のものであること、そしてその本質に内在する非人間性とを意識しようとしたのである」と記し、核災発生二年後の現状にふれ、チェルノブイリでは事故から二十六年が過ぎてもまだ終息していないのに、わが国では早くも原発全廃という世論が逆転したことから書きだされている。そして、「3・11以後の世界をどうするのかと考えるとき、相馬市出身の映画監督亀井文夫と作家埴谷雄高の言葉から「精神のリレー」「いのちの継承」を引いて、それを根底に据えるべき思想ではないかと記している。

「奪われ、失われたものを返せ」の項では、被災地の詳細な現状を報告するなかで、「イメージとしての都市」の補論として「収奪・輩出する都市の悪」を中島正の著書『都市を滅ぼせ　人類を救う最後の選択』を引きながら論究している。この著書は一九九〇年代後期に書かれたものだが、中島は「都市の悪」を、一つは「収奪する都市の悪」として一から九まで、二つ「輩出する都市の悪」として一から八までを挙げている（詳細は本文参照）。その二つ目の第八、「戦争の仕掛人」の項を、若松さんは次にように要約する。「直接人を殺す武器、もちろん核兵器も、そして人々に危害を及ぼす食品添加物や農薬やタバコや車やジェット機などを製造販売し利益を得ている者、さらには不耕貪食をもくろみ、農業に寄生している者も死の商人である」そしてこう続ける。「福島県浜通り北部――核災による甚大な被害を受けた地域に重なるのだが――には数多くの製鉄遺跡があって、律令国家ヤマトが蝦夷(えみし)征伐をおこなった7世紀後半から9世紀中頃にかけて、その武器に使用する鉄を生産し(中略)戊辰戦争直後に発見されたいわき市の常磐炭田は、首都圏にもっとも近い炭鉱として大規模な開発が行われた。しかし、60年代の高度経済成長期のエネルギー革命によって76年に閉山し、百年の歴史を閉じた。(中略)71年、東電福島第一が営業運転を開始したのである」。若松さんは、繰り返し原発問題の本質は、わが国の歴史のなかで一貫性をもって貫徹される東北地域への収奪と支配を告発する。そして詩、「なかったことにできるのか」で「無惨としか言いようがない現実がある／あったことを終ったことにするつもりか／あったことをなかったことにするつもりか／おなじことをくりかえすために／いまあることをなかったことにできるのか」と、問う。この項の終わりで、若松さんは「長い将来に影響が及ぶ放射性廃棄物の問題を考えると、現代文明のあり方について根本から問い直すことを、私たちは求められているはずである」とし、ヒロシマ・ナガサキ・フクシマの核災は、わが国の問題にとどまるものではなく人類史における地球規模での問題であることを認識し、しかし、そこからの希望を核災被災地ではじまっている再生可能エネルギーによる電力の地産地消の住民活動に見出し、とりわけ、東北人の不屈の心魂にその展望を託しているのである。

5

「社会批評」として収録される、「ラッセル・J・ダン氏への手紙」ほか九篇の評論は『いのちの籠』に書かれたものである。「ラッセル・J・ダンへの手紙」は一九五七年にアメリカのネバダ実験場でアメリカ兵百人に対して行われた核爆発の人体に対する生体実験のことである。

そのことが日本の地方新聞に載ったのは一九五八年の初夏であった。その記事を見た若松さんは、そこに詩として書くべき課題を託されたように感じた。と書き出される。一九五八(昭和三三)年で若松さんが二十三歳、大学生の時である。それから二十年が過ぎた一九七八(昭和五三)年二月十一日に、朝日新聞に「核実験による白血病死者の大調査」の見出しで報道され、さらに四月に「元米陸軍降下部隊員の癌による死去」が報道されて、若松さんはその調査を開始し、その詳細を記述して論評した。「私はこの文章を、核実験、特にラッセル・ダンが兵士として参加した一九五七年のネバダ実験に対するこだわりを中心に述べてきた。あるいは、私がこだわっているのは、国家と個人の問題であるかも知れない。国家という人間がつくりだした機構は、あたりまえの人間ひとりひとりのかけがえのなさを尊重し、その幸福や安泰を実現するものでなければならないはずであった。それが、国家機構のそのものの安泰を求めるために、人間のそれを犠牲にするのであれば、本末を転倒したものと言わざるをえない。（中略）核の鎧をまとった二つの全体主義的軍事大国ないしは同盟が、相互に自らを正義、善、相手を不義、悪と規定した対立があるだけである。そして、その正義、善を貫くために、人間をモルモットのように扱う、いわれのない死を強要する。（中略）人間の自由と生きる権利の擁護は、武力によって実現できるはずのないものである。武力によって得た自由があるとすれば、それは他の人間の自由と生きる権利を簒奪したうえに成立したエセの自由である」「あたりまえの人間があたりまえに生きようしても、姿を隠したまま襲いかかり、それを許さない悪魔的な力を揮う核を廃絶することは、現代の人間に課せられた使命であろう」ラッセル・J・ダンとは、固有の兵士の名ではない。ネバダでの核実験に、生体実験に供されたアメリカ軍兵士の名は仮名が使われた。これはアメリカ国家への手紙なのである。核災が起きる二十八年前、一九八三年二月、福島県浜通り地方の同人誌『海岸線』に掲載されたが、核廃絶への使命感が語られている。

「〈東北〉とはなにか」以下、『いのちの籠』に掲載された社会批評は、核災二年後の東北を見据え、政府の動向を論じたものだが、やや主題が異なる「沖縄問題にどう対処すべきか―「戦後沖縄・歴史認識アピール」に賛同して」は、「国政の中枢にいる官房長官が、自分は戦後生まれなので「沖縄の戦後史を知らない」と公言したことは、沖縄県民は自国民でないと言っているに等しく、沖縄県民を差別し、なすべき自らの役割を放棄し、貶めるものである」と怒り、「沖縄県との裁判が係争中なのに、一方の当事者である国は辺野古沖の埋め立て工事をすすめ、加えて、抗議活動への規制を強化し、警視庁機動隊を投入して住民を排除する圧力をかけている。旧態依然の懐柔策と強権発動だ。菅官房長官は、ことあるごとに「わが国は法治国家だ」と言う。憲法違反の法律を強行採決し、憲法が保障する国民の権利を侵していながら、よく言えたものだと呆れる」「米国に対して基地の撤退を粘り強く交渉するよう政府に求めることが、われわれがいまなすべきことである」と若松さんは断言している。

6

「福島・東北の詩人論、作品論」は、福島の詩人では長谷部俊一郎さんや相田謙三さん、小川琢二さん、三谷晃一さんなど、すでに鬼籍に移られた方々、私についても含まれている。なかでも三谷晃一論は圧巻である。次の「夭逝した詩人たちとその仲間―『歴程』創刊前後の岩手を中心に―」で若松さんの父方の叔父である教師であり詩人であった故若松千代作氏と母方の従兄である佐伯郁郎氏のことが書かれている。若松千代作氏と同年の詩人及川均についてもふれている。岩手県の胆沢や江刺は現奥州市だが、若松さんは『みちのく春秋』に書いた大谷翔平に関するエッセイのなかで奥州市水沢の北の「跡呂井」（アトロイ）地名伝説にふれ、ここが蝦夷の酋長阿弖流為（アテルイ）の根拠地であり、アテルイの家臣である人首摩呂（ヒトカベマロ）の末裔であることを自認している。若松さんはその人首村の出身である。大谷翔平も奥州市の姉体村（現・奥州市）の出身である。東北の権力者の兵士毘沙門天に踏みつけられても決して従わぬ者と言われる不屈の精神を大谷翔平に見たと言う。若松さんは最後の詩集に『夷俘の叛逆』を書いた。坂上田村麻呂に騙されて京に登り斬殺されたアテルイとモレへの想いが、反骨の思想の秘奥にあったのであろう。

最後に若松さんの詩のキーワードとも言える「金子光晴論」を見る。冒頭に一九九〇年三月五日付けの朝日新聞に掲載された「一篇の詩の予見　永劫に続く破滅的な構造」が置かれるが、若松さんは金子光晴の詩集「落下傘」のなかの「寂しさの歌」の終章を引いて「太平洋戦争末期の破滅的な構造のなかで書かれた日本人論、あるいはその精神を形成した風土論でありながら（にもかかわらず、）今日の状況をも予見しているところに重い意味があると考えています。つまり一九四五年の日本人も一九九〇年の日本人も、そして言うまでもなく、その精神を形成する風土もひとつとしてかわっていないということです」と書き出し、その前提として一九六五年、高度経済成長期に金子光晴が書いた『絶望の精神史』で金子が「日本人の美点は絶望しないところにあると思われてきた。たが、僕は、むしろ絶望してほしいのだ。…未来に故障がないというような妄想にとりつかれてほしくないのだ。しいて言えば、今日の日本の繁栄などに、目をくらまされてほしくないのだ。…絶望の姿だけが、その人の本格的な正しい姿勢なのだ。それほど、現代のすべての構造は、破滅的なのだ」を引いている。そして「昨年来、世界の歴史的な変動を目のあたりにする一方で、これが日本人の意識変革にも及ぶのではなかろうかと期待したのでしたが」金子光晴の「寂しさの歌」を思い出すなら「期待すべきでなかった」と述懐している。「世界の歴史的な変動」は、ベルリンの壁の破壊のシーンに象徴されたソビエト体制の崩壊による東西冷戦の終結を指している。

それに続く「金子光晴の戦中詩篇」は、金子光晴生誕百年、没後二十年にあたる一九九五年頃に書かれたものである。特に戦時下の金子光晴についてどう評価するかについては、その論点を次の三点に絞って論考している。一は金子光晴は抵抗詩人か、二は戦争協力詩を書いたか、三は戦後に戦中の作品を改竄したか、そして一については、金子は戦時中、ファシズムに抵抗して反戦詩を書いた詩人ではない。二の戦争協力詩については、若松は戦時中の金子の詩「落下傘」などを検討して、その初期においてアジアの解放ということに賛同したが、戦争遂行のための日本文学報国会を金子は中途退会している。その辺の経緯にもふれている。そのうえで、金子光晴とは何者であったかと設問し、何人かの金子論を引きながら、実子である森乾氏の金子像、「一種のニヒリスト、遊び人、大いなるエゴイスト、一言で言えば、中国語でいう『没法子』の人間という」言辞をもって、「おそらく、実像はそんなところでしょう」と言っている。そして末尾で金子の詩集『鮫』や『真珠湾』にふれて、「教師をふくむすべてのおとなたちがその向いている方向をいっせいに変えてしまう姿——これこそが金子が批判するものだ——を目撃し、信ずるにたる確かなものは存在しないのだという深く暗い喪失感と不信感のなかでわたしが求めてきたものにめぐりあえたという意識で震撼した」と記している。

「虚妄詩篇」について」は、前述の「金子光晴の戦中詩篇」の異稿であり重なるところも多いが、次のような重要な指摘がある。その最後に若松さんは金子光晴の全貌を知りたいとして「〈校本〉全集をもってしかるべき詩人であるはずである。全貌を見せてさえいれば、作品を〈改竄〉したなどという濡れ衣を着せられることもなかったことだろう」と金子光晴に対するあらぬ批判に強く抗議をしている。

次の金子光晴の晩年を書いた「六道めぐりを構想」と「はじめて読んだ詩　金子光晴「おっとせい」」(「新現代詩」第二号)は、論というものではないが金子光晴が晩年、『人間の悲劇』など、自伝ともいうべきものを書いていたことや、若松さんが中学生のときに自宅のリンゴ箱のなかに入っていた金子光晴の詩集『鮫』との出会いを書いている。長い金子光晴の詩とのつきあいから、小品のなかから一篇を選ぶとするなら、それは『女たちへのエレジー』のなかの「洗面器」であるとして、その終連の「人の生のつづくかぎり／耳よ。おぬしは聴くべし。／／洗面器のなかの／音のさびしさを。」を記している。金子のニヒリズムは人間賛歌の裏返しで若松さんの詩に共通する。他、数多くの詩人論の詳細にはふれないが、そこに一貫しているのは、その詩の背後の時代と、どう向きあったかという人間論である。

最後になったが、「芸術論・エッセイ」として括られる十一篇の小品は、膨大な作品のなかから選び抜かれた珠玉のような作品群である。その末尾に置かれる「とりとめのない回想」は、最後の作品と思われるが、若松さんが最晩年になっても、なお、忘れ難い記憶として残ることが書かれている。一つは最後の詩集『夷俘の叛逆』の表紙とした岩手県岩手町豊岡町から出土した遮光器土偶こそ、古代ヤマト政権が夷狄と蔑称して征夷の対象とした北方の先住者であり、若松さんはその末裔であるという自覚、若松さんのすべては、そこを原点として成立すること、二つは幼年期から自我形成期に体験した敗戦の記憶、三つは故郷岩手の民俗芸能、鹿踊りの太鼓の旋律が、自らの血の流れにシンクロナイズすること、四つに高校入学の年に洋服店を営んでいた一家が、水沢町に転居して新制高校の制服を取り扱うが、その制服の大量盗難に遭って、一家はどん底を経験する。

さりげなく、とりとめのない回想とされるが、この四つのキーワードに若松ワールドの原核が存在する。魂の原郷への回帰は最後の詩集の表題となったが、原発による核災への告発は、東北の歴史を通して発せられた人類への警告である。敗戦という「神話」の崩壊と安全という「神話」の崩壊を体験した若松さんは一切の権威を拒否した。その意味においては孤高であった。しかし、若松さんの豊かな詩精神に常にＢＧＭとして響き渡っていたのは、あの岩手の民俗芸能、鹿踊りの太鼓の旋律である。

シャイだが情況に対する冷徹なまでの解析を、若松さんは土俗のパトスで語った。わが国の一つの時代を代表する稀有の詩人であった。

若松丈太郎年譜

1935年（昭和10年）6月13日　父若松麟作、母トヨミ（旧姓、多田）の長男として岩手県江刺郡米里村人首のトヨミの実家で出生。当時の本籍地は同郡岩谷堂町字六日町9番地。父麟作のすぐ下の叔父千代作は詩を書いていたが、34年11月19日死亡した。35年3月、同人詩誌「風」第8号は「若松千代作追悼号」として発行され、草野心平、及川均、岡崎守洪、森惣一、佐伯郁郎らが追悼文を書いた。発行兼編集人佐伯郁郎（慎一）は母トヨミの従兄である。38年3月25日には及川均、岡崎守洪らが『若松千代作遺稿集』を出版した。装幀は深沢紅子。なお、35年5月30日、千代作の蔵書254冊は岩手県立図書館に寄贈された。江刺郡（現、奥州市江刺区）は、水陸万頃の地と呼ばれた豊穣な北上川中流の左岸に位置し、古くは〈まつろはぬ者ども〉北狄の土地であった。北上川の対岸にはその領袖アテルイの名にちなむと伝えられる跡呂井（アトロイ）という地名が残されている。人首（ヒトカベ）の地名もアテルイの甥である人首丸が非業の死を遂げたことによって名づけられたという。奥州藤原氏の初代となる清衡は岩谷堂地内の豊田館で生まれ、その黄金文化を支えた金山跡は米里などに残っている。下って、岩谷堂城に江刺氏が入ったあと、伊達藩の支藩となり、城下町、沿岸と内陸の交易・物資集散の要地、宿場町として隆盛し、小さいながら個性的な文化圏を形成した。廃藩置県によって短期間ではあったが江刺県が置かれた。名産品が多く、岩谷堂簞笥、岩谷堂羊羹、岩谷堂味噌など〈岩谷堂〉を冠したもののほか、江刺金札米、酒、醤油、金婚漬、卵（ラン）麺、亀ノ子煎餅などは周辺の人々に信頼され、好まれてきた。
また、江刺は賢治ワールドの一部である。東の郡境である北上山地に種山ヶ原や五輪峠があり、「人首町」や岩谷堂を題材にした詩もある。「原体剣舞連」の〝ハラデェ〟は郡内の集落名である。「鹿踊のはじまり」の〝ジシオドリ〟は現在でも郡内に12グループも伝承されていて、そのリズムを聞きながら育った。

42年4月1日　岩谷堂町立岩谷堂国民学校入学。

45年8月15日　敗戦の詔勅を聞いたあと、突然、真珠湾攻撃を報ずる大本営発表のラジオ放送を聞いたときの状況を鮮明に思いだした。

48年3月24日　岩谷堂小学校卒業。

51年3月18日　岩谷堂町立岩谷堂中学校卒業。在学中、家の一隅でリンゴ箱に入った図書を発見、そのなかの『小熊秀雄詩集』（耕進社）、『中野重治詩集』（ナウカ社）、千家元麿『蒼海詩集』（文学案内社）、田木繁『機械詩集』（文学案内社）、金子光晴『鮫』（人民社）、小説では阿部知二『冬の宿』などを読み、とくに『鮫』に感嘆する。詩を試みにつくる。この年、岩手県水沢市表小路13番地に一家転住。

54年3月8日　岩手県立水沢高等学校卒業。在学中に『若松千代作遺稿集』を読む。この時期のおもな読書はフランス文学だったが、もっとも衝撃をうけたのはドストエフスキーからであった。映画館にいりびたっていた。

55年4月20日　福島大学入学。武田宗俊、菅野宏、鈴木久らに学ぶ。石井雄二らを知る。「荒地」や「列島」の詩人たち、ボードレエル、ランボオ、リルケ、エリオット、アラゴン、エリュアール、ミショー、そのほか手あたりしだいに詩を読んだ。

56年1月　祖父儀蔵死去。その直前に見舞うと「釈迦も基督も存在しない」と言った。曾祖父武蔵は俳諧を、祖父儀蔵は古今調の短歌を、千代作の下の叔父林平も短歌を、それぞれ嗜んでいたので、短詩型文学好みの一族と言えようか。
56年3月　同人詩誌「昏」を菊地勝彦らと創刊、58年2月25日の第6号まで発行。
58年7月　北陸をひとり旅したあと京都、奈良、飛鳥をまわる。
58年12月7日　金子光晴講演会で今泉壮一らを知る。懇親会に押しかける。
59年3月1日　詩誌「現代詩」に「夜の森」を掲載。福島大学休学、8月31日復学。
59年7月31日　菊地勝彦の縁で、同人詩誌「方」第12号に「内灘砂丘」を発表。以後、第25号まで参加。藤一也、今入惇らを知る。
59年9月30日　福島大学卒業。学部長室で平井博から証書を受ける。
59年12月1日　詩誌「現代詩」に「一つの記録」を掲載。
60年4月1日　緑が丘学園緑が丘高等学校教諭となる。
60年6月30日　天城南海子のすすめで、同人詩誌「北方詩人」第5巻第2号に参加。以後、第7巻第1号まで断続的に作品を掲載。岡村史夫らを知る。
61年3月31日　緑が丘高等学校退職。
61年4月1日　福島県立勿来高等学校教諭となる。
61年7月17日　自家版詩集『夜の森』刊。
61年11月3日　第14回福島県文学賞受賞。選評によれば、選考委員の評価が割れ、川村重和の強い推薦によるかろうじての受賞であった。
62年4月1日　福島県立小高農工高等学校教諭となる。
62年5月6日　松浦蓉子と結婚、福島県原町市栄町1丁目104番地に居住。蓉子は中学校教員。
62年10月15日　『宮城県詩人集』に作品を掲載。
63年3月20日　同人誌「海岸線」を創刊、編集代表となる。渡辺義昭、渡辺茂代子らを知る。
63年8月17日　佐藤民宝ら土曜会同人と海岸線同人との交歓を原町の海浜でおこなう。
63年10月6日　長男、真樹出生。
64年2月　同人詩誌「エリア」第2集に参加。第4集にも作品を掲載。
64年8月28日　同人誌「海霧」第10集に参加。以後、第13集まで作品を掲載。
65年10月31日　福島県文芸誌協会設立にさいし、常任幹事となる。斎藤庸一を知る。
66年7月25日　墓参と野馬追の見物に来た埴谷雄高との懇談会に参加。
66年10月30日　福島県芸術祭文学祭詩大会の助言者となる。講師は木原孝一。
67年10月30日　「福島文学」（福島県文芸誌協会）創刊号に「われらの森は北に」を発表。以後、第3号まで作品を掲載。
68年9月　創作「日本工業規格品」の朗読をＮＨＫいわき放送局が11月まで6回放送。
68年11月21日　二男、央樹出生。
69年11月2日　『福島県詩集'69年版』の編集代表となる。福島県文学祭詩部会の運営を担当。講師は斎藤庸一と大友文樹。
70年11月1日　両親を岩手から呼んで、同居する。
71年10月1日　「黒」第18号に「かかる憂き世に秋の来て」を発表。第19号に「恐山」を掲載。この頃、下北・三陸地方を友人と旅行。
71年11月3日　『わたしと朝日座』（朝日座）を編集。
71年11月20日　『創立60周年記念誌』（福島県立小高農業高校）の編集委員を担当。

71年11月28日　「河北新報」に「風土記'71」の「大熊」を執筆。
72年4月1日　福島県立相馬高等学校教諭となる。
72年7月4日　「河北新報」のコラム「計数管」に執筆。12月30日まで9回掲載。
72年11月3日　同人詩誌「翔」創刊号に「サンザシ」を掲載。第2号にも発表。
73年1月3日　「福島芸術」(福島県芸術文化協会)創刊号に「九艘泊」を発表。第4号にも「呪術的な八十一行の詩」を掲載。
74年秋　岩手から両親を呼び寄せ、原町市栄町1丁目109番地の1に家を新築し親子孫の六人家族となる。
75年7月5日　金子光晴告別式ののち、信濃町駅で遭った中野重治に思わず話しかける。中野は代々木で下車した。中野の気分を害したかもしれない。
75年11月9日　福島県文学祭詩大会の運営を担当。講師は新川和江と斎藤庸一。
76年1月12日　「河北新報」に「逃亡I」(改題「北狄　四」)を発表。6月28日まで7篇を掲載。
77年8月2日　「福島民友」に「詩とは何か」を11月29日まで15回連載。
78年3月31日　草野比佐男編『東北農村の詩』(昭和出版)に「われらの森は北に」が再録される。
78年5月7日　『相中相高八十年』(福島県立相馬高等学校)の編集を担当、その「八十年通史一、創立期の相馬中学校」などを執筆。
78年5月21日　福島県現代詩人会設立に参加、84年まで理事。三谷晃一会長ほかの詩人たちを知る。
80年4月15日　有我祥吉主宰の詩誌「鞴」第10号に「海辺からのたより一」を発表。以後、第16号終刊号まで作品を掲載。
80年5月30日　「芸文福島」(福島県芸文連文芸委員会)創刊号に参加、第4号にも作品を掲載。劇団ほかい人群「人生一発勝負」の上演にかかわる。この頃、津軽をひとり旅、函館に到る。
81年10月4日　福島県詩祭の運営を担当。講師は石垣りん。
81年11月1日　内田義彦の講義「きき方、み方、はなし方」(のち、改題して『「読むこと」と「聴くこと」と』)を相馬市で聞き、感銘する。
81年11月3日　『わたしと映画と朝日座』(朝日座)を編集。
81年11月17日　坂本長利一人芝居「土佐源氏」の上演にかかわる。
82年8月9日　長崎での原水禁大会に参加。その前後に唐津、平戸、佐世保、天草、水俣をひとり旅する。
82年9月19日　岡本芳一人形芝居どんどろ「地獄草子」の上演にかかわる。
82年11月4日　相馬地方中学校教育研究会国語部会で講演。
83年4月1日　福島県立原町高等学校教諭となる。
83年9月30日　『'83福島県現代詩集』を編集。
84年3月27日　妻蓉子と沖縄を旅行。
84年4月26日　高木仁三郎講演会の開催にかかわる。
84年9月29日　原町市成人大学講座で「相馬地方と近代文学のかかわり」を話す。
84年11月1日　「海岸線」第2期第10号(通巻19号)に「相馬地方と近代文学」を発表、第18号(通巻27号)までの連載を開始。
84年11月25日　福島県現代詩人会「やさしい詩の教室」を運営する。講師は葛西洌。
85年5月18日　福島県現代詩人会の岩手旅行に参加、盛岡での岩手県詩人クラブ、独楽の会との「詩人の集い」に出席。佐伯郁郎にはじめて会う。

85年7月4日　相馬市成人大学講座で「相馬地方と近代文学」を話す。
85年8月10日　原町市成人大学講座で「相馬地方と近代文学のかかわり2」を話す。
85年11月3日　巖谷大四ほか編『ふくしまの文学』（福島民報社）に「右脇腹の痛み」が収載される。
86年3月29日　金子光晴の会に入会。
86年8月2日　原町市成人大学講座で「ふるさとの現代文学」を話す。
86年9月5日　三谷晃一の推薦により、小海永二編『郷土の名詩』東日本篇（大和書房）に「海辺からのたより五」が再録される。
86年11月24日　「河北新報」に「41年目の帰還―島尾敏雄氏の死を悼んで」を掲載。
87年4月1日　長男真樹、早稲田大学を卒業し、就職。
87年4月12日　再度、福島県現代詩人会理事となる。（93年まで）
87年4月17日　福島県文学賞審査委員を委嘱される。（91年まで）
87年7月16日　妻蓉子と京都祇園祭を見たあと、岡山、倉敷へ足をのばす。
87年10月4日　福島県詩祭の運営を担当。講師は高田敏子。
87年10月20日　詩集『海のほうへ 海のほうから』（花神社）刊。
87年11月8日　『方』30周年詩を語る会」で尾花仙朔らを知る。
88年4月21日　小海永二、磯村英樹の推薦により日本現代詩人会会員となる。
88年12月12日　第2回福田正夫賞受賞。金子秀夫らを知る。
89年3月25日　三谷晃一の推薦により、日本現代詩歌文学館振興会評議員となる。
89年2月15日　道府県別現代日本詩人全集『福島の詩人―長谷部俊一郎・相田謙三・斎藤庸一・三谷晃一・小川琢士』（教育企画出版）の編集・解説を担当。
89年5月13日　「福島民友」の「みんゆう随想」を90年3月27日まで10回執筆。
89年5月23日　愚安亭遊佐一人芝居の5会場5夜連続公演にかかわる。
89年9月9日　『躍進―原高五十年の歩み』（福島県立原町高等学校）の編集を担当、その「通史篇1．旧制時代」などを執筆。
89年9月16日　広瀬隆講演会の開催にかかわる。
89年10月1日　詩誌「詩と思想」に「望郷小詩」三篇を発表。
89年11月26日　福島県現代詩人会「やさしい詩の教室」の運営を担当する。講師は前原正治。
90年2月1日　小海永二編『今日の名詩』（大和書房）に「北狄 四」「右脇腹の痛み」「海辺からのたより二」を再録される。
90年3月5日　「朝日新聞」福島版の「ふくしま談話室」に執筆、以降4回執筆。
90年11月3日　「東北詩人の集い」に参加、相沢史郎、内海康也、加藤文男らに会う。
90年11月14日　相馬地方中学校教育研究会国語部会で「詩と遊び」を話す。
91年8月15日　NHKラジオ第1放送、戦後詩で綴る平和「戦争の傷あとくらし」で自作詩朗読。
91年11月17日　福島県現代詩人会やさしい詩の教室で「私が出会った詩」を話す。
91年12月14日　原町高等学校PTA教養講座で「相馬地方と近代文学」を話す。
92年4月1日　二男央樹、早稲田大学を卒業し、就職。

92年6月4日　本籍地を福島県原町市栄町1丁目109番地の1に移す。
92年6月14日　安積女子高同窓会相双支部総会で講演。
93年1月23日　原町高校PTA教養講座の「原町市・小高町文学散歩」を案内。
93年3月6日　「亀井文夫の映画をみる会」代表世話人となり、10月まで毎月上映。
93年6月6日　長男真樹、森谷穏子と結婚。
93年6月15日　福島県小高町埴谷・島尾文学資料館調査員を委嘱される。
93年7月25日　福島県現代詩人会詩祭実行委員長をつとめる。講師は小海永二。
93年7月28日　妻蓉子と北京、洛陽、西安を旅行。
93年9月2日　父麟作死去、83歳。
94年1月23日　広瀬隆講演会の開催にかかわる。
94年3月31日　福島県公立学校教員を退職。
94年4月28日　埴谷雄高を訪問。島尾敏雄の子息、伸三にも会う。
94年5月16日　福島県民チェルノブイリ視察調査団に参加し、モスクワ、キエフ、チェルノブイリ、プリピャチ、スラヴジチを訪問。
94年6月30日　この年のNHK福島県視聴者会議委員となる。
94年8月17日　連詩「かなしみの土地」を詞華集『悲歌』（銅林社）に登載。
94年12月6日　小高町生涯学習のまちづくり集会で埴谷雄高と島尾敏雄について話す。
94年12月7日　小高町文化会館建設懇談会委員の委嘱を受ける。
94年12月17日　原町高等学校PTA教養講座で「相馬の文学者たち」を話す。
95年2月9日　町田市、八王子市の北村透谷、金子光晴ゆかりの地を訪ね歩く。
95年3月17日　武蔵境の日赤病院に埴谷雄高を見舞う。
95年3月31日　妻蓉子、教員を退職。
95年6月26日　埴谷・島尾文学資料館準備のため、那覇、奄美、鹿児島、福岡を訪問。奄美では島尾ミホに加計呂麻島呑之浦の案内を受ける。
95年8月1日　エッセイ「詩が、突然かえってきた」を「詩と思想」に発表。

その他　NHK社会番組部編『新日本紀行・2 東北』（72・9・10、新人物往来社）の205ページに私の詩作品「夏の日の夢」の一部が、無断で、しかも原文が改変されて引用されている。これは、薗部一郎が書いた「相馬」（「河北新報」掲載「風土記'71」）のなかでの引用部分の孫引きであることがわかった。テレビ放映のさいにも私の作品が無断使用されているかもしれない。

（以上、若松丈太郎本人作成）

＊

95年12月10日　福島テレビ「ふくしまゆかりの文学者たち」に解説者として出演。
96年3月20日　『日本現代詩文庫・第二期③若松丈太郎詩集』（土曜美術社出版販売）刊。

97年2月24日　スペインのマドリード、トレド、コルドバ、セビリア、グラナダ、バルセロナ等を訪れる。3月4日まで滞在。
97年3月16日　神戸、福井、丸岡を訪れる（3月19日まで滞在か）。
※『イメージのなかの都市　非詩集成I』参照
97年11月1日　タイのバンコク、ネパールのカトマンズ、ポカラを訪れる。11月7日まで滞在。
98年5月26日　トルコのイスタンブール、エフェソス、ベルガマ、イズミル、カッパドキア、アンカラ等を訪れる。6月3日まで滞在。
99年3月21日　チェコのプラハ、スロヴァキアのブラチスラバ、ハンガリーのブダペスト、オーストリアのウィーン等を訪れる。3月29日まで滞在。
99年7月31日　東京を訪れる（8月3日まで滞在か）。※『イメージのなかの都市　非詩集成I』参照
00年5月20日　埴谷・島尾記念文学資料館（埴谷・島尾文学資料館から改称）開館。島尾ミホの記念講演「島尾敏雄の文学作品と創作の背景」を聴く。
00年11月10日　詩集『いくつもの川があって』（花神社）刊。
01年1月1日　『年賀状詩集』（私家版）刊。
01年2月12日　台湾の高雄、台南を訪れ、埴谷雄高ゆかりの地を巡る。2月15日まで滞在。
02年2月20日　イタリアのミラノ、ヴェネツィア、フィレンツェ、シエナ、アッシジ、ローマ等を訪れる。2月28日まで滞在。
02年11月1日　『イメージのなかの都市 非詩集成1』（ＡＳＹＬ社）刊。
04年5月25日　詩集『越境する霧』（弦書房）刊。
07年5月10日　ドイツのヴァイマール、ライプツィヒ、ドレスデン、デッサウ、ベルリン等を訪れる。5月19日まで滞在。
07年10月25日　詩集『峠のむこうと峠のこちら』（私家版）刊。
10年1月30日　詩集『北緯37度25分の風とカナリア』（弦書房）刊。
11年3月11日　東日本大震災・福島第一原子力発電所事故が発生。当時、原発から約25㎞の南相馬市の自宅二階の書斎で執筆中だった。詳細は『福島原発難民』の「原発難民ノート」を参照。
11年3月15日　原発のメルトダウンの恐れがあり、妻と弟夫婦の4人で福島市に住む義姉宅に避難。
3月下旬頃　コールサック社に『福島原発難民』原稿を送付。
11年4月9日　コールサック社の鈴木比佐雄とカメラマンが車で義姉宅に出向き『福島原発難民』の編集案の相談をする。翌日に南相馬市に3人で向かい『福島原発難民』に収録する南相馬市の被害を撮影。
11年5月10日　『福島原発難民―南相馬市・一詩人の警告　１９７１年～２０１１年』（コールサック社）刊。
12年1月27日　詩集『ひとのあかし　What Makes Us』（アーサー・ビナード英訳、清流出版）刊。
12年7月25日　『脱原発・自然エネルギー２１８人詩集　日本語・英語合体版』刊行の記者会見が六本木の国際文化会館別館で開催され、記者の質問に対し編者としての思いを伝える。
12年8月1日　インタビュー「〈南相馬から〉原発をなくし私たちが変わる機会に」（聞き手：佐川亜紀　4月4日、南相馬市立中央図書館にて）収録の「詩と思想」２０１２年8月号（土曜美術社出版販売）刊。
12年12月9日　『福島核災棄民―町がメルトダウンしてしまった』（コールサック社）刊。
13年9月1日　インタビュー「「神隠しされた街」にて 南相馬・叛骨の偉人たち：若松丈太郎」収録の「J-one」6号（スタジオ・サードアイ）刊。

13年11月頃　アメリカのオレゴン州ポートランドの詩人リア・ステンソン氏が来日し、『脱原発・自然エネルギー218詩集』から五十名の詩を選んだ、米国版の『REVERBERATIONS FROM FUKUSHIMA 50 JAPANESE POETS SPEAK OUT（福島からの反響音―日本の詩人50人の発信）』（Inkwater Press）を刊行するための打合せを行った。根本昌幸とともに南相馬市と浪江町を案内。翌年春に鈴木比佐雄とともに英文用の解説文を執筆。「連詩　かなしみの土地6　神隠しされた街」（日本語原文及び英語訳）を収録して翌年、米国で刊行され、類例のない詩集として評価された。

13年11月26日　「ペンの日」懇親会（東京都千代田区・東京會舘）にてアーサー・ビナードとの対談「「東北」「震災」「津波」そして今」を行う。

14年3月11日　『コールサック詩文庫14　若松丈太郎詩選集一三〇篇』（コールサック社）刊。

14年9月1日　インタビュー「若松丈太郎、憲法と核災を語る。」収録の「J-one」9号刊。

14年10月頃　福島県現代詩人会詩祭で鈴木比佐雄に安部一美を紹介し、『三谷晃一全詩集』刊行実行委員会を発足。

14年12月20日　詩集『わが大地よ、ああ』（土曜美術社出版販売）刊。

15年3月頃　『三谷晃一全詩集』刊行委員会が「街こおりやま」事務所で行われ、若松丈太郎が作成した編集案を基に製作を決定。

15年8月15日　インタビュー「南相馬 伝説の詩人」若松丈太郎」収録の「J-one」3・12号刊。

16年2月23日　『三谷晃一全詩集』が三谷晃一の11回忌の命日に刊行。

16年10月29日　埴谷・島尾記念文学資料館再開館記念「小高から未来へ―島尾敏雄のふるさとを巡る―」（小高生涯学習センター「浮舟文化会館」）にて講演「『極端粘り族』宇宙人のつむじ曲がり子孫」を行い、島尾伸三、梯久美子とのトークセッションに参加。

17年8月15日　詩集『十歳の夏まで戦争だった』（コールサック社）刊。

20年8月11日　インタビュー「戦後日本社会における人間、教育、原発など 南相馬市在住 詩人若松丈太郎に聞く」（聞き手：アブドゥルラッハマン・ギュルベヤズ　8月28～29日、自宅にて）収録の『東日本大震災・原発震災10年、そのあとに』（クリエイツかもがわ）刊。

21年3月11日　詩集『夷俘の叛逆』（コールサック社）刊。

21年4月3日　実行委員長を務める「3・11から10年、震災・原発文学は命と寄り添えたか」（福島浜通りの震災・原発文学フォーラム主催）がいわき芸術文化交流館アリオスで開催されたが、検査入院のため欠席した。その代わり実行員会からの質問に答えるメッセージが第一部の冒頭で朗読される。

21年4月21日　午前10時頃、逝去。享年85。

21年5月2日　告別式開催（南相馬市・フローラメモリアルホール原町）。喪主・若松蓉子、弔辞・齋藤貢。参列者約100名。

22年6月1日　「コールサック」106号の「特集　追悼・若松丈太郎」に絶筆の詩「（小さな内庭があって）」と代表作10篇が収録される。

22年9月1日　「コールサック」107号の「特集　福島浜通りの震災・原発文学フォーラム」（同フォーラムの文字起こし）に当日朗読されたメッセージが収録される。

22年4月21日　『若松丈太郎著作集　全三巻』（コールサック社）刊。

（以上、コールサック社編集部作成）

若松丈太郎作品リスト

※初出の紙誌・書籍別。アンソロジーは初出に限らず掲載。タイトルの下の丸括弧内には刊行の西暦（下二桁）・月（・日）・掲載誌の号数を記す。

●詩篇

「氷河期」

きけわだつみのこえ（50・12　5号）

「昏」

球状墓地（56・3　1号）

化石（みのむしの独白）／宣告／二人のカシオペイア（56・6　2号）

鮫肌の夜の幻想（56・10　3号）

音（56・12　4号？）

海・ゴムになった男（57・7　5号？）

ノアに置去られた一人／貝／POINT OF NO-RETURN／無題（58・2　6号）

「北上」

断想／一九五六年・秋（58・1　1号）

「国研会報」

trois tableaux（1馬／2手を放すな、回転鐙から／3明日は？）（58　2号）

『現代詩』

夜の森（59・3・1）

「方」

内灘砂丘（59・7　12号）

鶴（59・9　13号）

情事　―菊地勝彦「婚約以前」に応えて（59・11　14号）

白い死 ほか（鉄山幻想／古い設計図／宮廷音楽会／頭痛／サーチライト／陸橋／ジェット爆撃機／塹壕／白い死）（60・1　15号）

夜の森三（60・5　16・17号）

眼玉（60・9　19号）

夜の森四（60・11　20号）

再会（61・4　22号）

夜の森（62・2　25号）

「北方詩人」

恋びとのイマージュ（60・6　5次12号・5巻2号）

崩壊（60・10　5次13号・5巻3号）

＊ひとりひとりが（61・2　5次14号・6巻1号）

「勿来高校新聞」

漁港（62・3・3）

「小高農工新聞」

夏の藻（62・10・8）

創世のとき（70・3・1）

『宮城県詩人集』（宮城県詩人会）

現代の伝説　I（62・10・15）

「海霧」

えっちナ雑食人間（64・8　10集）

北国の詩1・2（67・5　12集）

事実（68・9　13集）

「AREA」

音の壁の中にうまれて／予見の眼／もっと高く（64・2　2集）

競技場で、夏（4集）

「海岸線」

夜の森二（63・3　創刊号）

夜の森五（63・9　2号）

渚（64・8　3号）

波（65・3　4号）

ヒューマニズム万歳（65・9　5号）

つぶやき　（66・11　6号）
薄明の海辺、野火のように
一、死骨崎が見える峠　（66・11　6号）
二、霧が海から／三、重ねてこの秋も／四、天保七年極月の寄合い　（67・10　7号）
五、藩領塚から／六、天保八年正月の寄合い　（69・1　8号）
七、北辺の思想／八、わらしの四季／九、ひとであるために／十、瞽女の口説節／十一、蜂起（その一）　（69・11　9号）
海辺からのたより（七）／海辺からのたより（八）　（81・10　15号）
海辺からのたより（十）　（82・7　16号）
紫陽花の花／電車の窓の顔／炭化したパンのイメージ　（83・10　18号）

「福島文学」

われらの森は北に　（67・10　創刊号）
六歳の冬　（70・4　2号）
よるの便器の中から　（71・10　3号）

「福島民友新聞」

十月の岸壁　（68・10・31）
海のほうへ　（69・1・1）
野の馬を追う　（75・7・22）

「福島民報」

夏の日の夢　（70・7・22）
夢見る野の馬　（01・7・22）

「黒」

かかる憂き世に秋の来て　（71・10　18号）
恐山　（75・4　19号）

「翔」

みんな帰りたがっている　（72・11　創刊号）
サンザシ　（73・4　2号）

「緑」

下北素描　（72・8　8号）

「福島芸術」

九艘泊　（73・1　創刊号）
呪術的な八十一行の詩　（75・9　4号）

「河北新報」

内臓（北狄　一）　（76・5・31）
転生（北狄　二）　（76・3・8）
幽囚（北狄　三）　（76・5・3）
逃亡Ⅰ（北狄　四）　（76・1・12）
逃亡Ⅱ（北狄　五）　（76・2・9）
遍歴（北狄　六）　（76・4・5）
北狄（北狄　七）　（76・6・28）

『福島県詩集』

地層　（75・11・9）

『東北農村の詩』昭和出版

われらの森は北に　（78・3・1）

「福島県現代詩集」

沼　（79・2　1号）
海辺からのたより　（80・3　2号）
海辺からのたより（四）　（81・5　3号）
海辺からのたより（九）　（82・9　4号）
Oh! J'sais pas! …けれど　（83・9　5号）
ガマ　（84・9　6号）
宇多川　（85・9　7号）
冬に　（88・5　9号）
詩篇　第七の日　（89・5　10号）
「寂しさの歌」に応えて　（90・5　11号）
すべてはこちらがわ　（91・5　12号）
風のかたまりの夜　（92・5　13号）
さすらうウントク　（93・4　14号）
龍門石窟の老婆婆　（94・4　15号）
夜の惑星　三篇　（95・4　16号）
傷口のほの暗い光　（96・4　17号）
鳥　（97・4　18号）

アジアの一隅でも（98・5　19号）
半跏趺坐像の左脚（99・5　20号）
酔っぱらっただるま（00・5　21号）
咆えるオテンゴサマ（01・5　22号）
深い森の巨岩（02・5　23号）
天のうつわ（03・5　24号）
シュメールの竪琴（04・4　25号）
切籠に火を灯す（05・4　26号）
けもの奔りとり飛ぶ（06・5　27号）
左下り観音堂まえ午睡の夢（07・5　28号）
ほだれ様にまたがって（08・5　29号）
わたしたちはなにもの？（09・5　30号）
紀元二千六百七十年（西暦二〇一〇年）（10・4　31号）
アクサ？　アクシス？（11・5　32号）
子どもたちのまなざし／新田川の鮭（12・4　33号）
ハエという存在（13・4　34号）
行き場がない（14・5　35号）
アンコウはどうしてるかな／記憶にだけ残るもの（15・5　36号）
二〇一六年の春に（16・5　37号）
避難指示の解除（17・5　38号）

「藝文福島」
海辺からのたより（80・5　創刊号）
天明山（83・7　4号）

「轔」
海辺からのたより（一）（80・4　10号）
海辺からのたより（三）（80・9　11号）
海辺からのたより（十一）（81・8　13号）
海辺からのたより（二）（82・5　14号）
海辺からのたより（六）（82・9　15号）
海辺からのたより（五）（83・3　16号）

『福島の文学』福島民報社
右脇腹の痛み（85・11・3）

「詩と思想」土曜美術社出版販売
小詩集「望郷小詩—宮沢賢治によるvariations」（水沢／人首町／北上川）（89・10・1）
みなみ風の吹く日（92・11・1）
untitled（部分）（97・7・1）
歳の神の火祭り（01・5・1）
■■■、■■、■■■。（03・5・1）
ほんのわずかばかりの（05・1・1）
還ってこなかったものたちのもとへ（05・12・1）
痛みの記憶（05・11・1）
M（メシエ）9からの挨拶をうけながら（08・5・1）
向山B（09・1・1）
けもの奔りとり飛ぶ（11・1・1）
猶予期間に／めぐり来る季節まといて／棺ゆき（きしひろし句集『海鬼灯』より）（13・10・1）
わたしはなにをすればいい（16・1・1）
「積極的平和主義」って？（15・7・1）

『現代の詩・1991』（日本現代詩人会）
見るべきもの（91・4・15）

詞華集『悲歌』銅林社
かなしみの土地（94・8・17）

『詩と思想詩人集』土曜美術社出版販売
傷口のほの暗い光（96・8・20）
甘酸っぱいにおいのバラード（97・8・20）
人首川（98・9・30）
五輪峠（99・9・25）
向山（00・10・25）
館下（01・12・25）
重染寺（02・11・30）
六日町（03・12・18）
東稲山（04・12・1）
ひとについて（05・12・1）
死んだ親の年齢を数える（06・11・20）

田の神をもてなす　（07・12・1）
あんだだば、なじょしす？　（08・10・30）
……のお方で気が知れぬ　（09・9・10）
櫟の赤い実　（10・8・31）
記憶と想像　（11・8・30）
むしゅぶつ　（12・8・31）
表土を削って奪うもの　（13・8・31）
いいつたえ　（14・8・31）
十歳の夏まで戦争戦争だった　（15・8・31）

『現代平和詩集』潮流出版社

ガマ　（97・3・10）

『「東アジア詩書展」作品集』

「望郷小詩」より（韓・中語訳）（98・7・1）

「宇宙塵」

古代の渦状星雲　（98・10　1号）
村境の森の巨きな神人　（99・4　2号）
しるべの観音　（99・10　3号）
不条理な死によう　（00・5　4号）
さざえ堂のなぞ　（01・7　5号）
鄙の都路隔て来て／とほとほし越の路のべ　（02・9　6号）
暑湿の労に神をなやまし／かつみかつみと尋ねありきて　（03・9　7号）

詞華集『リタニア』銅林社

いくつもの川があって　（00・1・10）

『年賀状詩集』私家版

90／91／92／93／95／96／97／98／99／00／01　（01・1・1）

「新・現代詩」

死んでしまったおれに　（01・6　1号）
ウィーン一九四五年の風邪　（01・10　2号）
聖戦そして報復　（02・1　3号）
万人坑遺址所懐　（02・4　4号）
やがて消え去る記憶　（02・7　5号）
あれ、なんだべ。　（02・10　6号）
竹刀とバット　（02・12　7号）
ことだまのさきはふわれらの世界　（03・4　8号）
うつくしさの体験／ほんのわずかばかりの　（03・6　9号）
スーツケースの名前　（03・9　10号）
霧の向こうがわ　（03・12　11号）
白昼の彗星／飛行機に向かって石を　（04・3　12号）
挽歌　（05・3　16号）
Call to Quarters　（05・6　17号）
丈作さんとの夜半の対話　（05・9　18号）
記憶を飛ばす　（06・3　20号）
ボケの智慧　（06・6　21号）
笹の地下茎についての報告　（06・9　22号）

『花束　日本・ネパール合同詩集』日本ネパール文化交流・ナマステ会

夜の惑星三篇（ネパール語・英語訳）　（03・9　2集）

「福島春秋」

阿吽のむこう　（04・8　2号）

『温泉と詩歌　東北地方篇』日本現代詩歌文学館

湯あたり　（07・3・13）

「新現代詩」

くそうず　（07・4　1号）
そばつゆにどっさりのおろし　（07・9　2号）
記憶にない記憶　（08・1　3号）
恐れのなかに恐るべかりけるは　（09・1　6号）
99年間租借密約　（10・7　10号）
国民学校初等科児童　（10・10　11号）
殺処分　（11・10　14号）
町がメルトダウンしてしまった

（12・3　15号）

逃げる　戻る／ひとであるあかしとして／岡田の柚子　（12・7　16号）

地震に震える　（13・5　18号）

柵で封鎖された町　20号作品廃棄　（14・7　20号）

『明日へ吹く風　はばたけ憲法—施行60年』反戦反核平和を願う文学の会

クイズ　ウチュクチィ日本語（動詞篇）　（07・11・1）

「いのちの籠」

病棟の窓の顔　（07・10　7号）

戦時国債　（10・10　16号）

見える災厄　見えない災厄　（11・6　18号）

阪崎の桜と萱浜の鯉のぼり　（11・10　19号）

荒廃の気配／知人たち／子どもたちのまなざし　（12・2　20号）

五千七百年まえの景観／わたしが生きた時代　（12・10　22号）

厳寒の冬が来る　（13・2　23号）

墨塗り憲法　（13・10　25号）

ある海辺の小学校／記号に代えられたいのち　（14・2　26号）

白旗をかかげて生きよう　（14・10　28号）

「遠交近交」策はいかが　（15・3　29号）

十歳の夏まで戦争戦争だった4　（15・10　31号）

十歳の夏まで戦争戦争だった7　（16・3　32号）

十歳の夏まで戦争戦争だった8　（16・6　33号）

十歳の夏まで戦争戦争だった9　（17・2　35号）

十歳の夏まで戦争戦争だった10　（17・6　36号）

こころのゆたかさ　（18・10　40号）

一羽の駝鳥／三千年未来へのメッセージ　（20・6　45号）

『生活語詩二七六人集　山河編』コールサック社

みなみ風吹く日（増補改稿）　（08・9・27）

『生活語詩・ロマン詩選』竹林館

花綵（あるいは挽歌）　（08・12・1）

『大空襲三一〇人詩集』コールサック社

炭化したパンのイメージ　（09・3・10）

あるべきでないうつくしさ　（09・3・10）

「ル・ファール」れんが書房新社

ゴボウ騒動　（09・10　4号）

Big Brother is watching you　（10・7　5号）

『資料・現代の詩　2010』(日本現代詩人会)

これからなにをするの？　（10・4・10）

『鎮魂詩四〇四人集』コールサック社

還ってこなかったものたちのもとへ　（10・8・15）

『日韓環境詩選集　地球は美しい』土曜美術社出版販売

『老子』を読みながら　（10・10・10）

『生活語詩・ロマン詩選　2010』竹林館

鼻取り地蔵の左脚　（10・10・30）

『堅香子』

戦中派と戦後派　（10・12・27）

『福島原発難民　—南相馬市・一詩人の警告　1971年〜2011年』コールサック社

みなみ風吹く日／連詩　かなしみの土地／恐れのなかに恐るべかりけるは／赤い渦状星雲　（11・5・10）

『命が危ない　311人詩集』コールサック社
既視体験　（11・8・11）

「詩人会議」
籾米を秋の田に蒔く　（12・1）
不条理な死が絶えない　（12・8）
いしぶみ　（13・1）
墨の上塗りという行為について　（15・1）
十歳の夏まで戦争戦争だった　（15・8）
十歳の夏まで戦争戦争だった　（16・1）
いま求められていること　（16・8）
公園の蟻んこたち　（17・1）
人には言葉がある　（17・8）
二〇一七年秋にこんなことが　（18・1）
戦争したがっている国がある　（18・8）
間氷期が終わろうとしている　（19・1）
平和のうちに生存する権利　（19・8）
ひと由来の　（20・1）
ひとについて　（20・8）

『ひとのあかし　What Makes Us』清流出版
ひとのあかし　（12・1・27）

『いまこそ私は原発に反対します』平凡社
3・11以後の詩作品（抄）「既視体験」「飯崎の桜と萱浜の鯉のぼり」「新田川の鮭」「籾米を秋の田に蒔く」「ひとのあかし」「知人たち」「荒廃の気配」「子どもたちのまなざし」「記憶と想像」　（12・3・1）

「中日新聞」「東京新聞」
逃げる　戻る　（12・4・28　夕刊）
なかったことにできるか　（14・7・20）

『脱原発・自然エネルギー218人詩集』コールサック社
連詩　かなしみの土地　6　神隠しされた街　A LAND OF SORROW A CITY SPIRITED AWAY BY GOD ／逃げる　戻る　EVACUATING RE-TURNING　（12・8・11）

『福島核災棄民―町がメルトダウンしてしまった』コールサック社
町がメルトダウンしてしまった／海辺からのたより／記憶と想像　（12・12・9）

「母の広場」童心社
年間放射線量五ミリシーベルト　（13・12・15　595号）

「かぎゅう」蝸牛舎
一匹かってに怒っている虫　（14・6　45号）

「みちのく春秋」本の館　亜礼母禮
鳥になりました　（14・10　14号）
北の海辺から　（15・1　15号）
夜ノ森の桜は爛漫と咲く　（15・4　16号）
自由ヲ保ツハ人ノ道ナリ　（15・7　17号）
若い二人を流れていたもの　（15・10　18号）
戦争は人を殺す　（16・1　19号）
いちばんの味方は事故　（16・4　20号）
陸中国江刺県花輪の冤罪事件・前　（16・7　21号）
陸中国江刺県花輪の冤罪事件・後　（16・10　22号）
戦争いらぬやれぬ世へ　（17・1　23号）
俺達の血にいろどった世界地図　鶴彬　（17・4　24号）
自由や自由や　我汝と死せん　（17・7　25号）
夷俘の叛逆　（17・10　26号）

『水・空気・食物300人詩集　―子どもたちへ残せるもの』コールサック社
籾米を秋の田に蒔く　（14・8・12）

「福島自由人」
わたしはなにをすればいい　（14・11　29号）
十歳の夏まで戦争戦争だった　（15・11　30号）
一九四一年の記憶　（17・11　32号）

『わが大地よ、ああ』土曜美術社出版販売
柔和なまなざしの農夫／ひとであるあかしとして／わが大地よ、ああ　（14・12・20）

『平和をとわに心に刻む三〇五人詩集』コールサック社
軍備はいらない　（15・8・15）

「腹の虫」
のようなもの／クイズ　ウチュクチィ日本語（動詞篇）　（15・9　2号）
おらだの重宝なことば　（16・3　3号）
ばかな道を道なかば／ボンボン首相の金銭感覚／わが国は放置国家です／見通しが立たない見通しです　（16・9　4号）
可動式引き出し専用ATMって?／土人からヤマトへもの申す　（17・3　5号）
笑詩八片（おともだち／ムジナ／だだだ／安倍内閣改三／ツクツク／世襲首領の三代目国を亡ぼす／毒／共謀罪適用第一号）　（17・9　6号）
桜を見るかい見ないかい　（20・4　11号）
強盗トラブル　キャンペーン　（20・9　12号）

『海の詩集』コールサック社
切籠に火を灯す／みなみ風吹く日　1／はるかからの波　（16・5・26）

『非戦を貫く三〇〇人詩集』コールサック社
十歳の夏まで戦争だった　（16・8・15）

「OFF」（脱原発社会をめざす文学者の会）
はるかからの波／二〇一六年の春に／いちばんの味方は事故　（16・9　1号）

『2016戦争を拒む』詩人会議
未来を標的にする戦争　（16・11・3）

『日本国憲法の理念を語り継ぐ詩歌集』コールサック社
積極的非暴力平和主義の理念を貫きたい　（17・5・3）

『2017福島県現代詩集』
避難指示の解除　（17・5・15）

『沖縄詩歌集～琉球・奄美の風～』コールサック社
ガマ　（18・6・23）

『東北詩歌集　西行・芭蕉・賢治から現在まで』コールサック社
不条理な死が絶えない　（19・3・11）

『アジアの多文化共生詩歌集　シリアからインド・香港・台湾・沖縄まで』コールサック社
くそうず　（20・7・26）

『日本の地名詩集―地名に織り込まれた風土・文化・歴史』コールサック社
夷俘の叛逆　（21・9・16）

『地球の生物多様性詩歌集　生態系への友愛を共有するために』コールサック社
三千年未来へのメッセージ　（21・9・16）

●エッセイ・評論など

「国研会報」
シュルレアリスム　（57・7　2号）
「『メランコリー』を治する薬方」その他　（58・11　3号）

「方」
2、私の好きな詩人・詩集　（59・7　12号）
「方」と私。そして無関係に千代作のこと　（96・5　100号）

「それぞれの東北」の詩人たちのつどい　（06・11　132号）

「北方詩人」

風や吹けかし　（62・1　5次15号）

『県文学集』

詩集『夜の森』のころ　（98・3　45集）

「海岸線」

そらにさからふもの　金子光晴「燈台」についての独断的フラグメント　（64・8　3号）
日本工業規格品　（65・3　4号）
1月1日オープンしました　（65・3　4号）
道中記　（66・11　6号）
紙上年賀状　（75・1　10号）
寂しさの歌　金子光晴の死をめぐって　（76・6　12号）
ラッセル・J・ダン氏への手紙／岩手県岩谷堂町の正月　（83・2　16号）
相馬地方と近代文学 一　（84・11　19号）
相馬地方と近代文学 二　（85・6　20号）
相馬地方と近代文学 三　（86・6　21号）
年表　相馬地方と現代文学・思想　（87・6　22号）
相馬地方と近代文学 四　（88・6　23号）
相馬地方と近代文学 五　（90・6　25号）
相馬地方と近代文学 六　（91・9　26号）
相馬地方と近代文学 外篇　（92・8　27号）

「社会クラブ」

仮面のこと　（64・2　2集）
鉦と太鼓　（65・2　3集）

「河北新報」

「風土記'71」大熊　（71・11・28）
・「計数管」
水に流す　（72・7・4）
脱出できない　（72・7・25）
十歳の夏　（72・8・19）
多数支配　（72・9・15）
急ぐ　（72・10・7）
高校の通学区制　（72・10・27）
ことば　（72・11・18）
当落予想と浮動票　（72・12・9）
国家のカニバリズム　（72・12・30）
41年目の帰還　島尾敏雄氏の死を悼んで　（86・11・24）

「福島民報」

祭を支えるもの　（73・7・22）
詩の心「逃亡Ⅱ」　（84・6・12）
詩の批評性について　前田新『十二支異聞』を読んで　（94・11・7）
彗星とともに宇宙空間に還る　作家埴谷雄高氏を悼む　（97・2・24）
福島民報出版文化賞受賞者座談会　（01・09・27）
平易なことばと透徹した精神　三谷晃一詩集『河口まで』　（02・11・11）
「詩の中の笑い」考察　新藤謙著『喜劇の精粋抄』　（03・8・9）

「福島民友」

・「詩とは何か」
定義を許さない多様性　（77・8・2）
モチーフは詩ではない　（77・8・9）
モチーフからテーマへ　（77・8・16）
想像力のはたらき　（77・8・23）
批評的精神の意味　（77・8・30）
発想法ということ　（77・9・6）
ただひとつの主題　（77・9・13）
過去を踏みにじるための「読み」　（77・9・20）
ことばの三機能を働かせる　（77・9・27）
比喩―新しい意味の発見　（77・10・4）
詩的空間を合成する　（77・10・11）
ことばの内部のリズムを　（77・10・？）

意識下の世界の形象化　（77・11・1）
ダブル・イメージの手法　（77・11・？）
一行の自立することば　（77・11・29）

・「みんゆう随筆」

〈まれびと〉のこと　（89・5・13）
松尾芭蕉の異装　（89・6・17）
ブラックボックス　（89・7・22）
現代のアジール　（89・8・26）
〈旅人〉のメッセージ　（89・9・30）
塩の道の供養塔　（89・11・4）
壁と門　（89・12・9）
ラグビーの楽しみ　（90・1・16）
戦後責任ということ　（90・2・20）
確認を怠るこわさ　（90・3・27）

「福島県現代詩人会会報」

持続する活動を　（78・7　創刊号）
菅野仁『どろんこ抄』・高橋重義『八月すなわち海辺の狂人』そのほか　（79・3　4号）
三冊の詩集を読んで　相田謙三『投影燦爛』・篠山雄三『遅い　プロポーズ』・阿部正栄『模型飛行機』　（79・8　5号）
柴田武『戦跡幻影』と根本昌幸『昆虫詩篇』　（79・10　6号）
菅野仁詩画集『ポントス』　（80・5　8号）
詩祭を終えて　（81・11　14号）
任期を終えて　（84・6　21号）
わが内なるイーハートーボ（mental sketch modified）　（85・9　24号）
二冊の詩集を読んで　吉田真琴『二重風景』と吾妻藍『風樹』　（87・5　29号）
受賞のあとさき　（89・5　35号）
平成五年度詩祭を終えて　（93・9　48号）
詩の呪力　（94・5　50号）
現代詩朗読会を聴いて　（97・2　58号）
芳賀稔幸詩集『たゆたう』を読んで　（00・10　69号）
三谷晃一『星と花火―ふるさとの詩』を読んで　（01・5　71号）
埴谷島尾記念文学資料館　（02・11　76号）
回生した人の詩　槇さわ子『祝祭』を読んで　（04・4　80号）
笹の根を伐りながら　（06・8　87号）
加藤幹二朗詩集『追って来た人』を読む　（06・11　88号）
孤高であることを潔しとした詩人　新城明博さん　（07・4　89号）
ときの彼我をうたう　斎藤和子詩集『不揃いのアルバム』　（08・1　91号）
会長退任の弁　（08・9　93号）
百号記念号をよろこんで／こくのあることば　高原木代子詩集『花に降る雨』　（11・1　100号）
生きる力を得るために　（12・2　102号）
日常のなかの生と死　―安部一美詩集『夕暮れ時になると』を読む　（16・7　111号）

「社会新報」原町支部号外

社会党への手紙　（81・1・1）

「高校国語研究会紀要」（相双地区高校国語研究会）

詩集の値段の今昔、そして掘出しものを掘出しかけながら掘出　しそこねた話　（83・11　8・9合併号）
井土霊山に関して　（93・7　15号）

「めもあーる」（相馬高校図書館報）

〈仕掛け〉としての道　（83・1・30　14号）

『福島県現代詩人会・独楽の会・岩手県詩人クラブ　詩人の集い』

現代詩のなかの〈地方〉―21世紀への展望　（85・5・18）

「苑」（原町高校図書館報）

関心ある著作者たち　（87・3）
私のマンガ体験　（88・2）

もうひとつの教室　（90・3）
とりとめなき時空への招待　（91・3）
宇宙のどこかでくしゃみをしているか（91・3）
ナンセンス詩三篇　（93・3）
立体視めがねの向こうの世界　（94・3）

『福島の詩人』教育企画出版

さいわいものの祈り―長谷部俊一郎の詩／うるし液のなかの風土―相田謙三の詩／迷路からのメッセージ―三谷晃一の詩／せなかあわせの性と死―斎藤庸一の詩／意識下のハンター―小川琢士の詩／福島の戦後詩の状況　（89・2・15）

『躍進　原高五十年の歩み』

通史編　旧制時代　相馬商業学校／原町高等学校　（89・9・9）

「HR読書会感想文集」（原町高校）

感性と論理　（89・2　18集）
読書の〈偏食〉をなくそう　（90・2　19集）
〈古典〉のすすめ　（93・3　22集）

「朝日新聞」福島版

・ふくしま談話室
一篇の詩の予見　永劫に続く破滅的構造　（90・3・5）
地方での創作　（90・4・30）
限定はごめん　文化とは人間が創出したもの　（90・7・2）
夏から秋へ（新しい季節の訪れに）　（90・9・17）

「原高新聞」

ラグビーのおもしろさ　郷田はタッチライン上の空間を駆け抜けていった　（90・12・22　145号）
現代における父権とは　松本大洋『花男』第一・二集（小学館）／原町出身の映画監督都築政昭『鳥になった人間―反骨の映画監督亀井文夫の生涯』（講談社）、亀井文夫『たたかう映画―ドキュメンタリストの昭和史』（岩波新書）　（92・7・20　150号）
シンポジウム「インドへの道は何を語りかけているのか」／マラバー洞窟の中でアデラ・クエステッドに何が起こったか（91・3・3）

「詩と思想」土曜美術社出版販売

東京から三〇〇キロ地点　（91・6月号）
小海永二　アンリ・ミショーの発見者　（94・5月号）
詩が、突然かえってきた―戦中期の金子光晴　（95・8月号）
世界と向き合う〈私〉を拓く『柴田三吉詩集』評　（96・12月号）
poem stage・目録（1～3月）（97・7月号）
杉山平一　その人と詩　（97・8月号）
三谷晃一　（98・7月号）
・地方に住んでいて映画を観るということ
1　はじめに　（98・8月号）
2　東京で観る　（98・9月号）
3　福島市の映画事情　（98・10月号）
4　仙台市での自主上映　（98・11月号）
5　自主上映をする　（98・12月号）
□　ひとりの少数派の偶感　（09・12月号）
□　地域からの発信　福島　（10・7月号）
原発地帯に《原発以後》なし!?　（10・7月号）
・詩人の眼
避難区域の設定と解除の問題点（12・3月号）
事実隠しとすりかえという手法（12・4月号）
〈核発電〉が抱える非人間性（12・5月号）
私たちを見捨てたのですか？（12・6月号）
十万年後への責務を果たすために　（12・7月号）
インタビュー　脱原発の詩と思想　原発をなくし私たちが変わる機会に（聞き手 佐川亜紀）　（12・8月号）

映画鑑賞会「ドキュメンタリー映画監督　亀井文夫の世界」会報「亀井文夫の世界」
企画について（93・1　0号）
なぜ亀井文夫か（93・3　1号）

「広報はらまち」
私のふるさと　岩手県江刺市（96・1・15　472号）

『子どもと共につくる未来　ネパールの子どもと女性へPART4』（アジアの子どもと女性教育基金の会）
「原風景」にやすらぐ（98・2・1）

「宇宙塵」
詩集『香炉』とその周辺　第一詩集『赤土の家』に先行する金子光晴作品（98・10　1号）
詩集『香炉』とその周辺(二)（99・10　3号）
詩集『香炉』とその周辺(三)（00・5　4号）
詩集『香炉』とその周辺(四)（01・7　5号）
不安の時代へ―松本竣介「画家の像」所懐（02・9　6号）
生きる不安を〈慰藉〉するもの　三谷晃一詩集『河口まで』を読んで（03・9　7号）
香月泰男の祈り―「シベリア・シリーズ」が表現するもの（04・10　8号）
個人的な三谷晃一体験（05・10　9号）

「北の灯」
ながれ者の小骨(一)〜(八)（99・3　39号〜01・3　47号）
ながれ者の小骨(九)〜(十二)　一九九六年五月二十日〜二十三日　東京（01・9　48号〜02・11　50号）

『図説　相馬・双葉の歴史』郷土出版社
ゆかりの人びと　志賀直哉・埴谷雄高・島尾敏雄・鈴木安蔵ほか（00・1・31）

「文化福島」
相　加計呂麻島へ（00・5　341号）

『島尾敏雄事典』勉誠出版
相馬／埴谷島尾記念文学資料館（00・7・1）

『島尾敏雄』鼎書房
田舎（00・12・20）

『イメージのなかの都市　非詩集成』ASYL
カトマンドゥ・ポカラ／神戸・福井・丸岡／某所／プラハ・ウィーン／東京／キエフ・モスクワ（02・11・1）

「福島自由人」
霊山・井土經重（02・11　17号）
回生した人の詩『祝祭』を中心に槇さわ子の詩集を読んで（04・12　19号）
還らぬ旅人―三谷晃一の詩を読み解く（05・11・10　20号）
詩人岩野喜三郎の周辺（07・10　22号）
島尾敏雄における〈いなか〉―その意識の変遷（08・10　23号）
警官練習所時代の井土經重―「霊山・井土經重」補考（10・10　25号）
人類は百万年もの〈存続する義務〉を果たせるか―〈いのちの継承〉と〈精神のリレー〉とを（11・11　26号）
大曲駒村（12・11　27号）
大正末期から昭和初期の詩人　新妻節（13・10　28号）
福島まで（16・11　31号）
鈴木安蔵「歌稿」について（18・11　33号）
北川多紀とそのふるさと（19・11　34号）

「新・現代詩」
六道めぐりを構想―晩年の金子光晴（03・4　8号）
レームデンが目にしたもの（04・6　13号）
メルトダウンする人体（04・9　14号）

爆発する雲　（04・12　15号）
既視感のなかの漂流　（05・3　16号）
「趣味亡国」ということ　（05・9　18号）
あかるく非情な〈見世物〉国家（05・12　19号）
自己責任と自己規制　（06・3　20号）
チェルノブイリに重なる原発地帯／徴兵拒否者にバッシング？　（06・6　21号）

「機」藤原書店

竹内浩三と…　（03・6　138号）

「日本近代文学館」

埴谷島尾記念文学資料館のこれから　（03・9　195号）

『岩手の詩』岩手県詩人クラブ事務局

若松丈太郎／若松千代作　（05・2・27）

「草野心平研究」

夭逝した詩人たちとその仲間―『歴程』創刊前後の岩手を中心に―　（05・5　7号）

『鈴木安蔵先生から受け継ぐもの』

鈴木安蔵先生の生い立ち　（05・12・20）

『おだかの人物』南相馬市

江戸川柳研究家　大曲駒村／隕石ソーマリウム／マルチ人間だった駒村　（06・3・31）

「新現代詩」

黙さずそして従わず　（07・4　1号）
はじめて読んだ詩集　金子光晴『鮫』　（07・9　2号）
跳ぼうとする犬の像　吉野辰海のFigure　（08・5　4号）
陥穽から生還するために　最近の映画から―国家はだれのためにあるのか―　（08・9　5号）
批評基準の退化―古賀博文「現代詩時評」批判　（09・6　7号）
実感的宮沢賢治―そのファンタジーとユーモア　（09・10　8号）
北川多紀とそのふるさと　（10・2　9号）
〈奪われた村〉の景観―前田新の詩から読みとる　（11・2　12号）
原発難民ノート2　二〇一一年三月十五日から四月三十日まで　（11・6　13号）
政府は「確信的エネルギー・環境妄言」を閣議決定をした！　（12・11　17号）

「いのちの籠」

映画「日本の青空」試写会での挨拶　（07・6　6号）
いのちの恢復　《ケフェウス・ノート》を聴いて　（08・2　8号）
ふるくならない詩　（08・6　9号）
〈教科書墨塗り世代〉の思い　（08・10　10号）
続・〈教科書墨塗り世代〉の思い　（09・2　11号）
続続〈教科書墨塗り世代〉の思い　（09・6　12号）
「焼いてしもうたらあかん」　（09・10　13号）
二〇〇九年歳末の〈ぼやき〉　（10・2　14号）
ぼやいてばかりではいられません　（10・6　15号）
そっくりそのまま　（11・2　17号）
始まり？　終わり？／あとがき（責任を問い糺すこと　（11・6　18号）
あとがき（年の暮れに）　（12・2　20号）
福島から見える大飯　（12・6　21号）
あとがき（生きるための決断）（12・10　22号）
〈東北〉とはなにか　（13・6　24号）
少国民から非国民へ　（14・6　27号）
無法者が統治する「わが国」　（15・6　30号）
沖縄問題にどう対処すべきか―「戦後沖縄・歴史認識アピール」に賛同して　（16・2　32号）
「極端粘り族」宇宙人のつむじ曲がり子孫　（16・10　34号）
八月の偶感　（17・10　37号）
「線量計が鳴る」を上演して　（18・2　38号）

フェンスで囲んだゲートの向こう（18・6　39号）
核災は終熄してはいない（19・2　41号）
続・核災は終熄してはいない（19・6　42号）
「正しき平和」とは?（19・10　43号）
福島からの近況報告（20・2　44号）

『峠のむこうと峠のこちら』私家版

蛇のながい足（07・10・25）

「龍」

滅びゆくそれぞれの宇宙へのオマージュ（08・3　129号）

「コールサック（石炭袋）」

さまざまな地名論―『生活語詩二七六人集 山河編』雑感（08・12　62号）
問うては問い返される紙碑としての『鎮魂詩四〇四人集』（10・8　67号）
原発難民ノート―脱出まで（11・4　69号）
『脱原発・自然エネルギー218人詩集』刊行の記者会見　原発事故が収束しない現状で福島の詩人たちはどのような思いで声を発しているか（12・8　73号）
感謝を込めて、新藤謙さんを悼む（17・3　89号）
『コールサック』誌一〇〇号のお祝い（19・12　100号）

「埴谷島尾記念文学資料館」

高雄・台南遊記―般若豊少年の故地を訪ねて（09・3　9号）

「青銅時代」

シンポジウム「島尾敏雄と小川国夫、そして『青銅時代』」での発言（09・10　49号）

『新・日本現代詩文庫80　前田新詩集』土曜美術社出版販売

〈直耕〉の詩人とその詩（10・11・30）

「熱気球」

浜津澄男詩集『絵画の女』について（11・2　10号）

『福島原発難民―南相馬市・一詩人の警告 1971年〜2011年』コールサック社

原子力発電所と想像力／詩に書かれた原子力発電所（11・5・10）

『命が危ない　311人詩集』コールサック社

解説　フクシマからの思い（11・8・11）

『ひとのあかし　What Makes Us』清流出版

読者のみなさんへ（12・1・27）

「詩人会議」

教科書を介しての出会い（12・4・1）

「プロパン・ブタンニュース」石油化学新聞社

・〈核災地〉福島の、いま。
1、神隠しされた街 チェルノブイリ、ここに再び（12・7・23）
2, 逃げる 戻る／飯崎の桜 時間が止まったまま、ほど遠い終熄（12・7・30）
3, 子どもたちのまなざし 来て、現実を直視してほしい（12・8・6）

『脱原発・自然エネルギー218人詩集』コールサック社

解説　ここから踏みだすためには　How Shall We Take a First Step from Here?（12・8・11）

『原発民衆法廷③―5・20郡山公判　福島事故は犯罪だ!　東電・政府有罪!』原発を問う民衆法廷実行委員会編

意見陳述（部分）2 南相馬市の現状と想定される未来／7 おわりに（負の遺産の問題など）（12・9・15）

『福島核災棄民─町がメルトダウンしてしまった』コールサック社
広島で。〈核災地〉福島、から。／戦後民主主義について─〈核災〉との関連から （12・12・9）

「Myaku」
島尾敏雄と〈いなか〉 （13・2 15号）

「広島ジャーナリスト」
分断された地域、暮らし、家族 （13・3 12号）
何が起きてもおかしくない （13・9 14号）
奪われ、失ったものを返せ （14・3 16号）
なかったことにできるのか （14・9 18号）
福島事故4年 壊滅に瀕する地域 （15・3 20号）
福島の声を聴き、届け、支援と共生をめざす雑誌『J-one』 （15・6 21号）

斎藤庸一『シルクロード幻想』思潮社
解説〈なぜひたすら私は狼烟を焚くのか〉 （13・8・31）

「胡乱」
桜の人 佐藤稟一さんを偲んで （13・11 5号）

「震災学」東北学院大学
詩歌と原発 福島核災以前に核発電問題を主題にした福島の文学 （14・12 5号）

「の」
「の」八〇号をお祝いして （15・6 80号）

『私の「戦後民主主義」』岩波書店
〈核災〉の渦中から （16・1・27）

「北方」
なぜか懐かしい町 （16・1 162号）

『三谷晃一全詩集』コールサック社
解説 還らぬ旅びと─三谷晃一の詩を読み解く （16・2・23）

「腹の虫」
ハイル！ トランプ 五年目の3・11をまえに （16・3 3号）
日本国憲法施行七〇年を迎えて （18・3 7号）
ゴロゴロ 語録 （18・9 8号）
四字狆語辞典（二〇一九年版） （19・3 9号）

『3・11を心に刻んで 2017』岩波書店
3・11を心に刻んで （17・3・3）

『小高から未来へ 島尾敏雄のふるさとを巡る』
16年10月29日、埴谷島尾記念文学資料館の再開記念集会・「極端粘り族」宇宙人のつむじ曲がり子孫 （17・3・31）

「みちのく春秋」本の館 亜礼母禮
維新一五〇年雑感 （18・1 27号）
加害者が設定した基準による不条理 （18・4 28号）
大谷翔平は異星人なのか？ （18・7 29号）
関を越えるということ （18・10 30号）
なにゃとやれ （19・1 31号）
妖怪 出振り土竜 （19・7 32号）
〈ひと〉の未来 （20・1 33号）
『蛙』と『大白道』 （20・4 34号）
とりとめのない回想 （21・4 38号）

『東日本大震災・原発震災10年、そのあとに』クリエイツかもがわ
インタビュー 戦後日本社会における人間、教育、原発など （20・8・11）

■初出紙誌未確認
原子力発電と想像力
詩に書かれた原子力発電所

編集付記

一、なるべく原文を尊重しつつ、文字表記を読みやすいものにした。
1．明らかな誤字、脱字は訂正した。
2．原則として、旧仮名遣いは現代仮名遣いに、旧字は新字に改めた。
3．読みにくいと思われる漢字にはふり仮名をつけた。
4．読みにくいと思われる箇所には適宜改行、句読点、鍵括弧を施した。
5．方言は原文そのままの表記とした。

一、本文及び引用文には、今日からみると一部不適切と思われる語句があるが、すでに諸雑誌や新聞に発表、あるいは、単行本に収録されたものであること、また、時代的背景や作者が故人であることなどを考えあわせて、原文のままとした。

一、本書、第三巻の「若松丈太郎年譜」「若松丈太郎作品リスト」は作者本人の原稿、メモを元に、コールサック社編集部が加筆修正を行った。

一、企画・編集は主にコールサック社の鈴木比佐雄と座馬寛彦が行った。

一、資料提供や校正等において、若松蓉子氏に全面的にご協力いただいた。

一、『若松丈太郎著作集 全三巻』の刊行を実現させ普及に取り組むため、次の六名により刊行委員会を結成しご支援を得た。

『若松丈太郎著作集 全三巻』刊行委員　前田　新
齋藤　貢
永瀬　十悟
髙橋　正人
本田　一弘
鈴木比佐雄

若松丈太郎著作集　第三巻　評論・エッセイ

2022年4月21日初版発行
著　者　若松丈太郎
著作権継承者：若松蓉子（〒975-0003 福島県南相馬市原町区栄町 1-109-1）
編　集　鈴木比佐雄　座馬寛彦
発行者　鈴木比佐雄
発行所　株式会社 コールサック社
〒173-0004　東京都板橋区板橋 2-63-4-209
電話 03-5944-3258　FAX 03-5944-3238
suzuki@coal-sack.com　http://www.coal-sack.com
郵便振替　00180-4-741802
印刷管理　（株）コールサック社　制作部

装幀　松本菜央　　装幀写真　すぎた和人

落丁本・乱丁本はお取り替えいたします。
ISBN978-4-86435-517-9　C0395　￥3000E